Das Buch

Berlin und Spanien – zwei Welten, zwischen denen Hauptkommissar a. D. Wolfgang pendelt. Doch als ein enger Bekannter in Pankow auf offener Straße erschossen wird, verwandelt sich sein geplanter Neuanfang in einen Wettlauf gegen die Zeit. Die Ermittlungen führen ihn tief in die Schattenseiten beider Länder: korrupte Strukturen, tödliche Geheimnisse und ein Täter, der näher ist, als Wolfgang ahnt. Ein packender Kriminalroman voller Spannung, Atmosphäre und überraschender Wendungen.

Die Autorin

Die Niederländerin Ellen Gerretzen gab ihre Anstellung auf, um ihren Traum zu verwirklichen: Krimis Schreiben. Inzwischen sind fünf ihrer Bücher erschienen – alle mit dem ehemaligen Hauptkommissar beim Berliner LKA Wolfgang als Hauptfigur.

Ellen Gerretzens zwei Leidenschaften, das Schreiben und das Reisen, gehören für sie untrennbar zusammen. Ihre Reisen sind Informationsquellen für ihre Bücher; sie liebt Großstädte und ihre Kontraste. Ihre Herzensstadt Berlin entdeckte sie 1985. Dort fand sie auch die Hauptfigur ihrer Krimis.

Ihre Bücher spielen in Berlin und Spanien. Sie lebt in der spanischen Extremadura, dem Schauplatz ihres Debüts „Bluthochzeit".

Ellen Gerretzen

SCHATTENSPIEL

Kriminalroman

übersetzt von Simone Schroth

Impressum

c/o Schoneburg. Literaturagentur und Autorenberatung
Rudolf-Schwarz-Str. 20, 10407 Berlin, Germany

Herstellung: epubli - ein Service der neopubli GmbH, Köpenicker Straße 154a, 10997 Berlin, Kontaktadresse nach EU-Produktsicherheitsverordnung: produktsicherheit@epubli.com

Für Claus Treufeldt

Danke für deinen kritischen Blick und die wertvollen Anmerkungen.
Freunde wie du sind selten.

Wie soll ich meine Seele halten,
dass sie nicht an deine rührt?

Rainer Maria Rilke, Liebes-Lied

Das geschah in *Bluthochzeit*

Wolfgang, Hauptkommissar bei der Berliner Mordkommission, ist nie über den abscheulichen Mord an seiner Freundin hinweggekommen und geht in Frühpension, um ein neues Leben zu beginnen. Weil er von einem Fehltritt in seiner Vergangenheit verfolgt wird, ist er in Berlin seines Lebens plötzlich nicht mehr sicher. Er denkt sich eine Finte aus und tut, als verlasse er Deutschland für einen Urlaub auf den Bahamas. In Wirklichkeit reist er mit seinem Freund Esteban und der attraktiven Julia in die spanische Extremadura, um dort bei der Aufklärung eines Mordes zu helfen. Es bleibt nicht bei einem Mord, und fast fällt Wolfgang selbst dem Täter zum Opfer. Gleichzeitig wird er zum Opfer seiner Vergangenheit, die ihn bis nach Spanien verfolgt und ihm beinahe zum Verhängnis wird. Er klärt die Morde in Spanien auf und bleibt im Land, bei Julia, die ihn von sich wegstößt und zugleich anzieht und mit der er so gern eine Beziehung führen würde. Doch bevor dieser Traum Wirklichkeit werden kann, muss Wolfgang wegen eines neuen Notfalls nach Berlin zurückkehren.

Stadtplan Berlin

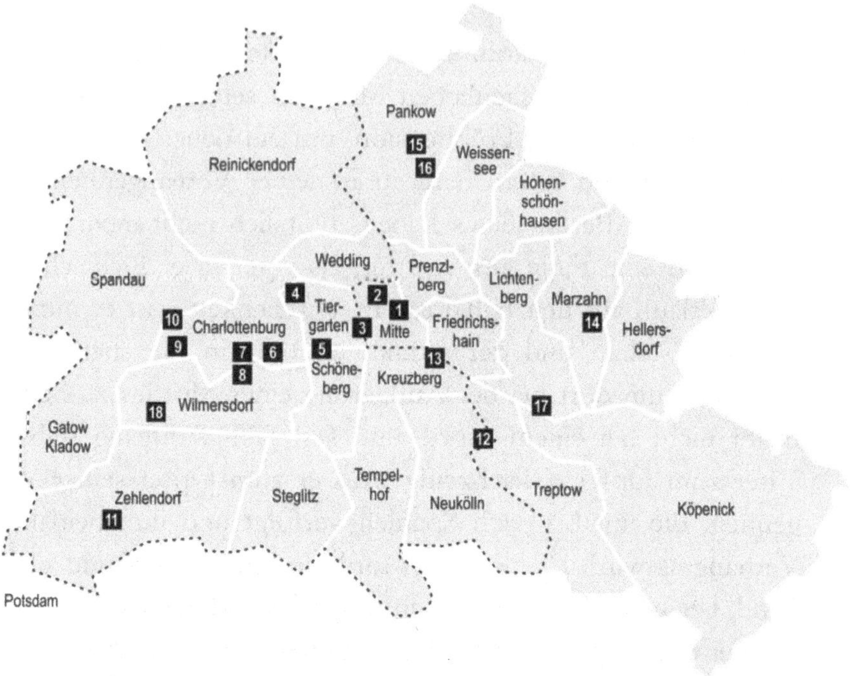

1. Alexanderplatz
2. Friedrichstraße
3. Brandenburger Tor
4. Moabit
5. Landeskriminalamt (LKA)
6. Kurfürstendamm
7. Estebans Restaurant
8. Wolfgangs Apartment
9. Theodor-Heuss-Platz
10. Neu-Westend
11. Mexikoplatz
12. „Gitta“
13. Oberbaumbrücke
14. Siegfrieds Atelier
15. Majakowskiring
16. Gaststätte MAUS
17. Karlshorst
18. Grunewald (Gregor)

--- Ehemaliger Verlauf der Mauer

Ostberlin, Prenzlauer Berg, Juni 1978

Es schien ein Tag wie jeder andere im Blauspecht. *In dem dämmrigen Alkoven rechts neben der Tür zapfte der stämmige Wirt in seiner braunen Lederschürze routiniert Bier, während er gleichzeitig den Schankraum im Auge behielt. Die Frau mit dem in ihrer gestärkten weißen Bluse zusammengepressten Busen, die dem Wirt um nichts nachstand, was die Stämmigkeit betraf, füllte Nordhäuser Doppelkorn in Schnapsgläser. Sobald das Tablett voll war, hob sie es scheinbar mühelos mit einer schwungvollen Bewegung hoch und machte sich an die zigste Runde durch das nüchtern eingerichtete Lokal, in dem Arbeiter noch in ihrer Montur bei Bier und Korn ihren Tag ausklingen ließen. Tische und Stühle aus dunklem Holz, ein gut gezapftes Glas Bier, einen Schnaps und die Gesellschaft von Kumpeln – mehr brauchte eine Kneipe nicht zu bieten zu haben.*

Das Ritual war für alle deutlich erkennbar: Die Frau mit dem Busen ersetzte leere Gläser durch volle. So einfach war das Leben im Blauspecht.

Der Mann an dem Tisch bei der Tür war allein. Er saß gerne in dieser Eckkneipe, wo man das Vergehen der Jahreszeiten nicht bemerkte und im Winter wie im Sommer Dämmerung herrschte. Er trank in aller Ruhe sein Bier, rauchte eine Karo und lauschte den Unterhaltungen um sich herum, was nicht immer einfach war, denn hin und wieder senkten sich die Stimmen, ganz plötzlich und scheinbar ohne jeden Grund, zu einem kaum hörbaren Gemurmel. Er wusste, dass das geschah, weil die Gespräche nicht für die Ohren anderer bestimmt waren.

Die drei am Nebentisch regelten gerade einen Tauschhandel. Einer von ihnen hatte noch einen Satz Badezimmerfliesen, die ihm der Zweite gegen ein paar Kilo Ostseeaal gern abnehmen würde. Den wiederum würde der Dritte im Tausch für eine original amerikanische Jeans hergeben, die der Zweite über verschiedene Kontakte beschaffen würde – eine ganz normale Unterhaltung im Blauspecht *und in unzähligen anderen Eckkneipen Ostberlins.*

Das Gespräch am Tisch hinter ihm war hingegen weniger gewöhnlich. Er musste sich anstrengen, um der im Flüsterton geführten Unterhaltung zu folgen, und tat so, als wäre er in die Berliner Zeitung *vertieft.*

„Ich habe das mit dem Ausreisevisum regeln können. Ein Arztattest gekauft, über ein todkrankes Familienmitglied im Westen. Morgen verlässt Rosi Wincelewcki über die Friedrichstraße die DDR und wird nie wieder zurückkehren."

„Aber was, wenn jemand ..."

Die aufgeregte Stimme wurde von einer ruhigen, bestimmend klingenden unterbrochen, von jemandem, der es gewohnt war, dass man auf ihn hörte. „Beruhige dich, morgen ist das vorbei. Wir haben alles im Griff."

Stuhlbeine schabten über den Holzboden, die zwei bezahlten bei der Frau mit den Brüsten, und er beugte sich noch tiefer über seine Zeitung, bis sie die Kneipe verlassen hatten.

Was wollten die beiden hier? Stammgäste waren sie nicht. Das Gespräch hatte ihn neugierig gemacht.

Der Mann trank in einem Zug seinen Korn aus. Mit gefälschten Arztattesten wurde natürlich häufiger herumgemauschelt, damit man auch einmal auf Familienbesuch in den Westen konnte, doch wenn ein Mann, der in den höchsten Kreisen der DDR-Regierung verkehrte, seine eigene Frau die DDR verlassen ließ, hatte das ein ganz besonderes Kaliber. Er wusste es aber besser, als dass er sich in anderer Leute Angelegenheiten eingemischt hätte. Sicher in diesem Fall.

Er verabschiedete sich von dem ungerührt weiter Bier zapfenden Wirt und verließ den Blauspecht, *bog nach rechts ab und ging die Treppe zum S-Bahnhof Schönhauser Allee hinunter. Routiniert schob er seine Karte in den Schlitz des roten Kästchens und schlug kräftig auf den runden Metallknopf. Dabei dachte er über das Gespräch nach.*

Rosi Wincelewcki, eine Frau, die morgen die DDR verlassen würde, um nie wieder zurückzukehren.

Ganz kurz beschlich ihn ein unerwartetes Gefühl der Sehnsucht, doch er schüttelte es resolut ab. Schließlich ging nichts über Berliner Luft.

Er sah sie am anderen Ende des Bahnsteigs stehen. Wie er es erwartet hatte, nahmen sie dieselbe S-Bahn und stiegen auch am Bahnhof Pankow aus. Der Mann folgte ihnen in einigem Abstand, bis er in die Straße einbog, in der er wohnte. Er drehte sich noch einmal um und schaute den beiden nach, schüttelte dann den Kopf und holte seinen Hausschlüssel heraus. Der Geruch von frischen Buletten kam ihm schon im zweiten Hinterhof entgegen, und er lächelte bei der Aussicht auf ein gutes Essen. Seine Frau machte die besten Buletten von Berlin, außerdem hatten ihn Bier und Schnaps hungrig werden lassen.

Er beeilte sich, dem Duft nachzugehen, und beschloss, nicht mehr an die beiden zu denken.

Erstes Kapitel

Extremadura, Spanien

Totes Holz.

Wolfgang schaute zu, wie Julia die Pflanzen bearbeitete, die sie während der vergangenen Wochen aus begreiflichen Gründen vernachlässigt hatte. Präzise Schnitte mit der messerscharfen roten Schere, trockene Knackgeräusche, die wie Pistolenschüsse durch die meterdicken Wände des Patio hallten und den Schwalben, die in kleinen Formationen Sturzflüge absolvierten, empörtes Gezwitscher entlockten. Totes Holz wegschneiden war etwas Wohltuendes, meinte sie und fügte hinzu, dass es ihm nicht schaden würde, das auch einmal zu probieren, worauf er spontan erwidert hatte, Gartenarbeit sei nichts für ihn. Sie hatte ihn mit diesem Blick ohne Boden angesehen und nach einer kurzen Stille, in der sie ihre Worte abzuwägen schien, gesagt, es sei ihr nicht unbedingt ums Gärtnern gegangen.

Wolfgang wusste, worauf sie hinauswollte, und stellte fest, dass es nicht so einfach war. Erinnerungen ließen sich nicht wegschneiden. Sie bildeten Astlöcher in deinem Geist, und der Tod spukte immer weiter darin herum, erhob sein widerwärtiges Haupt, wenn man am wenigsten damit rechnete. Erinnerungen und beunruhigende Albträume, eine Szene in dem verlassenen Landhaus, dem *cortijo*, die er immer wieder durchlebte und die so real wirkte. Vergiss es, hatte sie gesagt, es war ein Traum, weil du zu hoch dosierte Schlaftabletten eingenommen hast. War es wirklich nur ein Traum gewesen? Er wollte nichts lieber, als das zu glauben, aber die Erinnerung weigerte sich zu verblassen und tat zusammen mit dem Zweifel ihr Werk. Was, wenn Julia gelogen hatte? Und wenn das der

Fall war, ergab sich daraus die noch viel beunruhigendere nächste Frage: Warum?

Er schüttelte den Kopf. Julia hatte keinen Grund zu lügen. Wenn es jemanden gab, der hier log oder zumindest nicht die ganze Wahrheit erzählte, was doch etwas minimal Anderes bedeutete, dann war er das selbst.

Sie hatte recht, er musste vergessen.

Totes Holz.

Er schaute zu dem strahlend blauen Himmel auf, der von Schwalben bevölkert war, den Herrschern über den Morgenhimmel, wo Insekten umherflatterten, ohne die in rasendem Tempo herumsausende Gefahr zu erahnen, bis kleine, todbringende Schnäbel sie packten. Er ertappte sich dabei, dass jeder Gedankengang, auf den er sich einließ, beim Tod endete, und zwang sich, an etwas anderes zu denken. Etwas weniger Beunruhigendes.

Wolfgang atmete die frische, ihn kitzelnde Morgenluft ein, die einen Hauch der wilden Kräuter aus den *dehesas* mit ihren Hügeln und Korkeichen herantrug. Es würde nicht mehr lange dauern, bis die angegebene Morgenkühle in den Patio von Julias monumentalem Haus aus dem fünfzehnten Jahrhundert einer zuerst noch erträglichen, aber mit fortschreitender Zeit schon bald versengenden Hitze weichen würde. In der vergangenen Woche waren die Temperaturen in raschem Tempo gestiegen, was den Bewohnern des Dorfes ihre üblichen Klagen entlockt hatte. Wolfgang war nicht zum ersten Mal erstaunt über die Dörflinge von Dehesas de Aguasantas, die sich unaufhörlich beschwerten, wenn es warm, und noch lauter lamentierten, wenn es einmal einen Tag etwas kühler war, die eine Regenphase sofort als nicht ausreichend, als minimal zu lang oder, auf die Ernte bezogen, als zum verkehrten Zeitpunkt eingetreten einordneten. Man hätte doch erwartet, dass extreme Wetterumstände gewohnte Menschen darüber nicht mehr jammern würden, aber so funktionierte die Sache ganz offensichtlich nicht. Ob die Inuit wohl auch klagten, wenn es minus vierzig Grad war und ihnen die Schnurrbärte einfroren? Dämliches Eis, Scheißschnee! Es hätte ihn nicht gewundert.

Wolfgang betastete seinen Arm. Seit fünf Wochen wohnte er jetzt hier, und seine Verletzungen waren größtenteils verheilt. Ein paar Narben würde er zurückbehalten, Narben, die ihn immer an dieses Dorf erinnern würden, in dem er beinahe zu Tode gekommen wäre, und an Fragen, die er vielleicht nie würde beantworten können. Aber er lebte wenigstens noch. Die Sache hätte auch anders ausgehen können. Und er war Gott sei Dank in der Lage, sicher nach Berlin zurückzukehren. Die Kirchenglocke ließ neun tiefe Schläge ertönen, die in den engen Straßen mit ihren in strahlendem Weiß angestrichenen Häusern widerhallten, und die Störche klapperten, als wollten sie das Ihre dazu beitragen, laut aus ihren Nestern auf dem Turm von San Miguel. Im Gegensatz zu den Vögeln gönnte Julia dem allmählich verstummenden neunten Schlag nicht die Stille, die ihm als Kontrast zugekommen wäre.

„Ich bin an Rafaels Grab gewesen", sagte sie.

Er konnte den Schmerz in ihrem Blick lesen. Rafaels Ermordung war erst ein paar Wochen her, und Julia vermisste ihren Bruder, auch wenn sie sich das nicht oft anmerken ließ. Sie war eine komplizierte Frau. Auch nach fünf Wochen wusste Wolfgang immer noch nicht, was er von ihr halten sollte. Sie zog ihn an und hielt ihn gleichzeitig auf eine ebenso subtile wie entschiedene Weise auf Abstand. Wenn man sich vor Augen führte, was sie durchgemacht hatte, konnte er das durchaus verstehen. Auch er selbst hatte eine Vergangenheit, die ihn nicht in Ruhe lassen wollte, so sehr er auch versuchte, zur Ruhe zu kommen.

Auch er hatte Dämonen, die ihn verfolgten.

Und das Geheimnis, das er bis zu seinem Tod mit sich würde herumtragen müssen.

Eigentlich war es reiner Zufall, dass er jetzt hier saß, so wie vielleicht das ganze Leben aus einer Aneinanderreihung von Zufällen bestand. „Wenn" – ein Wort, das ihm in den vergangenen Wochen stets stärker beschäftigt hatte, eines in einer ganzen Reihe knapper Stichwörter, die sein Leben zurzeit zu charakterisieren schienen. Wenn er an jenem Abend vor fünf Wochen in Berlin nicht zufällig in Estebans spanischem Restaurant gewesen wäre, als Julia dort auftauchte. Wenn Esteban ihr nicht erzählt hatte, dass Wolfgang Hauptkommissar bei der Mordkommission des Landeskriminalamts gewesen und aus persönlichen Gründen gerade in Pension gegangen war und jetzt, nach gut dreißig Jahren regelmäßigen Urlaubs in Spanien die Landessprache fließend beherrschte. Wenn er stark genug gewesen wäre, Nein zu sagen, als Julia ihn bat, mit ihr in die Extremadura zu reisen, um ihren Bruder freizubekommen, den man des Mordes verdächtigte. Wenn. Dann wäre er jetzt in Galizien in Nordwestspanien, hätte sich dort ein Haus gekauft und die Vergangenheit hinter sich gelassen, wie eigentlich geplant. Und das hatte er übrigens immer noch vor. Er würde nicht zulassen, dass der Zufall sein Leben bestimmte. Der Zufall bestand, um ihn zu überwinden, mit Planung und Logik, andernfalls wurde das Leben unvorhersehbar. In Gedanken sah er ganz deutlich die unregelmäßigen, rauen Küstenlandschaften Galiziens vor sich, die er ausgewählt hatte, um sich dort der noch so schmerzlichen Vergangenheit zu entziehen. Er hatte sein neues Leben sorgfältig geplant. Ruhig und übersichtlich, und es würde exakt so verlaufen, wie er das wollte.

Aber es war anders gekommen. Er war mit Julia in die Extremadura gereist, hatte sich in die Ermittlungen rund um einen Mord gestürzt. Wie sich herausstellte, hatte der tiefe Wurzeln in die

Vergangenheit, in dieses abgelegene Dorf nahe der portugiesischen Grenze, das auf den ersten Blick so idyllisch wirkte. Wo iberische schwarze Schweine die leicht abfallenden, nach wilden Kräutern duftenden *dehesas* mit ihren Eichen und Korkeichen bevölkerten, wo Störche aus der sicheren Höhe die Welt dort unten am Boden fast missbilligend beobachteten und Adler und Geier auf der Suche nach Beute in trägen Kreisen hoch oben am Himmel schwebten. Im Dorf hatte er sich sicher gewähnt, doch es hatte zwei Gesichter. Weitere Personen waren zu Tode gekommen, beinahe hätte er selbst zu ihnen gehört, und die schließliche Aufklärung der Morde war für alle Betroffenen ein Schock gewesen.

Außerdem war er mit Fragen zurückgeblieben, die durch seine Träume spukten wie Nebelschleier am frühen Morgenhimmel.

Julia nahm ihre Kanne und sprach schon weiter, während sie ihre riesige Sammlung an Pflanzen und Blumen goss, die in farbenfrohen Töpfen rund um den Brunnen gruppiert war.

„Auf dem Weg zum Friedhof bin ich Javier begegnet. Er will heute Mittag um ein Uhr im *Commandante* ein Glas mit uns trinken. Er hat heute keinen Dienst."

Javier, der ein Glas mit ihm trinken wollte. Wie sich die Zeiten doch änderten. Das Verhältnis zu Javier hatte sich in den letzten Wochen drastisch verbessert, obwohl er natürlich eine autoritäre Person blieb, mit der man auf eine ganz bestimmte Art und Weise umgehen musste. Als Chef der Polizeiwache der *Guardia Civil* und als leitender Ermittler war er, euphemistisch ausgedrückt, nicht eben begeistert davon gewesen, dass Wolfgang sich mit dem Fall befasst hatte. Mehr noch, er hatte gedroht, ihn höchstpersönlich ins nächste Flugzeug nach Berlin zu setzen, wenn er sich weiterhin in die Ermittlungen einmischen würde. Nicht, dass das Wolfgang von irgendetwas abgehalten hätte. Und im Rückblick konnte Javier nur froh sein, dass sich Wolfgang so verhalten hatte, obwohl er das natürlich niemals von sich aus zugeben würde. Jetzt, wo die Morde aufgeklärt waren und Javier sich nicht mehr in seiner Kompetenz bedroht fühlte, war er sozusagen einigermaßen aufgetaut und zeigte hin und wieder sogar menschliche Züge, was ganz ohne Zweifel damit zusammenhing, dass ihm Wolfgang von seiner Vergangenheit erzählt hatte, von dem düsteren Kapitel in seinem Leben, das sonst niemand kannte.

„Er hat gestern einen Anruf aus Berlin bekommen, von Francisco, aber er wollte mir nichts weiter darüber erzählen", berichtete Julia. „Heute Mittag erfahren wir mehr, hat er gesagt. Findest du das nicht auch spannend? Es wäre doch gut, wenn alles so geregelt werden könnte? Trotzdem verstehe ich es, wenn du die Angelegenheit mit gemischten Gefühlen betrachtest, gerade unter den gegebenen Umständen. Damit sind natürlich viele Erinnerungen verbunden."

Julia schwieg, stellte die Gießkanne ab und schaute ihn an, als wollte sie seine geheimsten Gedanken ergründen. Sie schüttelte den Kopf, sodass ihre langen dunklen Haare herumflogen, und lächelte ein halbherziges, betrübtes Lächeln. Ihre eigenen Erinnerungen waren noch so frisch.

„Wir sollten einfach abwarten. Vielleicht haben sie ja gar kein Interesse", antwortete Wolfgang. Ein Teil von ihm hoffte das seltsamerweise. Denn sonst würde er den Knoten durchhacken müssen, den er selbst geknüpft hatte. Eine definitive Entscheidung treffen. Die Entscheidung, die er hatte treffen wollen, das wohl, aber aus irgendeinem Grund schob er sie lieber noch etwas vor sich her, weil sich das alles so endgültig anfühlte, als wollte er Claudia ein für alle Mal aus seinen Gedanken verbannen. Das würde ihm nie gelingen, aber er musste sich voller Abscheu eingestehen, dass er das gern wollte.

Er schaute auf die rote Gartenschere und spürte, wie ihm winzige Nadelstiche über den Rücken krochen.

Totes Holz.

Wolfgang schlenderte mit Julia durch die engen Straßen mit ihren jahrhundertealten Gebäuden, vorbei an dem inzwischen von den letzten Nonnen verlassenen Kloster aus dem fünfzehnten Jahrhundert zur Plaza de España, wo die Mitglieder des festen Typ II Diabetes-Clubs schon in Unterhaltungen vertieft ihre Runden über den Platz liefen, um die ihnen vom Arzt verordneten täglichen Kilometer zu absolvieren. Es gab in diesem Dorf keinen Diabetespatienten, der nicht jeden Tag spazieren gegangen wäre.

El Commandante stand in seiner Lieblingshaltung hinter dem Tresen seines gleichnamigen Etablissements und hielt sich einmal mehr in seinem Paralleluniversum auf, einer Welt, in der das Phänomen Kundschaft ganz offensichtlich nicht existierte. Die Dorfleute waren in großer Zahl anwesend, um das zu tun, was sie immer taten und was ihnen ganz offensichtlich nie langweilig wurde, obwohl sie einander jeden Tag begegneten: Sie tranken ein Gläschen und unterhielten sich dabei.

„*Amigo*", begrüßte ihn Javier und klopfte ihm fest auf die Schulter, was Wolfgang nichts mehr ausmachte, weil die Schusswunde in seinem Oberarm fast zur Gänze verheilt war. Er hatte sich daran gewöhnt, dass das Schulterklopfen einen unverzichtbaren Teil des Dorflebens ausmachte, und merkte, dass er sich immer öfter selbst an diesem Brauch beteiligte.

Javier sah mit seinen fünfundvierzig Jahren fit und muskulös aus. In seiner bevorzugten Freizeitkleidung, einer Jeans und einem engen weißen T-Shirt, kam das stets gut zur Geltung, und dessen war er sich ganz offensichtlich auch bewusst. Wolfgang überlegte sich, dass er selbst mal wieder ins Fitnessstudio gehen sollte. Seit seiner Ankunft hier in der Extremadura hatte sich dazu nicht die Gelegenheit ergeben, und mit seinen fünfundfünfzig Jahren musste er, anders als andere Menschen in seiner direkten Umgebung, gut auf sein Gewicht achten. Er sah Julia dabei zu, wie sie über ihren

Tapa herfiel. Sie konnte essen wie ein Scheunendrescher und blieb trotzdem schlank und wohlgeformt - ganz offensichtlich, ohne dafür irgendetwas tun zu müssen.

Julia war eine intelligente, schöne Frau. Er genoss es, in ihrer Nähe zu sein, trotz des Abstandes, den sie zwischen ihnen zu schaffen versuchte, womit sie ihn hin und wieder zur Raserei bringen konnte. Er verstand sie nicht. Sie zog ihn an und stieß ihn dann sofort wieder von sich; trotzdem gelang es ihr, ihn auf eine Weise zu berühren, die er nicht durchschaute. Tief in seinem Inneren wusste er, dass es für sie beide keine Zukunft gab, so gern er das auch gewollt hätte. Ihr Leben war hier, in ihrem Dorf. Sie verkörperte die treibende Kraft im Familienbetrieb. Außerdem war sie erst siebenunddreißig, und das bedeutete, dass zwischen ihnen ein Altersunterschied von achtzehn Jahren bestand. Er wollte sich seine Zeit zwischen Galizien und Berlin einteilen. „Ich weiß nicht, ob das mit uns etwas werden kann“, hatte sie zu ihm gesagt, und diese Worte hatten sich in sein Gedächtnis eingebrannt. „Ich fürchte, eher nicht. Ich kann dir nichts versprechen, Wolfgang, ich brauche Zeit. Ich hoffe, die wirst du mir geben. Und garantieren kann ich dir auch nichts.“

Er war im Dorf geblieben, hatte ihr Zeit gelassen, doch ihre Beziehung hatte sich in den vergangenen Wochen in keiner Hinsicht weiterentwickelt. Sie behandelte ihn wie einen Freund, nicht mehr und nicht weniger, und wenn sie im Gespräch auch nur in die Nähe ihrer persönlichen Beziehung kamen, lenkte sie es mühelos in eine andere Richtung. Wie viel Zeit brauchte sie eigentlich? Vielleicht hatte sie ja längst eine Entscheidung getroffen und dachte noch darüber nach, wie sie ihm diese vermitteln sollte, oder sie ging davon aus, dass es dazu jetzt, wo sie ihn so deutlich auf Abstand hielt, keiner Worte bedurfte. Er hatte noch nie eine Frau gekannt, die in der Lage war, ihn so sehr zu verunsichern, und er hasste dieses Gefühl mit einer Inbrunst, die ihn beunruhigte.

„Francisco hat gestern angerufen, aus Estebans Restaurant. Stell dir das mal vor, da ist er in Berlin und geht spanisch essen. Er sollte sich lieber an die deutsche Küche gewöhnen."

Javier nahm sich ein halbes gekochtes Ei mit *salsa verde* und Sardellen aus der Schale vor sich, steckte es in den Mund und kaute langsam darauf herum.

Julia kniff Javier enthusiastisch in den Arm. Er verzog das Gesicht. „Meinst du damit, Francisco will es kaufen?"

„Das meine ich tatsächlich. Er ist ganz begeistert, und Sergio auch. Sie können es kaum erwarten, das ganze Haus neu einzurichten. Francisco hat da so einige Ideen."

Das ganze Haus neu einzurichten. Das gehörte zu den Dingen, über die er Entscheidungen würde treffen müssen. Das Haus war voll von Claudias Sachen, ihren Bildern, dem Fotoarchiv. Sie hatten zusammen in einem Apartment in Charlottenburg gewohnt, aber Claudia hatte die freistehende Villa im Stadtteil Pankow mit ihrem Fotoatelier und dem Archiv behalten. Die Wochenenden verbrachten sie dort meist zusammen. Seit ihrem schrecklichen Tod vor fünf Jahren ging Wolfgang nicht mehr in die Villa, und jetzt sollte sie verkauft werden. Dann würde es keinen Ort mehr geben, an dem sie zusammen gelebt hatten. Ihre gemeinsame Etagenwohnung hatte er damals sofort verkauft und sich eine neue in einer ruhigen, grünen Straße in Wilmersdorf angeschafft. Keine Minute hatte er mehr in diesem Apartment verbringen wollen. Nachdem das professionelle Reinigungskommando seine Arbeit verrichtet hatte, war er noch dort gewesen, um alles einzupacken. Immer noch quälten ihn Albträume von dem Szenario, das er an jenem Montagnachmittag dort vorgefunden hatte.

Scheiße. Er wollte nicht daran denken. Dann merkte er, dass ihn Julia und Javier anschauten. Julia mit undurchdringlichem Blick, Javier voller Ungeduld.

„He, warum sagst du denn nichts? Du wolltest das Haus doch so gern verkaufen? Du müsstest doch vor Freude in die Luft springen, schließlich wollen sie sogar den extrem hohen Preis zahlen, den du verlangst", meinte Javier.

„Extrem hoch? Jetzt mach mal halblang, wir sprechen hier über eine freistehende Villa in einem schicken Teil von Berlin, in Pankow, nicht über ein Loch in der Extremadura", antwortete Wolfgang beleidigt.

Er nahm wahr, dass sich Javiers Mundwinkel einige Millimeter nach unten krümmten. Okay, er hatte den Preis tatsächlich ziemlich hoch angesetzt, aber es war doch nicht seine Schuld, wenn sie den einfach so akzeptierten? Ganz offensichtlich hatten sie genug Geld. Javiers Lieblingsneffe Francisco war Fotograf und sein Freund Sergio Architekt. Sie wohnten in einem Dorf nicht weit von Aguasantas entfernt, wo es für die meisten anderen Bewohner noch zu weit ging, wenn zwei Männer zusammenlebten. Sie hatten schon eine Zeit lang geplant, ins Ausland zu ziehen, in eine große Stadt, wo sie leben konnten, ohne dass man hinter ihrem Rücken über sie flüsterte. Als Wolfgang erzählte, dass er die Villa in Pankow verkaufen wollte, um ein Haus in Galizien erwerben zu können, hatte Javier sofort an seinen Neffen gedacht. Das Paar hielt sich nun seit vier Tagen in Berlin auf. Beide Männer riefen regelmäßig Javier an und waren restlos begeistert. Zu Recht. In Berlin ließ es sich gut leben, es gab viel Platz und es war immer etwas los; man bekam jede Menge zu sehen, und es herrschte Leben dort, in dieser Stadt, in der Schönheit und Hässlichkeit lauthals um die Oberhand stritten. Wer einen Blick dafür hatte, sah in Berlin die Kontraste, die eine Metropole interessant machten.

„Willst du nicht mit ihm telefonieren, um alles zu regeln? Du hast doch seine Handynummer“, sagte Javier ungeduldig.

Wolfgang begriff, dass die Entscheidung nicht mehr in seiner Hand lag.

„Ich rufe ihn an.“

Heute Abend.

Zweites Kapitel

„Er geht nicht ans Telefon", erklärte Wolfgang.

Javier runzelte die Stirn und trommelte auf dem Tisch herum. „Merkwürdig, Francisco sagt doch immer, ein Freelancer stellt nie sein Telefon aus. Wie oft hast du es denn probiert?"

„Gestern Abend ein paar Mal. Und gerade eben noch, vor zehn Minuten. Ich habe eine Nachricht hinterlassen."

„Hm! Ich werde es mal bei Sergio probieren."

Javier tippte auf dem Festnetzapparat eine Nummer ein und stellte den Lautsprecher an. Es klingelte zweimal, dann wurde abgenommen.

„Sergio."

„Javier hier. Wir können Francisco einfach nicht erreichen. Ist er bei dir in der Nähe?"

„Nein, ich nehme gerade an einem Architektenkongress in Rotterdam teil. Gestern Abend bin ich nach Amsterdam geflogen und habe dort übernachtet. Francisco ist in Berlin geblieben."

„Er geht jedenfalls nicht ans Telefon. Wolfgang sitzt neben mir, er will den Hausverkauf mit euch besprechen."

„Fantastisch. Heute Abend fliege ich von Amsterdam zurück nach Berlin. Ich begreife gar nicht, warum er nicht ans Telefon geht. Da hat er sich so einen sauteuren Blackberry gekauft und ist immer noch nicht erreichbar. Na ja, ich probiere es selbst auch gleich mal. Jetzt muss ich Schluss machen, hier fängt eine Präsentation an."

Sergio klang gehetzt und ungeduldig. Ohne weitere pflichtmäßige Verabschiedungsformeln beendete er das Gespräch.

Javier warf den Hörer auf die Gabel, stand auf und knöpfte sich die Uniformjacke zu.

„Ich gehe jetzt einen Kaffee trinken. Du kannst mir dabei Gesellschaft leisten."

Wie überaus großzügig. Javier wartete wie gewöhnlich nicht auf irgendeine Form der Zustimmung, sondern verließ sein Büro in der Annahme, Wolfgang werde ihm schon folgen. Er würde sich nie ändern. Wolfgang unterdrückte seinen Ärger. Eigentlich hatte er aber auch Lust auf eine Tasse starken Kaffee. Er folgte Javier, der gemessenen Schrittes zum Ausgang der Polizeiwache lief, auf dem Weg hinaus dem diensthabenden Beamten der *Guardia Civil* hinter dem Tresen ein paar Befehle zublaffte und seinen Dienstwagen ansteuerte.

Der Beamte, ein sympathischer junger Mann, der kaum seinen Aknejahren entwachsen zu sein schien, begrüßte Wolfgang in freundlichem Ton und zog hinter dem Rücken seines Vorgesetzten eine Grimasse.

Wolfgang grinste zurück, folgte Javier nach draußen und blieb stehen, als er spürte, dass sein Handy klingelte. Ob das wohl Francisco war?

„Javier, warte einen Moment."

„*Rápido*, mach schnell, ich habe nur eine Viertelstunde Zeit, danach bin ich mit dem Bürgermeister verabredet", rief der, ohne sich umzudrehen.

Wolfgang schaute auf das Display. „Es ist Francisco", rief er Javier zu.

„*¿Hola Francisco, qué tal?*"

Es dauerte einige Sekunden, bis zu ihm durchdrang, was die Stimme am anderen Ende der Leitung antwortete. Und was das bedeutete.

„Landeskriminalamt Berlin, *police. Do you speak English?*"

Die bekannte Stimme in Wolfgangs Ohr wiederholte in schlechtem Englisch und mit starkem deutschem Akzent ihre Frage.

„Noch besser, ich spreche Deutsch“, sagte Wolfgang und zählte mit, wie viele Sekunden Claus brauchte, um sich von seiner Verblüffung zu erholen.

Javier hatte sich abrupt umgedreht und kam gemessenen Schrittes auf Wolfgang zu.

„Wolfgang?“, schrie ihm Claus ins Ohr. „Das glaube ich ja wohl nicht. Wo steckst du denn? Hast du diese Nachricht auf Spanisch eingesprochen? Mein Gott, ich dachte gleich, die Stimme kommt mir bekannt vor. Wie kann das nur sein. Wo bist du denn? Noch auf den Bahamas oder zurück in Berlin?“

Alle glaubten, er wäre auf den Bahamas – diese Finte hatte er sicherheitshalber angewendet, als er aus Berlin geflohen war.

„Ich bin in Spanien. Was gibt's denn? Warum rufst du mich von Franciscos Handy aus an? Was ist passiert?“

Indem er die Frage stellte, beantwortete er sie zugleich selbst. Die Tatsache, dass das LKA von Franciscos Handy aus mit ihm kommunizierte, konnte nur eines bedeuten.

Er nahm wahr, dass Javier heftige fragende Gebärden machte.

„In welcher Beziehung stehst du genau zu diesem Francisco, Wolfgang?“ Claus wartete die Antwort nicht ab. „Ich habe nämlich keine guten Neuigkeiten. Wir haben ihn gerade in der Laubenkolonie Klein Eden in Pankow gefunden. Mausetot. Niedergeschossen. Er hat einen Treffer in den Kopf abbekommen und einen in die Eier.“

Verdammte Scheiße. Javiers Lieblingsneffe.

„Habt ihr schon eine Spur?“

„Zurzeit bist du unsere einzige. Keine Mordwaffe, keine Zeugen, keine Ahnung. Nur eine Nachricht auf der Mailbox, eingesprochen von Wolfgang, dem ehemaligen Hauptkommissar, der sich auf die Bahamas davonmacht und dann auf mysteriöse Weise in Spanien wieder auftaucht. Und dann kennt er zufällig auch noch das Opfer. Was ist hier eigentlich los?"

Gute Frage.

„Was machst du in Spanien? Warum bist du plötzlich ohne ein Wort verschwunden? In welcher Beziehung standest du zu diesem Spanier? Was hatte er hier zu suchen? Wir haben keinen Hotelzimmerschlüssel gefunden, keinen einzigen Hinweis darauf, wo er untergekommen war."

„Er hat in meinem Haus in Pankow gewohnt", sagte Wolfgang, wobei er die übrigen Fragen bewusst ignorierte. „Er wollte es kaufen."

Auf der anderen Seite der Leitung blieb es lange still.

„Ich will wissen, was los ist", herrschte ihn Javier an, sobald Wolfgang das Gespräch beendet hatte. „Und zwar sofort. Da ist doch was, das sehe ich an deinem Gesicht. Und warum hast du die ganze Zeit Deutsch gesprochen, wo doch Francisco angerufen hat?"

Javier riss die oberen Knöpfe seiner Uniformjacke auf und fächelte sich mit einer Hand kühle Luft zu.

Er wusste bereits, was los war. Er wartete nur die Bestätigung ab.

„Ich fürchte …", setzte Wolfgang an und schwieg dann. Es waren dieselben Worte, die Javier gebraucht hatte, als er gekommen war, um Julia darüber zu informieren, dass ihr Bruder Rafael ermordet worden war, an jedem Frühlingstag in ihrem *cortijo*, der so friedlich begonnen hatte, wie es Tage des unerwarteten Schmerzes und der schlechten Nachrichten häufiger zu tun pflegten. Er sah, dass sich Javier dieser Tatsache ebenfalls bewusst war.

„Ein Unfall?", fragte er brüsk.

„Nein", antwortete Wolfgang. „Erschossen."

„Haben sie den Täter?"

„Nein."

„*Hijo de la gran puta*", rief Javier aus vollem Herzen und sprang auf. „Ich muss seine Familie informieren. Und Sergio."

„Es tut mir furchtbar leid", sagte Wolfgang. Javier schien allerdings keine solchen Bekundungen zu benötigen. Er strahlte wilde Wut und Aggressionen aus, und seine negativen Gefühle richteten sich gegen Wolfgang.

„Du hast ihm geraten, nach Berlin zu gehen." Mit dem Zeigefinger stach er Wolfgang fast ein Auge aus. „Berlin ist doch so eine angenehme Stadt, in der es sich so gut leben lässt, hast du das nicht gesagt? Du hast ihn gedrängt, weil du unbedingt dein Haus verkaufen wolltest."

Nach diesen Worten sprang Javier ins Auto. Der laute Schlag, mit dem er die Tür hinter sich zuwarf, hallte weniger stark in Wolfgang nach als die Worte, die der andere förmlich ausgespuckt hatte.

Gedrängt? Niemand würde abstreiten können, dass Berlin jungen Menschen mit großen Plänen unbegrenzte Möglichkeiten bot, und dass sich diese von der Stadt wie von einem Magneten angezogen fühlten. Francisco und Sergio hätten sich in der lebendigen, internationalen Atmosphäre wie Fische im Wasser gefühlt, dessen war sich Wolfgang sicher. Vielleicht hatte er tatsächlich ein wenig gedrängt, Berlin in zu rosigen Farben geschildert, die düstere Seite, die er durch und durch kannte, der Einfachheit halber ein wenig vernachlässigt. Aber ihm jetzt zu unterstellen, er sei deswegen mitschuldig an dem Geschehenen, ging zu weit. Solche Dinge konnten passieren, so unwahrscheinlich das auch war. Berlin hatte dreieinhalb Millionen Einwohner, und wie in jeder Weltstadt gab es dort Kriminalität. Francisco war aus purem Zufall im falschen Augenblick am falschen Ort gewesen.

Zufall. Wieder dieses Wort.

Er verließ die Polizeiwache, lief an der San Barthomé-Kirche vorbei zur Burg und starrte zwischen den Mauerzinnen hindurch auf die ihm inzwischen so vertraute *Sierra*. Francisco war erst siebenundzwanzig gewesen. Wer hatte ihn wohl ermordet, und warum? Claus hatte zwar gesagt, es gebe noch keine einzige Spur, aber die Art, wie man Francisco getötet hatte, ließ zumindest Raum für einige Vermutungen.

Wolfgang musste nach Berlin, das war ganz klar. Auf eine beunruhigende Weise fühlte er sich trotz allem ein wenig verantwortlich, als laste ein Fluch auf ihm, der den Mord anzog und die Menschen um ihn herum in Gefahr brachte. Er musste Franciscos Mörder finden, das war er sowohl Javier als auch seinem eigenen Seelenfrieden schuldig. Man hatte Claus die Ermittlungen übertragen - zum Glück, denn er war ein kompetenter Hauptkommissar.

Allerdings nicht so gut wie er selbst.

Claus. Er hatte am Telefon seltsam geklungen, auch wenn Wolfgang nicht mit Sicherheit sagen konnte, woran genau er das festmachte. Er war wütend gewesen, aber nicht nur das. Da war auch eine gewisse Reserviertheit angeklungen, oder vielleicht eher ein Misstrauen. Auf Wolfgangs Ankündigung, er werde den ersten Flug nach Berlin nehmen, hatte Claus positiv reagiert. „Das wollte ich auch gerade vorschlagen", hatte seine Reaktion gelautet.

Natürlich war der Air Berlin-Flug von Sevilla nach Mallorca völlig ausgebucht, genau wie der von Mallorca nach Berlin, und auch morgen gab es keine freien Plätze. Wolfgang seufzte frustriert. Das bedeutete, dass er nach einem anderen Flughafen, vielleicht Frankfurt oder Düsseldorf, suchen und dort einen Wagen mieten oder den Zug nach Berlin würde nehmen müssen. Was für ein Umstand. Die Internetverbindung war nervenaufreibend langsam, und Javier schaute ihm auf die Finger, während er ungeduldig auf dem

Schreibtisch herumtrommelte, was Wolfgang langsam aber sicher gehörig auf die Nerven ging.

Javier machte eine Bewegung in Richtung der Tür, sagte, er werde das schon regeln, und befahl Wolfgang, inzwischen seinen Koffer zu packen oder es Julia erledigen zu lassen.

Lächerlich. Niemand packte ihm den Koffer, nicht einmal Claudia hatte er das je erlaubt. Er hatte seine eigene effiziente Methode, mit einem festen Platz für jeden einzelnen Gegenstand.

Durch die engen Straßen ging er zurück zu Julias Haus und wusste dabei, dass er in den kommenden Stunden eine Entscheidung über sein Leben würde treffen müssen. Über sie.

„Du brauchst doch nicht alles mitzunehmen", meinte Julia, während sie seine T-Shirts auf die falsche Weise zusammenfaltete und in den Koffer legte. Wolfgang bezwang die Neigung, die Kleidungsstücke wieder herauszuholen und richtig anzuordnen. „Du kommst doch wieder." Es klang nicht wie eine Frage.

„Natürlich komme ich wieder", sagte er. „Meine schmutzigen Socken liegen noch bei dir in der Waschmaschine."

Wolfgang sah zu, wie Julia seinen Koffer ineffizient einpackte, und dachte über die Lüge nach, die ihm so einfach über die Lippen gekommen war. Eine Rückkehr in die Extremadura wäre unvernünftig, weil es für ihn und Julia einfach keine Zukunft gab. Sie war intelligent, unabhängig, unberechenbar – sie passte nicht in das übersichtliche Leben, das er anstrebte. Er wollte wissen, woran er bei ihr war, aber es schien, als gehe es ihr darum, das um jeden Preis zu verhindern. Sie ließ sich nichts vorschreiben, machte, was sie wollte, und hielt nach ihren Erfahrungen in der Vergangenheit nicht gerade Ausschau nach einem Partner. Außerdem hatte sie alles im Griff. Sie würde niemals den von ihr geleiteten, auf die Herstellung von Schinken spezialisierten Betrieb, ihre Familie und die Extremadura hinter sich lassen. Er wusste, dass es hoffnungslos war, und trotzdem fand er sie anziehend, als verbinde sie etwas, das er aber nicht benennen konnte. Darum musste er hier weg. Sie sich aus dem Kopf schlagen. Vielleicht hatte es ja sogar prophetische Bedeutung, dass sie ihm da gerade den Koffer packte.

Sie musste sich auf den Koffer setzen, um ihn schließen zu können, und schaute Wolfgang dabei an. „So. Selbst kannst du das ganz ohne Zweifel viel besser, aber ich bin froh, dass du es mich hast machen lassen.“ Sie zog die Nase kraus, mit diesem ihm vertrauten Ausdruck, der Lachfältchen in ihrem Gesicht erscheinen ließ. Das war auch so etwas. Julia lachte ihn oft heimlich aus, ganz plötzlich, aus Gründen, über die er nur mutmaßen konnte. Als nehme sie ihn nicht ernst, als sehe sie etwas, dessen er sich selbst nicht bewusst war. Hin und wieder ärgerte ihn das.

Julia stand auf, legte ihm beide Hände auf die Schultern und schaute ihm gerade in die Augen. „Warum sagst du denn nichts? Du kommst doch wieder, Wolfgang?“, wollte sie wissen, diesmal in nachdrücklicherem Ton. Sie schaute ihn an, ohne zu blinzeln, und die Atmosphäre veränderte sich ein klein wenig, als ließe sich die Luft mühsamer atmen. Die Zeit schien stillzustehen, als er sie langsam an sich zog, oder sie sich an ihn presste – das war egal, als er ihre Lippen spürte, ihren Mund, der sich seinem öffnete. Ihren warmen Körper, und nur noch heftiges Verlangen, ihr leises Stöhnen, das ihn erregte, wie er lange nicht mehr erregt gewesen war, und er wollte mehr, viel mehr, wollte ihren nackten Körper an seinem spüren, das Verlangen in ihren Augen sehen. Sie ließ die Hände langsam über seinen Rücken gleiten, zog ihn noch enger an sich, und Begehren durchzuckte ihn – er wollte diese Frau, die ihn vor Sehnsucht und Frustration ganz verrückt machte, und er hob gerade beide Hände, um ihren Busen zu berühren, als es an der Haustür laut und durchdringend klingelte.

Es hörte einfach nicht auf.

Julia machte sich los und murmelte etwas Unverständliches, während sie über den Patio eilte, ohne sich umzuschauen.

Wolfgang ließ sich in einen Stuhl fallen und fluchte innerlich, mit den heftigsten Verwünschungen, die ihm so schnell einfielen.

Javier stürmte herein und machte eine ungeduldige Handbewegung. „Ich konnte zwei Plätze für den Mittagsflug ergattern. Wir müssen sofort nach Sevilla. *Rápido!* Ich warte im Auto. Du hast eine Minute."

Er verschwand wieder nach draußen.

Julia blickte ihm kopfschüttelnd nach. „Javier hat wirklich ein ganz fantastisches Timing", kommentierte sie.

„Da ist er nicht der Einzige", erwiderte Wolfgang sarkastisch.

Sie schaute ihn mit einem jener tiefen, unergründlichen Blicke an, die er zu fürchten gelernt hatte, weil er sie nicht deuten konnte, außer dahingehend, dass sie wahrscheinlich etwas vor ihm verbarg.

„Ich habe dir gesagt, ich brauche Zeit. Das hast du akzeptiert."

„Und gerade jetzt, wo ich aufbrechen muss, brauchst du diese Zeit plötzlich nicht mehr? So ein Zufall."

„Was genau willst du damit andeuten?" In ihren Augen flackerte kurz, aber ganz unverkennbar Wut auf.

„Nicht mehr und nicht weniger als das, was ich gesagt habe. So ein Zufall. Und wenn ich jetzt nicht hätte wegfahren müssen?"

„Ich weiß es nicht, Wolfgang. Außerdem ist es doch egal, oder? Es war ein Impuls."

„Ein fantastisch getimter Impuls, meinst du."

„Nenne es, wie du willst. Jedenfalls gut, dass Javier gerade jetzt gekommen ist." Keine Leidenschaft mehr, keine Wut. Kühl und beherrscht war sie. Hatte sie gespürt, dass er nicht vorgehabt hatte, zurückzukommen, und versuchte sie ihn zu manipulieren? Wenn das ihre Absicht gewesen war, war es ihr ganz ausgezeichnet geglückt. Aber sie hatte sich selbst damit verraten. Sie fühlte sich ganz eindeutig zu ihm hingezogen, diese Hexe, die ihn so wahnsinnig machte. Wenn Javier verdammt noch mal nicht erschienen wäre, hätte Wolfgang sie in sein Zimmer geschleppt und dort langsam, voller Leidenschaft mit ihr geschlafen, bis sie um Gnade flehte.

Drittes Kapitel

Die junge Frau am Air Berlin-Schalter betrachtete Javier mehr als interessiert, bevor sie ihm die Tickets aushändigte und eine gute Reise wünschte. Ihre Kollegin, die den Kurs „Umgang mit aufgebrachten Kunden" ganz offensichtlich mit glänzenden Ergebnissen absolviert hatte, war damit befasst, zwei deutschen Touristen auf professionelle Weise zu erklären, dass sie diesen Flug nicht würden nehmen können, obwohl sie Tickets dafür besaßen.

„Wir haben Glück, dass wir mitkommen, der Flug ist überbucht", meinte Wolfgang.

„Um genau zwei Plätze", antwortete Javier. „So ein Zufall, nicht wahr? Wir müssen zu Gate 6. Das Boarding läuft schon."

Wolfgang starrte ihn an. „Du hast doch nicht etwa jemanden bestochen?"

„Bestochen, ich? Natürlich nicht, ich habe hier einen Freund in einer hohen Position, der mir gern einen Gefallen tun wollte. Genauso, wie ich das auch mal für ihn getan habe", erklärte Javier.

Der Transit in Palma verlief wie üblich schnell und effizient; Menschenmassen wurden wie Schlachtvieh durch lange Gänge getrieben, und jeder bog am richtigen Gate ab: Düsseldorf, Frankfurt, Münster, Amsterdam, Brüssel, Berlin-Tegel. Der Flug war langweilig, wie Flüge das immer waren, und wurde von professionell freundlichen Stewardessen begleitet, die ganz ohne Zweifel lieber etwas anderes getan hätten, als in einem vollgestopften Bus mit Flügeln gebräunten Sandkastentouristen Getränke und Snacks zu verkaufen. Javier las *El País* und hüllte sich in ein abweisendes Schweigen. Wolfgang tat sein Bestes, um nicht an Julia denken zu müssen, aber die Erinnerungen schlichen sich immer wieder in sein Gehirn, wo sie sich laut bemerkbar machten. Er war froh, als die Maschine endlich in den Sinkflug ging, von der Konstellation der unzähligen Lichter angezogen wurde, die Berlin am Abend darstellte – funkelnde kleine Punkte, die sich in raschem Tempo in Wohnungen, Gebäude, Autos und Straßenlaternen verwandelten. Berlin schien ihn willkommen zu heißen oder sogar verlocken zu wollen, diese Stadt, aus der er hatte fliehen müssen, weil er dort nicht mehr sicher gewesen war, aber Gott sei Dank war er das jetzt wieder.

Das Flugzeug legte eine saubere Landung hin, fuhr dann zum Terminal. Enervierend langsam suchten die Passagiere ihre Besitztümer zusammen und versperrten auf diese Weise schnelleren den Weg. Endlich betrat Wolfgang gefolgt von einem noch immer schweigenden Javier das Flughafengebäude Otto Lilienthal.

Verlockungen, davon gab es in diesem Augenblick zu viele, und sie waren größtenteils nicht miteinander vereinbar. Kleine, warme, ihm winkende Lichter, Irrlichter, die ihn dazu verführen wollten, seine vorgezeichnete Route zu verlassen. Rational betrachtet war er froh, dass Javier die Szene auf dem Patio unterbrochen hatte. Vom Gefühl her vielleicht in diesem Moment noch nicht, aber das würde schon noch kommen. Wenn er mit Julia geschlafen hätte, hätte das die Situation ganz ohne Zweifel in hohem Maße komplizierter gemacht. Jetzt ging es darum, sein Leben wieder selbst in die Hand zu nehmen, wie es sein sollte, und er wusste auch genau, wie er das anfangen musste. Er würde sich ein Haus in Galizien kaufen und abwechselnd dort und in Berlin leben.

Julia würde er vergessen.

Er wünschte sich aus tiefstem Herzen, ihr nie begegnet zu sein.

Der Flug aus Amsterdam war bereits gelandet, und Sergio wartete auf sie. Javier umarmte ihn, eine Geste, die Wolfgang von ihm nicht erwartet hatte, weil die einzigen Emotionen, die der Polizist normalerweise der Außenwelt zeigte, aus Ärger und Ungeduld bestanden.

Sergio wirkte gefasst. Im Taxi auf dem Weg zum Landeskriminalamt überschüttete er die beiden mit Fragen, die sie nicht beantworten konnten, und mit der allerletzten hoffnungsvollen Überlegung, die man immer anstellte, und die Wolfgang und Javier leider sehr wohl zu beantworten wussten: „Könnte es sich nicht auch um eine Verwechslung handeln? Vielleicht haben sie ja gar nicht Francisco gefunden, sondern jemand anderen."

Das war allerdings unwahrscheinlich.

Das vertraute grüne Schild mit dem Text „Landeskriminalamt, LK1, Delikte am Menschen" starrte ihn an, als wäre er nie weggewesen. Die fünf Wochen erschienen ihm wie eine Ewigkeit. Ihre Schritte klangen hohl in den langen, breiten Fluren des Gebäudes in der Keithstraße 30. Es war eine ruhige Straße am Rand von Berlins grüner Lunge, dem Tiergarten. Wolfgang konnte sich schon jetzt nicht mehr vorstellen, dass er hier all diese Jahre verbracht hatte. Claus hing in dem verschlissenen Sessel hinter seinem Schreibtisch, der wie immer unter unübersichtlichen Haufen verschwand – Papiere, Akten, ein Kassettenrekorder, Essensreste und Gott weiß was sonst noch flog in diesem Schweinestall herum. Claus war sechzig Jahre alt, litt unter Übergewicht, trug seine ewigen durchgelaufenen Nike-Schuhe, die vor langer Zeit einmal weiß gewesen waren, und ein T-Shirt mit dem Text „Mein Arsch". Er verkörperte das in vielen Krimis dargestellte Stereotyp des etwas älteren, schmuddeligen Inspektors im Zivil, und obwohl es nach außen hin nicht so wirkte, als sei er sich dessen bewusst, vermutete Wolfgang, dass er dieses Image heimlich kultivierte. Claus war geradezu süchtig nach *Tatort*, *Polizeiruf 110*, *Derrick* und *Frost*. Wolfgang seinerseits war ein Liebhaber der für Claus zu subtilen Serie *Columbo*.

Claus schüttelte allen die Hände und bedeutete ihnen, sie sollten sich setzen. Sergio starrte auf den Blackberry auf dem Schreibtisch. Claus spielte die Voicemailnachricht ab, und Wolfgangs Stimme erfüllte das Zimmer. Danach blieb es kurz still, ein Schweigen voller unausgesprochener Fragen.

„Warum hast du deinen Namen nicht genannt?", war die erste, die Claus stellte.

„Der ist für Spanier unaussprechlich", erwiderte Wolfgang. „Da unten nennen mich die Leute ‚Coleta', Spanisch für ‚Pferdeschwanz'."

„Ach so, alles klar", meinte Claus, als hätte er sich wegen dieses Problems den ganzen Tag Sorgen gemacht. Er betrachtete Javier sorgfältig. „Und das hier ist sicher sein Freund?"

Typisch für Claus, dass er in Klischees dachte. Sergio war eher klein, kleidete sich nicht modisch, trug eine Brille und war ein bisschen stämmig. Nach Claus' Verständnis passte Javiers muskulöser Fitnessstudiolook besser zu einem Homosexuellen.

„Du würdest mir eine große Freude machen, indem du diese Unterhaltung übersetzt", erklärte Javier. „Und ich will jedes Wort hören. Lass nichts aus."

Wolfgang übersetzte. Er ließ nichts aus. Javier warf Claus einen Blick zu, der eine Kobra mit Eifersucht erfüllt hätte. Ganz offensichtlich entwickelte sich da eine grundlegende Antipathie, und dem Ausdruck auf Claus' Gesicht nach zu urteilen beruhte dieses Gefühl auf Gegenseitigkeit.

„Vielleicht kannst du Franciscos Freund … Sergio", Wolfgang deutete nachdrücklich auf den Angesprochenen, „und Javier … Franciscos *Onkel*, erzählen, was genau passiert ist. Nur der Ordnung halber, Javier bekleidet eine wichtige Position bei der *Guardia Civil*."

Claus bedachte Javier mit einem beleidigend trägen Blick und machte ein demonstrativ ungläubiges Gesicht.

„Wann darf ich Francisco sehen?“, wollte Sergio wissen.

„Morgen“, erklärte Claus als Antwort auf Wolfgangs Übersetzung. „Die Autopsie ist erfolgt, jetzt warten wir auf den offiziellen Bericht.“ Er nahm eine Akte zur Hand, in der sich diverse Fotos befanden, und wählte eines davon aus. Es zeigte das Gesicht eines gut aussehenden jungen Mannes mit gebräunter Haut und einem Einschussloch mitten auf der Stirn. Eine eingetrocknete rostfarbene Blutspur verlief von seiner Schläfe bis zu seinem linken Ohr.

Javier starrte das Foto mit heruntergezogenen Mundwinkeln an; man sah deutlich, wie sich die Kiefermuskeln unter seiner straff gespannten Haut abzeichneten. „Ich will die anderen Aufnahmen auch sehen. Ich will wissen, was vorgefallen und wie weit man mit den Ermittlungen gekommen ist. Ich will, dass man diesen Mörder fasst. Und wenn der inkompetente Versager hier dazu nicht in der Lage ist, was ich stark vermute, werde ich mich selbst darum kümmern.“

Wolfgang übersetzte. Diesmal gab er nicht jedes Wort wieder.

„Hast du mir übrigens nichts zu sagen?“, fragte Claus. „Stundenlang habe ich an diesem Tag auf dich gewartet, aber du bist einfach nicht aufgetaucht. Ohne mir ein Wort zu sagen.“

„Entschuldige, ich hätte etwas von mir hören lassen sollen.“

„Und ob. Fünf Wochen, und dann nichts als eine E-Mail von den Bahamas.“ Er sprach das Wort mit Nachdruck aus. „Wie war es da eigentlich?“

„Angenehm“, meinte Wolfgang. „Strand, Palmen, Cocktails – ich konnte mich wunderbar erholen. Mal was anderes, so ein paar Wochen in den Tropen.“

Claus starrte ihn an, und Wolfgang war auf die überraschende Wut in seinen Augen nicht vorbereitet.

„Du bist ein Arschloch.“

Esteban schenkte ihnen die Gläser voll. Zum Glück war es in seinem spanischen Restaurant in Wilmersdorf ruhig. Die Gäste saßen draußen auf der von kleinen Olivenbäumen und Oleandersträuchern umgrenzten Terrasse bei Weißwein und Prosecco. Cava hatte sich in Berlin noch nicht als Modegetränk durchgesetzt, aber das würde ganz ohne Zweifel noch kommen.

In der mediterran anmutenden Hitze präsentierte sich die Stadt von ihrer sonnigsten Seite. Die Caféterrassen waren voll, und das reiche Berlin zeigte sich und seinen Erfolg in glänzend geputzten Sportwagen mit offenem Verdeck, unzähligen sorgfältig gekleideten Männern und blonden oder nicht ganz natürlich blonden, nonchalant telefonierenden Damen mit gekonnt auf dem Kopf positionierten Markensonnenbrillen. Im Sommer wies Berlin in bestimmten Stadtteilen eine außergewöhnlich hohe Cabriodichte auf.

Sergio und Javier waren in Wolfgangs Apartment geblieben, und Wolfgang freute sich über die Gelegenheit, alles ungestört mit seinem Freund Esteban besprechen zu können. Der erzählte ihm, dass er gestern das Restaurant seinem Kompagnon überlassen hatte und den ganzen Tag mit Francisco durch bekannte und weniger bekannte Teile Berlins gezogen war. Am Morgen hatten sie mit einem Kaffee in der Gaststätte MAUS angefangen, und Esteban sollte Wolfgang ganz herzliche Grüße von Silke ausrichten, die gefragt hatte, wann er endlich mal wieder vorbeikomme. Danach hatten sie halb Berlin durchquert und waren nach einer typisch deutschen Mahlzeit in Wilmersdorf noch auf einen Absacker in Estebans Restaurant eingekehrt.

Wolfgang dachte an die Gaststätte MAUS zwischen den Kleingärten, wo er so viele Monate nicht mehr gewesen war. Wenn er nach Pankow kam, trank er dort immer ein Bier, wie früher mit Claudia - eine der wenigen ihrer gemeinsamen Traditionen, mit denen er nicht gebrochen hatte. Sie waren einmal während eines Spaziergangs durch die Laubenkolonie zufällig in der Gaststätte MAUS gelandet und seitdem mit einiger Regelmäßigkeit dort eingekehrt. Bis zu ihrem Haus am Majakowskiring hatten sie es nicht weit, und in diesem Teil von Pankow gab es leider nur wenige gute Eckkneipen.

Francisco war spät am Abend aus dem Restaurant weggegangen und hatte gemeint, er wolle die S-Bahn nach Pankow nehmen und von dort aus zum Majakowskiring laufen. Auf dem Weg war er ermordet worden.

Claus hatte von Silke gehört, dass Esteban mit Francisco unterwegs gewesen war, und ihn vernommen. Er hatte wissen wollen, wie das Verhältnis zwischen Francisco und Sergio gewesen war, und ob die beiden Sergio zum Flughafen gebracht hatten oder er allein dorthin gefahren war. Außerdem hatte er nachgefragt, welche Beziehung zwischen Wolfgang und Francisco bestand und wie lange Wolfgang auf den Bahamas gewesen war. Ohne nachzudenken hatte Esteban erzählt, dass Wolfgang es sich im letzten Augenblick anders überlegt und sich die ganze Zeit in Spanien aufgehalten hatte. Claus' Gesichtsausdruck war zu entnehmen gewesen, dass er das Ganze äußerst merkwürdig fand.

Darum hatte Claus so angepisst reagiert – er wusste, dass Wolfgang ihn angelogen hatte.

„Wie geht Javier damit um?“, wollte Esteban wissen.

„Du kennst ihn doch. Er spricht nicht darüber, jedenfalls nicht mit mir.“

Esteban schaute ihm ins Gesicht. „Da ist noch was, ich sehe es dir doch an. Erzähl schon.“

„Ich glaube, er findet, dass ich eine Teilschuld trage, weil ich den beiden Berlin so ans Herz gelegt habe.“

„Lächerlich!“, rief Esteban empört aus. „Wie kommt er denn darauf?“

Es tat gut, dass die Reaktion seines Freundes so spontan und aus vollem Herzen kam.

„Es ist seltsam, aber ich empfinde es fast genauso.“

„Damit darfst du gar nicht erst anfangen, völliger Unsinn. Und weil du gerade ‚seltsam‘ gesagt hast: Siegfried ist gestern hier gewesen. Er hat mehrfach versucht, dich zu erreichen, aber er hatte deine neue Handynummer nicht, und auf seine E-Mails reagierst du auch nicht, sagt er. Ich habe versprochen, dafür zu sorgen, dass du ihn anrufst. Das habe ich hiermit getan. Er war böse, weil ich ihm deine neue Nummer nicht geben wollte. Das fand ich selbst übrigens auch nicht gerade angenehm.“

Wolfgang hatte seine alte SIM-Karte sicherheitshalber vernichtet und Esteban ans Herz gelegt, seine neue Nummer geheim zu halten, weil er nicht bereit gewesen war, mit Freunden und Bekannten über alles Mögliche zu reden und ihnen Geschichten über einen erfundenen Urlaub auf den Bahamas aufzutischen. Das würde sich jetzt ändern. Er musste sich auf die Freunde konzentrieren, die er in der letzten Zeit vernachlässigt hatte, bevor es zu einer völligen Entfremdung kam. Er hatte sie mit gefälschten E-Mails von den Bahamas betrogen, aber das war bitter nötig gewesen, eine Frage von Leben und Tod.

„Ich begreife einfach nicht, wie du mit diesem Mann befreundet sein kannst; ich finde ihn unheimlich, nicht normal.“

„Siegfried ist in der Tat speziell“, erwiderte Wolfgang.

Esteban öffnete den Mund, schien es sich dann aber anders zu überlegen und schloss ihn wieder. Er war nicht der Einzige, der Siegfried merkwürdig fand. „Der Typ hat doch nicht alle Tassen im Schrank“, wie es Claus auf seine gewohnt feinfühlige Art ausdrückte.

Wolfgang würde Siegfried anrufen, denn von ihm waren mehrere besorgte E-Mails gekommen, auf die er nicht reagiert hatte. Außerdem wurde es Zeit, Berlin wieder neu zu erkunden, seine in der ganzen Stadt verteilten Lieblingskneipen zu besuchen, und er würde mit Gitta in Neukölln anfangen.

Morgen aber noch nicht. Erst standen diverse weniger angenehme Punkte auf dem Programm.

Viertes Kapitel

Berlin brauste um sieben Uhr morgens mit voller Kraft, als hätte es nie geschlafen. Zuvor war es schrittweise aus einer nächtlichen Stille erwacht, zuerst zerrissen vom schrillen Zwitschern der Amseln, gefolgt vom allmählich anschwellenden Summen des Autoverkehrs. Sobald die Sonne aufging, beschien sie eine quicklebendige Stadt, in der diejenigen, die die Nacht bevölkert hatten, unauffindbar untergetaucht waren, als wären sie nie dagewesen. Tag und Nacht führten parallele Existenzen, und wenn sich ihre Pfade kreuzten, ignorierte man einander.

Wolfgang trank seinen Kaffee draußen am Stehtisch der Bäckerei in der Leibnizstraße und beobachtete das Gewimmel der Menschen, die auf dem Weg zur Arbeit waren oder gerade von dort zurückkehrten. Ein Fingerschnipsen hatte ausgereicht, um ihn wieder in dieser geschäftigen anderen Welt ankommen zu lassen, und ein größerer Kontrast zu dem spanischen Dorf, das er so überstürzt verlassen hatte, schien kaum möglich. Er holte tief Atem. Berliner Luft. Um sechs Uhr hatte er es nicht mehr im Bett ausgehalten und war nach einer heißen Dusche losgezogen.

Es würde ein langer Tag werden. Die Leichenhalle im Stadtteil Moabit. Das Landeskriminalamt im Tiergarten. Sein Haus in Pankow. Die Kleingartenkolonie. Ein schwerer Tag in der Gesellschaft von Javier und Sergio.

Er überquerte erst den Walter-Benjamin-Platz und dann den Kurfürstendamm, in der Hand die Papiertüte mit den gerade gekauften belegten Brötchen.

Javier und Sergio saßen schweigend in seinem Apartment an dem großen Esstisch aus Holz und hatten es offensichtlich geschafft, seinen Kaffeeautomaten in Gang zu bringen. Scheiße. Wenn sie den nur nicht kaputtgemacht hatten. Normalerweise durfte das Gerät außer ihm niemand bedienen, denn er betrachtete es als eine Art Rolls Royce und verwendete nur die im exakt richtigen Grad feingemahlenen Bohnen.

Javier nahm sich ein Brötchen, studierte den deutschen Scheibenkäse darauf mit einigem Misstrauen und aß es danach rasch auf.

„Ich hoffe, der Fettsack wird uns gleich etwas mehr erzählen können als gestern Abend."

„Ich spreche schon mit ihm", antwortete Wolfgang. „Claus war mein fester Partner, er wird mich über alles informieren."

Sergio zog die Schultern hoch. „Eigentlich macht es sowieso nichts mehr aus. Francisco ist tot, er kommt nicht wieder."

„Das sagst du jetzt, aber es ist trotzdem wichtig", erwiderte Javier. „Wir werden das Arschloch finden, das die Verantwortung für diese Sache trägt."

„Du solltest darauf vorbereitet sein, dass man dir bei der Polizei einige persönliche Fragen stellt", meinte Wolfgang.

Die Bedeutung dieser Bemerkung schien nicht zu Sergio durchzudringen. Javier dagegen hob ruckartig den Kopf.

„Was willst du damit sagen?"

„Damit will ich sagen, dass man, wie du ja weißt, bei Morduntersuchungen in erster Linie das unmittelbare Umfeld unter die Lupe nimmt", erklärte Wolfgang und fügte rasch hinzu: „Dabei geht es ja nur darum, gleich bestimmte Leute eliminieren zu können, Sergio."

„Soll das etwa heißen …", setzte Javier an, aber zu Wolfgangs Erstaunen unterbrach ihn Sergio.

„Das ist doch nur logisch, Javier, das verstehe ich schon. Der Partner ist immer der erste Verdächtige, das sagst du doch selbst auch ständig."

„Hm! Na ja, wenn du die Sache so siehst."

„Vor allem, weil es ja ein Motiv gibt", fügte Sergio betont beiläufig hinzu.

„Ein Motiv?", wiederholte Javier, legte sein zweites Brötchen auf den Tisch und starrte Sergio an, als sehe er ihn zum ersten Mal und als gefalle ihm nicht, was er da sah.

„Ein Motiv", bestätigte Sergio. „Ich erbe nämlich eine ganz schöne Summe Geld von Francisco."

„Francisco war in der Tat nicht gerade arm", sagte Javier, ohne den Blick von dem Mann abzuwenden. „Sein Vater schwamm geradezu im Geld, und Francisco hat ziemlich viel davon bekommen. Nicht, dass er jemand war, der sich viel mit Geld abgab. Er war nicht materialistisch eingestellt."

„Er hat das Ganze als Spiel betrachtet. Er hatte das Geld, konnte tun und lassen, was er wollte. Ihm war gar nicht bewusst, welche Privilegien er genoss", meinte Sergio.

Wolfgang betrachtete den jungen Mann, der seine Brille abgenommen hatte und sie nun sorgfältig putzte. Seine Stimme hatte seltsam geklungen, als gehöre er selbst nicht zur Klasse der Privilegierten und finde diese Tatsache bedauerlich. Jedenfalls zeugte es nicht gerade von einem hohen Maß an Feingefühl, wenn man in einem solchen Moment über Geld zu reden begann.

„Nun ja, du warst in Amsterdam, als Francisco … als es passiert ist, also wird sich die Sache beim LKA insgesamt schnell regeln lassen."

„Das denke ich auch", antwortete Sergio. „Und dann fahre ich so schnell wie möglich zurück nach Spanien." Er sah Wolfgang an. „Du verstehst sicher, dass wir das mit dem Hauskauf nicht durchziehen können. Ich habe in keiner Weise das Bedürfnis, in Berlin zu wohnen."

Javiers dichte dunkle Augenbrauen krochen langsam nach oben.

„Allein, meine ich natürlich", fügte Sergio rasch hinzu.

„Du wirst aber doch wohl warten, bis man Franciscos Leichnam freigibt“, sagte Javier.

Sergio schüttelte den Kopf. „Das wäre wenig sinnvoll. Ich regele in Spanien dann schon mal das Begräbnis. Es ist besser, wenn du hierbleibst, Javier, und die Formalitäten auf dich nimmst. Du bist schließlich sein Onkel.“

Sergio biss ordentlich von seinem Schinkenbrötchen mit gekochtem Ei ab, und als Wolfgang Javiers Gesichtsausdruck sah, stellten sich ihm die Nackenhaare auf.

An der Station Savignyplatz nahmen sie die S-Bahn zum Zoologischen Garten, wo sie in die U-Bahn zur Turmstraße umstiegen. Das Institut für Rechtsmedizin befand sich nicht beim Uniklinik-Komplex der Charité in Mitte, sondern in der Turmstraße in Moabit. Wolfgang hatte diesen Ort im Laufe seiner Karriere häufiger besucht. Moabit war ein industrielles Eiland in Westberlin gewesen, im Schatten der Mauer, eingefasst von der Spree und zwei Kanälen. Ein vergessener Teil Berlins, der zurzeit für die meisten mit dem schwer gesicherten Hochsicherheitsgefängnis gleichbedeutend war, in dem prominente Gefangene wie RAF-Mitglieder und DDR-Obere einsaßen, und mit dem größten Kriminalgericht Europas. In Moabit gab es noch keine Gentrifizierung, obwohl der Stadtteil sehr zentral gelegen war und schöne alte Gebäude vorweisen konnte. Moabit fanden die aufstrebenden Yuppies nicht sexy, und darüber war Wolfgang besonders froh, weil er die sympathische und Gott sei Dank noch unverdorbene Gegend mit schönen Eckkneipen mochte; Wolfgang kehrte dort hin und wieder ein.

„Wie lange haben die beiden einander eigentlich gekannt?“, wollte Wolfgang wissen.

Javier trank einen Schluck Automatenkaffee und verzog das Gesicht. Geschmackstechnisch war das Gesöff tatsächlich als Tiefpunkt einzuordnen, aber dieser Umstand interessierte die meisten Besucher der Leichenhalle nur ganz am Rande. In gewisser Weise war es so auch passender.

Francisco und Sergio hatten einander vor drei Jahren kennengelernt, kurz nachdem Franciscos Eltern bei einem Autounfall ums Leben gekommen waren, also nachdem Francisco geerbt hatte. Dieser Sergio löste in Wolfgang kalte Schauer aus. Was hatte Francisco nur in jemandem gesehen, der sich kurz nach dem Mord an seinem Geliebten nur mit dem Erbe befasste?

Der Gegenstand seiner Gedanken kam von der Toilette zurück. Er hatte rote Augen und nasses Haar, als hätte er den Kopf unter den Wasserhahn gehalten. Der Anblick von Francisco unter dem Laken im Autopsiesaal hatte ihn ganz offensichtlich aus dem Gleichgewicht gebracht. Glücklicherweise also doch noch eine menschliche Reaktion. Javier hatte schweigend die Verletzungen studiert, nicht die leiseste Emotion gezeigt und anschließend in brüskem Ton Wolfgang damit beauftragt, den Autopsiebericht anzufordern.

Der lag Hauptkommissar Rehberg bereits vor, hatte die forensische Ärztin, eine alte Bekannte von Wolfgang, geantwortet. Inga war eine äußerst kompetente und über die Landesgrenzen hinaus berühmte Pathologin. Wolfgang sah, wie Javier die Augenklappe der Frau anstarrte, und erinnerte sich an seine erste Begegnung mit ihr: einer exotischen Piratin im Autopsiesaal mit seinen beigen Granittischen, die auf seltsame Art und Weise stylish wirkten wie eine hippe Party-Location. Dann hätte da nur nicht Franciscos Körper liegen dürfen, kalt und blass, mit einem Einschussloch in der Stirn und aufgesägtem Brustkorb, mit Organen, die man entnommen, betrachtet, gewogen und danach an ihren alten Platz zurückgelegt hatte, bevor man alles mit groben Stichen zunähte.

Ihr erstes Zusammentreffen war eine beinahe surrealistische Erfahrung gewesen. Damals hatte Siegfried noch hier gearbeitet, bevor er aus medizinischen Gründen hatte gehen müssen. Inga hatte Wolfgang angeschaut und in lakonischem Ton den Grund für die Augenklappe erklärt, als wolle sie Spekulationen hinter ihrem Rücken vorbeugen. Die Augenklappe stammte aus der Zeit, in der sie als Chirurgin anfing und ein achtjähriges Mädchen nicht hatte retten können. Inga traf keine Schuld, aber der Vater des Kindes war außer sich geraten und hatte ihr eines Tages mit einem Messer aufgelauert. Danach war sie nie wieder als Chirurgin tätig gewesen. Jetzt arbeitete sie zwischen den Toten, und diese Entscheidung hatte sie noch keinen Moment bereut. Jeden Tag trug sie eine Augenklappe in einer anderen Farbe. Heute war es ein Grün, das so gar nicht zu ihrer dunkelblauen Schürze passte, und das bedeutete, dass sie keinen guten Tag hatte und wollte, dass die Welt das auch begriff.

Inga war einen Kopf kleiner als Wolfgang, bewegte sich graziös und hatte halblanges, glänzendes braunes Haar, das ihr geschmeidig um das Gesicht fiel – eine einzelne Locke bedeckte einen Teil ihrer Augenklappe. Sie rieb sich das gesunde Auge; es war blau. „Eine Schande, so ein hübscher junger Mann. Was glaubst du, eine Beziehungstat? Vielleicht ist er ja fremdgegangen, deswegen der Schuss in die Geschlechtsteile. Das war übrigens der zweite, als er schon nicht mehr lebte; er muss auf dem Rücken gelegen haben. Die Kugel ist gerade im Boden eingeschlagen."

Mit ihrem einen Auge schaute sie ihn an. „Ich hatte gehofft, du würdest wieder beim LKA arbeiten, aber die Graue Zelle hat mir berichtet, dass du das Opfer kennst. Schade. Dass du nicht zurückkommst, meine ich. Es würde das durchschnittliche Intelligenzniveau in deiner Abteilung um Einiges erhöhen."

Inga konnte Claus nicht ausstehen, und „Graue Zelle" war noch die schmeichelhafteste ihrer Bezeichnungen für ihn. Sie sagte, er verfüge nur über eine einzige Hirnzelle und setze diese äußerst sparsam ein. Claus wiederum nannte Inga hinter ihrem Rücken „die Zyklopin mit dem Skalpell".

Er war wirklich ein Schwein.

„Eine interessante Sache habe ich entdeckt." Inga deutete auf zwei winzige dunkle Flecken an Franciscos Handgelenk. „Brandwunden; eine elektrische Verbrennung, um genau zu sein. Die können sehr gut von einem Elektroschocker stammen."

Aber warum hatte man Francisco nicht sofort erschossen? War er an einem anderen Ort mit diesem Elektroschocker ausgeschaltet und später ermordet worden? Inga zufolge gab es keinen einzigen Hinweis darauf, dass er gefesselt gewesen war. Keine Wunden oder blauen Flecken am Körper. Auch keine Anzeichen für vor Kurzem ausgeübte sexuelle Aktivität. Da waren nur die Brandwunden gewesen, und die gaben einem zu denken.

Claus hing in seinem Sessel und studierte eingehend die Bordkarten, eine Amsterdamer Hotelrechnung, eine Eintrittskarte für den Kongress in Rotterdam und einen Straßenbegrenzungspfahl aus Schokolade in der Form eines Penis, wobei ihn das letzte Objekt noch am meisten zu interessieren schien. Sergio wartete draußen, weil er frische Luft brauchte. Javier saß mit verschränkten Armen da und brach hin und wieder sein Schweigen, um eine Übersetzung zu verlangen.

Claus hatte bei der Fluggesellschaft überprüfen lassen, ob Sergio tatsächlich nach Amsterdam und zurück gereist war, was sich als wahr herausgestellt hatte. Trotzdem blieb er davon überzeugt, Sergio habe etwas mit dem Mord zu tun, weil er dadurch erbte. Vielleicht hatte er einen Mietwagen nach Berlin genommen und Francisco ermordet, um direkt danach wieder nach Amsterdam zurückzukehren. Neben dem finanziellen Vorteil sah er als mögliches Motiv, dass Francisco wahrscheinlich mit einem anderen herummachte, was auch den Schuss in die Eier erklären würde.

Also das, was auch Inga vermutete.

Claus pflegte diverse Vorurteile, und eines davon bestand darin, dass Schwule nicht gerade dazu neigten, monogame Beziehungen zu führen, - schlimmer noch, sie hatten die Promiskuität geradezu erfunden. Er empfand Homosexuelle auf irgendeine Weise als bedrohlich und hatte bestimmte Vorstellungen davon, wie es in einer solchen Beziehung zuging – Vorstellungen, die vage blieben, weil er vor allem nicht zu lange darüber nachdenken wollte. Ihm wäre nie eingefallen, es könnte mutatis mutandis vielleicht genauso zugehen wie in einer heterosexuellen Beziehung. Claus war wirklich kein übler Typ, nur hielt er an Überzeugungen fest, die Jahrzehnte zuvor in seinem Inneren Wurzeln geschlagen hatten und daraus nicht mehr zu entfernen waren. Neben Homosexuellen stellten auch Ausländer mit dunkler Hautfarbe und dem Islam als Religion für ihn eine Quelle unbestimmter Bedrohung dar.

„Wer sagt uns denn, dass zwischen den beiden nur Friede, Freude, Eierkuchen herrschte?", fragte Claus. „Das kann dieser Sergio so oft behaupten, wie er will, und der hier", erklärte er mit einer Kopfbewegung zu Javier, „auch, wenn er das möchte. Sie wohnten ja nicht im selben Dorf, also kann er doch nicht beurteilen, wie es um die Beziehung bestellt war? Du weißt doch, wie das läuft."

Claus verfügte seiner eigenen Ansicht nach über die angeborene Gabe, immer zu wissen, wie es lief, und dafür benötigte er nicht die geringste nähere Kenntnis über die Situation.

Aber wenn Sergio Angst gehabt hatte, dass Francisco mit anderen herummachen könnte, wie es Claus so bildreich ausdrückte, wäre er zweifelsohne nicht allein nach Amsterdam und Rotterdam gefahren. Umgekehrt wäre Francisco nie allein in Berlin geblieben, wenn er Sergio nicht vertraut hätte. Und so wie er die kleinen Dörfer in der Extremadura kannte, konnte sich Wolfgang kaum vorstellen, dass dort besonders viel Rumgemache zwischen Homosexuellen stattfand, zumindest nicht in der Öffentlichkeit. Javier hatte eine ganz eindeutige Meinung, was die Beziehung der beiden betraf. So monogam wie Jesus waren sie gewesen, hatte er gesagt. Ob das unbedingt eine beruhigende Qualifizierung war, fragte sich Wolfgang nur insgeheim.

„Ach Claus, du wirst dich wirklich nie ändern."

Der Angesprochene bestätigte diese Einschätzung, indem er sich mit einem Nagel, der einen ausgeprägten Trauerrand aufwies, langsam hinter dem Ohr kratzte. „Ich nicht, nein." Claus schaute Wolfgang bedeutungsvoll an. Was sein ehemaliger Partner damit meinte, erschloss sich Wolfgang nicht, und eigentlich wollte er es auch gar nicht wissen.

Die Strecke vom LKA an der Keithstraße bis nach Pankow hätte Wolfgang im Schlaf zurücklegen können. Achtzehn Stationen waren es vom Wittenbergplatz aus, und die Fahrt dauerte etwa eine halbe Stunde.

Ein junger Mann mit einem Namensschild wünschte den Reisenden einen wunderschönen guten Tag, entschuldigte sich für die Störung und rasselte sein Sprüchlein herunter. Wolfgang kaufte ihm zum Preis von 1,50 Euro die Zeitschrift *Straßenfeger* ab; von dem Betrag gingen 90 Cent an die Obdachlosen. In Berlin gab es die höflichsten auf der westlichen Halbkugel. Der Verkäufer stieg am Potsdamer Platz aus, und zwei Osteuropäer nahmen seinen Platz ein: ein älterer Akkordeonspieler in Begleitung eines etwa vierzehnjährigen Jungen, der in einem Plastikbecher das Geld einsammelte. An der Friedrichstraße verließen die beiden den Zug, um im nächsten ihr Glück zu versuchen. Javier nahm all das konzentriert in sich auf.

Wolfgang und Javier stiegen in Pankow aus, liefen an dem Rathaus aus rotem Backstein vorbei und wandten sich nach rechts.

Javier stolperte über eine Baumwurzel, die durch den Asphalt gebrochen war, und erklärte, in dieser Metropole wachse mehr Unkraut als in den Straßen seines Dorfes; dann fügte er hinzu, ein neuer Belag könne den Bürgersteigen nicht schaden. Damit hatte er recht. Seit dem Mauerfall war in dieser Richtung nichts mehr unternommen worden – vielleicht sogar noch viel länger, denn 1960 hatte die DDR-Parteispitze, die der westliche Volksmund als „Pankow-Regime“ bezeichnete, diesen schicken Teil Ostberlins gegen das waldreiche Wandlitz eingetauscht, wo man sich in angemessenem Abstand von Berlin und weit weg von der eigenen Arbeiterklasse an den Luxusartikeln aus dem Westen gütlich tun konnte. Das hatte nach dem Mauerbau 1961 übrigens weitere Vorteile. Wandlitz lag ein Stück weiter von der Mauer entfernt, was das Risiko einer plötzlichen Helikopterentführung durch benachbarte kapitalistische Staaten wesentlich reduzierte. Die Paranoia hatte während des Kalten Krieges hin und wieder verblüffende Formen angenommen.

Wolfgang versuchte, alles mit den Augen eines Außenseiters bei seinem ersten Besuch zu sehen. Das fiel ihm schwer, denn er war mit der Stadt verwachsen und sie ein Teil von ihm. Außerdem zog es die Touristen im Allgemeinen zum Kurfürstendamm, zum Potsdamer Platz, zum Brandenburger Tor, zum Reichstag, zur Museumsinsel, zu den Hackeschen Höfen, zu all den obligatorischen Orten aus den Reiseführern, und niemand hätte vermutet, dass Berlin in finanzieller Hinsicht vor der völligen Pleite stand.

Berlin war „arm, aber sexy“, wie es Bürgermeister Wowereit, den die Berliner liebevoll „Wowi“ nannten, so treffend in einem Interview charakterisiert hatte. Der sehr fantasielose Slogan „Be

Berlin" gehörte auf diese Weise mit einem Schlag der Vergangenheit an.

Berlin hatte mehr zu bieten als die typischen Touristenorte. Viel mehr. Berlin war ein Gemälde, es konnte jahrzehntelang bei einem an der Wand hängen, und doch entdeckte man plötzlich etwas Neues. Schöne und hässliche Dinge. Unerwartete Details. Perlen und verrottende Fäulnis. Es war eine Stadt, die das, was sie verborgen hielt, nicht ohne Weiteres mit jedem teilte, diese so offene und zugleich so schwer zu greifende Metropole voller Geheimnisse und Erinnerungen, die nur Berliner zu kennen schienen, eine Stadt voller Paradoxa und Gegensätze, die sich selbst nur jenen preisgab, die sich der Gunst Berlins auch würdig erwiesen hatten.

In Claudias Wohnung gab es elfenbeinweiß gestrichene Wände und hohe Fenster mit Fensterbrettern aus cremefarben lackiertem Holz. Das Apartment befand sich mitten im Majakowskiring, der ruhigen Straße in der Form eines Ovals im besseren Teil von Pankow, einer grünen Oase freistehender Häuser mit Gärten, in denen man sich in einem Dorf wähnte. In den Zeiten, als die DDR-Parteispitze hier noch wohnte, war es eine *gated community* gewesen, von Zäunen umgeben und mit Wachtposten, die keine Unbefugten hineinließen. Wolfgang schaute auf das Haus - beinahe wäre es verkauft gewesen und hätte ihm damit einen Ausweg aus dem Teufelskreis geboten, in dem er mit seinen Erinnerungen gefangen saß.

Beinahe.

Er schloss die Haustür auf und ließ Javier und Sergio den Vortritt. In dem hellen, geräumigen Wohnzimmer mit den weit geöffneten Glastüren, die in den Garten hinausführten, sprangen ihm die wohlbekannten großen Schwarz-Weiß-Fotos entgegen. Javier ging umher und schaute sich alles genau an. Vor einem Glastisch, auf dem ein Porträt von Wolfgang und Claudia stand, blieb er stehen und fragte, ob das Wolfgangs Freundin sei. Wolfgang nickte. Javier warf ihm einen raschen Blick zu und lief dann zu den Gartentüren, schaute auf das Schwimmbecken hinaus.

Auch im Nachhinein verstand Wolfgang nicht, warum er es gewagt hatte, Javier die ganze Geschichte von Claudia zu erzählen. Ihrer Beziehung hatte es jedenfalls gutgetan, bis sie der Mord an Francisco wieder in das vorherige, von Feindseligkeit geprägte Stadium zurückgeworfen hatte.

Sergio verschwand nach oben, um seinen Koffer zu packen, gefolgt von Javier. Wolfgang blieb unten. Oben befanden sich die Schlafzimmer, das Bad, das Atelier und das Fotoarchiv. Das alles würde er leerräumen müssen, wenn er das Haus verkaufte. Seine Vergangenheit. Claudias Vergangenheit. Die Erinnerungen steckten sozusagen in den Wänden und manifestierten sich in den unverkennbaren, leisen knarrenden Geräuschen des Hauses, dessen sämtliche Ecken und Nischen „Claudia" zu flüstern schienen; er ertrug es nicht mehr, weil es die Leere, die sie zurückgelassen hatte, noch betonte. Mit Händel, Bach oder Bob Dylan hatte er versucht, die Kälte aus dieser schönen, aber so leblosen Villa zu verjagen, und wenn er alles gar nicht mehr aushielt, hatte er in voller Lautstärke Rammstein oder Dead Kennedys gehört. Manchmal war er am nächsten Morgen auf dem Sofa aufgewacht, die fast leere Whiskyflasche neben sich, angezogen und mit einem widerlichen Geschmack im Mund, voller Übelkeit und desorientiert, und blinden Flecken in seinem Kopf, Lücken in seinem Gedächtnis, Phasen seines Lebens, die für immer verschwunden waren.

Das Haus musste weg. Er begriff, dass er das eigentlich nicht länger schlimm fand. Im Gegenteil. Es würde ihm helfen, die Erinnerungen hinter sich zu lassen.

Trotzdem fühlte es sich an wie ein Verrat.

Das Wasser im Schwimmbecken glänzte blaugrün in der Sonne, verlockend und kristallklar. Francisco und Sergio hatten es ganz offensichtlich gesäubert. Sein Körper schrie förmlich danach, sich hineinzustürzen, doch Wolfgang beherrschte sich. Später. Er setzte sich an den Rand des Pools und dachte an das eine Mal, als Claudia eine Woche auf Reportage gewesen und er allein hier zurückgeblieben war. Eine Hitzewelle hatte geherrscht, nicht einmal der Abend die erhoffte Kühlung gebracht, und er war unruhig gewesen, als werde gleich etwas geschehen, das sein Leben verändern würde. Er glaubte nicht an Vorahnungen, aber an diesem Abend war tatsächlich etwas Unerwartetes passiert.

Javier und Sergio kamen nach draußen und unterbrachen so seine Erinnerungen. Sergio überreichte Wolfgang die Zeichnungen, die er von dem Haus und den geplanten Umbauarbeiten angefertigt hatte. Er hatte verkündet, nicht länger hier bleiben zu wollen, darum gab ihm Wolfgang die Schlüssel seines Apartments in Wilmersdorf.

Sobald Sergio verschwunden war, fluchte Javier und wandte sich abrupt Wolfgang zu.

„Was hältst du davon?"

„Wovon?"

„Von Sergio natürlich. Findest du sein Verhalten normal?"

Wolfgang dachte über seine Antwort nach. „Normal würde ich es nicht nennen, aber andererseits, was ist schon normal, wenn gerade der eigene Partner ermordet worden ist?"

„Gute Frage", erwiderte Javier und studierte Wolfgangs Gesicht eingehend.

Wolfgang wurde es unter diesem Blick unbehaglich zumute.

„Vielleicht steht er ja auch einfach nur unter Schock."

„Bei einem solchen Erbe ist das sehr gut möglich", meinte Javier reserviert.

Bis zu den Kleingärten brauchten sie nur zehn Minuten. Sie gingen unter dem großen Holzschild mit der Aufschrift „Laubenkolonie Klein Eden“ hindurch. Daneben gab es ein kleineres Schild, auf dem mit einem Pfeil angezeigt wurde, wo sich die Gaststätte MAUS befand.

Francisco musste denselben Weg zurückgelegt haben, wenn er sich nicht in dem Wirrwarr schmaler Sandpfade verirrt hatte. Die bildeten ein winziges Straßennetz zwischen den kleinen, mit sorgfältig lackierten Holzzäunen und Hecken abgegrenzten Grundstücken, jedes mit einem Häuschen samt Schuppen, einem Brennholzvorrat, Obstbäumen, einem Gemüsegarten, einer Rasenfläche, Blumen, einem Grill, rustikalen Hütten, Wagenrädern, Gartenzwergen, Keramikfröschen, Reiherskulpturen, Planschbecken, sorgfältig geschnittenen Rasenflächen und nicht zu vergessen einer Sammlung mehr oder weniger rustikaler Paraphernalien. In der Regel galt „Je rustikaler, desto besser“. Für Javier war das ganz offensichtlich ein völlig neues Phänomen: Ihm traten fast die Augen aus dem Kopf.

Im Zickzackkurs bewegten die beiden sich über die Pfade, vom Lorbeerweg über den Walnussweg, den Apfelweg und den Asterweg bis zum Preiselbeerweg, wo sie abrupt stehen blieben. Ein rotweißes Absperrband der Polizei signalisierte deutlich, dass Nummer 20 verbotenes Terrain darstellte. „Bosporus“ stand in zierlichen Buchstaben auf der Holztür des Häuschens. Hier musste Francisco gelegen haben. Ein unwahrscheinlicher Ort für einen Leichenfund, wie all diese Orte. Die Banalität des Todes spiegelte sich oft in der Alltäglichkeit einer solchen Stelle wider, an der man den leblosen Körper entdeckte. Sobald jede Spur des Geschehenen verwischt war, ging das Leben wieder gnadenlos weiter, als sei nichts geschehen.

Das wurde erst anders, wenn es sich nicht um einen anonymen Ort handelte.

Zum Beispiel die eigene Wohnung.

Er zwang sich, den Gedanken wegzuschieben, und betrachtete den Garten. Die Abteilung für Kriminaltechnik des Landeskriminalamtes hatte ihre Arbeit erledigt. Zwei Kinder im Alter von etwa zwölf Jahren liefen vorbei und starrten sie neugierig am. Eine Deutschlandfahne wehte auf der Hütte des Nachbargrundstücks, wo das Gras nicht gemäht war, wo das Unkraut fröhlich vor sich hin wucherte und einige Gartenzwerge - harmlos ausgedrückt – Vergnügungen frönten, die man in einer Umgebung mit Kindern nicht unbedingt dargestellt sehen wollte. Zwischen den perfekt gepflegten anderen Schrebergärten musste dieses Grundstück sehr auffallen.

Schweigend studierte Javier die verlassene Parzelle, auf der sein Neffe ermordet worden war, und erklärte dann, er brauche ein Bier. Langsam gingen sie weiter, bis sie ihr Ziel im Schrebergartenkomplex erreichten, ein einstöckiges, viereckiges Gebäude mit kleinen Fenstern und Gardinen davor und einer großen Terrasse. Die Steinskulptur einer Maus im Eingangsbereich schien jeden hereinkommenden Gast aufmerksam zu betrachten.

Gaststätte MAUS.

Die Terrasse hatte sich verändert, seit Wolfgang zuletzt hier gewesen war. Sie stand nun voll mit großen irdenen Blumentöpfen mit Oleanderbüschen, Yuccas und anderen kleinen Palmen und war, wie man dem neuen Schild entnehmen konnte, zur „Terrasse mit tropischem Ambiente“ befördert worden. Was für eine Innovation. Hier und da saßen Leute mit einem Glas Bier vor sich an kleinen Tischen, die die Neuankömmlinge mit kaum verhohlener Neugierde gemusterten, und Kinder mit Eisbechern, die das ganz ohne Scheu taten.

Drinnen hatte sich nur wenig verändert.

Mäuse in allen Formen und Größen, aus Porzellan, Holz, Plüsch. Es gab sogar eine ausgestopfte Ratte, eine Neuheit in der Sammlung. Hinter dem Tresen die übliche Kachel mit Spruch, die in einer traditionellen Berliner Kneipe nicht fehlen durfte. Hier lautete die Weisheit: „Investiere in Alkohol, mehr Prozente bekommst du nirgends." Der einzige Gast, der drinnen an einem der Tische fernsah, schaute auf, als sie hereinkamen.

„Tagchen, Wolfgang. Das ist aber schon eine ganze Weile her."

„Hallo, Rödiger", antwortete Wolfgang. „Wie geht's denn so?"

„Ich kann nicht klagen", erwiderte Rödiger, wobei es ihm gelang, so zu klingen, als wäre ihm ein Unrecht widerfahren. „Ich bin jetzt in Rente. Nie wieder brauche ich diesen Bus zu fahren und mir das Gejammer meiner Passagiere anzuhören. Und du, du bist sicher im Zusammenhang mit dem Mord hier?"

Wolfgang nickte. Rödiger hatte es immer herrlich gefunden, „seinen" Bus zu fahren, und seine Passagiere mühelos übertroffen, was Gejammer und missmutige Kommentare betraf. Das Abgeben solcher Kommentare war seine Lieblingsbeschäftigung gewesen. Jetzt konnte er sich hier zwischen den Laubenpiepern – so wurden die Schrebergartenbewohner von der alten Garde genannt – hauptberuflich austoben. Rödigers Schädel war buchstäblich quadratisch, und sein Haar glich einer frisch gemähten Wiese. Wie es sich für einen richtigen Kerl gehörte, vertrat er die Ansicht, dass man Gemüse und Salat den Kaninchen überlassen sollte, und außerdem hatte er eine für Schrebergartenbesitzer ungewöhnliche starke Abneigung gegen Gartenzwerge und rustikale Wagenräder.

„Wolfgang ..."

Eine Stimme hinter ihm unterbrach seine Gedanken. Er wandte sich um. Die vertrauten grünen Augen schauten ihn hinter dem kleinen Tresen hervor an.

Sie kam auf ihn zu und küsste ihn nach einem kurzen Zögern auf beide Wangen. „Das ist aber schon viel zu lange her", erklärte sie.

Silke hatte lange blonde Haare, grüne Augen und eine helle Haut, die sie niemals der Sonne aussetzte – nicht, weil sie die nicht gemocht, sondern weil ein gebräuntes Gesicht die Narbe auf ihrer Wange betont hätte; fünf Zentimeter lang mit einem weißen, leicht geraffelten und keine Farbe annehmenden Rand. Bei einer weißen, fast elfenbeinfarben Haut fiel das weniger auf.

Silke war eine schöne Frau, und auf eine seltsame Weise schien die Narbe ihre Schönheit noch zu betonen. Sie besaß eine natürliche Schönheit, die einem besonders ins Auge fiel, weil sie nie Make-up benutzte. Sie versteckte die Narbe auch nicht, vielmehr wirkte es so, als denke sie gar nicht mehr daran. In dieser traditionellen Kneipe zwischen den Schrebergärten mit ihren karierten Tischdecken, dem alten Kachelofen, der Mäusesammlung und den gebräunten Laubenpiepern wirkte sie wie ein Fremdkörper. Wolfgang stellte ihr Javier vor, und der schien wirklich beeindruckt von ihrer Erscheinung; das konnte man daran ablesen, dass der missmutige Ausdruck, der sein Gesicht seit ihrer Ankunft in Berlin entstellt hatte, verschwand und sogar einem kurzen Lächeln Platz machte. Unglaublich! Ob blonde Frauen zu Javiers Schwächen gehörten? Das würde sich Wolfgang merken müssen.

„Bier?", fragte Silke und lächelte dabei Javier zu.

„Bier." Mit einer scheinbar unbewussten Geste zog Javier sich das T-Shirt über der Brust gerade. Bei „Bier" handelte es sich ohne Zweifel um das einzige deutsche Wort, dessen er mächtig war, aber er sah so aus, als sei er bereit, von ihr mehr zu lernen, und wenn man Silkes Blick so interpretieren durfte, war ihr das auch bewusst.

„Letzte Woche war dein Freund Siegfried hier." Silke machte eine Kopfbewegung zu ihrer Mäusesammlung und verdrehte die

Augen. „Er hat mir die ausgestopfte Ratte da geschenkt. Ein bisschen makaber, aber na ja, er hat es gut gemeint.“ Sie schaute Wolfgang über die Schulter. „Sven, mach uns drei Bier, ja? Dann schaue ich nach, wie es draußen aussieht.“

Wolfgang hatte Sven nicht hereinkommen sehen. Mit Sven war Silke seit Menschengedenken zusammen, und die beiden führten eine Art On-Off-Beziehung, wobei die Off-Phasen länger waren als die On-Phasen. Sven war elf Jahre älter als Silke und fast genauso blond; er hatte Augen von einem ungewöhnlichen Hellblau, die weit auseinanderstanden und deren Blick oft hin und her schoss, als wolle er die Übersicht über die potenziellen Bedrohungen behalten, die die Welt um ihn herum für ihn in Reserve haben könnte. Wolfgang hatte ihn nie wirklich gemocht, obwohl er dafür keinen konkreten Grund wusste. Sven verhielt sich immer korrekt, konnte in der richtigen Stimmung hervorragend Witze erzählen und gab guten Kunden hin und wieder auf Kosten des Hauses ein Bier aus. Vielleicht waren es einfach diese Augen, oder seine Angewohnheit, fast schleichend durchs Leben zu gehen und plötzlich direkt vor einem aufzutauchen, obwohl man ihn nicht hatte kommen hören.

Sven bestätigte, dass man Francisco nicht weit von der Gaststätte MAUS gefunden hatte, hinter einem Rhododendronstrauch auf der ungenutzten Parzelle im Preiselbeerweg.

Was hatte Francisco dort nur mitten in der Nacht zu suchen gehabt? Und warum hatte niemand etwas gehört? Die Nachtruhe wurde in der Laubenkolonie im Allgemeinen strikt eingehalten, denn die Leute zögerten nicht, sich beim Vorsteher zu beschweren, wenn jemand zu viel Lärm verursachte. Hier wohnte man in kleinen, hellhörigen Hütten so dicht beieinander, dass man es nachts mitbekam, wenn sechs Parzellen weiter jemand hustete. Eigentlich durfte man in dieser Kolonie nicht dauerhaft wohnen, doch an dieser Regel störte sich niemand.

Der Preiselbeerweg lag in der Richtung des Majakowskirings. Francisco war also wahrscheinlich auf dem Heimweg gewesen. Bis ihn jemand in diesen Garten gelockt hatte. Eine andere Erklärung fand Wolfgang nicht. Aber wer? Und warum? Der Schuss in die Geschlechtsteile konnte natürlich auf ein homophobes Motiv hindeuten, aber irgendetwas stimmte nicht an dem Bild der braven Schrebergartenbewohner, die nachts zur Unzeit über die Sandpfade krochen und Schwule niederschossen.

„Es ist doch logisch, dass niemand diese Parzelle haben will", erklärte eine melodische Stimme hinter ihnen. Die gehörte zu einem hochgewachsenen, mageren jungen Mann von etwa zwanzig Jahren mit sandfarbenem Haar und einem Bärtchen, das nur den unteren Teil seines Kinns bedeckte. Auf seinem weißen T-Shirt prangte in großen schwarzen Buchstaben der Text „Antifa ist Kampf!" Er stellte zwei große Einkaufstaschen hinter der Bar ab. „Hallöchen, alle zusammen", grüßte er in die Runde. „Ich habe alles besorgen können. Draußen im Auto sind noch zwei Kartons; ich gehe gleich zurück und hole sie. Meine Güte, diese Hitze! Mach mir bitte ein Bier, Sven, das habe ich mir wirklich verdient."

Der junge Mann wischte sich den Schweiß von der Stirn und ließ sich auf einen Barhocker fallen. „Wie viele Besucher erwartet ihr denn um Himmels willen?"

„Übermorgen findet das alljährliche Sommerfest statt", erklärte Sven. „Tim hier hilft bei den Vorbereitungen. Er ist Student, schreibt seine Abschlussarbeit über Volksgärten und arbeitet hier hin und wieder, um sich etwas dazuzuverdienen."

„Ich benutze die Hütte von meinem Onkel", ergänzte Tim. „Ich studiere Soziologie."

„Hat die Polizei schon eine Idee, wer es gewesen sein könnte?", erkundigte sich Sven.

„Ich denke, da brauchen sie gar nicht so lange zu suchen“, meinte Tim. „Du weißt doch, wo man ihn gefunden hat.“

„Was willst du damit sagen?“, fragte Wolfgang.

„Preiselbeerweg 18“, sagte der junge Mann und zog die Schultern hoch, als sei damit alles erklärt.

„Ich weiß nicht, ob die was damit zu tun haben“, sagte Sven und zapfte weiter.

„Wer denn sonst?“

„Was ist da los im Preiselbeerweg 18?“, wollte Wolfgang wissen.

„Man hat diesen Spanier im Garten von Nummer 20 gefunden, und in Nummer 18 wohnen ein paar Neonazis“, erklärte Tim. „Solche Glatzen. Die mögen keine Ausländer. Aus diesem Grund sind auch die Bewohner von Nummer 20 gegangen. Eine türkische Familie, die ersten Ausländer in diesem Schrebergartenkomplex. Schade, ich hatte sie leider noch nicht interviewt.“

Neonazis. Die wohnten jedenfalls noch nicht lange dort; zumindest noch nicht, als Wolfgang zuletzt hier gewesen war, sonst wäre ihm das sicher aufgefallen. Diese Typen hatten den Begriff „Xenophobie“ zwar nicht erfunden, ihn sich jedoch mit Freuden zu eigen gemacht. Homosexuelle waren ihnen genauso ein Gräuel wie Ausländer, wenn es darauf ankam, und Francisco passte in beide Kategorien, obwohl sie Letzteres natürlich nicht wissen konnten.

„Mit dem T-Shirt da würde ich mal aufpassen“, kommentierte Wolfgang.

Tim winkte leichthin ab. „Schon gut, ich habe eine ganze Sammlung und trage jeden Tag ein anderes. Von solchen Idioten lasse ich mich nicht einschüchtern.“

Sehr löblich, aber die Frage blieb, ob es vernünftig war, solche Idioten zu provozieren, vor allem, wenn man ihnen allein gegenüberstand.

Tim berichtete, die Neonazis wohnten seit etwa einem Monat in der Hütte, seien dabei, diese zu renovieren, und benutzten sie als eine Art Klubhaus. Sie verhielten sich still und verursachten keine Störungen. Ganz offensichtlich taten sie ihr Bestes, um nicht aufzufallen. Hin und wieder erschien ein gut gekleideter Mann: Gregor, dem die Hütte gehörte. Was die Verbindung zwischen ihm und den Glatzen war, wusste der liebe Himmel, aber die Kombination wirkte bizarr. Und dann gab es noch einen Mann, der hier seit einem Monat wohnte, im Asterweg, und der einen Schrebergarten gemietet hatte. Den hatte Tim ab und zu mit Gregor sprechen sehen. Leider war niemand von ihnen zu einem Interview bereit.

Wolfgang übersetzte alles und wies Javier in die wunderbare Welt der Rechtsextremen ein.

„Die gibt es in Spanien inzwischen auch, junge Ultrarechte", erklärte Javier. „Als hätten wir nicht noch genug alte Faschisten übrig."

Claus kam herein, hob eine Hand zur Begrüßung und zeigte mit einer Gebärde auf den Mann neben sich. „Christian, mein neuer Partner."

Christian war zweiunddreißig, arbeitete seit zwei Jahren beim LKA und gehörte nicht zu den talentiertesten aller Kollegen. Ihn mit Claus zusammenzuspannen, schien keine besonders gute Idee.

„Frag den Fettsack, ob er schon vorangekommen ist", sagte Javier auf Spanisch zu Wolfgang, während er Claus mit unverhohlener Feindseligkeit ansah.

Claus starrte ohne zu blinzeln zurück und ignorierte Javier von diesem Moment an völlig. Fantastisch. Wenn das so lief, hätte Wolfgang Javier lieber nicht dabeigehabt. Ihm konnte überhaupt nicht daran gelegen sein, Claus gegen sich aufzubringen, das wusste er aus Erfahrung. Im Gegenteil. Wenn der sich stur stellte, brachte man ihn nicht einmal mit einem Traktor in Bewegung.

„Habt ihr schon Hinweise gefunden?“, fragte Wolfgang.

„Darum sind wir hier“, erwiderte Claus. „Einer der Bewohner hat in der fraglichen Nacht etwas beobachtet. Er war gerade mit seinem Hund Gassi und rauchte eine Zigarette. Da hat er ein ploppendes Geräusch gehört, sagt er, als würde jemand einen Abfluss freimachen. Das war natürlich eine Pistole mit Schalldämpfer. Der Mann hat noch gedacht, dass es ein ungewöhnlicher Zeitpunkt für so eine Gully-Aktion war, mitten in der Nacht, aber er hat nicht weiter darüber nachgedacht. Als er fertiggeraucht hatte, ist er weiter und hat gesehen, wie jemand in das Häuschen der Glatzen gegangen ist. Beschreiben kann er ihn nicht, denn es war stockdunkel. Wir haben den Eigentümer ermittelt, einen gewissen Gregor Treufeldt, ihn aber noch nicht erwischen können. Er wohnt in einer schicken Villa in Grunewald. Seine Nachbarn sagen, sie hätten ihn schon zwei Tage lang nicht gesehen. Wir haben gerade einen Hausdurchsuchungsbefehl für den Schrebergarten bekommen.“

„Ich bin ja mal gespannt, was wir da drinnen vorfinden“, kommentierte Christian.

„Im Idealfall die Mordwaffe“, meinte Claus und runzelte die Stirn. „Wo steckt denn dieser Spanier, wie heißt der auch gleich wieder, Sergio?“

„Was sagt der Fettsack, was ist mit Sergio?“, fragte Javier ungeduldig.

„Nichts, er will nur wissen, wo Sergio ist.“

„Was? Sprich bitte Deutsch“, meinte Claus missmutig.

Der Ärger ließ Wolfgang beinahe mit den Zähnen knirschen. So sollten sie nur weitermachen. Er war umringt von schlecht gelaunten, irritierenden Typen, die ihm zunehmend auf die Nerven gingen. Wenn Javier erst einmal nach Spanien zurückkehren würde, würde die Sache schon ein ganzes Stück besser laufen. Er merkte, dass Silke ihn anschaute, als begreife sie, wie er sich fühlen musste, und machte eine Bewegung mit den Fingern. Ohne dass ein Wort nötig gewesen wäre, zapfte sie nicht nur für ihn, sondern auch für Javier ein Bier. Claus und Christian sahen so aus, als hätten sie auch Lust auf eines, aber sie konnten natürlich schlecht mit einer Bierfahne einen Hausdurchsuchungsbefehl umsetzen, obwohl sich Claus im Laufe seiner Karriere schon schlimmere Beispiele unangemessenen Betragens geleistet hatte.

Vier uniformierte Polizeibeamte erschienen, und Claus erhob sich. „Lasst uns gehen. Aber der da bleibt hier." Er deutete mit dem Daumen in Javiers Richtung.

„Das verstehe ich", sagte Wolfgang. Claus' Formulierung implizierte, dass er selbst mitdurfte. Javier war nicht besonders erfreut, hüllte sich jedoch in ein beredtes Schweigen, als Wolfgang ihn fragte, ob er selbst einen Fremden an einer Hausdurchsuchung teilnehmen lassen würde.

„Ich passe schon auf ihn auf", erklärte Silke und lächelte Javier an.

Ein Dobermann bog um die hintere Hausecke, entblößte sein Gebiss voller gelber Zähne und knurrte leise, aber nachdrücklich. Mistvieh. Wolfgang schoss durch den Kopf, dass er einen neuen Termin für die Zahnsteinentfernung würde vereinbaren müssen. Durch die ganzen gefährlichen Ereignisse in Spanien war er bisher noch nicht dazu gekommen.

Claus betrachtete die Hütte eingehend. „Ich glaube, da ist jemand drin."

Wolfgang folgte seinem Blick und sah, wie sich in Nummer 18 ein Vorhang bewegte. Er hätte nur zu gern gewusst, wer dort herumhing, verspürte jedoch keine Lust, es mit einem Dobermann aufzunehmen, der aussah, als hätte man ihn dazu abgerichtet, unerwünschte Besucher günstigstenfalls zu verjagen. Wolfgang konnte

Hunde sowieso nicht ausstehen, und die Biester schienen das häufig spüren zu können, denn sie stürmten immer schwanzwedelnd auf ihn zu und rammten ihm wenn irgend möglich ungefragt ihre Sabberschnauze zwischen die Beine. Mit einer so aggressiven Version wollte er schon gar nichts zu tun haben.

Claus trat einen Schritt auf den Zaun zu, woraufhin der Dobermann, sofern das möglich war, noch mehr ungepflegte, scharf aussehende Zähne entblößte und die Beine ein wenig durchbog.

Eine Gruppe junger Männer zwischen fünfzehn und fünfundzwanzig lungerte auf dem Rasen von Nummer 18 herum. Mit ihren kahlgeschorenen Köpfen, weiten Hosen und T-Shirts sahen sie alle mehr oder weniger gleich aus. Einige trugen silberne Ohrringe und Tattoos, und alle strahlten Hass und Aggression aus. Hier handelte es sich um junge Leute, die weder Arbeit noch Hobbys hatten, außer vielleicht der Sportseite oder den Schlagzeilen der sensationslüsternen Boulevardblätter keine Zeitung lasen und wenige Perspektiven im Leben hatten, anderen dafür die Schuld gaben und deshalb äußerst verbittert waren. Ohne jeden Zweifel trugen sie Messer bei sich und hatten mit ziemlicher Sicherheit Zugang zu anderen Waffen, auch wenn sie damit nicht täglich herumliefen. Ihre Aggression umgab sie wie eine zweite Haut. Solche Typen schreckten nicht davor zurück, Homosexuelle und Ausländer zusammenzuschlagen oder Obdachlose niederzustechen, und sie traten immer in einer Gruppe auf, sodass ihr Opfer nicht den Hauch einer Chance hatte. Wie ein Rudel Wölfe, allerdings mit dem Unterschied, dass diese Tiere nur töteten, um zu überleben. Typen wie die Kerle da im Garten wurden von einer Mischung aus Mutlosigkeit, Langeweile und Dummheit angetrieben. Sie nannten sich Neonazis und folgten unvorstellbaren Ideologien. Es war eine Lebensform, die Wolfgang aus der Tiefe seines Herzens verachtete. Er dachte an seinen Vater und daran, dass der hoffentlich gerade in der Hölle schmorte.

Wenn Francisco den Glatzen nachts begegnet war, als sie angetrunken waren, hatte er nicht die geringste Chance gehabt. Dann hatten sie ihn mindestens gründlich zusammengeschlagen, nur weil er südländisch aussah.

Der Dobermann ließ ein tiefes, langgezogenes Knurren hören. Claus hielt den Hausdurchsuchungsbefehl hoch und befahl den Kerlen, den Hund an die Leine zu nehmen und ihm einen Maulkorb zu verpassen.

Die Glatzen schauten einander an und wirkten amüsiert.

„Das mag Prinz aber gar nicht", erklärte einer von ihnen, ein kräftig gebauter, etwa 1,85 Meter großer Mann mit einem runden Kopf, der ohne Hals direkt auf seinem Rumpf saß, und einer breiten Nase, die ihrem Aussehen nach schon einmal gebrochen gewesen war.

„Wo ist der Eigentümer dieser Parzelle?", erkundigte sich Claus.

Der Halslose machte eine Kopfbewegung in Richtung der Hütte, schien jedoch nicht geneigt, den Betreffenden holen zu gehen.

Wolfgang streckte eine Hand aus, um das Tor zu öffnen, und der Dobermann sprang wie ein haariger Blitz auf ihn los, bis direkt an die Umzäunung, wobei er aus nichts als Zähnen und Zahnfleisch zu bestehen schien und übelriechenden Atem verströmte. Der Hass in seinem Blick stand dem der Glatzen um nichts nach. Drecksvieh. Hunde sollten verboten werden, ganz sicher diese Sorte, die Haien auf Pfoten glich.

„Wenn Sie uns den Zugang verweigern, gibt es nur eins." Wolfgang deutete auf das Tier. „Wir müssen die Töle erschießen."

Ein verächtliches Lachen war die Reaktion. Eine der Glatzen sagte mit offensichtlich ehrlicher Empörung: „Einen unschuldigen Hund erschießen, das trauen sie sich, die Bullen."

„Und zwar mit Freuden", ergänzte Wolfgang.

„Wolfgang hier kann Hunde nicht leiden“, erklärte Claus amüsiert. „Und was er sagt, stimmt – wir kommen rein, ob Sie kooperieren oder nicht.“

Er winkte einen der Beamten in Uniform heran und zeigte auf den Hund. „Einen Schuss zwischen die Augen.“

Wolfgang wusste, dass Claus nur bluffte, aber die Glatzen starrten ihn mit einer Mischung aus Unglauben und Aggression an und näherten sich langsam der Gruppe. Wolfgang war klar, dass die Situation ohne Weiteres aus dem Ruder laufen konnte. Die Glatzen waren zu fünfzehnt und voller unkontrollierter, aggressiver Frustration. Und vielleicht sogar dumm genug, Polizeibeamte anzugreifen.

„Genug jetzt, es reicht“, erklang eine resolute Männerstimme.

Die Tür öffnete sich.

„Ich bin Gregor. Wenn Sie so freundlich wären, mir den Hausdurchsuchungsbefehl zu zeigen?“

Gregor strahlte förmlich aus, dass er nicht hierhergehörte. Eine beige Hose und ein weißes Hemd von Hugo Boss, italienische braune Schuhe, modisch geschnittene dunkle Locken. Ein sonnengebräunter Mann um die Vierzig mit einem gleichmäßigen, blendend weißen Gebiss. Er befahl dem Riesen mit dem runden Kopf, der auf den Namen Karl hörte und ganz eindeutig der Anführer der Glatzen war, seinen Hund anzubinden, nahm den Hausdurchsuchungsbefehl entgegen, warf einen Blick darauf und öffnete das Tor. Es war nur ein flüchtiges Überprüfen gewesen, als sei er an solche Dokumente gewöhnt - nach dem Grund fragte er nicht. Was hatte dieser Mann hier verloren? Wolfgang spürte, wie sich die Haare auf seinen Armen aufstellten, winzige Antennen, die ein unbekanntes Signal aufzufangen versuchten.

„Sie haben wahrscheinlich von dem Mord an dem Spanier gehört“, sagte Claus, während er den anderen langsam und absichtlich beleidigend von Kopf bis Fuß musterte. Claus reagierte immer allergisch auf teuer gekleidete Männer, sogar schon auf solche, die einen Schlips trugen.

Gregor nickte.

„Haben Sie in der fraglichen Nacht irgendetwas mitbekommen? Etwas gehört?“

„Nein. Selbstverständlich schlafe ich nicht hier“, erklärte Gregor in feierlichem Ton. „Ich wohne in Grunewald.“

Das klang selbstzufrieden. Ein Neureicher, stellte Wolfgang fest. Diese Sorte Leute konnte es einfach nicht lassen. Grunewald war eine schicke Gegend, zumindest früher einmal. Jetzt war „teure Gegend“ die angemessenere Bezeichnung.

„Was machen Sie eigentlich beruflich?“, wollte Wolfgang wissen.

Gregor starrte ihn an, kniff die Augen zusammen und sagte: „Berater.“

Das konnte Vieles bedeuten, und darunter gab es einige zweifelhafte Optionen. Häufig war die Beratertätigkeit ein Euphemismus für Aktivitäten mit dem Ziel, Gelder aus zweifelhafter Herkunft aus den gierigen Händen des Fiskus zu halten. Ein „Berater“ mit einem Klubhaus für Neonazis stellte ein interessantes Phänomen dar und verdiente eine genauere Untersuchung.

„Haben Ihre jungen Freunde in dieser Nacht vielleicht etwas gesehen?“

Gregor schaute Wolfgang arrogant an, doch kurz flackerte Ärger in seinem Blick auf. „Meine ‚jungen Freunde‘, wie Sie sie nennen, haben mit der Sache nichts zu tun. Sie kommen hierher, damit sie nicht in Schwierigkeiten geraten, um ein Bier zu trinken, ein bisschen Karten zu spielen. Sie renovieren meine Hütte. Ich biete den Jungs einen Ort an, wo sie hinkönnen. Sie sind das Opfer ihrer Umstände. Sie haben im Leben wenig Chancen bekommen, stammen aus kaputten Familien. Ich versuche zu verhindern, dass sie auf die schiefe Bahn geraten, ihnen einen Ort zur Verfügung zu stellen, an dem sie sich treffen können, damit sie woanders keinen Mist anstellen."

„Mir kommen die Tränen", erklärte Claus. „Okay, genug geplaudert, an die Arbeit." Er winkte Wolfgang, ihm nach drinnen zu folgen.

Die Laube war geräumiger, als es von außen den Anschein hatte, eine Art Blockhütte, in deren großem Wohnzimmer es einen Holztisch mit Stühlen, einen Schrank, zwei Sofas und einen Fernseher gab. Rechts sah man eine winzige Küche, ein noch kleineres Badezimmer und ein Schlafzimmer mit zwei Betten. Diverse Farbeimer mit Pinseln standen herum. Zwei Wände waren vor Kurzem gestrichen worden, und es roch nach Terpentin. Man hatte den Holzfußboden abgeschliffen, und über allem lag eine Schicht Staub und Sägemehl. Systematisch und gründlich durchsuchten sie das Häuschen, sprachen dabei kein Wort. Das Schlafzimmer hatte keine Geheimnisse preiszugeben. Die kleine Küche wurde fast zur Hälfte von einem Kühlschrank mit Gefrierfach voller Flaschen Becks Bier und Tiefkühlpizzen in Beschlag genommen. Sie holten alles heraus, denn es wäre nicht das erste Mal, dass jemand, der sich für besonders schlau hielt, seine Waffe in einem Pizzakarton oder etwas Vergleichbarem im Tiefkühler versteckte und sich nicht darüber im Klaren war, dass ein Einbrecher oder ein Polizeibeamter genau an diesem Ort zuerst suchen würde. Doch hier gab es nur unangebrochene Packungen, die sie zur Sicherheit eine nach der anderen öffneten. Eine Mikrowelle, Messer, Gabeln, Gläser und Teller, etwas Küchenrolle, und das war es auch schon an Ausstattung. Im Wohnzimmer drehten sie die Sofas, die Sessel und den Tisch um, leerten den Schrank ganz aus und untersuchten den Holzfußboden auf darunter verborgene Räume. Nichts. Unten im Schrank stand ein

Staubsauger. In einer Lade lag ein leerer Fotorahmen mit kaputtem Glas. Wolfgang schnitt sich an einer Scherbe, und ein dicker dunkler Blutstropfen trat hervor. Er fluchte. Zwei kleine Fenster mit Vorhängen ließen sich nicht öffnen. Es war noch Einiges an Arbeit nötig, damit die Hütte den Status eines schlecht gepflegten Ferienhauses verlor. An der Wand hing ein Picasso-Druck, und im Regal standen einige Bücher. Ayn Rand. Sarrazin. Eine Bild-Zeitung.

„Nichts." Claus schaute angepisst drein. „Mal nachsehen, ob man im Garten bei den Glatzen was gefunden hat, aber groß ist die Wahrscheinlichkeit nicht; so dumm werden sie nun auch wieder nicht sein."

Wolfgang ging langsam hinter Claus nach draußen. In dem spärlich eingerichteten Häuschen war nichts zu finden. Keine Pistole. Kein Elektroschocker. Er hatte sogar die Farbeimer mit einem Löffel durchsucht, ohne Erfolg. Und trotzdem hatte etwas seine Aufmerksamkeit erregt. Etwas passte da nicht. Aber was?

Gregor stand unter dem Apfelbaum im Schatten und schaute mit neutralem Gesichtsausdruck dabei zu, wie die Glatzen eine nach der anderen befragt wurden und man den Garten durchsuchte. Das Waffenarsenal bestand aus einer Sammlung Taschenmesser – nicht verboten, aber darum nicht weniger gefährlich. Die Männer gaben sich ohne Ausnahme ahnungslos, sie hatten nichts gesehen oder gehört, waren in der betreffenden Nacht nicht hier gewesen, sondern zu Hause bei ihrer Mutter. Alle wohnten sie brav bei Mutti, die ihre schützende Hand über sie hielt, statt ihnen einen Tritt in den ultrarechten Hintern zu verpassen. Aber Mutti sah dazu wahrscheinlich gar keinen Anlass. Und Vati hatte einige Zeit nach der anfänglichen Euphorie über den Mauerfall seine Arbeit verloren, was zuerst die Schuld der Wessis war und inzwischen, wie das momentan in jedem zivilisierten Land der Fall zu sein schien, die

Schuld der Ausländer. Zumindest die von Ausländern mit anderer Hautfarbe oder einem bestimmten Glauben.

Gregor, wie konnte es anders sein, war gerade von einer zweitägigen großen Golfpartie mit Geschäftsfreunden zurückgekehrt, und wenn der Hauptkommissar das wünschte, ließ sich das auch beweisen.

Claus wünschte das tatsächlich.

Die Glatzen hingen herum wie ein Virus kurz vor dem Ausbruch und sprachen in gedämpftem Ton miteinander. Plötzlich richteten alle ihren Blick auf das Tor. Dort stand Tim und nahm mit offensichtlichem Interesse das Geschehen in sich auf.

„Was gibt's denn da zu glotzen?“, fragte der halslose Karl in aggressivem Ton.

Tim zog die Augenbrauen hoch und deutete auf sein T-Shirt, auf dem in großen schwarzen Buchstaben das Wort „GLATZEN“ prangte. „Glatzen“, erklärte er. „Ich bin ein Glatzenglotzer.“

Wolfgang konnte beinahe spüren, wie eine Welle des Hasses und der Aggression durch die Gruppe lief. Tim grinste über seinen eigenen Witz, wandte sich um und ging davon. Auf der Rückseite seines T-Shirts war „RAUS!“ zu lesen.

Der Junge spielte ein gefährliches Spiel.

„Diesem Intellektuellen begegnen wir schon noch irgendwo“, erklärte Karl. Hass verzerrte sein rundes Gesicht mit der dicken Nase, deren Flügel zitterten wie bei einem Stier kurz vor dem Angriff. Die übrigen ließen ein zustimmendes Gemurmel hören. Wolfgang ging auf Karl zu und näherte sich mit seinem Gesicht dem der Glatze. Der andere hatte ein ungepflegtes Gebiss, und mit dem Gestank aus seinem Mund machte er dem Dobermann Konkurrenz.

„Wenn ihr ihm auch nur ein Haar krümmt, ziehe ich euch zur Rechenschaft.“

„Ach tatsächlich? Warum denn? Ist das dein Freund oder was?“

Die anderen lachten.

„Das ist doch eine Schwuchtel, genauso wie der Spanier mit seinem Handtäschchen. Guck dir mal die Haare an. Echte Männer tragen keinen Pferdeschwanz."

Handtäschchen. Dieses Phänomen war eines der auffälligsten Phänomene im spanischen Stadtbild der letzten Jahre gewesen und erstaunte Wolfgang immer noch. Den Spaniern war es gelungen, die Handtasche auch für Männer zum Accessoire zu machen. Oft waren diese Modelle aus Leinen, sodass ihnen zumindest noch der Anschein der Sportlichkeit anhaftete, aber es waren und blieben Handtaschen. Francisco hatte ein Exemplar aus Kalbsleder besessen. Hatten diese Kerle darum vermutet, dass Francisco und Sergio schwul waren?

Wolfgang zog eine Augenbraue hoch. „Ich kann mir schon denken, warum du so große Angst vor Schwulen hast." Er musterte den Mann von oben bis unten und erklärte mit einem Lächeln: „Vielleicht bist du ja sogar mein Typ."

Zu seiner Genugtuung sah er, dass Karl violett anlief. Wie leicht man einen solchen Typen an seiner empfindlichsten Stelle treffen und provozieren konnte. Mach schon, Junge, versuch mich zu schlagen. Aus dem Augenwinkel nahm er wahr, dass Claus und Gregor auf ihn zukamen. Schade.

„Es reicht", befahl Gregor scharf. „Karl, reiß dich zusammen."

„Er hat mich einen Schwulen genannt", gab der Angesprochene empört zurück. Es war wahrscheinlich die größte Beleidigung, die sein Hirn erfassen konnte.

„Dann benimm dich auch nicht wie einer und lass den Hauptkommissar in Ruhe. Oder sollte ich Ex-Hauptkommissar sagen?"

Claus hatte ihn als Kollegen vorgestellt. Woher wusste dieser Gregor, wer er war? Wolfgang konnte mit Sicherheit sagen, dass er ihm noch nie im Leben begegnet war.

Gregor schaute ihn an und lächelte. „In gewissen Kreisen kennt man Sie. Ich habe Sie sofort erkannt. Interessant übrigens, dass sich ein ehemaliger Hauptkommissar an einer Hausdurchsuchung der Mordkommission beteiligt. Das scheint mir nicht ganz im Einklang mit dem Gesetz." In einer quasi entschuldigenden Geste zog er die Schultern hoch. „Ich bin nicht nur Berater, sondern auch Jurist. Rechtsanwalt, um genau zu sein. Ich werde mich sicher im Detail damit befassen, wie hier alles abgelaufen ist."

Claus bedachte ihn mit einem wütenden Blick. „Wolfgang ist *mein Berater*", erklärte er mit Nachdruck. „Und Sie, Treufeldt, tun, was Sie nicht lassen können. Das behalte ich mir dann ebenfalls vor."

Wenn man das aus Claus' Sprache übersetzte, bedeutete es: Mach nur, Arschloch, und ich werde dir von jetzt an so Einiges an Schwierigkeiten bereiten.

Doch Wolfgang war klar, dass ihnen hier ein Problem ins Haus stand. Warum hatte ihm Claus nicht erzählt, dass sie es mit einem Rechtsanwalt zu tun bekommen würden? Manchmal ignorierte er einfach bestimmte Details.

„Ich habe Sie sofort erkannt", hatte Gregor gesagt. Aber wann? Er war nicht direkt nach draußen gekommen. Er hatte die uniformierten Polizeibeamten durchs Fenster kommen sehen und war sicher noch fünf Minuten in der Hütte geblieben. Um sich eine Strategie auszudenken? Einen Telefonanruf zu tätigen? Oder etwas zu verstecken?

Aber da drinnen war nichts, es gab keinen Ort, an dem man etwas hätte verbergen können.

Wolfgang spürte, wie ihm warmes Blut die Hand entlanglief. Der Schnitt war wieder aufgegangen. Der Fotorahmen mit dem kaputten Glas. Plötzlich wusste er, was ihm als merkwürdig aufgefallen war. Auf dem Rahmen und dem Glas befand sich eine Staubschicht, genau wie auf allem in der Hütte, aber in der Schublade war kein Staub gewesen, und das bedeutete, dass jemand den Rahmen erst vor Kurzem dort hineingelegt hatte. Oder schnell hineingeworfen, und dabei war das Glas zerbrochen.

Warum? Was hatte der Rahmen enthalten?

Wolfgang winkte Claus zu sich und flüsterte ihm etwas ins Ohr. Claus lief sofort in die Hütte und kam mit dem Picasso-Druck zurück. Wolfgang drehte das Bild um und löste die Pappe von der Rückseite.

Ein Foto mit einem Dutzend kahlgeschorener, grinsender Männer.

„Schau genau“, kommentierte Claus sarkastisch. „Das hier nehmen wir mit.“

Wolfgang betrachtete das Foto und drehte es um, und plötzlich schien die Welt stillzustehen.

Das war doch nicht möglich. Er konnte nicht glauben, was er da sah, blinzelte, aber das Bild blieb gleich. Verblüfft starrte er auf die Rückseite des Fotos.

Fünftes Kapitel

Wolfgang dachte an den Text auf der Rückseite des Fotos. Zufall, hatte Claus gesagt, bevor er mit Christian verschwunden war, aber er hatte Wolfgang dabei seltsam angeschaut. Oder vielleicht hatte sich Wolfgang das auch nur eingebildet?

„Eine schöne Frau, diese Silke", meinte Javier. „Schade, dass sie kein Spanisch spricht. Wie alt ist sie denn?"

„Ungefähr so alt wie du", antwortete Wolfgang. Sie musste inzwischen etwa Mitte Vierzig sein, aber man hätte sie ohne Weiteres auf zehn Jahre jünger geschätzt. Javier hatte recht, sie war eine Schönheit, und daran änderte auch die Narbe nichts. Als er sie irgendwann einmal zu fragen gewagt hatte, woher die Narbe stammte, hatte Silke nach einem kurzen Schweigen geantwortet: „Das war ein Geschenk von jemandem, den ich lieber vergessen will", und er hatte nicht mehr weitergefragt.

Er musste an Julia denken, die auch schön war, aber so ganz anders, dunkel, unergründlich. Silke glich einem offenen Buch. Sie brachte den Männern zwei Bier und sagte mit einem Lächeln, sie sei froh, Wolfgang wieder einmal zu sehen. Er lächelte zurück und war sich darüber im Klaren, dass ihn Javier mit einem Stirnrunzeln beobachtete.

„Dein Freund Esteban hat mir erzählt, du willst nach Spanien ziehen", erzählte sie. „Er war ein paarmal mit den beiden Spaniern hier." Sie schaute ihn nachdenklich an. „Hast du das wirklich vor? Ich glaube, du wirst Berlin vermissen. Du bist letzten Endes ein Stadtmensch. Ein Berliner."

Sie ging zurück an die Bar und ergänzte von dort aus leichthin: „Außerdem hat Berlin so Einiges zu bieten, das weißt du."

Es gab keinen Zweifel daran, was sie damit meinte.

„Übersetzung!", kommandierte Javier.

Wolfgang bezweifelte, dass er die wirklich brauchte, und Javiers nächste Bemerkung bestätigte das.

„Esteban hat mir erzählt, du hattest was mit ihr", meinte Javier.

Esteban würde lernen müssen, sein Mitteilungsbedürfnis im Zaum zu halten.

„Ich hatte was mit ihr, aber da war nichts dahinter." Es ging um die vergangenen Jahre, hin und wieder. Nur Sex, mehr hatte es zwischen ihnen nicht gegeben. Er empfand keine tieferen Gefühle für Silke, und sie auch nicht für ihn. Er wusste wenig bis nichts von ihr, spürte auch nicht die geringste Seelenverwandtschaft. Sie waren einfach zwei Menschen, die einander immer wieder besuchten und danach ihrer eigenen Wege gingen, und daran war nichts Verwerfliches. Vom ersten Mal abgesehen natürlich, als Claudia noch lebte und sich gerade in Paris aufhielt, weil sie an einer Reportage arbeitete. Er war bis zur Schließungszeit in der Gaststätte MAUS gewesen, und Silke hatte ihn gebeten, sie nach Hause zu bringen, weil am Abend davor eine Frau auf der Straße beraubt worden war und sie sowieso nicht gern im Dunkeln draußen herumlief. Er war mit ihr gegangen, hatte in ihrer Wohnung ein Glas getrunken und sich mit ihr unterhalten, als eine Stille entstand, die nicht vergehen wollte und sich mit einer Spannung gefüllt hatte; zwischen ihnen kam es zu einem leidenschaftlichen Kuss, aus dem es keinen Weg zurück gab.

Gott sei Dank war Claudia nie dahintergekommen. Es war das erste und einzige Mal gewesen, dass er sie betrogen hatte, und er hatte das immer bereut, weil es einen Verrat bedeutete, einen Verrat in einem schwachen Moment, und warum? „Ich werde dir immer treu sein", das konnte er sich selbst noch sagen hören. War eine leidenschaftliche Nacht es wert gewesen, dieses Versprechen zu brechen? Ihre Beziehung aufs Spiel zu setzen? Eine rhetorische Frage.

Javier wechselte das Thema. „Ich kann Sergio nicht erreichen. Er geht nicht ans Telefon."

„Vielleicht ist er ja bei Esteban", meinte Wolfgang. An Sergio wollte er jetzt wirklich nicht denken.

„Nein, den habe ich schon angerufen, er hat Sergio nicht gesehen."

„Oder er ist in die Stadt gefahren."

„Natürlich, zum Brandenburger Tor, oder zum Shoppen in einem von euren schicken Kaufhäusern, um sich dabei zu überlegen, was er alles Schönes mit seinem Erbe wird anstellen können." Javier ließ die Fingerknöchel knacken. „Dieser widerliche kleine *hijo de puta*, dieser Hurensohn."

„Würdest du das bitte bleiben lassen, Javier", sagte Wolfgang irritiert. Dieses Knöchelknacken war eine der Gewohnheiten, die ihn an Javier störte, und der wusste nur zu gut, dass Wolfgang das Geräusch nicht ertrug.

Javier schaute ihn mit einem düsteren Blick an und verschränkte die Arme übereinander. „Erzähl weiter: Der Fettsack hat ein Foto. Was ist damit? Hat es etwas mit Sergio und Francisco zu tun?"

Wenn das nur so wäre. Auf der Rückseite der Aufnahme prangte der ihm wohlbekannte Stempel mit dem Text „Foto Claudia Stein".

Er hatte nicht gewusst, dass Claudia jemals Bilder von Neonazis gemacht hatte. Genau wie er fand sie diese Sorte Typen widerwärtig. Noch mysteriöser war, was das Foto dort verloren hatte, versteckt hinter einem Picasso-Druck. Gregor hatte sie kommen sehen und es versteckt. Warum? Er selbst war nicht darauf. Ob das wohl bedeutete, dass jemand anders darauf war, für den es kompromittierend sein könnte, wenn bekannt wurde, dass er zu einer Gruppe Neonazis gehörte oder gehört hatte? Außer einem jüngeren, aber eindeutig zu identifizierenden Karl kannte Wolfgang keines der Gesichter. Wie alt die Aufnahme wohl war? Er würde in Claudias Archiv auf die Suche gehen.

Zufall, erklärte auch Javier.

„Sergio ist weg", rief Esteban.

Wolfgang hielt sein Handy etwas weiter vom Ohr entfernt. „Der taucht schon wieder auf."

„Du verstehst mich nicht, er hat den Schlüssel bei mir im Restaurant gelassen. Ich bin in deinem Apartment nachschauen gegangen, und sein Koffer ist nicht mehr da. Er ist abgereist. Da liegt ein Umschlag mit euren Namen drauf."

Scheiße. Wahrscheinlich hatte er einen Flug nach Spanien genommen. Sie hätten ihn nicht aus den Augen lassen dürfen.

„Wenn ich den kleinen Wurm in die Finger bekomme, reiße ich ihn in Stücke." Javier sah aus, als würde er seine Worte gern tatsächlich wahr machen. „An deiner Stelle würde ich sofort den Fettsack anrufen, der kann dann herausfinden, welchen Flug er genommen hat."

Wolfgang seufzte und gab Claus' Nummer ein. Der war wie erwartet ziemlich angefressen, gleichzeitig aber auch zufrieden, weil er seine eigene Theorie bestätigt sah.

„Siehst du wohl, er hat etwas damit zu tun, sonst würde er nicht flüchten. Und er hat ein Motiv. Wir müssen dafür sorgen, dass man ihm auf den Zahn fühlt. Ich werde eine europaweite Fahndung veranlassen. Dann kannst du schon mal deinen Macho einschalten."

„Javier ist nicht mein Macho", antwortete Wolfgang beleidigt.

„Ach nein? Da bin ich ja beruhigt."

War Claus jetzt ganz und gar verrückt geworden? Wolfgang entschied sich dafür, die Bemerkung seines früheren Kollegen zu ignorieren, aber der hörte nicht auf.

„Ich habe mich schon ab und zu gefragt, ob du nur wegen Claudia beim LKA wegwolltest“, fuhr er fort. „Man hört ja öfter mal, dass Männer sich erst outen, wenn sie älter sind. Du kannst es mir ruhig sagen, vor mir braucht dir das nicht peinlich zu sein.“

Claus hatte tatsächlich völlig den Verstand verloren. Wolfgang teilte ihm mit, wohin er sich seine Theorien stecken konnte, und beendete das Gespräch.

„Ich nehme den ersten Flug, den ich kriegen kann, und folge Sergio“, verkündete Javier. „Ich sorge dafür, dass er zurückkommt, egal, wie ich das schaffe. Er wird auf Knien um Gnade betteln.“

„Wir fahren jetzt sofort in meine Wohnung in Wilmersdorf und schauen nach, was in diesem Umschlag steckt.“

Wolfgang stieß die Aufzugtür auf und sah, dass vor seiner Wohnungstür jemand auf der Treppe saß. Der Mann sprang auf und sagte aus tiefstem Herzen: „Endlich kommst du. Ich warte hier schon seit Stunden.“

Er schaute in das vertraute asymmetrische Gesicht mit den breiten Wangenknochen, in die Augen mit den ungewöhnlich langen, dunklen Wimpern, sah die dunklen Locken. Siegfrieds Gesicht wirkte, als hätte man es etwas zu nonchalant in seine Form gebracht und als hätte der Künstler beschlossen, so sei es gut, weil man beim Betrachten nicht entscheiden konnte, ob es schön oder hässlich war, und weiteres Modellieren den Ausschlag in eine der beiden Richtungen gegeben hätte.

Wie Wolfgang Siegfried kannte, war er mit seinem „Stunden“ wahrscheinlich bei der Wahrheit. Wenn er sich etwas in den Kopf gesetzt hatte, ging er mit einer bewundernswerten Geradlinigkeit darauf zu, ließ sich von niemandem ablenken und ließ nicht locker, bis er sein Ziel erreicht hatte.

Sie begrüßten einander. Siegfried hatte schmale Hände mit langen, dünnen Fingern, die nicht zum Rest seiner Erscheinung zu passen schienen. Er war kräftig gebaut und bewegte sich ungeschickt, mit übertriebenen Bewegungen, als könne er nicht gut mit seinem Körper umgehen, einem Körper, in den er nicht passte und aus dem seine echte Form immer wieder zu entkommen versuchte.

Ungeschickt war Siegfried jedoch in keiner Weise. Wenn er früher im forensischen Institut seine Arbeit ausgeführt hatte, waren seine Bewegungen beherrscht, sicher und bis ins Autistische präzise gewesen; er hatte das Skalpell mit fester Hand geführt, wie mit einem computergesteuerten Roboterarm. Diese Eigenschaften brauchte er auch in seinem gegenwärtigen Beruf, einem aus dem Ruder gelaufenen Hobby, das von den meisten Leuten als bizarr empfunden wurde, unbedingt. Ein achtzigjähriger Präparator aus Marzahn am östlichen Außenrand Berlins hatte ihn in einem der verwaisten alten Bauernhöfe im von trostlos wirkenden Hochhäusern umgebenen ehemaligen Dorfkern jahrelang mit aller Sorgfalt in die Kunst des Tiereausstopfens eingeweiht. Siegfried wechselte den Beruf und tauschte die Leichenhalle in Moabit gegen den Arbeitsplatz seines Lehrmeisters in Marzahn ein, um seinem ungewöhnlichen Hobby nachzugehen. Als der Mann starb, der keinen einzigen Angehörigen hatte, erbte Siegfried alles von ihm. Der alte Mann hatte – trotz der Warnungen, das sei nicht möglich – ins Testament aufnehmen lassen, man solle ihn nach seinem Tod präparieren, aber gegen ein solch bizarres Ansuchen hatte sich das deutsche Gesetz gewehrt, sehr zum Missfallen von Siegfried, für den das unter die unverzeihliche bürgerliche Spießigkeit fiel.

Siegfried litt an Schizophrenie und wurde von einer unnatürlichen Besessenheit mit dem Tod gequält, die letztlich dafür gesorgt hatte, dass er seine Stelle als Pathologe hatte aufgeben müssen. Dank der Medikamente, die er täglich schluckte, funktionierte er ohne Probleme. In den vergangenen Jahren wäre es allerdings zweimal beinahe schiefgegangen; beide Male, nachdem er eigenständig beschlossen hatte, die Medizin für eine Weile abzusetzen, um endlich einmal wieder Emotionen zu empfinden, deren Intensität nicht durch pharmazeutische Mittel beeinträchtigt wurde. Er hatte geglaubt, diese Selbstmedikation vornehmen zu können, schließlich war er nicht irgendjemand, sondern selbst Arzt – gut, Pathologe und Anatom und schon seit Jahren aus dem Geschäft, also nicht ganz auf dem Laufenden, was die Arzneimittelgabe für diese Art Krankheiten betraf, aber dabei handelte es sich um Haarspalterei – und er hatte einen IQ von „gut 150, ich glaube sogar, etwas mehr", wie er es selbst immer leichthin formulierte. Er war, kurzum, ein besonderer Fall, und selbst das stellte eine Untertreibung dar.

„Ich freue mich, dich zu sehen", sagte Wolfgang, und er meinte es ehrlich.

Javier schob Wolfgang aus dem Weg. Er lief nach drinnen, direkt zum Esstisch, nahm sich den Umschlag und riss ihn ungeduldig auf. Darin befand sich ein kurzer Brief mit dem Text: „Ich fliege zurück nach Spanien, um das Begräbnis zu regeln. Mit dem Mord an Francisco habe ich nichts zu tun. Beilegend der Beweis. Sergio."

Eine Flugbuchung auf Sergios Namen und zwei Bordkarten, eine für den Flug von Amsterdam nach Stockholm und eine für die Rückreise. Zwei Fotos von Sergio und einem jungen Mann mit blondem, beinahe weißem Haar. Dessen Name und Telefonnummer. Ein Flyer vom alljährlichen smörgåsbord-Festival und dem Datum. Javier fluchte inbrünstig. „Der kleine *hijo de puta* war bei einem Freund in Stockholm."

„Ist er da öfter hingefahren?"

„Ja, zu Kongressen", erklärte Javier sarkastisch. „Jetzt verstehe ich auch, warum ihn Francisco nie begleiten durfte."

„Schau dir mal das Datum an; das bedeutet, dass er unmöglich in Berlin gewesen sein kann. Er hat also tatsächlich nichts mit dem Mord an Francisco zu tun."

Dann mussten sie wohl doch bei den Neonazis weitersuchen. Es bestand nicht der geringste Zweifel daran, dass Javier es schade fand, Sergio nicht mehr zu den Verdächtigen zählen zu können, und Claus würde dieses Gefühl ganz zweifellos teilen. Wolfgang musste Claus unverzüglich informieren. Er bat Javier, ihn ins LKA zu begleiten. Bei Siegfried entschuldigte er sich und versprach ihm, sie würden später zusammen ein Bier trinken gehen. Siegfried antwortete, er werde auf Wolfgangs Anruf warten. Wolfgang wusste, dass der Freund das tun würde, und zwar den ganzen Tag, wenn das nötig war.

Claus ließ überprüfen, ob Sergio den Flug nach Stockholm tatsächlich angetreten hatte, und veranlasste, dass man Kontakt zu dem skandinavischen Freund aufnahm. Danach erklärte er seufzend, er brauche unbedingt ein Bier, und daraufhin verfluchte er die LKA-Führung – und, da er schon einmal dabei war, direkt auch den höchsten Vorgesetzten bei der Berliner Polizei – weil sie die Mordkommission in einer Gegend angesiedelt hatten, in der es keine anständige Eckkneipe gab. Er war damit beschäftigt, die Alibis der Glatzen zu überprüfen und ihre Beziehung zu Gregor unter die Lupe zu nehmen, doch bisher hatte das nichts gebracht. Mühsam erhob er sich aus dem Sessel.

„Ach, ehe ich's vergesse, hier sind Franciscos persönliche Besitztümer. Diese Handtasche lag neben ihm, als man ihn fand, und der Inhalt war über den Boden verstreut. Seltsamerweise lagen die Fotos fein säuberlich auf einem Stapel. Wir haben alles auf Fingerabdrücke untersucht, aber nichts Brauchbares gefunden."

Er überreichte die Ledertasche Javier.

„Und seine Fotoausrüstung?“, fragte der.

„Die hatte er nicht bei sich“, erwiderte Claus.

„Francisco hat nie ohne eine Kamera das Haus verlassen.“ Javier runzelte die Stirn. „Die schönsten Bilder macht man, wenn man es nicht erwartet, hat er immer gesagt. Der Mörder muss seinen Apparat mitgenommen haben.“

Über die Kurfürstenstraße erreichten sie die Bayreuther Straße und überquerten den Wittenbergplatz in Richtung Kaufhaus des Westens, kurz KaDeWe, wo man nur wenige Berliner antraf, außer in der einmaligen Delikatessenabteilung, der größten Europas, wie es hieß. Dort konnte man nicht nur exklusive Leckereien kaufen, sondern diese auch vor Ort konsumieren, von Bockwurst mit Kartoffelsalat mit Bier bis hin zu Krebsen oder Austern mit Champagner.

Aus der Bierstube im sechsten Stock des KaDeWe bot sich einem die hässlichste Aussicht von ganz Berlin. Im Zweiten Weltkrieg hatte man den Stadtteil inklusive aller Eckkneipen dem Erdboden gleich gemacht, wovon auf stille und doch stimmgewaltige Weise der hohle Zahn zeugte, die Überreste der Kaiser Wilhelm-Gedächtniskirche.

Wolfgang bestellte bei dem sonnenbankgebräunten Wirt – seinen Teint trug er das ganze Jahr über zur Schau – drei Urquell und holte in der nahegelegenen Fleisch- und Wurstabteilung drei warme Bockwürste mit Brot und Senf.

Javier leerte Franciscos Tasche aus. Ausweis, Führerschein, gefüllter Geldbeutel, Schlüssel, der Blackberry, eine Dreitageskarte für den öffentlichen Nahverkehr in Zone ABC und eine Eintrittskarte für eine Fotoausstellung, außerdem weitere für Museen. In der Vordertasche steckte ein kleiner Stapel Fotos. Aufnahmen von Sergio, vom Haus in Pankow, dem Schwimmbecken, dem Garten, der Einrichtung; alle Zimmer aus diversen Winkeln fotografiert, das Atelier. Ein prächtiges Haus, aber er würde es verkaufen, dachte Wolfgang. Er würde ganz einfach jemand anderen finden müssen.

Javier entdeckte in der Vordertasche noch ein letztes Foto und legte es nach einem kurzen Blick auf den Tisch.

Das war einfach nicht möglich.

Wolfgang spürte, wie das Blut in seinen Ohren rauschte. Es war, als bekäme er nicht genügend Sauerstoff, und er spürte, dass er hyperventilierte. „Nicht anfassen", sagte er laut. Zu laut wahrscheinlich, denn sowohl Claus und Javier als auch der Wirt starrten ihn an.

„Vielleicht sind ja noch Fingerabdrücke drauf", fuhr er in gedämpftem Ton fort. Er zwang sich, seine Atmung in den Griff zu bekommen, wie er das gelernt hatte. Langsam Luft holen, aus dem Bauch heraus, nicht zu viel Sauerstoff auf einmal.

Claus schaute ihn mit einem merkwürdigen Gesichtsausdruck an. „Seltsam", erklärte er bedächtig, „dass du gerade dieses Foto ausgewählt hast."

„Warum ist das seltsam?", fragte Wolfgang.

Claus beugte sich vor und tippte auf das Bild. „Weil auf allen Fotos die Fingerabdrücke von Francisco und Sergio gefunden wurden, außer auf diesem."

„Und welche Fingerabdrücke waren dann darauf?", wollte Wolfgang wissen. Das Gefühl, keine Luft mehr zu bekommen, kehrte mit aller Heftigkeit zurück.

„Das ist ja das Merkwürdige. Überhaupt keine", antwortete Claus. „Gar nichts. Es wirkte fast, als hätte man es sorgfältig saubergemacht." Er starrte Wolfgang an. „Was ist eigentlich los mit dieser Aufnahme? Ich begreife gar nichts. Das ist doch ganz einfach ein Foto von deinem Haus in Pankow, genau wie die anderen da."

Für Claus schien das vielleicht so, aber es gab einen ganz entscheidenden Unterschied.

Das Bild war vom Haus aus aufgenommen, durch die sich öffnenden Türen schaute man auf den Garten, den Rasen, das Schwimmbecken mit einer glatten, unbewegt blauen Wasseroberfläche, die die Wolken in aller Schärfe widerspiegelte. Eine Kombination aus Grün, Blau und Weiß. Und Rot.

Er war abrupt aufgestanden und hatte die Bierstube ohne ein Wort verlassen. Was ihm Claus und Javier nachriefen, war nicht zu ihm durchgedrungen. Er wusste nur, dass er wegmusste, sich bewegen, bevor er noch das Glas auf den Boden warf oder der sich in seiner Kehle aufbauende Schrei sich den Weg nach draußen erzwingen würde. Er war gerannt, die Rolltreppen hinunter.

Wolfgang stellte fest, dass er in der U-Bahn saß, ohne dass er hätte sagen können, wie er dort hingekommen war, und er sah, dass ihn die Leute anstarrten und rasch den Blick abwandten, wenn er ihrem begegnete. Hatte er laut Selbstgespräche geführt? Sah er aus wie ein Sonderling? War an seinem Gesichtsausdruck das Chaos in seinem Kopf abzulesen? Er merkte, dass er das Foto noch in der Hand hielt, und steckte es in die Tasche seines Jacketts.

Die Bahn erreichte die Haltestelle Möckernbrücke, und als ihm bewusstwurde, dass er in der U1 saß, zögerte er keinen Augenblick. Er stieg aus und lief zu dem Bahnsteig, von dem aus die U7 Richtung Rudow abfahren würde. Wolfgangs Ziel war Neukölln. Er musste nachdenken, alles ordnen, und dann würde er zu dem Ort gelangen, wo das möglich war. Wo er ungehemmt er selbst sein konnte, schweigen, wenn er das wollte, und wo er, wenn gewünscht, ein offenes Ohr finden würde.

In Neukölln stieg er an der Station Karl-Marx-Straße aus und lief die belebte breite Straße herunter, bewegte sich im Slalom zwischen den bunten Menschenmassen hindurch. Viele Frauen mit Kopftüchern, Türken, Marokkaner, Rumänen, Russen, Vietnamesen, Chinesen und noch mehr. Hier vermischten sich die zahllosen Nationalitäten, obwohl von einer tatsächlichen Vermischung keine Rede war. In diesem Schmelztiegel der Kulturen lebte jeder in seiner eigenen, deutlich abgegrenzten Ecke.

Dieser Teil Neuköllns war arm. Hier gab es unzählige kleine Geschäfte, in denen man Currywurst essen konnte, Falafel, Döner, chinesische, vietnamesische oder thailändische Gerichte. Viele Läden mit Billigkleidung und Second Hand-Möbeln, Geschäfte, in denen man zu niedrigen Preisen das Internet benutzen und im Ausland anrufen konnte, und wo jeden Sonntag auf dem Parkplatz des Supermarktes der Flohmarkt und Gebrauchtwagenverkauf stattfand. Hier sah man keine teuren Cabrios oder reichen Russen, die vor Verrücktheit nicht wussten, was sie mit ihrem Geld anfangen sollten, außer so offensichtlich wie möglich damit um sich zu werfen. Dafür musste man zum Kurfürstendamm, zum KaDeWe, wo die Damen für Handtaschen Beträge hinlegten, von denen hier, in Neukölln, eine Familie ein halbes Jahr lang leben musste. Normalerweise genoss Wolfgang das bunte, lebendige Straßenbild, doch jetzt schenkte er ihm nur wenig Aufmerksamkeit.

Er stolperte über einen herausragenden Pflasterstein, fluchte und ging nach rechts in eine enge Straße, die den blauen Himmel mit ihrem nüchternen und grauen Aussehen herauszufordern schien, was im Übrigen ganz ausgezeichnet zu Wolfgangs Stimmung passte. „Gitta“ stand knapp im charakteristisch schnörkellosen Stil der Inhaberin auf der Scheibe der Eckkneipe. Er zog die Tür auf und betrat den Schankraum. Drinnen stand der Rauch förmlich in der Luft – der endgültige Sieg der mächtigen Tabakindustrie, die in ihren mörderischen Praktiken die kleinen Kneipenwirte vor ihren Karren spannte, um das Antirauchergesetz zu torpedieren.

„Mahlzeit“, sagte Wolfgang und gab allen Anwesenden die Hand, bevor er sich auf seinen Stammplatz an der Bar setzte – das übliche Ritual. Immer dieselben Gesichter in dieser Kneipe, die für die meisten von ihnen eine Verlängerung ihres Wohnzimmers darstellte. Gitta stand dort, wo sie immer stand, hinter der Bar, und ihre Bulldogge lag dick und breit auf einer Decke daneben.

„Na, Zivilist“, sagte Gitta. So hatte sie ihn beim letzten Mal auch genannt, vor fünf Wochen, einer gefühlten Ewigkeit, als er ein neues Leben hatte beginnen wollen. Kein Blut mehr, hatte er an diesem ersten Tag gedacht, an dem er kein Hauptkommissar mehr war, aber seitdem bekam er es ohne eigene Schuld ständig mit Morden zu tun, als gäbe es da irgendwo jemanden, der unbedingt seine Pläne vereiteln wollte.

Und jetzt das Foto in Franciscos Tasche.

Gitta schaute ihn prüfend an und zapfte ihm ohne ein Wort ein Bier. Sie hatte wie gewöhnlich ein kurzärmeliges T-Shirt an, sodass man das Tattoo vom Kopf ihrer Bulldogge gut erkennen konnte. Seit etwa einem halben Jahr hatte sie rotes Haar. Gitta war ungefähr in Wolfgangs Alter, kräftig gebaut, und sie teilte mit ihrer Bulldogge eine Abneigung gegen körperliche Bewegung, was dem Gewicht in beiden Fällen nicht gerade zugutekam. Trotzdem schien es, als habe Gitta diesmal ordentlich abgenommen – im Gegensatz zu dem kleinen Ungeheuer auf dem Teppich. Dessen Silhouette war voller geworden.

„Er hat zugenommen“, meinte Wolfgang mit einer Gebärde in Richtung des leise schnarchenden Tiers.

„Du hättest jetzt auch erst mal sagen können, dass ich schlanker geworden bin. Danke vielmals. Und ‚er‘ ist schwanger. Ich glaube, ich kenne den Vater, und vertrau mir, das wird eine genetisch unverantwortliche Kombination. Die gute Ulla ist leider zu faul oder zu dumm, um sich unerwünschte Männchen zweifelhafter Herkunft vom Leib zu halten.“

„Dann musst du eben besser auf sie aufpassen. Wenn sie einfach allein auf die Straße darf, ist doch klar, was passieren kann."

„Weißt du, so gern man das auch so hätte, man kann nicht alles im Leben planen, Wolfgang."

Er wusste, dass sie damit auf Claudia anspielte. Er kannte Gitta bereits seit zwanzig Jahren, und sie war einer der wenigen Menschen, mit denen er über Claudias Tod gesprochen hatte. Gitta wusste viel, aber bestimmt nicht alles. Sie hatte die Angewohnheit, ihn anzusehen, als könne sie ihm die Gedanken förmlich aus dem Kopf pflücken und sie bis ins Detail analysieren.

„Wie war's in Spanien?", wollte sie wissen. „Wo warst du noch mal, an der Nordküste, oder? Hast du was gekauft?"

„Mir ist etwas dazwischengekommen", erwiderte Wolfgang.

Ehe er sich's versah, erzählte er von der Extremadura, den Morden, dem Grund für seine Rückkehr nach Berlin. Aber nichts über das Foto, das ihm in der Jacketttasche brannte, sein Leben zum zweiten Mal über den Haufen warf und all seine sorgfältig aufgebauten Sicherheiten mit einer einzigen Bewegung vom Tisch fegte. Während sie Bier zapfte, hörte Gitta ihm zu und unterbrach ihn nur hin und wieder, wenn sie einem Gast ein Glas brachte.

„Du kannst einfach nicht aus deiner Haut", kommentierte sie, als er schließlich schwieg. „Einmal Polizist, immer Polizist. Und wie sieht das mit dieser Julia aus – läuft da was zwischen euch? Sie klingt interessant."

Er hatte sein Bestes getan, so neutral wie möglich über Julia zu erzählen, aber Gitta konnte man nichts weismachen. Er zog die Schultern hoch. „‚Interessant' ist nicht das richtige Wort. Sie ist sehr komplex."

Julia war seit Kurzem der komplizierteste Faktor in seinem Leben. Diese auf irritierende Weise unvorhersagbare Frau. Er dachte an ihren letzten gemeinsamen Augenblick und wünschte sich, er wäre wieder bei ihr.

„Komplex“, wiederholte Gitta langsam. Sie schaute ihn mit einem halb mitleidigen Blick an. „Was Frauen betrifft, musst du immer noch viel lernen. Vielleicht solltest du dir lieber einen Hund halten, den kannst du dann so abrichten, wie es dir passt.“

So einen blöden Köter, der dann bei ihm zu Hause herumlag – nur über seine Leiche. Und was seine Frauen betraf, stand Gitta kein Urteil zu. Claudia war sie ganze zweimal begegnet, und Julia kannte sie überhaupt nicht.

„Hunde lassen sich sehr leicht einschätzen“, fuhr Gitta fort. Sie füllte sein Bierglas zum dritten Mal auf und stellte es ihm vor die Nase. „Sie sind schon froh, wenn sie Futter und ihren täglichen Spaziergang bekommen. Gut, Ulla bewegt sich nicht gerne, sie ist aber auch ein ganz besonderer Fall. Hin und wieder möchten Hunde gestreichelt werden. Sehr übersichtlich, das Ganze. Zum Wohl.“

Wolfgang merkte plötzlich, dass er entsetzlichen Durst hatte, und trank schnell sein Bier aus. Gitta steckte sich eine neue Zigarette an.

„Den Spanier, der dein Haus kaufen wollte, hat man also ermordet. In Pankow. Wie heißt die Siedlung noch mal?“

„Klein Eden.“

Gitta zog die Augenbrauen hoch. „Klingt sehr paradiesisch. Da gibt's wahrscheinlich viele Äpfel. Pass nur auf.“ Sie beugte sich zu ihm hin und sagte leise: „Schau dich nicht sofort um, aber am Fenster sitzt ein Mann und starrt dich schon die ganze Zeit an.“

Wolfgang bezwang den Drang, sofort hinzuschauen. Den Gedanken, dass ihn jemand so beobachtete, empfand er als besonders unangenehm. Er wandte sich langsam um, ließ den Blick wie zufällig durch den Schankraum schweifen und sah, wer ihn da vom Fenstertisch aus observierte.

Sechstes Kapitel

„Dann hättest du mich eben nicht einfach so beim Fettsack zurücklassen dürfen. Wenn du nicht willst, dass man dir folgt, musst du dich einfach ab und zu umschauen, das solltest du doch eigentlich wissen.“ Mit einer geschmeidigen Bewegung nahm Javier auf den Barhocker neben Wolfgang Platz.

„Warum setzt du dich nicht direkt zu mir, statt einen auf Polizeibeamten in Zivil zu machen?“

„Weil du in ein Gespräch vertieft warst und ich nicht so unhöflich bin, mich ungefragt in Unterhaltungen einzumischen“, antwortete Javier und wandte sich mit einem „Bier, *por favor*“ an die neugierig dreinschauende Gitta, die ohne weitere Höflichkeiten darum ersuchte, vorgestellt zu werden.

Wolfgang kam dieser Bitte nach; Javier und Gitta schüttelten einander die Hand, und dann verschwand Gitta hinter ihrem Zapfhahn. Während sie sich um das Bier kümmerte, musterte sie Javier mit unverhohlenem Interesse.

Javier trommelte ungeduldig und mit durstigem Blick auf dem Tresen herum. „Warum dauert das hier nur immer so lange? In Spanien ist das eine Sache von fünf Sekunden.“

„In Spanien haben sie auch absolut keine Ahnung vom Zapfen“, erwiderte Wolfgang. „Ein gut gezapftes Bier kostet den Wirt Zeit und erfordert vom Gast Geduld. Schau doch, was für herrlicher Schaum da auf deinem Bier entsteht; eine prächtige Blume, die dich dazu einlädt, hineinzubeißen.“

„Ich mag keinen Schaum. Außerdem ist das Bier hier immer lauwarm. Bier muss eiskalt sein.“

„Du Barbar, eiskaltes Bier schmeckt doch nach nichts. Das haben sich die Brauer ausgedacht, damit auch Frauen Bier trinken, genau wie eiskalten Sherry.“

„Du willst doch nur das Thema wechseln. Es ging gerade darum, dass du mich allein bei diesem unmöglichen Fettsack zurückgelassen hast, mit dem ich nicht kommunizieren kann, was übrigens auch der Fall wäre, wenn wir dieselbe Sprache sprechen würden. Warum bist du so plötzlich ohne jede Erklärung verschwunden? Was hast du denn? Was ist mit dem Foto, das du mitgenommen hast? Ich verlange eine Erklärung." Er machte eine Gebärde, als wolle er seine Fingerknöchel knacken lassen, schien sich dann aber eines Besseren zu besinnen und verschränkte die Arme übereinander.

Wolfgang holte das Foto aus der Tasche und legte es auf den Tisch. Blau, Grün und Weiß.

Und Rot. An einer Ecke des Schwimmbeckens saß ein großer roter Kater und starrte konzentriert sein eigenes Spiegelbild im Wasser an.

Der rote Kater, der vor fünf Jahren zusammen mit Claudia ermordet worden war.

Claudia hatte dieses Bild gemacht, und es hatte in ihrem früheren Apartment in Charlottenburg in einem Rahmen auf dem Tisch gestanden. Nach Claudias Ermordung war es plötzlich verschwunden.

Damals hatte es Wolfgang erstaunt, dass das Foto weg war, aber dabei hatte es sich lediglich um ein Detail gehandelt, eine Trivialität in einer Phase der Verzweiflung, in der der Schlaf nichts als Albträume für ihn bereithielt und ihm die Stunden des Tages die Bilder einer entstellten Claudia auf die Netzhaut projizierten. Selbstzerstörung war seine einzige Option gewesen. Und beinahe hätte er es auch geschafft. Er schaute zu Gitta hinüber. Beinahe.

Javier hatte ihm aufmerksam zugehört. Wie war es nur möglich, dass das Foto jetzt plötzlich unter den Besitztümern des ermordeten Francisco auftauchte, lautete seine ebenso berechtigte wie beunruhigende Frage. Es musste einen Zusammenhang zwischen dem Mord an Claudia und dem an Francisco geben. Aber so etwas konnte nicht bestehen, unmöglich. Trotzdem war das der Fall.

Zwei Stammgäste wurden im Gespräch laut, woraufhin sie Gitta energisch zur Ordnung rief. Die Bulldogge jammerte leise im Schlaf, und Wolfgang beneidete das Tier. Ein Wesen ohne Probleme, ohne psychische Schmerzen, mit einer eindimensionalen Welt, die aus Essen, Schlafen und Zuneigung bestand. Schwierige Entscheidungen oder existenzielle Zweifel gab es darin nicht. Er starrte zu der Kachel hinter der Bar hinüber, auf der der überzeugende Spruch „Kein Alkohol ist auch keine Lösung" zu lesen war – eine nur allzu offensichtliche Wahrheit. Jeder brauchte etwas, um die Wirklichkeit erträglich zu machen, die scharfen Kanten abzuschmirgeln, zu vergessen, auch wenn es nur für eine kurze Zeit war, und nur zum Schein.

Gitta stellte ein Glas Bier mit einer perfekten, prächtigen Blume vor Javier ab. „*Aquí tiene usted.*"

Wolfgang starrte sie an.

„Jetzt guck nicht so, ich habe ein paarmal in Spanien Urlaub gemacht. Ein kleines bisschen Spanisch ist dabei hängen geblieben."

Ein kleines bisschen Spanisch, so so. Aus irgendeinem Grund war Wolfgang davon ausgegangen, Gitta hätte nie auch nur einen Fuß aus Deutschland oder sogar Berlin gesetzt. Sie strahlte etwas so Ur-Berlinerisches aus, wirkte wie jemand, der niemals aus seiner eigenen Gegend, seinem Kiez, herauskam. Ganz offensichtlich hatte er sich da getäuscht. Plötzlich wurde ihm klar, dass er wenig bis nichts von ihr wusste, im Gegensatz zu Gitta, die ihre Gäste durch und durch kannte, weil sie die Gabe besaß, dass sich die Leute in ihrer Kneipe mit Wohnzimmerflair wie daheim fühlten. Sie sprach mit ihnen, lachte mit ihnen, hörte sich ihre Jammereien und ihre häufig auf tragische Weise aussichtslosen Lebensgeschichten an und wurde streng, wenn das nötig war. Genau betrachtet erzählte sie jedoch nur selten etwas von sich selbst, und wenn sie das doch einmal tat, gab sie nur Wohldosiertes preis. In dieser Hinsicht erinnerte sie ihn an Julia.

Javier trank von seinem Bier und wischte sich verärgert den Schaum von der Nase.

Wolfgang berichtete von dem Foto, wobei ihm bewusstwurde, wie merkwürdig es war, dass plötzlich kurz nacheinander zwei von Claudias Aufnahmen auftauchten. Eine von einer Gruppe Neonazis und eine persönliche. Es war, als strecke sie aus dem Grab die Hände nach ihm aus, mit dem Einzigen, was es außer Erinnerungen noch von ihr gab. Mit Fotos, die ihr Leben bedeutet hatten.

Javier hörte Wolfgang zu und schaute dabei skeptisch drein. „Muss denn da zwingend ein Zusammenhang bestehen?“, fragte er. „Vielleicht täuschst du dich ja: Das Foto lag irgendwo in deinem Haus in Pankow herum, und dort hat Francisco es gefunden – das scheint mir eine logische Erklärung.“

„Ich täusche mich ganz bestimmt nicht.“

„Das will ich hoffen“, erwiderte Javier. Er starrte Wolfgang an, und ihm schien noch etwas auf der Zunge zu liegen, aber er sagte nichts mehr.

Siebtes Kapitel

Gitta beobachtete die beiden aufmerksam. Wolfgang sah gut aus mit seinem langen, immer gepflegten Pferdeschwanz, seinen kurzen spanischen Lederstiefeln, den maßgeschneiderten Jacketts und den schicken Lederjacken. Hübsch war er nicht, aber verdammt attraktiv. Und er achtete auf sich. Außer in der Zeit kurz nach Claudias Ermordung. Im darauffolgenden Jahr hatte Gitta miterlebt, wie er langsam zusammengebrochen war, und zwar völlig. Vor der Außenwelt und seinen Kollegen hatte er das ziemlich gut verbergen können, aber nicht vor ihr, nicht, wenn er sich in ihrer Kneipe aufhielt. Alkohol spielte eine Rolle, und noch etwas anderes, Gott weiß, was. Sie hatte sich das Ganze eine Zeit lang angesehen, bis er irgendwann vom Barhocker fiel und nicht mehr aus eigener Kraft aufstehen konnte. Da hatte sie eingegriffen, die Kneipe geschlossen und ihn mit einiger Mühe auf das Sofa im Hinterzimmer geschleppt. Am folgenden Morgen hatte sie nach zwei Tassen starken Kaffees gesagt: „Ich weiß, was du vorhast, und wenn du so weitermachst, wird es dir auch gelingen. Es reicht. Wir sprechen jetzt darüber."

Und er hatte gesprochen - zuerst widerwillig, doch schon bald hatte er mit beängstigender Heftigkeit alles von sich gegeben. Gitta hatte ihm zugehört. Fasziniert. Mit Abscheu und einem Mitleid, das aus ihrem tiefen Inneren kam, und seitdem besaß er einen Platz in ihrem Herzen, wie er lange Zeit niemandem mehr zugekommen war. In diesem Augenblick wurde ihre Freundschaft geboren. Und dann hatte sich Wolfgang Gott sei Dank wieder aufgerappelt.

Sie betrachtete Javier. Der brauchte sich mit seinem dunklen Haar und seinen dunklen Augen, seinem mediterranen Teint und seiner muskulösen Gestalt auch nicht zu verstecken. Er erinnerte sie an einen schwarzen Panther, schön und graziös und gefährlich. Niemand, den man gegen sich aufbringen wollte. Einen Ehering trug er nicht. Wahrscheinlich war er mit seiner Arbeit verheiratet und hatte sich irgendwann von einer Frau scheiden lassen, die dumm genug gewesen war, immerzu an erster Stelle stehen zu wollen, und sich nicht genug für die Person hinter dem *Guardia Civil*-Beamten interessiert hatte. Kurzum, vor ihr saßen zwei Männer, die sich nicht gerade mit Ruhm bekleckert hatten, was die Partnerwahl betraf.

Wolfgang hatte nur wenig Ahnung, wenn es um Frauen ging, und das, obwohl er sie sich aussuchen konnte, auch wenn er das kaum wahrzunehmen schien. Und wen hatte er sich ausgesucht? Claudia Stein. Eine talentierte und getriebene Fotografin, das musste Gitta zugeben. Bei den wenigen Gelegenheiten, zu denen Gitta sie getroffen hatte, war sie freundlich gewesen. Aber so verdammt ernst.

Gitta zog an ihrer Zigarette und stieß genießerisch den Rauch aus. Claudia, die nie etwas Spontanes getan hätte, kaum Sinn für Humor hatte, weil sie alles, sich selbst eingeschlossen, so ernst nahm. Gitta hatte sich innerhalb von drei Minuten eine Meinung über sie gebildet, und ihre ersten Eindrücke täuschten sie nicht oft. Wolfgang hatte Claudia auf Händen getragen. Für ihn war sie die perfekte Frau, und er betrachtete ihre Beziehung als ideal. Letzteres wagte Gitta zu bezweifeln. Sofern es eine ideale Beziehung überhaupt gab, natürlich. Sie persönlich vertrat die Ansicht, dass man diese Frage mit einem resoluten Nein beantworten musste.

Die Bulldogge erhob sich von ihrer Decke, streckte sich und schaute sie fragend an, was bedeutete, dass es an der Zeit war, sie hinauszulassen. Das Tier mochte keine frische Luft, wusste aber, dass drinnen Pinkeln bestraft werden würde, und zwar mit einer zusätzlichen Portion Bewegung im Park.

„Johannes, lässt du kurz Ulla raus?“, fragte sie und übergab ihm die Leine. Wenn ihre Stammgäste hier sowieso fast wohnten, durften sie auch ihren Anteil an den Haushaltspflichten übernehmen. Heute war Johannes an der Reihe, denn der saß schon den ganzen Tag herum und jammerte über die Regierung, die Ausländer, die Ossis und seine Pension, von der er sich kaum ein Bierchen oder eine Zigarette leisten konnte. Jammern, das konnten sie alle. Die Zigarette war allerdings wahrscheinlich das Letzte, was der klagende Teil der Bevölkerung aufgeben würde. Sie wusste, dass ihre Kneipe eigentlich rauchfrei hätte sein müssen, und ihr war klar, dass auch sie selbst mit dem Rauchen aufhören sollte. Warum war sie nur so schwach gewesen, immer wieder anzufangen?

Johannes ließ einigen schwachen Protest hören, zog aber gehorsam die Bulldogge an ihrer Leine nach draußen. Gitta erzitterte innerlich, als sie an den Dackel des Nachbarn dachte. Die Welpen würde nie im Leben jemand haben wollen. Vielleicht wurde es bald Zeit für drastische Maßnahmen. Scheiße.

Gitta sah, dass Herbert und Gunnar schon vor halb leeren Gläsern saßen, genauso wie übrigens Wolfgang und Javier. Sie durfte sich nicht so ablenken lassen. Sie nahm sich ein paar 0,4 Liter-Gläser und fing an zu zapfen. Von dem Gespräch gerade eben hatte sie nur wenig mitbekommen, aber dieses Wenige fand sie faszinierend. Und was seine spanische Schönheit betraf, so war diese Julia wahrscheinlich eine gute Wahl für Wolfgang. Der mochte nämlich keine Unvorhersehbarkeiten. Sicherheit wünschte er sich. Wollte die Dinge rational erfassen. Planen. Mit seinen fünfundfünfzig Jahren hatte er noch immer nicht begriffen, dass man einige Dinge ganz einfach nicht zu hundert Prozent in der Hand hatte und dass so etwas auch Vorteile mit sich brachte. Es bereicherte das Leben mit einem Funken Überraschung, und die brauchte der Durchschnittsmensch ab und zu. Wolfgang ganz offensichtlich nicht, aber der war auch kein Durchschnittsmensch.

Die beiden Männer hatten sich einander zugewandt und sprachen in gedämpftem Ton Spanisch, während Gitta ihre Gedanken wieder abschweifen ließ.

Wie überrascht Wolfgang ausgesehen hatte, als sie sagte, dass sie Spanien aus dem Urlaub kannte. An seinem Gesicht hatte sie ganz genau ablesen können, was er dachte: Gitta? Die war doch so mit ihrem Kiez verwachsen, dass sie ihn nie verließ. Wahrscheinlich vermutete er, sie wäre hier in diesem Teil Neuköllns geboren und aufgewachsen und wohne über ihrer Eckkneipe in einem kleinen, dunklen Apartment, das nur wenig geschmackvoll und ziemlich kitschig eingerichtet war.

Nichts entsprach weniger der Wahrheit. Schon als Achtzehnjährige hatte sie im Ostberliner Treptower Park eine Kneipe eingerichtet, kaum einen Kilometer von ihrem heutigen Laden entfernt. So nah und damals doch so weit weg, wegen der Mauer, die Treptow und Neukölln voneinander trennte.

Es war seltsam gewesen, nach dem Mauerfall durch Berlin zu spazieren. Damals herrschte eine Atmosphäre der Aufregung und der Hoffnung. Die erste Reklame aus dem Westen nach dem, was man so euphemistisch als „die Wende“ bezeichnete, hatte am Alexanderplatz gehangen: ein großes Plakat mit dem Text „Philips bringt Sie glatt nach Mallorca“. Und sie waren losgezogen, nach Mallorca und an andere Orte. Unter den wachsamen, bevormundenden Augen der Welt waren sie, gut rasiert oder nicht, in ihren Trabis mit dem gehäkelten WC-Rollenhalter auf der Hutablage und dem obligatorischen Stoßstangenaufkleber mit dem Text „Let's Go West“ aufgebrochen, ohne zu wissen, dass die Freiheit unvermutete Konsequenzen haben konnte. Gitta dachte an all die inzwischen nicht mehr so jungen Männer, die hatten erleben müssen, wie ihre Illusionen sehr schnell in Desillusionierung umschlugen, die ihre Arbeit und manchmal auch ihre Frau verloren hatten und machtlos mitansahen, wie sich ihre Welt veränderte. Die düster in ihrer Eckkneipe saßen und sich betrogen fühlten, was auch tatsächlich der Wahrheit entsprach. Eine von vorneherein als Kollateralschaden abgeschriebene Generation.

Die schwierigen Erfahrungen hatten Gitta gelehrt, dass die Freiheit kein einfaches Konzept war. Das Leben bestand für sie nicht aus Schwarz oder Weiß, sondern bewegte sich häufig in einer breiten, undeutlichen Skala aus Grautönen. Die echte Freiheit hatte man im Kopf, und sie wurde von Sehnsucht gespeist. So einfach war das.

Sie schaute zu Wolfgang hinüber, der nicht wusste, dass sie im Ostberliner Stadtteil Treptow geboren war. Genau wie ihre Gäste kannte er nur wenige Details aus ihrer Vergangenheit, und sie achtete sorgfältig darauf, dass das auch so blieb. Sie war täglich in ihrer Kneipe, außer am Sonntagabend und am Montag - diese Zeit gehörte ihr allein, und sie nutzte sie für Aktivitäten, über die ihre Stammgäste einigermaßen erstaunt gewesen wären. Fast sechs Tage in der Woche verbrachte sie hier in der Gesellschaft ihrer Gäste, die keinen interessanteren Ort kannten, wo sie die Zeit hätten totschlagen können, oder für die ihr Zuhause nichts als ein Raum zwischen vier Wänden war, in dem niemand auf sie wartete, kein anderes Lebewesen mit ihnen sprach und sich die Wände mit ihrem Tapetenmuster immer enger um sie schlossen. Und obwohl diese Menschen Gitta hin und wieder mit ihrer Passivität und ihren Klagen entsetzlich auf die Nerven gingen, konnte sie sie nicht im Stich lassen, weil sie nur so wenig im Leben hatten. Gittas Kneipe war eine der wenigen positiven Ausnahmen im engen Spektrum ihrer Existenz.

Darum lag hier auch dieses Ungetüm Ulla auf seiner Decke. Im Gegensatz dazu, was jeder annahm, mochte sie eigentlich keine Hunde, und ein hässlicheres Wesen als die Bulldogge war ihr noch nie begegnet. Sie hatte das miserable Häufchen Elend eines Morgens vor ihrer Kneipe gefunden und nach einer Minute des ernsthaften Zweifelns hereingelassen. Seitdem lag die Bulldogge auf ihrer Decke und war – so hoffte Gitta jedenfalls – dankbar für diese impulsive Aktion.

Das Tattoo war später hinzugekommen, an einem Tag, an dem die Fehler, die sie im Leben gemacht hatte, Gittas Gedanken beherrschten und sich nicht verscheuchen ließen, nicht einmal oder vielleicht auch gerade nicht mit Bier und Korn. In einem Versuch, sich abzulenken, hatte sie Zuflucht zu einem drastischen Schritt genommen, den die Gäste auf jeden Fall zu schätzen wussten.

Dramatische Entscheidungen treffen, das konnte sie gut. Schon immer. Es hatte ihr Einiges eingebracht, sie aber auch viel gekostet.

Bald würde sie mit Ullas Welpen dasitzen. Warum hatte sie das Tier nicht sterilisieren lassen? Es war nicht das erste Mal, dass sie aus Mitleid ein hilfsbedürftiges Geschöpf ins Haus geholt hatte, ohne sich die Konsequenzen gut zu überlegen. Ihre Gedanken schweiften in die Vergangenheit ab. Wie naiv sie gewesen war … Aus diesem Zustand hatte man sie schließlich mit rauer Hand wachgerüttelt. Ihr Selbstwertgefühl hatte sie schon längst wiedergefunden, aber man hatte ihr etwas genommen, das ihr niemals jemand würde zurückgeben können. Ihre Rache hatte Gitta bekommen, und zu ihrer Überraschung war sie nicht einmal süß gewesen. Inzwischen wusste sie auch, warum. Wenn man Rache nahm, begab man sich auf das Niveau des anderen herab, der einem etwas angetan hatte. Und das bedeutete, dass man sich selbst auf einem moralischen Tiefpunkt befand.

Jung und naiv war sie gewesen, voller Ideale. Jetzt war sie im mittleren Lebensalter, stand wieder fest mit beiden Beinen auf der Erde und vertraute nur wenigen Menschen. Trotzdem ließ sie immer noch unbekannte Wesen in ihr Leben.

In gewisser Hinsicht hatte sie aus ihren Fehlern nur wenig gelernt.

Achtes Kapitel

Javier bekam einen Anruf von einem seiner Beamten. Auf der Polizeiwache gab es Probleme. Sie beglichen bei Gitta die Rechnung, und Javier machte sich auf den Weg in die Wohnung in Wilmersdorf, weil er einige Telefonate führen wollte. Er sagte, Wolfgang brauche sich, was ihn betraf, in keiner Weise zu beeilen, denn er wolle später noch zu Esteban. Außerdem erklärte er, er sei für heute genug herumgelaufen.

Damit hatte er recht; es war einiges an Kilometern zusammengekommen. Mit seinen fast neunhundert Quadratkilometern umfasste Berlin eine größere Fläche als New York, und das spürte man, wenn man mehrere Stadtteile an einem Tag besuchte. Für einen Dorfbewohner aus dem spanischen Hinterland fand sich Javier übrigens erstaunlich gut in der Stadt zurecht.

Dass sein Gast eigene Pläne hatte, traf sich gut, denn plötzlich fiel Wolfgang Siegfried wieder ein. Er rief seinen Freund an, und sie verabredeten sich in der Gaststätte MAUS. Wolfgang beschloss, zur Station Hermannplatz zu laufen, weil er so am Alexanderplatz günstiger umsteigen konnte. In Pankow suchte er seine Wohnung auf, mit einem Abstecher über Klein Eden. Dort fragte ihn Tim, der in seinem Schrebergarten am Laptop saß, ob er ihn begleiten dürfe, weil er noch nie eine Wohnung des Pankow-Regimes von innen gesehen hatte. Wolfgang fand das gut. Wahrscheinlich gab es im Fotoarchiv noch mehr Aufnahmen von den Glatzen, und der Student war in der Antifa-Bewegung aktiv; es bestand also die wenn auch möglicherweise geringe Chance, dass er jemanden wiedererkennen würde.

Unterwegs redete der junge Mann ohne Punkt und Komma: über seine Familie, sein Engagement für die Antifa, sein Soziologiestudium und die Abschlussarbeit, an der er gerade schrieb. Er untersuchte die soziale Zusammensetzung der Schrebergartengemeinschaft und die Veränderungen darin. Dafür interviewte er die alte wie die neue Garde. Wolfgang erkundigte sich, was an den Schrebergartenbewohnern denn überhaupt so interessant sein könne, woraufhin Tim empört erklärte, Wolfgang habe ja keine Ahnung. Dann machte er sich enthusiastisch ans Berichten. Schon immer hatte es die unterschiedlichsten Motive dafür gegeben, der Arbeiterklasse solche Gärten zur Verfügung zu stellen; es ging zum Beispiel darum, dass man lernte, allein zu überleben, den Anbau von eigenem Obst und Gemüse zu erlernen und so zu verhindern, dass die Arbeiter zu viel in der Kneipe saßen und ihren Lohn versoffen. Nach dem Mauerbau kam hinzu, dass man im eingeschlossenen Westberlin notgedrungen innerhalb des Stadtgebiets Erholung suchen musste, weswegen sich eine enorme Nachfrage nach Schrebergärten ergab und lange Wartelisten entstanden. Die gab es auch in Ostberlin, aber aus einem anderen Grund. Ein Kleingarten war quasi der einzige Ort, an dem man den wachsamen Blick des Staates für kurze Zeit nicht auf sich spürte, wo es Raum für Eigeninitiative gab. Doch mit dem Mauerfall verschwanden viele dieser Motive; die Schrebergärten wechselten immer häufiger ihre Besitzer. Die Wartelisten verkürzten sich stetig, und bald standen sogar einige Hütten leer, was einen geringeren Zusammenhalt zwischen den Bewohnern zur Folge hatte. Damit befasste sich Tim also in seiner Arbeit.

„Und, hast du schon etwas herausgefunden?“, wollte Wolfgang wissen.

„Aber sicher. Denen von der alten Garde ist das Interview gerade recht, um sich einmal wegen der schnellen Veränderungen Luft zu machen. Zusammengefasst geht es darum, dass die frühere familiäre Atmosphäre der Laubenpieper untereinander verschwunden ist. Der neue Zustrom besteht vor allem aus jungen Mittelklassefamilien, die vorher auf die Schrebergartenbesitzer heruntergeschaut haben, aber in diesen Kreisen ist es jetzt ‚in', ein ökologisch verantwortungsbewusstes Leben zu führen, wenn es um Freizeit und Kindererziehung geht. Dann gibt es noch eine Gruppe, die ich einfach nicht zu fassen bekomme. Das sind, glaube ich, eher freiheitsliebende Leute, die keine Topfgucker mögen."

„Und die Glatzen?", erkundigte sich Wolfgang neugierig.

„Die Glatzen wollen schon mal gar nicht mitmachen. Ich glaube, die kommen her, weil sie die Gegenden, in denen sie wohnen, als undeutsch betrachten, wegen der vielen Ausländer und Muslime. Aber das ist natürlich nur eine Annahme von mir."

Tim selbst war aktives Antifa-Mitglied, obwohl er es völlig falsch fand, dass man seiner Generation die grässlichen Verbrechen seiner Vorväter anlastete. Dafür waren sie doch nicht verantwortlich, warum vermittelte man ihnen also dieses Gefühl? Wolfgang musste an die Rolle denken, die sein Vater damals gespielt hatte. Er wusste, dass man ein solches Erbe nicht ablehnen konnte, auch wenn man ungefragt und ungewollt damit konfrontiert wurde. Die Vergangenheit war untrennbar Teil der Gegenwart, ob einem das gefiel oder nicht, und damit musste man zu leben lernen – Tim konnte das in seinem Alter noch nicht wissen.

Aber wenn Wolfgang ehrlich war, wollte er dann nicht eigentlich dasselbe mit seinem eigenen Leben anstellen? Die Vergangenheit hinter sich lassen? Totes Holz wegschneiden und seinen eigenen Weg weitergehen?

Tim war ein engagierter, sympathischer junger Mann mit Idealen, der sich traute, einen Standpunkt einzunehmen, auch wenn das Gefahren mit sich brachte. Er interessierte sich für die Gesellschaft und nicht lediglich für Geld, iPhones und die unzähligen anderen Paraphernalien dessen, was immer mehr zur Karikatur einer Gesellschaft wurde, deren Jugend mit einer Standardausrüstung an Hilfsmitteln aufwuchs, an der sie sich festhielt wie ein Ertrinkender an einer Boje.

Tim hatte versucht, die Neonazis zu interviewen, und dafür – glücklicherweise lediglich verbale – Aggressionen und Drohungen geerntet, was unter Umständen auch mit den ständig wechselnden Texten auf seinen T-Shirts zu tun hatte, denn diese waren nicht nur originell, sondern auch provokant, wenn nicht gar beleidigend. Eine Flut von Schimpfwörtern hatte sich über ihn ergossen; neben Fäkalsprache gehörten dazu auch „Schwuchtel" und „Intellektueller" – ganz ohne Zweifel das einzige Gebiet, auf dem die Glatzen über einen etwas breiteren Wortschatz verfügten. Das meinte jedenfalls Tim, der heute ein T-Shirt mit dem Aufdruck „Wie dumm kann man sein" trug. Er schien über einen schier unerschöpflichen Vorrat zu verfügen. Die starke Antipathie zwischen den Glatzen und dem Studenten überraschte Wolfgang keineswegs.

„Geil!", brüllte Tim begeistert, als sie Claudias Villa betraten. „Und auch noch ein Pool. Warum willst du so was um Himmels willen verkaufen?"

„Ein Pool ist auch nur ein Pool", meinte Wolfgang ausweichend. „Komm mit, das Archiv ist oben."

Das Archiv hatte an zwei Seiten Fenster. Maßangefertigte weiße Archivschränke verdeckten jeden verfügbaren Zentimeter Wand. Gott sei Dank war Claudia in ihrer Archivierung äußerst methodisch gewesen. Wolfgang holte den Laptop aus dem Schrank. Früher hatte Claudia alles in Heften mit kartonierten Umschlägen notiert, aber irgendwann war sie auf Computer umgestiegen. Wolfgang klappte den Laptop auf und gab das Passwort ein. „RoterKater2."

Als er „Neonazis" eintippte, erschien das Wort „Reportage" auf dem Bildschirm, außerdem die Nummer des Faches und der entsprechenden Akte.

Der Ordner enthielt Informationen über die Reportage und einen Stapel Fotos, den Wolfgang auf dem Tisch ausbreitete.

Aufnahmen von Neonazis, von Glatzen während einer Demonstration; auf anderen Fotos saßen sie in einem Raum, der an einen Versammlungssaal erinnerte, während jemand an einem kleinen Rednerpult eine Ansprache hielt. Dann sah man sie mit Bierflaschen in einem Park. Hastig suchte Wolfgang weiter, bis er das Foto aus dem Klubhaus fand. Er erkannte nur Karl, den Anführer der Gruppe mit seinem markanten runden Kopf und der dicken Nase. Durch die fehlenden Haare ähnelten alle einander sehr.

Aufmerksam studierte Tim das Foto.

„Karl, und noch ein paar andere aus dem Schrebergarten. Schau mal, der da“, sagte er und deutete auf ein Bild. „Dem bin ich in Klein Eden noch nie begegnet, aber er kommt mir trotzdem bekannt vor.“

Der Junge sah aus, als wäre er nicht älter als siebzehn; er stand neben Karl und grinste breit in die Kamera.

Wolfgang las sich Claudias Aufzeichnungen durch. Ihr war vor allem daran gelegen gewesen, die Fotos für eine Ausstellung über Faschismus vor, während und nach dem Zweiten Weltkrieg zu verwenden. Sie bezeichnete die Aufnahmen als „Zeitdokumente“ und hatte vorgehabt, die Entwicklung des Rechtsextremismus über einige Jahrzehnte zu verfolgen, weil sie sehen wollte, ob dieser sich auf Dauer immer auf dieselbe Art manifestieren würde. Sie hatte bereits einen Ort für die Ausstellung organisiert und den Grafiker, mit dem sie immer zusammenarbeitete, für die Poster und Einladungen angeheuert.

Doch Wolfgang wusste, dass eine solche Ausstellung niemals stattgefunden hatte. Er hatte nicht einmal geahnt, dass sich Claudia damit befasste, obwohl ihr Interesse an dem Thema ihn nicht überraschte, wenn man ihren Hintergrund in Betracht zog. Claudia war im Hinblick auf ihre Arbeit immer zurückhaltend gewesen. Erst wenn sie eine Ausstellung gut vorbereitet hatte oder ein Foto erschien, nahm sie persönlich Distanz dazu ein, als wäre es ein Stück ihrer selbst, von dem sie sich nur mit Mühe trennen konnte.

Wolfgang las weiter. Die Adresse, an der die Fotos entstanden waren: die Skalitzer Straße in Kreuzberg, in der Nähe der Oranienstraße. Das Datum: drei Monate, bevor sie ermordet wurde. Ein Name und eine Telefonnummer. Ein ihm bekannter Name. Er speicherte ihn in seinem Handy ab. Gregor Treufeldt.

Claudia hatte Gregor also gekannt.

Denselben Gregor, der hatte verhindern wollen, dass das Foto mit den Glatzen der Polizei in die Hände fiel. Der sich, diese Schlussfolgerung musste man ziehen, schon seit Jahren mit Neonazis auseinandersetzte, und das bedeutete, dass die Zeit gekommen war, ihn einer etwas gründlicheren Untersuchung zu unterziehen.

Sobald Tim gegangen war, änderte Wolfgang den Suchbegriff in „Hertha", den Namen des Katers, den Claudia nach dem Berliner Fußballklub benannt hatte.

Aber das Foto des roten Katers am Schwimmbecken fand er zwischen den vielen Aufnahmen nicht.

„Da sucht jemand nach dir." Sven machte eine Handbewegung hinter sich. Auf der Terrasse der Gaststätte MAUS war er damit befasst, die Spitzen der Yuccapalmen mit einer Gartenschere zu kappen. „Diese Scheißyuccas. Sehen wunderbar tropisch aus, aber die Blätter sind zu scharf. Jemand hat sich daran verletzt. Silke besteht darauf, dass ich die Spitzen abschneide, bevor das noch mehr Gästen passiert."

Mit einer heftigen Bewegung schnitt er ein großes Blattstück ab, und der hellgrüne Saft glitzerte in der Sonne. Die Gartenschere war klein, lag gut in der Hand und hatte scharfe Klingen. Bei ihrem Anblick musste Wolfgang an Julia denken. Die hatte die Schere allerdings benutzt, um totes Holz wegzuschneiden – lebendige Blätter hatte sie nicht angerührt.

Er verdrängte den Gedanken, bevor der sich weiter in ihm einnisten konnte, und ging nach drinnen. Siegfried war viel zu früh dran - ungewöhnlich für jemanden, der Pünktlichkeit zur olympischen Disziplin erhoben hatte.

Aber drinnen wartete nicht Siegfried auf ihn. Den Mann, der allein an einem Tisch saß und in einer geschmeidigen Bewegung aufstand, kannte Wolfgang nicht. Er war ungefähr sechzig, hatte ganz ohne Zweifel blondiertes Haar und eine gebräunte Haut, die er offensichtlich nicht der Sonnenbank verdankte, sondern die vermuten ließ, dass er normalerweise in einem warmen Klima lebte. Die Schuhe und das Polohemd mit dem Ankerlogo vermittelten nur allzu deutlich die Botschaft, dass man einen Bootsbesitzer vor sich hatte, und wahrscheinlich war das Boot nicht gerade klein. Der Mann roch förmlich nach Geld. Selbstbewusst lächelte er Wolfgang an und reichte ihm die Hand.

„Sie müssen Wolfgang sein. Sven hat mir erzählt, dass Sie einen Pferdeschwanz tragen. Frank Müller“, stellte er sich vor und bedeutete Wolfgang, er solle sich hinsetzen.

Sven betrat den Schankraum. Er zog weiße Leinenhandschuhe an und machte sich ans Bierzapfen, aber Wolfgang nahm wahr, dass sein Blick regelmäßig zu ihnen herüberschoss. Silke war nirgendwo zu entdecken. Ein älterer Mann und eine Frau, die er schon seit Jahren kannte, Heinz und Steffi, nickten ihm zu und richteten ihre Aufmerksamkeit dann wieder auf den Fernseher. Rödiger saß an einem Tisch in der Ecke und hatte ein kleines Bier vor sich. Er grüßte freundlich, wirkte jedoch beschäftigt.

In der Gaststätte MAUS herrschte eine seltsame Atmosphäre. Was war da los? Hatte es mit diesem sonderbaren Fremden zu tun? Und was wollte der überhaupt von ihm?

Der Mann gab einige höfliche Gemeinplätze von sich, die Wolfgang mit den gewünschten Reaktionen beantwortete. Frank Müller kam erst zur Sache, nachdem ihnen Sven ihr Bier gebracht hatte. Bis dahin hatte er schon vorgeschlagen, man könne sich doch duzen.

„Ich habe gehört, du willst dein Haus am Majakowskiring verkaufen“, sagte er.

„So etwas spricht sich schnell herum“, erwiderte Wolfgang. Aber so schnell? Er hatte zwar beschlossen, das Haus zum Verkauf anzubieten, war jedoch noch nicht dazu gekommen, Kontakt mit einem Makler aufzunehmen. Was tat dieser Mann hier? Woher wusste er von Wolfgangs Vorhaben? Und noch merkwürdiger, wie hatte er ihn hier in dieser Schrebergartensiedlung gefunden? Er stellte diese Frage, und Frank Müller antwortete mit seinem freigebigen Lächeln.

„Ich besuche hier Familie und habe es zufällig von Sven gehört“, erklärte er. „Eine Villa am Majakowskiring, mit großem Garten und einem Schwimmbecken. Eine einmalige Chance, habe ich sofort gedacht, denn am Majakowskiring will jeder wohnen. Ein historischer Ort.“

„Das Haus steht tatsächlich zum Verkauf.“ Wolfgang nannte einen Preis, der höher war als der, den Javier als astronomisch bezeichnet hatte. Etwas an seinem Gegenüber gefiel ihm nicht, so zugänglich sich der andere auch gab. Hinter seiner Maske der Freundlichkeit verbarg sich etwas Undefinierbares, und Wolfgang spürte, dass er es mit jemandem zu tun hatte, den man nicht verärgern durfte.

Frank Müller zog die Augenbrauen hoch, als er den Preis hörte. „Eine stattliche Summe, wenn man sich die Situation auf dem Immobilienmarkt anschaut. Und ich kenne mich da aus. Ich bin nämlich Makler, und zwar für Häuser und Boote. Na ja, eigentlich bin ich schon im Ruhestand, aber hinter den Kulissen immer noch aktiv. Ich habe ein Büro in Spanien, in Puerto Banús, da wohne ich nämlich."

Dem Immobilienmarkt in Spanien ging es momentan äußerst schlecht, doch dieser Mann strahlte den Erfolg förmlich aus. Die Immobilienblase war, wie vorhersehbar, mit einem lauten Knall geplatzt und hatte sehr vielen Menschen eine unsanfte Landung beschert. Überall in Spanien gab es nie fertiggestellte Geisterstädte. Spekulanten, die nur auf finanzielle Gewinne erpicht gewesen waren, hatten sie zusammen mit ebenso geldgierigen Käufern initiiert. Letztere erwarben häufig nicht nur ein, sondern direkt zwei Apartments, eines für sich selbst und ein zweites, das sie mit Gewinn weiterverkaufen wollten. Die damals noch freigebigen Banken unterstützten sie dabei nur zu gern und vergaben mit Freuden hohe Hypotheken, sodass der Kunde sich sofort ein neues Auto anschaffen konnte. Diese Zeiten waren allerdings vorbei, und die Träume über unermesslichen Reichtum hatten einer Realität von unermesslich hohen Schulden Platz gemacht. Viele Betreiber der wie Pilze aus dem Boden geschossenen Maklerbüros, die auf einfache Weise Geld verdienen wollten, hatten die Branche schon wieder verlassen müssen. Der Mann, der Wolfgang gegenübersaß, schien unter dieser Entwicklung jedoch nicht zu leiden.

„Was das Haus betrifft, ist das der Preis, den ich fordere, und eine Verhandlungsbasis gibt es nicht", erklärte Wolfgang. „*Take it or leave it.*"

Ein Makler, der sich auf seinem Gebiet auskannte, würde diesen Betrag nicht ohne Weiteres akzeptieren.

Frank starrte ihn mit einem ungläubigen Lächeln an. „Stattlich, stattlich. Du wirst nicht so schnell jemanden finden, der diesen Betrag zu zahlen bereit ist."

Wolfgang zuckte die Schultern, um ein „Dann eben nicht" anzudeuten.

Er bemerkte, dass Rödiger sie von seinem Tisch aus im Auge behielt. Jetzt strömten Menschen in den Raum, von denen einige weiter ins Hinterzimmer gingen, wo auf dem zweiten Fernsehschirm ein Fußballspiel gezeigt wurde. Fußball gab es immer im Hinterzimmer; das Gerät an der Bar bot Lokalnachrichten, Talkshows über menschliche Schicksale, den Musikantenstadl und die bei den Laubenpiepern etwas älteren Datums so beliebten Naturfilme.

Frank Müllers Blackberry spielte eine laute spanische Melodie. Er entschuldigte sich und ging nach draußen, sodass Wolfgang die Gelegenheit nutzen konnte, sich im Schankraum umzuschauen. Jeder hier im Schrebergarten war schließlich ein potenzieller Täter und verdiente darum, dass man ihm mehr Aufmerksamkeit schenkte.

Ein Mann im Alter von etwa fünfunddreißig Jahren saß allein an seinem Tisch und aß eine Bockwurst mit Brot. Es war das zweite Mal, dass Wolfgang ihn sah. Zuletzt war er auch ohne Begleitung hier gewesen. Er hatte dunkles Haar und einen etwas längeren Hals. Trug eine Jeans, ein kurzärmliges Hemd. Alles in allem unauffällig, weder zu groß noch zu klein, ein Durchschnittsgesicht, keine besonderen Kennzeichen, die einem direkt aufgefallen wären. Jemand, den man keines zweiten Blickes würdig erachtete.

Wolfgang wandte sich zu dem Mann um und sprach ihn an. „Entschuldigung, wie schmeckt denn die Bockwurst hier?"

Der Mann zögerte, wenn auch kaum merklich. „Ganz ausgezeichnet“, sagte er dann. „Und der Senf ist auch gut. Ich kann Ihnen die Wurst nur empfehlen.“

Kein auffälliger Akzent. Hochdeutsch. Höfliches Deutsch. Er wischte sich den Mund mit einer Serviette ab, bevor er einen Schluck Bier trank. Dann aß er schnell seine Bockwurst auf und erhob sich unmittelbar danach, verabschiedete sich von Wolfgang und ging zur Bar, um abzurechnen. Ganz offensichtlich war er nicht auf eine Unterhaltung aus. Ungewöhnlich. Die Kleingartenbewohner respektierten die Privatsphäre des jeweils anderen, was auch bitter nötig war, wenn man so dicht aufeinander wohnte, aber in die Gaststätte MAUS kam man gerade, um miteinander zu reden, quasi auf neutralem Gebiet. Es galt sogar als unhöflich, wenn man sich so abschottete.

Wolfgang winkte Sven zu sich. „Wer ist das?“

Sven zuckte mit den Schultern. „Paul. Der kommt seit einigen Wochen hierher. Er hat einen Schrebergarten von einem Pärchen gemietet, das ein paar Monate im Ausland verbringt. Ganz in der Nähe, im Asterweg.“

„Was macht er hier?“

„Er will sich von einer Operation erholen. Die Ärzte haben ihm Ruhe verordnet. Er hat einen Stapel Bücher bei sich, geht viel spazieren und isst hier immer das Tagesgericht. Er schottet sich ganz eindeutig ab. Silke versucht ihn zu bemuttern, aber besonders gut gelingt ihr das nicht, glaube ich. Vielleicht musst du sie mal fragen. Vorausgesetzt, sie lässt sich irgendwann mal wieder blicken.“

Erholung von einer Operation in einer Laubenkolonie. Einerseits war das nicht unwahrscheinlich. Andererseits konnte es sich dabei genauso gut um eine Tarnung handeln.

Sven rieb sich die Hände. Er hatte immer noch seine Handschuhe an. Er folgte Wolfgangs Blick und sagte kurz: „Ekzem. Seit wir die Yuccas haben, aber vielleicht ist es auch diese grässliche ausgestopfte Ratte. Ich kann die Gäste ja wohl schlecht mit einem Ekzem an den Händen bedienen. Ich sollte endlich mal zum Arzt gehen."

Frank Müller kam wieder zurück an den Tisch. „Was meinst du, wollen wir uns das Haus gleich ansehen?"

Wolfgang schaute ihn verblüfft an.

„Ach, hatte ich das noch gar nicht gesagt? Ich erwäge ernsthaft, es zu kaufen", erklärte Frank.

Wolfgang hatte Siegfried angerufen und seinen Freund gebeten, er solle nicht in die Gaststätte MAUS, sondern in den Majakowskiring kommen. Er führte Frank herum, der wohlwollend dreinschaute und die Schultern hochzog, als Wolfgang ihm erzählte, dass er keinen Schlüssel zu dem Schutzkeller besaß, der sich unter dem Haus befand, und dass Frank die schwere Metalltür von einem Schlosser würde öffnen lassen müssen.

Alle Häuser der ehemaligen Parteibonzen hatten über einen solchen Schutzkeller verfügt. Der Schlüssel war bereits verschwunden gewesen, als Claudia das Haus kaufte, und sie hatte nie einen Versuch unternommen, die Tür öffnen zu lassen. Sie mochte keine Keller und geschlossenen Räume; die lösten unwillkommene Assoziationen in ihr aus. Sie wollte Licht und große Fenster, keine großen hohen Zäune um Haus und Garten.

Frank ging nach draußen und schaute sich das Schwimmbecken an.

„Das ist ein wenig klein", kommentierte Wolfgang, der das Schweigen als negative Einschätzung interpretierte.

„Was mich betrifft, ist es groß genug", antwortete Frank Müller. „Ich kann nämlich nicht schwimmen. Also, von meiner Seite aus können wir die Formalitäten so schnell wie möglich regeln.

Wenn ich das richtig verstehe, wohnst du nicht hier. Was denkst du, wie lange brauchst du, um mir das Haus zu überschreiben?"

Wie viel Zeit brauchte ein Mensch, um einen greifbaren Teil der Vergangenheit abzustoßen? Ein Haus war nur ein Haus. Die Erinnerungen konnte man nicht einfach so verkaufen.

„Ein paar Wochen", erwiderte Wolfgang. „Die Einrichtung kannst du haben. Ich nehme nur meine persönlichen Sachen mit, und das Fotoarchiv."

„Perfekt. Ich glaube, ich werde im Keller eine Sauna einbauen lassen", erklärte Frank Müller. „Übrigens will ich es nicht weiterverkaufen, sondern als Basis gebrauchen, wenn ich in Berlin bin. Die Hotels nerven mich langsam."

„In welchem wohnst du denn?"

„In einer Suite im Adlon."

„Da wirst du's ja wohl eine Weile aushalten können", meinte Wolfgang. Das Adlon Kempinski Unter den Linden – ganz offensichtlich lautete Franks Motto „Nicht kleckern, sondern klotzen". „Oder wohnst du schon sehr lange da?"

„Nein, erst eine Nacht. Ich bin gestern aus Spanien angekommen." Frank schaute auf die Uhr und holte sein Handy heraus. „Ich kenne einen Notar, der sicher auch kurzfristig einen Termin für uns findet. Je schneller alles geregelt ist, desto besser, meinst du nicht auch? Ich mag es, wenn Geschäfte zügig abgewickelt werden."

Wolfgang war es nur recht, dass Frank Müller die Sache so schnell anging, auch wenn er es merkwürdig fand, dass ein zweifelsohne gewitzter Makler so ohne Weiteres den hohen Kaufpreis akzeptierte. Gleichzeitig durfte man davon ausgehen, dass Geld kein Hindernis war, wenn er ohne mit der Wimper zu zucken eine Suite in Hotels wie dem Adlon reservieren konnte.

Siegfried ließ sich aufs Sofa fallen, verschränkte die Arme übereinander und wollte wissen, warum Wolfgang, der es wagte, sich seinen Freund zu nennen, während dieser ganzen Zeit nichts von sich hatte hören lassen, und was um Himmels willen ein klar denkender Mensch auf den Bahamas zu suchen hatte.

Wolfgang erzählte ihm von den Morden, bei deren Aufklärung er in Spanien geholfen hatte; dabei versuchte er so wenig wie möglich zu lügen, indem er so viel wie möglich verschwieg. Die Bahamas tat er als Witz ab.

Siegfried nahm den ganzen Bericht mit einem langsamen Nicken in sich auf; Wolfgang vermutete, dass der Freund nur zu gut wusste, dass er hier nicht die vollständige Geschichte zu hören bekam, aber nicht nachbohren wollte. Er respektierte die Privatsphäre anderer, weil er das auch von ihnen erwartete.

„Merkwürdig, aber interessant" lautete die treffende Beschreibung seines Freundes, und Letzteres war für Wolfgang ein entscheidendes Kriterium, wenn es um Freundschaften ging. Er war selbst auch anders als die Menschen um ihn herum, eine Eigenschaft, die er bei anderen erkannte und von der er sich angezogen fühlte wie von einem Magneten. Dass ihn Siegfried zu seinen Freunden zählte, durfte im Übrigen angesichts ihrer gemeinsamen Vergangenheit als ein kleines Wunder betrachtet werden.

„Hast du meine ausgestopfte Ratte in der Gaststätte MAUS gesehen? Die habe ich selbst gefangen", berichtete Siegfried stolz. „Wochen hat mich das gekostet. Das Vieh kam immer zu einer bestimmten Zeit in meinen Schuppen, wenn ich noch spät gearbeitet habe. Nächtelang habe ich es beobachtet und Fleisch ausgelegt, deswegen kam es jeden Abend zurück. Am schwierigsten war es, die Ratte unbeschadet zu fangen. Ein ganz schöner Brummer, was?"

„Warum hast du nicht einfach Gift ausgelegt?"

„Gift?“ Es klang beleidigt. „Du hast wirklich keine Ahnung. Es geht nicht darum, effizient zu töten. So ein Projekt darf nicht einfach sein. Einfach und schön lässt sich nicht verbinden. Ein abgerundetes Kunstwerk ist ein perfekter Kreis. Erst die Auswahl, dann die Jagd, dann der Tod und zum Schluss das Verewigen.“

Mit seinen schmalen Händen machte Siegfried weit ausholende Gebärden. Wenn er vom Ausstopfen anfing, von der Tätigkeit, für die er lebte, seitdem er nicht mehr als Pathologe in der Leichenhalle arbeitete, war er nicht mehr zu bremsen, deswegen unterbrach ihn Wolfgang. Auswahl, Jagd, Tod – genau über diese Schritte wollte er sprechen. Seltsam.

Wie erwartet hatte er sofort Siegfrieds ganze Aufmerksamkeit. Siegfried war ein fanatischer Thrillerleser und ging ständig in den auf Krimis spezialisierten Buchladen *Miss Marple* in der Weimarer Straße in Charlottenburg, nicht weit weg von der Deutschen Oper, die er ebenfalls regelmäßig zu besuchen pflegte. Siegfried war außerdem Stammkunde im Antiquariat am Gendarmenmarkt, und der Besitzer hatte extra für ihn in einer Ecke hinten im Laden eine kleine, aber feine Auswahl an Krimis eingerichtet. Siegfried hatte das Internet für sich entdeckt, es erst misstrauisch begutachtet und anschließend mit offenen Armen in sein Leben aufgenommen; mitten in der Nacht twitterte er Quizfragen und schickte seiner treuen Gefolgschaft von Thrillerliebhabern beunruhigende Fragen wie „Wonach schmeckte die Nase, die der Psychopath dem Opfer abgeschnitten und ihm dann als Snack zu essen gegeben hatte?“ Er verschlang Bücher über wahre Kriminalfälle und konnte mit kindlichem Erstaunen und großer Faszination darüber spekulieren, was sich in den düsteren Winkeln der Psyche von Geisteskranken abspielte.

Siegfried hörte sich Wolfgangs Schlussfolgerung, zwischen den Morden an Claudia und Francisco müsse es irgendeinen Zusammenhang geben, mit gerunzelter Stirn an und schüttelte anschließend heftig den Kopf.

„Was soll das heißen, irgendeinen Zusammenhang? Wir haben es hier mit einem Serienmörder zu tun."

Siegfried schaute Wolfgang intensiv an und schien es geradezu bizarr zu finden, dass der nicht selbst auf diese Idee gekommen war. Als Claudia ermordet wurde, hatte er diese Theorie mehrfach geäußert, ohne jedoch bei Wolfgang eine Reaktion hervorzurufen.

Natürlich war Wolfgang nicht darauf eingegangen; er hatte damals gewusst, wer für Claudias Tod die Verantwortung trug.

Siegfried gab eine längere Abhandlung über das Phänomen des Serienmörders von sich, erklärte, dass das Ganze lange nicht so eindeutig war, wie man es sich vorstellte. Wusste Wolfgang, wie die offizielle FBI-Definition des Begriffs „Serienmörder" lautete? „Das gesetzwidrige Töten von zwei oder mehr Menschen durch denselben Täter zu verschiedenen Zeiten." Eine Definition, die den sorgfältig rund um Serienmörder errichteten Mythos entkräftete, indem sie zum Ausdruck brachte, dass man eigentlich wenig bis gar nichts über das Phänomen wusste.

Bei Serienmördern handelte es sich nicht immer um dysfunktionale Einzelgänger, an Persönlichkeitsstörungen leidende oder superintelligente Menschen. Das Töten brauchte nicht sexuell motiviert zu sein. Es gab weitere mögliche Motive, darunter Wut und das Bedürfnis nach Aufmerksamkeit oder Spannung. Bei einem Serienmörder handelte es sich nicht grundsätzlich auch um einen Psychopathen, und ebenso wenig musste ein Psychopath ein Serienmörder sein. Aber in diesem Fall spürte Siegfried, dass sie es tatsächlich mit einem Psychopathen zu tun hatten. Die grässliche Weise, in der Claudia entstellt worden war, deutete darauf hin.

Psychopathen waren Siegfrieds Steckenpferd, deswegen erstaunte es Wolfgang nicht, dass sein Freund direkt davon ausging, so jemand sei hier am Werk; er selbst war davon allerdings nicht überzeugt. Es bestand ein Zusammenhang zwischen den Morden an Claudia und Francisco, und der einzige Hinweis darauf war das Foto des roten Katers; weiter hatten sie keinen Anhaltspunkt.

„Wenn hier ein Psychopath aktiv ist, gibt es vielleicht gar keinen logischen Zusammenhang zwischen den Morden", meinte Wolfgang.

„Nein, da täuschst du dich", widersprach ihm Siegfried ganz entschieden. „Es kommt natürlich vor, dass ein Psychopath nach dem Zufallsprinzip zuschlägt und so seine Opfer auswählt, aber es kann auch sein, dass er sich aus einer ganz klaren Logik heraus für sie entscheidet, obwohl das keine Logik zu sein braucht, die du oder ich nachvollziehen können. Da gibt es den traditionellen Serienmörder, der seine Opfer auf der Basis spezifischer Kennzeichen auswählt, zum Beispiel, indem er nur über rothaarige Frauen herfällt. Aber auch andere, weniger deutlich erkennbare Mechanismen können eine Rolle spielen."

Was, wenn Siegfried damit recht hatte? Wolfgang war auf der Suche nach einer Verbindung zwischen Claudia und Francisco, und der Gedanke, die Morde könnten auf irgendeine Weise miteinander verbunden sein, war ihm nicht einmal gekommen. Er wünschte sich, es wäre wahr, zugleich aber auch wieder nicht, weil es bedeuten würde, dass er damals einen entsetzlichen und nicht wiedergutzumachenden Fehler begangen hatte. „Einen Fehler" – eine äußerst euphemistische Formulierung. Wenn Claudia einem Serienmörder zum Opfer gefallen war, hatte der Zufall tatsächlich auf ganz abscheuliche Weise zugeschlagen.

Wenn hier tatsächlich ein Serienmörder am Werk war, hatte er vielleicht schon mehr als zwei Taten begangen. Wie auch immer, es war die Mühe wert, diese Frage näher zu untersuchen. Damit würde Wolfgang morgen früh anfangen.

„Übrigens gibt es in diesem Fall außer dem Foto noch eine Verbindung, die einem sofort auffällt“, erklärte Siegfried. „Dich nämlich. Ist dir eigentlich klar, dass du als Einziger beide Opfer persönlich kanntest?“

Neuntes Kapitel

Seine erste Wahrnehmung, als er sich bewegte, war ein dumpfer, pochender Schmerz in den Schläfen. Er öffnete die Augen und versuchte sich zu orientieren. Er lag auf dem Sofa. War es Morgen? Langsam setzte er sich auf, und eine Welle der Übelkeit überflutete ihn. Er rannte los und war gerade noch rechtzeitig am WC. Der bittere Geschmack der Magensäure brannte in seinem Mund. Er konnte spüren, dass er in Schweiß gebadet war. Wasser. Er holte eine Flasche aus dem Kühlschrank, trank direkt daraus und versuchte sich an den gestrigen Abend zu erinnern. Er wusste noch, dass er mit Siegfried gesprochen hatte, aber nicht mehr, dass dieser weggegangen war, und auch nicht mehr, was er danach getan hatte. Nicht mehr, dass er sich hingelegt hatte. Wolfgang kannte diese beängstigende Erfahrung: eine Gedächtnislücke von der Größe eines Stausees.

Das Erbrechen ließ seine Übelkeit nicht abklingen, und er wusste, es gab nur ein Gegenmittel. Er goss eine großzügige Menge Wodka in ein Longdrinkglas und füllte es dann bis zum Rand mit Tomatensaft, trank das Ganze schnell aus und ging zurück ins andere Zimmer. Die Flasche *Single Malt* war fast leer. Hatte er das alles allein getrunken? Bestimmt nicht; Siegfried war hier gewesen und ganz sicher nicht völlig unbeteiligt.

Halb acht. Wo steckte Javier? Das Schlafzimmer war leer. Wahrscheinlich hatte Javier in Wilmersdorf übernachtet. Wolfgang griff nach seinem Handy. Vier verpasste Anrufe von Claus. Keiner von Javier. Aus Erfahrung schaute er in der Anrufliste nach und stellte fest, dass er gestern mit Javier telefoniert hatte, obwohl er das nicht mehr wusste. Was hatte er da gesagt? Waren sie verabredet? Mit einem Fluch hörte er seine Mailbox ab. Kurze, giftige Botschaften von Claus. „Ruf mich zurück, Arschloch!"

Er machte sich noch eine Bloody Mary und gab die Nummer seines ehemaligen Kollegen ein. Der war ordentlich angefressen, weil Wolfgang einfach so aus der Bierstube im KaDeWe abgehauen war, und konnte sich die Bemerkung nicht verkneifen, das werde jetzt wohl zur Gewohnheit. Außerdem fügte er hinzu, Houdini sei im Vergleich zu Wolfgang ein verdammter Amateur, und verlangte eine Erklärung. Wolfgang antwortete, er werde ins LKA kommen, weil er etwas Wichtiges mit Claus besprechen wolle. Danach rief er Javier an und erkundigte sich betont unschuldig, für wann sie sich auch gleich wieder verabredet hätten. Der Spanier schwieg daraufhin ein paar Sekunden lang und gab dann in gemessenem Ton zurück, Wolfgang glaube offensichtlich, dass er, Javier, völlig von gestern sei. Wolfgang solle sich lieber auf die Aufklärung des Mordes an Francisco konzentrieren, statt sich ins Koma zu saufen.

Nachdem er Wolfgang befohlen hatte, zu duschen, Paracetamol zu nehmen und danach sofort nach Wilmersdorf zu kommen, damit sie alles Weitere besprechen konnten, beendete Javier das Gespräch.

Wolfgang knallte fluchend sein Smartphone auf den Tisch. Er wusste, dass man es ihm kaum anmerkte, wenn er viel getrunken hatte – einer der Vorteile des Gewohnheitstrinkens. Gestern musste es also ziemlich schlimm gewesen sein. Wenn er derartig über die Stränge schlug, sorgte er dafür, dass das zu Hause passierte, und dann war er meistens vernünftig genug, sein Handy auszustellen und außer Sichtweite zu deponieren. Von seinen Blackouts wusste niemand, und das sollte auch so bleiben.

Woran er sich allerdings nur zu gut erinnerte, war Siegfrieds Bemerkung, Wolfgang kenne beide Opfer. Die hatte ihn umgehauen. Dabei konnte es sich natürlich auch um einen Zufall handeln.

Wolfgang fragte sich, was genau er heute Nacht wohl *zu* Javier gesagt hatte, und vor allem wie. Hatte er überhaupt noch sprechen können? Er war wütend auf sich selbst und genierte sich zugleich. Was mochte Javier wohl jetzt von ihm denken?

Javier hatte Wolfgang aufmerksam zugehört und sich von Siegfrieds Theorie über einen Serienmörder berichten lassen. Dann hatte er erklärt, diese Option müsse zweifellos in Betracht gezogen werden, und sie sollten sofort den Fettsack aufsuchen. Der saß ihnen nun an seinem Schreibtisch in der Keithstraße gegenüber, bohrte sich im Ohr herum und schaute skeptisch drein.

„Für mich klingt das sehr unwahrscheinlich. Du irrst dich wohl. Vielleicht war dieses Foto von der Katze schon vorher weg."

„Ich irre mich ganz bestimmt nicht."

„Das Ganze ist fünf Jahre her. Ich finde es sowieso seltsam, dass du dich nach all den Jahren plötzlich an ein solches Detail erinnerst."

Wolfgang erinnerte sich ausschließlich an Details. Es gab keinen durchgehenden Film, nur einzelne Bilder, die sich wackelig und nicht in der richtigen Chronologie auf seine Netzhaut projizierten. Er sah den leeren Fleck vor sich, auf dem das gerahmte Foto gestanden hatte, und das genau so deutlich wie all die anderen Bilder, die in seinen Albträumen so klar Gestalt annahmen. Die weiße Tasse mit dem blauen Blumenmuster, aus der Claudia immer ihren Tee getrunken hatte, lag in Scherben auf dem Boden, ebenso die Kamera mit der zerbrochenen Linse, der rote Kater Hertha mit seinem blutdurchtränkten Fell, die Vase mit dunklen Rosen in derselben Farbe wie das Blut. Die Entstellungen in Claudias Gesicht, an ihren Augen. Er schauderte und schüttelte heftig den Kopf. Würde er dieses Bild denn nie loswerden? Warum hatten seine Verdrängungsmechanismen nicht eingesetzt, war nicht alles sofort blockiert worden, verborgen in einem Winkel seines Geistes, und für immer dortgeblieben?

Er hatte gewusst, wer für den Mord verantwortlich war, und nicht die geringste Veranlassung gesehen, sich den Kopf über ein verschwundenes Foto zu zerbrechen. Und später hatte er es einfach vergessen. Er hatte alle Aufnahmen von Claudia und Hertha in irgendeinen Schuhkarton gepackt und weggestellt. Erst vor Kurzem hatte er alles wieder zum Vorschein geholt und sich angesehen. Das entscheidende Foto war nicht dabei.

„Hör zu, Claus. Als ich an diesem Tag arbeiten gegangen bin, stand das gerahmte Foto auf dem Tisch. Als ich wiederkam, war es weg. So."

„Vielleicht hat Claudia das Foto an diesem Tag mit nach Pankow genommen, und Francisco hat im Archiv herumgeschnüffelt und das Bild dort gefunden; er war doch auch Fotograf?" Claus schlürfte laut den schlappen Automatenkaffee mit Milch und Zucker aus einem Plastikbecher.

Javier trommelte mit Ungeduld im Blick auf dem Tisch herum, aber Wolfgang ignorierte ihn. Es gab keinen einzigen Grund, warum Claudia ihrer beider Lieblingsfoto des roten Katers aus dem Rahmen holen und ins Archiv hätte tun sollen. Auch Francisco konnte es da unmöglich zufällig gefunden haben, denn das Archiv umfasste etwa vierzigtausend Fotos. Außerdem waren alle Laden und Archivordner nummeriert, und man brauchte das Register, um nach einem bestimmten Thema suchen zu können; das Register befand sich im Laptop, und der wiederum war passwortgeschützt.

„Claudias Mörder hat damals das Foto mitgenommen, fünf Jahre später einen unbekannten Spanier ermordet und das Foto bei der Leiche zurückgelassen. Die Aufnahme wurde während dieser ganzen Zeit sorgfältig aufbewahrt, Claus. Warum? Diese Morde sind nicht unabhängig voneinander. Es gibt einen Zusammenhang zwischen dem an Claudia und dem an Francisco, und diesen Zusammenhang müssen wir finden. Wir haben es mit jemandem zu tun, der schon zweimal gemordet hat, vielleicht sogar öfter."

„Mensch, Wolfgang, das glaubst du doch wohl selbst nicht!" Claus warf den Becher in den fast vollen Papierkorb. Er hüpfte wieder heraus und fiel auf den Boden, wobei er eine Spur von Tropfen hinterließ, die teilweise auf Claus' Turnschuhen landeten.

„Ich habe mit Siegfried darüber gesprochen, und der meint, dass hier ein Serienmörder am Werk ist."

„Siegfried!" Claus verdrehte mit einem demonstrativen Seufzer die Augen. „Ach so, das überzeugt mich natürlich! Der Mann tickt nicht ganz richtig, das weißt du genauso gut wie ich. Und von dem lässt du dir so was einreden."

„Er ist immerhin Pathologe und Anatom und hat Erfahrung auf diesem Gebiet. Er war jahrelang Rechtsmediziner, bevor Inga seine Stelle übernommen hat."

Im Zimmer herrschte eine drückende Atmosphäre; es roch nach Claus, einem Gemisch aus schlechtem Atem, Schweißfüßen und dem billigen Aftershave, mit dem er sich ebenso reichlich wie vergeblich einsprühte, um unerwünschte Gerüche zu maskieren. Wolfgang stand auf und öffnete ein Fenster. Warme Luft strömte herein, und er holte tief Atem. In der Ferne summte der Stadtverkehr, tief und monoton.

„Ich will, dass du sofort alle Morde der letzten zehn Jahre unter die Lupe nimmst", erklärte er.

Claus schaute ihn ungläubig an und seufzte noch demonstrativer, sofern das überhaupt möglich war. „Wolfgang, Schluss jetzt. Du willst ganz einfach Dinge sehen, die gar nicht da sind. Ich weiß, du bist immer noch nicht über Claudia hinweg, und es ist scheiße, dass man ihren Mörder nie gefasst hat, aber das hier ist lächerlich. Ein Foto, verdammt noch mal."

Der unerwartete Schlag auf den Tisch hallte durch den Raum.

„Was sagst du da über Francisco? Warum übersetzt du nicht mehr? Ich will sofort wissen, wie weit die Ermittlungen gediehen sind, oder es passiert ein Unglück." Javier zitterte buchstäblich vor Wut, sein Gesicht hatte eine beängstigend dunkle Farbe angenommen. Sogar Claus schien beeindruckt, und das wollte etwas heißen.

„Javier möchte wissen, wie weit die Ermittlungen fortgeschritten sind", erklärte Wolfgang. „Und ich nehme an, er will hören, dass du wirklich weitergekommen bist."

Letzteres war allerdings nur sehr bedingt der Fall. Man hatte Sergios Alibi überprüft, und das hatte sich als hieb- und stichfest herausgestellt. Er hatte im Flugzeug nach Stockholm und wieder zurück gesessen und sein skandinavischer Freund vor Ort hatte seine Anwesenheit bestätigt. Die Glatzen waren allesamt brav daheim bei ihren Muttis oder ihren Freundinnen gewesen, was diese ausnahmslos bestätigten. Einige von ihnen waren vorbestraft, wobei der halslose Karl hier die Spitzenposition einnahm; er hatte mehrere Jahre im Gefängnis verbracht, weil er einen Obdachlosen ins Koma getreten hatte, der später seinen Kopfverletzungen erlegen war.

Gregor war wie angegeben golfen gewesen, und das bestätigten seine Geschäftsfreunde sowie Angestellte des Golfplatzes und des Hotels. Der Mann konnte überhaupt eine blendend weiße Weste vorweisen. Nicht einmal ein Strafzettel fürs Falschparken lag gegen ihn vor. Seine Rechtsanwaltskanzlei lief prächtig, und einen Tag pro Woche unterrichtete er als Juradozent an der Freien Universität. Er war ein vermögender Junggeselle.

Außerdem hatten sie sich an die Kollegen des LKA 5 am Platz der Luftbrücke gewandt, wo sich die Abteilung Polizeilicher Staatsschutz befand. Dort befasste man sich mit politisch motivierten Verbrechen und überwachte extremistische Aktivitäten in all ihren Formen. Die Kollegen hatten ihnen berichtet, dass die Glatzen erst während der beiden letzten Monate im Schrebergarten in Pankow aufgetaucht waren. Davor hatten sie sich in einem Apartment in Kreuzberg aufgehalten, bis dort die Kacke am Dampfen war, wie Claus es formulierte. Sie hatten die Nachbarn eingeschüchtert. Leute waren umgezogen, weil sie bedroht und terrorisiert wurden und sich kaum noch auf die Straße wagten. Das Ganze hörte erst auf, als sich endlich jemand traute, zur Polizei zu gehen. Den Mut dazu hatte ein Mann namens Arhan Aydin aufgebracht, ein achtundzwanzigjähriger türkischer Journalist, der anschließend ebenfalls den Wohnort wechselte, nachdem er eines Abends von einer Gruppe nicht näher identifizierter Männer mit Skimützen – unter denen vermutlich wenig Haar gesteckt hatte, fügte Claus hinzu – krankenhausreif geschlagen worden war. Seitdem wohnte er in Mitte.

Der Name Gregor Treufeldt tauchte im Zusammenhang mit diesem Apartment nirgends auf. Wie die es umgebenden Häuser war es Eigentum eines Maklerbüros namens HauptstadtImmo. Dort erklärte man auf Anfrage, dass die Glatzen damals keine Miete bezahlten, weil sie als Antihausbesetzerwache fungierten, was im Nachhinein, so musste man einräumen, wahrscheinlich keine besonders gute Idee gewesen war, und man würde den Versuch auch sicher nicht wiederholen.

Wolfgang unterbrach das Gespräch jetzt in regelmäßigen Abständen, um alles zu übersetzen, und Javiers Gesicht nahm langsam eine normale Färbung an.

Claus beendete seinen Bericht mit der Mitteilung, Franciscos Leichnam könne nun nach Spanien überführt werden, und er habe das für den 8.45 Uhr-Flug ab Tegel morgen früh geregelt. Claus hatte wirklich keine Zeit verloren; es schien, als wolle er Javier so schnell wie möglich aus Berlin weghaben.

„Ich nehme an, du fliegst dann auch zurück?“, erkundigte sich Wolfgang.

„Hm!“, erwiderte Javier. „Leider bleibt mir nichts anderes übrig. Ich kann mir im Moment nicht länger freinehmen und habe außerdem eine Polizeiwache zu führen; ganz offensichtlich kommen sie da ohne mich nicht zurecht. Außerdem muss ich am Begräbnis teilnehmen und diesen kleinen *hijo de puta* im Auge behalten.“ Er zeigte direkt auf Wolfgang. „Ich verlasse mich darauf, dass du den Fettsack kontrollierst und dafür sorgst, dass Franciscos Mörder gefunden wird. Der Fettsack hat deinen Anweisungen zu folgen. Wenn der den Fall allein lösen muss, wird nichts daraus, das ist mir schon lange klar. Ich vertue hier nur meine Zeit, ich gehe zu Esteban.“

„Was sagt dein Freund da?“, erkundigte sich Claus ärgerlich.

Javier erhob sich, verließ das Zimmer, ohne Claus eines Blickes zu würdigen, und knallte die Tür hinter sich zu. Claus murmelte etwas, das wie „Scheißspanier“ klang.

„Er sagt, du bist keinen Schritt weitergekommen, und da hat er recht. Darum müssen wir die ganze Sache aus einer anderen Perspektive angehen. Wenn die Morde an Claudia und Francisco von derselben Person begangen wurden, hat die vielleicht schon öfter gemordet. Du musst die Morde der letzten Jahre überprüfen lassen. Ich verstehe gar nicht, warum du dich so anstellst; ich habe dir doch alles erklärt?“

„Weil ich das Ganze realistisch betrachte“, erwiderte Claus. „Du bist plötzlich geradezu besessen, was Fotos von Claudia angeht. Du siehst Gespenster.“

„Und warum hat man dann keinen einzigen Fingerabdruck auf diesem Foto gefunden? Du hast selbst gesagt, dass das seltsam ist“, konterte Wolfgang.

Claus wusste darauf nichts zu erwidern, und so etwas gefiel ihm ganz und gar nicht. „Okay“, meinte er nach einer Weile, „das ist seltsam, aber dafür kann es genauso gut eine andere Erklärung geben."

„Zum Beispiel?"

„Was weiß ich, vielleicht war ja ein Fleck drauf, und Francisco hat das Foto sauber gemacht."

„Natürlich, dass ich da nicht selbst drauf gekommen bin! Er saß mitten in der Nacht allein im Schrebergarten neben einem Klubhaus voller kahlköpfiger Neonazis und hat sich Fotos angeschaut – im Dunkeln, wohlgemerkt –, dann hat er sich das eine ausgesucht, es sorgfältig von allen Fingerabdrücken befreit und auf den Stapel unter einen Rhododendronstrauch gelegt. Danach hat er geduldig auf seinen Mörder gewartet. Dreimal Hurra für diese intelligente Schlussfolgerung. Ich hätte nicht gedacht, dass das möglich wäre, aber damit hast du dich mal wieder selbst übertroffen."

„Du brauchst gar nicht so sarkastisch zu werden."

„Hör zu, Claus. Ich bestehe darauf, dass du wenigstens versuchst, dieser Spur nachzugehen. Du kannst sie nicht ignorieren, auch wenn du das Ganze für unwahrscheinlich hältst."

In der Vergangenheit hatte Claus durchaus öfter einen Schubs in die richtige Richtung gebraucht. Sein Problem bestand darin, dass ihm das, was er an systematischem Denken zu viel besaß, an Fantasie fehlte. Null Kreativität. Wolfgang war immer der Mann der Eingebungen und Ideen gewesen, und Claus derjenige, der sich – manchmal nach anfänglichem Widerstand - mit einer bewundernswerten Hartnäckigkeit in diese Impulse verbiss. Was das betraf, hatten sie ein sehr gutes Team abgegeben. Vom Gespann Claus-Christian durfte man das allerdings nicht erwarten.

„Hast du irgendeine Vorstellung davon, wie stark wir unterbesetzt sind? Zwei Kollegen längerfristig krankgeschrieben. Drei in Pension. Wir schieben alle ständig Überstunden. Glaubst du, da haben wir Zeit, alle Mordakten der vergangenen zehn Jahre zu durchforsten, nur weil da ein Foto aufgetaucht ist? Das müsstest du doch besser wissen. Was treibst du da nur?"

Wolfgangs Ärger wuchs. Dieses halsstarrige Arschloch. „Ein kompetenter Hauptkommissar würde sofort in Aktion treten."

Mit einer für seine Statur bewundernswerten Schnelligkeit fuhr Claus hoch. „Willst du damit etwa sagen, ich wäre nicht kompetent?"

„Wenn du dieser Spur nicht nachgehst, sage ich noch viel mehr."

„Bis vor fünf Wochen hast du noch hier gearbeitet, Wolfgang. Du kennst die ungelösten Mordfälle der vergangenen Jahre. Hast du in all dieser Zeit auch nur einen einzigen Hinweis darauf gehabt, dass ein Serienmörder am Werk sein könnte?"

„Nein, weil es damals keine Hinweise in diese Richtung gab, jetzt aber schon. Ich verlange, dass man der Sache nachgeht. Wir müssen alle Akten gründlich aus dieser neuen Perspektive durchsehen. Ach, vergiss es einfach, ich gehe selbst zur Kriminaldirektion."

Er knallte die Tür laut hinter sich zu.

Die Kriminaldirektorin des LKA 1, die zugleich auch die stellvertretende Direktorin des gesamten Landeskriminalamtes war, saß in der für sie typischen nachdenklichen Haltung an ihrem Schreibtisch, die Fingerkuppen aneinandergedrückt, und schaute ihn mit ihren stahlgrauen Augen unter ihrer zu einem perfekten Bob geschnittenen Frisur aus pfefferundsalzfarbenem Haar an. Ihre Uniform sah aus wie maßgeschneidert, und es gelang ihr, gleichzeitig sachlich und modebewusst zu wirken. Sie hatte sich Wolfgangs Bericht angehört, ihn hin und wieder mit einer Frage unterbrochen und danach eine Minute lang geschwiegen. Sie reagierte nie übereilt, bildete sich immer ein wohldurchdachtes Urteil.

„Ich finde es immer noch schade, dass du gegangen bist, auch wenn ich es verstehe. Du weißt, dass du jederzeit wiederkommen kannst, und sei es nur, um Claus in Zaum zu halten. Diese hohe Kunst beherrschst du als Einziger. Jedenfalls normalerweise."

Claus hatte nicht nur Mühe damit, eine Frau als Vorgesetzte zu akzeptieren; er ließ das auch in ihrer Nähe ganz deutlich merken, und die Tatsache, dass sie äußerst kompetent war, änderte daran nichts. Wenn sie etwas sagte oder tat, das ihm nicht passte, schwieg er demonstrativ und ließ seinen Gesichtsausdruck für sich sprechen. Hinter ihrem Rücken nannte er sie „den Chef" oder aus allgemein unverständlichen Gründen „die Politesse". Claus verfügte über eine sehr flexible Mimik, wenn es darauf ankam, Abscheu oder Missfallen zu vermitteln, und dessen war er sich auch bewusst.

„Schau, Wolfgang, ich will ehrlich zu dir sein. Wir haben aus diversen Gründen im Moment einen großen Mangel an Arbeitskräften. Die wenigen, die uns zur Verfügung stehen, untersuchen den Mord an dem Spanier. Wenn es auch nur einen einzigen Hinweis darauf gibt, dass du möglicherweise recht hast, werde ich sofort jemanden an die übrigen Akten setzen. Die wichtigste Frage lautet, ob das Foto damals tatsächlich von Claudias Mörder mitgenommen wurde. Es besteht immer noch die Möglichkeit, dass du dich täuschst." Bevor er protestieren konnte, hob sie eine Hand. „Gleichzeitig ist es tatsächlich merkwürdig, dass man auf dem Foto keinen einzigen Fingerabdruck gefunden hat. Auch wenn Francisco es selbst gesäubert hätte, hätten sich noch Fingerabdrücke darauf befinden müssen, außer, er hätte Handschuhe getragen, und mir wurde mitgeteilt, dass das nicht der Fall war. Darum finde ich auch, dass etwas passieren muss. Ich werde Kontakt mit der OFA aufnehmen und Robert damit beauftragen, die ungelösten Mordfälle der vergangenen zehn Jahre ins VICLAS einzugeben. Dafür werde ich ihn einen Tag lang abstellen."

Die Abteilung Operative Fallanalyse, kurz OFA, analysierte Gewaltverbrechen und verwendete dabei das Violent Crime Linkage Analysis-System VICLAS, um Täter zu erfassen, die mehrere Verbrechen begangen hatten, und verbindende Elemente zu suchen, die auf denselben Täter hinwiesen. Das System stammte aus Kanada. Die Kanadier hatten damit eine moderne Version des vom FBI verwendeten VICAP-Systems erstellt, das darüber hinaus den Vorteil hatte, in mehreren Sprachen zur Verfügung zu stehen. Ins VICLAS wurde eine detaillierte Datensammlung über Gewaltverbrechen aufgenommen. Deutschland arbeitete seit Mitte 2000 mit diesem System. Alle Daten zu Morden und anderen Gewaltverbrechen, auch denen aus der Vergangenheit, hatte man in das System eingegeben. Länder wie Belgien, Österreich und die Niederlande verwendeten VICLAS ebenfalls.

„Wenn Robert etwas findet, gehen wir gezielt dran. Wenn nicht …"

Ihr Schweigen beendete den Satz.

Wolfgang wollte aufstehen, aber sie bedeutete ihm mit einer gebieterischen Handbewegung, er solle sitzen bleiben.

„Einen Moment noch. Es trifft sich gut, dass du hier bist. Ich wollte dich sowieso bitten, bei mir vorbeizukommen. Es geht um etwas", hier schwieg sie kurz, als suche sie das richtige Wort, und entschied sich dann für „Prekäres".

Wolfgang wartete ab.

„Misch dich nicht in die Ermittlungen ein, Wolfgang. Halte dich von Gregor fern. Komm nicht in seine Nähe. Und das gilt auch für diese Rechtsextremen. Damit wir uns richtig verstehen, das hier ist eine offizielle Warnung. Wenn ich höre, dass du sie ignorierst, werde ich mich gezwungen sehen, entsprechende Schritte zu unternehmen. Du bist kein Hauptkommissar mehr, sondern Zivilist. Ich hoffe, ich habe mich deutlich genug ausgedrückt."

Ihr plötzlich so förmlicher Ton und ihre distanzierte Haltung verblüfften Wolfgang.

Langsam ging er die Treppe hinunter. Robert, der hatte ihm gerade noch gefehlt. Aber zumindest tat sich etwas.

Er blieb abrupt mitten auf der Treppe stehen, als ihm plötzlich durch den Kopf schoss, dass der Fotofund noch einen gruseligeren Aspekt beinhaltete.

Der Mörder musste gewusst haben, dass Wolfgang das Bild zu Gesicht bekommen würde.

Und daraus ergaben sich interessante, aber vor allem beängstigende Perspektiven.

Was, wenn es der Mörder auf ihn abgesehen hatte?

Denn das hier konnte kein Zufall sein.

Zufall
Gefahr nimmt die Farbe ihrer Umgebung an.
Sie kann ganz nah sein, zum Zuschlagen bereit, ohne dass es jemand bemerkt.
Genau wie der Zufall.

Ich musste ihn ermorden. Mir blieb keine andere Wahl.
Mit meinem neuen Spielzeug war das so einfach.
Er war allein.
Sein Freund war nicht bei ihm. Der Kalte.
Ich erkenne Kälte in Menschen. Ich kann sie beinahe fühlen.
Beinahe.

Zufall. Er war zur falschen Zeit am falschen Ort. Oder genau genommen zur richtigen Zeit am richtigen Ort.
Den Zufall gibt es. Daran glaube ich ganz fest. Das Leben ist eine Aneinanderreihung von Zufällen. Zufall kann ein Geschenk sein. Die Kunst besteht darin, ihn zu deinem Vorteil zu nutzen. Das habe ich schon vorher getan.

Trotzdem war es seltsam. Es machte mir nichts aus, ihn zu erschießen.
Er musste nicht leiden, so wie die anderen das mussten. Und wie andere das vor sich haben.
Denn diesmal war es nichts Persönliches.

Dafür fehlte etwas ganz Entscheidendes.
Der eisige Nebel.

Zehntes Kapitel

Roberts Zimmer war sauber und minimalistisch eingerichtet; einen größeren Kontrast zu Claus' Höhle konnte man sich kaum vorstellen. Für Robert selbst galt das auch. Er war vierundfünfzig, trug immer Jackett und Krawatte und strahlte eine ruhige Effizienz aus. Seine Funktion war die eines Operationellen Fallanalytikers, was bedeutete, dass er mithilfe des VICLAS-Systems die mit Verbrechen im Zusammenhang stehenden Fakten analysierte und interpretierte und auf diese Weise von seinem Schreibtisch aus kreative Ermittlungsarbeit verrichtete. Anders als es die Bezeichnung vermuten ließ, handelte es sich um eine hoch qualifizierte Funktion, und Robert war, wie Wolfgang zugeben musste, äußerst kompetent. Nur eine Macke hatte er. Seit es ihm am Anfang seiner Karriere als Fallanalytiker gelungen war, einen Hinweis aufzuspüren, der zur Ergreifung eines in Berlin operierenden Serienmörders geführt hatte, nannte er sich „Profiler" und sogar „Mindhunter", ganz in der Tradition des FBI wie auch Hollywoods, die sich zusammengetan zu haben schienen, um dieser Disziplin in der öffentlichen Meinung eine sexy Ausstrahlung zu verleihen, die ihr allerdings nicht zukam. Seit dieser Zeit wünschte sich Robert wahrscheinlich täglich, ein psychopathischer Serienmörder möge auftauchen. Das Poster von Hannibal Lecter mit seiner Maske und das des Films *Roter Drache* hingen nicht umsonst bei ihm an der Wand.

„Wolfgang – schön, dich wiederzusehen", begrüßte er den anderen mit einem Lächeln, von dem Wolfgang wusste, dass es falsch war. Die Antipathie zwischen ihnen beruhte seit ihrer ersten Begegnung auf Gegenseitigkeit und hatte sich noch verstärkt, als Wolfgang eine minimale Korrektur in Roberts Selbstbild hatte erreichen wollen, indem er ihn darauf hinwies, seine Aufgabe bestehe in der Analyse und dem Vergleichen der Daten aus Mordfällen, und wenn der Einsatz eines *Mindhunters* nötig würde, sei sein – Roberts – eigener Geist der geeignete Ort für erste Anfänge; damit hätte er dann genug zu tun.

Robert bat ihn, alles bis ins letzte Detail zu erzählen, so unwichtig diese Kleinigkeiten auch erscheinen mochten. Es war wesentlich für ihn, einen guten Eindruck von der Persönlichkeit des Täters zu bekommen, wenn er sich in ihn hineinversetzen wollte, und das ganz bestimmt, wenn es um einen Psychopathen ging. Die Suche im Innenleben eines solchen Mördertypus gestaltete sich Robert zufolge nicht einfach, und er wusste, wovon er sprach.

Es gelang Wolfgang, eine sarkastische Bemerkung zu unterdrücken. Er berichtete und ließ dabei die offensichtlich so wesentlichen unwichtigen Details nicht aus, strengte sich an, so viele wie möglich zu erwähnen. Robert schrieb eifrig mit und sabberte förmlich, als er von dem Foto ohne Fingerabdrücke erfuhr. Wolfgang hätte ihm mit Freuden ins Gesicht schlagen können. Nachdem ihn Robert eine frustrierend lange Stunde befragt hatte, machte er eine Gebärde in Richtung der Tür und teilte Wolfgang mit, er müsse nun direkt und mit äußerster Konzentration an die Arbeit - jetzt, wo er das Feeling hatte. Als wäre er ein verdammtes Medium.

„Ein Serienmörder", kommentierte Robert. „Vielleicht sogar ein Psychopath. Ich werde mich im VICLAS auf die Suche machen. Aber du weißt, wir verwenden VICLAS bei jedem Mord, und bisher haben wir keinen einzigen Zusammenhang zwischen anderen Morden aus der Vergangenheit herstellen können. Trotzdem werde ich mein Bestes tun, und wenn es einen Zusammenhang gibt, werde ich ihn finden." Er starrte Wolfgang mit einem seltsam durchdringenden Blick an.

Wahrscheinlich sah er die Schlagzeilen schon vor sich: „LKA-Profiler enttarnt Serienmörder". Arschloch. Wolfgang erhob sich.

Er wollte den widerlichen Geschmack im Mund schnell mit einem gepflegten Bier wegspülen. Doch Robert hielt ihn zurück.

„Psychopathen wirken oft wie ganz gewöhnliche Leute. Das macht es so schwer, sie zu fassen zu bekommen. Es sind Männer mit Familie und einem Beruf, die jeden Sonntag in die Kirche gehen, aber hinter ihrer Fassade gibt es eine dunkle Seite, und die halten sie ängstlich verborgen. Manchmal behaupten sie, sich nicht an die begangenen Morde zu erinnern, oder sie sagen, es sei der andere gewesen, der sich tief in ihnen versteckt und ab und zu das Ruder übernimmt. Das ist das Gruselige: Es kann jeder sein. Der Nachbar. Der Bäcker um die Ecke." Er machte eine kurze Pause und erklärte dann mit einem fast forschenden Blick: „Ein Kollege."

Er überraschte Wolfgang mit der Frage, ob vielleicht irgendetwas mit Franciscos Augen gewesen sei, wollte aber den Grund dafür nicht nennen.

In der Charlottenburger Kanzlei von Frank Müllers Rechtsanwalt und Notar in der Mommsenstraße überraschte Wolfgang sich selbst, indem er ohne Mühe die Unterschrift leistete, die ein Kapitel seines Lebens abschloss. Das Gefühl der Befreiung war unerwartet und überwältigend. Warum hatte er das Haus nicht schon viel früher verkauft? Als er ein Stück über die breiten Bürgersteige des Ku'damm lief, ärgerte er sich dabei nicht wie gewöhnlich über die Massen herumschlendernder Touristen, die ihm vor den Füßen herumliefen. Er fühlte sich unruhig, musste irgendetwas tun, um den Verkauf zu besiegeln, einen konkreten Meilenstein setzen. In einer plötzlichen Eingebung betrat er eines der schicken Geschäfte und kaufte eine stilvolle, ordentlich teure hellbraune Lederjacke, die er direkt anbehielt.

Ein neues Leben.

Elftes Kapitel

Vom Kurfürstendamm aus nahmen Wolfgang und Javier einen Bus der Linie 109 zum Flughafen Tegel. Die Fahrt verlief schweigend. Den gestrigen Abend hatten sie zusammen in Estebans Restaurant verbracht, und zu Wolfgangs Überraschung hatte Javier von Francisco erzählt, davon, wie der als Kind gewesen war. Nach einer Weile war er allerdings in Schweigen versunken, und sie waren früh in Wolfgangs Apartment zurückgekehrt. Dort hatte Javier direkt angekündigt, er werde schlafen gehen, weil sie am nächsten Tag früh würden aufstehen müssen. Javier war es gelungen, ein Ticket für den 8.45 Uhr-Flug zu ergattern.

Der dunkelgraue Kunststoffsarg wurde zuletzt eingeladen. Javier sah schweigend, mit vor der Brust verschränkten Armen und heruntergezogenen Mundwinkeln dabei zu. Sie standen unter dem offenen Frachtraum des Flugzeugs, das hoch über ihnen aufragte, während es beladen wurde – mit Koffern und ein paar Hundekörben, als werde der große Air Berlin-Vogel vor seiner Reise gefüttert. Grauer Asphalt, so weit das Auge reichte, der graue Sarg, das Dröhnen eines aufsteigenden Flugzeugs, und Javiers einer Maske gleichendes Gesicht. Tod, Kälte und Schuld. Wolfgang wünschte sich, zu all den anderen Menschen zu gehören, für die der heutige Tag einfach einer der prächtigen und warmen dieses Sommers werden würde.

„Ich verlasse mich auf dich“, erklärte Javier. „In meinem Dorf brauchst du dich erst wieder sehen zu lassen, wenn Franciscos Mörder gefasst ist.“

„Ich werde mein Bestes tun, Javier.“

„In die mentalen Kapazitäten des Fettsacks habe ich nämlich kein Vertrauen.“

Als wäre das nicht jedem, inklusive Claus selbst, deutlich geworden. Wolfgang musste sich zwingen, den ehemaligen Kollegen weiterhin Claus zu nennen, denn Javiers Bezeichnung hatte sich bereits in seinem Kopf eingenistet.

„Soll ich Julia irgendetwas ausrichten?"

Julia. Wolfgang hätte nicht gewusst, was; es war einfach alles zu kompliziert. „Sag ihr schöne Grüße von mir", erwiderte er in neutralem Tonfall.

Javier schaute verärgert. „Was soll das heißen, schöne Grüße? Du willst doch nicht etwa behaupten, dass da nichts läuft zwischen euch?"

„Zwischen uns läuft tatsächlich nichts."

„Das kannst du deiner Großmutter erzählen. Ich habe doch gesehen, wie ihr beide einander angeschaut habt, als wir nach Berlin abgereist sind."

Javier kniff die Augen zusammen. „Du hast natürlich wieder was mit dieser Blondine aus der Gaststätte angefangen, und Julia wird sofort abserviert. Du bist mir wirklich einer. Du weißt ganz einfach nicht, was du willst."

„Aber Julia, die weiß das ganz genau … Und wo wir sowieso schon darüber sprechen, was willst *du* eigentlich?" Wolfgang merkte selbst, dass er zu laut sprach, und mäßigte sich. „Erst soll ich so schnell wie möglich aus deinem Dorf verschwinden, und jetzt soll ich plötzlich zurückkommen. Ich habe von Anfang an gesagt, dass ich mich für Galizien entschieden habe, und dabei bleibe ich auch. Fertig, aus. Ich werde diesen Mord aufklären, und dann bin ich weg."

Dann mussten sie einfach alle sehen, wie sie klarkamen. Javier hatte ihm ohne es zu wollen dabei geholfen, eine Entscheidung zu fällen. Er wusste es jetzt sicher, hier mit einem kalten Javier neben diesem kalten Sarg. Er würde nicht mehr in die Extremadura zurückkehren, wo nur Unsicherheit und Probleme auf ihn warteten. Seine Zukunft lag in Berlin und Galizien. Julia würde er sofort und unwiderruflich vergessen. Statt der lieblichen *dehesas* würde er raue Küstenlinien mit hoch emporspritzenden Wellen am Ende der Welt bekommen. Finisterra. Costa da Morte. Das Land der Kelten und Hexen.

„Ich lasse nicht zu, dass du Julia wehtust."

Wolfgang schaute ihn verblüfft an. Was sollte das denn plötzlich? *Er* tat Julia weh? Das Umgekehrte war ein ganzes Stück wahrscheinlicher. Julia, eine selbstbewusste Frau, brauchte ihn nicht wirklich, davon war Wolfgang inzwischen überzeugt. Wenn es ihr besser passte, würde sie ihn ohne mit der Wimper zu zucken fallen lassen und ihr normales Leben weiterführen. Und das war vielleicht auch besser so. Diese Ansicht teilte er in ruhigem Ton Javier mit. Der schaute ihn mit einem Gesichtsausdruck an, als höre er nicht recht.

„Du bist einfach unglaublich, weißt du das? Es wird Zeit, dass du dich ein wenig mehr mit anderen Menschen auseinandersetzt, statt den absoluten Egoisten raushängen zu lassen. Julia ist eine empfindsame Frau, und was machst du? Du trampelst auf ihrer Seele herum. Du hast das Einfühlungsvermögen eines Gartenschlauchs."

„Wie bitte? Ich weiß nicht, ob dir das klar ist, aber Julia kann ganz schön berechnend sein." Seit wann befand sich der Macho Javier auf der Gefühlstour? Und mit seinem Einfühlungsvermögen war verdammt noch mal auch alles in Ordnung.

„Weißt du, was dein Problem ist?", meinte Javier. „Du bist nicht nur ein Egoist, sondern auch ein Feigling."

Jetzt, wo Javier abgereist und der Kaufvertrag unterzeichnet war, blieb Wolfgang Freiraum, um seine persönlichen Besitztümer aus dem Haus zu holen, und danach konnte er sich ganz und gar den Ermittlungen rund um den Mord an Francisco und dem Zusammenhang mit dem Mord an Claudia widmen.

Er dachte über das nach, was Siegfried über Serienmörder und Psychopathen gesagt hatte. Ein Serienmörder war in Berlin kein neues Phänomen; was das betraf, verstand er nicht, warum Claus so ablehnend reagiert hatte. Er wusste selbst noch gut, dass 1996 Thomas Jung, der mindestens sieben Frauen vergewaltigt und ermordet hatte, zu zweimal lebenslanger Haft verurteilt worden war. Ein Jahr später wanderte der Arzt Stefan Schmitz, der mindestens fünf Prostituierte abgeschlachtet hatte, hinter Gitter. Davor hatten weitere Serienmörder in Berlin und Umgebung ihr Unwesen getrieben, und es gab keinen Grund, von vornherein auszuschließen, jetzt könnte wieder einer von ihnen am Werk sein.

Er selbst hatte nie auch nur eine Sekunde in Erwägung gezogen, der Mord an Claudia könnte auf das Konto eines Serienmörders gehen. Damals hatte er schließlich sicher gewusst, wer dafür verantwortlich war. Hatte er sich getäuscht und seine Schlussfolgerungen zu schnell gezogen? Dann wäre ihm ein grober Fehler unterlaufen, mit entsetzlichen Folgen. Wenn tatsächlich ein Serienmörder für den Mord an Claudia und Francisco verantwortlich war, lief derjenige noch immer frei herum und würde wahrscheinlich noch mehr Morde begehen. Wolfgang fluchte innerlich. Er wollte nicht, dass es sich um einen Serienmörder handelte. Er wünschte sich, er hätte das Foto des roten Katers nie gesehen.

Und dann war da noch Claus, der ihn in letzter Zeit etwas merkwürdig ansah. Oder bildete er sich das nur ein? Claus benahm sich schließlich häufiger seltsam. Merkwürdig. Er schüttelte den Kopf. Alles Spekulationen, die ihm in diesem Augenblick nicht weiterhalfen. Er musste sich auf den Mörder konzentrieren. Er würde den Mörder zu fassen bekommen, und wenn es das Letzte war, was er tat. Und dann würde er endlich Ruhe finden. Aber diesmal durfte er keine Fehler machen.

Silke sah irgendwie anders aus; sie strahlte, als liege ein Glanz über ihr. Sven hingegen wirkte im Gegensatz zu ihr fahl und schaute verstimmt drein.

„Sven, in der Küche liegt eine Liste mit den Dingen, die vor dem Sommerfest noch erledigt werden müssen. Wir haben nicht mehr viel Zeit. Und frag mal Tim, ob er heute mithelfen kann."

Sven murmelte etwas Unverständliches und verschwand in die Küche.

„Er ist in letzter Zeit ziemlich schlecht drauf", kommentierte Rödiger. „Es ist wieder mal vorbei."

„Ach, das haben wir bei den beiden doch schon oft mitgemacht", erwiderte Wolfgang. „Irgendwie kommen sie immer wieder zusammen."

Rödiger schüttelte den Kopf. „Schade, dass sie keine Kinder haben, das hätte ihrer Beziehung gutgetan. Silke wäre eine gute Mutter."

„Rödiger, mein Schatz, korrigiere mich, wenn ich mich irre, aber ich meine mich zu erinnern, dass du Kinder hast und trotzdem geschieden bist?", erkundigte sich Silke. Sie stellte den beiden Männern zwei Bier vor die Nase.

Rödiger murmelte etwas Unverständliches, und Silke lächelte.

„Es ehrt mich natürlich, dass ihr euch um mein Wohlergehen sorgt." Sie setzte sich neben Wolfgang. „Das ist aber nicht nötig. Ich bin sehr zufrieden mit meinem Leben." Sie senkte die Stimme. „Zwischen Sven und mir lief es schon einige Zeit nicht mehr so gut. Wir arbeiten zusammen, und das ist im Moment auch alles. Daran muss sich Sven immer noch gewöhnen."

Wolfgang spürte, dass sie ihm eine Hand auf den Arm gelegt hatte. Und sie kniff ganz eindeutig hinein.

„Es ist lange her“, meinte sie.

Rödiger sah sich das Ganze an, zog vielsagend eine Augenbraue hoch und wandte sich dann wieder dem Fernseher zu. „Nicht den Hauch einer Chance“, erklärte er und richtete sich dabei an niemanden im Besonderen.

Im hohen afrikanischen Gras belauerten vier Löwen ein Zebra. Das Tier hatte noch die Gelegenheit zur Flucht, und die nächsten Sekunden würden über Leben und Tod entscheiden. Würde sein Instinkt das Zebra retten? Es interessierte Wolfgang nicht; er mochte sowieso keine Tierfilme. Zeitverschwendung. Sven schaute von seinem Platz hinter der Bar zu ihnen hinüber. Sein Mund war ein schmaler Strich. Wolfgang nahm sein Glas und trank einen Schluck – die einfachste Art und Weise, die ihm einfiel, um Silkes Hand von seinem Arm zu bekommen. Ein beunruhigender Gedanke beschlich ihn. Ob Sven wohl etwas wusste? Er war immer davon ausgegangen, dass Sven keine Ahnung von dem hatte, was zwischen Wolfgang und Silke vor sich ging. Wolfgang hatte keinen Bedarf an Verwicklungen mit einem eifersüchtigen Sven, der alles mit seinem nervösen Blick ganz genau beobachtete. Mehr noch, er hatte überhaupt keinen Bedarf an Verwicklungen.

Frank Müller kam lächelnd herein und setzte sich zu ihnen an den Tisch. Silke erhob sich abrupt, erklärte, sie müsse noch etwas in der Küche erledigen, und verschwand, ohne ihn auch nur eines Blickes zu würdigen. So demonstrative Unfreundlichkeit war untypisch für sie.

Frank schaute ihr nach und zog die Schultern hoch.

„Wir haben noch gar nicht auf den Verkauf angestoßen“, meinte er.

Silke schaute aus der Küche um die Ecke. „Welchen Verkauf denn?“

„Wolfgang hat Frank sein Haus verkauft“, erklärte Sven.

Das hatte einen merkwürdigen Effekt auf Silke. Sie starrte Frank an und fragte: „Und was ist mit mir?“

Was mischte sich Silke überhaupt ein? Warum war sie plötzlich an seinem Haus interessiert?

Sie schaute Wolfgang an. „Hast du ihm wirklich dein Haus verkauft?“

„Sicher. Ich brauche das Geld, um etwas in Galizien erwerben zu können, und Frank Müller hier hat meinen Preis akzeptiert“, antwortete Wolfgang. „Also sind alle zufrieden.“

„Frank Müller“, sagte sie. „Tatsächlich?“ Es klang spöttisch. „Na, dann viel Freude mit deinem Haus, Frank Müller.“ Sie verschwand ohne ein weiteres Wort in die Küche.

Hier ging im Verborgenen Merkwürdiges vor sich. An Rödigers Gesichtsausdruck erkannte Wolfgang, dass er die Unterhaltung mit Interesse verfolgt hatte. Sollte er Frank fragen, was los war, oder das Ganze einfach ignorieren? Er entschloss sich für Letzteres. Frank erzählte eine einigermaßen amüsante Anekdote aus seinem Maklerleben in Puerto Banús, und Wolfgang dachte nicht mehr an Silke. Gleich würde er Claus anrufen und sich erkundigen, ob man schon etwas Interessantes aus dem VICLAS geholt hatte.

Im Hintergrund erklangen Stimmen und Sirenen, und Claus erklärte kurz, er könne jetzt nicht sprechen. Eine Abrechnung zwischen Mitgliedern der russischen Mafia in Prenzlauer Berg. Was ihn betraf, durften die kriminellen Ausländer sich gegenseitig ausrotten, verkündete Claus, womit er die heimlichen Gedanken der Durchschnittsbürger in der Gesellschaft wiedergab.

Sie verabredeten sich in Zur Sonne, einer Eckkneipe in Prenzlauer Berg, die Wolfgang früher öfter besucht hatte. Mit der S-Bahn waren es zwei Stationen bis zur Schönhauser Allee. Vorher würde er dort in Konnopkes Wurstimbiss eine der berühmten Currywürste zu sich nehmen.

Die Terrassen auf der Kastanienallee und der Pappelallee quollen über vor geklonten Dreißigern, die *Gran Latte* tranken. Sie strahlten selbstgenügsamen Erfolg aus und stellten ihre Sprösslinge in extrem teuren Kinderwagen zur Schau. Dieser Teil des Viertels Prenzlauer Berg war zu einem Reservat für diese Art Spezies geworden, und man hatte die ursprüngliche Bevölkerung, die dasselbe Getränk einfach „Milchkaffee" nannte, in ebenso raschem wie unbarmherzigem Tempo vertrieben. Hier war man unter sich, jung und erfolgreich, und das zeigte man, indem man eine gestylte Kinderschar auf sorgfältig ausgewählte Schulen schickte und sie Yogastunden für Kleinkinder nehmen ließ. Ganz ohne Zweifel würden sie in die Fußstapfen ihrer Eltern treten, um sich dann ungehemmt fortzupflanzen und *Gran Latte* zu trinken. Der Gedanke, der *Gran Latte* werde die Macht in Berlin übernehmen, löste bei Wolfgang ein Schaudern aus. Vorläufig blieb das Reservat allerdings noch übersichtlich. Zum Glück war Prenzlauer Berg viel größer als dieser Teil.

Die altmodische Eckkneipe Zur Sonne befand sich neben der Gethsemanekirche aus rotem Backstein. Wolfgang war lange nicht hier gewesen, zuletzt mit Esteban, während einer ihrer Touren durch die guten Berliner Kneipen, die sie in alle Ecken und Winkel der Stadt führten. Claus saß mit einer Molle und Korn vor der Nase an der Bar und erklärte, er habe gute und schlechte Neuigkeiten. Welche der beiden wollte Wolfgang zuerst hören?

Wolfgang entschied sich natürlich für die schlechte, die lautete, Robert habe den ganzen Tag und sogar seinen freien Abend mit dem VICLAS-System herumgespielt, um Verbindungen zwischen allen Morden zu finden, was aber wenig ergeben hatte. Sowohl bei Claudia als auch bei einem weiteren Opfer, einem Psychiater, waren die Augen entstellt worden – Claus schaute Wolfgang nicht an, als er das sagte –, aber das war auch die einzige Übereinstimmung. Dabei handelte es sich um keine Neuigkeit; diese Information hatte VICLAS bereits zuvor ausgespuckt. Darüber hinaus hatte Robert festgestellt, dass die meisten Opfer in ihren – oft künstlerischen – Berufen erfolgreich waren und keiner von ihnen zur Unterschicht gehörte. Es gab keine Verbindungen zwischen den Opfern. Sie waren alle auf eine jeweils andere Art ermordet worden, und das an geografisch weit voneinander entfernten Orten in Berlin; auch was Alter und Geschlecht betraf, hatten sie nichts gemeinsam. In keinem einzigen Fall ging es um verschwundene Fotos oder Fotos am Tatort, die dort nicht hingehörten. Der Chef hatte daraus geschlossen, dass es zu wenig Anhaltspunkte gab, um alte Fälle wieder hervorzuholen.

„Aber das kann man erst mit Sicherheit sagen, nachdem man die Akten selbst durchgegangen ist“, meinte Wolfgang. „Du weißt doch genauso gut wie ich, wie das mit VICLAS aussieht.“

VICLAS war ein gutes System mit einer eindeutigen Einschränkung, denn das schwächste Glied jeder Datenbank bestand aus den Menschen, die es mit Informationen füllen sollten, und Polizeibeamte waren nicht gerade berühmt für eine besondere Affinität zu „Papierkram“, woraus sich die Frage ergab, ob man auch wirklich alle relevanten Informationen eingegeben hatte. Schließlich mussten in VICLAS zu jedem Fall fast einhundertsiebzig Fragen beantwortet werden. Darum war es notwendig, die Akten selbst gründlich zu studieren.

Eigentlich gab es also keinen Hinweis darauf, dass schon seit längerer Zeit ein Serienmörder sein Unwesen trieb. Wenn das der

Fall wäre, hätte man dafür schon früher Anzeichen gefunden. Mehr als eine Hypothese war es nicht, darüber hinaus eine unwahrscheinliche. Siegfried wünschte sich einfach, dass da ein Psychopath herumlief, weil das sein Steckenpferd war, und dasselbe galt für Robert, den verdammten Mindhunter.

Vielleicht gab es nicht einmal einen Zusammenhang zwischen den Morden an Claudia und Francisco. Claudias Mörder war einfach Claudias Mörder, der Mann, der sie bedroht hatte, und Francisco hatte das Bild des roten Katers zufällig im Fotoarchiv gefunden. Zwischen den beiden Morden konnte kein logischer Zusammenhang bestehen. Sie mussten ganz einfach Franciscos Mörder aufspüren, und damit war die Sache erledigt; dann konnte er nach Galizien umziehen und alles hinter sich lassen. Endlich ein neues Leben beginnen. Vergessen.

„Willst du die guten Neuigkeiten nicht hören?“, erkundigte sich Claus.

„Sehr gern sogar.“ Gute Neuigkeiten gehörten inzwischen einer weit entfernten Vergangenheit an.

Claus bückte sich, hob eine prall gefüllte Aldi-Plastiktüte vom Boden auf, die neben seinem Barhocker gestanden hatte, und überreichte sie Wolfgang.

„Alle ungelösten Mordfälle der vergangenen fünfzehn Jahre aus den Kellern des LKA, Abteilung für hoffnungslose Fälle. In die kannst du dich vertiefen. Ich habe auch noch Kopien von zwei laufenden Fällen, die noch nicht lange her sind, dazugetan.“

Typisch Claus, dass er Akten, die das Landeskriminalamt nie hätten verlassen dürfen, in einer Plastiktüte durch die Stadt schleppte. Wolfgang dachte an die Worte seiner früheren Chefin. Aber die hatte nur verlangt, er solle sich von Gregor und seinen Glatzen fernhalten, was er übrigens zu ignorieren gedachte. Er berichtete Claus, was sie gesagt hatte, und erntete dafür nur ein Schulterzucken. Claus war auch einbestellt worden und hatte zu hören bekommen, er dürfe Wolfgang unter keinen Umständen an den Ermittlungen beteiligen, sonst habe er mit einem Disziplinarverfahren zu rechnen, und dabei hatte das Wort „Uniformdienst“ unausgesprochen in der Luft gehangen. Aber Claus hatte sich nicht beeindrucken lassen, wie er sich von den Predigten des Chefs nie beeindrucken ließ; er schüttelte sie einfach ab und sagte dazu „Ja, Frau Kriminaldirektor; nein, Frau Kriminaldirektor“. Was die Akten betraf, so würde sie niemand vermissen. Keine Sau würde auf die Idee kommen, in den ungelösten Fällen herumzuwühlen. Dafür musste man Wolfgang heißen – der war schon immer ein komischer Vogel gewesen. Anders als die anderen.

Was das betraf, musste Wolfgang Claus recht geben. Im LKA war er immer ein Außenseiter gewesen. Er hatte studiert, war von Haus aus Psychologe und las mit einer geradezu wütenden Leidenschaft, kleidete sich sorgfältig und nach seiner eigenen Überzeugung auch geschmackvoll, und hatte den groben Sinn für Humor vieler seiner Kollegen nicht übernommen. Die hatten das akzeptiert, weil er ein guter Hauptkommissar gewesen war.

„Ein Dankeschön wäre übrigens nicht unangebracht.“ Claus wies auf die Tasche.

„Ich danke dir ganz herzlich“, reagierte Wolfgang ironisch. Claus hatte ihm nun den entscheidenden Schubs in eine Richtung gegeben, die er nicht einschlagen wollte und fast vermieden hätte. Fast. Wenn Claus nicht mit den vermeintlich guten Nachrichten in einer Aldi-Tüte angerückt wäre. Denn Wolfgang wusste, er würde es nicht lassen können, sich die Akten anzusehen, weil er in der Tiefe seines Herzens ganz sicher sein wollte. Wenn ein Serienmörder sein Unwesen trieb, würde er endlich seine Schuldgefühle wegen Claudias Tod hinter sich lassen können, und das würde ihm alles bedeuten. Gleichzeitig hieße das aber auch, dass er auf der Basis einer übereilten Schlussfolgerung einen unverzeihlichen Fehler begangen hatte.

Wie bizarr, dass seine Zukunft vom Inhalt einer Aldi-Tüte abhängen konnte. Er hatte die Wahl, wie das bei Menschen immer der Fall war, auch wenn sie das eigentlich nicht wahrhaben wollten. Er konnte das LKA seine Arbeit erledigen und die Vergangenheit ruhen lassen oder sich in eine Suche mit unsicherem Ausgang stürzen.

Er trank sein Bier, das ihm aber plötzlich nicht mehr schmeckte, und geriet ins Grübeln, was er verabscheute. Zweifel waren für Schwächlinge.

Er fällte eine Entscheidung.

Anders

Ich bin schon immer anders gewesen.
Anders als all die anderen Menschen um mich herum.

Ich bin gern anders. Wer will schon so sein wie alle anderen Menschen? Langweilig, uninteressant, ohne ein richtiges Leben. Ich lebe. Ich habe zwei Leben. Ich mache, was ich will. Ich lasse mich nicht von Konventionen einschränken.
Ich habe meine eigenen Normen und Werte.
Die nimmt mir niemand weg.
Niemand.

Andere Menschen interessieren mich nicht. Sie sind da, eine unvermeidliche Tatsache, wie der Himmel und die Wolken, die S-Bahn und die U-Bahn, das Meer und der Strand.
Manchmal brauche ich Menschen, aber meistens nicht.
Ich lasse sie in Ruhe, solange sie sich nicht zu viel mit mir befassen.
Mir nicht zu nahe kommen.

Mich nicht provozieren.

Solange sie nicht den eisigen Nebel in mir wecken, der meine Knochen in gierigem Vorgefühl erkalten lässt.

Zwölftes Kapitel

Die Akten starrten Wolfgang von seinem Tisch in der Villa am Majakowskiring an, als wollten sie wissen, ob er es wagen würde, die Geheimnisse zu entschlüsseln, die sie auf effiziente Weise verborgen hielten. Als ersten Schritt hatte er sie in Kategorien eingeteilt. Es gab einige Abrechnungen im kriminellen Milieu und Morde an Prostituierten, die allesamt nicht zu gebrauchen waren, weil die zur Verfügung stehenden Informationen beinahe nicht existent waren. Ermordet durch einen Schuss in den Hinterkopf, keine Zeugen, Identität unbekannt, die Leichen an einem abgelegenen Ort entsorgt.

Er nahm die Kopie der Akte Lehman Senior zur Hand, eines reichen und mächtigen Mannes, der im Jahr 2005 spurlos verschwunden und dessen Leiche vor gut fünf Wochen aufgetaucht war. Er las die Papiere, obwohl er von vornherein wusste, dass sie für ihn nicht nützlich waren.

Die Kopien der Akte von Jonni, dem sympathischen Kleinkriminellen, der als Wolfgangs Informant im Milieu gearbeitet hatte und vor einigen Wochen gefoltert und ermordet in einer leerstehenden Fabrikhalle in Lichtenberg gefunden worden war, legte er zur Seite, ohne sie sich anzusehen. Das hätte er nicht ertragen, weil er selbst für Jonnis abscheulichen Tod verantwortlich war. Zusammen mit den Berichten über Lehman legte er sie auf den Stapel mit Abrechnungen im kriminellen Milieu, denn dort gehörte sie hin.

Übrig blieben eine Anzahl grässlicher ungelöster Morde. Er beugte sich über diese Kategorie.

Jutta Reinhardt wurde 1998 in ihrem Atelier in Friedrichshain gefunden. Diese Akte las sich Wolfgang mit besonderer Aufmerksamkeit durch. Jutta war eine erfolgreiche Modedesignerin im Alter von fünfunddreißig Jahren gewesen, die gerade an ihrer neuen Kollektion gearbeitet hatte. Im folgenden Monat sollte die während einer Benefizmodenschau präsentiert werden, und die Spenden würden den Opfern der Hungersnot im Sudan zugutekommen.

Die Show sollte niemals stattfinden.

Auf ihrem Tisch stand eine halb leere Weinflasche. In der Küche hatte man zwei fein säuberlich abgewaschene Gläser auf dem Abtropfgitter gefunden. Man vermutete, dass sie jemand mit GHB betäubt hatte, weil diese Droge nach einigen Stunden aus dem Körper verschwand, ohne Spuren zu hinterlassen. Der Täter hatte sie gefesselt und geknebelt und wahrscheinlich die Zeit bis zu ihrem Aufwachen damit verbracht, brutal ihre ganze Kollektion in Stücke zu schneiden und zu reißen. Vielleicht hatte er damit auch gewartet, bis Jutta wieder zu sich gekommen war, sodass sie alles mit ansehen musste. Nach der Kollektion war sie selbst an der Reihe gewesen.

Der Mörder hatte sich Zeit gelassen, das ergab der Autopsiebericht. Jutta war letzten Endes verblutet. Rasch blätterte Wolfgang die Fotos durch, die einen entsetzlichen Anblick boten.

Spuren hatte man keine vorgefunden. Die Schere war verschwunden, und auch das Messer hatte der Mörder mitgenommen. Nicht lange vor ihrem Tod hatte Jutta Geschlechtsverkehr gehabt, sodass DNA gefunden worden war, aber diese Spur war im Sande verlaufen. Jedenfalls stimmte das Material nicht mit dem ihres Freundes überein, einem iranischen Künstler, der in Prenzlauer Berg wohnte und zum Zeitpunkt des Mordes eine Ausstellung in Barcelona hatte. Julia war beliebt und ein aufgehender Stern in ihrem Metier. Da es überhaupt keine Spuren gab, hatte man den Fall schließlich zu den Akten gelegt.

Im Jahr 1999 ereignete sich in Kreuzberg der bestialische Mord an Natascha, einer in Berlin geborenen Sängerin mit russischen

Wurzeln. Mit achtzehn stand sie bereits in Paris, New York und Madrid auf der Bühne. Das Foto in der Akte zeigte eine junge Frau mit einem ungewöhnlichen, fast hässlichen Gesicht, das mit dem klassischen Schönheitsideal nichts zu tun und trotzdem eine geradezu magnetische Ausstrahlung hatte.

Die Fotos, die man nach dem Mord aufgenommen hatte, ließen sich mit Worten nicht beschreiben.

Natascha hatte Schlankheitsmittel genommen, um ihr Gewicht zu kontrollieren, und Drogen, um mit dem Stress umgehen zu können. Sie hatte eine riesige Schar von Verehrern, aus denen sie diejenigen auswählte, die ihr gefielen, um sie anschließend achtlos und ohne jedes Interesse fallenzulassen. Ihre Kollegen beschrieben sie als opportunistische Tussi, die ihren Erfolg der Tatsache zu verdanken hatte, dass sie mit ihren Auftraggebern schlief. Freundinnen hatte sie keine. Zwar hatte man Spuren von Geschlechtsverkehr gefunden, über die DNA-Analyse jedoch keine Verbindung zu einem bestimmten Mann herstellen können.

Im Jahr 2002 war Charlotte ermordet worden, ein sechzehnjähriges Mädchen aus Berlin-Karlshorst. Sie kam aus einer gut gestellten, wohlhabenden Familie. An dem bewussten Tag war Charlotte nicht von ihrer Geigenstunde zurückgekehrt. Sie wurde tot aufgefunden, erwürgt mit den Saiten ihres eigenen Instruments.

Für Geschlechtsverkehr vor oder nach dem Mord gab es keinen Anhaltspunkt, aber der Autopsiebericht ergab, dass das Mädchen im dritten Monat schwanger war. Ihre Eltern hatten davon nichts gewusst, nicht einmal davon, dass Charlotte sexuell aktiv gewesen war, und dafür fanden sie sie auch viel zu jung.

Sie hatte alles geschickt verborgen. Die Durchsuchung ihres Zimmers ergab keinen einzigen Hinweis auf einen Freund, und auch ihre Klassenkameraden wussten von nichts oder behaupteten das zumindest. Charlotte hatte keine Probleme in der Schule, obwohl sie dort keine engen Freunde oder Freundinnen hatte. Ihre Klassenkameraden fanden sie arrogant. Sie war eine gute Geigerin, auch wenn ihr Lehrer bezweifelte, dass sie über genügend Motivation für eine richtige Karriere verfügte. Seiner Ansicht nach waren es vor allem die Eltern, denen daran etwas lag. Charlottes Mutter war Pianistin.

Sie hatte kein Tagebuch geführt, und all ihre E-Mails waren gelöscht worden. Ihr Vater hatte angegeben, die hin und wieder zu kontrollieren. Er wollte wissen, mit wem sie Kontakt hatte. Das war sein gutes Recht, schließlich ging es hier um seine Tochter. Aber all das hatte nichts geholfen.

„Was für eine Schande", hatte ihre Mutter kommentiert, als sie von der Schwangerschaft erfuhr.

Eine mögliche Beteiligung der Eltern an dem Mord hatte man in Betracht gezogen, doch beide konnten ein Alibi liefern. Da überhaupt keine Hinweise vorlagen, hatte man die Ermittlungen schließlich abgebrochen.

Im Jahr 2003 hatte man Bernd Dittrich, einen fünfzigjährigen Psychiater und Psychoanalytiker, ermordet in seiner Wohnung im Stadtteil Schöneberg aufgefunden. Er lag auf dem Rücken in seinem futuristischen Himmelbett, dessen Himmel aus einem Spiegel bestand. Ohren und Zunge hatte man ihm abgeschnitten, die Augen mit einem Suppenlöffel – der noch neben dem Bett lag – ausgelöffelt wie ein gekochtes Ei. Die Körperteile lagen nebeneinander auf dem Nachttisch, sorgfältig in der Form eines Gesichts angeordnet, bei dem nur die Nase fehlte.

Der Mann war ein renommierter Psychiater gewesen, sein Spezialgebiet bestand in multiplen Persönlichkeitsstörungen. Dittrich war Junggeselle gewesen und hatte keine festen Bekanntschaften gehabt. Tagsüber kamen Patienten, und abends empfing er, das sagten jedenfalls die Nachbarn, regelmäßig Frauen, und man fügte vielsagend hinzu, dass es sich dabei nicht immer um dieselben handelte.

Man vermutete damals, dass einer seiner Patienten für den Mord verantwortlich war. Bedauerlicherweise war der Mann nicht nur in Bezug auf seine Partnerwahl modern gewesen, sondern auch beim Aufzeichnen seiner Patientendaten, die er nicht dem Papier, sondern nur Computer und Laptop anvertraut hatte. Beide fand man unwiderruflich zerstört in der gefüllten Badewanne. Man vermutete, dass einer seiner Patienten der Täter gewesen sein musste. Über die Aussagen der zuständigen medizinischen Betreuer hatte man diese überprüft, aber das hatte keine Hinweise auf einen von ihnen ergeben. Systematisch war man mit der Frage an Psychiater in Berlin herangetreten, ob einer von Dittrichs ehemaligen Patienten bei ihnen in Behandlung war. Wie sich bald herausstellte, glich das Erlangen von Informationen bei Psychiatern dem Öffnen von Austern ohne Austernmesser. „Ärztliche Schweigepflicht“ war immer ihr erstes Wort. Verschiedene Psychiater teilten mit, sie hätten entsprechende neue Patienten angenommen, und versicherten, ohne konkrete Informationen preisgeben zu wollen, ein solcher Mord passe nicht zum Krankheitsbild der betreffenden Patienten.

Natürlich bestand die Möglichkeit, dass der Täter ein Patient war, der sich danach nicht mehr in Behandlung begeben hatte. Psychiater waren seitdem jedenfalls nicht mehr ermordet worden.

Im Jahr 2005 geschah der Mord an Claudia. Diese Akte legte er ungeöffnet zur Seite.

James Cornwall war der Sohn eines amerikanischen Soldaten, der nach dem Mauerfall in Berlin geblieben war. Der Dreißigjährige arbeitete als Journalist für den *Tagesspiegel* und trieb sich in dieser Funktion in ganz Berlin herum. Bei Freunden und Kollegen war er beliebt. Im Frühjahr 2007 wurde seine Leiche von einem frühen Fischer im Schlachtensee gefunden, der ihn sich buchstäblich angelte. Er hatte noch nicht lange im Wasser gelegen. Sein Rückgrat war gebrochen, man hatte ihn wahrscheinlich heftig mit einer Eisenstange geschlagen. Er musste sofort gelähmt gewesen sein. Beide Arme und alle Finger waren gebrochen. Um den Kopf hatte man eine Plastiktüte gebunden. Vom Ufer aus war er ins Wasser gerollt und dann erstickt.

Seine Freundin Alette, eine französische Freelancejournalistin, war am Tag seines Verschwindens in einem Restaurant in der Großbeerenstraße mit ihm verabredet gewesen, wo er nicht erschienen war. Dem war kein Streit vorausgegangen, und sie führten eine gute Beziehung, berichtete Alette, wohingegen Freunde und Kollegen durchblicken ließen, Cornwall habe ein Auge auf eine andere Dame geworfen, eine attraktive Rothaarige, die für seine Zeitung eine bissige Kolumne schrieb. Die Rothaarige gab zu, ihn in letzter Zeit regelmäßig getroffen zu haben, doch man konnte zwischen ihr und dem Mord keine einzige Verbindung herstellen. Alette wurde näher unter die Lupe genommen, nachdem in einigen Aussagen die Rede von ihrem Temperament und ihrer großen Eifersucht gewesen war, die man ihrem französischen Hintergrund zuschrieb. Allerdings gab es keinen einzigen Anhaltspunkt dafür, dass sie an dem Mord beteiligt gewesen war. Aus Mangel an Hinweisen wurde der Fall nach einiger Zeit zu den Akten gelegt.

Der letzte Fall war Francisco, der im Jahr 2010 in Pankow zu Tode gekommen war.

Die meisten Fälle kannte er. Wolfgang stand auf, ging zu den offenen Gartentüren und schaute auf das Wasser im Schwimmbecken. Er war kein Stück weitergekommen. So sehr er auch nachdachte, er konnte keine einzige Übereinstimmung zwischen den Opfern erkennen. Sie kamen aus verschiedenen Teilen Berlins und sogar aus Spanien, das Alter variierte genauso wie das Geschlecht, obwohl es sich in den meisten Fällen um Frauen handelte. Die Art und Weise, wie man sie umgebracht hatte, war auch jeweils verschieden, genau wie das jeweilige Ausmaß der sadistischen Gewalt. Es schien nichts zu geben, was diese Fälle miteinander verband. Keine Fingerabdrücke. Keine Spuren. Aus den Autopsieberichten der übrigen Toten ergab sich nicht der geringste Hinweis darauf, dass man einen Elektroschocker verwendet hatte.

Robert hatte recht. Kreative Berufe: ein Journalist, ein Arzt, erfolgreiche Menschen. Und in zwei Fällen die Augen. Claudias Anblick huschte in aller Schärfe durch sein Gehirn. Er goss sich ein Glas Whisky ein und trank es in einem Zug aus. Augen und ein Foto. Ein visuell orientierter Psychopath?

Er betrachtete die Übersicht, in die er systematisch für jedes Opfer so viele Variablen wie möglich eingetragen hatte; eine zeitraubende Arbeit, die bisher ergebnislos geblieben war. Alter, Geschlecht, Adresse, Beruf, Routen und Transportmittel, Arbeit, Hobbys, den Tatort, Mordwaffen, die Art der Verletzungen, die Todesursache, besuchte Kneipen, Läden, Sportstudios, Schulen, Kurse, Freizeitgestaltung, soziale Kontakte, religiöse Überzeugung, Kirchenbesuche, Besuche in Kinos, Theatern, politische Vorlieben, Familie, angeheiratete Familie, Freunde, Nachbarn. Er achtete besonders auf Fotos. Fehlende Bilder am Tatort oder solche, die dort nicht hingehörten. Aber darüber war in keiner der Akten etwas zu finden. Kein einziges Indiz.

Wolfgang hatte das Geräusch schon so lange nicht mehr gehört, dass er das Klingeln an der Tür nicht sofort einordnen konnte. Er erwartete niemanden. Er schaute durch die kleine Scheibe in der Vordertür, sah langes blondes Haar und öffnete schnell die Tür.

„Ich störe doch nicht? Ich will mit dir sprechen. Allein."

Ihre Augen wirkten noch grüner als sonst. Er roch ein süßes Parfüm. Silke ging langsam durchs Wohnzimmer und schaute sich alles aufmerksam an, während Wolfgang die Akten in einen Schrank räumte. Durch die offenstehenden Türen schaute sie in den Garten hinaus.

„Ich will mit dir über das Haus sprechen." Sie wandte sich um und sagte zu seiner großen Verblüffung: „Ich will es haben. Ich kann dir nur nicht so viel bezahlen."

Er schaute sie fragend an. Woher kam dieses plötzliche Interesse? Und was erwartete sie jetzt als Antwort? „Hör zu, Silke, das Haus ist verkauft, der Vertrag unterzeichnet. Da ist nichts mehr zu machen."

„Gibt es denn da keine Klausel, über die du den Kauf ungeschehen machen kannst? Ich habe ein größeres Anrecht auf das Haus als er", erklärte Silke ruhig. „Ein viel größeres."

Ärger stieg in Wolfgang auf. Niemand hatte ein Anrecht auf sein Haus, es gab höchstens jemanden, der es kaufen durfte, und er war derjenige, der bestimmte, um wen es sich dabei handelte. Er begriff nicht, wovon Silke sprach, und wollte es auch nicht wissen. Gleich würde er noch in etwas hineingezogen, mit dem er nichts tun haben wollte, und das war ihm in der letzten Zeit zu oft passiert. Er würde sie aus dem Haus komplimentieren und sich dann wieder an seine Mordakten setzen.

„Warum?", hörte er sich selbst trotzdem fragen.

„Es gibt da etwas, das du über Frank wissen musst", erklärte Silke. „Er heißt nicht Müller, sondern Wincelewcki, genau wie ich.

Jedenfalls hieß er früher so.“ Sie schwieg und zog ein Gesicht, als hätte sie einen schlechten Geschmack im Mund. „Er ist mein Vater. Das hier war unser Haus, hier bin ich aufgewachsen.“ Sie schaute sich um. „Ein komisches Gefühl, nach all den Jahren wieder hier zu sein. Es sieht anders aus. Stilvoller.“

„Davon hast du mir nie etwas erzählt“, sagte Wolfgang. Er war bestürzt.

Sie zuckte mit den Schultern. „Was hätte ich dir denn erzählen sollen? Ich habe hier gewohnt, bis ich fünfzehn war. 1979 sind wir nach Wandlitz umgezogen. Ich fand es schrecklich, außerhalb von Berlin wohnen zu müssen, zwischen den ganzen Parteibonzen, und mein Vater wollte das eigentlich auch nicht, aber sie haben ihn dazu verpflichtet, wohl weil sie ihn Tag und Nacht zur Verfügung haben wollten. Er durfte dieses Haus behalten, hat es jahrelang vermietet und im Sommer 1989 verkauft; danach ist er in den Westen verschwunden. Ich habe damals in meinem Apartment in Prenzlauer Berg gewohnt. Plötzlich stand er mit einem Stapel Ostmark vor meiner Tür, meiner Hälfte des Erlöses vom Verkauf. Fünf Minuten später war er schon wieder weg, im Westen. In all den Jahren habe ich keinen Kontakt zu ihm gehabt, bis er gestern plötzlich vor mir stand. Ich habe ihn mit seinem neuen Gesicht nicht einmal erkannt.“

„Mit seinem neuen Gesicht?“, fragte Wolfgang erstaunt.

„Er hat sich einem chirurgischen Eingriff unterzogen.“

Sommer 1989. Im November desselben Jahres war die Mauer gefallen. Aber wie war Frank im Westen gelandet? So leicht ging das nicht, man konnte nicht einfach so die Grenze überqueren; das war damals lediglich unter genau festgelegten Bedingungen möglich, mit der Zustimmung der Behörden und nach vollem Einsatz ganzer Stapel gestempelter Papiere. Was war mit ihrer Mutter? Und warum hatte Frank Wincelewcki alias Müller ihm nicht erzählt, dass ihm das Haus einmal gehört hatte? Und Silke selbst? Erst jetzt wurde Wolfgang klar, wie wenig Persönliches er von ihr wusste. Sie hatten nie über ihre Eltern gesprochen, und er hatte sie nie nach ihnen gefragt. Jetzt begriff er auch, warum Frank den hohen von ihm geforderten Preis bezahlt hatte. Das Haus besaß für ihn einen sentimentalen Wert, und wenn er sich in Berlin aufhielt, wollte er in seine alte Wohnung zurück. Das würde übrigens nicht oft vorkommen, da er ja in Spanien wohnte und arbeitete.

„Mein Vater hatte damals eine wichtige Position", fuhr Silke fort. „Schon als junger Mann war er verantwortlich für die Sicherung des Komplexes in Wandlitz, wo die DDR-Bonzen ab 1960 wohnten, und er hat für sie allerlei Dinge geregelt. Sich um die kollektiven Einrichtungen im Komplex gekümmert, teure Weine, Delikatessen und Zigaretten aus dem Westen gekauft. Er war oft in Westberlin, mit so einem Tagespassierschein für VIPs, und hat extravagante Feste organisiert. Er hatte unglaublich viele Kontakte zu den höheren Ebenen, und ich denke, er hat sich auch mit nicht ganz koscheren Sachen befasst. Er hat es immer verstanden, alle auszunutzen."

Wolfgang bemerkte, dass ihre Narbe auf ihrer weißen Haut plötzlich stärker auffiel als sonst.

Man hatte Frank Müller die Villa am Majakowskiring Mitte der Sechzigerjahre zugewiesen. Etwa fünfzehn Jahre später zwang man ihn, sich in Wandlitz niederzulassen, wogegen sich Silkes Mutter bis dahin erfolgreich gewehrt hatte, weil sie nicht außerhalb von Berlin wohnen wollte. Als sie 1978 nicht von einem Familienbesuch im Westen zurückkehrte, war die Parteispitze unerbittlich gewesen: Ihr Sicherheitsexperte und Beschaffungsmann musste zu ihnen nach Wandlitz ziehen, um seine Aufgaben nun in Vollzeit und wie es sich gehörte ausführen zu können. Zum Ausgleich wurde ihm das Haus am Majakowskiring, das inzwischen relativ ärmlich aussah, geschenkt. Frank hatte nachgegeben, weil man ihm deutlich machte, es wäre unverständig, der Aufforderung nicht Folge zu leisten. Darüber, was das bedeutete, konnte kein Zweifel bestehen. Er hatte seine Habseligkeiten gepackt und war 1979 mit seiner Tochter nach Wandlitz gezogen. Silke war damals fünfzehn und fand es dort schrecklich. Sobald sie volljährig war, hatte sie einen Koffer gepackt und war nach Berlin zurückgekehrt, wo sie Arbeit und eine Einraumwohnung in Prenzlauer Berg fand. An den Majakowskiring konnte sie nicht zurück, weil ihr Vater das Haus 1979 an eine bekannte junge DDR-Fotografin vermietet hatte, die wegen ihres Berufs das Recht auf große Räumlichkeiten hatte, weil sie Platz für ihr Atelier brauchte. Claudia Stein. Im Jahr 1989 hatte ihr Frank die Villa verkauft; eine solche Transaktion war in der DDR unter bestimmten, streng kontrollierten Bedingungen möglich. Silke erhielt ihren Teil des Erlöses. Nach der Wiedervereinigung hatte sie die Ostmark in harte Westmark umgetauscht und diese nach der Privatisierung der Schrebergärten als Anzahlung auf die Gaststätte MAUS verwendet, wo sie damals arbeitete. Frank Müller, damals noch Wincelewcki, hatte offenbar auf illegale Weise ein Ausreisevisum ergattern können, zweifelsohne mithilfe seiner Bankkonten im Westen, die er im Laufe der Jahre mit gutem Geld gefüllt hatte, erzählte Silke. Danach war er heimlich, still und leise aus der DDR verschwunden.

Frank Müller musste gespürt haben, dass die Tage der DDR gezählt waren und das Ganze nicht mehr lange dauern würde. Die Vorzeichen konnte man im Sommer 1989 deutlich erkennen. Wahrscheinlich hatte er beschlossen, nicht länger zu warten, weil er nicht das Risiko eingehen wollte, dass man ihn festnahm. Sie war über sein Verschwinden froh gewesen.

„Und deine Mutter? Hast du noch Kontakt zu ihr?“, wollte Wolfgang wissen.

Sie wandte den Blick ab und machte ein paar Schritte durchs Zimmer. „Ich habe keine Mutter mehr. Für die gibt es andere Prioritäten im Leben als das Muttersein. Sie hat mich ohne ein Wort zurückgelassen."

Sie nahm sich das Foto des roten Katers am Schwimmbecken und lächelte. „Was für ein schönes Tier. Ich mag Katzen."

„Ich auch", erklärte Wolfgang. Katzen waren nicht aggressiv, fielen einem nicht mit übertriebenen Zuwendungsbekundungen auf die Nerven, sondern äußerten sanft schnurrend ihre Zuneigung, wenn es ihnen gerade passte. Außerdem bewegten sie sich graziös und stanken nicht. Nichts war widerlicher als der Geruch nach nassem Hund, außer der Anblick eines sabbernden Hundes.

Sie sah ihn an, und er begriff, dass sie nicht hier war, um über ihre Mutter zu sprechen. Eigentlich ging ihn das Ganze auch nichts an, aber die Geschichte faszinierte ihn.

„Sicher begreifst du jetzt mein Problem", meinte Silke. „Es ist auch mein Haus, und ich hätte es gern zurück. Selbst habe ich nicht viel Geld, aber ich könnte die Gaststätte MAUS verkaufen und eine Hypothek aufnehmen. Mir Geld von Sven leihen. Mein Vater hat das Haus damals für einen viel zu niedrigen Betrag verkauft. Vielleicht war der damals in Ostmark nicht niedrig, aber seit dem Mauerfall sind die Hauspreise hier astronomisch gestiegen, und das ist auch der Grund, warum du jetzt so viel Geld dafür bekommst, Wolfgang. Eigentlich ist das nicht gerecht, findest du nicht? Wenn mein Vater es damals nicht verkauft hätte …"

Sie brauchte den Satz nicht zu beenden. Sie hatte recht, er wusste, für wie viel, oder besser für wie wenig Geld Claudia das Haus damals erworben hatte. Außerdem hatte er das Haus selbst zurückgekauft, ohne irgendwelche Einwände gegen den Preis zu haben, deshalb brauchte sich Wolfgang nicht schuldig zu fühlen. Er zwang sich dazu, Silkes flehenden Blick zu ignorieren.

„Es tut mir leid, Silke, ich kann verstehen, dass du Probleme damit hast, aber ich fürchte, das wirst du mit deinem Vater regeln müssen. Ich verkaufe ihm das Haus. Ich brauche das Geld."

Er wusste, dass Silke vernünftig genug war, um dafür Verständnis aufzubringen, und das bestätigte sie auch, indem sie mit einer stoischen Geste die Schultern hochzog.

„Na ja, einen Versuch war's wert", kommentierte sie. „Ich nehme es dir nicht übel. Warum ziehst du eigentlich nach Spanien? Es wäre besser, wenn du hierbleibst. Du bist ein Berliner, ein Stadtmensch, da wirst du dich doch nicht wie lebendig begraben in irgendein Dorf zurückziehen? Ich denke, das hältst du keine drei Monate lang aus." Sie schaute ihn prüfend an. „Oder bist du da vielleicht nicht allein? Dein Freund Esteban hat etwas von einer spanischen Schönheit erzählt. Geht es dabei um sie?"

Esteban musste lernen, den Mund zu halten. Eine beinahe nicht zu bewältigende Aufgabe.

„Ich ziehe nicht wegen Julia nach Spanien. Ich werde mich im Norden niederlassen, allein, und ob mir das gefällt, sehe ich dann schon." Vielleicht würde er sich dort einen Kater zur Gesellschaft holen. Keinen roten. Einen schwarzen oder grauen, der sein alltägliches Leben mit ihm teilen konnte, von Galizien nach Berlin und zurück.

Silke kam auf ihn zu und legte ihm beide Hände auf die Schultern. Sie fixierte ihn mit dem Blick ihrer grünen Augen, und er erkannte die Aufforderung wieder, wusste, was sie von ihm wollte, und dass sie es jetzt wollte.

„Weißt du denn nicht mehr, wie es zwischen uns sein kann? Allein ist es doch nicht schön", flüsterte sie und küsste ihn. Er schloss unwillkürlich die Augen, strich ihr übers Haar, und plötzlich war da Julia, ihr warmer Mund, ihr weicher Körper, den sie so verführerisch und unerträglich erregend an seinem gepresst hatte. Er spürte, wie er reagierte, und wusste, er musste sich loswinden, Silke sanft, aber entschieden abweisen. Sein Geist ignorierte ihn jedoch, schloss sich von seinem Körper ab, als Silke langsam und zielbewusst die Hände nach unten gleiten ließ und den Reißverschluss seiner Hose öffnete, ihn mit sich auf den weichen grauen Teppich vor dem offenen Kamin zog und sich den Rock über die Hüfte schob. Langsam bewegte sie ihren Körper an seinem; er konnte spüren, dass sie keinen Slip trug, und plötzlich hielt ihn nichts mehr zurück; er schob ihr die Beine auseinander und nahm sie, wild und heftig, so wie er wusste, dass sie es mochte und wie er es jetzt auch wollte, Lust und Entladung und vor allem Vergessen, obwohl ihm klar war, dass es so nicht richtig war und er gerade einen groben Fehler beging, aber *what the fuck*.

Dreizehntes Kapitel

„Ich habe etwas entdeckt!“

Die Begeisterung ließ Tims hohe Stimme überschlagen, und Wolfgang hielt das Telefon ein Stück von seinem Ohr weg. Es kostete ihn Mühe, umzuschalten. Silke war gegangen, in die Gaststätte MAUS, und er hatte sich selbst verflucht, eine lange heiße Dusche genommen und sich danach wieder und noch heftiger verflucht. War er denn nicht einmal mit fünfundfünfzig Jahren in der Lage, seine Hormone im Zaum zu halten? Und warum hatte er kein Kondom benutzt? Warum war er nicht nach oben zum Nachttisch gelaufen? Er hatte nicht einmal daran gedacht. Arschloch! Und während er unter der Dusche stand, hatte plötzlich Julia angerufen. Einfach so, sagte sie, um zu hören, wie es ihm ginge. Sogar aus der Ferne verstand sie es, ihn zu überraschen, obwohl „verblüffen“ in diesem Fall besser passte. Ihre Stimme klang ein wenig heiser, zögernd, als ob sie eigentlich nicht anrufen wollte, sich aber nicht hatte zurückhalten können, und zu seiner Überraschung hatte es ihn wieder erregt; er war zurück in die Dusche gegangen, hatte den schäumenden Schwamm in die Hand genommen und ihn langsam über seinen Körper bewegt, während er sich mit der anderen Hand das Telefon ans Ohr hielt, ihre Stimme in sich aufsog und sie sich nackt vorstellte.

Sie hatte wissen wollen, ob er allein war. Wolfgang hatte das bestätigt und gespürt, dass er dabei log, obwohl es rein auf die Tatsachen bezogen der Wahrheit entsprach. Für ihn bestanden keine Verpflichtungen. Sie führten keine Beziehung, also hatte er sie nicht betrogen, obwohl es sich so anfühlte, genauso wie er gerade eben de facto Silke betrogen hatte. Und warum hatte Julia das eigentlich wissen wollen? Es war eine merkwürdige Frage, wenn er sich das gut überlegte. Als hätte sie eine Vermutung.

Nach ihrem Anruf hatte er sich in der Sehnsucht verloren und sich vorgestellt, es wäre Julias Hand, die ihn streichelte, ihre warmen Lippen, ihr Mund, die ihn mit erregender Langsamkeit befriedigten. Danach hatte er minutenlang unter dem heißen Duschstrahl gestanden und sich schmutzig gefühlt.

Wolfgang zwang sich, Tim zuzuhören.

„Ich weiß, wer der Typ auf dem Foto ist", erklärte der Student.

Das Foto der Neonazis, das hatte er in diesem Trümmerhaufen, zu dem er sein Leben in raschem Tempo verarbeitete, völlig vergessen.

„Und wer ist das?"

„Ich werde es dir zeigen. Es ist einfach unglaublich. Wo steckst du? Ich bin in der MAUS."

„Komm in den Majakowskiring", forderte ihn Wolfgang auf. Er hatte kein Bedürfnis danach, Silke unter die Augen zu treten, vor allem nicht in Svens Beisein.

„Dieser Gregor mit seinen Glatzen wird sich ganz schön umschauen."

„Halte dich von ihnen fern, Tim, und rede vor allem mit niemandem über die Fotos."

Die anschließende kurze Stille sprach Bände.

„Das hast du doch nicht etwa getan?"

„Nein, nicht wirklich", antwortete Tim zögernd. „Ich habe eher so eine Art Anspielung gemacht, weißt du. Wirklich, mehr war's nicht. Ich bin an ihrem Klubhaus vorbeigekommen, und sie haben mich provoziert. Da habe ich gesagt, es gibt noch mehr Fotos, und die wären interessant. Dieser Gregor hat gar nicht reagiert, er hat nur „Ach ja?" oder so was gesagt, als würde es ihn überhaupt nicht interessieren."

„Komm her, dann reden wir weiter", wiederholte Wolfgang. „Und kein Wort mehr, zu niemandem." Er beendete das Gespräch, holte die Akten aus dem Schrank und beugte sich von Neuem über seine Übersichten.

Es war frustrierend. Er wusste, dass seine Kreativität gefragt war, dass er die Dinge aus einer anderen Perspektive betrachten musste, doch er kam keinen Schritt weiter. Die einzige greifbare Verbindung zwischen dem Mord an Claudia und dem an Francesco war das Foto des roten Katers. Er schüttelte den Kopf. Es wurde immer wahrscheinlicher, dass es überhaupt keine Verbindung zwischen diesen beiden Morden gab und Francisco das Foto einfach in Claudias Archiv gefunden hatte. Er schaute auf die Uhr und stellte fest, dass seit dem Telefonat schon wieder eine Stunde vergangen war. Wo steckte Tim? Er hätte doch schon vor einer Dreiviertelstunde hier sein müssen. Er runzelte die Stirn, nahm das Handy und gab Tims Nummer ein. Eine monotone Computerstimme informierte ihn darüber, diese Nummer sei vorübergehend nicht erreichbar. Er rief in der Gaststätte MAUS an und bekam Sven an den Apparat, der ihm mitteilte, der Student sei vor einer Stunde aufgebrochen.

Das überraschte ihn. Tim war so eingenommen von seiner Entdeckung gewesen, dass er es beinahe nicht hatte abwarten können, sie mit Wolfgang zu teilen. Er schloss die Türen zum Garten und nahm sich seine Hausschlüssel. Hier hätte er sowieso keine Ruhe. Er würde in die Kolonie laufen. Das würde ihm guttun.

Im Volkspark kümmerte sich niemand um das Unkraut, und an einigen Stellen hatte es eine Höhe von fast einem Meter erreicht. Auf dem Pfad, der sich durch den Park wand, begegnete Wolfgang hin und wieder einem Radfahrer, oder einem Mann, der mit dem Hund Gassi ging. Der Park hatte diese Bezeichnung eigentlich nicht verdient, deshalb gab es nur wenige Menschen, die ihre Freizeit hier verbrachten. Aber um mit dem Hund Gassi zu gehen, war das Gelände gut genug. Das weiße Ungetüm rannte wie ein Besessener hinter dem Ball her ins hohe Unkraut und fing dann an zu bellen, als gehe gleich die Welt unter.

„Ein Kaninchen“, erklärte der Mann im Trainingsanzug und zog an seiner Zigarette. „Da wimmelt es hier nur so von. Gorbi, hierher, aber sofort.“

Das Tier reagierte nicht, sondern steigerte, wenn das überhaupt möglich war, sein Bellen noch, zu einem schrillen, fast hysterischen Geräusch.

„Gorbi, bei Fuß!“, brüllte der Mann.

Der Köter gehorchte tatsächlich. Er kam aus dem Unkraut heraus, rannte auf sie zu und warf sich seinem Herrchen zu Füßen. Sein zerzaustes Fell war voll Sand und hatte etwas von einem schmutzigen Wischmopp. Auf der Schnauze prangte ein Blutfleck.

„Hat er wieder ein Kaninchen erwischt, ich wusste es doch.“ Der Mann tätschelte dem Hund den Kopf. „Das macht er öfters mal. Er ist klein, aber ein guter Jäger. Aber Kaninchen esse ich nicht. Ich mag lieber ein gutes Stück Schweinefleisch, oder ein Eisbein mit Senf und Erbsenpüree. Das dann aber auch gern täglich.“

Der Mann lief weiter, rauchte dabei und wurde von einem schwanzwedelnden Gorbi begleitet, der sich regelmäßig zu der Stelle umwandte, an der er zuvor im Unkraut verschwunden war. Wolfgang lief in die andere Richtung, verließ den Park und überquerte den Heinrich-Mann-Platz in Richtung der Laubenkolonie.

Als Wolfgang in den Preiselbeerweg einbog, sah er Paul, den Rekonvaleszenten, am Zaun der Glatzen stehen; Paul schaute in seine Richtung und lief dann auf die Gaststätte MAUS zu. Wolfgang folgte ihm. Was machte dieser Paul da?

Von seinem Platz hinter der Bar aus schaute ihn Sven schlecht gelaunt an. „Ich habe gehört, Silke war bei dir, um über das Haus zu sprechen“, begrüßte er Wolfgang.

„Das stimmt, aber da kann ich ihr nicht helfen. Sie muss sich an Frank wenden.“

„Das kann dann wohl nur ein kurzes Gespräch gewesen sein. Sie war aber stundenlang weg.“

Wolfgang zog die Schultern hoch. „Ich habe ihr das ganze Haus gezeigt.“

Er merkte selbst, dass seine Wortwahl nicht besonders glücklich war, und stellte fest, dass sie bei Sven, der die Augen zusammenkniff, ebenfalls andere Assoziationen auslöste als eine Führung inklusive Informationen zur Inneneinrichtung.

„Wenn ich du wäre, würde ich die Finger von ihr lassen. Das zwischen uns renkt sich wieder ein, da bin ich sicher.“

„Zwischen Silke und mir läuft nichts.“ Die Lüge kam ihm schnell und seiner Ansicht nach überzeugend über die Lippen, mit einer optimal dosierten Mischung an erstaunter und desinteressierter Empörung.

Svens Blick schoss unruhig hin und her, und er zupfte an seinen Handschuhen.

„Ich hoffe für dich, dass du die Wahrheit sagst.“

Erneut rief Wolfgang Tims Nummer an. Dieselbe Ansage wurde abgespielt. Da stimmte etwas nicht. Ein ominöses Kribbeln kroch Wolfgang über den Rücken, bis es ihm wieder einfiel.

Blut. Gorbis blutige Schnauze. Mit einem Fluch sprang er auf und rannte aus der Gaststätte MAUS, über den Heinrich-Mann-Platz. Er stolperte über eine hoch stehende Baumwurzel und konnte gerade so verhindern, dass er aufs Gesicht fiel. Er stürmte in den Park. Wo war der Hund genau aus dem Unkraut zum Vorschein gekommen? Er entdeckte rasch eine Spur, wo das Grün plattgetrampelt war. Dann einen kleinen Rucksack. Etwas weiter weg lag eine leichenblasse Gestalt mit Blut im Gesicht wie tot auf dem Boden. Tim.

Wolfgang kniete sich neben ihn und fühlte ihm den Puls.

Warum hatte er Tim in den Majakowskiring bestellt? Er hätte selbst in die Gaststätte MAUS gehen sollen. Die Glatzen hatten Tim schon einmal bedroht. Denn dass die die Verantwortung für das Geschehene trugen, war sonnenklar.

Gitta hatte sich seinen Bericht aufmerksam angehört. Wolfgang fühlte sich erschöpft. Er war im Krankenwagen mit in die Charité gefahren und hatte dort Tims Eltern kennengelernt, die sich furchtbar aufregten. Über Tims Zustand konnten die Ärzte noch nichts sagen. Wolfgang hatte mit den Männern vom LKA gesprochen und war danach zur Friedrichstraße gelaufen, von wo aus er die U-Bahn genommen hatte, weil er mit jemandem reden musste. Esteban hatte in seinem Restaurant viel zu tun, Siegfried ging nicht ans Telefon, und Silke wollte Wolfgang jetzt lieber nicht begegnen, also blieb nur Gitta in Neukölln übrig. Sie zapfte ihm ein Bier, hörte zu und stellte ab und zu eine Frage.

„Ich spüre einfach, dass die Glatzen dahinterstecken und dass dieser Gregor derjenige ist, der die Fäden zieht. Mit diesem Kerl stimmt etwas nicht."

„Danach sieht es tatsächlich aus." Gitta betrachtete ihn mit dem für sie typischen durchdringenden Blick. „Du ziehst solche Sachen ja geradezu an."

Vielleicht hatte sie recht. Tim war wirklich ein sympathischer junger Mann. Wenn Wolfgang einen Sohn hätte haben wollen, hätte er gern so einen gehabt. Nicht, dass er jemals einen Kinderwunsch verspürt hätte. Als das bei Claudia aber eindeutig der Fall war, hatte er schließlich widerwillig zugestimmt. Die Kinder waren nie in ihr Leben getreten, und er hatte das überhaupt nicht schlimm gefunden; eine Tatsache, die er Claudia verschwieg, weil sie darunter litt. Sie hatte sich untersuchen lassen und erfahren müssen, dass sie unfruchtbar war.

„Und das Haus hast du verkauft", sagte Gitta. „Das ist doch auf alle Fälle etwas Positives. Übrigens hättest du das schon viel früher tun sollen. Tja, so sind Männer eben."

Was sollte das denn jetzt heißen? Verblüfft starrte er sie an, doch sie gab keine weitere Erklärung ab und zapfte in aller Ruhe weiter Bier.

„Ich habe das Haus einem Mann mit zwei Identitäten verkauft", teilte ihr Wolfgang mit.

Gitta stützte beide Ellenbogen auf dem Tresen ab und beugte sich näher zu ihm hin. „Jetzt machst du mich aber neugierig", sagte sie. „Wer ist denn dieser geheimnisvolle Mann?"

Wolfgang erzählte von ihrer Begegnung. „Jetzt heißt er Müller, aber früher hieß er Wincelewcki. Er ist Makler in Puerto Banús, in der Nähe von Marbella."

„Frank Wincelewcki", wiederholte Gitta langsam. „Ein ungewöhnlicher Name. Ich kann gut verstehen, dass er den geändert hat, wenn er in Spanien wohnt. Solche Namen können sie da doch gar nicht aussprechen."

Für Javier wäre es ein absoluter Zungenbrecher, das stimmte.

„Er hat also hinter dem Rücken seiner Tochter das Haus verkauft und sich davongemacht."

„Manchmal entschließen sich Menschen zu drastischen Schritten", erwiderte Wolfgang. „Er hat sich sogar einer Gesichtsoperation unterzogen. Silke hat ihn erst gar nicht erkannt, als er plötzlich vor ihr stand."

Gitta starrte ihn an.

„Damals hatte er doch offensichtlich überhaupt kein Problem damit, das Haus zu verkaufen, die DDR auf Gott weiß welchen Wegen zu verlassen, ohne seine Tochter, und zwanzig Jahre später entwickelt so jemand plötzlich sentimentale Gefühle und kauft das Haus zurück? Das klingt für mich nicht glaubwürdig“, erklärte sie bestimmt.

Sie hatte recht. Der Mann erweckte sowieso nicht den Eindruck, als würde er aus sentimentalen Motiven handeln. Im Gegenteil. Er hatte während dieser ganzen Zeit keinen Kontakt zu Silke gehabt und ihr damals trotzdem die Hälfte des Erlöses aus dem Hausverkauf zukommen lassen.

Gittas Bemerkung war interessant. Worin bestanden Frank Müllers Beweggründe?

Vierzehntes Kapitel

Gitta schaute Wolfgang dabei zu, wie er ihre Bemerkung verarbeitete, und zog tief an ihrer Zigarette, um das Hungergefühl zu unterdrücken. Joghurt mit Kiwi war lecker, aber als Nachtisch, nicht als Hauptmahlzeit, und ihr Magen dachte darüber ähnlich, wie die knurrenden und blubbernden Geräusche in ihrem Inneren ihr mitteilten. „Pizza", gurgelte es, „Buletten, Hamburger, Mayonnaise. Fettiges." Sie trank einen Schluck Wasser und dachte nach. Wolfgangs Geschichte war gelinde gesagt als merkwürdig zu bezeichnen, obwohl sie sich noch eine bessere Qualifizierung dafür vorstellen konnte. Das Foto des roten Katers, das fünf Jahre später bei der Leiche dieses Spaniers auftauchte. Obwohl es möglich war, dass Wolfgang sich täuschte, war das nicht wahrscheinlich. Er hatte einen scharfen Verstand. Zumindest, wenn es um solche Dinge ging. Um Tatsachen. Auf emotionalem Gebiet ließ sein Urteilsvermögen ziemlich zu wünschen übrig. Und das bei einem Psychologen. Aber das wollte natürlich nichts heißen; es war nie leicht, die eigene Situation objektiv zu beurteilen.

Ein Mörder, der mindestens zwei Menschen auf dem Gewissen hatte. Begriff Wolfgang überhaupt, wie seltsam es war, dass er beide Opfer persönlich gekannt hatte? Und jetzt noch der Überfall auf diesen jungen Mann. Auf irgendeine Art hatte sich Wolfgang in dunkle Angelegenheiten verwickeln lassen. Gitta verspürte eine ungute Vorahnung. Sie wusste, dass man sie als rationale Person kannte, die sich nichts weismachen ließ, aber das war nur eine Facette ihres Charakters, die sie der Außenwelt gezielt präsentierte. Sie handelte auch aus dem Gefühl heraus, und das schrie ihr in diesem Augenblick förmlich zu, dass hier etwas gründlich schiefging. Ein gefährlich kranker Geist war am Werk, und er konnte jeden Augenblick erneut zuschlagen.

Gitta musste daran denken, was mit Claudia geschehen war. Wolfgang hatte auf emotionalem Gebiet einen entsetzlichen Schlag einstecken müssen, einen, dessen Effekte für einen aufmerksamen Betrachter noch immer sichtbar waren. Vor allem zu Beginn hatte er sich von jedem zurückgezogen, der ihm helfen wollte, und auf diese Weise hatte er die meisten Leute für immer von sich distanziert. Denn so lief das mit Freunden, die waren bereit, Mitgefühl zu zeigen, liehen einem ein offenes Ohr, hörten sich unzählige Male die Probleme an, und akzeptierten es auch noch, wenn man seine Probleme nicht so anging, wie das ihrer Überzeugung nach geschehen sollte. Sie akzeptierten es sogar, wenn man ihre gut gemeinten Ratschläge missachtete.

Zumindest bis zu einem gewissen Grad.

Denn in einem bestimmten Moment erreichte man die unsichtbare, aber immer existente Grenze der Freundschaft, und die Freunde zogen sich langsam und beinahe empört zurück. Auch wenn das alles schrecklich und tragisch war, musste er sich jetzt endlich einmal zusammenreißen und mit seinem Leben weitermachen, lautete die Begründung. Nicht so viel trinken. Warum ging er nicht zu einem Psychiater? Sie hatten ihm so oft gesagt, er müsse professionelle Hilfe in Anspruch nehmen, aber er hatte nicht zugehört. Na ja, dann musste er eben selbst sehen, wie er zurechtkam, sie hatten ihr Bestes getan.

So waren die Reaktionen schließlich ausgefallen, außer bei Siegfried, über den man sagen konnte, was man wollte, aber nicht, dass er seinen Freunden nicht treu blieb.

Wolfgang hatte Gitta bestimmte Dinge über Claudia erzählt und im Hinblick auf andere ein beredtes Schweigen eingenommen. Obwohl er sich das nicht bewusst machte und sicher abstreiten würde, wenn sie es ihm sagte, war auch er zu einem Teil von Gittas verlängertem Wohnzimmer geworden, einer verirrten Seele, die auf den oberflächlichen Betrachter wirkte wie ein selbstbewusster Mann, der alles hatte, was er sich nur wünschte.

Er sah gut aus. Gitta ertappte sich dabei, wie es wohl wäre, mit ihm ins Bett zu gehen, wusste aber, dass sie sich damit ins Schattenreich der Unmöglichkeiten begab. Wolfgang konnte jede Frau bekommen, die er haben wollte, auch wenn ihm das nicht klar zu sein schien. Junge, hübsche Frauen. Gitta war in Wolfgangs Alter und kannte alle Einschränkungen, die während der letzten Jahrzehnte in ihr Leben getreten waren. Früher war sie schlank gewesen und hatte, auch wenn sie das selbst sagte, ziemlich gut ausgesehen, aber inzwischen war sie viel zu dick. Obwohl sie ihre Diät strikt befolgte, war sie vom Schlanksein noch ein ordentliches Stück entfernt. Schon seit Monaten widmete sie sich jetzt dieser grässlichen Diät, und außer sechzehn lächerlichen Kilos, auf deren Verlust sie übrigens äußerst stolz war, kostete sie die Aktion vor allem Nerven.

Sie hatte irgendwann gelesen, jede Frau müsse sich, was ihr Äußeres betraf, an ihrem fünfzigsten Geburtstag zwischen ihrem Gesicht und ihrem Hintern entscheiden, und das hatte sie nun, und sei es einige Jahre zu spät, auch getan.

Und zwar zugunsten ihres Hinterns.

Aber darunter würde ihr Gesicht unweigerlich leiden. Ein Schlachtfeld an Falten und Dellen entstand vor ihrem geistigen Auge, doch sie wollte endlich wieder enge Jeans und T-Shirts mit einem Dekolleté tragen und – was ganz ohne Zweifel die größte Schwierigkeit darstellen würde – einem netten Kerl begegnen. Wolfgang kam dafür nicht infrage. Gitta färbte sich das Haar in gelinde gesagt) auffälligen Farben, trug ihre Frisur kurz und kleidete sich nicht weiblich, von ihrem Gewicht einmal ganz zu schweigen. Sie hatte also nicht den Hauch einer Chance; Wolfgang stand auf den femininen Typ, was nichts ausmachte, weil er ein Freund war, mit dem sie gern sprach. Er war interessant. Gut, ein wenig ein Macho, ein bisschen eitel - zwei Eigenschaften, deren er sich nicht bewusst zu sein schien, aber wer war schon perfekt? Der ideale Mann existierte nicht, nicht einmal einer, der diesem Status in irgendeiner Form nahekam. Wie auch immer, für Frauen galt das Gleiche, das verstand sich von selbst.

Aber sie ließ ihre Gedanken abschweifen. Eine Entscheidung war zu treffen, und zwar schnell. Gitta drückte ihre Zigarette aus. Eine schmutzige Angewohnheit, die sie sich auch wieder würde abgewöhnen müssen. Wenn sie etwa weitere fünfzehn Kilo geschafft hatte.

Viel Zeit nahmen ihre Überlegungen nicht in Anspruch. Sie spürte, dass Wolfgang Hilfe brauchte. Hier waren zu viele Faktoren im Spiel, die er nicht allein überblicken und beherrschen konnte. Ein Mörder. Die Glatzen und dieser Gregor. Wolfgang konnte zusätzliche Augen und Ohren gebrauchen.

Und nicht zuletzt gab es da Frank Müller, ehemals Wincelewcki. Der Name spukte ihr durch den Kopf. Ein Mann, der plötzlich in einer Schrebergartensiedlung in Pankow auftauchte und eine Suite im Adlon gemietet hatte, wo man bereits für die einfachste Version etwa fünfzehnhundert Euro pro Nacht hinblätterte. Der, und das war interessant, nicht nur seinen Namen, sondern auch sein Gesicht hatte verändern lassen. Und bei der Namensänderung hatte er sich für „Müller" entschieden, wobei es sich ihres Wissens um den gewöhnlichsten aller deutschen Nachnamen handelte, was die Vermutung nahelegte, dass er nicht so leicht gefunden werden wollte.

Was hatte es mit diesem Frank auf sich?

Eines war sicher: Es wurde Zeit, in Aktion zu treten. Sobald Wolfgang die Kneipe verlassen hatte, fuhr sie ihren Laptop hoch und suchte über Google nach der Laubenkolonie Klein Eden. Sie lächelte zufrieden, als sie das Ergebnis ihrer nächsten Anfrage sah.

Sie dachte über die Dinge nach, die sie erledigen musste. Erst würde sie die notwendigen Telefonate führen und sich dann eine andere Farbe aussuchen. Eigentlich wusste sie auch schon, welche. Eine sehr passende.

Es traf sich gut, dass sie heute Abend einen Termin bei Iwan hatte, ihrem Friseur, einem Russen mit der Statur eines Schwergewichtsboxers, der sich seine Scheren speziell anfertigen ließ, weil seine dicken Finger nicht in die Standardmodelle passten, und der sein Handwerk wirklich beherrschte. Jeder in Berlin, der etwas auf sich oder sich für etwas Besseres hielt und es sich leisten konnte, ließ sich von ihm die Haare schneiden.

Und was für ein glücklicher Zufall, dass Iwans Friseursalon Teil des Hotel Adlon war!

Fünfzehntes Kapitel

Die Nacht schien manchmal unendlich lang; dann hatten seine persönlichen Dämonen freies Spiel und konnten in den einsamen Stunden des Morgens das so willkommene Vergessen fachmännisch sabotieren. Um fünf Uhr hatte Wolfgang den Kampf aufgegeben und einen starken Espresso aufgesetzt. In seinem Apartment hatte er es nicht mehr ausgehalten, darum war er zum Savignyplatz gelaufen und dort in die S-Bahn gestiegen, die ihn innerhalb von gut zehn Minuten an die Friedrichstraße brachte. Von dort aus würde er etwa zehn Kilometer zu Fuß gehen. Das war für ihn die beste Art und Weise, um sich zu entspannen, und besser nachdenken konnte er dann auch. Im Gegensatz zum Durchschnittsberliner, der seinen Stadtteil fast nie verließ, kam Wolfgang in ganz Berlin herum, nicht nur in den schönen, sondern auch in den hässlichen Gebieten, wo die trostlosen Hochhäuser im Einheitsstil und die Parkplätze das Bild beherrschten. Er liebte diese Gegensätze. Für eine Stadt, die nur schöne Ecken hatte, gab es lediglich einen einzigen Begriff: Freiluftmuseum. Schönheit konnte doch nur dort existieren, wo auch Kontraste waren. Ohne Hässlichkeit keine Schönheit.

In raschem Tempo überquerte er die Spree, ging am Bundeskanzleramt mit seinem rostigen Kunstwerk vorbei, ließ das ehemalige Reichstagsgebäude und das Brandenburger Tor buchstäblich links liegen und bog in die Straße des 17. Juni ein. Von dort aus führte ihn sein Weg an dem breiten Boulevard entlang an der in der Morgensonne glänzenden Siegessäule vorbei, die manche Berliner respektlos den Goldspargel nannten. Der Frühverkehr raste monoton an ihm vorüber, wie ein leise knurrendes Tier. Hin und wieder erklang das Geräusch einer Hupe, die Sirene eines Polizeiautos, der böse Aufschrei eines Radfahrers. All diese Menschen befanden sich auf dem Weg zu irgendeinem Ziel. Nur bei ihm war das nicht der

Fall; er wusste zwar, worin sein Ziel bestand, aber nicht, wie er es erreichen sollte, und dieses Gefühl hasste er.

Frustration raste durch seinen Körper. Er hatte sich in die Akten verbissen und wollte unbedingt etwas herausfinden; gleichzeitig glaubte er nicht wirklich an den Serienmörder, oder besser gesagt, er wollte nicht an ihn glauben, weil das Konsequenzen hätte, über die er lieber nicht nachdenken mochte.

Er bog nach links in den schattigen Tiergarten ein, bis er in dem Gebiet mit den alten Botschaften herauskam, als es leise zu regnen begann. Er fluchte. Natürlich hatte er keinen Regenschirm bei sich – das würde ihn seine teure Jacke kosten.

Er überquerte den Landwehrkanal, lief so schnell er konnte in die Tauentzienstraße und kaufte sich im KaDeWe einen großen schwarzen Regenschirm mit Handgriff aus Horn. Teuer, aber was machte das aus? Vor dem Regen konnte er sich damit zumindest schützen, vor dem Scheitern nicht. Er ging an der Gedächtniskirche vorbei, dann den Kurfürstendamm hoch, folgte diesem bis zur Bleibtreustraße, wo er rechts abbog.

Er blieb stehen und drückte nach einem kurzen Zögern auf die Klingel.

„Weißt du, wie viel Uhr wir haben?“, fragte ihn Esteban missmutig und ergänzte das mit einem spanischen Fluch.

Die Frage war ganz offensichtlich eine rhetorische, und Wolfgang sparte sich die Mühe, den Freund darauf hinzuweisen, dass es elf war, eine Zeit, zu der viele Menschen bereits einen halben Arbeitstag hinter sich hatten. Esteban war ein chronischer, unverbesserlicher Morgenmuffel. Er sah zerzaust aus und hatte Ringe unter den Augen, die seinem dunklen, mageren Gesicht etwas Skelettartiges verliehen. So hätte man nicht sagen können, dass ihn zehn Jahre von dem älteren Wolfgang trennten.

„Ich bin erst um vier Uhr ins Bett gekommen und habe einen Kater von hier bis nach Potsdam."

„Wenn du gerade Besuch hast, gehe ich wieder", erklärte Wolfgang. Er studierte Estebans Gesicht und stellte für sich fest, dass der Kater wohl eher bis nach München reichte.

„Ha! Glaubst du vielleicht, ich hätte auch noch Zeit für Frauen? Ich arbeite den ganzen Tag; in meinem Restaurant ist sehr viel los, erinnerst du dich? *Ich* habe wirklich andere Dinge im Kopf."

Der Nachdruck, mit dem Esteban das Wort „ich" aussprach, war nicht zu überhören.

„Was meinst du damit, ‚ich'?"

„Ich, im Gegensatz zu einigen anderen, die sich den Luxus leisten können, in Frühpension zu gehen", erklärte Esteban. „Und was verschafft mir die Ehre deines Besuches zu dieser unchristlichen Zeit? Ich nehme an, du willst Kaffee?"

Wolfgang berichtete Esteban von den Akten. „Ich weiß nicht mehr weiter", beendete er unglücklich seinen Bericht. Er hätte nicht gedacht, so etwas jemals sagen zu müssen, und es war ihm peinlich.

„Pah, das wäre dann aber das erste Mal." Esteban stellte ihm eine winzige Espressotasse vor die Nase. „Trink aus und stell dich nicht so an. Wenn es einen Zusammenhang gibt, wirst du ihn finden. Weißt du, das hat Javier gesagt. Ich hatte ihn gestern noch am Telefon. Julia übrigens auch. Sie hat noch nach dir gefragt."

„Ach?", reagierte Wolfgang.

„Javier glaubt, du machst mit dieser Silke rum. So hat er das formuliert, nicht ich. Ist das der Fall?"

„Das geht Javier nichts an", antwortete Wolfgang.

„Also ja. Und was ist mit Julia?"

„Für Julia und mich gibt es keine Zukunft. Das sollte dich doch freuen – ich meine mich zu erinnern, dass du ziemlich eifersüchtig warst, als ich ihr zu nahe kam."

„Das war in der Extremadura, da sind bei mir alte Erinnerungen hochgekommen. Jetzt, wo ich wieder in Berlin bin, sieht die Sache für mich anders aus“, entgegnete Esteban. „Julia und ich, das gehört der Vergangenheit an. Der abgeschlossenen Vergangenheit, um das ganz deutlich zu sagen, und das gilt auch für sie, denn sie spricht nur von dir. Sie hat sogar versucht, mich ordentlich auszuhorchen.“

„Was geht euch das eigentlich an? Es ist mein Leben. Außerdem habe ich verdammt noch mal anderes im Kopf. Claudia ist vielleicht einem Serienmörder zum Opfer gefallen.“

„Sonst noch was?“

„Was soll das heißen, sonst noch was? Du herzloses Arschloch!“

„Was das heißen soll? Sie ist von einem Monster ermordet worden. Ob das jetzt ein Serienmörder war oder nicht, was macht das in Gottes Namen aus?“

Die Frage war ebenso simpel wie die Antwort kompliziert. Wolfgang wollte erwidern, dass das tatsächlich nichts ausmachte, weil das Ergebnis das gleiche blieb, als ihm plötzlich das ganze Ausmaß seiner Taten ins Gesicht starrte und er nicht mehr schweigen konnte. Das Herz klopfte ihm laut und schnell in der Brust, als könne es unter dem Druck jeden Moment aufhören zu schlagen, und für einen ganz kurzen Augenblick hieß er den Gedanken willkommen, wie angenehm das wäre, nicht mehr denken und fühlen zu müssen. Er sah Esteban an und dachte: Jetzt ist es auch egal, ich erzähle es ihm.

„Ich will dir erklären, worin der Unterschied besteht. Ich dachte, jemand anders wäre für ihren Tod verantwortlich. Ein gewisser Lehman. Er hatte Claudia bedroht, weil ich seinen Sohn hinter Gitter gebracht habe.“

Er schwieg und behielt seinen Freund genau im Auge, als er die folgenden Worte laut und deutlich formulierte, Silbe für Silbe, damit es auch wirklich keine Missverständnisse gab.

„Vor fünf Jahren habe ich Lehman Senior ermorden lassen."

In der Stille, die nun eintrat, blieben seine Worte hängen. Esteban starrte ihn mit offenem Mund an, die Kaffeetasse schwebte wie festgefroren in der Luft. Er stellte sie langsam ab, ohne den Blick von Wolfgangs Gesicht abzuwenden, und lachte unsicher, ungläubig.

„Du? Das meinst du doch nicht ernst!"

„Ich habe noch nie in meinem Leben etwas so ernst gemeint."

Esteban fluchte laut und nachdrücklich. „Und das hast du all die Jahre vor allen verborgen gehalten."

„Javier habe ich es erzählt."

„Javier?" Esteban schaute ihn fassungslos an. „Lieber Herr Jesus! Und Julia?"

„Julia weiß von nichts und darf auch nichts davon erfahren. Schwöre, dass du den Mund hältst."

„Und das willst du ihr verschweigen?"

Er hatte es ihr nicht erzählen wollen, weil er Angst hatte, sie darüber zu verlieren. Jetzt, wo er beschlossen hatte, nicht wieder in die Extremadura zurückzukehren, hatte es überhaupt keinen Sinn mehr, mit ihr darüber zu sprechen. Esteban könnte es genauso gut in einem unachtsamen Moment preisgeben.

„Schwöre mir, dass du es nicht weitererzählst."

„Okay, ich werde es nicht weitererzählen."

„Das reicht nicht. Schwöre es beim Grab deiner Schwester."

Esteban blinzelte. „Was?"

„Du hast mich schon richtig verstanden. Es ist wichtig für mich. Schwöre es."

„Du bist verdammt feinfühlig, weißt du das? Also gut, ich schwöre es bei Isabels Grab, aber dann will ich auch alles wissen. Lieber Herr Jesus!“ Er sprang auf, holte eine Flasche Cognac und zwei Gläser aus einem Schrank und goss beiden ordentlich ein. „Erzähl.“

Er redete und redete, und dabei wurde ihm bewusst, dass es war, als spreche er über einen Fremden, einen anderen Wolfgang, der zu den schrecklichsten Dingen imstande war. Er präsentierte die Tatsachen klinisch neutral. Lehman Junior hatte sich mit Drogenhandel und Zwangsprostitution abgegeben, und er war nicht davor zurückgeschreckt, Frauen zu ermorden, die nicht spuren wollten. Dank seiner Kontakte ins Milieu hatte Wolfgang die nötigen Beweise zusammentragen können, die Lehman für Jahre hinter Gitter bringen würden. Sein Vater, ein reicher und mächtiger Mann von der Sorte, die immer außer Reichweite des Gesetzes blieben, hatte versucht, das zu verhindern, und in mit Bedacht formulierten Äußerungen Claudia bedroht. Wolfgang hatte diese Drohungen nicht ernstgenommen. Lehman Junior wurde verurteilt. Einen Monat später hatte Wolfgang bei seiner Heimkehr die auf abscheuliche Weise entstellte und ermordete Claudia vorgefunden, und dieses Bild bekam er nicht mehr von seiner Netzhaut herunter; noch immer wurde er nachts schreiend wach davon. Damals hatte er darauf bestanden, den Autopsiebericht zu lesen, und sich hinterher gewünscht, das nicht getan zu haben. Und dann hatte er eines Morgens, nach einer schlaflosen Nacht mit Bildern voller Blut und Entstellung und dem unerträglichen Schmerz und der Angst, die damit einhergegangen sein mussten, einen Entschluss gefasst. Er hatte Jonni, seinen Informanten in der Unterwelt, angerufen und ihm mitgeteilt: „Ich will, dass Lehman Senior verschwindet.“

Und das war geschehen. Lehman war spurlos verschwunden, bis vor etwa fünf Wochen die Überreste seines Leichnams auftauchten, und dadurch war ein wahnwitziges Tempo in die Sache gekommen. Jonni wurde gefoltert und ermordet in einer von Ratten bevölkerten verlassenen Fabrikhalle in Berlin-Lichtenberg gefunden, nachdem er Wolfgangs Namen preisgegeben hatte. Jonni, der sympathische Kleinkriminelle, mit dem er gern hin und wieder ein Bier getrunken hatte und für dessen grässlichen Tod er also ebenfalls verantwortlich war. Lehman Junior hatte dann vom Gefängnis aus ein Kopfgeld von einer Million Euro auf Wolfgang ausgesetzt, Wolfgang war aus Berlin geflüchtet und in die Extremadura gereist, er hatte als Tarnung einen Urlaub auf den Bahamas erfunden, doch davon hatten sich seine Feinde nicht in die Irre führen lassen. Auftragskiller hatten ihn in der Extremadura aufgespürt und in ein verlassenes *cortijo* gebracht, und was dort geschehen war, sah er in seinen beunruhigenden Träumen glasklar vor sich. Doch Julia hatte ihm versichert, es sei nicht wirklich geschehen, dass schwere Schlafmittel habe ihn seltsam träumen lassen. Vielleicht hatte sie recht - warum sollte sie lügen? Doch es schien so real.

Erst als er hörte, dass Lehman Junior im Gefängnis ermordet worden war, wusste er, dass es wieder sicher für ihn war, nach Berlin zurückzukehren.

Fünf lange Jahre hatte er mit einem erstickenden Schuldgefühl gelebt; weniger, weil er Lehman Senior hatte ermorden lassen, sondern weil er dessen Drohungen gegen Claudia nicht ernst genommen und dadurch ihren schrecklichen Tod nicht verhindert hatte. Ein Schuldgefühl, das seine Gedanken färbte und seine Emotionen durchtränkte, das er in bestimmten Momenten noch immer mit Alkohol zu vertreiben versuchte, was mehr schlecht als recht funktionierte.

Jetzt hatte sich das Kaleidoskop in einer winzigen, aber so entscheidenden Bewegung gedreht und damit die ganze Landschaft bis zur Unkenntlichkeit verändert. Denn wenn Lehman nicht für den Mord an Claudia verantwortlich war, bedeutete das, dass Wolfgang einen Unschuldigen hatte umbringen lassen, seine Ideen und Ideale für nichts korrumpiert, einen ebenso unverzeihlichen wie unwiderruflichen Fehler begangen hatte, der sich nur auf eine einzige Art korrigieren ließ. Er musste den wahren Mörder aufspüren.

Und dann?

Darüber wollte er lieber nicht nachdenken.

Die Cognacflasche war nur noch halb voll, und das war hauptsächlich Estebans Verdienst. Der hatte zugehört, geschwiegen und trotz der frühen Tageszeit in schnellem Tempo getrunken. Wolfgang fürchtete sich vor Estebans Reaktion, vor der scharfen Verurteilung eines Hauptkommissars, der das Recht in die eigenen Hände genommen hatte, vor dem Bruch in einer Freundschaft, die bereits in den letzten Jahren Höhen und Tiefen gekannt hatte, ihm aber sehr wichtig war.

Esteban schaute ihn während einer langen Minute schweigend an, stand abrupt auf, ging auf ihn zu und umarmte ihn, und Wolfgang war froh darüber, dass es ihm gelang, die unerwarteten Tränen zurückzuhalten.

Sechzehntes Kapitel

Claus rief aus der Charité an, um Wolfgang mitzuteilen, dass Tim keine bleibenden Schäden zurückbehalten würde. Mit lauter Stimme listete er die Verletzungen des jungen Mannes auf, als stehe er mit einem Einkaufszettel beim Fleischer: zwei gebrochene Rippen, zwei blaue Augen, ein zerschmettertes Jochbein, eine Lungenperforation und eine leichte Gehirnerschütterung. Leider gab es nicht nur physische Defizite: Tim wusste noch, dass er im Park unterwegs gewesen war und Schritte hinter sich gehört hatte, aber von diesem Augenblick an erinnerte er sich an gar nichts mehr. Der Traumatologe der Universitätsklinik hatte gesagt, ein zeitlich begrenzter posttraumatischer Gedächtnisverlust sei in diesem Fall nichts Ungewöhnliches. Auf Claus' Frage, wie lange sich so etwas hinziehen könne, hatte der Arzt mit einer für seinen Berufsstand unüblichen Ungezwungenheit lakonisch geantwortet: „Das weiß der Geier." Es konnte Tage, Wochen oder Monate dauern.

Am wichtigsten war, dass der junge Mann noch lebte. Außerdem konnte er sich bis zum Augenblick des Überfalls an alles erinnern, also hoffentlich auch daran, wer der Neonazi war, den er auf dem Foto erkannt hatte.

Wolfgang beschloss, sofort in die Charité zu gehen.

Hinter dem Überfall mussten die Glatzen stecken, das ging gar nicht anders. Außerdem war es nicht unwahrscheinlich, dass Gregor etwas damit zu tun hatte, und das bedeutete, es wurde Zeit, seine Beziehung zu den Glatzen genauer unter die Lupe zu nehmen. Wolfgang wusste auch genau, wer das am besten angehen sollte. Er kümmerte sich nicht um die Anweisung, sich von Gregor fernzuhalten, da konnte sich die Kriminaldirektorin auf ihren Kopf mit der sorgfältig geschnittenen Frisur stellen. Wolfgang schätzte es nicht, wenn man ihn auf eine solche Art und Weise einzuschüchtern versuchte.

Er blätterte in seinem Notizbuch und fand den Namen, den er suchte. Über eine kurze Recherche im Internet verschaffte er sich eine Telefonnummer. Die Person am anderen Ende nahm direkt ab. Der Mann klang anfangs etwas zurückhaltend, stimmte Wolfgangs Vorschlag jedoch schließlich zu.

„Ich hatte versprochen, gut auf die Fotos aufzupassen", sagte Tim niedergeschlagen. „Es tut mir leid."

„Diese Bilder interessieren mich im Moment am allerwenigsten. Ganz ohne Zweifel gibt es Negative, ich kann also neue Abzüge machen lassen."

Tim sah tatsächlich ziemlich mitgenommen aus, und seine normale Ausstrahlung, er könne es mühelos mit der Welt aufnehmen, hatte einem zurückgezogenen Ausdruck Platz gemacht. Der unkomplizierte, fröhliche junge Mann war – wahrscheinlich zum ersten Mal im Leben – mit der Nase auf die harten Tatsachen gestoßen, die es zu bieten hatte.

„Warum hast du der Polizei nichts von den Fotos erzählt?", wollte Wolfgang wissen.

Das Gesicht des jungen Mannes verzog sich vor Angst. „Ich traue mich nicht. Sie haben mich bedroht. Wenn ich den Mund aufmache, dann …" Er beendete den Satz nicht.

Tim wusste also, wer ihn überfallen hatte. Und er verspürte Todesangst.

„Du musst es der Polizei erzählen, Tim, das ist die einzige Lösung."

„Ich musste ihnen schon sagen, wen ich erkannt habe. Die haben mich geschlagen. Zwei Glatzen haben mich festgehalten, und die dritte hat zugeschlagen. Sie meinten, sie wissen, wer ich bin und wo ich wohne. Wo meine Eltern wohnen, meine Schwester." Er schluckte mühsam. „Sie haben mir beschrieben, was sie mit ihr machen werden, wenn ich etwas verrate. Sie ist sechzehn."

Plötzlich kamen dem jungen Mann die Tränen. Wolfgang war rasend vor Wut. Diese Schufte. Diese dreckigen, schmierigen Feiglinge. Was sollte er Tim jetzt sagen? Dass das Ganze ein Bluff war? Daran zweifelte er. Er reichte Tim ein Taschentuch. Der wischte sich die Augen und schnäuzte sich die Nase. Der Stoff färbte sich rot.

„Aua! Zum Glück ist sie nicht gebrochen", kommentierte Tim. Er schaute Wolfgang aus großen, ängstlichen Augen an. „Sie haben gesagt, sie kommen sofort dahinter, wenn ich zur Polizei gehe. Sie haben Kontakte zum LKA."

„Das hätten sie wohl gerne", meinte Wolfgang.

„Sie behaupten, sie hätten überall ihre Verbindungen, bis in die höchsten Kreise, und sie haben gesagt, das darf ich auf keinen Fall vergessen", erzählte Tim. „Und das glaube ich ihnen auch. Ganz bestimmt jetzt, wo ich die Fotos gesehen habe." Er schwieg abrupt.

„Wen hast du auf dem Foto erkannt, Tim? Sag es mir, ich arbeite nicht mehr beim LKA. Vertraue mir. Ich sorge dafür, dass die Information bei den richtigen Leuten landet."

Tim schüttelte langsam den Kopf. „Ich traue mich nicht. Meine Schwester. Wenn ihr etwas passiert … Sorry." Er wandte das Gesicht ab.

„Das verstehe ich", erwiderte Wolfgang. Wie hätte er auch sonst reagieren sollen.

Er verließ das Krankenhaus und stellte sein Handy wieder an. Vier verpasste Anrufe, alle von Esteban, zu dessen Tugenden Geduld nicht unbedingt zählte. Er gab die Nummer seines Freundes ein. Esteban ging an den Apparat, bevor der erste Klingelton verhallt war, als hätte er mit dem Gerät in der Hand dagesessen – wie

Wolfgang ihn kannte, war das wahrscheinlich auch der Fall gewesen. Er gab ihm nicht einmal die Chance, etwas zu sagen.

„Ich habe eine fantastische Überraschung für dich. Wann fängt noch mal dieses Sommerfest in Klein Eden an, von dem du neulich erzählt hast?"

„Etwa um acht Uhr. Was denn für eine Überraschung?"

„Ha! Das sage ich dir doch jetzt nicht. Danach wäre es nämlich keine Überraschung mehr, weißt du."

„Dann hättest du sie auch nicht ankündigen dürfen. Außerdem habe ich heute nicht den geringsten Bedarf an Überraschungen." Von denen hatte er in der letzten Zeit genügend gehabt, und er brauchte sie ungefähr so nötig wie Zahnweh.

„Du bist ja prächtig gelaunt. Aber warte nur ab, ich weiß bestimmt, dass dir diese Überraschung gefallen wird." Abrupt beendete Esteban das Gespräch. Er hatte munter geklungen, fröhlich wie schon lange nicht mehr.

Wolfgang wurde seine Überraschung heute Abend schon sehen. Bis dahin hatte er noch ein paar andere Dinge zu erledigen, und wenn alles lief wie geplant, wartete Punkt Eins schon auf ihn.

Er schaute sich um. Ein etwa dreißigjähriger Mann mit leicht gebräunter Haut und einem kurzen Bart lehnte am Schlag eines Taxis und las die *Berliner Zeitung*. Zielbewusst steuerte Wolfgang auf ihn zu.

„Arhan Aydin?"

Ein sympathisches Gesicht, ein prüfender Blick und dann ein ebenso sympathisches Lächeln.

„Unser Telefongespräch hat mich fasziniert. Ich werde nicht jeden Tag von einem Ex-Hauptkommissar angerufen. Sie sind mein letzter Kunde für heute, darum würde ich vorschlagen, dass wir irgendwo etwas trinken gehen. Ich habe schon eine Nachtschicht hinter mir. Ist die StäV okay? Da in der Nähe wohne ich. Nach dem Vorfall bin ich nach Mitte umgezogen."

Wolfgang schaute ihn erstaunt an. „Ich dachte, Sie sind Journalist."

Arhan lächelte. „Das stimmt auch."

Es war wie immer um diese Zeit ruhig in der Ständigen Vertretung in Berlin Mitte. Touristenschiffe, die bis obenhin mit ihrem Publikum beladen waren, glitten über die Spree, und die Terrassen der vielen Ausflugslokale am Schiffbauerdamm hielten sich bereit, um ganze Trauben durstiger Berlinbesucher zu empfangen.

Eddie, der Barmann vom Dienst, begrüßte sie mit einem „Ich wusste gar nicht, dass ihr beide euch kennt. Zwei Kölsch?" Letzteres war seine Standardfrage an alle Gäste, die das Etablissement betraten. Eddie hatte eine ganz bestimmte Vorstellung davon, wie das Trinkverhalten seiner Gäste auszusehen hatte, und er scheute sich auch nicht, das ganz bestimmten Leuten kundzutun. Kaffee servierte er mit demonstrativem Widerwillen und dem Standardkommentar, dass man dafür kein Kölschlokal besuche. Die Frau neben ihnen, die um Bier mit einer halben ausgepressten Zitrone bat, erntete dafür die Reaktion: „Aber natürlich. Wir sind für jede Schweinerei zu haben."

Eddie brachte zwei Kölsch, das einzige deutsche Bier, das man in sieben Sekunden zapfen musste. Er war dafür bekannt, dass er schneller zapfte als sein Schatten. Wolfgang schaute überrascht zu, wie Arhan einen kräftigen Schluck trank und mit einem Seufzer verkündete: „Ha, genau das habe ich gebraucht."

Während der Taxifahrt hatte Arhan von dem Grund für seinen Umzug nach Berlin Mitte erzählt. Er hatte damals, als er noch in Kreuzberg wohnte, bei der Polizei Anzeige wegen der Bedrohungen und Einschüchterungen erstattet, denen er und seine Nachbarn sich durch eine Gruppe Neonazis ausgesetzt sahen. Der Grund dafür lag auf der Hand: Er war Türke, und um das Ganze noch schlimmer zu machen, auch noch Muslim, Anhänger einer Wüstenreligion, wie das manche so höflich ausdrückten, obwohl sie den Islam Arhan zufolge lieber eine Fabrikgeländereligion hätten nennen sollen, weil dieser Ort langsam in vielen Ländern der einzige war, an dem man eine Moschee noch tolerierte. Seine ebenfalls türkischen Nachbarn waren umgezogen und hatten ihre Wohnung für einen viel zu niedrigen Preis verkaufen müssen. Sie waren in seiner Straße und in dem Gebäude, in dem er wohnte, nicht die Ersten gewesen. Einschüchterung gehörte einfach zur Gentrifizierung. Er selbst hatte sich zunächst geweigert, sich einschüchtern zu lassen, und die Glatzen zu ignorieren versucht, aber solche Typen ließen sich genauso wenig ignorieren wie eine ausbrechende Gürtelrose. Nachdem er lange die Vorteile – von denen es nur wenige gab – und die Nachteile – die im Überfluss vorhanden waren, inklusive der Möglichkeit, nicht unverletzt oder im schlimmsten Fall überhaupt nicht aus der Situation herauszukommen – gegeneinander abgewogen hatte, hatte er sich trotzdem zur Anzeige entschlossen, und das mit desaströsen Folgen. Wenn nicht zufällig eine kleine Gruppe junger Leute vorbeigekommen wäre, wäre es nicht bei einer schweren Gehirnerschütterung und zwei gebrochenen Armen geblieben; eine dieser Verletzungen schmerzte immer noch, weil es ein komplizierter Bruch gewesen war und die Ärzte seinen Arm mehr oder weniger mit Eisendraht hatten zusammenflicken müssen. Noch immer schlummerte tief in seinem Inneren eine Raserei, die ein so starkes Gefühl der Ohnmacht in sich trug, dass sie ihm physischen Schmerz verursachte. Nicht, dass ihm das Gefühl, diskriminiert zu werden, unbekannt gewesen wäre. Mehr noch, dieses Phänomen hatte seinem Leben eine unerwartete und vor allem unerwünschte Wendung gegeben, seine Pläne torpediert. Er hatte seinen Bericht mit einem stoischen Schulterzucken und einem Schluck Bier beendet.

„Du bist der erste Alkohol trinkende Muslim, den ich kennenlerne“, kommentierte Wolfgang.

„Du hast ja keine Ahnung, was für einen Durst man von so einer Wüstenreligion bekommt“, erwiderte Arhan. „Aber im Ernst, ich habe mich dafür entschieden, den Koran in dieser Hinsicht wörtlich zu nehmen, und das bedeutet dann ganz einfach keinen Wein. Ich bemühe mich, ein guter Mensch zu sein und den Normen und Werten meines Glaubens entsprechend zu leben. Ich gehe nicht davon aus, dass Allah es mir verübelt, wenn ich ab und zu ein Bierchen trinke. Man muss mit der Zeit gehen.“

Von Wolfgangs Bericht über die Glatzen war er fasziniert, doch zu dessen Enttäuschung kannte er Gregor nicht. Arhan schlug vor, sie beide sollten direkt zusammen nach Pankow fahren, das Negativ der Aufnahme suchen und das Foto ausdrucken. Bei einem missbilligend dreinschauenden Eddie bestellte er Kaffee und bat den Kellner im selben Atemzug, sich jeden Kommentar zu verkneifen, weil es hier um einen Fall höherer Gewalt gehe. Er versprach, Wolfgang unterwegs zu erzählen, warum er als Taxifahrer arbeitete.

Arhan parkte seinen Wagen vor dem Haus am Majakowskiring. Wolfgang öffnete die Haustür und ging hinein, gefolgt von dem Journalisten.

Es dauerte den Bruchteil der Sekunde, ehe ihm bewusst wurde, dass hier etwas nicht stimmte.

Es knirschte unter seinen Füßen.

Das Glas der Gartentüren lag in Scherben überall verteilt. Mit angehaltenem Atem lauschte Wolfgang.

Im oberen Stockwerk waren Schritte und Stimmen zu hören – leise, aber ganz deutlich. Mit einer Handbewegung bedeutete er Arhan, er solle schweigen und sich nicht rühren.

Er schloss die Lade auf. Die Pistole glänzte matt – die Walther, für die er einen Waffenschein besaß und mit der er regelmäßig zum Schießplatz ging. Die Polizei zu rufen, hatte keinen Sinn, denn bevor die hier eintreffen würde, wären die Schweine wahrscheinlich schon weg. Die Kerle, die da oben in seinem Haus ihr Unwesen trieben, wo sich das Fotoarchiv befand. Unten war, von den Türen einmal abgesehen, alles genauso wie sonst. Hier hatten sie nicht gesucht. Sie wollten Fotos. Negative. Die waren aber alles andere als einfach zu finden, wenn man die Codes nicht hatte, und dafür brauchte man den Laptop. Und natürlich das Passwort.

Das Passwort! Er hatte vergessen, den Laptop auszuschalten. So konnte jedes Kind alles finden.

Wie hatte er nur so unglaublich dumm sein können. Er schlich die Treppe hoch, übersprang dabei die dritte Stufe, weil die knarrte. Bewegte sich langsam, die Pistole in der rechten Hand, bereit, einen Schuss abzugeben. Er fühlte sich ruhig, konzentriert. Die Tür zum Archiv war angelehnt. Gut. Er zählte bis drei und trat mit aller Kraft und Wut die Tür auf.

„Hände hoch, ihr Arschlöcher!“, schrie er.

Er wusste, dass der unentbehrliche Vorteil der Überraschung auf seiner Seite war.

Aber ein einziger Blick zeigte ihm, dass die beiden, die da im Archiv vor ihm standen, ihn darin noch übertrafen.

Siebzehntes Kapitel

Wolfgang schaute direkt in den Lauf einer Pistole, die jemand aus dem Chaos, das einmal Claudias Archiv gewesen war, auf ihn richtete. Der Boden war mit Fotos und Negativen übersät.

Er ließ seine Walther langsam sinken.

„Ich bin zu Tode erschrocken“, erklärte Esteban. Er sah bleich aus. „Ich dachte, die Einbrecher wären zurückgekommen.“

„Ich bin Esteban auf der Straße begegnet; er war auf dem Weg zu dir“, kommentierte Claus und steckte ruhig seine Pistole weg. „Wir sind gerade reingekommen. Die Männer von der Kriminaltechnik sind schon unterwegs.“ Mit dem Kopf wies er auf das Chaos. „Ich würde mal sagen, das waren keine Fotoliebhaber. Du musst gleich mal nachschauen, ob da ein paar fehlen.“

Wenn das der Versuch eines Witzes gewesen sein sollte, musste er für gescheitert erklärt werden. Das gesamte Archiv lag in einem ungeheuren Durcheinander auf dem Boden. Claudias sorgfältig aufgebautes Lebenswerk. Es würde Monate dauern, alles zusammenzusuchen und erneut zu katalogisieren, und selbst dann würde es nicht gelingen, denn der Laptop war weg, und die externe Festplatte auch.

„Ich denke, ich ahne schon, welche Negative da fehlen“, erklärte Wolfgang. „Gott sei Dank hast du ja das Foto von den Glatzen aus dem Klubhaus noch.“

Claus räusperte sich und inspizierte seine nicht gerade blitzsauberen Fingernägel mit größerer Aufmerksamkeit, als sie verdienten.

„Na ja, was das betrifft, gibt es da ein kleines Problem.“

„Was meinst du damit, ein kleines Problem?“

„Wir können das Foto zurzeit nicht lokalisieren“, erwiderte Claus.

„Nicht lokalisieren? Du hast es verloren – wie kann das denn um Himmels willen passieren? Ich weiß ja, dass du der schlampigste

Typ im ganzen Landeskriminalamt bist, aber das schlägt dem Fass wirklich den Boden aus!", rief Wolfgang. Arschloch. Der einzige und letzte Abzug, und Claus brachte es fertig, dass er verschwand.

„Ich habe überhaupt nichts verloren", erwiderte Claus beleidigt. „Das Bild lag auf meinem Schreibtisch, und plötzlich war es weg. Wie, weiß ich auch nicht."

„Wahrscheinlich ist es irgendwo in deinem Schweinestall verschüttet gegangen. Oder du hast es in eine falsche Akte getan", meinte Wolfgang. Das wäre zum Teufel nicht das erste Mal. In dem Schutthaufen rund um Claus' Schreibtisch könnte sich sogar ein Kommando der Navy Seals verirren.

„Ich weiß ganz genau, was auf meinem Schreibtisch liegt", beteuerte Claus empört. „Außerdem habe ich alles zweimal durchsucht. Jede Akte, jedes Stückchen Papier. Das Bild ist ganz einfach verschwunden."

„Vielleicht hat es Christian."

„Blödsinn. Der hat mir doch noch beim Suchen geholfen. Wir haben alles auf den Kopf gestellt. Sogar einen Zwanzigmarkschein habe ich noch unter einer Schublade gefunden. Glaubst du, den kann ich noch umtauschen?"

Das schien ihn wirklich zu interessieren. „Aber sicher doch. Wahrscheinlich sucht man schon seit Jahren nach diesem einen noch fehlenden Schein", erwiderte Wolfgang sarkastisch.

Wenn es kein Foto mehr von den Glatzen gab und das Negativ auch weg war, ruhte alle Hoffnung auf Tim, der aber leider schwieg und auch weiter schweigen würde, um seine Schwester zu schützen. Und wenn die Glatzen nicht geblufft hatten? Er konnte sich kaum vorstellen, dass beim LKA jemand herumlief, der Sympathien für Neonazis hegte. Gleichzeitig war es ein unglaublicher Zufall, dass das Foto verschwunden sein sollte. Wenn das stimmte, musste es sich um jemanden handeln, der seine Sympathien sorgfältig vor seiner Umwelt verbarg.

Sollte er Claus gegenüber davon anfangen? Nein, es war sicherer, das nicht zu tun. Lieber keine schlafenden Hunde wecken. Eines war klar: Claus selbst kam nicht infrage, denn der hatte mit Neonazis nichts am Hut. Gleichzeitig war er, was seine Äußerungen über Frauen, Schwule und Ausländer betraf, eine der am wenigsten politisch korrekten Personen im LKA. Und was wusste Wolfgang genau genommen schon tatsächlich von Claus, außer dass er gern Bier trank und bowlen ging, Feuerwehrautos sammelte, von Currywurst mit Pommes lebte, hin und wieder völlig reaktionäre Ansichten von sich gab, geschieden war und ein quasi nicht existentes Privatleben zu haben schien? Er war oft bei ihm gewesen, und die Wohnung sah aus, als habe seine Ex-Frau alles zurückgelassen, was älter als zehn Jahre war, und als hätte sich seitdem nichts verändert, Claus in beiden Fällen eingeschlossen.

Und jetzt, wo er sowieso darüber nachdachte – was wusste man eigentlich über all die Menschen um sich herum? Wenig bis gar nichts.

Claus schaute ihn prüfend an. „Warum trittst du nicht einfach deinen Dienst wieder an? Ich bin mit Christian als Partner nicht zufrieden. Viel zu jung, der Kerl."

„Nein danke", erklärte Wolfgang. Fünf Wochen Abstand waren mehr als genug gewesen, um ihn begreifen zu lassen, dass er nie mehr mit jemandem wie Claus würde zusammenarbeiten können. Es waren interessante Mechanismen, die es einem ermöglichten, mit Kollegen zu koexistieren, die man sich nicht selbst ausgesucht hatte. Solange man sich in der Arbeitssituation befand, machte man das Beste daraus, aber sobald man sie verlassen hatte, beurteilte man seine Exkollegen aus einer anderen Perspektive. Es war wie eine Ehe – solange sie bestand, musste man das Beste daraus machen, und nach der Scheidung fragte man sich dann, warum man so viel Zeit damit vergeudet hatte.

Er hörte ein leises Räuspern hinter sich.

Arhan, den hatte er ganz vergessen. Er hatte nicht gehört, wie der Mann die Treppe hochgekommen war, was bedeutete, dass auch er die dritte Stufe übersprungen hatte. Ein aufmerksamer Mensch.

Claus fluchte und bewegte sich rasch in Arhans Richtung.

Wolfgang hielt ihn zurück. „Mein Taxichauffeur", erklärte er.

Claus schaute von Arhan zu Wolfgang und wieder zurück und zog die Augenbrauen hoch. „Für einen Taxichauffeur kennt er sich bei dir aber sehr gut aus."

„Was genau ist sein Problem?", wollte Arhan wissen.

„Probleme hat er mehrere", antwortete Wolfgang aus tiefem Herzen, „und du kannst mir glauben, es sind die von der unlösbaren Art. Im Augenblick ist meins aber wichtiger. Ich muss unbedingt herausfinden, wer der Neonazi auf dem Foto ist und welche Rolle Gregor bei der ganzen Sache spielt."

Kurz dachte er daran, dass Claudia Gregor gekannt haben musste. Jedenfalls hatte sie seinen Namen und seine Telefonnummer gehabt, was aber nicht unbedingt bedeutete, dass sie ihm jemals begegnet war. Wenn das tatsächlich stimmte, könnte es durchaus einen unerwarteten Zusammenhang ans Licht bringen.

„Natürlich. Und ich kann dir dabei mit meinem großflächigen Netzwerk helfen."

Arhan hatte, wie er während der Taxifahrt erzählte, Kommunikationswissenschaften und Journalistik studiert und in beiden Fächern, wenn er das ganz unbescheiden erwähnen durfte, mit den höchsten Noten abgeschlossen; allerdings hatte ihm das nicht wie erwartet die erhofften Türen in der Medienbranche geöffnet. Schlimmer noch: Die bewussten Türen taten sich für seine Kommilitonen mit weniger guten Leistungen sehr wohl auf, und daraus hatte er nach einiger Zeit gefolgert, dass es weniger seine Qualifikationen als vielmehr seine Hautfarbe, seine Religion und seine kritische Einstellung waren, die den Bewerbungsprozess entschieden.

Hin und wieder war er überzeugt, den Job quasi in der Tasche zu haben, nur um dann doch eine Absage zu erhalten, weil man einen weiteren Kandidaten interviewt hatte, der ein ganz klein wenig besser war. Auf die Dauer passierte das allerdings zu oft, als dass Arhan es noch hätte glauben können.

Um zu überleben, arbeitete Arhan in Teilzeit als Taxifahrer. Der Job führte ihn durch ganz Berlin und ließ ihm genügend Freizeit, um sich über das praktische Medium des Internets als Freelancer auf journalistischem Gebiet etwas dazuzuverdienen, selbstverständlich unter einem anderen, deutsch klingenden Pseudonym. Sein eigener Blog hatte einen guten Ruf und viele Follower.

„Wenn du mir so viele Informationen wie möglich über diesen Gregor besorgst, mache ich mich auf die Suche, und mit dem Internet fange ich an. Das bietet einen Schatz an Informationen, wenn man weiß, wie man rangehen muss. Bist du auf Facebook?“

„Nein, und ich habe auch nicht vor, daran etwas zu ändern. Einfach nur albern, das Ganze.“

Arhan wirkte amüsiert. „Ich merke schon, ich brauche dich gar nicht erst zu fragen, ob du twitterst. Na ja, vielleicht hast du recht, aber für einen Journalisten sind diese Medien unentbehrlich.“

Twittern, mein Arsch, dachte Wolfgang. Warum die ganze Welt plötzlich vierundzwanzig Stunden am Tag mit allen anderen teilen musste, wie man sich fühlte, dass einem die Kartoffeln angebrannt waren und das Kind die Masern hatte, war Wolfgang ein Rätsel, und er hatte auch nicht das geringste Bedürfnis, sich in diesen virtuellen Brutkasten einzubringen.

„Warum kommst du nicht mit zu dem Sommerfest heute Abend?“, schlug Wolfgang vor. „Vielleicht taucht Gregor da ja sogar auf, dann kannst du ihn persönlich in Augenschein nehmen.“

„Noch besser, dann kann ich vielleicht ein paar Worte mit ihm wechseln. Eine ausgezeichnete Idee“, stimmte Arhan zu und murmelte: „Und mit ein bisschen Glück vielleicht sogar noch mehr als das.“

Sobald der Journalist gegangen war, nahm sich Wolfgang das Telefonbuch und suchte die Nummer eines Glasers heraus.

Er fragte sich, was Arhan mit seiner letzten Bemerkung wohl gemeint haben könnte.

Achtzehntes Kapitel

Die Glatzen hingen wie eine Versammlung vollgefressener Kröten im Garten herum und starrten alle zusammen hinüber in die Nachbarparzelle Nummer 20, wo es untrügliche Zeichen für einen neuen Bewohner gab. Das Gartenmobiliar unter einem Kirschbaum, der Rasenmäher und das neue Gazelle-Stadtrad mit den zwei Satteltaschen erzählten ihre eigene Geschichte. Die Fenster und die Tür waren geöffnet, und all das schien die Glatzen unendlich zu faszinieren. Seltsam, wer zog schon freiwillig in ein Haus, in dem gerade jemand ermordet worden war, und dann noch mit Neonazis als Nachbarn? Es gab genügend andere Parzellen zu mieten. Wolfgang zwang sich, weiterzugehen und die Arschlöcher zu ignorieren. Drei Kinder im Alter von etwa zwölf Jahren liefen vorbei, ohne die Meute eines Blickes zu würdigen, und zeigten kichernd auf die Nummer 20; danach rannten sie schnell in Richtung der Gaststätte MAUS weg. Es war wie auf dem Dorf, alle beobachteten einander genau. Wolfgang wollte gerade weiter, als eine Gestalt in grüner Gartenhose und einem weißen Shirt mit kurzen Ärmeln nach draußen kam und ihm zuwinkte.

„Tagchen, Wolfgang, kannst du mir kurz helfen, ein paar Möbel umzustellen?“

Das war doch nicht möglich. Ein Bulldoggentattoo. Grünes Haar. Gitta hatte sich die Haare in einem frischen Frühlingsgrün färben lassen. Wolfgang schauderte innerlich. Die Faszination der Glatzen konnte er plötzlich zu hundert Prozent nachvollziehen. Es gab ein neues Phänomen in Klein Eden.

Was um Himmels willen tat Gitta hier?

„Ich habe ja wohl auch das Recht auf ein paar Tage Ferien.“ Gitta tätschelte der Bulldogge, die neben der Tür auf ihrer Decke lag und die neue Umgebung nur mit geringem Interesse in sich aufnahm, den Kopf. „Außerdem bekommt Ulla bald ihre Jungen, und dafür ist eine Kneipe kein geeigneter Ort. Darum habe ich diesen Schrebergarten angemietet."

Das stimmte schon, ein paarmal pro Jahr fuhr Gitta in den Urlaub. Dann überließ sie die Kneipe einer Freundin, Eva, einer Siebzigjährigen mit einer Frisur, die sowohl von der Struktur als auch von der Farbe her stark an Zuckerwatte erinnerte. Außerdem hatte sie eine Vorliebe für ebenso großzügig wie unordentlich aufgetragenen knallroten Lippenstift. Eva trank einen Schnaps nach dem anderen, fluchte wie ein Bierkutscher, verhängte ein einseitiges Rauchverbot, dessen Einhaltung sie strikt überwachte, und sorgte vor allem durch die letztgenannte Maßnahme dafür, dass die Gäste Gott auf Knien dankten, wenn Gitta aus dem Urlaub zurückkehrte. Die übernahm den Laden wieder, als wäre sie nie weg gewesen, und reagierte höchst vage auf Fragen zu ihrem Ferienziel. Das sei nicht wichtig, sagte sie dann - es kam darauf an, dass man sich ausgeruht, neue Energie geschöpft hatte. Manchmal sprach sie im Scherz von Hawaii oder Kenia, doch ihre Gäste wussten, dass sie sich nicht für Strände und Cocktails interessierte, und für Safaris auch nicht, das hatte sie oft genug erzählt. „Ich musste mal wieder in meiner Wohnung in Manhattan nach dem Rechten sehen", erklärte sie auch bisweilen. Immer hielt Gitta ihren Aufenthaltsort geheim. Noch nie hatte Wolfgang ein Urlaubsfoto gesehen. Er hatte immer vermutet, sie bleibe einfach daheim in Berlin. Vielleicht verbrachte sie diese freien Tage tatsächlich in einer Gartenlaube.

„Aber warum gerade hier? Berlin verfügt über dreißig Quadratkilometer an Schrebergärten", bohrte Wolfgang nach.

Sie schaute ihn an und sagte: „Hier kann ich dich im Auge behalten. Ein paar zusätzliche Augen und Ohren kannst du außerdem gut gebrauchen."

„Willst du damit etwa sagen, dass du gekommen bist, um das Kindermädchen zu spielen?“ Wolfgang wusste nicht, ob er amüsiert oder irritiert sein sollte. Er tendierte zu Letzterem.

Sie ignorierte seine Frage und erklärte, sie sei im Adlon gewesen. „Ich wollte wissen, ob dieser Frank Müller wirklich erst vor Kurzem angekommen ist. Ich fand das alles verdächtig schnell“, erklärte sie.

„Ich nehme an, sie haben dir unverzüglich mitgeteilt, wie lange er dort schon residiert. Ihre Gäste wissen sicher sehr zu schätzen, dass die Diskretion damit der Vergangenheit angehört. Obama wird sich bei seinem nächsten Besuch ein anderes Hotel suchen müssen.“

„Sie haben mir überhaupt nichts mitgeteilt“, erwiderte sie. Es klang triumphierend. „Ich habe einfach meinen Friseur Iwan gefragt; der ist sehr gut mit einer der Damen an der Rezeption befreundet.“

Sie schaute ihn triumphierend an, und er erwiderte ihren Blick mit äußerster Verblüffung. Gitta war Kundin dieses berühmten, schrecklich teuren Friseurs im Adlon?

„Und weißt du was? Er hat da überhaupt kein Zimmer. Er hat gelogen.“

Warum? Auf den ersten Blick schien das eine sinnlose Lüge zu sein. Gleichzeitig existierten keine sinnlosen Lügen; dahinter verbarg sich immer eine Motivation. Es musste einen Grund geben, warum Frank nicht die Wahrheit gesagt hatte, und den würde Wolfgang herausfinden.

Neunzehntes Kapitel

Er hätte es lieber bleiben lassen sollen, aber Wolfgang hatte an nichts anderes mehr denken können. Er war zum Majakowskiring zurückgelaufen und hatte dort im Chaos des Fotoarchivs gesessen; dabei hatte er Wut verspürt, doch die hatte sich rasch in Raserei gesteigert. Er hatte es nicht mehr ausgehalten und war mit seiner Harley nach Grunewald gefahren, durch ruhige grüne Straßen, in denen freistehende Villen und stilvolle kleine Apartmentkomplexe den Menschen mit Geld eine angenehme Wohnumgebung boten. Er stellte sein Motorrad vor der imposanten freistehenden Villa an der Furtwänglerstraße mit den zwei Garagen und dem tadellos gepflegten Garten ab, in der Gregor wohnte und auch seine Anwaltskanzlei hatte. Der hatte erst erstaunt dreingeschaut, dann distanziert und schließlich wütend, was er hinter einem höflichen Gesichtsausdruck verbarg, an dessen Rändern rasch ein leichtes, aber nicht zu übersehendes Abbröckeln sichtbar wurde.

Ja, er war Claudia begegnet, als sie die Fotoreportage machte; sie hatte in demselben Stuhl gesessen, in dem nun Wolfgang saß – warum wollte er das überhaupt wissen? Es war eine geschäftliche Begegnung gewesen. Danach war es zu einer weiteren gekommen, in ihrem Haus am Majakowskiring. Ach, hatte Wolfgang das nicht gewusst? Tragisch, ihr Tod; Gregor hatte damals selbstverständlich davon gelesen. Und was diesen jungen Mann betraf, den man krankenhausreif geschlagen hatte (hier zeigte sich das erste Bröckeln der Maske), gab es nicht den geringsten Hinweis darauf, dass die Glatzen damit etwas zu tun hatten, und was ging ihn das überhaupt an, einen ehemaligen Hauptkommissar, wobei die Betonung auf „ehemalig" lag? Gregor erwog, die Beschwerde, die er bereits wegen Wolfgangs Beteiligung an der Hausdurchsuchung eingereicht hatte, noch einmal auf höherer Ebene kundzutun.

Als diese Worte richtig zu ihm durchdrangen – dieses Arschloch hatte sein Haus betreten –, hatte Wolfgang die Beherrschung verloren und Drohungen ausgesprochen. Wenn auch nur ein einziges weiteres Haar auf Tims Kopf oder auf dem seiner Familienmitglieder gekrümmt würde, würde er Gregor persönlich aufsuchen, und dabei hatte er suggeriert, dass es dann nicht bei einer verbalen Auseinandersetzung bleiben würde und dass sein – Gregors – Zahnarzt in der Folge eine Reihe an Überstunden würde einplanen müsse. Gregors Maske war in diesem Moment beinahe geborsten; in eisig höflichem Ton teilte er Wolfgang mit, er werde ihn wegen Bedrohung verklagen. Daraufhin hatte Wolfgang zurückgegeben, er wisse, dass Gregor hinter dem Einbruch in sein Haus stecke, und werde auch dahinterkommen, wer auf dem Foto zu sehen war und warum, und was es war, das der Anwalt so ängstlich hinter dieser respektablen Fassade zu verbergen versuchte, und wenn es das Letzte sei, was er tue. „Ich grabe so lange weiter, bis ich alles von dir weiß, bis zur Größe deiner ersten Kinderschuhe", hatte er gesagt und Gregor dabei bewusst geduzt.

Der hatte ihn voller Wut angestarrt, gleichzeitig mit Hass und noch etwas anderem, und geradezu ausgespuckt: „Es wird dir noch leidtun, dass du mir jemals begegnet bist."

Nicht die Worte, sondern der Klang von Gregors Stimme hatten dafür gesorgt, dass sich die Härchen auf Wolfgangs Armen aufstellten.

Zwanzigstes Kapitel

Rasenmähen gehörte zu den Arbeiten, die einem Befriedigung verschafften, außer mit dieser Sorte Publikum.

Gitta wischte sich den Schweiß von der Stirn, wandte sich um und machte sich an die nächste Bahn. Die Glatzen hatten sie seit ihrer Ankunft im Schrebergarten beobachtet, als wäre sie ein Wesen von einem anderen Planeten. Nun, so sah sie ja vielleicht sogar aus, aber von ihnen konnte man das Gleiche sagen. Man brauchte sie sich nur anzuschauen, mit ihren kahlen Schädeln und dem toten Blick. Eine Gruppe Zombies. Der Dobermann fixierte die Bulldogge, die ihn glücklicherweise ignorierte, und gab hin und wieder seltsam wimmernde Laute von sich.

Sie mähte eine Bahn in Richtung des Zauns, hielt dabei direkt auf die drei Kinder zu, die sie mit derselben Faszination betrachteten wie die Glatzen und schon vor einiger Zeit Kommunikationsbereitschaft signalisiert hatten. Sie waren etwa zwölf oder dreizehn. Zwei einander sehr ähnlich sehende Jungen mit sandfarbenem Haar, das entsprechend der gerade herrschenden Mode im Nacken etwas länger war, und ein Mädchen mit einer Stupsnase und einer kurzen dunklen Frisur, das die Augen nicht von Gittas Haarpracht abwenden konnte. Sie hatten die Leiche des Spaniers gefunden, aber auf den ersten Blick schien es so, als hätte ihnen das nicht allzu viele Traumata beschert. Ihre Eltern hatten sie zu einem Psychologen geschickt, einem sehr interessanten Mann, so berichtete das Mädchen, das keck hinzugefügt hatte, sie erwarte, ziemlich viele Sitzungen zu brauchen, um das Geschehene zu verarbeiten.

Als Gitta die drei fragte, ob sie eine Tasse Tee wollten, nickten sie alle gleichzeitig. Sie inspizierten die Hütte, die kleine Küche, ihr Handy, ihren Laptop. Das Zwillingspaar wollte wissen, ob sie sich Gartenzwerge besorgen würde, woraufhin Gitta mit einer Kopfbewegung zu den Glatzen hin erwidert hatte, die brauche sie nicht, weil in der Nachbarparzelle bereits ein Dutzend vorrätig seien. Das naseweise Mädchen fragte empört, wie die Zwillinge überhaupt darauf kämen. Sahen sie denn nicht, dass Gitta „anders" war? Es hatte bewundernd geklungen, sogar ehrfürchtig.

Anders. Das war sie tatsächlich. Ob das einen erstrebenswerten Zustand darstellte, fragte sich Gitta hin und wieder selbst.

Die drei bekamen zu Hause immer grünen Tee und Hafergebäck aus dem Reformhaus und hatten eine deutliche Vorliebe für Gittas Schokoladenkekse – davon gönnte sie sich jeden Tag einen einzigen, den sie so langsam wie möglich aufaß. Sie fütterte die Kinder mit Süßem, und die wiederum lieferten ihr bereitwillig mundgerechte Happen an Informationen.

Ihre Eltern hatten ganz in der Nähe Schrebergärten, und hier hatten sie am liebsten gespielt, als die Parzelle noch leer stand. Sie beobachteten die Glatzen, obwohl ihre Eltern ihnen verboten hatten, in deren Nähe zu kommen. Die Kahlköpfe arbeiteten tagsüber an der Hütte und tranken abends Bier, und dann wurden sie gesprächig. Die Ausdrücke, die dabei zum Einsatz kamen, waren nach Gittas Auffassung für empfindliche Kinderohren nicht geeignet, wobei das Dreigespann über eine beachtliche Widerstandsfähigkeit zu verfügen schien, was das betraf, und sich nur bedingt beeindrucken ließ. Die Kerle waren nicht gerade Intellektuelle, erklärte das Mädchen. In den Gesprächen ging es vor allem um Muslime und was mit ihnen am besten passieren sollte, um Fußball, um die Frauen, die sie „gebumst" hatten, die Art und Weise, wie das geschehen war, und die einstimmig lobenden Reaktionen der Kameraden, die darauf hinwiesen, dass die Leistung der Berichtenden einen Platz im Guinnessbuch der Rekorde verdiente.

Dieser nette Student hatte die Glatzen interviewen wollen, aber die hatten sich mit groben Worten geweigert. Sie konnten ihn nicht ausstehen. Tim hatte die Kinder gefragt, ob die mehr über die Glatzen wussten, und das hatten sie als Aufforderung begriffen, die Gruppe gründlich auszuspionieren. Hin und wieder kam der Boss vorbei, ein Mann in Hugo Boss-Klamotten, und wusste Gitta eigentlich, dass der die Uniformen der SS entworfen hatte? Damit meinten sie natürlich Hugo Boss, nicht Gregor.

Ihrer Ansicht nach konnte es durchaus sein, dass die Glatzen den Spanier ermordet hatten. Der war schwul gewesen. Sie hatten ihn und seinen Freund nämlich einmal Hand in Hand durch die Anlage gehen sehen. Gegen Schwule hatten die Kinder nichts, eigentlich fanden sie das Ganze ziemlich interessant. Wowereit war schließlich auch homosexuell, und Wowi war der Bürgermeister von Berlin.

Dass es die türkischstämmige Familie mit solchen Nachbarn nicht ausgehalten hatte, konnte man verstehen. Vielleicht war es auch besser, dass sie weggezogen waren, meinte das Mädchen, deren Eltern die Ansicht vertraten, Ausländer gehörten nicht wirklich in einen Berliner Schrebergarten. Muslime waren nun einmal kulturell betrachtet ganz anders. Natürlich nicht allesamt Terroristen, aber diese Leute fühlten sich hier doch auch selbst fehl am Platz.

Als Gitta das hörte, verspürte sie eine aufkommende Gänsehaut.

Auf Nachfrage erzählte das Mädchen, ihr Vater sei Innenarchitekt und ihre Mutter Lehrerin.

Gut ausgebildete, liebende Eltern, eine verantwortungsbewusste Erziehung, das französische Gymnasium, schätzte Gitta. Und eine gut kaschierte Abneigung gegen Muslime, die die untadeligen Eltern nahtlos auf ihre Tochter übertrugen. Gitta versuchte, das Gefühl des Unbehagens abzuschütteln. Ganz offensichtlich waren es nicht nur die Glatzen gewesen, die die türkische Familie zum Wegzug veranlasst hatten. Sie vermutete, dass die übrigen Nachbarn ebenso wenig vor Sympathie übergeflossen waren. Wahrscheinlich hatte man die Leute einfach weggeekelt oder sie allzu deutlich ignoriert.

Gitta erkundigte sich nach Gregor und bekam zu hören, dass der zwar ordentlich aussah, sie ihn aber einmal höchst unanständig hatten fluchen hören. Und zwar, nachdem die Polizei mit dem Hausdurchsuchungsbefehl vor der Tür gestanden und dann in der Hütte ein Foto gefunden hatte. Gregor war außer sich gewesen und hatte den fetten Karl gefragt, was dem eingefallen sei, das Foto dort herumliegen zu lassen. „Ich bin hier der Boss", hatte er Karl angefahren, als der sich verbal gewehrt hatte.

Ein anderes Objekt ihrer Observationen war ein gewisser Paul, ein Neuling im Schrebergarten, der sich hier von einer Operation erholen wollte; er unterhielt sich hin und wieder mit Gregor und den Glatzen.

Und dann gab es da noch Silke und Sven von der Gaststätte MAUS, die man allgemein als seltsames Paar betrachtete. Mal waren sie wieder zusammen, dann war es wieder vorbei. Eine ganz und gar instabile Beziehung, erklärte das Mädchen. Silke war nett, Sven unheimlich. Deshalb erstaunte es keinen, dass Silke ein Auge auf den Mann mit dem Pferdeschwanz geworfen hatte.

Höflich bedankten sich die Kinder für Tee und Schokoladenkekse und machten sich davon. Gitta entschied, es sei an der Zeit, einmal die Gaststätte MAUS zu besuchen und dort eine erwachsene Informationsquelle zu finden. Die Kinder hatten ihr Stoff zum Nachdenken geliefert. Und was diesen Gregor anging, so hatte sie das Gefühl, er sei gefährlicher als all die Glatzen zusammen.

Ganz kurz überkam sie ein Gefühl des Zweifels. War es wirklich vernünftig von ihr, sich in diese Sache einzumischen? Resolut schüttelte sie den Gedanken ab. Es war zu spät, es gab kein Zurück mehr. Sie würde sofort in die Gaststätte MAUS gehen.

Einundzwanzigstes Kapitel

„Glaub mir, mir sind im Leben schon seltsamere Dinge begegnet“, verkündete Rödiger mit einem Blick auf Gittas grünes Haar. „Ich habe mein halbes Leben lang als Busfahrer in Berlin gearbeitet.“

Das erklärte jedenfalls, warum er hier der Erste war, der sie nicht anschaute, als käme sie von einem anderen Stern. Rödiger, der Rentner, der ganz offensichtlich nur noch im Trainingsanzug herumlief. Der einen Quadratschädel mit beinahe ebenso geformten Augenbrauen hatte und seinen Haarschnitt entweder einem billigen Friseur oder einem ungenau eingestellten Trimmer verdankte. Er hatte ein großes Glas Bier vor sich, außerdem eine fettglänzende Bockwurst mit Senf und Kartoffelsalat – dafür würde Gitta im Übrigen einen Mord begehen –, und wie man an den gesprungenen Adern auf seiner breiten Nase erkennen konnte, hatte er ganz offensichtlich eine Vorliebe für Ersteres. Und am besten von allem war, dass er sich langweilte und ganz offensichtlich das Bedürfnis nach einer Unterhaltung verspürte.

„Interessante Farbe. Sicher hast du auch einen grünen Daumen“, fuhr Rödiger fort.

„Ich mache das als Hobby“, bekannte sie. Eine seltsame Freizeitbeschäftigung für eine Kneipenwirtin, aber es war weniger schlimm als sich öffentlich zum Topflappenhäkeln zu bekennen. Wenn sie genau darüber nachdachte, waren ihre diversen Hobbys sowieso ungewöhnlich.

Rödiger teilte ihr in selbstzufriedenem Ton mit, dass er Gärtnern hasste und Gartenzwerge verabscheute, woraus sich unvermeidlich die Frage ergab, warum er sich ausgerechnet diesen Ort ausgesucht hatte, um das Rentnerdasein zu genießen. Seine Antwort lautete, er habe zu DDR-Zeiten zehn Jahre auf der Warteliste gestanden und beschlossen, das solle nicht umsonst gewesen sein. Darin bestand die einzige Ersatzfreiheit, die man damals hatte – sofern man sich ordentlich benahm natürlich, und das hatte Rödiger getan. Damals saßen nach gutem altem Brauch alle Kollegen eines bestimmten Betriebs beieinander im selben Schrebergartenkomplex, aber seit das alles nach der Wende privatisiert worden war, hatten viele der alten Garde ihre Parzellen aufgegeben. Er wohnte hier seit seiner Scheidung ständig und ging davon aus, dass das auch so bleiben würde, bis der Zeitpunkt gekommen war, sich die Radieschen von unten anzusehen.

Die Gaststätte MAUS übertraf Gittas kühnste Erwartungen. Ganz offensichtlich hatte man an der Einrichtung während der letzten Jahrzehnte nichts verändert, und für die Gäste schien dasselbe zu gelten. Ein älteres Pärchen namens Steffi und Heinz dünstete einen dumpfen Tabakgeruch aus; die beiden hatten sie betrachtet, gründlich ausgehorcht und sie dann, wie an dem angebotenen Glas Bier deutlich wurde, erstaunlicherweise als neue Nachbarin willkommen geheißen.

Grün, das war doch mal was anderes, erklärte Heinz. Auf Gittas Bemerkung, es sei heute drückend heiß, hatte er die verblüffende Antwort „In deiner Hose vielleicht“ gegeben - eine Feststellung, die er im Laufe des Gesprächs immer wieder einfließen ließ, ob es passte oder nicht, was aber niemanden zu stören schien.

Die beiden waren Fans des Musikantenstadl im Fernsehen, von Currywurst und großen Fleischstücken auf dem Grill. Sie hatten nichts gegen Ausländer, obwohl sie fanden, dass die doch besser da bleiben sollten, wo sie hingehörten, also in ihrem Heimatland, das sich, damit da kein Missverständnis entstand, außerhalb der deutschen Landesgrenzen befand. Als Gitta weiterfragte, stellte sich heraus, dass die beiden den Begriff „Ausländer“ ziemlich lose verwendeten, weil sie damit ausschließlich Muslime meinten, mit oder ohne dunkle Hautfarbe. Sie waren ganz verrückt nach ihren Kindern und Enkelkindern, die allerdings viel zu selten zu Besuch kamen. Den homosexuellen Bürgermeister empfanden sie nicht als Problem; ihr Friseur war schließlich auch schwul, und das war ein freundlicher Mann, mit dem man wunderbar klatschen konnte. Steffi und Heinz hatten innerhalb einer halben Stunde all ihre Geheimnisse preisgegeben, doch leider gehörten dazu keine für Gitta nützlichen Informationen. Abends gingen sie um zehn ins Bett, wenn die Nachbarn zu viel Krach machten, riefen sie die Aufsicht an, und Leute, die hier nicht hingehörten, hatten sie noch keine gesehen, seit diese türkische Familie weggezogen war. Die Glatzen? Na ja, die waren vielleicht auch ein wenig komisch, aber es stimmte ja schon mit diesen ganzen Ausländern, die den Deutschen die Jobs wegnahmen und dem Staat auf der Tasche lagen. Mehr Toleranz? Ach, damit meinte sie vielleicht in ihrer Hose.

Gitta trank ihr Bier bewusst langsam aus – eines am Tag gönnte sie sich, denn bei einer Diät ohne Sünden war das Leben nicht mehr lebenswert – und dabei beobachtete sie unauffällig Silke und Sven.

Ein ungewöhnliches Pärchen, da hatten die Kinder recht. Silke ging mit ihren Gästen auf eine sympathische Weise um, und es gelang ihr, dafür zu sorgen, dass sich jeder wohlfühlte. Sven ließ sich nur schwer einschätzen. Er verhielt sich korrekt und freundlich, und trotzdem traute sie ihm nicht ganz, ohne dass sie genau hätte sagen können, warum. Vielleicht lag es ja an seiner Angewohnheit, fast ständig unruhig um sich zu schauen, als müsse er alle in seiner Umgebung im Auge behalten, übrigens inklusive Silke. Wenn die telefonierte, hatte Sven immer zufällig genau neben ihr etwas zu erledigen. Er schaute auch regelmäßig zu dem Tisch hinüber, an dem Gitta und Rödiger saßen. Vielleicht litt er unter chronischer Neugierde, oder er hatte noch nie eine Frau in den Fünfzigern mit grünem Haar und einem Bulldoggentattoo gesehen, was bedeuten würde, dass er für einen Berliner sehr behütet aufgewachsen war. Der Mann hatte einen beunruhigenden Blick. Er erinnerte sie an einen Tierfilm, den sie vor Kurzem gesehen hatte und in dem eine Art Murmeltier vorkam, das sich alle zehn Sekunden auf die Hinterbeine stellte, um seine Umgebung nach Feinden abzusuchen, und währenddessen mit den Vorderpfoten nervös die Stellen auf seinem Pelz betastete, wo man bei Menschen Hosentaschen erwarten würde, als hätte es etwas verloren. Eines wurde dabei deutlich: Was es auch war, das Tier hatte das Gesuchte wahrscheinlich in einem früheren Stadium der Evolution verloren und würde es nie wieder finden. Aber dieses Wesen hatte genau so einen Blick gehabt wie Sven.

Rödiger schaute Gitta erwartungsvoll an und räusperte sich, um ihre Aufmerksamkeit auf sich zu lenken.

„Erzähl doch mal was von den beiden“, bat sie, „und vom Leben hier in den Schrebergärten. Wer wohnt denn hier alles so?“

Rödiger setzte sich bequem hin und rieb sich die Hände. „Wie viel Zeit hast du denn?“

„Ich bin im Urlaub“, erklärte Gitta mit einem Schulterzucken.

„Das trifft sich gut, es gibt viel zu erzählen. Was hier alles so passiert, das willst du gar nicht wissen.“

„Ganz im Gegenteil, Rödiger“, erwiderte Gitta, die langsam begriff, warum er vorhatte, hier seine alten Tage zu verbringen. „Erzähl. Ich möchte alles bis ins kleinste Detail hören.“

Rödiger hatte sie vergnügt angegrinst und seinen Bericht mit den vielversprechenden Worten begonnen, in Klein Eden sei es trotz des Namens nicht so paradiesisch, wie es den Anschein habe. Es gab viel Hass und Neid, und es wurde unglaublich geklatscht. Rödiger schien sich der Tatsache, dass er selbst sich dieser edlen Kunst, von der es immer hieß, lediglich Frauen beherrschten sie bis zur Perfektion, mit großer Begeisterung befleißigte, nicht bewusst zu sein. Systematisch ging er die interessantesten Bewohner durch und hörte mit Silke und Sven auf. Gitta hatte das Gefühl, er hätte sich die beiden mit Absicht bis zum Ende aufbewahrt, so wie man sorgfältig um den glänzenden Dotter eines Spiegeleis herumaß und ihn erst zuallerletzt vorsichtig auf die Gabel schob, um ihn unberührt in den Mund zu nehmen und dann zu zerkauen, sodass die dickflüssige Wärme die erwartungsvollen Geschmacksknospen befriedigte.

Scheiße, sie hatte Hunger.

Gitta erkundigte sich nach Silke und Sven. Ein tragisches Pärchen, verkündete Rödiger. Sie waren schon seit Menschengedenken zusammen, wobei „zusammen" in ihrem Fall einen flexiblen Begriff darstellte, weil sie sich mit einiger Regelmäßigkeit trennten, was vielleicht auch begreiflich war, denn die beiden klebten ja jeden Tag aufeinander, und das hatte schon ganz anderen zugesetzt, nicht wahr? Momentan befanden sie sich in einer „Aus-Phase", die bereits ungefähr ein halbes Jahr dauerte, und diesmal schien es ernst, jedenfalls was Silke betraf, die deutlich merken ließ, dass sie definitiv genug von Sven hatte.

Rödiger schüttelte seinen Quadratschädel. „Silke hat ein tragisches Leben gehabt. Sie muss schrecklich gelitten haben wegen dieser Geschichte mit ihrer Mutter."

„Wegen ihrer Mutter? Was ist denn mit ihrer Mutter?", erkundigte sich Gitta.

„Die ist damals aus der DDR geflüchtet. Silke war vierzehn. Ihre Mutter ist ohne sie weggegangen. Ohne etwas zu sagen, von einem Tag auf den anderen. Ihr Vater hatte ein Ausreisevisum für sie geregelt, angeblich um ein todkrankes Familienmitglied zu besuchen, und eines Tages war sie plötzlich weg. Silke hat sie bei ihrem Vater zurückgelassen. Tragisch, das arme Kind."

Er starrte vor sich auf den Tisch. Die Geschichte war noch nicht zu Ende erzählt, das spürte Gitta, obwohl Rödiger nicht unbedingt ein begnadeter Geschichtenerzähler war.

„Ist sie nach der Wende nie zurückgekommen?"

„Nein. Sie hat Silke direkt aus Westberlin einen Brief geschickt. Sie hätte nicht anders gekonnt, schrieb sie, und ob Silke ihr verzeihen könne. Ha! Als ob man so etwas verzeihen könnte. Am Anfang hat sie hin und wieder einen Brief geschickt, aus dem Ausland. Eine richtige Globetrotterin ist sie geworden. Und so was nennt sich Mutter." Mit einem empörten Schnaufen beugte sich Rödiger zu Gitta hin und verfiel in einen verschwörerischen Tonfall. „Ich habe das noch nie jemandem erzählt. Du wirst es nicht glauben, aber ich habe selbst gehört, wie sie darüber gesprochen haben; das war 1978, ich weiß es noch genau, denn ich war gerade als Busfahrer eingestellt worden. Damals habe ich im Blauspecht gesessen, das war meine Lieblingskneipe im Prenzlauer Berg, in der Greifenhagener Straße. So gutes Bier findest du heute nirgendwo mehr. Kanntest du den Blauspecht?"

„Rödiger, bleib beim Thema", ermahnte ihn Gitta. „Die Gastronomie aus der DDR-Zeit besprechen wir gleich. Erzähl weiter."

Die Geschichte wurde immer seltsamer. Rödiger senkte die Stimme auf ein angemessenes Level.

„Die haben darüber gesprochen, am Tisch hinter mir. Ich wusste, wer Frank Wincelewcki war, jeder bei uns in der Gegend in Pankow kannte ihn als einen Mann, der sich in hohen Parteikreisen bewegte und viel Einfluss hatte. Mich kannte er natürlich nicht. Ich war schon überrascht, ihm im Blauspecht zu begegnen, das war nämlich eine Kneipe für Arbeiter. Die beiden waren in ein Gespräch vertieft. Frank hatte ein Visum geregelt, erklärte er. Das konnte er natürlich, mit seinen Beziehungen. Es dürfte nicht das erste Mal gewesen sein, und auch nicht das letzte."

Merkwürdig, dass der Mann ein Ausreisevisum für seine eigene Frau organisiert hatte, aber die ganze Sache hatte einen noch viel kurioseren Aspekt, wobei Gitta das dem schwatzhaften Rödiger ganz bestimmt nicht unter die viereckige Nase reiben würde.

„Silkes Vater ist auch verschwunden: 1989, ganz kurz vor dem Mauerfall. Sie wollte nie wieder Kontakt zu ihm haben.

Seltsamerweise habe ich vor ein paar Tagen gehört, wie Sven hinter Silkes Rücken mit einem gewissen Frank telefoniert hat; es ging um den Verkauf des Hauses an diese Spanier. Und plötzlich stand Frank nach all den Jahren unangekündigt wieder vor Silkes Nase, es muss also er gewesen sein, mit dem Sven da telefoniert hat. Er ist hier hereinspaziert, und nicht einmal Silke hat ihn erkannt, bis er seinen Namen gesagt hat. Sven kam aus der Küche, ging auf ihn zu und begrüßte ihn. Erst da habe ich es begriffen." Er hielt inne und schüttelte überwältigt den Kopf, als ob er eben erst begriff, was genau er da begriffen hatte.

Rödiger schwieg und richtete seinen Blick auf den Türrahmen, denn dort stand Sven in Gesellschaft eines sehr sorgfältig gebräunten Sechzigers mit blondiertem Haar. Beide trugen große Pappkartons, die vor Einkäufen überquollen; sie stellten sie auf den Tisch. Silke kam aus der Küche, würdigte weder Sven noch ihren Vater eines Blickes und begann mit dem Auspacken. Der gebräunte Mann setzte sich an einen Tisch und begrüßte Rödiger und Gitta. Beim Anblick von Gittas grünem Haar zog er fast unmerklich die Augenbrauen hoch. Eine exzentrische und wahrscheinlich gestörte Dame mittleren Alters, das konnte sie ihn fast denken hören.

Dieses Image kam ihr gerade gelegen.

„Für das Fest heute Abend", erklärte Rödiger. „Das Sommerfest ist immer klasse. Dann ist zumindest was los. Es gibt immer einige, die zu tief ins Glas schauen, und meistens schaut dann die

Polizei mindestens einmal vorbei, weil sich jemand über den Lärm beschwert. Du kommst doch?"

„Natürlich, das lasse ich mir auf keinen Fall entgehen."

Gitta senkte die Stimme. „Und wer ist der Sonnenbankheld da?"

„Frank, Silkes Vater", erklärte Rödiger in leisem Ton.

Unauffällig musterte sie Frank Müller, den Mann mit den zwei Namen.

Lauter als vorher sagte Rödiger, er könne ihr noch so einige Anekdoten über diese Laubenkolonie erzählen, und dieses Versprechen löste er auch ein. Silke und Sven stritten sich in der Küche. Frank Müller saß am Tisch neben ihnen und fummelte an seinem Blackberry herum. Ärgerlich, dass er sich nicht außer Hörweite hingesetzt hatte.

„Schade, dass der uns belauscht, gerade wurde es so richtig interessant", wisperte Gitta. Es war wirklich ärgerlich, denn sie hatte eine ganze Reihe dringender Fragen an Rödiger.

„Das Ganze ist noch viel interessanter, als du jetzt denkst. Darüber können wir später sprechen", flüsterte Rödiger.

Gitta wurde es ganz schwindlig. Die Menge an Informationen, die Rödiger über Jahrzehnte des Lebens im Schrebergarten von sich gab, war schier unerschöpflich, von unterhaltsam bis hin und wieder beklemmend. Wenn sie jemals irgendeine Ambition gehabt hätte, ihre wenige Freizeit in so einem Schrebergarten zuzubringen – der Himmel bewahre sie! – war sie von dieser Idee nun sicher ein für alle Mal geheilt. Der Trick zum Überleben bestand, wenn sie das richtig begriffen hatte, darin, Grünzeug und Ziergewächse in genau vorgeschriebenen Proportionen zu züchten, keinen Lärm zu machen oder Dreck zu verbreiten, den Nachbarn hin und wieder Äpfel, Birnen, Zwiebeln, Lauch und was die Ernte sonst noch so im

Überfluss hergab zu schenken. Und darin, dass man sich so weit es ging um seinen eigenen Kram kümmerte und einander gleichzeitig, was Besucher und Aktivitäten betraf, ebenso gründlich wie unauffällig im Auge behielt. Diese letztgenannte Praxis hielt die neue Generation der Kleingartenbewohner offensichtlich nicht in Ehren, ein weiterer Grund, warum diese Leute mit – Rödiger zufolge gesundem – Misstrauen betrachtet wurden, und wenn sie es zu bunt trieben, konfrontierte man sie in nicht immer höflichem Ton. Wie zum Beispiel dieses Pärchen mit dem Kind, das Musikstunden bekam, und das die Mutter das ganze Wochenende zum Üben verdonnerte, wobei sie die vorgeschriebene Mittagsruhe nicht respektierte. Eine Delegation irritierter, in ihrem Mittagsschläfchen gestörter Laubenpieper hatte das mit einem resoluten Gespräch lösen können, obwohl die Mutter, die man als Schickimickitussi abgestempelt und die schon darum keinen guten Stand bei den Nachbarn hatte, wenig erfreut gewesen war. Seitdem hatte man die Familie nicht mehr gesehen. Diese Leute waren sowieso scheißarrogant gewesen, deswegen vermisste sie niemand. Und so gab es noch weitere Beispiele. Früher war das anders, aber es hatte sich viel in der Laubenkolonie verändert. Immer mehr Wessis, meinte Rödiger, Menschen mit Geld, die hier einen Garten fürs Wochenende wollten und oft nicht mal Berliner waren, sondern Zugezogene und damit ungefähr das Schlimmste, was es gab, weil sie nicht über den Berliner Humor verfügten und diesen nicht einmal zu schätzen wussten. Sie fühlten sich bei der unschuldigsten Bemerkung auf die Zehen getreten und fanden die Berliner mit ihrer berüchtigten Berliner Schnauze grob und unhöflich.

Sie wusste genau, was er damit meinte. In der Bar, die sie in grauer Vorzeit im Treptower Park geführt hatte, hatte sie selbst hin und wieder Westtouristen rausgeworfen, manchmal subtil und wenn sie arrogant waren auch ganz deutlich. „Seien Sie doch so nett und werfen sich schnell selbst raus, ich habe gerade keine Zeit“ hatte zu ihren liebsten Äußerungen gehört. Ab und zu verspürte sie Heimweh nach dieser Bar. Nach dem Ort, an dem das Schicksal ihr ganzes jugendliches Leben mit einem Schlag verändert hatte, an einem Tag, der schlecht begann, und zwar mit dem sechsundzwanzigsten nächtlichen Einbruch. Einem Tag, der ihr ein unerwartetes Geschenk in den Schoß geworfen hatte.

Sie hätte Rödiger gern noch weiter zugehört, doch der erklärte, er müsse weg. Seine Tochter hatte Geburtstag und ihn zum Essen eingeladen. Heute Abend auf dem Sommerfest würden sie sich weiter unterhalten.

Gitta dachte nach. Was das alles betraf, beschlich sie ein unbehagliches Gefühl. Irgendetwas stimmte hier nicht. Aber sie brauchte weitere Informationen, und die waren von Rödiger zu bekommen. Sie konnte den Abend kaum erwarten.

Zweiundzwanzigstes Kapitel

Esteban erschien mit einem triumphierenden Lächeln in Begleitung seiner angekündigten Überraschung, und zwar in dem Augenblick, als die für den Abend angeheuerte Band unter dem wohlwollenden Applaus der Schrebergartenbewohner das Sommerfest mit dem Titel „Sonderzug nach Pankow" eröffnete, Udo Lindenbergs Lied zur Melodie von „Chattanooga Choo Choo". Wolfgang war verblüfft – wegen der Überraschung, nicht wegen des Liedes – und verfluchte Esteban im Stillen, weil der ihm nicht gesagt hatte, dass Julia nach Berlin gekommen war. Dann hätte er sich mental auf die Komplikationen vorbereiten können, die das ganz ohne Zweifel mit sich bringen würde.

In der Gaststätte MAUS war es brechend voll, sowohl drinnen als auch draußen auf der Terrasse, wo angenehme Düfte von brutzelnden Fleischstücken auf dem Grill aufstiegen, was an diesem schwülen Sommerabend für eine gemütliche Atmosphäre sorgte. Silke hatte Ballons aufgehängt, und die Kinder ließen sie zum Missfallen der Älteren laut platzen, wenn gerade niemand aufpasste. Sven rannte zwischen dem Fleisch auf dem Grill und dem Zapfhahn hin und her; seine Handschuhe waren nicht mehr ganz so blendend weiß, und er wirkte gestresst. Silke hingegen war die ungekrönte Königin des Abends und strahlte eine festliche Ruhe und Gastfreundschaft aus. Sie trug ein enges Sommerkleid in der Farbe von Gittas Haar, und Letztere schaute sich das Kleidungsstück – und wahrscheinlich auch den Inhalt – aufmerksam an. Steffi und Heinz standen mit den Tellern im Anschlag ganz vorn in der Schlange vor dem Grill und kamen als Erste in den Genuss eines großen Stücks Schweinefleisch mit Brot; Heinz antwortete auf Frank Müllers Bemerkung, das rieche aber gut, mit vollem Mund „In deiner Hose, meinst du wohl". Paul lief ebenfalls herum und begrüßte Frank. Claus, der sich die Hände rieb, erschien mit Christian im Kielwasser, sagte vergnügt „Feierabend“ zu Wolfgang und lief schnurstracks zum Bierausschank. Gregor hatte Silke ein Fass Bier geschenkt. Nur die Glatzen glänzten durch Abwesenheit. Wahrscheinlich konnten sie spüren, dass sie nicht willkommen waren. Gregor unterhielt sich mit Frank; ab und zu warf er Wolfgang derartige Blicke zu, dass der selbst aus der Entfernung ihr Gift spüren konnte. Wolfgang starrte zurück, ballte die rechte Hand zur Faust und fuhr sich mit einem Lächeln über die Knöchel.

Die beiden wirkten betont lässig und dabei teuer ausgestattet, wie sich das gehörte. Wolfgang hatte gehofft, Gregor würde kommen, trotzdem war er überrascht, dass der sich auf einem Schrebergartenfest sehen ließ, das er ganz ohne Zweifel für unter seinem Niveau hielt. Wolfgang zeigte Arhan, welcher der Anwesenden Gregor war; der Journalist betrachtete den Anwalt genau und nickte nachdenklich. Arhan hatte Silke Blumen mitgebracht, und die bedankte sich überschwänglich mit enthusiastischen Küssen und sagte, sie wünsche sich nur, jeder wäre so aufmerksam, wobei sie Wolfgang vielsagend ansah. Er musste daran denken, wie er diesen prächtigen Strauß roter Rosen für Claudia gekauft hatte, am Tag ihres Todes, und er wusste, er würde nie wieder einer Frau Blumen kaufen.

Arhan wurde von einigen, darunter Gregor, ganz unverblümt angestarrt – der Journalist war sich dieser Tatsache bewusst und ignorierte sie. Schulterzuckend erklärte er, er sei das gewohnt, und verschwand, um ein wenig zu zirkulieren, wie er es ausdrückte. Wolfgang trank sein Bier und suchte mit dem Blick nach Esteban und Julia, die ihn noch nicht entdeckt hatten.

Julia. Was um Himmels willen tat sie in Berlin? War sie seinetwegen hier? Teils wünschte er sich das. Teils nicht.

Es war, als spüre sie seinen Blick, denn plötzlich schaute sie in seine Richtung und lächelte, zog Esteban am Arm mit sich durch die Menschenmenge auf Wolfgang zu und küsste ihn auf beide Wangen. Er konnte ein Kräutershampoo riechen, das zu ihren dunklen Haaren und Augen passte. Sie trug eine modische Jeans und ein knallrotes enganliegendes ärmelloses T-Shirt mit einem dezenten – Julia hatte Klasse – und dennoch wenig der Fantasie überlassenen Dekolleté. Die vielen Blicke, die man in ihre Richtung warf, schienen an ihr abzuprallen.

„Überraschung", erklärte sie überflüssigerweise und fuhr fort: „Ich bin in Verhandlungen mit dem Kaufhaus des Westens; dort will man vielleicht unsere Schinken verkaufen. Daraus könnte sich eine sehr interessante Kundenbeziehung entwickeln." Damit war mit einem Schlag Wolfgangs Unterstellung vom Tisch, sie sei für ihn nach Berlin gekommen. Allerdings hatte sie einen solchen Deal mit dem KaDeWe noch nie vorher erwähnt.

Als könne sie seine Gedanken lesen, fügte sie hinzu, die Reise sei eine spontane Entscheidung gewesen, und das Ganze könne sich auf sehr lukrative Weise entwickeln.

Sie schaute ihn mit ihrem unergründlichen Blick an, und er fragte sich, ob sie wie er gerade an ihren Abschied in der Extremadura dachte.

Anderthalb Stunden später sah der Grill aus, als sei ein kleiner Panzer darüber hinweggerollt, und einige Gäste, darunter Claus, hatten sich fröhlich verbrüdert, was man an dem lauten Gelächter und den innigen Umarmungen erkennen konnte. Gitta unterhielt sich längere Zeit mit Julia. Wolfgang sah, dass Arhan bei Gregor stand; er hätte gern gewusst, worum es in ihrem Gespräch ging. Gitta kam zu ihm und fragte, ob Rödiger schon da sei, was Wolfgang verneinte.

Die Band war gegangen, das Bier schien nicht zu versiegen, und immer noch strömten Menschen aufs Gelände, wahrscheinlich Bewohner, denen die Musik der Band nicht gefallen hatte.

Arhan war eine Zeit lang nirgendwo zu sehen, ebenso wenig Sven, dessen Platz hinter dem Grill ein routinierter Grillmeister übernommen hatte. Die Stimmung stieg, je mehr Gäste hinzukamen. Frisches Fleisch wurde gebracht. Man schloss Wetten darüber ab, wann die ersten Schrebergartenbewohner, die das Fest nicht besuchten, wegen Ruhestörung die Polizei anrufen würden. Julia unterhielt sich mit Esteban, als sich Silke zu ihnen gesellte. Wolfgang sah, wie sein Freund die Frauen einander vorstellte und sie sich zur Begrüßung auf die Wange küssten. Silke und Julia, so unterschiedlich wie eine weiße Lilie und eine blutrote Rose.

Später kam Julia zu ihm und meinte, Gitta habe einen sehr guten Friseur, zu dem sie auch einmal wolle. Wolfgang sah sie verblüfft an und erklärte, mit dem Begriff „guter Friseur" verbinde er ganz anderes, woraufhin Julia nur ungeduldig den Kopf schüttelte und erwiderte, das sei eine typische Männerbemerkung. Es gehe um den Schnitt, sagte sie und fügte leise, aber doch gerade noch hörbar „Trottel" hinzu. Dann wollte sie in ernstem Ton wissen, wie ihr selbst wohl grüne Haare stehen würden, und er reagierte schockiert und sagte, daran dürfe sie nicht einmal denken. Daraufhin zog sie auf diese charakteristische Weise die Nase kraus, sodass die vertrauten Lachfältchen erschienen, die er so lange vermisst hatte, und er lachte mit ihr mit, bis vor seinem inneren Auge das Bild einer Julia mit leuchtend grünen Haaren in seinem Bett erschien und das Ganze nicht mehr so lustig war. Sie schaute ihn an, ernst jetzt, als ahne sie, woran er gerade dachte. Dann erklärte sie in aller Seelenruhe, sie würde gern sein Haus am Majakowskiring sehen und mit ihm mitgehen, wenn das Fest sich seinem Ende zuneigte. Er hatte völlig überrumpelt genickt, weil er nicht wusste, ob sie damit meinte, was er hoffte, dass sie meinte. Sie musterte ihn gründlich und lächelte, und bevor Wolfgang wusste, wie ihm geschah, küsste sie ihn kurz auf die Lippen, drehte sich um und ging zu Esteban.

Warum war sie nur so verdammt launisch? Als wolle sie deutlich werden lassen, dass sie die Fäden in der Hand hielt, als wolle sie ihn merken lassen, das Spiel werde nach ihren Regeln gespielt, nicht nach seinen. Dieses unvorhersagbare Verhalten verunsicherte ihn. Trotzdem brauchte sie nicht zu denken, er ließe sich wie ein Schoßhündchen behandeln, das würde er ihr zeigen.

Er folgte Julia mit dem Blick, sah zu, wie sie sich mit Esteban unterhielt. Dabei stellte er fest, dass sie hin und wieder in seine Richtung schaute, und fragte sich, was sie jetzt wohl dachte. Langsam überkam ihn ein wohliges Gefühl der Vorfreude, und er zwang sich, den Blick auf etwas anderes zu richten. Er wirkte wie ein verliebter Teenager, verdammt noch mal. Vielleicht fand Julia das ja auch und lachte ihn heimlich aus. Er wandte sich um und ging in eine andere Ecke der Terrasse, von wo aus er eine gute Übersicht hatte, und beobachtete die Masse der Feiernden.

Dem ganzen Abend haftete etwas Unwirkliches an, als spielten alle die Rolle fröhlicher Sommerfestbesucher. Vielleicht lief der Mörder ja heute Abend hier herum und beobachtete sie, suchte sich in diesem Augenblick sorgfältig ein neues Opfer aus. Dachte darüber nach, wie er vorgehen würde, welche Waffe zu verwenden wäre. Vielleicht dieses Mal ein Messer, kalter Stahl und warmes Blut. Wolfgang sprang buchstäblich in die Luft, als er eine Hand auf der Schulter spürte.

„Schlechtes Gewissen?“, fragte Siegfried.

Es erstaunte Wolfgang, dass Siegfried, der Einzelgänger, gekommen war. Mit nur einem Gegenüber fiel ihm das Kommunizieren leicht, aber Gruppen schreckten ihn ab. Dann verkroch er sich und machte die Schotten dicht, als blockiere etwas in seinem Kopf.

Siegfrieds Einstellung dem Leben gegenüber war einfach: Er beobachtete die Menschen um sich herum und wählte einige von ihnen aus, mit denen er sich auszutauschen wünschte, und das waren nur wenige.

Esteban gehörte zu ihnen. Siegfried ging direkt auf ihn zu, schüttelte ihm enthusiastisch die Hand und küsste Julias. Es dauerte mindestens eine Viertelstunde, bevor er wieder zurückkam und erklärte, er finde sie sehr charmant. Er betrachtete sie aus einiger Entfernung und fragte, ob sie Estebans Freundin sei. Wolfgang antwortete, das sei sie früher einmal gewesen, das Ganze gehöre aber der Vergangenheit an, woraufhin Siegfried wissen wollte, ob sie dann seine, Wolfgangs, neue Partnerin sei.

Bei dem Gedanken machte sich ein warmes Gefühl in Wolfgang breit. Er sprach die Worte im Geist prüfend aus, stellte sich Julia als seine Seelenverwandte vor, mit der er sprechen, lachen und Sex haben würde. Und manchmal auch einfach schweigen, weil sie nicht immer Worte brauchten. Er wusste jedoch, dass das Leben ihm dieses Geschenk nicht machen würde, dass er kein Glück verdiente. Eine hoffnungslose Liebe war alles, was ihm zustand. Wenn er die als Einziges bekommen konnte, genügte ihm das.

Siegfried erklärte, Wolfgangs Schweigen sei wortreicher als es echte Worte jemals sein könnten. „Sorge dafür, dass du sie nicht verlierst", meinte er.

Wolfgang begriff nicht sofort, was er damit meinte, bis Siegfried fortfuhr: „Du glaubst doch nicht, ich könnte jemals vergessen, was du mir angetan hast?"

„Du weißt nur zu gut, warum das damals passiert ist, und dass es deine eigene Schuld war", erwiderte Wolfgang.

„Wenn du nicht gewesen wärst, wäre es nicht dazu gekommen."

Darüber ließ sich streiten. Wolfgang fühlte sich unbehaglich; er hätte nicht gedacht, dass die Sache Siegfried noch immer so beschäftigte.

„Mach dir keine Sorgen, ich habe dir verziehen, weißt du", erklärte Siegfried.

Dreiundzwanzigstes Kapitel

Mit ihrem Ziel vor Augen lief Gitta durch die Schrebergärten. Es war schon fast Mitternacht, und Rödiger hätte längst auf dem Fest sein müssen. Sie hatte nicht mehr warten können, weil sie Antworten auf einige Fragen haben wollte und Rödiger der Einzige war, der sie ihr geben konnte.

Wahrscheinlich hatte der Besuch bei der Tochter länger gedauert als geplant; sie wohnte auf der anderen Seite von Berlin, und vielleicht gab es wieder einmal Schienenersatzverkehr für die S-Bahn oder U-Bahn. Es waren so viele Gründe möglich, warum er es noch nicht hierher geschafft hatte. Vielleicht war ihm auch in seiner Hütte schlecht geworden, oder er war gefallen und hatte sich die Hüfte gebrochen.

Sie beschleunigte ihre Schritte und bog in den Asterweg ein.

Rödigers Häuschen war in Dunkelheit gehüllt, das Gartentor nur angelehnt. Sie lief langsam zur Tür und lauschte. Nichts. Das Summen und Lachen vom Sommerfest brandete in Wellen über die verlassenen Gärten. Sie klopfte laut und rief: „Rödiger?"

Die einzige Reaktion aus dem Haus war Stille. Eine gespenstische Stille, von der Gitta Gänsehaut bekam, weil sie furchterregende Gedanken mit sich brachte.

Sie legte eine Hand auf die Klinke, drückte sie vorsichtig herunter und stellte fest, dass die Tür nicht abgeschlossen war. Ganz langsam öffnete Gitta sie und tastete auf der Suche nach einem Lichtschalter die Wand ab, als sie ein leises, aber eindeutiges Geräusch hörte.

Adrenalin schoss durch ihren Körper. Da im Dunkeln war jemand, jemand, der nicht auf ihr Klopfen und Rufen reagiert hatte, sondern wartete, bis sie nach drinnen kam, und dann … Sie spürte, wie ihr das Herz bis zum Hals schlug. Weg hier! Sie wandte sich um und rannte los, wagte nicht, sich umzuschauen, lief durch das Tor; dann ein Geräusch hinter ihr, schneller, einmal links, einmal rechts; außer ihr war niemand hier, alle feierten, und warum war sie nur so dumm gewesen, allein im Dunkeln herumzulaufen, wo doch vielleicht der Psychopath hier herumgeisterte, und sie musste immer weiterrennen, das Seitenstechen ignorieren, und plötzlich wusste sie, was sie zu tun hatte: schreien, so laut sie konnte, wieder abbiegen, lauter schreien, ihn verscheuchen, wieder abbiegen, und dann wurde sie an beiden Armen festgehalten, mit einem harten Griff, und ihr Schrei war lautlos, und sie dachte, ich will nicht sterben; sie versuchte sich loszureißen, schüttelte sich wie ein nasser Hund, aber der Griff war zu stark, sie wusste, sie hatte keine einzige Chance, und wurde ganz ruhig. Langsam hob sie den Kopf und schaute in ein Paar ihr vertrauter toter Augen.

Vierundzwanzigstes Kapitel

Silke hatte ihn nach drinnen gerufen, weil sie sich mit dem Fleischmesser geschnitten hatte. Es blutete ziemlich stark. Sie ließ sich in der Bar auf einen Stuhl fallen, wandte dabei den Blick ab. Ihre Stimme klang unsicher, als sie flüsternd erklärte, sie könne kein Blut sehen. Wolfgang wies sie an, den Kopf zwischen die Knie zu stecken und dort zu lassen, nahm sich den Verbandskasten von der Wand hinter der Bar. Silke riskierte erst wieder einen Blick, nachdem er den Schnitt gesäubert und verbunden und ihr erklärt hatte, es sei alles halb so schlimm. Sie lächelte, und Wolfgang machte eine abwehrende Handbewegung, als sie sich bedankte.

Mitternacht war inzwischen vorbei, und er hatte genug von dem Sommerfest. Zeit, nach Hause zu gehen. Mit Julia. Er stellte sich vor, wie sie Arm in Arm zum Majakowskiring laufen, sich dort küssen würden, und er ließ sich auf der angenehmen, von Sehnsucht erfüllten Wärme treiben, die sich über seinen ganzen Körper ausbreitete. Sie würden schwimmen gehen und sich dabei weiter küssen, und sie würde leise stöhnen, wenn er sie mit seinem Körper gegen den Beckenrand drückte und sich an ihr rieb. Dann würde er sie mit nach drinnen nehmen, sie behutsam abtrocknen und ins Schlafzimmer führen, zu seinem großen, gemütlichen Bett, wo er sie überraschen, das tun würde, wovon er schon den ganzen Abend träumte. Er spürte Erregung in sich aufsteigen, konnte es fast nicht erwarten.

Wolfgang holte tief Atem und ließ die Luft langsam wieder entweichen.

In der Ferne hörte man Polizeisirenen. Plötzlich fiel ihm auf, dass es draußen ganz still war. Eine Stille, in der das Echo des Festlärms nachzuhallen schien. Wann hatten das Gelächter und das Summen aufgehört? Die Stimmen, die jetzt erklangen, waren gedämpft. Er machte einen Schritt in Richtung der Tür, durch die plötzlich Claus hereinstürmte. Der sagte nur: „Mord."

Sirenen. Eine Kälte kroch über ihn hinweg, eine beißende Kälte, die aus seinem tiefsten Inneren zu kommen schien und ihm die Kehle zuschnürte. Eine Stimme in seinem Kopf, die flehte, nicht Julia, bitte nicht, bitte Gott, nicht Julia, ich tue alles, was du willst, lass es nicht wahr sein, es kann nicht sein, es darf nicht sein, ich kann es nicht ertragen.

„Gitta …", sagte Claus, und Wolfgang rief: „Gitta?" Erleichterung durchströmte ihn, gefolgt von Abscheu. Gitta, die sich nichts vormachen ließ, die ihn aus diesem tiefen Loch geholt hatte, aus dem er selbst nicht mehr hätte entkommen können, die ihm zuhörte, an die er sich immer wenden konnte. Gitta, diese einzigartige Vollblutberlinerin mit ihren gefärbten Haaren, ihrem Tattoo und ihrer Bulldogge. Gitta, die immer dagewesen war, und jetzt nicht mehr? Das konnte nicht sein, das durfte nicht sein.

Claus schaute ihn verstört an. „Lass mich doch verdammt noch mal ausreden. Gitta hat die Polizei gerufen und danach mich informiert. Wir haben ihn gerade gefunden. Rödiger. Mit durchgeschnittener Kehle. Von einem Ohr zum anderen."

Fünfundzwanzigstes Kapitel

„Ich hätte nie gedacht, dass ich irgendwann mal froh sein würde, diesen Karl zu sehen", verkündete Gitta aus vollem Herzen. Sie kippte einen Doppelkorn herunter und fuhr fort, sie habe geglaubt, ihre letzte Stunde hätte geschlagen. Karl hatte sie angehört und war mit ihr zu Rödigers Haus gegangen, wo Rödiger gefesselt in einer Blutlache lag. Das Messer fanden sie neben ihm auf dem Boden, ein Schlachtermesser mit einer Klinge von bestimmt zwanzig Zentimetern.

Claus hatte die Gaststätte MAUS beschlagnahmt und war zusammen mit der herbeigerufenen Verstärkung in vier Teams eifrig dabei, die Festbesucher, deren Stimmung inzwischen deutlich gesunken war, einen nach dem anderen zu befragen.

Das würde ganz ohne Zweifel bis tief in die Nacht hinein dauern, aber es war wichtig, keine Zeit zu verlieren. Claus hatte Wolfgang beiseitegenommen und ihm gesagt, er müsse die Akten so schnell wie möglich zurückhaben, weil Robert der Profiler sie nach diesem neuen Mord in der Kleingartensiedlung bestimmt noch einmal würde durchsehen wollen. Wenn man dahinterkam, dass er die mitgenommen hatte, sah es nicht gut für ihn aus, und schon gar nicht, wenn man entdeckte, dass Wolfgang sie bekommen hatte. Claus hatte ihn angeschaut und plötzlich nervös gewirkt, sogar sehr nervös, und Wolfgang fragte sich, warum.

„Leg sie schon mal bereit; ich komme sie holen, sobald wir hier alles abgewickelt haben. Und ich verbiete dir, sie noch zu lesen. Von jetzt ab kümmert sich das LKA darum. Versprichst du mir das, Wolfgang? Ich kann hier jetzt nicht weg, sonst würde ich sie direkt abholen."

Claus wirkte erleichtert, als Wolfgang ihm versprach, er werde keinen einzigen Blick in die Akten werfen.

Wolfgang überlegte. Er brauchte Hilfe, denn allein würde er es heute Nacht nicht schaffen, alle Akten gründlich durchzuschauen. Er sah sich um, suchte unter den erschöpften Gästen, die nur noch nach Hause wollten, nach seinen Freunden.

Gerade war Arhan damit an der Reihe, befragt zu werden. Der erwähnte im Vorbeigehen, er sei mit „unserem gemeinsamen Freund" schon etwas weiter.

Jeder musste auf der Terrasse warten, bis er drankam, und jetzt, wo die Leute den ersten Schock überwunden hatten, fing das Gemurmel an, man wolle heim. Die Zapfanlage war geschlossen, und man durfte keine alkoholischen Getränke mehr konsumieren. Gregor lief herum und erkundigte sich nervös, ob jemand sein Handy gesehen habe.

Der Polizeibeamte, der Julia befragte, sprach nur schlecht Englisch, und Esteban bot sich als Dolmetscher an. Sobald sie entlassen wurde, nahm Wolfgang sie beiseite und erzählte ihr, warum sie heute Abend nicht mit in den Majakowskiring konnte, woraufhin sie nickte und erklärte, sie werde bei Esteban übernachten.

Warum musste ausgerechnet jetzt ein Mord passieren, wo er sich schon seit Stunden auf seine Nacht mit Julia gefreut hatte? Was sie wohl gerade dachte? An ihrem Gesichtsausdruck konnte er nichts ablesen. Sie schien es nicht einmal schlimm zu finden. Nachdem sie ihn zum Abschied auf beide Wangen geküsst hatte, drehte sie sich um und ging zu Esteban. Der legte ihr einen Arm um die Schultern, und die beiden verschwanden zusammen nach draußen.

Wolfgang wusste, dass er keinen Grund hatte, böse zu sein, und er hätte auch nicht gewusst, wer das Objekt dieser Gefühle hätte sein sollen, aber er verspürte eine gewisse Frustration. Es schien, als würden in letzter Zeit all seine Pläne torpediert.

Er fragte Gitta und Siegfried, ob die ihm gleich mit den Akten helfen würden, und die beiden stimmten ohne jedes Zögern zu.

Die Gretchenfrage lautete, ob einer der Gäste kurz vor dem Auffinden des toten Rödiger verschwunden war. Das Problem bestand darin, dass es auf dem Fest viele unbekannte Gesichter gegeben hatte und die Leute auf dieser Art Veranstaltung nicht den ganzen Abend in derselben Zusammenstellung am selben Platz blieben. Man ging herum. Drinnen gab es die Bar und den Raum mit dem Fernseher und draußen die große Terrasse, die man mit Pflanzen in zwei getrennte Bereiche unterteilt hatte, und ganz hinten neben dem Ausgang war das Toilettenhäuschen. Gitta hatte Gregor in einem bestimmten Augenblick weggehen sehen, konnte sich allerdings nicht erinnern, um wie viel Uhr das gewesen war. Wolfgang berichtete, er habe eine Zeit lang die Menschen von einem geschützten Platz zwischen den Oleanderbüschen auf der Terrasse aus beobachtet, als plötzlich Siegfried aufgetaucht war. Der erklärte, er habe seinen Freund bei seiner Ankunft nicht direkt finden können. Wolfgang überlegte sich, dass er Siegfried nach dessen Auftauchen auch eine Weile aus den Augen verloren hatte. Daraus schlossen sie, man werde abwarten müssen, bis die Polizei alle verhört und sämtliche Aussagen abgeglichen hatte, wobei noch die Frage blieb, ob das etwas Eindeutiges ergeben würde. Außerdem stand noch lange nicht fest, dass der Mörder unter den Gästen gesucht werden musste. Vielleicht war es ja auch jemand außerhalb der Gruppe, der in die Kleingartensiedlung gekommen war und ungestört zuschlagen konnte, weil sich fast alle Bewohner auf dem Fest aufhielten.

Gitta berichtete von ihrer Unterhaltung mit Rödiger und davon, was dieser über Frank Müller und über Silkes Mutter erzählt hatte. Wolfgang sagte, es sei Rödiger wohl vor allem darum gegangen, ein bisschen ordentlichen Klatsch zu verbreiten, aber das sei ja kein Grund, ihn zu ermorden.

Siegfried machte daraufhin die Bemerkung, das hänge natürlich von der Art des Klatschs ab.

Wolfgang saß zusammen mit Gitta und Siegfried in seinem Haus am Majakowskiring. Die Akten lagen vor ihnen auf dem Tisch, und sie rekapitulierten das bisher Vorgefallene. Sie hatten es mit drei Morden zu tun, von denen zwei kurz nacheinander in der Laubenkolonie begangen worden waren. In triumphierendem Ton verkündete Siegfried, er habe schon vor einiger Zeit gesagt, da sei ein Serienmörder aktiv, und er wollte wissen, ob er Wolfgang nun endlich hatte überzeugen können.

Durch den Mord an Rödiger lag diese Schlussfolgerung nahe; trotzdem blieb die Frage, ob es auch einen Zusammenhang mit den anderen Morden aus der Vergangenheit gab. Empört verkündete Siegfried, das müsse natürlich der Fall sein – er fragte sich, wie Wolfgang daran überhaupt zweifeln konnte. Sie mussten auch die alten Morde neu untersuchen. Gitta pflichtete ihm bei.

Wolfgang zuckte die Achseln und sagte, dass sie das natürlich tun würden, auch wenn es nur darum ging, eine Verbindung mit der Vergangenheit auszuschließen. Er legte seine Übersichtsnotizen auf den Tisch und erklärte seinen beiden Freunden, was er getan hatte. Natürlich hatte er Claus angelogen, aber er hatte nicht anders gekonnt.

Das hier war seine letzte Chance, die Akten durchzusehen, und vielleicht ergab sich ja etwas, wenn Siegfried und Gitta das mit einem unbefangenen Blick taten.

Wolfgang erkundigte sich, ob Gitta es aushalten würde, sich die Akten mit den grässlichen Fotos anzusehen; Siegfried war das wegen seines beruflichen Hintergrundes gewohnt. Sie sagte, sie werde es probieren, und das Bild von Rödiger habe sich nun sowieso in ihre Netzhaut eingebrannt. Sie fragte, ob Wolfgang Schnaps im

Haus habe, oder noch lieber einen guten *Single Malt*, und Siegfried schloss sich dem an. Gitta erklärte, sie werde Claudias Akte durchgehen, woraufhin Siegfried beinahe enttäuscht dreinschaute. Trotzdem gab Wolfgang sie Gitta, weil er aus Gründen, die er nicht hätte benennen können, nicht wollte, dass Siegfried alles las. Claudias Autopsie war damals von Siegfrieds Nachfolgerin Inga durchgeführt worden. Es gab nicht viele Menschen, die unbeeindruckt so abscheuliche Entstellungen anzuschauen vermochten. Wolfgang konnte das, weil er es gewohnt war, bis zu einem gewissen Maße immun dagegen, solange es sich um anonyme Tote handelte. Das galt nicht, wenn es um Claudia ging, die man auf entsetzliche Weise gefoltert hatte.

Eigentlich wollte er das Gitta nicht zumuten. Die erklärte aber entschieden, es sei nicht das erste Mal in ihrem Leben, dass sie mit Tod und Entstellung konfrontiert werde, wonach sie abrupt innehielt und ein Gesicht machte, als bereue sie diese Bemerkung. Es konnte auch nicht stimmen - mit Tod und Entstellung war sie in ihrer Neuköllner Eckkneipe wohl nicht ohne Weiteres in Kontakt gekommen. Wahrscheinlich hatte sie es nur gesagt, um ihn zu beruhigen.

Sie lasen schweigend, zogen regelmäßig Wolfgangs Übersicht zurate. Siegfried machte hin und wieder eifrig Aufzeichnungen, die er einige Zeit später stirnrunzelnd konsultierte und dann mit heftigen Bewegungen seiner schlanken Hände wieder ausstrich. Gitta hatte sich mit ihrer Akte aufs Sofa gesetzt und legte jeden gelesenen Text ordentlich auf einen Stapel auf dem Salontisch, die Fotos mit dem Bild nach unten. Wolfgang stellte fest, dass der Pegel ihres Whiskyglases schnell sank.

Es war halb fünf Uhr am Morgen, als sie Bilanz zogen und zu dem Schluss kommen mussten, dass die Ernte mager ausfiel.

In zwei Fällen, einer davon Claudias, hatte man die Augen entstellt. In den Situationen, in denen das Opfer in der eigenen Wohnung ermordet worden war, hatte es keine aufgebrochenen Türen gegeben, was darauf schließen ließ, dass der Mörder vom Opfer hereingelassen worden und ein Bekannter war, oder jemand, der einem Vertrauen einflößte.

Zwei der Morde hatten sich in Klein Eden ereignet.

Die Opfer kamen aus gehobenen Milieus, waren beruflich erfolgreich und begabt - mit Ausnahme des Geigenmädchens, dessen Mutter aber eine talentierte Pianistin war. Kreative Berufe in der Musik, der Mode, der Fotografie und im Journalismus. Und ein Psychiater. Ob sich die Pfade dieser Leute irgendwann einmal gekreuzt hatten? Den Akten ließ sich nichts Entsprechendes entnehmen. Man hatte damals untersucht, ob der Journalist jemals einen Artikel geschrieben hatte, in dem eines der anderen Opfer vorkam, doch wie sich herausstellte, war dem nicht so.

Im Fall des Psychiaters war es nicht undenkbar, dass ein Patient oder ehemaliger Patient für den Mord verantwortlich war. Auch das hatte das LKA damals untersucht, jedoch ohne irgendein Ergebnis. Die Patienten hatte man über die Angaben der Versicherungen untersucht. Es gab eine Liste in der Akte, auf der sich aber keiner den Namen der übrigen Ermordeten fand. Siegfried wandte ein, dass das nicht aussagekräftig genug sei, weil der Mann auch Privatpatienten hätte haben können, die mit Bargeld bezahlten. Das habe er früher auch getan.

Wolfgang fragte, ob Siegfried den Psychiater gekannt habe. Der war schließlich besonders kritisch, was die Menschen betraf, die seinen Geist erforschen durften, wie er das nannte, und er hatte in seinem Leben öfter den Psychiater gewechselt, als sich eine Schlange häutete. Sein Freund erwiderte allerdings entschieden, dieser Mann habe nicht zu seiner beeindruckenden Sammlung gehört.

Schweigend tranken sie Kaffee. Es gab keinen einzigen brauchbaren Hinweis. Die Vorgehensweise war jeweils verschieden, Alter und Geschlecht variierten auch. Außer den beiden letzten im Schrebergarten fanden die Morde in verschiedenen, weit auseinandergelegenen Teilen Berlins statt. Stellte der Schrebergarten die Verbindung dar? In keinem der Fälle hatte man am Tatort Fotos gefunden, die dort nicht hingehörten, und ebenso wenig waren Aufnahmen verschwunden; zumindest stand darüber nichts in den Akten.

Siegfried erklärte, er finde es auffallend, dass Wolfgang drei der Opfer persönlich gekannt hatte. Der wandte ein, nicht der Einzige zu sein – für Sven und Silke galt schließlich dasselbe. Auch Gregor kannte zwei der Mordopfer. Er hatte Claudia zweimal getroffen, einmal sogar in ihrem eigenen Haus, und er war auch Rödiger begegnet.

Siegfried wies darauf hin, dass die Art und Weise, wie man diese beiden letzten Opfer umgebracht hatte, sich von den vorherigen Morden unterschied, was bedeuten konnte, dass sie es mit verschiedenen Tätern zu tun hatten. Auch die Tatsache, dass der Elektroschocker bei Francisco, nicht jedoch bei Rödiger zum Einsatz gekommen war, deutete darauf hin, meinte Siegfried. Warum sich die Mühe machen, Rödiger festzubinden, wenn er mit einem so praktischen Instrument derart leicht hätte ausgeschaltet werden können? Wenn Serienmörder ein neues Spielzeug entdeckten, mit dem sie ihr Opfer leicht überwältigen konnten, neigten sie dazu, es häufiger einzusetzen. Diese Geräte gab es in allen Formen und Größen.

Gitta schien über etwas nachzudenken. Sie hatte sich auch kaum an der Diskussion beteiligt. Plötzlich fragte sie Wolfgang, ob er Claudias Akte jemals gelesen habe.

Er antwortete mit einem Ja.

„Auch die Berichte über dich?“, wollte sie wissen.

Er starrte sie an. „Wovon sprichst du?“

Sie murmelte „Scheiße“ und schaute ihm direkt ins Gesicht.

„Sie haben untersucht, ob du vielleicht etwas mit dem Mord zu tun hast. Darüber enthält die Akte Berichte. Du hast am Anfang zu den Verdächtigen gehört.“

Das war ihm neu. Claus hatte niemals etwas davon gesagt. Sie hatten ihn verdächtigt, einen Kollegen, dessen Freundin soeben auf grässliche Weise ermordet worden war. Hatten hinter seinem Rücken Spekulationen angestellt. Die Möglichkeit in Betracht gezogen, er könne einen so grauenvollen Mord begehen. Sein Alibi untersucht, oder besser gesagt dessen Fehlen. Klinisch neutrale, unpersönliche Berichte über ihn geschrieben, während sie ihm gegenüber nichts als Mitgefühl zum Ausdruck brachten. Er versuchte sich an die Vernehmungen zu erinnern, nachdem er Claudia gefunden hatte, und war nicht mehr dazu in der Lage. Es hatte unzählige Fragen gegeben. In seinem Kopf herrschte eine Kakofonie sinnloser und häufig auch vager Fetzen, die ineinander übergingen. Stundenlang, Tage hintereinander hatte man mit ihm gesprochen, bekannte und unbekannte Gesichter, die ihm unzählige Becher mit widerlichem Automatenkaffee hingestellt hatten, ihm auf die Schulter klopften und erklärten, es sei abscheulich, sie hätten großes Mitgefühl mit ihm und würden den Täter finden.

Und während dieser ganzen Zeit hatten sie ihn hinter seinem Rücken verdächtigt.

Arschlöcher.

Natürlich wusste er wie kein anderer, dass eine mögliche Beteiligung des Partners bei Mordfällen als Erstes untersucht wurde, und bei diesem Mord hatte es Faktoren gegeben, die Fragen aufwarfen. Er hatte damals Claudias Blut überall an sich. Es gab keine einzige Spur eines Einbruchs, was bedeutete, dass Claudia ihren Mörder selbst hereingelassen haben musste. Oder - was sie wie sich nun herausstellte vermutet hatten -, dass der Mörder mit seinem eigenen

Schlüssel ins Haus gelangt war. Aus den Protokollen ging hervor, dass er kühl reagiert hatte. Nicht geschrien, nicht geweint, keine einzige Gefühlsregung gezeigt, während er distanziert und sachlich erzählte, wie er sie vorgefunden, dass er ihren Körper berührt hatte, dass es in allen Zimmern blutige Fußspuren von ihm gab, weil er kontrollieren musste, ob sich der Mörder noch im Haus aufhielt. Dass er ein Laken über sie gebreitet hatte, um sie nicht sehen zu müssen, und danach einen ordentlichen Whisky getrunken, was auch der Grund dafür war, dass er erst nach einer halben Stunde beim Landeskriminalamt angerufen hatte. Er hatte das alles ausführlich und wie er damals dachte auch befriedigend erklären können. Aber jetzt stellte sich anhand der Protokolle heraus, dass sie ihn weiterhin als Verdächtigen betrachtet hatten. Sie hatten über mögliche Motive spekuliert und Claudias Testament gründlich durchgesehen. Sie wussten, dass er das Haus in Pankow erben würde. Sie hatten in ihrer Beziehung herumgeschnüffelt, untersucht, ob es auch wirklich gut lief zwischen ihnen beiden, und er war verblüfft, als er feststellte, wie einige von Claudias Freundinnen darüber dachten. Er las die unglaublichen Fragen, die sie ihm gestellt hatten, Fragen, an die er sich nicht erinnern konnte, die er aber offensichtlich ruhig beantwortet hatte, als sei das die normalste Sache der Welt. Über ihre sexuelle Beziehung. Dass Claudia natürlich nie fremdgegangen war, und er auch nicht. Ihre Beziehung war ganz ausgezeichnet gewesen.

Er las den Bericht, den der Fallanalytiker Robert geschrieben hatte, und das Gutachten des Polizeipsychiaters, mit dem er gesprochen hatte, an dessen Gesicht er sich jedoch nicht mehr erinnerte.

Wolfgang legte den letzten Bericht weg. Fühlte sich verraten. Erniedrigt. Außer sich vor Wut.

Sobald Siegfried und Gitta in die Küche gegangen waren, um frischen Kaffee aufzusetzen, versteckte er das Gutachten des Polizeipsychiaters in einer Schublade. Weitere Stücke wagte er nicht herauszunehmen, das würde zu sehr auffallen. Ein einzelnes verschwundenes Stück blieb hoffentlich unbemerkt. Aber was, wenn sie doch dahinterkamen? Sie würden die Akte von Neuem durchsuchen, und weil er kein Alibi hatte, würden sie ihn auch wieder verdächtigen.

Er fühlte sich plötzlich so allein wie nie zuvor.

Allein und voller Hass.

Claus nahm den Finger nicht von der Klingel, bis Wolfgang die Tür öffnete, woraufhin ihm sein Ex-Kollege erklärte, er komme die Akten holen. Er wartete nicht ab, sondern rannte Wolfgang fast um und begab sich direkt in die Küche, weil er wusste, dass er dort den Kühlschrank mit Bier vorfinden würde, und Bier, so teilte er Wolfgang im Vorbeigehen mit, brauche er jetzt.

Wolfgang schaute auf die Uhr. Fünf. Er unterdrückte den Drang, Claus bei seinem speckigen, von Schuppen besprenkelten Kragen zu packen und ihn zu fragen, was ihm eingefallen sei, ihn des Mordes an Claudia zu verdächtigen. Er ging in die Küche, wo Claus schon einen halben Liter Urquell aus dem Kühlschrank genommen hatte und jetzt in der Besteckschublade wühlte.

„Tu dir keinen Zwang an“, kommentierte Wolfgang sarkastisch und reichte ihm den Flaschenöffner, der ordentlich neben dem Korkenzieher an dem dafür bestimmten Haken hing.

Claus reagierte nicht, öffnete die Flasche, ließ den Kronkorken achtlos auf die Anrichte fallen und trank einige Schlucke. Er seufzte zufrieden. „Wir haben endlich alle verhört, jetzt können wir alle Informationen miteinander vergleichen. Das wird noch eine ganze Menge Arbeit. Wir fahren direkt in die Keithstraße. Ich will sofort die Akten haben, die müssen beim LKA sein, bevor Robert dort ankommt und selbst danach auf die Suche geht“, erklärte er. „Der wird nach einem zweiten Mord in der Kleingartensiedlung innerhalb einer Woche ganz ohne Zweifel in den alten ungelösten Fällen suchen wollen. Es kostet mich den Kopf, wenn jemand merkt, dass die Akten weg sind. Wenn ich gewusst hätte, dass das hier passieren würde, hätte ich sie dir nie gegeben. Wo sind sie?"

„Ich hole sie", erwiderte Wolfgang. „Warte hier, ich habe Besuch."

Er ging ins Wohnzimmer und schloss die Tür hinter sich.

„Claus. Die Akten, schnell", zischte er. Er nahm sich die, die am nächsten bei ihm lag, und schaute auf, als sich die Tür öffnete und Claus hereinkam.

„Besuch, um fünf Uhr morgens." Er nahm das Bild innerhalb einer Sekunde in sich auf: Gitta und Siegfried, beide mit einer Akte in der Hand, der Rest ausgebreitet auf dem Tisch. Wütend wandte er sich an Wolfgang. „Du Riesenarschloch. Du hattest es mir versprochen. Sag, dass das nicht wahr ist – du hast die beiden die Akten lesen lassen. Ganz gewöhnliche Zivilisten! Verdammt. Verdammt noch mal!" Er knallte die Flasche Urquell auf den Tisch. „Das hier darf niemand erfahren, hast du verstanden. Ich habe noch fünf Jahre bis zu meiner Pensionierung und kann keine Probleme gebrauchen. Ihr haltet alle den Mund über das hier. Und du mischst dich nicht in die Ermittlungen ein, und die zwei hier schon gar nicht. Scheiße! Wenn ich merke, dass ihr da herumschnüffelt, nehme ich euch wegen Behinderung der Polizei fest."

Auf Claus' Stirn bildeten sich Schweißtropfen. Ihm schien erst jetzt klar zu werden, was er da getan hatte.

Seine Angst war begründet, das wusste Wolfgang. Er hatte die Akten einem Zivilisten gegeben, und zwar nicht irgendeinem, sondern jemandem, der bei einem der Morde zu den Verdächtigen gehört hatte. Wenn das herauskam, bedeutete das Claus' sofortige Entlassung, und das konnte er Claus nicht antun. Außerdem gab es andere, weniger auffällige Möglichkeiten, sich in die Ermittlungen zu mischen, und er ordnete seine Gedanken, was das betraf.

Er würde dem LKA nur in die Quere kommen, wenn es nicht anders ging. Denn eines hatte Wolfgang nach dem Lesen der Berichte über sich selbst begriffen: Er musste den Mörder finden, auch wenn es nur aus Eigennutz war.

„Du wirst immer besser im Lügen.“ Claus klang böse, aber auch verletzt. „Ich frage mich langsam, wie oft du mich in der Vergangenheit schon belogen hast.“

Wolfgang dachte über Claus' Worte nach. Log er wirklich so viel, und wenn es stimmte, wann hatte er damit angefangen?

Er hatte immer danach gestrebt, ein ehrlicher Mensch zu sein. Ein guter Mensch. Hin und wieder eine kleine Lüge, um das lieben Friedens willen oder um andere nicht zu verletzen. Ihm wurde klar, dass Claus recht hatte. Er hatte in seinem Leben Entscheidungen getroffen und Grenzen überschritten, und dadurch waren Lügen, die zunächst notwendig gewesen waren, damit er ungeschoren davonkam, inzwischen ein fester Bestandteil seines Lebens geworden. Gleichzeitig hatte Claus Dinge vor ihm verschwiegen, was auf dasselbe herauslief.

„Ich bin froh, dass wir alles gelesen haben, denn jetzt weiß ich, dass du mich auch belogen hast.“

Claus starrte ihn an.

„Ihr habt geglaubt, ich hätte meine eigene Freundin ermordet. Herzlichen Dank!“

Claus schaute unbehaglich drein. „Ich habe das nie geglaubt“, erklärte er. „Aber du musst doch besser wissen als jeder andere, dass der Lebensgefährte immer als Allererstes unter die Lupe genommen wird.“

„In diesem Fall habt ihr ihn aber besonders gründlich unter die Lupe genommen. Hättest du mir das verdammt noch mal nicht sagen können? Muss ich so etwas fünf Jahre später in einer Akte lesen?"

„Scheiße, Wolfgang, ich kann es nicht ändern. Ich habe nichts gesagt, weil ich mich von deiner Reaktion gefürchtet habe. Du weißt doch, in welchem Zustand du warst. Ich habe übrigens nie damit gerechnet, dass du diese Akte einmal lesen würdest, sonst hätte ich sie nicht dazugetan."

Er sammelte die Akten ein und stopfte sie in die Aldi-Tüte.

„Du musst das verstehen. Du hattest kein Alibi, hast eine unglaubwürdige Geschichte über einen langen Spaziergang erzählt. Du hattest stundenlang in einer Kneipe gesessen, aber das konnte niemand bestätigen. Was hätten wir denn denken sollen?"

Daran konnte sich Wolfgang nicht mehr erinnern; er hatte geglaubt, er habe an diesem Tag gearbeitet und danach ein paar Bierchen getrunken – wo, wusste er nicht mehr. In den letzten Jahren waren zu viele Löcher in seinem Gedächtnis entstanden.

Sobald Claus gegangen war, schaute Siegfried Wolfgang prüfend an und meinte, er solle wohl besser einmal gründlich darüber nachdenken, wo er sich an diesem Tag genau herumgetrieben hatte.

Sie verglichen ihre Aufzeichnungen und verteilten die Aufgaben, als wären sie ein Team, das schon jahrelang zusammenarbeitete. Wolfgang gab die Anweisungen. Unauffällig vorgehen. Nicht den Eindruck erwecken, dass man Fragen zu alten Mordfällen stellte. Einen Umweg gebrauchen. Keine zu direkten Fragen, nur wenn es auf harmlose Weise ins Gespräch passte. Verhindern, dass die betreffende Person, wenn sie dann von der Polizei befragt wurde, sagte: „Ach, da hat neulich jemand genau dieselben Fragen gestellt." Kreativität beweisen.

Er schaute Gitta an und fragte sie, ob sie ihre Haare nicht unauffälliger färben könne, woraufhin sie empört erklärte, er werde sich seinen Pferdeschwanz doch auch nicht abschneiden, und hinzufügte, dass ihre Frisur in diesem Fall gerade nützlich sein würde, weil sie schon eine Idee hatte, wie sie vorgehen würde.

Siegfried bot an, sich noch heute bei verschiedenen Psychiatern mit demselben Spezialgebiet wie dem des Ermordeten anzumelden. Er hatte sich bereits eine Strategie überlegt, wie er kurzfristig Termine bekommen würde. Ohne angeben zu wollen: Er wusste, wie man das Interesse eines Psychiaters weckte. Im Allgemeinen waren diese Leute Wachs in seinen Händen, denn zwanzig Jahre der Erfahrung hatten ihn gelehrt, was sie hören wollten, und vor allem, was sie faszinierte; außerdem wusste er genau, was sie sagen würden, weil er sich gründlich in sein eigenes Krankheitsbild und in die Symptome ähnlicher Störungen vertieft hatte. Er wollte erzählen, er sei früher bei dem ermordeten Psychiater Patient gewesen und habe sich seitdem nicht getraut, zu lange bei einem anderen zu bleiben, aus Angst vor der Wiederholung, und so werde er dann unauffällig herauszufinden versuchen, ob sie ehemalige Patienten dieses Psychiaters in ihrer Praxis hatten. Dann werde er die Psychiater subtil über den ermordeten Kollegen aushorchen. Diese Leute kannten einander, besuchten dieselben Kongresse. Er rieb sich die Hände und wirkte schon beim Gedanken daran entzückt. Wolfgang fand es höchst zweifelhaft, ob es wirklich so einfach werden würde, an Informationen zu gelangen, wie Siegfried das darstellte, aber da es keine Alternative gab, konnte ein Versuch nicht schaden.

Gitta erklärte, sie werde die Modedesignerin, die Sängerin und das Geigenmädchen übernehmen. Auf Wolfgangs Frage „Warum alle drei?“, zog sie die Schultern hoch und meinte, das sei eine intuitive Auswahl. Der künstlerische Ansatz. Außerdem schien es ihr besser, wenn sich eine Frau mit diesen Fällen befasste, weil es für sie einfacher wäre, quasi zufällig Kontakt mit den Betreffenden aufzunehmen. Ein Mann, der plötzlich Fragen stellte, würde die Leute abschrecken. Sie hatte schon ein paar Ideen.

Alle waren sich einig, dass es in Anbetracht der Umstände nicht vernünftig wäre, wenn sich Wolfgang direkt in die ungelösten Mordfälle mischte, weil das LKA im Laufe seiner eigenen Ermittlungen ohne jeden Zweifel dahinterkommen würde, wenn man hörte, dass ein Mann mit einem Pferdeschwanz herumschnüffelte. Es frustrierte Wolfgang, alles den anderen überlassen zu müssen. Gleichzeitig war ihm klar, dass er sowieso Hilfe brauchte, und sei es nur, um mit der breiten geografischen Streuung der Morde über Berlin umzugehen, die es für eine einzige Person logistisch schwierig machte, das ganze Feld abzugrasen.

Er instruierte die beiden gründlich und hatte ein ungutes Gefühl dabei, die Fäden aus der Hand geben zu müssen. Wenn sie nur gut aufpassten. Die richtigen Fragen stellten. Nichts übersahen. Schließlich waren sie Amateure.

Wolfgang hatte ein eigenes Programm. Sobald man nicht mehr von einer unchristlichen Zeit sprechen konnte, würde er Arhan anrufen, der sowieso schon dabei war, Gregor unter die Lupe zu nehmen, und ihn fragen, ob er sich um den ermordeten Journalisten würde kümmern wollen. Er lächelte unwillkürlich. Gab es überhaupt eine unchristliche Zeit, wenn man einen Muslim anrufen wollte?

Er würde mit Inga telefonieren, um die Ergebnisse von Rödigers Autopsie zu erfahren, und herauszufinden versuchen, wo Frank Müller untergekommen war. Für Letzteres hatte er sich einen einfachen Plan ausgedacht. Die einfachen Pläne waren oft die besten. Wenn es nicht auf direkte Weise über normale Informationskanäle gelang, konnte eine kleine Unwahrheit Wunder wirken, sofern sie nur überzeugend präsentiert wurde.

Und danach wäre dann Zeit für Julia, mit der er ein paar Stunden verbringen wollte. Er würde ihr Berlin zeigen, die Orte, die er liebte und die ihm etwas bedeuteten, weil sie Meilensteine in seinem Leben repräsentierten. Er würde sie an die Oberbaumbrücke mitnehmen, den Ort, an dem sich sein Leben an jenem Tag verändert und den er während der vergangenen Jahre bewusst gemieden hatte.

Julia musste begreifen, warum er diese Stadt nie ganz würde hinter sich lassen können. Sie musste Berlin lieben lernen, die Stadt erfahren wie er, ohne dass er zu erklären brauchte, warum.

Siegfried und Gitta waren im Aufbruch begriffen; sie wollten duschen und sich eine Stunde hinlegen, bevor sie sich ihren Aufgaben widmeten. Sie tauschten Telefonnummern aus. Siegfried bestand ziemlich dramatisch auf einem Uhrenvergleich, woraufhin Wolfgang irritiert meinte, das hier sei keiner seiner Krimis und so etwas tue man nur in schlechten Filmen. Siegfried erwiderte empört, zu Hause gleiche er täglich seine Armbanduhr, seinen Wecker und seine Wanduhr aufeinander ab. Schließlich wisse man nie, was passieren würde. Sekunden könnten über Leben und Tod entscheiden.

Wolfgang sah, wie Gitta schauderte.

Sechsundzwanzigstes Kapitel

Angenommen, sie hätte Rödigers Hütte ein paar Sekunden früher erreicht. Gitta bekam Siegfrieds Bemerkung nicht aus dem Kopf; sie sah zwei Leichen vor sich - eine davon mit grünen Haaren - und versuchte nicht daran zu denken, wie es sich anfühlte, wenn ein so scharfes Schlachtermesser einem die ungeschützte Kehle durchschnitt und das warme Blut pulsierend herausspritzte, röchelnde Geräusche aus der eigenen geöffneten Luftröhre kamen, man spürte, wie das Blut einem in die Lungen strömte.

„Scheiße!", sagte sie laut.

Die U-Bahn schreckte aus ihrer frühen Morgenstille auf. Die Frau neben ihr erhob sich und ging unauffällig zu einem Sitzplatz in sicherer Entfernung. Ein junger Mann mit einer Halbliterflasche Bier warf einen kurzen Blick in ihre Richtung. Die etwa siebzigjährige Frau ihr gegenüber, die aufmerksam Gittas Frisur studierte, als ziehe sie selbst eine neue Farbe in Erwägung, sagte aus tiefstem Herzen: „Du sprichst mir aus der Seele, Kind." Gitta fragte sich, wohin eine Dame dieses Alters so früh am Morgen unterwegs sein mochte. Die übrigen Passagiere starrten demonstrativ in andere Richtungen, als hätten sie nichts mitbekommen. Wir hören nichts, sehen nichts. Bürgerliche Vogel Strauße. Gitta wusste, dass es keinen Sinn hatte, den Kopf in den Sand zu stecken. Schlimmer noch, es war gefährlich, denn plötzlich konnte man die Schippe unterm Hintern spüren. Sie unterdrückte den Drang, teuflisch zu lachen, um zu sehen, ob sich noch mehr Menschen zu einem anderen Sitzplatz begeben würden, und überlegte.

Ulla würde in der kommenden Woche ihre Welpen zur Welt bringen. Glücklicherweise hatte Silke angeboten, für den Hund zu sorgen, denn Gitta wollte jetzt die Hände frei haben und konnte das Tier in dieser Phase nicht zu lange alleinlassen. Sie sehnte sich nach einem heißen Bad und danach kühlen, sauberen Bettlaken, wusste aber, dass sie sowieso nicht würde schlafen können. Sie musste darüber nachdenken, was genau ihr Rödiger erzählt hatte.

Rödiger. Der hatte ihr viele Informationen gegeben, das Leben in den Schrebergärten auf amüsante Art beschrieben und ganz schön viel geklatscht. Es war frustrierend, dass sie nun nie erfahren würde, was er ihr hatte erzählen wollen, als Frank und Sven den Schankraum betraten. Er hatte nichts gesagt, was in irgendeiner Form mit den Morden in Verbindung stand, die sie soeben bei Wolfgang durchgesehen hatten, und trotzdem wurde sie den Gedanken nicht los, dass er ihr etwas Wichtiges erzählt hatte. Es schwebte in der Peripherie ihres Bewusstseins und weigerte sich hartnäckig, sich zu manifestieren.

Und dann war da Siegfried. Ein ganz besonderer Fall, das sah man eindeutig. Sie wusste nicht genau, wie sie ihn einschätzen sollte, und das war schon immer so gewesen. Nicht, dass sie ihn gut kannte, im Gegenteil. In den vergangenen fünfzehn Jahren hatte ihn Wolfgang hin und wieder in ihre Kneipe in Neukölln mitgenommen, und sie hatte sich ab und zu mit ihm unterhalten. Siegfried konnte beunruhigende Bemerkungen machen, deren Sinn sich dem Zuhörer nicht direkt erschloss, weil er immer einen Schritt weiter zu sein schien, schon einen Teil der Unterhaltung in seinem Kopf geführt hatte und irrtümlich davon ausging, sein Gegenüber könnte seinen Gedankengängen mühelos folgen. Bisweilen starrte er einen auf beängstigende Weise an, und manchmal taxierte er Wolfgang mit einem starren Blick, als nehme er etwas wahr, das niemand anders sehen konnte. Hin und wieder hatte sie das Gefühl, Siegfried wolle etwas sagen und halte sich nur mit Mühe zurück, als brodele da unter der Oberfläche etwas, das immer wieder den Versuch machte, hervorzubrechen.

Vielleicht sollte sie ihn einmal an seinem Arbeitsplatz in Marzahn aufsuchen und mit ihm unter vier Augen über Wolfgang sprechen. Als Vorwand könnte sie einen ausgestopften Fasan für ihre Kneipe kaufen und dann versuchen, Siegfried in ein Gespräch zu verwickeln. Als Kneipenwirtin war sie gut darin, Informationen aus Leuten herauszubekommen, und die beste Art und Weise, jemanden zum Reden zu bringen, war, wenn man ihn über die Leidenschaft seines Lebens berichten ließ, sei es nun sein Hobby, sein Hund oder seine Frau. Oft, so war ihre Erfahrung, entsprach dies der Reihenfolge der Wichtigkeit dieser einzelnen Themen.

Last but not least war da Wolfgang. Kurz bevor sie in Richtung Rödiger loszog, hatte sie nach ihm gesucht und ihn nicht gefunden, das der Polizei aber nicht erzählt. Möglich, dass er gerade drinnen gewesen war, als sie sich draußen befand, oder umgekehrt. Oder auf der Toilette. Und sie hatte natürlich nicht richtig gesucht, sich nur ein wenig umgeschaut. Außerdem hatte gerade besonders viel Betrieb geherrscht. Trotzdem verhielt sich auch Wolfgang seltsam. Es war, als folgten alle um sie herum einer versteckten Agenda. Es gab unterschwellige Strömungen, die sie nicht zu deuten vermochte.

Am Bahnhof Krumme Lanke stieg sie aus und ging durch die schattigen Straßen zu ihrer Wohnung. Sie lebte schon seit Jahren im Stadtteil Zehlendorf, nicht weit weg vom Mexikoplatz. Sie verriegelte die Tür, stellte den Wecker, legte eine CD mit Händels *Concerti grossi* ein und ging nach oben, um sich ein Bad einlaufen zu lassen.

In Dampfwolken aus Badesalz gehüllt dachte sie über ihre Strategie nach. Sie konnten keine offenen Fragen stellen, über die das LKA auf ihre Ermittlungen aufmerksam wurde, das hatte ihnen Wolfgang nachdrücklich klargemacht. Es erschwerte ihre Aufgabe, machte sie aber nicht unmöglich. Sie war auf diesem Gebiet kein Grünschnabel, auch wenn der Vergleich im Moment lustig wirkte, überlegte sie grinsend und kniff in die grüne Quietscheente, die sie Unter den Linden in einem Schaufenster gesehen und spontan gekauft hatte. Das Gummitier gab einen wässrig röchelnden Quaklaut von sich.

Gitta entschied sich, mit dem Geigenmädchen zu beginnen. Danach würde sie Jutta unter die Lupe nehmen, die Modedesignerin, die 1998 ermordet worden war, und die Sängerin Natascha, die im Jahr 1999 ihr Leben hatte lassen müssen. Zwischen den beiden letzten Verbrechen war weniger als ein Jahr vergangen, und das bedeutete, dass es einen direkten Zusammenhang geben konnte.

Informationen über die Sängerin hoffte sie über deren damaligen Manager zu erhalten, dafür würde ihr schon ein glaubwürdiger Vorwand einfallen. Ihre früheren Aktivitäten erwiesen sich nun als nützlich.

Sie ließ das Wasser ablaufen und spülte sich unter der Dusche ab, rieb sich trocken und betrachtete sich im Spiegel, was sie normalerweise vermied. Fettrollen, und nicht gerade kleine. Oberschenkel, die einem die Sicht versperrten. Ein Bauch, auf den ein Wal stolz gewesen wäre. Und dabei hatte sie schon sechzehn Kilo abgenommen. Warum hatte sie sich all die Jahre so gehen lassen? Eine rhetorische Frage. Sie drehte sich ein wenig und betrachtete sich selbst wieder, versuchte dabei ihren Bauch einzuziehen, was ihr nicht ganz gelang. So war es noch schlimmer. Gitta dachte an früher, als sie gut ausgesehen hatte, und sehnte sich nach der Aufmerksamkeit der Männer zurück, die ihr damals so selbstverständlich erschienen war.

Warum hatte sie sich nicht auf die vielen guten Erinnerungen aus ihrem Leben konzentriert, statt in den negativen hängen zu bleiben und sich langsam in ein Mastodon zu verwandeln?

Sie warf die Ente zurück in die Wanne und fluchte aus tiefstem Herzen. Es war noch nicht zu spät. Sie war verdammt noch mal erst vierundfünfzig, keine alte Frau. Sie würde wieder schlank werden, und wenn es das Letzte war, was sie tat. Sich dann einen netten, attraktiven Kerl suchen, vielleicht sogar einen jüngeren Mann. Sie kicherte, war plötzlich fröhlich. Natürlich hatte es in den letzten Jahrzehnten Beziehungen zu Männern gegeben, aber die gehörten ebenfalls zur breiteren Kategorie. Auch das würde sich ändern. Sie würde es schaffen. Gitta wusste: Wenn sie etwas wirklich wollte, kannte ihre Willenskraft keine Grenzen. Noch heute würde sie sich so einen Stepper kaufen, oder eine Rudermaschine, da musste man alle Muskeln einsetzen. Und sie würde einen Trainingsplan aufstellen.

Sie summte vor sich hin, als sie sich anzog. Warum jetzt, schoss ihr plötzlich durch den Kopf. Warum nicht schon vorher?

Die Antwort musste sie sich selbst schuldig bleiben. Vielleicht kam es ja durch die Blicke, die jeder der sexy Julia zugeworfen hatte, und Silke, die sich auch nicht zu verstecken brauchte. Sie schüttelte den Kopf. Eifersucht lag ihr nicht. Eifersucht war eine negative Emotion, die einen auffraß, hässlich machte.

Gitta fand Julia sympathisch und spürte, dass das auf Gegenseitigkeit beruhte. Sie hatte sich auf dem Sommerfest eine Zeit lang mit ihr unterhalten. Julia sprach gut Englisch. Sie hatte erzählt, dass sie einige Jahre in London gewohnt und studiert hatte. Das Gespräch war schnell auf Wolfgang gekommen, und durch die Art und Weise, wie sie über ihn sprach, und die Fragen, die sie stellte, hatte Gitta ganz deutlich erfasst, dass Julia intensive Gefühle für Wolfgang empfand und nur nicht genau wusste, woran sie bei ihm war - etwas, das Gitta nur zu gut verstand. Sie hatte gesagt, Julia müsse begreifen, dass er eine komplizierte Person war. Probleme hatte. Die Spanierin hatte trocken erwidert, das habe sie inzwischen auch begriffen; dann hatte sie gefragt, ob Gitta glaube, Wolfgang sei in der Lage, sich wirklich und bedingungslos an jemanden zu binden.

Gitta hatte ehrlich erwidert, das wisse sie nicht, woraufhin Julia erklärt hatte, sie sei siebenunddreißig und wolle ein Kind.

Gitta dachte an Wolfgang. Ein Kind. Auf diese Frau kam ein Frontalzusammenstoß mit ernsthaften Problemen zu.

Warmes, dunkles Blut

Etwas ist nicht so, wie es sein sollte.

Hier stimmt etwas nicht. Hier spielt jemand ein gefährliches Spiel.

Und jemand wird dafür büßen.

Sie ist schön. Mysteriös. Sie weiß, dass sie schön ist, dass die Männer ihr nachschauen. Es interessiert sie nicht einmal, sie ist es gewohnt. Sie spielt mit den Männern. Sie gehört zu der Sorte Frau, die ich verabscheue. Ich spüre, wie sich der eisige Nebel über meinen Körper ausbreitet.

Sie bekommt ihre Strafe, bevor ich sie ermorde.

Ich weiß auch schon, wie.

Ich werde ihr die Augen verbinden. Sie wird nicht wissen, wer ich bin.

Und dann werde ich ihr eine Überraschung bereiten.

Ganz zum Schluss.

Aber erst muss ihr Blut fließen.

Warmes, dunkles Blut.

Siebenundzwanzigstes Kapitel

Wolfgang hatte zwei Stunden geschlafen und fühlte sich relativ fit. Er sprang in den Pool, und das wohltuend kühle Wasser nahm seinen nackten Körper auf. Er schwamm immer nackt. Die Nachbarn zu beiden Seiten konnten ihn wegen des dichten Gebüschs rund um seinen Garten nicht sehen – nur, wenn sie aus dem Fenster im ersten Stock schauten. Es kam durchaus vor, dass er sah, wie ihn eine Nachbarin beobachtete. Dann reagierte er immer gleich: Er tat, als merke er es nicht, und setzte sich in einer nichts der Fantasie überlassenden Pose an den Beckenrand. Wenn diese Frauen ein so langweiliges Leben hatten, dass sie es brauchten, durften sie, was ihn betraf, gern seine Nacktheit bewundern. Den Gedanken, dass eine Frau, die de facto eine Fremde für ihn war, ihn heimlich beobachtete, fand er genau genommen sogar erregend. Ihm schien es, als denke er in letzter Zeit ständig an Sex.

Er warf einen unauffälligen Blick zu den Fenstern im ersten Stock bei den Nachbarn hinüber, aber heute Morgen gab es niemanden, der ihm zusah.

Arhan nahm das Gespräch sofort an und berichtete, er halte sich schon seit Stunden in der wundersamen Welt dessen auf, was man mit dem Begriff „soziale Medien" versehen hatte. Die virtuelle Recherche zu Gregor, den er nicht beim Namen nannte, sondern nur als „unseren gemeinsamen Freund" bezeichnete, kostete ihn leider viel Zeit. Auf dem Sommerfest war es Arhan gelungen, in den Besitz der Namen und Telefonnummern zu gelangen, die im Mobiltelefon dieses Freundes gespeichert waren, und er erklärte, Wolfgang wolle lieber nicht wissen, wie er das angestellt hatte. Wolfgang berichtete von dem 2007 ermordeten Journalisten. Arhan konnte sich an diesen Fall erinnern und würde ihm ebenfalls nachgehen. Es bestand eine gute Chance, dass er über Kontakte zu Leuten aus diesen Kreisen verfügte, die den ermordeten Journalisten auch gekannt hatten.

Sobald es etwas zu berichten gab, würde er Wolfgang Bescheid geben. Der solle keine Angst haben, er werde sich die Informationen auf diskrete Weise besorgen, aber jetzt müsse er wirklich Schluss machen, denn gerade meldete sich jemand zu einem Skype-Gespräch, auf das er gewartet hatte.

Wolfgang rief Inga an, die ihm die Ergebnisse der Autopsie mitteilte, zusammen mit der ausdrücklichen Warnung, er habe diese Informationen nicht von ihr.

Eine in einer einzigen fließenden Bewegung buchstäblich von einem Ohr zum anderen durchgeschnittene Kehle, sagte sie. Dabei klang professionelle Bewunderung durch. Der Täter hatte Rödiger die Arme auf den Rücken gebunden, ihm den Kopf nach hinten gezogen und dann von hinten die Kehle bis zur Wirbelsäule durchgeschnitten. Sie hatte keine Spuren dafür gefunden, dass dabei ein Elektroschocker zum Einsatz gekommen war. Auf dem Messer, das neben Rödiger auf dem Boden lag, befanden sich keine Fingerabdrücke, hatte sie von den Jungs von der Technik gehört. Der Täter hatte es sorgfältig abgewischt.

Wolfgang dankte Inga, schaute auf seine Armbanduhr und stellte fest, dass es halb neun war – Zeit für die Ausführung seines nächsten Plans.

Er schloss die Gartentür ab, ging zur Haustür und entdeckte durch die Scheibe ein Polizeiauto, dem zwei Beamte in Uniform entstiegen. Das bedeutete schlechte Neuigkeiten. Claus hatte sicher inzwischen die Informationen aus den Vernehmungen geordnet, und es war kein gutes Zeichen, dass er Wolfgang abholen ließ. Der hatte nicht die Absicht, die Beamten zu begleiten, denn es gab andere Dinge zu erledigen. Er rannte zurück, die Treppe hoch. Er war nicht zu Hause.

Sie klingelten und klingelten, und der nicht enden wollende Ton ging ihm auf die Nerven. Nach fünf Minuten wurde es still. Er stand im Atelier am Fenster und lauschte, hörte, wie sie sich besprachen. Und entnahm dem, dass sie es schon bei seinem Apartment in Wilmersdorf versucht hatten. Als sie abgezogen waren, wartete er sicherheitshalber noch zehn Minuten ab, bevor er sein Motorrad nahm und nach Charlottenburg fuhr.

Von ihrem Platz hinter ihrem Schreibtisch in der Anwaltskanzlei lächelte sie ihn freundlich an und fragte, womit sie ihm helfen könne, errötete dabei leicht, als könnte er ihre Frage falsch auffassen. Sie war jung und blond und strahlte eine entwaffnende Unschuld aus. Wolfgang lächelte zurück und erwiderte, er sei so dumm gewesen, die Adresse von Frank Müller zu verlieren. Er flirtete spielerisch mit ihr, setzte sich auf die Kante ihres Schreibtisches. Natürlich war ihm klar, dass sie nicht ohne Weiteres die Adresse eines Kunden herausgeben durfte, aber die Angelegenheit war ein wenig peinlich, weil er Frank versprochen hatte, ihm etwas zu besorgen, und jetzt keinen schlampigen Eindruck erwecken wollte; schließlich mussten sie noch ein paar Dinge miteinander abwickeln, wenn es um den Hauskauf ging. Sie war doch sicher so lieb, ihm die Adresse zu geben. Er schaute ihr in die Augen, während er das sagte, bis sie tief errötend den Blick senkte, ihren Computer befragte und eine Adresse herausschrieb. Er sei ihr ewig dankbar und werde niemandem etwas von der Sache erzählen, erklärte er. Sie beide teilten jetzt ein Geheimnis.

Ihre Finger berührten sich, als Wolfgang den Zettel entgegennahm, und er lächelte. Wie jung sie war. Das Ganze hatte sich viel einfacher gestaltet, als er erwartet hatte. Er schaute sich die Adresse an. Theodor-Heuss-Platz 4 in Neu-Westend, dem westlichen Teil Charlottenburgs.

Er fuhr über den Kurfürstendamm und bog in die Bleibtreustraße ein, stellte sein Motorrad vor dem Gebäude ab, in dem Esteban wohnte. Julia öffnete die Tür, weil Esteban noch unter der Dusche stand. Sie trug einen roten Rock, der ihr bis an die Knie reichte und ihre Beine umspielte, wenn sie sich bewegte, dazu eine schwarze Seidenbluse mit kurzen Ärmeln, die ihr auf der Haut zu kleben schien, und schwarze Wildlederschuhe ohne Absätze. Sie wollte das echte Berlin sehen und hoffte, Wolfgang könne sie herumführen. Wenn er aber andere Dinge zu erledigen hatte, würde sie Esteban fragen, ob der Zeit hatte. Wolfgang erklärte, er werde sie selbstverständlich herumführen, wenn sie sich ohne Widerspruch seinen Vorschlägen überließe. Daraufhin zog sie eine Augenbraue hoch und sagte „Natürlich", und zwar in einem Ton, dem zu entnehmen war, dass genau das nicht Teil ihres Plans ausmachte.

Aber erst würden sie nach Neu-Westend fahren und sich ansehen, wo Frank Müller tatsächlich wohnte. Der hatte dort wahrscheinlich für kurze Zeit eine Ferienwohnung gemietet; davon gab es unzählige in Berlin. Danach würde Wolfgang Julia die Stadt zeigen und mit einem Ort anfangen, der ihm sehr viel bedeutete. Warum er ihn ihr so gern zeigen wollte, konnte er nicht genau sagen.

Die Vibration und das tiefe Geräusch seines Motorrades, Julias Wärme, ihre um seine Taille geschlungenen Arme – die Fahrt ging viel zu schnell vorbei.

Neu-Westend war ein Stadtteil, in dem grüne Straßen mit freistehenden Villen, betriebsame Stadtwege voll behäbiger alter Gebäude mit sechs Stockwerken und natürlich die unvermeidlichen Nachkriegsbauten einander abwechselten. Draußen an der Nummer

4 gab es keine Namensschilder; es war eines der wenigen alten Gebäude am Theodor-Heuss-Platz, den die Berliner liebevoll zu „am Theo“ abkürzten. Zugegebenermaßen handelte es sich um einen der hässlicheren Plätze der Stadt, auf den breite verkehrsreiche Straßen mündeten. Im Krieg hatte man hier viel kaputtgebombt, und die leeren Flächen wurden später direkt wieder mit Neubauten gefüllt, darunter das hohe Gebäude der Berliner Radio- und Fernsehanstalt, zu Zeiten der Mauer „Sender Freies Berlin“ genannt. Das Ganze glich eher einer Rotunde als einem Platz. Nicht gerade ein Ort, an dem er Frank Müller vermutet hätte, denn in Neu-Westend gab es prächtige grüne Straßen, die besser zu ihm passten.

Er wählte irgendeine Klingel aus und sagte „Die Post“ in die Gegensprechanlage, woraufhin man ihm sofort öffnete. Im geräumigen Hausflur mit der Eichentäfelung las er die Namen auf den Briefkästen an der Wand; aus einigen ragte noch ein *Tagesspiegel* oder eine *Berliner Zeitung* heraus. Das Namensschild am zweiten Briefkasten lieferte ihm Stoff zum Nachdenken.

Wolfgang fuhr den Kaiserdamm hoch und dann ostwärts durch halb Berlin, mit dem Ziel Skalitzer Straße. Er stellte sein Motorrad kurz vor der Oberbaumbrücke ab, die Kreuzberg und Friedrichshain miteinander verband. Julia stellte sich neben ihn und schaute sich um, während er Javier in Spanien anrief und von dem neuen Mord im Kleingarten berichtete, und von Frank Müller, dessen Namensschild an einen Briefkasten am Theodor-Heuss-Platz 4 geschraubt war, was bedeutete, dass er nicht erst seit Kurzem dort wohnte. Frank hatte gelogen, was das Hotel Adlon betraf, und die Frage war, warum. Hielt er sich häufiger in Berlin auf, als er Wolfgang hatte weismachen wollen? Er hatte erklärt, gerade erst angekommen zu sein. Und wahrscheinlich handelte es sich dabei auch um eine Lüge.

Javier ließ sich den Namen buchstabieren und erklärte, er werde sich sofort um Müllers Aktivitäten in Puerto Banús kümmern.

Wolfgang erkundigte sich nach dem Begräbnis, woraufhin Javier erzählte, das sei beeindruckend gewesen, und der kleine *hijo de puta* habe getan, als wäre er und nicht Francisco in seinem Sarg aus Nussbaumholz die Hauptperson, aber er, Javier, habe bereits einen Anwalt verständigt, um das Testament anzufechten. Sergio werde den Tag verfluchen, an dem er Javier begegnet war.

Javier wollte alle Details über den Mord an Rödiger wissen und befahl, nachdem er alles gehört hatte: „Du musst Julia nach Spanien zurückschicken."

„Ich passe gut auf sie auf", erwiderte Wolfgang. Er sah, wie Julia eine Augenbraue hochzog.

„Solange sie sich in Berlin aufhält und sich ein Mörder in deiner direkten Umgebung befindet, ist sie nicht sicher. Schick sie nach Hause. Jetzt ist nicht der Moment, den Egoisten heraushängen zu lassen." Was sollte das denn heißen? Wolfgang sagte, er werde entsprechende Vorkehrungen treffen und sie keine Minute aus den Augen lassen, wobei er sich der Tatsache bewusst war, dass Julia näherkam und zuhörte. Javier fluchte ihm ins Ohr, teilte ihm mit, er habe jetzt keine Zeit mehr, und beendete das Gespräch.

„Was sollte das denn alles?", wollte Julia wissen. Sie hörte sich an, was Javier gesagt hatte, und schüttelte den Kopf, sodass ihr die Haare geschmeidig ums Gesicht fielen. Durch den Helm waren sie zerzaust. „Ich bleibe hier. Sicher jetzt, wo ich einen solchen Schutzengel habe." Es klang halb spöttisch, halb voller Zuneigung.

Er meinte ernst, was er gesagt hatte: Er würde bei ihr bleiben, sie beschützen. Ob sie wohl Angst hatte? Angst davor, dass sie jemand in diesem Augenblick beobachtete? Die Chance war nur minimal. Er hatte aufgepasst, und niemand war ihnen gefolgt. Er hatte die Kontrolle über die Situation. Von jetzt an würde er zur Sicherheit seine Walther bei sich tragen. Sie würden den Mörder aufspüren. Wenn das LKA nicht dazu in der Lage war, würde er zusammen mit seinem eigenen zivilen Team den entscheidenden Hinweis finden müssen. Seinen *partners in crime*, der Gruppe Amateure, bei denen er sich fragte, wie er sie hatte um sich scharen können. Aber eigentlich hatten *sie* sich um *ihn* geschart.

Er schaute Julia an. Er würde sie keinen Moment aus den Augen lassen. Bei ihm war sie sicher.

Hundertprozentig.

Sie liefen über die Brücke aus rotem Backstein unter den Bogen hindurch; auf halbem Wege blieb er stehen und schaute zusammen mit ihr über die Spree. In südöstlicher Richtung lag Treptow, und im Nordwesten ragte in der Ferne der Fernsehturm auf dem Alexanderplatz majestätisch in den Himmel, als habe jemand eine gigantische Stecknadel in die Stadt gedrückt. Er erzählte, die Umgebung zu beiden Seiten der Brücke stelle einen Brutkasten für junge, innovationsfreudige Kreative aus dem In- und Ausland dar, eine internationale Szene, die sich in Berlin zusammengefunden hatte, weil hier Entscheidendes geschah und man noch günstig in alten Fabriken und Hinterhöfen Geschäftsräume mieten konnte. Musik, Mode, Hightech, was auch immer: Wenn man jung war, ein Pionier sein und ein Business gründen wollte, zog man nach Berlin. Die Stadt brauste, war Tag und Nacht attraktiv und übte eine unwiderstehliche Anziehungskraft auf all jene aus, die etwas Neues erschaffen wollten. Wolfgang musste wieder an Francisco denken.

Aber sie standen nicht aus diesem Grund hier – es ging um etwas Persönliches. Er erzählte Julia, an dieser Stelle, auf dieser Brücke habe vor fünfzehn Jahren seine Beziehung zu Claudia begonnen.

Er musste sich überhaupt nicht anstrengen, um sich alles wieder vor Augen zu führen, obwohl die Bilder nicht echt wirkten, eher wie ein nachcolorierter Schwarz-Weiß-Film. Claudia hatte ihn angesehen und gesagt: „Ich habe meine Beziehung beendet." Er war überrumpelt gewesen, denn das hatte er nicht zu hoffen gewagt; sie ging immer so ernsthaft mit Leuten um. Lächelnd hatte sie ihn geküsst, genau an dieser Stelle. Innerhalb eines Monats war sie bei ihm eingezogen. Die Wochenenden verbrachten sie in Claudias Haus in Pankow, wenn ihre Arbeit es erlaubte.

„Fehlt sie dir?", fragte Julia.

Er reagierte nicht, weil er darauf merkwürdigerweise keine Antwort hatte. Nur zu deutlich war ihm dagegen, dass die Bilder ihres Todes und ihres entstellten Körpers alles beherrschten. Warum war es nicht möglich, nur die schönen Erinnerungen aus ihrem gemeinsamen Leben zu bewahren, wie Fotos in einem Album, das man ab und zu einmal aufschlug und durchblätterte? In der Tiefe seines Herzens wusste er, dass er sie vergessen wollte, aber das konnte er Julia nicht erzählen.

Sie würde ihn für ein Arschloch halten.

Julia wollte wissen, was nun komme, und er wusste genau, was er wollte, und ebenso, dass es nichts mit Sightseeing zu tun hatte. Sie sah ihn an und erklärte: „Ich sollte dir folgen, weißt du noch?"

Ruhig gingen sie über die Brücke zu seinem Motorrad zurück, und er fuhr langsam, während er darüber nachdachte, was gleich in seinem Apartment zwischen ihnen passieren würde, und sich fragte, ob sie ihm, wenn es drauf ankam, wirklich bedingungslos folgen würde.

Schmiegte sie sich noch fester an ihn als gerade eben schon oder bildete er sich das nur ein?

Achtundzwanzigstes Kapitel

Für ihre Ermittlungen im Fall des Geigenmädchens hatte sich Gitta schon eine Taktik überlegt. Sie überprüfte, ob sie die Visitenkarten bei sich hatte, warf einen letzten Blick darauf und lächelte. Da sollte noch jemand behaupten, sie sei nicht kreativ.

Sie verließ die S-Bahn in Karlshorst und ging die Treskowallee ein Stück nordwärts. Es war einfach gewesen; sie hatte nur online im Telefonbuch nachzusehen brauchen. Die Eltern des Geigenmädchens wohnten immer noch an derselben Adresse, in dem Teil von Karlshorst, der nach dem Zweiten Weltkrieg als Niederlassung der Offiziere des sowjetischen Heers beschlagnahmt worden war.

Sie bog rechts ab, und die hohen Häuserblocks machten rasch niedrigen Gebäuden Platz, einem Wirrwarr ruhiger Straßen mit unzähligen Haselnussbäumen, freistehenden Häusern und dem Deutsch-Russischen Kriegsmuseum. Sie erreichte eine Villa, die groß genug gewesen wäre, um drei große Familien und ihre Sprösslinge unterzubringen, und ihr wehte Klaviermusik entgegen. Sie inspizierte den Garten: Der sagte das über die Hausbesitzer aus, worauf sie gehofft hatte. Sie lächelte. Zeit für Phase zwei.

Sie öffnete das Gartentor, lief zur Haustür und klingelte. Es dauerte eine Minute, bevor sich die Tür öffnete und eine hochgewachsene, magere Frau Mitte fünfzig mit sorgfältig geföhntem halblangem braunem Haar heraustrat, die sie erst erstaunt und dann misstrauisch anstarrte.

„Bitte verzeihen Sie, dass ich einfach so bei Ihnen klingle“, begann Gitta. „Ich bin hier zufällig vorbeigekommen, und dabei ist mir der Zustand Ihres Gartens aufgefallen. Ich bin Gartenarchitektin von Beruf. Heute habe ich eigentlich meinen freien Tag, und ich wäre auch fast einfach weitergegangen, aber dann konnte ich es doch nicht lassen. Ein Garten, der der Stolz der ganzen Nachbarschaft sein könnte – das ist doch einfach schlimm“, erklärte sie in strengem Tonfall.

Die Frau taute ein wenig auf und sah sogar aus, als plage sie das schlechte Gewissen. „Mein Mann und ich haben beide keinen grünen Daumen“, antwortete sie. „Außerdem fehlt mir die Zeit für so etwas, weil ich den ganzen Tag übe. Ich bin Pianistin.“

Gitta gab sich den Anschein, angemessen beeindruckt zu sein, und sprach über die Harmonie zwischen Garten und Musik und über die Symbiose, die man zwischen beiden erreichen konnte, woraufhin die Frau mit einem Blick auf die Uhr erklärte, es sei sowieso Zeit für eine Pause, und Gitta anbot, ihr auch den restlichen Garten zu zeigen. Ihre Besucherin folgte ihr. Hinter dem Haus war der Zustand auch nicht viel besser. Das Gras wirkte mickrig und ausgetrocknet.

„Ich habe Sie zuerst für eine dieser rumänischen Bettlerinnen gehalten. Im Moment machen das sehr viele dieser Ausländer. Meistens haben sie ein Baby bei sich, darum haben sie natürlich so viele Kinder.“

Gitta vermutete, dass diese Frau unabhängig vom eigentlichen Thema jeden zweiten Satz einer Unterhaltung mit einer Bemerkung über Ausländer begonnen hätte. Sie ging nicht darauf ein, deutete zum Garten hin und schüttelte dabei mit vielsagenden Lauten den Kopf. Aber da lasse sich etwas tun, erklärte sie. Sie werde gratis einen Plan mit einem Angebot für einen neuen Garten vorlegen. Ein paar Ideen habe sie schon.

Sie gingen nach drinnen und tranken Kaffee. Das geräumige Haus war geschmackvoll und komfortabel eingerichtet. Gitta betrachtete das Foto eines Mädchens mit einer Geige und fragte, ob das die Tochter der Besitzerin sei. Die Frau nickte und erzählte, ihre Tochter sei im Jahr 2002 ermordet worden. Sie war ihr einziges Kind gewesen und hatte Geige gespielt. Die Frau sprach über Musik und erklärte dann, ein Instrument spielen zu lernen, sei ein Menschenrecht. Gitta starrte sie verblüfft an. In ihrer Vorstellung hatten Menschenrechte mit anderen Dingen zu tun. Mit Gesundheitsvorsorge, Bildung, Arbeit, einem menschenwürdigen Leben. Diese Frau lebte ganz eindeutig in einer anderen Welt, in der von Menschen, die sich die Überzeugung zu eigen gemacht hatten, jeder stehe für sich, und die den Individualismus ganz oben anstellten.

Gitta erklärte, sie habe damals über das tragische Ereignis gelesen. Sie berichtete, einige Jahre zuvor sei eine Sängerin ermordet worden, und fragte, ob die Dame diese vielleicht beruflich gekannt habe, woraufhin ihre Gastgeberin den Kopf schüttelte. Obwohl sie die Musik der Künstlerin kannte, war sie ihr nie persönlich begegnet. Hin und wieder trat sie durchaus mit Sängerinnen auf, doch diese Frau hatte sich in einem Genre bewegt, das ihr nicht zusagte.

Gitta war enttäuscht. Sie hatte gehofft, über die Musik eine Verbindung zwischen den Familien zu finden. Die Frau betonte aber entschieden, sie habe die andere nicht gekannt.

Ganz offensichtlich hatte die Pianistin das Bedürfnis, sich auszutauschen. Gitta vermutete, in diesem Haus werde nicht viel über die Tochter gesprochen, und dies bestätigte sich schnell, als die Frau meinte, ihr Mann habe das Thema zum Tabu erklärt. Der war übrigens Gynäkologe mit einer Praxis hier in Karlshorst.

Ihre Tochter war damals nur einen knappen Kilometer von diesem Haus entfernt in einem Park gefunden worden. Den Täter hatte man nie fassen können. Sie vermutete, Ausländer seien beteiligt gewesen, obwohl sie für diese Theorie keinen einzigen Anhaltspunkt anführen konnte.

Die Ausländerfeinde kamen heutzutage sogar dort vor, wo man sie nicht vermutete, dachte Gitta. Eine beängstigende Vorstellung.

Gitta meinte vorsichtig, in solchen Fällen helfe es manchmal, mit einem Psychologen oder Psychiater zu sprechen, woraufhin die

Frau erwiderte, ihr Mann sei dagegen gewesen. Sie müssten mit dieser Sache selbst fertig werden, hatte er erklärt, und sie hatte dem zugestimmt. In der Musik hatte sie ihren eigenen Verarbeitungsansatz gefunden, und der hatte auch gut funktioniert. Ihr Spiel war dadurch sogar besser geworden.

Gitta fragte sich, ob ihr Gegenüber wohl selbst glaubte, was sie da von sich gab. Wie konnte eine Mutter so über ihre ermordete Tochter sprechen? Gut für ihre Musik, ihre Karriere.

Man hatte das Mädchen in der Nähe ihres Elternhauses gefunden. In Gedanken ging Gitta die Möglichkeiten durch, die auch in der Akte Erwähnung fanden. Fürchtete diese Frau, ihr Mann könnte etwas mit der Sache zu tun haben? War sie selbst die Täterin? Hatte es inzestuöse Vorfälle gegeben? Einen Zusammenhang mit der Tatsache, dass das Mädchen schwanger gewesen war? Während sie über ihre Tochter sprach, zeigte die Frau nicht die leiseste Gefühlsregung, und trotzdem musste sie etwas empfinden.

Die Pianistin schaute demonstrativ auf die Uhr und erklärte, es sei nun Zeit für ihre Mittagsruhe. Wahrscheinlich bereute sie es bereits, sich so offenherzig geäußert zu haben. Gitta wusste, dass sie diesen Effekt auf Menschen hatte. Um die Atmosphäre ein wenig aufzulockern, machte Gitta der Frau ein Kompliment zu ihrem Kleidungsstil und ließ wie nebenbei den Namen der Modedesignerin fallen, doch die Frau gab an, sie kaufe all ihre Stücke bei Claudia Sträter.

Gitta überreichte ihr die Visitenkarte, die sie heute Morgen an ihrem Computer entworfen hatte – natürlich mit viel Grün – und versprach der Frau, innerhalb einer Woche die Skizzen für den Garten vorbeizubringen.

„Jetzt verstehe ich jedenfalls, warum Sie grüne Haare haben", hatte die Künstlerin mit einem Lächeln erklärt.

Die Modedesignerin Jutta stand als Nächste auf der Liste. In ihrer Akte hatte nichts Inhaltliches über die Modenschau gestanden, mit der sie gerade beschäftigt gewesen war, außer dass es sich um eine Benefizveranstaltung für die Hungernden im Sudan handelte und alle Models auf ihre Gagen verzichteten. Gitta hatte im Internet nach Informationen über die Designerszene gesucht und ein paar Adressen gefunden, von denen sie sich eine hohe Trefferquote erhoffte. Sehr praktisch, dass jede Subkultur ihre eigenen Lieblingsbars, -cafés und -kneipen hatte.

Nach Hause zu fahren und ein geeignetes Outfit anzuziehen, war zwecklos. Gitta besaß ganze Schränke voller Kleidung, in die sie schon seit Jahren nicht mehr passte und die sie in der bis heute vergeblichen Hoffnung aufbewahrt hatte, einmal wieder hineinzupassen. Sie hätte das ganze Zeug lieber der Heilsarmee überlassen sollen, der größte Teil war inzwischen doch aus der Mode gekommen.

Sie kaufte sich ein auffälliges hellblaues Kostüm in einer trendigen Boutique, die Gott sei Dank auch größere Größen anbot, was eine Ausnahme war, und sie behielt das neue Outfit direkt an. Ihre eigenen weißen Stiefel aus Straußenleder ließen das Ganze exotisch wirken. Sie war bereit für die Jagd. Ein Blick auf die Liste verriet ihr, dass sie ihre Suche am besten in einem Café am Lützowplatz beginnen würde.

Dort war sie ein Phänomen. Die bunte Versammlung nach den neuesten Trends gekleideter Menschen, die alle deutlich jünger waren als sie – zwischen zwanzig und vierzig – betrachtete sie mit unverhohlenem Interesse. Es summte beinahe im Raum. Nach einer Viertelstunde war der junge Mann hinter der Bar derjenige, der die entscheidende Frage stellen durfte. Er erkundigte sich, ob sie auch Designerin sei, und sie erklärte, sie sei fast fertig mit der Ausbildung; das ergänzte sie mit der Bemerkung, sie sei eine Spätzünderin.

Von diesem Augenblick an wollte sich jeder mit ihr unterhalten. Sie war nun nicht mehr nur ein Phänomen, sondern ein interessantes Phänomen. Sie brachte das Gespräch auf Jutta. Niemand der Anwesenden hatte sie persönlich gekannt. Es gab nicht einmal jemanden, dem ihr Name etwas sagte. Gitta war nicht klar gewesen, dass Ruhm in diesen Kreisen schnell verging, sobald man nicht mehr im Geschäft war, und sie begriff, dass Jutta zwölf Jahre nach ihrem Tod quasi zur Frühgeschichte der Designerkunst gehörte. Gitta erkundigte sich, ob ihnen jemand einfalle, der Jutta trotzdem gekannt haben könnte, woraufhin eine junge Frau in einem rot-grünen Gewand und einem Hut, der aussah wie ein Teppichklopfer im Kleinformat, ihren giftgrünen Cocktail auf dem Tisch abstellte und „Barbi!" rief.

Die anderen nickten zustimmend. Wie sich herausstellte, war Barbi die Nestorin des Berliner Catwalks und schon „ein wenig älter" – sie hatte Jutta wohl gekannt. Diejenigen, die ihr Handy noch nicht vor sich hatten, holten es jetzt heraus, und innerhalb von drei Sekunden waren alle in der Bar, inklusive des Barmanns, eifrig am Scrollen.

„Ich habe ihre Nummer", rief der Teppichklopfer. „Ich rufe sie gleich an."

Sie führte ein kurzes Gespräch und reichte dann Gitta das Telefon. „Barbi!"

Barbi konnte sich nicht nur an Jutta – die sie als eine sehr talentierte Frau beschrieb - erinnern, sondern auch daran, dass sie mit den Vorbereitungen für eine Show beschäftigt gewesen war. Etwas Brauchbares wusste sie allerdings nicht darüber zu erzählen. Die neue Kollektion war selbstverständlich geheim gewesen, genau wie alle Details über die Modenschau.

Ganz unfassbar, was dem Opfer zugestoßen war. Gittas vorsichtig geäußerte Vermutung, Jutta habe Probleme gehabt und sei zu einem Psychiater gegangen, wischte Barbi mit einem verächtlichen Lachen vom Tisch. Jutta sei die ausgeglichenste Person in der westlichen Hemisphäre gewesen. Erfolgreich. Jeder habe sie auf Händen getragen.

Gitta erklärte, sie wolle als Abschlussprojekt für ihre Ausbildung eine eigene Version der Show auf die Bühne bringen, die Jutta nie hatte vollenden können, worauf Barbi erwiderte, dann müsse sie Kontakt mit dem Eventbüro in Kreuzberg aufnehmen, das Jutta damals eingeschaltet hatte. Zu dieser Zeit war die Agentur noch ganz am Anfang gewesen, aber inzwischen lief das Geschäft sehr gut. Sie gab Gitta einen Namen und eine Telefonnummer. Die rief dort an und erfuhr, dass der Direktor, der sich damals um die Sache gekümmert hatte, sich gerade im Urlaub befand und erst morgen zurückkommen würde. Er war zurzeit nicht erreichbar, und Unbekannten durfte man seine Handynummer nicht geben.

Zweimal daneben. Frustrierend. Sie schaute auf die Uhr und sah, dass ihr bis zu ihrer Verabredung noch Zeit blieb.

Aller guten Dinge waren drei.

Neunundzwanzigstes Kapitel

Claus rief an, und Wolfgang drückte das Gespräch weg. Während Julia im Wohnzimmer seines Apartments mit ihrer Familie telefonierte, füllte er in der Küche den Eiskübel, ließ vorsichtig eine Flasche Veuve Clicquot hineinsinken und stellte ihn mit zweien seiner schönsten Champagnergläser ins Schlafzimmer. Er wühlte in dem Schrank, in dem seine Jacketts, Krawatten und Halstücher ordentlich gereinigt und gebügelt und nach Farben sortiert hingen und fand, wonach er suchte.

Es war Zeit.

Julia stand im Wohnzimmer und schaute aus dem Fenster. Sie wandte sich um und erklärte, er habe ein schönes Apartment. Sie wollte wissen, ob alle Etagenwohnungen in Berlin so seien. Sieben geräumige Zimmer, viel für eine Person, aber er mochte Platz um sich herum. Jedes Zimmer hatte seine ganz eigene Bestimmung. Das Wohnzimmer, wo er fernsah und Musik hörte. Das Ankleidezimmer. Die Bibliothek, in der er las. Das Arbeitszimmer mit dem Computer. Die Rumpelkammer, wo das Bügelbrett stand und außerdem ein Wäscheständer. Das große Badezimmer mit der Emailwanne auf Pfoten und der Spiegelwand. Das Gästezimmer. Die Küche mit Töpfen in allen Formen und Farben und seiner Sammlung zierlicher japanischer Messer. Sein Schlafzimmer.

Er führte sie herum. Sie lauschte seinen Erklärungen, und als sie mit dem Rücken zu seinem Kingsizebett mit den seidenen Laken stand, sagte sie, sie sei erstaunt, dass er keine Schilder an jeder Tür befestigt hatte, auf der der Name des entsprechenden Zimmers zu lesen wäre. Er wusste, dass sie ihn heimlich auslachte, und wünschte sich, sie würde damit aufhören, jetzt und für immer, und dafür würde er auch sorgen. Diesmal war er es, der die Fäden in der Hand hielt. Die Erregung, die den ganzen Tag in ihm geschlummert hatte, durchflutete ihn heftig.

„Ich will dich“, hörte Wolfgang sich selbst sagen.

Ihr Blick genügte als Antwort. Diesmal würde sie keinen Abstand halten. Er trat einen Schritt auf sie zu und strich ihr die Haare aus dem Gesicht, wollte etwas sagen, wusste aber schon nicht mehr, was es gewesen war, als sie ihn küsste und er hörte, wie sie ein leises, stöhnendes Geräusch von sich gab. Und ein paar Sekunden später, als sie sich an ihn schmiegte und er die Wärme ihres Körpers an seinem fühlte, wollte er es schon nicht mehr wissen.

Sie tranken die Flasche Champagner leer, ignorierten das Klingeln an der Tür. Sanft streichelte er ihr die Brüste, ließ seine Finger durch ihr Haar gleiten. Er fühlte sich erschöpft. Fantastisch. Es war lange her, dass er sich so gut gefühlt hatte. Es war anders gelaufen als von ihm geplant. Er dachte an seine Fantasie mit den schwarzen Tüchern, der sich Julia entschieden verweigert hatte. „Du willst immer alle Fäden in der Hand haben“, hatte sie erklärt, ihn geküsst und gestreichelt, bis er nicht mehr denken konnte. Dabei hatte sie ihm ins Ohr geflüstert: „Was willst du eigentlich beweisen? Hör auf nachzudenken, du brauchst nur zu fühlen.“ Und das hatte er getan, dafür hatte sie nur zu gut gesorgt. Er hatte heute Nacht etwas gelernt. Eines stand unumstößlich fest: Spanische Frauen unterschieden sich in anatomischer Hinsicht nicht von deutschen. Und Julia war wunderbar geschmeidig.

Wolfgang lag auf der Seite, Julia mit dem Rücken an ihn geschmiegt, und er sog den Geruch ihres Haars ein, während er ihr den Busen streichelte. Er dachte an die unglaublichen Stunden zurück, die hinter ihnen lagen, und spürte, wie die Erregung wieder in ihm aufstieg. Julia gab ein leises Geräusch von sich, das wie „Hmmm“ klang. Wenn er nicht so erschöpft gewesen wäre, hätte er sich auf sie gestürzt und noch einmal mit ihr geschlafen. Mein Gott, so großartig war es noch nie gewesen. Er wusste nun sicher, dass er diese Frau liebte, diese unglaublich erregende Frau mit den dunklen Augen.

Er dachte über ihre Worte nach. Die Fäden in der Hand haben. Hatte er etwas beweisen wollen? Und was löste das bei ihr aus? Sie brauchten einander nichts zu beweisen, sie gehörten zusammen, und es hatte sich nur zu deutlich herausgestellt, dass sie füreinander bestimmt waren.

Julia drehte sich um, schaute ihm in die Augen und lächelte, küsste ihn dann sacht, zärtlich. Sie war leidenschaftlich und sanft, zuweilen abwechselnd, dann wieder gleichzeitig. Eine Frau wie sie hatte er noch nie im Leben gekannt.

Lange Zeit lagen sie schweigend da, schauten einander hin und wieder in die Augen und lächelten gleichzeitig. Ihr Lächeln bedurfte keiner Worte. Nur fühlen. Sie hatte hinzugefügt, dass sie das nicht nur körperlich meinte, und dabei beinahe betrübt gelächelt, als sehe sie in seinem Gesicht etwas, das sie erstaunte und zugleich mit Wehmut erfüllte. Eine Strophe aus einem Rilke-Gedicht schwebte ihm durch den Kopf: „Wie soll ich meine Seele halten, dass sie nicht an deine rührt?"

Er übersetzte die Zeilen ins Spanische, woraufhin sie lächelte und sagte: „Wir sind in einem Gedicht gefangen."

„Bleib in Berlin", bat er. „Überlass den Betrieb deinen Brüdern und deinem Vater. Ich zeige dir die Stadt, und danach gehen wir nach Galizien. Wir werden es ganz fantastisch haben."

Lange Wanderungen an unebenen Küsten, Albariño-Weißwein, Meeresfrüchte und ein Haus mit einem großen offenen Kamin und Aussicht über den spanischen Fjord. Mit dem Schiff auf die andere Seite nach Vigo fahren, im Fischerviertel Berbés von den alten Frauen mit ihren Schürzen einen Teller Austern kaufen und damit in eines der vielen Fischrestaurants gehen, dazu einen Albariño bestellen und diese göttliche Kombination in sich aufnehmen. Zurück mit dem Schiff und dabei hoffen, dass die Delfine sie begleiten würden, die edelsten aller Ozeanbewohner, und zu Hause Sex vor dem offenen Kamin mit seinem flackernden Feuer, bis die Dunkelheit hereinbrach.

Er redete und Julia hörte zu, hatte dabei den Kopf an seine Brust gelegt. Sie reagierte nicht, und schließlich schwieg er, hob ihren Kopf zu sich hoch und schaute sie an. Ihr Blick strahlte Ungeduld aus.

„Ist dir wirklich nicht klar, was das größte Problem ist?“, fragte sie und wandte dabei den Blick ab. Er wartete darauf, dass sie aussprach, was er eigentlich hätte wissen müssen, auch sehr wohl wusste und der Einfachheit halber ignoriert hatte, als würde es vergehen, wenn er nicht wahrhaben wollte, dass das Problem existierte.

„Ich habe das schon immer gewollt, aber irgendwie ist es nie dazu gekommen“, sagte sie. „Ich bin schon einmal so dumm gewesen.“ Sie schwieg, formulierte den Satz um. „Ich habe schon einmal eine Chance ungenutzt gelassen, und jetzt habe ich nicht mehr viel Zeit. Ich bin siebenunddreißig. Ich will ein Kind.“

Dreißigstes Kapitel

Der Mann, in die gleichen Grau- und Schwarztöne gehüllt wie sein durchgestyltes Büro, beugte sich in seinem Stuhl aus schwarzem Leder nach vorn und vermochte den Blick nicht von Gittas Frisur abzuwenden. Er sprach gewandt, sogar glatt, auf eine Art und Weise, die unecht wirkte; er war ganz offensichtlich den Umgang mit Vögeln von unterschiedlichstem Gefieder gewohnt.

Sie hatte ihn angerufen und um einen Termin gebeten, sich als Musikjournalistin ausgegeben, die einen Artikel über den tragischen Tod junger Popstars schreiben wollte: keinen sensationslüsternen Text, sondern ein Stück, in dem es um den Menschen hinter dem Künstler ging, um Menschen, deren Leben einen persönlichen Kampf darstellte. Darüber, was Ruhm anrichten konnte, solche Dinge. Aus psychologischer Perspektive.

Der Agent hatte seine zunächst reservierte Haltung gegen eine interessierte eingetauscht, als sie den Namen einer international renommierten Fachzeitschrift genannt und ihm versprochen hatte, seinen Namen ganz besonders hervorzuheben. Sie durfte noch am selben Tag vorbeikommen, zufällig hatte er keine Termine mehr.

Die Sängerin war, und diese Beurteilung schien aus der Tiefe seines Herzens zu kommen, eine Bitch gewesen. Eine erfolgreiche Bitch, das schon, sonst hätte er sie auch wie eine heiße Kartoffel fallen lassen. Natascha war arrogant, was bei Künstlern häufiger vorkam, weil ihnen der Ruhm zu Kopf stieg und sie glaubten, der Rest der Welt müsse nach ihrer Pfeife tanzen. Bei Natascha war das Ganze noch ein bisschen schlimmer gewesen. Sie war die arroganteste Frau, die er jemals kennengelernt hatte. Das durfte Gitta aber nicht zitieren. Der Ausdruck „Künstlertemperament" erschien dem Agenten angemessener.

Richtige Freunde hatte Natascha nicht gehabt. Er schüttelte nachdrücklich den Kopf, als Gitta nach Alkohol und Drogen fragte. Einen Psychiater hatte Natascha seines Wissens auch nicht besucht, obwohl sie so jemanden gut hätte gebrauchen können, übrigens genauso wie er selbst, nachdem er jahrelang ihr Agent gewesen war, und in diesem Beruf sowieso. Sie hatte ihm allerdings auch ordentlich Geld eingebracht, und das machte natürlich viel wett.

Gitta fühlte sich immer frustrierter. Die Sängerin hatte keine Groupies gehabt, von denen sie gestalkt wurde, man hatte sie nie bedroht. Sie suchte sich regelmäßig einen Fan aus der Schar aus, die ihr Briefe und Fotos mailte, und nahm den dann direkt mit in ein Hotel. Namen kannte er keine, und es war auch nie zweimal hintereinander derselbe Fan gewesen. Sie warnte ihre Anhänger von vornherein und sagte immer spöttisch, dann gäben die Männer wenigstens ihr Bestes. Vom Singen einmal abgesehen war das ihrem Agenten zufolge das einzige Interesse in ihrem Leben.

Er fand es nicht schlimm, dass Gitta fragte, ob er selbst auch einmal … Er wusste, was sie meinte. Gitta achtete darauf, entschuldigend zu klingen, und erklärte, die Leser seien interessiert daran zu erfahren, wie es in diesen Kreisen zuging. Der Mann schaute amüsiert drein und erklärte, sich nie im Leben mit dieser Sorte einzulassen, und schon gar nicht, wenn zwischen ihnen eine Geschäftsbeziehung bestand. Bevor man es sich versah, missbrauchten einen diese Leute für ihre Zwecke.

Gitta kam keinen einzigen Schritt weiter. Frustrierend. Ein anonymer Fan, der sich abgewiesen gefühlt hatte? Ein Mörder, der ihren Pfad gekreuzt, sich als Fan ausgegeben, mit ihr geschlafen und sie dann umgebracht hatte? Aber sie nahm die Männer immer mit in Hotels, nie zu sich in die eigene Wohnung; so dumm war sie nicht, zumindest laut ihres Managers.

Das Gespräch verlor sich in unbedeutenden Details. Jedenfalls lieferte es abgesehen von einigen netten Anekdoten nur wenig Brauchbares. Natürlich war es auch unwahrscheinlich, dass Gitta etwas finden würde, das die Polizei übersehen hatte.

Eine feste Modedesignerin hatte Natascha für ihre Auftritte nicht gehabt; sie kaufte alles in Mailand, London, New York oder wo sie sonst noch auftrat.

Gitta wollte wissen, ob die Künstlerin Lieblingsfotos gehabt habe. Die Frage war lächerlich vage, aber der Agent erwiderte spontan und nachdrücklich: „Ja, die auf denen sie selbst drauf war." Als Gitta wissen wollte, ob irgendwann einmal Fotos verschwunden oder in Ihrem Besitz gewesen waren, auf denen sie selbst nicht zu sehen gewesen war, bekam der Agent einen glasigen Blick. Er sagte, er habe keine Ahnung, worauf Gitta hinauswolle.

Die erklärte, das wisse sie selbst auch nicht; sie stelle intuitiv Fragen, das tue sie während Interviews öfter, weil auf diese Weise manchmal interessante und unerwartete Informationen zutage kamen, und ihr Gegenüber schien diese Erklärung auch tatsächlich plausibel zu finden. Sie erkundigte sich, ob die Sängerin einen Kleingarten gehabt habe. Er starrte sie verblüfft an und erklärte, das sei natürlich nicht der Fall gewesen. Kleingärten waren etwas für das gemeine Volk, und darauf schaute sie herab. Manchmal hatte sie auf Benefizveranstaltungen gesungen, weil das gut für ihr Image war, etwas mit den Entwicklungsländern oder so; Gitta kannte das sicher, das brachte einem Star immer gute Presse.

Gitta starrte ihn an. Eine Benefizveranstaltung. Die Modedesignerin war auch mit einer Benefizshow beschäftigt gewesen. War das Zufall oder hatte sie hier vielleicht die Verbindung gefunden?

Sie erkundigte sich, ob Natascha jemals auf einer Modenschau gesungen habe, was er verneinte.

Er schien zu spüren, dass Gitta keine Fragen mehr einfielen, und wollte seinerseits wissen, ob sie auch singe oder ein Instrument spiele. Spontan erzählte sie, sie habe eine Zeit lang als Groupie eine Rockband begleitet und spiele Gitarre, habe hin und wieder sogar mit auftreten dürfen. Mit einer einladenden Geste deutete er auf eine an der Wand lehnende Gitarre. Gitta nahm sich das Instrument und ließ ihre Hand in einer Liebkosung darübergleiten. Es war lange her, und trotzdem fühlte sich die Gitarre sofort vertraut an, als hätte Gitta noch gestern gespielt. Sie dachte an eine der abenteuerlicheren Episoden ihrer Vergangenheit zurück. Dann spielte sie einen Bob Dylan-Song und sah am Gesicht des Agenten, dass sie sich besser schlug, als er erwartet hatte. Er fragte, ob sie nicht in einer Rockband spielen wolle, denn da müsse eine Gitarristin bald eine Pause einlegen, weil sie schwanger sei.

Gitta überreichte ihm ihre Telefonnummer – die zweite Visitenkarte, die sie auf ihrem Computer hergestellt hatte –, und er versprach, er werde anrufen, wenn ihm noch irgendetwas Interessantes einfallen sollte, das sie für ihren Artikel gebrauchen könne. Sie ihrerseits würde über sein Angebot nachdenken. Eigentlich wäre es ganz schön, wieder in einer Band zu spielen.

Einunddreißigstes Kapitel

„Wenn nicht mit dir, dann eben ohne dich", hatte ihm Julia noch an den Kopf geworfen, bevor sie ins Badezimmer gestürmt war, aus dem sie nach einem halbstündigen Aufenthalt in eine Wolke seines Badeschaums gehüllt wieder zum Vorschein kam, als hätten sie sich nicht gerade nach ihrem ersten Liebesakt über – kaum zu glauben – Kinder gestritten.

Wolfgang überprüfte, dass das Kondom auch nicht gerissen war, und spülte es ärgerlich in der Toilette herunter, wobei er laut sagte: „Ja, ich weiß, das soll man nicht", als stünde die verdammte Abwasserpolizei im Zimmer und schaue ihm auf die Finger. Warum mussten Frauen nur immer alles kompliziert machen, und noch wichtiger, woher kam dieser Nestbautrieb? Warum verstand sie nicht, dass er sowieso zu alt war, um Vater zu werden?

Er wollte diese Frau besitzen, aber Julia wusste genau, was sie wollte, und besessen zu werden gehörte ganz offensichtlich nicht dazu, außer in dem Augenblick, in dem sie das wünschte. Es war naiv gewesen zu glauben, er halte die Fäden in der Hand.

Er wollte sie mit niemandem teilen und vor allem nicht irgendwo in der Peripherie von Europa hinter einem Kinderwagen herlaufen und sein Leben von ganzen Lastwagenladungen Pampers bestimmen lassen. Vater werden – nie im Leben.

Sie hatte ihm vorgeworfen, er wolle sehr viel, und es gehe nicht nur um seine Wünsche, und sie hatte daran gezweifelt, dass er überhaupt in der Lage war, jemanden zu lieben. Auf seinen Protest hatte sie mit der Erklärung reagiert, nicht darüber sprechen zu wollen.

Nach einer langen heißen Dusche kleidete sich Wolfgang sorgfältig an und folgte Julia in ihrem Beispiel, indem er so tat, als wäre nichts passiert. Sie schlug vor, die Stadt weiter zu erkunden, und er stimmte eifrig zu.

Sie beschlossen, diesmal die öffentlichen Verkehrsmittel zu nehmen, S-Bahn und U-Bahn. Vielleicht sollten sie auch noch kurz die Orte besuchen, an denen man zumindest einmal gewesen sein musste: die Friedrichstraße, das Brandenburger Tor, den Alexanderplatz.

Sie gingen nach draußen. Weit kamen sie nicht.

Wolfgang wurde klar, dass er lieber erst mal aus dem Fenster geschaut hätte.

Sie trugen Uniform und gaben sich höflich, aber entschieden. Seine Anwesenheit war vonnöten, weil der Hauptkommissar ihm einige Fragen zu stellen hatte, und nein, warten konnte das nicht. Jetzt sofort? Ja, jetzt sofort. Julia hörte sich Wolfgangs Übersetzung an und warf den Beamten einen ärgerlichen Blick zu.

„Ich gehe zu Esteban, der ist um diese Zeit in seinem Restaurant", erklärte sie entschieden und wischte Wolfgangs Bedenken mit einer Handbewegung weg. „Es ist helllichter Tag, und wir befinden uns mitten in der Stadt. Ich habe jahrelang in London gelebt, Wolfgang. Ich bin durchaus in der Lage, mich zurechtzufinden. Das Restaurant ist fünfzig Meter von hier entfernt. Ruf mich an, sobald du alles hinter dir hast."

Er schaute ihr zu, wie sie ging, ohne sich zu verabschieden; mit selbstbewussten und zugleich eleganten Schritten, und er hoffte vergeblich, sie würde sich noch einmal umdrehen. Während der Autofahrt ins LKA in der Keithstraße konzentrierte er sich auf die bevorstehende Vernehmung.

Es war seltsam, im Vernehmungszimmer zu sitzen, mit Claus und Christian ihm gegenüber auf der Seite des Tisches, wo er selbst immer gesessen hatte. Sie musterten ihn, wie sie das mit einem Verdächtigen getan hätten, und es war offensichtlich, dass sich die Verhältnisse geändert hatten. Er saß hier nicht länger als ehemaliger Kollege, sondern als Verdächtiger, besser gesagt als potenzieller Mörder, und so behandelten sie ihn auch.

„Wärst du so freundlich, mir mitzuteilen, warum ich hier bin?“, fragte Wolfgang, der wusste, dass Angriff die beste Verteidigung darstellte.

Eine simple Angelegenheit, erklärte Claus. Sie hatten alle Zeugenaussagen abgeglichen und herauszufinden versucht, wer sich kurz vor dem Mord an Rödiger wo befunden hatte. Claus hatte nur bedingt an den Erfolg geglaubt, weil die meisten Leute Gedächtnisse wie Siebe hatten, aber in der Festgemeinschaft befanden sich unglaublicherweise ein paar aufmerksame Bürger, die bemerkt hatten, dass Wolfgang nicht lange vor Rödigers Ermordung die Terrasse allein und in Richtung der Kleingärten verlassen hatte.

Wolfgang starrte Claus an. „Das ist gelogen. Ich war während der ganzen letzten Stunde auf der Terrasse. Wer wagt es denn, so etwas zu behaupten?“

Christian entgegnete, diese Information dürften sie momentan nicht preisgeben.

„Wer auch immer es ist, diese Leute lügen“, erklärte Wolfgang. „Ich war auf der Terrasse, das müssen noch mehr Anwesende gesehen haben. Ich habe mit verschiedenen Gästen gesprochen. Das ist doch lächerlich.“ Er war wütend und fühlte sich in die Enge getrieben. Eine Zeit lang hatte er für sich gestanden, zwischen den Yuccapalmen und den Oleanderbüschen, und er hatte von dort aus die Gäste beobachtet.

„Das stimmt mit keiner einzigen Zeugenaussage überein“, erklärte Claus. „Ich denke, es ist Zeit für den nächsten Schritt.“

„Ich will jemanden anrufen.“

„Dann direkt von hier aus, damit wir zuhören können. Kennst du die Nummer deines Anwalts auswendig oder soll ich ein Telefonbuch besorgen?“, wollte Claus wissen.

Wolfgang ignorierte ihn, rief Esteban an und erklärte ihm die Situation. Dann legte er ihm ans Herz, Julia nicht alleinzulassen und seinen Rechtsbeistand anzurufen.

Claus schaute Wolfgang wütend an.

„Was denn? Du hast nicht gesagt, dass ich auf Deutsch telefonieren muss“, meinte Wolfgang.

Seine Anwältin war klein, bewegte sich sicher, sah mit ihrem blonden Zopf, ihrem dunkelblauen Faltenrock und ihrer weißen Bluse wie ein braves Schulmädchen aus und hieß Ludowina. Claus tauschte einen Blick mit Christian und verdrehte beleidigend demonstrativ die Augen.

Daraufhin verengten sich ihre ganz leicht, und das verhieß bei Ludowina Gefahr, doch dessen schien sich Claus in keiner Weise bewusst. Sie schaute scharf von Claus zu Christian, sagte „Meine Herren“, und es gelang ihr ohne Mühe, diese Anrede wie eine grobe Beleidigung klingen zu lassen.

Sie erklärte, nur zu gut zu begreifen, dass es in einigen Fällen nicht die mental Höchstbegabten waren, die sich in ihrer im Übrigen sehr nützlichen Berufsgruppe tummelten, aber dass es ihrer bescheidenen Meinung nach doch Grenzen geben müsse, und wenn das nicht der Fall sein sollte, ergebe sich daraus ein schweres Versäumnis.

Claus und Christian starrten sie an, als fürchteten sie, ihr folgender Auftrag bestehe in einer fehlerlosen sprach- und mathematikwissenschaftlichen Analyse ihrer Worte. Sie gönnte ihnen keine Zeit, sich zu erholen, sondern fügte hinzu, dass sie darüber einmal mit ihrer guten Freundin sprechen werde. Ach, die kannten sie natürlich, es handelte sich um die Frau, die von einigen als „der Chef" und merkwürdigerweise sogar als „Politesse" bezeichnet wurde.

Claus lief rot an, und Wolfgang sah, dass sich sein Adamsapfel heftig auf und ab bewegte.

„Kommen wir zur Sache." Ludowina setzte sich und wollte wissen, auf welcher Basis man ihren Klienten verhöre.

Claus hatte sein Sprachvermögen inzwischen wiedererlangt und teilte ihr den Grund mit, während er sie weiter beobachtete, als wäre sie eine Kobra, die sich vor seinem Kopf hin und her wiegte, woraufhin sie mitleidig auflachte. Ein Fest mit Hunderten von Gästen, die für Wolfgang größtenteils Unbekannte waren, und dann erwartete der Herr *Haupt*kommissar – eine nicht zu überhörende Betonung –, diese Gäste seien in der Lage anzugeben, ein ihnen unbekannter Mann sei nicht auf der Terrasse gewesen? Oder hatte er alle Anwesenden gefragt, ob sie während der letzten halben Stunde einen Mann in den Fünfzigern mit Pferdeschwanz gesehen haben? Nein, das hatte sie schon vermutet, denn in diesem Fall säße ihr Klient nun nicht hier. Die Zeugen irrten sich, oder sie logen, und wenn Letzteres der Fall war, hatten sie wahrscheinlich selbst etwas zu verbergen, und es wäre besser, wenn der Hauptkommissar seine Energie darauf richtete. Einmal ganz abgesehen von der Tatsache, dass gar nicht feststand, dass der Mord von einem der Festbesucher begangen worden war. Gab es auch nur einen einzigen Hinweis in diese Richtung? Es hätte ebenso gut jemand von draußen sein können, der sich dem Festlärm zunutze machte, in die Kleingärten ging, Rödiger ermordete und wieder verschwand.

Glücklicherweise war sie, Ludowina, hergekommen, um die Sache geradezurücken. Sie hatte nämlich eine Person bei sich, die man nicht korrekt vernommen hatte, was sie im Übrigen entschieden an der Qualität der übrigen Befragungen zweifeln ließ.

Wolfgang blieb allein im Vernehmungszimmer zurück. Er wartete ungeduldig, fragte sich, wer wohl dieser Zeuge war.

Die Minuten krochen förmlich dahin, und nur unbeantwortete Fragen leisteten ihm Gesellschaft.

Nach einer quälend langsam vergangenen Stunde riss Claus die Tür auf und winkte ihn zu sich. Er sah verärgert aus.

Wolfgang betrat den Flur, wo sich Julia und Esteban mit Ludowina unterhielten. Sie sprachen Englisch. Seine Anwältin schaute auf die Uhr, erklärte, sie sei schon zu spät dran für den nächsten Termin, und Julia und Esteban sollten Wolfgang alles erklären. Sie schüttelte ihm die Hand, entfernte sich und nickte im Vorbeigehen kurz Claus zu. Der schaute ihr nach und murmelte etwas Unverständliches, was bezeichnend war, weil er seine Beleidigungen normalerweise so aussprach, dass man sie gerade so verstehen konnte.

„Was ist denn passiert?“, fragte Wolfgang ungeduldig.

„Herzlichen Glückwunsch, du hast ein Alibi“, meinte Claus. „Auch wenn ich die ganze Geschichte seltsam finde. Wo hast du übrigens diesen Raubfisch im Faltenrock her? Der weiße Hai ist nichts dagegen.“

„Lasst uns gehen“, meinte Julia.

Zu Wolfgangs Verblüffung küsste sie Esteban mitten auf den Mund, eine intime Geste. Warum? Was ging denn zwischen den beiden vor? Was verdammt noch mal trieb Julia da – wollte sie ihn herausfordern? Sie schaute ihn an und sagte, sie werde ihm gleich alles erklären.

„Ich muss nach Pankow“, gab Wolfgang zurück. Er hatte heute Nachmittag eine Verabredung mit seinen *partners in crime*, um zusammenzutragen, was ihre Ermittlungen ergeben hatten.

„Ich komme mit“, erklärte Julia.

Sie gingen zum S-Bahnhof Tiergarten. Julia schaute aus dem Fenster und nahm Berlin in sich auf. Bellevue, Hauptbahnhof, Friedrichstraße, Hackescher Markt, Alexanderplatz, wo sie in die U-Bahn nach Pankow umstiegen.

Während der Fahrt schwieg Wolfgang demonstrativ, reagierte mit einsilbigen Antworten, wenn sie etwas sagte oder fragte, und spürte, wie er immer wütender wurde. Sie hatte angekündigt, sie werde ihm alles erzählen, sobald sie zu Hause wären, und er hatte keine Lust, inzwischen über Belanglosigkeiten zu sprechen.

Sobald er die Tür zu seiner Wohnung mit einem lauten Knall hinter sich geschlossen hatte, verschränkte er die Arme vor der Brust und wollte wissen, wozu diese Schauspielerei notwendig gewesen sei.

„Welche Schauspielerei? Ich habe dir ein Alibi besorgt. Wenn du das als Schauspielerei bezeichnen willst, mach nur. Gern geschehen übrigens."

„Du weißt sehr gut, was ich meine."

„Natürlich weiß ich, was du meinst, aber du könntest auch einfach danach fragen. Aber nein, der Herr zieht seine Schlüsse, übrigens ohne zu kommunizieren, wie immer. Ich werde es dir erklären."

Julia hatte Claus gegenüber angegeben, die letzte halbe Stunde bei Wolfgang gewesen zu sein. Sie war sich der Tatsache bewusst, dass das nicht mit der Erklärung übereinstimmte, die sie am Abend des Festes gegenüber der Polizei abgegeben hatte, und sie hatte sich dahingehend etwas überlegt. Gegenüber Ludowina hatte sie erklärt, dass Esteban den Dolmetscher gespielt und ihre Antwort nicht gut übersetzt habe. Die Anwältin war außer sich gewesen. Zeugen ohne vereidigten Dolmetscher befragen, das fand sie ganz unglaublich, und sie hatte sofort ein sehr wohl beeidigtes Exemplar herbeizitiert und zum Ärger der Beamten ins LKA kommen lassen.

Claus war misstrauisch gewesen und hatte es als sehr großen Zufall bezeichnet, dass Esteban ein solcher Fehler hätte unterlaufen sollen, woraufhin Julia erklärt hatte, er sei nun einmal eine sehr sensible Person und durch das Geschehene außer Fassung gewesen. Der Mord habe ihn stärker beschäftigt als seine Dolmetscherrolle, und aus diesem Grund habe er Julias Worte nicht korrekt wiedergegeben.

Claus war misstrauisch geblieben und hatte sich erkundigt, in welcher Beziehung sie zu Wolfgang stehe. Er hatte wissen wollen, ob sie Wolfgangs Freundin sei, was sie abgestritten hatte. Sie hatte gesagt, das gehe Claus eigentlich nichts an, sie sei aber Estebans Verlobte und auf Geschäftsreise in Berlin. Ersteres könne Esteban bestätigen, und Letzteres dürfe Claus gerne beim Leiter der Delikatessenabteilung des KaDeWe in Erfahrung bringen, dessen Namen und Telefonnummer sie bei sich habe.

Es sei ja möglich, dass es Zeugen gab, die anderes behaupteten, aber die irrten sich. Wolfgang habe die letzte halbe Stunde bei ihr verbracht. Einmal sei er zur Toilette gegangen, die sich in der Nähe des Ausgangs befand, aber direkt zurückgekommen, weil davor eine Schlange wartete. Vielleicht hätten sich die Leute darum getäuscht; sie hatten ihn weggehen sehen und nicht bemerkt, dass er wieder zurückgekommen war. Sie hatte erklärt, sie sei bereit, das unter Eid auszusagen, und die empörte Frage hinzugefügt, ob Claus sie etwa der Lüge bezichtige.

Wolfgang wusste, dass Julia gelogen hatte, denn zuletzt war sie nicht bei ihm gewesen. In einem bestimmten Moment hatte er sie mit Esteban reden sehen und später allein mit Gitta, ein Gespräch, das animiert gewirkt hatte, und deshalb hatte er sich sogar gefragt, ob Gittas rostiges Spanisch vielleicht nicht so rostig war, wie sie behauptet hatte.

Sie habe Esteban also küssen müssen, damit ihre Geschichte glaubwürdig wirkte, und mehr dürfe er darin nicht sehen, fuhr Julia fort. Wenn dieser Claus wüsste, dass sie, Julia und Wolfgang, etwas miteinander hatten, würde ihr Alibi doch unglaubwürdig. Außerdem hatte sie jahrelang eine Beziehung mit Esteban geführt und ihn oft genug geküsst. Kurzum, da war nichts dabei.

Trotzdem hatte dieser Kuss äußerst echt gewirkt. Ein beunruhigender Gedanke – Julia, die so mühelos und vor allem überzeugend schauspielern und, was noch schockierender war, lügen konnte. Es war das erste Mal, dass er sie dabei ertappte.

„Warum?", fragte er.

„Um dir zu helfen, natürlich", erwiderte sie ungeduldig. „So ist das, wenn man sich wirklich liebt, dann tut man Dinge füreinander, auch wenn es der eigenen Überzeugung widerspricht und einen Mühe kostet. Es ist nicht einfach, jemanden zu lieben, Wolfgang. Wenn es zu einfach ist, stimmt etwas nicht."

Er begriff nicht, was sie mit dieser letzten Bemerkung sagen wollte. Er hatte es immer leicht gefunden, Claudia zu lieben, und sah nicht ein, warum so etwas an sich schwierig sein sollte. Claudia war nie so unberechenbar gewesen wie Julia. Sie hatten sich selten gestritten, waren auf einer Wellenlänge, wollten dasselbe vom Leben, und so sollte es auch sein. Er verstand nur zu gut, worum es Julia eigentlich ging, wenn sie sagte, man müsse etwas füreinander tun, und wollte nicht darüber reden – ganz ohne Zweifel merkte sie das, aber es hinderte sie nicht daran. Er beugte sich auf dem Sofa vor, die Arme vor der Brust verschränkt, bereit für das Kommende.

„Warum unbedingt Galizien?", fing sie an.

„Weil mir die raue Landschaft gefällt. Ich mag Galizien, außerdem habe ich es so geplant."

„Geplant! Natürlich", sagte sie in einem Tonfall, als rede sie über etwas Schmutziges. „Lass es mich anders formulieren, denn du bist heute etwas schwer von Begriff. Was spricht denn gegen die Extremadura? Du bist Pensionär und kannst tun und lassen, was du willst – ich habe einen Betrieb zu führen, was nur in der Extremadura möglich ist, denn meines Wissens gibt es weder in Berlin noch in Galizien *dehesas*. Da ist es doch am logischsten, dass du mit mir in die Extremadura kommst und von da aus ab und zu nach Berlin und Galizien in die Ferien fährst. Du musst eine Entscheidung treffen, Wolfgang."

Er wollte mit dieser Frau zusammen sein, nicht aber sein eigenes Leben aufgeben und schon gar keine Familie in dem kleinen Dorf gründen, an das er auch schlechte Erinnerungen hatte, die er nicht an die Oberfläche seines Bewusstseins bringen wollte. Im Gegenteil, die wollte er gerade für immer aus seinen Gedanken verbannen. Wenn sie zusammenleben wollten, musste das irgendwo anders sein, doch wo?

Er sah, wie sie ihm zuhörte, den Kopf etwas schiefgelegt, ab und zu langsam nickend, als fände sie seine Argumentation akzeptabel. Er sagte, er sei froh, dass sie seine Perspektive begreife.

Und da explodierte sie.

„Und wann versuchst *du* mal, jemand anderen zu begreifen? Du bist so verdammt rational. Warum lässt du nicht mal dein Gefühl sprechen?"

„Du weißt genau, wie viel ich für dich empfinde."

„Ja, das weiß ich", antwortete Julia ungeduldig, als halte sie das für eine Selbstverständlichkeit. „Aber auf dieser Welt dreht sich nicht immer alles nur um dich. Wann hast du eigentlich zuletzt irgendetwas für jemand anderen getan, etwas Uneigennütziges, nur um dem anderen eine Freude zu machen oder weil du jemanden liebst? Das muss sehr lange her sein. Wenn es überhaupt jemals dazu gekommen ist, was ich so langsam bezweifle, denn du bist der größte Egoist, der mir je in meinem Leben begegnet ist."

Sie fügte hinzu, Esteban sei, was diesen letzten Punkt betraf, mit ihr einer Meinung, und ihm bedeute ihre Freundschaft sehr viel - eine Tatsache, die sich Wolfgang ruhig öfters mal bewusst machen dürfe.

Wolfgangs Wut war nun in ihrer ganzen Heftigkeit zurückgekehrt. Wie wagte sie es, ihn so anzugreifen!

Sie stand mit geballten Fäusten vor ihm, holte rasch Atem. Die Schuhe hatte sie sich wütend von den Füßen geschüttelt, und ein Knopf ihrer Bluse sprang auf. Er spürte, wie Erregung in ihm aufstieg, zog sie an sich und schmiegte sich an sie. Sie versuchte vergeblich, sich loszumachen, schrie ihn an, er täusche sich, wenn er glaube, auf diese Weise Diskussionen zu vermeiden, die ihm nicht passten.

Das würde man dann noch sehen, dachte er. Abrupt hörte sie auf, sich zu sträuben, und er ließ sie los, woraufhin sie ihm einen harten Stoß versetzte, sodass er aufs Sofa fiel. Sie rannte weg, durch die offenen Türen in den Garten. Er setzte ihr nach, hielt sie fest. Julia wehrte sich wild, versuchte ihn zu schlagen, grub ihm die Nägel schmerzhaft tief in den Arm. Er war jetzt so erregt, dass er sie ins Schlafzimmer schleppen und ihr die Kleider vom Leib reißen wollte, sie aufs Bett werfen, sich auf sie stürzen, mit ihr schlafen, ob sie das nun wollte oder nicht, und vielleicht noch mehr; er stellte sich vor, wie sie sich sträuben, sich wehren würde, bis sie aufgab, weil sie wie er von der Leidenschaft überwältigt worden war, und wie sie ihn dann um mehr anflehen würde.

Er war von seiner Fantasie so überrumpelt, dass er Julia ins Schwimmbecken warf.

Empört spuckte sie Wasser aus, als sie wieder an die Oberfläche kam. Er sprang ihr nach, und sie drückte ihn unter Wasser, zog ihn kräftig an den Haaren wieder nach oben und nannte ihn einen *hijo de puta*. Er tauchte sie seinerseits unter und spürte unvermittelt, wie ein scharfer Schmerz bis in seine Haarwurzeln ausstrahlte, als sie ihn ganz fest in die Hoden kniff. Er stöhnte fast lautlos, rang nach Luft und ließ sie los. Sie erklärte, so könne man nicht mit ihr umgehen, und schwamm zum Rand, stieg in einer einzigen eleganten Bewegung aus dem Wasser und sah von dort aus tropfnass und triumphierend dabei zu, wie er auf sie zu schwamm. Er packte sie an beiden Beinen und zog sie zurück ins Wasser, erklärte, sie sei zu weit gegangen, und er werde ihr eine Lektion erteilen, und dem fügte er hinzu, sie wisse ja nicht, wozu er imstande sei. Da schmiegte sie sich plötzlich an ihn und flüsterte, das solle er ihr doch bitte zeigen – dann ließ sie ihn los, kletterte schnell aus dem Wasser und rannte nach drinnen.

Er folgte ihr, wandte sich aber um, weil er plötzlich spürte, dass sie beobachtet wurden. Allerdings sah er nirgendwo bei den Nachbarn jemanden am Fenster stehen. Er schüttelte das Gefühl ab.

Sie lag auf seinem Bett. Mit Mühe zog er die nassen Kleidungsstücke aus und suchte vergeblich im Nachttisch nach den Kondomen. Das war seltsam, denn eigentlich hätte da noch eine volle Packung liegen müssen. Er wühlte ungeduldig in der Lade, schaute im andern Nachtisch nach und sagte, er könne die Kondome nicht finden, woraufhin sie ihn an sich zog, Ihm ihre warmen Lippen ans Ohr presste und flüsterte, sie nehme die Pille und wolle es lieber ohne Kondom tun.

Er küsste sie, mit einem langen Kuss, der ewig zu dauern schien und auch nie enden durfte; er wollte die ganze Außenwelt vergessen und nur bei Julia sein, ihre Wärme und das Kribbeln in seinem Körper spüren. Er schaute ihr in die Augen, und sie flüsterte kaum hörbar: „Schlaf mit mir, wie du noch nie mit einer Frau geschlafen hast“, worauf er erwiderte, was sie wohl glaube, was er vorhabe, und er hörte ihr leises Lachen, spürte, wie sie ihn ganz vorsichtig ins

Ohrläppchen biss, sanft daran saugte. Als ihre warme Zunge in sein Ohr eindrang, schien irgendwo in seinem Inneren etwas zu explodieren, und er dachte nicht länger nach.

Er liebte diese launische und so erregende Frau. Sie lächelte, und er empfand eine wundersame Wehmut, als habe er nicht gerade etwas Schönes gefunden, sondern es soeben verloren.

Eine Zeit lang saßen sie einander schweigend gegenüber, und er wusste, er sollte die Stille andauern lassen, durfte den Augenblick nicht kaputtmachen. Der Gedanke hatte sich aber bei ihm eingeschlichen und ließ ihn nicht mehr los. So sehr es Wolfgang auch versuchte, er konnte sich selbst nicht bezwingen und stellte die Frage, die sich so hartnäckig in seinem Kopf herumtrieb.

„Warum nimmst du die Pille?"

„Was glaubst du?", gab sie spöttisch zurück. Sie wollte wissen, ob er noch mehr so intelligente Fragen auf Lager habe, und warum sich in seinem Nachttisch Kondome befanden.

Natürlich hätte er diese Frage nie stellen dürfen. Er wusste, dass Julia keinen festen Partner hatte. Vielleicht gab es da jemanden, mit dem sie ab und zu das Bett teilte, obwohl sie davon nie etwas erwähnt hatte. Einerseits wollte er es nicht wissen, andererseits schon, vor allem, wie es mit dem anderen war und ob sie ihn heimlich mit ihm verglich, wie er selbst das auch tat.

Er rutschte vorsichtig auf seinem Stuhl hin und her. Zwischen seinen Beinen entwickelte sich ein dumpfer Schmerz. Im Spiegel hatte er den Schaden schon begutachtet.

„Übrigens hast du mich so fest gekniffen, dass ich ganz blau bin", meinte er empört.

„Ich sehe nichts." Julia verzog die Lippen und führte das Weinglas zum Mund.

„Nein, natürlich nicht, ich habe ja auch eine Hose an, was übrigens nicht gerade angenehm ist. Du weißt ganz genau, was ich meine. Ich habe einen riesigen Bluterguss, verdammt noch mal."

Sie spuckte Wein über den Tisch und hustete lange.

„Ich wusste gar nicht, dass man da einen Bluterguss bekommen kann", brachte sie mit Mühe heraus. Sie schaute ihn nicht an, sondern blickte auf ihre Hände.

„Und du hast verdammt scharfe Nägel."

„Nur gut, dass du das jetzt weißt", erwiderte sie. „Die pflege ich sorgfältig, falls ich mal einem waschechten Macho begegne."

„Und wenn du mich noch ein einziges Mal auslachst, vergesse ich mich." Wolfgang stürmte aus dem Zimmer.

Bis ins obere Stockwerk konnte er sie lachen hören.

Warte nur.

Der Geruch nach Eiern und Knoblauch erreichte ihn oben, wo er sich um das Chaos im Fotoarchiv zu kümmern versuchte, und Wolfgang merkte, dass er Hunger hatte. Julia war einkaufen gewesen und bereitete ein Omelett zu. Es roch herrlich. Julias Omeletts waren kulinarische Höhepunkte. Er öffnete eine seiner besseren Weinflaschen, und sie aßen draußen am Schwimmbecken. Als Julia ein Kissen auf seinen Stuhl legte, wich sie seinem Blick aus. Sie fragte ihn Dinge über Berlin und manchmal auch Kleinigkeiten über Claudia, und er fühlte sich wohl in ihrer Gegenwart. Später half sie im Archiv mit, betrachtete die Fotos, die überall an den Wänden hingen, und meinte zögernd, als wisse sie nicht, wie Wolfgang reagieren würde, viele davon strahlten eine gewisse Traurigkeit aus, was für ihn einen neuen Gesichtspunkt darstellte. Ihm wurde klar, dass sie recht hatte. Traurigkeit und Wehmut. Fröhliche Bilder waren nicht darunter.

Sie küsste ihn, einfach so; danach fuhr sie mit dem Einsortieren fort, und plötzlich wusste er, dass alles gut war zwischen ihnen, dass es so sein musste. Es konnte gar nicht anders sein, es gab eine gemeinsame Zukunft für sie beide, weil sie zueinander gehörten, trotz ihrer Zusammenstöße und ihrer unterschiedlichen Persönlichkeiten.

Sie waren Seelenverwandte.

Während sie den Majakowskiring verließen, sprach Wolfgang, der Julia einen Arm um die Schulter gelegt hatte, über ihre Zukunft. Er spürte, wie sie sich anspannte. Sie schüttelte seinen Arm ab. Weder wollte noch konnte sie weg aus der Extremadura, das dachte sie ihm doch deutlich gemacht zu haben, erklärte sie, und sie wüsste gern, welchen Teil dieser Botschaft er nicht verstanden hatte.

Er erklärte, er habe geglaubt, sie habe nach den Ereignissen zwischen ihnen ihre Meinung geändert.

Sie fragte zurück, warum er selbst nicht seine Meinung geändert habe. Immer öfter falle ihr auf, dass „ich" bei Weitem der am meisten gebrauchte Begriff in seinem Wortschatz war. Er war Pensionär, konnte tun und lassen, was er wollte, und es gab einem ordentlich zu denken, dass er sich trotzdem weigerte. Er war, kurzum, ein Egoist.

Er hielt dagegen, dass sie zusammenpassten, im Bett perfekt harmonierten. Jetzt wurde sie erst richtig wütend. Glaubte der Herr etwa, Sex wäre die Lösung für alles? Weil sie miteinander ins Bett gingen, sollte Julia ihm also nachgeben, ihr ganzes Leben einfach so hinter sich lassen. Sein Weltbild war von einer beinahe kindlichen Einfachheit. Er war nicht der Erste, mit dem sie ins Bett gegangen war, und inzwischen hatte sie auch begriffen, dass er nicht der Letzte sein würde.

Im nächsten Moment sagte sie etwas, das ihn bis ins Innerste schockierte, und rannte fort, in den Park hinein.

Er konnte sich nicht rühren, blieb eine Minute lang wie erstarrt stehen, während zu ihm durchdrang, was sie da gesagt hatte.

Dann rannte er ihr nach, ins Gebüsch.

Eine Totenstille herrschte, nicht einmal einen Vogel hörte er. Der Park war riesig, eher ein Wald und nach Jahrzehnten der Vernachlässigung voller Sträucher, verkrüppeltem Holz und hohem Unkraut, sodass man um sich herum nicht viel sehen konnte.

An dem Geräusch auf den Blättern über sich erkannte Wolfgang, dass es zu regnen begonnen hatte, dicke lauwarme Tropfen, die mit einem dumpfen Platschen auf dem Boden zersprangen. Er ging an einem verlassenen Friedhof mit seinen jahrhundertealten, vernachlässigten Grabsteinen vorbei, von denen diverse durch den Zahn der Zeit oder die Hände gelangweilter Jugendlicher zerstört worden waren. Sie waren grau, von dunklem Moos überwachsen und strömten eine kalte Leblosigkeit aus. Er dachte an Claudias Grab, das er so lange nicht mehr besucht hatte.

Er beschleunigte seine Schritte. Julia war wahrscheinlich in die Gaststätte MAUS gegangen und wartete dort auf ihn. Hoffentlich hatte sie sich etwas abgeregt.

Es regnete immer weiter, und in den Kleingärten war niemand zu sehen. Die Bewohner saßen bei dem Wetter wahrscheinlich in ihren Hütten, außerdem war seit dem Mord an Rödiger weniger los. Obwohl nachts die Polizei patrouillierte, ging Wolfgang davon aus, dass sich nach zwei gewaltsamen Todesfällen nicht viele Leute trauten, noch hier zu übernachten.

In der Gaststätte MAUS saßen einige Leute und unterhielten sich über den Mord an Rödiger. Ein Mann hängte ein Blatt an die Wand, auf dem stand, das weiße Kaninchen seiner Kinder sei verschwunden. Dazu gab es eine Telefonnummer und für alle Deutlichkeit auch noch ein Foto, als liefen mehrere weiße Kaninchen frei herum und ähnelten einander nicht sowieso, wie das bei weißen Kaninchen nun einmal der Fall war.

Er rief Julias Nummer an und hinterließ eine Nachricht, als sie nicht abnahm.

Nach fünf Minuten kam Sven aus der Küche und schaute ihn schlecht gelaunt an. Nein, Julia habe er nicht gesehen, und ja, er werde Wolfgang anrufen, falls sie hier auftauchte. Wolfgang versuchte es bei Esteban, aber der hatte nichts von Julia gehört und meinte, sie sei wahrscheinlich zurück in den Majakowskiring gegangen. Er wollte wissen, was passiert war. Wolfgang erwiderte, sie hätten eine Meinungsverschiedenheit gehabt, und hielt sich bedeckt, was den Grund betraf, aber sein Freund bohrte nicht nach.

Vielleicht war Julia auch einfach so wütend gewesen, dass sie spontan die S-Bahn genommen hatte und nun irgendwo in Berlin herumlief, einkaufte oder in ein Museum gegangen war. Vielleicht saß sie mit einem Bier oder einem Glas Wein in einem Lokal und meldete sich absichtlich nicht. Julia war impulsiv und konnte schrecklich böse werden, aber diese Wut verrauchte meist schnell wieder, also würde sie sich wahrscheinlich bald melden.

Er fragte sich, wen er eigentlich überzeugen wollte, Esteban oder sich selbst. Der meinte: „Ehrlich gesagt finde ich, du musst die Polizei anrufen."

Wolfgang wusste, dass sein Freund recht hatte. Hier war etwas nicht in Ordnung. Er ging zurück in den Majakowskiring, wo Julia aber nicht war. Im Garten lag der Pool verlassen im miesen Wetter. Schnell lief Wolfgang zurück in die Gaststätte MAUS. Wieder keine Julia. Noch einmal gab er ihre Nummer ein, und diesmal lautete die Botschaft anders als der Spruch auf ihrer Mailbox.

„Diese Nummer ist nicht vergeben."

Zweiunddreißigstes Kapitel

Gitta betrat die Gaststätte MAUS und sah sofort an Wolfgangs Gesicht, dass etwas nicht in Ordnung war. Zusammen mit Siegfried saß er an einem Tisch. Sie hatten verabredet, sich hier zu treffen, um den Stand der Dinge zu besprechen.

Wolfgang berichtete, Julia sei spurlos verschwunden. Er habe Claus angerufen, und der habe, sobald er von der Nachricht auf ihrem Handy hörte, erklärt, sie dürften kein Risiko eingehen, man werde den Park durchkämmen. Wolfgang hatte seinerseits die Suche fortgesetzt, bis ihn eine Hundestaffel der Polizei weggeschickt hatte, und seitdem saß er hier und wurde verrückt von der Warterei. Er erzählte, sie hätten sich gestritten, sie sei wütend gewesen und werde vielleicht ganz plötzlich wieder auftauchen, wenn sie sich beruhigt hatte.

Gitta hoffte aus ganzem Herzen, er möge recht haben, konnte jedoch sehen, dass er selbst nicht daran glaubte. Ein Schauder lief ihr über den Rücken, als sie an Julia dachte, die womöglich einem Mörder in die Hände gefallen war, der schon zweimal in nächster Nähe zugeschlagen hatte. Sie selbst trug seit dem Mord an Rödiger immer ihre persönliche Waffe bei sich und fühlte sich damit sicherer.

Sie dachte an den riesigen Park, der von dichtem Gesträuch überwuchert war. Vielleicht war ja auch gar nichts passiert, und Julia hatte den Park wieder verlassen. Im schlimmsten Fall aber nicht. Claus hatte ihr Verschwinden jedenfalls sofort ernstgenommen, und das sagte einem genug. Wolfgang hatte gemeint, sie würden Julia bestimmt finden, wenn sie sich irgendwo im Park aufhielt. Vom Erdboden konnte sie schließlich nicht verschwunden sein.

Außer …

Sie holte ihr Handy aus der Tasche und ging nach draußen, führte dort ein Gespräch. Dann betrat sie wieder die Gaststätte MAUS und berichtete, es gebe einen Bunker im Park, außerdem einen Eiskeller. Sie teilte den anderen mit, wo.

Wolfgang sprang auf. „Wir gehen da hin.“

Claus schaute sie verstört und dann grimmig an. Er wollte sich erst den Bunker vornehmen. Sie folgten den Beamten über den Weg und warteten in angemessenem Abstand, während Claus mit einer Taschenlampe und zwei Beamten mit den Waffen im Anschlag den Bunker betrat. Ein Schrei erklang, dann Stille, danach Claus' Stimme, alles sei okay und sie würden nach draußen kommen.

Wolfgang starrte auf den Bunkereingang. Claus erschien als Erster, gefolgt von einem Mann und einer Frau.

Nicht Julia.

Das Paar hatte im Bunker Hasch geraucht, und wie man an den herumliegenden Utensilien erkennen konnte, kam das sicher häufiger vor, meinte Claus.

Sie gingen weiter zum Eiskeller, einem unterirdischen Raum, in dem man in der Zeit, bevor es Tiefkühltruhen gab, Eisblöcke aufbewahrte. Der Eingang bestand aus einem kleinen runden Gebäude mit einer Kuppel und einem Eisengitter vor einer Holztür, die mit einer Kette verschlossen war. Claus befahl, man solle Material zum Aufbrechen holen.

Sie warteten schweigend. Aus dem Keller kam kein einziges Geräusch.

Ein Polizist erschien mit einem Bolzenschneider und brach das Schloss mühelos auf. Claus nahm seine Taschenlampe, ging mit zwei Beamten mit gezogenen Pistolen und Lampen nach drinnen.

Innerhalb einer Minute kamen sie wieder zurück. Der Eiskeller war leer.

Die Polizisten verteilten sich, um den Park weiter zu durchsuchen, und Claus schickte die anderen weg, versprach aber, Wolfgang auf dem Laufenden zu halten.

„Wir warten in der Gaststätte MAUS“, erklärte Gitta.

Silke und Sven stritten sich hinter der Bar. Sie konnte die Gartenschere nicht finden, und er erklärte, die liege im Schuppen, worauf sie antwortete, das sei nicht der Fall, und sie habe ihn, Sven, zuletzt damit gesehen, als er sich um die Yuccas kümmerte. Nach dem Sommerfest waren die Pflanzen in einem schlimmen Zustand, ein Oleanderstrauch war sogar an den Wurzeln abgebrochen - es schien fast, als hätten die Schweine sich draufgesetzt, erklärte Sven wütend. Silke wies ihn zurecht, er spreche gerade über seine eigenen Gäste, worauf Sven zornig zurückgab, auch Gäste könnten Schweine sein. Sie stritten sich weiter über Svens Schlampigkeit, oder, wie Silke es nannte, sein Fehlverhalten in Bezug auf Ordnung, und Sven erklärte, er wisse ganz sicher, dass er die Gartenschere in den Schuppen gelegt habe. Vielleicht habe sie sich ja jemand ausgeliehen.

Steffi und Heinz saßen wie üblich rauchend vor dem Fernseher; zwischendurch sprachen sie über den Mord an Rödiger. Sie vermissten ihn, auch wenn er ein alter Miesepeter gewesen war. Vielleicht hatten ihn ja die Ausländer ermordet, denn von denen gab es zu viele, und die hatten außerdem so bizarre Angewohnheiten. Gitta unterdrückte nur mit Mühe ein bissiges „In deiner Hose, meinst du wohl“.

Sie behielt Wolfgang im Auge, der keinen Moment stillhielt und alle paar Minuten vergeblich Julias Nummer wählte. Sie hoffte, Julia sei nach dem Streit einfach angefressen gewesen und habe gedacht:

Mach doch, was du willst, ich steige jetzt in die S-Bahn und fahre einkaufen und Wein trinken und mache mir eine schöne Zeit. Wahrscheinlich war das nicht. Julia wusste doch, welche Sorgen sich Wolfgang machen würde.

Sie ging zu Ulla, die auf ihrer Decke neben der Bar lag, genau wie bei Gitta in Neukölln. Das Tier schien sich hier völlig wohlzufühlen, und Gitta spürte zu ihrer Überraschung, dass dieser Mangel an Loyalität sie unangenehm berührte. Silke hatte einen Kaukno-chen in einer Größe gekauft, um die eine Dänische Dogge Ulla beneidet hätte. Ulla konnte kaum ihre Kiefer darum schließen und beschäftigte sich schwanzwedelnd mit dem Teil.

Auf Gittas Frage, ob jemand einen Welpen wolle, gab es nur negative Reaktionen, was sie nicht erstaunte, denn Ulla war nicht gerade eine Schönheit, und vom Vater wollte Gitta gar nicht erst anfangen. Bald würde sie mit einem ganzen Wurf junger Hunde dasitzen, den sie nie im Leben losbekäme. Sie meinte, sie würde die Tiere dann wohl besser einschläfern lassen, woraufhin Silke empört erklärte, das solle sie sich nur aus dem Kopf schlagen; außerdem deutete sie an, es sei Gittas eigene Schuld, weil sie nicht genug aufgepasst hatte. Wunderbar, jetzt fühlte sich Gitta auch noch schuldig.

„Ich hätte da schon eine Idee“, meinte Siegfried.

„Ich bitte dich, sprich das nicht mal aus“, erwiderte Wolfgang voller Ärger. „Du weißt doch, wie normale Leute darüber denken.“

„Ich glaube, Gitta ist ganz ausgezeichnet dazu in der Lage, für sich selbst zu sprechen.“ Siegfried wandte sich direkt an sie. „Wenn du willst, stopfe ich sie für dich aus, wenn du sie nicht behalten möchtest.“

„Du kannst es einfach nicht lassen, was?“, fragte Wolfgang.

Plötzlich standen die beiden Männer einander gegenüber und starrten sich an. Siegfried zog die Schultern hoch, als begreife er nicht, warum Wolfgang sich so anstellte; dabei erklärte er: „Es ist gar nicht so unüblich, dass Leute ihr Haustier ausstopfen lassen, weißt du."

„Wir kennen beide jemanden, der das für keine so gute Idee hielt", konterte Wolfgang. „Und was danach passiert ist, ist auch kein Geheimnis."

Siegfried erwiderte, das Ganze habe damit nichts zu tun, und Wolfgang wisse sehr wohl, dass es da einen anderen und vor allem nicht näher zu erläuternden Grund gegeben habe, was Wolfgang mit einer verärgerten Geste quittierte.

Was war nur los zwischen den beiden? Hin und wieder schien es, als kommunizierten sie in einer Geheimsprache.

„Du kannst sie einfach ertränken", fuhr Siegfried wieder an Gitta gewandt fort. „Danach sind sie immer noch schön, und ich stopfe sie aus. Außerdem merken sie nichts davon, wenn du es gleich nach der Geburt tust."

Ungläubig schaute ihn Gitta an, als ihr klarwurde, dass es ihm ganz ernst war.

„Sag mal, fühlst du dich eigentlich richtig wohl?", fragte sie.

Siegfried machte eine unvermutete Bewegung mit der rechten Hand, griff reflexartig in die Luft und ballte die Hand zur Faust, ließ sie sinken und öffnete sie langsam wieder. Eine Fliege hockte darin, blieb kurz wie betäubt sitzen und sauste dann weg. Während er dem Insekt nachschaute, erklärte Siegfried: „Ehrlich gesagt geht es mir im Moment ziemlich gut."

Wolfgang schlug mit der Faust auf den Tresen und erklärte, er halte es nicht mehr aus und gehe jetzt in den Park.

Über schmale, sich windende Pfade folgten sie ihm in die Richtung von Gebell und Stimmen. Wolfgang begann zu rennen, als er jemanden rufen hörte.

Gitta sah die uniformierten Beamten, die auf einer kleinen Lichtung zwischen den Bäumen und dem dichten Gesträuch standen.

Wolfgang befand sich bereits unter ihnen. Sie schauten alle auf etwas herunter, das zwischen ihnen lag. Gitta hörte Claus „Blöde Scheiße“ sagen.

Sie lief auf die Gruppe zu und zwang sich zum Hinschauen.

Aufgerissene Augen mit stumpfem Blick. Blut.

Dreiunddreißigstes Kapitel

Das Kaninchen war nur noch teilweise weiß. Sein Maul war weit aufgerissen, die Lippen waren von den Vorderzähnen weggezogen wie in einem lautlosen Schrei. Die rechte Vorderpfote hatte man abgeschnitten, und der Knochen ragte ein Stück hervor. Die Pfote war nirgends zu finden. Der Regen hatte das Blut auf dem Fell zu einem zarten Rosa verdünnt.

Man steckte das Tier in eine Plastiktüte und nahm es zur Untersuchung mit.

Ein Kaninchen mit abgeschnittener Pfote in der Nähe des Ortes, an dem Julia verschwunden war. Gott sei Dank hatte nicht Julia dort gelegen. Aber was, wenn der Mörder sie entführt und an einen anderen Ort gebracht hatte, wo er ihr alle möglichen schlimmen Dinge antat? Wolfgang konnte nicht mehr daran glauben, dass Julia fröhlich irgendwo in der Stadt herumspazierte und gleich wieder auftauchen würde, als wäre nichts passiert. Sein Magen zog sich zusammen vor Angst.

Man setzte die Suche fort. Stunden später gab es noch immer keine einzige Spur von Julia. Vielleicht war sie wieder aus dem Park gelaufen, von jemandem in ein Auto gezerrt worden. Mit einem Elektroschocker ausgeschaltet. Irgendwohin gebracht, wo man sie festhielt. Ermordet, oder noch in den Händen eines Mörders, da war sich Wolfgang sicher.

Er musste an die abgeschnittene Pfote denken, und plötzlich fiel ihm die Gartenschere ein. Er informierte Claus darüber, der sich sofort in die Gaststätte MAUS begab.

In genervtem Ton fragte Sven: „Fängst du jetzt auch davon an? Ich weiß nicht, wo das Teil ist.“ Sein Blick schoss hin und her, und bei der Antwort schaute er Claus nicht an.

Zuletzt hatte er die Gartenschere vor dem Sommerfest benutzt, sie danach in den Schuppen gelegt und seitdem weder angefasst noch gesehen. Claus inspizierte den Schuppen, der diese Bezeichnung eigentlich nicht verdiente, weil es sich um einen Holzverschlag von etwa einem Quadratmeter handelte, den man direkt ans Toilettenhäuschen angebaut hatte. An Haken hingen Werkzeuge an der Wand, und Eimer standen herum, ein Besen und ein paar Gartengeräte, aber keine Gartenschere.

Jeder konnte sie sich vor, während oder nach dem Fest genommen haben, weil der Schuppen nie abgeschlossen war.

Claus hatte eine ausführliche Nachbarschaftsbefragung auf der Route zwischen Wolfgangs Haus am Majakowskiring bis zum Park eingeleitet. Fast an allen Häusern klingelte man und fragte, ob jemand etwas gesehen oder gehört hatte. Wolfgang saß mit Siegfried und Gitta zu Hause. Sein Handy klingelte, und er nahm das Gerät vom Tisch, ging ran, ohne nachzuschauen, wer es war.

„Ich habe Neuigkeiten zu diesem Frank Müller."

Wie üblich sparte sich Javier sämtliche Höflichkeitsfloskeln und wartete auch keine Reaktion ab. Frank hatte tatsächlich ein Maklerbüro in Puerto Banús, und zwar mit dem wenig originellen Namen „Immobilien Müller". Und da gab es noch mehr. Das Unternehmen hatte bis zur Krise floriert und alle Aufträge in der Umgebung an sich gezogen; Wolfgang wusste zweifellos, wie das in den Küstengebieten ablief. Müller wohnte in einer stattlichen Villa zwischen den überreichen Scheichs, die dort alles taten, was ihnen Allah verboten hatte; außerdem waren da russische Neureiche, Popstars, Schauspieler, Angehörige von Königshäusern und solche Leute. Man munkelte, Frank empfange dort keine Frauen, sondern gut aussehende Jungen, die die Volljährigkeit noch lange nicht erreicht hatten. Irgendwann hatte es eine Anzeige geben, die jedoch nicht zur Strafverfolgung geführt hatte, weil es keine Beweise gab und der betreffende Junge die Anschuldigungen wieder zurückgenommen hatte. Noch mehr Gerüchte machten die Runde. Angeblich war Müller an Bauprojekten beteiligt gewesen, für die man Genehmigungen erteilt hatte, nachdem man mit ein paar Stempeln von Lokalpolitikern den Status von Naturgebieten auf wundersame Weise in den lukrativen Baulandes verwandelt hatte. Müller unterhielt enge Kontakte mit anderen wenig gut beleumdeten Bauunternehmern und mit kooperativen Politikern, die gern luxuriöse Wagen fuhren und Anzüge teurer Marken trugen.

Interessant war dabei, dass Müller nicht das ganze Jahr über in Spanien wohnte. Bei seinem dortigen Maklerbüro hatte man Javier mitgeteilt, Frank Müller halte sich bereits seit einem Monat in Berlin auf, wo eine Tochterfirma namens „HauptstadtImmo" angesiedelt sei. Das hatte Frank verschwiegen, weil es ihm so besser passte, und das bedeutete, dass er gelogen hatte. Er war tatsächlich in Berlin gewesen, als man Francisco ermordet hatte.

Dann stellte Javier die gefürchtete Frage: Er wollte wissen, wie es Julia ging. Wolfgang berichtete, was geschehen war, und Javier fluchte laut. Er war außer sich.

„Hatte ich dir nicht gesagt, du sollst sie nach Spanien zurückschicken? Und hast du auf mich gehört? Nein, du hast wieder einmal nur an dich gedacht. Wenn ihr irgendetwas zustößt, bist du dafür verantwortlich", schrie er. „Mein Gott, ich muss ihre Eltern informieren. Ruf mich sofort an, wenn sich Entwicklungen ergeben, auch mitten in der Nacht, verstanden? Sofort."

Javier legte auf.

Obwohl er sich psychisch eigentlich nicht dazu in der Lage fühlte, entschied Wolfgang, sie müssten wie geplant alles durchgehen. Gitta berichtete von ihren Aktivitäten und der Tatsache, dass sie in Bezug auf das Geigenmädchen, die Sängerin und die Designerin noch keine Fortschritte gemacht hatte. Morgen würde sie den Inhaber des Eventbüros besuchen.

Siegfried berichtete von den zwei Psychiatern, die er besucht hatte. Außer interessanten Gesprächen hatte das nichts ergeben. Sie hatten an seinen Lippen gehangen, als er ihnen seine Lebensgeschichte erzählte, denn Psychiater waren zwar professionell, blieben jedoch Menschen mit ihren menschlichen Eigenschaften, zu denen auch, da durfte man sich in keiner Weise täuschen, Neugierde gehörte.

Wolfgang erklärte brüsk, das Ganze sei kein Spiel, und Siegfried erwiderte empört, er betrachte es nicht als Spiel, sondern nehme alles sehr ernst.

Sie kamen nicht weiter. Wolfgang rief Arhan an, der vor seinem Computer klebte, weil er keine Zeit mit der Fahrt nach Pankow hatte verschwenden wollen und im übertragenen Sinne nicht stillgesessen hatte. Was den ermordeten Journalisten betraf, hatte er nichts herausfinden können. Er hatte mit dessen Kollegen gesprochen und die Zeitungsarchive durchsucht, von James Cornwall publizierte Artikel gelesen und die Texte auf eine Anzahl relevanter Variablen hin untersucht: die Musik- und Modewelt, Kleingärten, die rechtsextreme Szene, Fotografie, Psychiatrie. Leider hatten sich daraus keine Hinweise ergeben, kein einziger Zusammenhang mit den anderen Ermordeten war deutlich geworden.

Arhan war dabei, systematisch Situationen und Fotos von allen Personen zusammenzusuchen, deren Namen in Gregors Handy gespeichert waren. Darunter waren die von Politikern, Richtern, Menschen, die die öffentliche Meinung beeinflussten, Fernsehgrößen – ohne Ausnahme Personen mit umfangreichen Netzwerken, eine ganze Anzahl Journalisten, die für ihn, Arhan, persönlich interessant waren. Wichtige Menschen bei Organisationen und Zeitungen, bei denen er sich beworben hatte und abgelehnt worden war.

Wolfgang erklärte, sobald Arhan alles zusammenhabe, werde er Tim bitten, sich die Fotos der Kontakte anzusehen, damit sie feststellen konnten, ob sich der Neonazi, den er erkannt hatte, darunter befand. Wenn der junge Mann immer noch zu große Angst hatte, um zu reden, würde sich Wolfgang einfach sein Gesicht genauer anschauen, während er die Fotos betrachtete, denn er würde vielleicht unbewusst eine Reaktion erkennen lassen, wenn er den Betreffenden sah.

Arhan war auch dabei, die gemeinsamen Facebook- und Twitterverbindungen und solche Dinge abzugleichen. Es war erstaunlich, wie bedenkenlos Menschen Informationen über sich selbst im Internet veröffentlichten. Gregor übrigens nicht; dessen Webseite konzentrierte sich auf rein Geschäftliches, auf seine Anwaltskanzlei, und auf Facebook hatte er alles Persönliche geschützt.

Gregors Kontakte waren beinahe allesamt Facebookfreunde eines neu erschienenen Lifestylemagazins für moderne, gut informierte Leute. „Neue Toleranz" hieß die Zeitschrift. Arhan hatte sich eine Ausgabe gekauft und festgestellt, dass sich darin ein Artikel von Gregor befand, der für den geübten Leser auf subtile Weise unheimlich war. Dass das auch auf den Verfasser selbst zutraf, hatte Arhan übrigens schon vorher feststellen können, als er auf dem Sommerfest mit ihm gesprochen hatte.

Die Artikel behandelten die Gesellschaft im weitesten Sinne, Probleme der Globalisierung, Lebensansichten. Es war ein wöchentlich erscheinendes Meinungsblatt, das die Hintergründe diverser gesellschaftlicher Themen beleuchtete und keine sensationslüsternen Artikel, Schlagzeilen oder Fotos enthielt. Alles wirkte anständig und ordentlich, aber das war es nicht. Arhan erklärte, dafür habe er im Laufe seines Lebens ein sicheres Gespür entwickelt.

Obwohl alles politisch korrekt war, ging es unterschwellig und vor allem unnötig oft um Ausländer, und damit meinte er keine Amerikaner oder Engländer. Unter den Mitarbeitern des Blattes hatte er übrigens ausschließlich deutsche Namen gefunden. Eine andere Facebook-Seite, die jeder auf der Liste mit „Gefällt mir" markiert hatte, war die der frisch gegründeten Partei für Tradition und Freiheit, die sich als Alternative in der Mitte des politischen Spektrums präsentierte. Diese Partei kam auch in der Zeitschrift vor, und es hieß, die heutigen Parteien böten keine Antwort auf eine Reihe von akuten Problemen, mit denen die Gesellschaft kämpfte. Arhan war fasziniert und würde weiterforschen.

Enthusiastisch redete der Journalist immer weiter, bis Wolfgang es nicht mehr ertrug und ihn unterbrach, um von Julias Verschwinden zu erzählen. Da verstummte der andere sofort.

Wolfgang berichtete weiter von Frank Müller und dessen Verbindung zur Berliner HauptstadtImmo, und Arhan ließ einen Ausruf der Verblüffung hören. War sich Wolfgang da sicher? Das Apartment in dem er, Arhan, in Kreuzberg gewohnt hatte, hatte der HauptstadtImmo gehört, genauso wie das, in dem Gregors Glatzen als Antihausbesetzertruppe fungiert und von wo aus sie die türkischen Bewohner des Viertels terrorisiert hatten, was auf eine bedenkliche Verbindung zwischen Frank und Gregor schließen ließ. Er würde sich in der türkischen Gemeinde umhören und versuchen, andere Leute zu finden, die ebenfalls aus diesem Grund ihre Häuser verlassen hatten, um zu sehen, ob der Name des Maklerbüros dabei häufiger vorkam.

War die extreme Rechte ein Faktor, der Frank und Gregor verband?

Siegfried fragte Gitta, woher sie eigentlich wisse, dass sich unter dem Park ein Bunker und ein Eiskeller befanden, woraufhin sie zu aller Erstaunen erwiderte, eines ihrer Hobbys sei das unterirdische Berlin. Sie war Freiwillige bei den Berliner Unterwelten, einem Verein, der das unterirdische Berlin auf Karten erfasste, und in ihrer Freizeit hielt sie regelmäßig einen der Rundgänge ab, bei denen man diverse Orte in oder besser gesagt unter der Stadt besuchen konnte.

Vielen Großstädtern war nicht bewusst, dass es unter der Erde eine weitere Stadt gab. Sie benutzten die U-Bahn und betrachteten das als Selbstverständlichkeit. Über das Netzwerk an Tunneln, durch das sie rasten, dachten sie nicht weiter nach, und schon gar nicht darüber, was dort sonst noch alles verborgen war. Eine parallele Stadt, in der täglich eine Million Menschen in Zügen von einem Ort zum anderen gebracht wurden, auf Rolltreppen standen, zum Umsteigen durch Tunnel hasteten.

Natürlich verfügte jede große Stadt über ein System von Röhren, Abwasserkanälen und einer Metro, doch keine andere Metropole konnte eine so ausgeprägte unterirdische Infrastruktur vorweisen wie Berlin. Unter dieser Stadt befand sich ein Gewirr aus dunklen Gängen, Gewölben alter Brauereien, Kellern, Bunkern, von Bankräubern gegrabenen Tunneln. Ein auf der Welt einzigartiges und für seine Zeit modernes Gewirr von Systemen der Rohrpost. Eiskeller. Ein Teil der unterirdischen Infrastruktur hatte direkt etwas mit der Mauer zu tun. Stillgelegte und unvollendete U- und S-Bahntunnel und -stationen, Tunnel, die Menschen gegraben hatten, die aus der DDR hatten fliehen wollen. Unterirdische Munitionslager. Spionagetunnel in den sowjetischen Sektor. Riesige unterirdische Lagerplätze für Lebensmittel und Kohlevorräte aus der Zeit des Kalten Krieges. Die unterirdische Schattenseite Berlins.

Siegfried kniff sich plötzlich mit Daumen und Zeigefinger in den Nasenrücken und blieb eine Zeit lang so sitzen. Dann sagte er, es gebe Beispiele von Serienmördern, die ihre Opfer wochenlang festhielten, irgendwo an einem abgelegenen Ort oder sogar in ihrer eigenen Wohnung, und manchmal auch in einem unterirdischen Versteck, bis der Moment angebrochen war, der Sache definitiv ein Ende zu machen. Also bestand noch die Möglichkeit, dass Julia am Leben war. Über, oder - und erst jetzt wurde ihm klar, dass das in dieser Stadt eine reale Möglichkeit war – auch unter der Erde.

Wolfgang konzentrierte sich auf das, was Siegfried da suggerierte, und sein Magen fühlte sich plötzlich so an, als befände sich ein Knoten darin, der langsam immer fester zugezogen wurde. Er dachte an Gittas Worte. Eine unvermutete unterirdische Schattenstadt, ein dunkles Labyrinth. Was, wenn sich Julia irgendwo dort befand? Der Gedanke ließ ihn erschaudern. Dann würden sie Julia nie finden, auch wenn sie noch lebte. Er dachte daran, was das Monster ihr noch antun könnte, und bekam keine Luft mehr.

Dann bemerkte er, dass ihn alle anstarrten. Gitta sagte in scharfem Tonfall: „Langsam Luft holen."

Diesmal bekam er seine Atmung nicht unter Kontrolle, und Gitta musste ihm eine Plastiktüte holen. Er hielt sie sich über Nase und Mund und bemühte sich, Gittas Anweisung zu befolgen.

War Julia tot, genau wie Claudia? Er wagte nicht daran zu denken, wie es ihr wohl erging, wenn sie noch lebte.

Stundenlang waren sie durch die Umgebung gestreift, eine Aktivität, von der Wolfgang wusste, dass sie nur wenig Sinn hatte, aber es war ihm lieber, als zu Hause zu warten. Auf einer A4-Seite hatte er einen Aushang mit Julias Foto und der Überschrift „Vermisst" gestaltet, inklusive seiner Telefonnummer, und diese Suchanzeige hing nun überall an Bäumen und Mauern, in Läden und Kneipen. Als es dunkel wurde, hatten sie Spaziergänger, Fahrradfahrer und Leute, die mit ihrem Hund Gassi gingen, angesprochen und ihnen Julias Foto gezeigt. Esteban war vorbeigekommen, um Wolfgang Mut zu machen, wirkte aber so angeschlagen, dass er selbst diesen

Mut ganz offensichtlich nicht besaß. Immer wieder sagte er, man hätte Julia schon gefunden, wenn sie tot wäre, und Wolfgang wollte das glauben, weil es zu unvorstellbar schien, dass sie nicht mehr lebte, doch das Bild des unterirdischen Berlin hatte sich in seinem Kopf eingenistet.

Zusammen hatten sie sich die Vermisstenmeldung in den Nachrichten angesehen: Julias vertrautes Lächeln lebensgroß auf dem Bildschirm, die dunklen Augen, die nur Wolfgang anzustarren schienen.

Man hatte in allen Krankenhäusern angerufen, doch nirgendwo war jemand eingeliefert worden, auf den die Beschreibung passte. Die Kontrolle der Passagierlisten für Flüge von Tegel und Schönefeld aus hatte nichts ergeben. Auf der Webseite der Polizei erschien ihr Foto in der Rubrik „Vermisste". Die Bürger waren dringend dazu aufgerufen, mit der Polizei Kontakt aufzunehmen, falls jemand diese Frau gesehen hatte.

Javier hatte sich gemeldet und berichtet, er habe Julias Eltern und ihrem Bruder davon abgeraten, nach Berlin zu kommen, und damit war Wolfgang sehr einverstanden, nicht zuletzt, weil er es nicht ertragen hätte, ihnen unter die Augen zu treten. In gemessenem Ton fügte Javier hinzu, Wolfgang scheine jeden in seiner Umgebung in Gefahr zu bringen.

Diese Worte trafen Wolfgang sehr, obwohl er wusste, dass sie der Wahrheit entsprachen.

Er stellte für die Menschen in seiner Umgebung eine Gefahr dar.

Vollständig angezogen lag Wolfgang auf dem Bett und lauschte den Geräuschen, die ihm einmal so vertraut gewesen waren. Eng an Claudia geschmiegt hatte er früher nachts im Bett zusammen mit ihr zugehört. Das Haus schien mit ihnen zu sprechen: die knarrende dritte Stufe, wenn Hertha die Treppe hochkam, das leise Stöhnen des Holzes, die Zweige des Lindenbaums, der im Wind quietschend über die Scheibe glitt wie ein Fingernagel über eine Schultafel. In dieser Nacht klangen die Geräusche anders, feindselig, als wäre er ein Eindringling in seinem eigenen Haus, das auf seine Anwesenheit abweisend reagierte.

Die Pistole lag neben ihm auf dem Nachttisch, neben seinem Handy.

Wolfgang spürte, dass er heute Nacht nicht würde schlafen können. Er sehnte sich unendlich nach einem Single Malt, aber ihm war bewusst, dass er sich nun keinen Alkohol erlauben durfte. Es würde nicht bei einem Glas bleiben, und er musste einen klaren Kopf behalten, aufmerksam sein.

Er dachte über Frank Müller nach, der gelogen und dessen Telefonnummer Gregor in seinem Handy gespeichert hatte. Der ein Herz und eine Seele mit Sven war. Alle drei hatten erklärt, Wolfgang habe kurz vor Rödigers Ermordung das Fest verlassen, das hatte ihm Claus inoffiziell mitgeteilt, und das bedeutete, dass sie sich zusammengetan hatten, damit man ihn verdächtigte.

Er hörte Julias letzte Worte, die er niemandem anvertraut hatte und die in sein Gedächtnis eingebrannt waren.

„Weißt du was? Ich habe gelogen. Ich nehme schon seit Monaten die Pille nicht mehr."

Vierunddreißigstes Kapitel

Wolfgang wurde bewusst, dass er geschlafen und auch, dass ihn etwas geweckt hatte.

Unbeweglich blieb er liegen und lauschte. Es war totenstill, aber ihm war, als gebe es das Echo eines Geräuschs in seinem Kopf, obwohl er nicht wusste, was das gewesen war und ob es von draußen oder von drinnen kam.

Er holte tief und gleichmäßig Luft, als schlafe er. Schaute zwischen den Augenwimpern hindurch und sah nichts. Es war stockdunkel, und er konnte nicht erkennen, ob seine Pistole noch auf dem Nachttisch lag. Er hatte keine Ahnung, wie lange er so dalag. Minuten? Dicht neben ihm knackte etwas. Er spürte, wie sich seine Muskeln anspannten. Wahrscheinlich das Parkett, das sich im Sommer tagsüber ausdehnte und in der Kühle der Nacht wieder zusammenzog. Aber was, wenn es sich um etwas anderes handelte?

Langsam bewegte er die Hand zum Lichtschalter, den er auch durch Tasten finden konnte; dabei achtete er darauf, gleichmäßig weiterzuatmen. Wenn er im Stockdunkeln nichts sehen konnte, konnte ihn jemand anders auch nicht erkennen, nur seine Atemzüge hören.

Wolfgang knipste das Licht an, griff sich mit einer einzigen Bewegung die Pistole und sprang aus dem Bett.

Niemand.

Dann erklang ein leises Klatschen.

Wolfgang löschte das Licht sofort wieder und lief zum Fenster, das er nachts immer offenließ. Der Garten war in Dunkelheit gehüllt, nicht einmal der Mond schien. Geräuschlos schlich Wolfgang die Treppe hinunter, übersprang dabei die dritte Stufe von unten. Er lief weiter bis zu den Gartentüren, fand den Schalter für die Beleuchtung, hielt die Luft an und drückte darauf.

In einem Reflex sprang er wieder zurück und spürte, wie ihm das Adrenalin durch den Körper schoss, als er begriff, was er da sah.

Einen roten Fleck, der träge und dickflüssig an der Scheibe herabrann.

Jemand hatte Blut gegen die Türflügel geworfen.

Der Garten selbst lag verlassen da. Wolfgang entriegelte die Türflügel und ging zum Schwimmbecken, das ebenfalls beleuchtet war. Auf dem Grund lag ein kleiner dunkler Gegenstand.

Er durchsuchte den Garten, lief am Haus entlang zur Straße, wo kein lebendiges Wesen zu sehen war, nichts außer dem gedämpften Licht der Straßenlaternen und Stille. Wolfgang lief zurück zum Pool und sprang hinein, griff sich das Objekt und kam wieder an die Oberfläche.

Es war ein Handy. In seinen nassen Kleidungsstücken rannte er nach drinnen, holte die Batterie heraus und stellte fest, dass die SIM-Karte fehlte. Er rief Claus an, ging dabei ins Badezimmer, um den Föhn zu holen. Sobald er das Gespräch beendet hatte, stellte er den Föhn auf die höchste Stufe und richtete ihn direkt auf das Telefon und die Batterie, bis der Apparat in seinen Händen fast zu glühen schien. Er steckte die Batterie wieder hinein, dann seine eigene Karte. Es funktionierte nicht. Er föhnte weiter, während er wartete. Ihm war übel. So ein Handy hatte Julia.

Claus traf mit einer Gruppe Kriminaltechniker bei ihm ein; die Experten kümmerten sich um das Mobiltelefon, nahmen eine Blutprobe von der Scheibe und untersuchten den Garten auf Spuren. Claus erklärte, die Nachbarschaftsbefragung werde um halb acht beginnen; vorher gehe es nicht, weil man die Leute nicht mitten in der Nacht aus dem Bett klingeln könne.

Wolfgang verschwand nach oben, um sich etwas Trockenes anzuziehen. Als er zurück ins Erdgeschoss kam, sagte der Mann mit dem Handy, das Gerät funktioniere wieder. Es war nicht passwortgeschützt. Die Kontakte und Nummern waren im Telefon gespeichert. Sobald er seinen eigenen Namen und den von Esteban sah, wusste er genug.

Es war tatsächlich Julias Handy.

Schmerz.

Sie ist schön, sehr schön. Eine Warmblüterin.

Nicht kalt wie ich.

Sie bewegt sich unruhig auf ihrem Stuhl, versucht zu sprechen, aber ich habe ihr den Mund zugeklebt. Nicht, dass sie hier jemand hören könnte. Ich mag einfach kein Geschrei. Es stört den eisigen Nebel, lenkt die Aufmerksamkeit von Angst und Schmerz ab.

Sie kann mich nicht sehen, weil sie ein Tuch über den Augen hat.

Hören kann sie. Riechen. Und fühlen.

Oh, sie wird es fühlen.

Ich wüsste zu gern, was sie denkt. Wie viel Angst sie hat. Was sie glaubt, dass ich vorhabe. Ob ich allein bin. Allein. Ich bin allein und nicht allein, wie immer.

Das Ich, das ich wirklich bin, und das Ich, das ich der Welt zeige.

Ich habe sie in meiner Macht. Sie ist mir ausgeliefert.

Die Gartenschere liegt gut in der Hand und ist messerscharf. Ein effektives Instrument.

Ein Kaninchen ist ein wehrloses Wesen. Das Geräusch eines brechenden Knochens, hell und klar, wie ein Gewehrschuss. Als breche man einen toten Zweig durch. Es ging so einfach, ich brauchte nicht einmal Kraft anzuwenden. Und es klappte mit einer Hand.

Die Pfote habe ich aufbewahrt. Eine Kaninchenpfote bringt Glück, sagt man.

Sie muss begreifen, dass ich ihr Schmerzen zufügen werde.

Sie wird das Gegenteil hoffen. Wider besseres Wissen.

Ich will den Augenblick noch viel länger ausdehnen, aber ich spüre, dass mich der eisige Nebel ganz durchdrungen hat.

In meinem ganzen Körper kribbeln kalte Nadelstiche.

Ich kann nicht länger warten.

Es ist Zeit.

Fünfunddreißigstes Kapitel

Es hatte viel Mühe gekostet, das getrocknete Blut mit dem Gartenschlauch von der Scheibe zu spritzen. Mit einem Tuch konnte man es nicht entfernen, weil Wolfgang nicht das Risiko eingehen wollte, es zu berühren. Er hatte zwei Tassen Espresso getrunken, die zweite mit einem ordentlichen Schuss Cognac. Um Punkt halb acht kamen die Polizeibeamten in Uniform am Majakowskiring an. Sie begannen bei seinen Nachbarn zur rechten und zur linken Seite mit der Befragung.

Es dauerte weniger als eine halbe Stunde, bis sie bei ihm klingelten und ihn höflich baten, sie in die Keithstraße zu begleiten, wobei sie deutlich werden ließen, dass sie ein Nein nicht akzeptieren würden.

„Das hier wird verdammt noch mal zur Gewohnheit", meinte Wolfgang.

Claus und der Fallanalytiker Robert saßen ihm in einem der Vernehmungszimmer des LKA in der Keithstraße gegenüber. Robert studierte Wolfgang, als bestimme er ein unbekanntes Insekt. Wahrscheinlich war das sein Profilerblick. Ludowina konnte Wolfgang nicht erreichen; er hatte eine Nachricht auf ihrer Mailbox hinterlassen. Vielleicht war sie gerade bei Gericht und konnte deswegen nicht an den Apparat gehen.

„Die Nachbarschaftsbefragung hat ein paar interessante Informationen ergeben", erklärte Claus. „Eine deiner Nachbarinnen hat gesehen, wie du dich im Garten heftig mit einer dunkelhaarigen Frau gestritten hast, und die Personenbeschreibung stimmt exakt mit der von Julia überein. Du bist ihr nachgerannt, hast sie festgehalten. Sie hat sich gewehrt und dir etwas zugerufen. Die Nachbarin hat nichts davon verstanden, weil ihr eine andere Sprache gesprochen habt – Spanisch, glaubt sie. Mehr hat sie nicht gesehen, weil eines ihrer Kinder nach ihr rief. Als sie wieder ans Fenster ging, wart ihr verschwunden. Sie wusste nicht, was sie davon halten oder ob sie die Polizei anrufen sollte, aber weil du selbst Hauptkommissar bist, dachte sie, es wäre schon alles in Ordnung."

„Hat diese Trulla wirklich nichts Besseres zu tun als mich zu beobachten? Sie hat die Situation völlig falsch interpretiert; das war nur eine kleine Meinungsverschiedenheit."

„Sie hat gesehen, wie du Julia zu küssen versucht hast, und ich meine mich zu erinnern, dass Julia mit deinem Freund Esteban verlobt ist."

Wolfgang spürte, wie ihm übel wurde. Gleich würde er quer über den Tisch kotzen. Er wollte schreien. Bis zum gegenwärtigen Zeitpunkt hatte er wider besseres Wissen einen kleinen Funken Hoffnung in sich genährt, Julia sei einfach aus Wut weggelaufen, habe ihm eine Lektion erteilen wollen, indem sie nichts von sich hören ließ und irgendwann unvermutet wieder vor seiner Nase stand; dann wäre er erst sehr zornig gewesen, und danach hätten sie sich wieder versöhnt.

Aber inzwischen war alles unwiderruflich geschehen. Das Monster hatte Julia in seinen Klauen, und sie verschwendeten hier kostbare Zeit. Was hatte Siegfried auch gleich wieder gesagt? „Eine Sekunde kann den Unterschied zwischen Leben und Tod bedeuten."

„Sie hat dir ein Alibi gegeben. Es kam mir schon gleich verdächtig vor, dass sie ihre erste Aussage widerrufen hat", kommentierte Claus. „Sie ist Estebans Freundin. Du machst ihr Avancen, sie will nicht. Sie wehrt sich, schreit. Du willst, dass sie still ist. Schlägst sie vielleicht. Sie fällt unglücklich hin, schlägt mit dem Kopf irgendwo auf. Du hattest nicht die Absicht, sie zu töten."

„Oder vielleicht gerade doch", mischte sich Robert in das Gespräch. „Vielleicht bist du ja der Mann, den wir suchen, und Julia ist dein letztes Opfer."

Der Drang, Robert an seiner Krawatte über den Tisch zu zerren, wurde beinahe übermächtig.

„Warum sollte ich ein Kaninchen entstellen und Blut gegen mein eigenes Fenster werfen?"

„Vielleicht willst du damit ja die Aufmerksamkeit von dir selbst ablenken", antwortete Robert. „Und vielleicht ist das ja dein Ding, Tiere entstellen und ermorden. Es gab mal einen Serienmörder, der das so gemacht hat. Erst wählte er sein Opfer aus, beobachtete es monatelang, bis er alles über die betreffende Frau wusste, und dann hörte er irgendwann im Kopf eine Stimme, die ihm sagte, welches Tier zu ihr passte. Eine Katze, ein Meerschweinchen, ein Hund. Das Tier tötete er zuerst; das betrachtete er als eine Art Vorspiel, das ihn erregte und in Stimmung für die richtige Tat brachte. Danach fiel er über sein Opfer her und schlachtete es ab. Vielleicht bist du ja auch so."

Claus schaute Robert an und meinte, jetzt sei es aber genug. Spielten sie vielleicht „Guter Bulle, böser Bulle"? Wolfgang wusste jedenfalls, dass sie ihn provozieren wollten - erreichen, dass er wütend wurde oder sich in die Enge getrieben fühlte und etwas preisgab. Er musste ruhig bleiben, so schwer ihm das auch fiel. Selbstbeherrschung. Er starrte Robert an, stellte sich vor, wie er ihn bei den Haaren packte und ihm den Kopf hart auf den Tisch schlug, und schwieg.

„Diesmal ein Kaninchen, damals bei Claudia eine Katze." Robert lächelte.

Wolfgang hatte die Krawatte in der Hand, bevor überhaupt irgendjemand begriff, was da passierte. Er zerrte Robert halb über den Tisch und sagte, als sein Gesicht noch Zentimeter von dessen nun nicht mehr lächelnder Fresse entfernt war: „Glaub mir, wenn ich der Mörder wäre, würdest du nicht mehr hier sitzen."

Er ließ die Krawatte los, und Robert fiel mit voller Wucht in seinen Stuhl zurück. Er war blass und rieb sich den Hals.

„Scheiße", sagte Claus laut. „Ich denke, wir sollten die Vernehmung kurz unterbrechen."

Er stellte den Bandrekorder ab und hielt das Video an, und danach zischte Robert Wolfgang zu, er werde höchstpersönlich dafür sorgen, dass er hinter Gitter komme, und wenn es das Letzte war, was er tat. Er verließ das Vernehmungszimmer und warf die Tür hinter sich zu.

Mit einem Seufzer zog Claus die Schultern hoch. „Robert hat die Akte über den Mord an Claudia noch einmal durchgesehen und gemerkt, dass ein psychiatrisches Gutachten fehlt. Ich vermute, das hast du herausgenommen. Robert denkt, du hast es verschwinden lassen, als du noch hier gearbeitet hast."

Wolfgang schwieg.

„Wir werden bei dir eine Hausdurchsuchung durchführen, in Pankow und in deinem Apartment. Wenn man dabei das Gutachten findet ..." Er beendete den Satz nicht.

Claus glaubte doch nicht etwa im Ernst, dass er etwas mit den Morden und Julias Verschwinden zu tun hatte? Robert schon, das war offensichtlich. Fieberhaft dachte Wolfgang nach. Was könnten sie noch entdecken? Außer dem psychiatrischen Gutachten gab es nichts, was sie auf die Idee bringen könnte, dass er etwas mit Julias Verschwinden oder mit den anderen Morden zu tun hatte. Es war frustrierend zu wissen, dass sie seinen Privatbesitz durchschnüffeln würden. Seine Korrespondenz. Den Whiskyvorrat, dessen Umfang durchaus Anlass zu Spekulationen gab. Das Valium und die Schlaftabletten. Seine *Playboy*-Sammlung, bei deren Teilen es sich um Sammlerstücke handelte, was sie aber ganz ohne Zweifel anders interpretieren würden. Sie würden sehen, welche Filme er sich anschaute. Alles private Dinge, von denen er nicht wollte, dass andere sie herausfanden. Erst würden sie Witze darüber machen und danach ihre Schlussfolgerungen ziehen. Die würden dann für immer in seiner Akte stehen. Die Männer würden überraschende Dinge sehen, zum Beispiel seine privaten Fotos, die er in einer immer abgeschlossenen Lade aufbewahrte, in der – wie symbolträchtig – auch seine Pistole lag. Gott, wie peinlich. Er sah schon vor sich, wie sie darüber redeten und lachten, und er war froh, dass sich unter den Aufnahmen kein Foto von ihm und Julia befand. Als sie zum ersten Mal in seinem Bett lag, war er in Versuchung gewesen, ein Bild von ihr zu machen.

„Hör zu, Claus, die Sache ist ganz einfach. Ich will nicht, dass man das psychiatrische Gutachten bei der Hausdurchsuchung findet, und dasselbe gilt für einen Umschlag mit Fotos, sonst werde ich dem Chef ganz im Detail erklären, wie beides in meiner Wohnung gelandet ist", sagte Wolfgang. Er ertappte sich dabei, dass er unwillkürlich Claus' Bezeichnung für die Kriminaldirektorin verwendete.

„Sie wird dir nicht glauben."

„Hast du schon vergessen, dass ich zwei Zeugen vorweisen kann, die die Akten auch gelesen haben? Gute Freunde, die mit Freuden aussagen werden, dass du drei Zivilisten einen ganzen Stapel Akten zur Einsicht überlassen hast. Der Chef würde dich schneller entlassen, als du ‚Currywurst' sagen kannst. Deine Rente ist dann futsch, deswegen hoffe ich, du hast ein bisschen was gespart."

Das war nicht der Fall, wusste Wolfgang. Er sah, wie sich auf Claus' Hemd Schweißflecken bildeten, dunkle Seen unter seinen Achseln.

„Das kannst du mir nicht antun. Ich wollte dir mit diesen Akten einfach nur helfen, und das ist verdammt noch mal der Dank."

„Ich werde dir sagen, wo das psychiatrische Gutachten liegt; du beteiligst dich an der Hausdurchsuchung und lässt es verschwinden. Und die Fotos gibst du mir.“

„Was sind das für Fotos?“

„Die haben nichts mit den Ermittlungen zu tun. Sie sind privat.“

„Ich will sie erst sehen. Ich brauche Gewissheit darüber, dass du kein Beweismaterial unterschlägst.“

„Nein. Da muss dir mein Wort reichen. Es sind private Fotos, ich schwöre es bei Claudia. Du weißt außerdem, dass ich das Recht habe, bei der Hausdurchsuchung anwesend zu sein, und von diesem Recht wünsche ich Gebrauch zu machen, also kann ich kontrollieren, ob du in den Umschlag schaust oder nicht. Und was das Gutachten betrifft – das LKA kann sich von diesem Psychiater eine Kopie schicken lassen, es ist also egal.“

Claus fluchte. Die Schweißflecken breiteten sich aus.

„Ich verlange jetzt eine Antwort“, sprach Wolfgang weiter. „Andernfalls werde ich sofort mit meiner Anwältin sprechen, um eine Aussage zu machen.“

Es war sehr schade, dass sich Robert an dieses Gutachten erinnert hatte, sonst hätte nämlich kein Hahn danach gekräht. Nicht, dass Wolfgang darin als gefährlicher Verrückter dargestellt wurde, aber der Bericht enthielt Dinge, die er beunruhigend fand. Wie auch immer, sie sollten auf keinen Fall erfahren, dass er die Akten in seinem Besitz gehabt hatte. Und Claus durfte nicht entlassen werden, denn Wolfgang hatte einen Kontakt beim LKA bitter nötig, vor allem jemanden, der es mit den Regeln nicht so genau nahm.

„Okay, du hast gewonnen.“ Auf Claus' Gesicht zeigten sich rote Flecken. Er stürmte aus dem Vernehmungszimmer, drehte sich um und rief seinem Ex-Kollegen zu, er sei ein Arschloch.

Der rote Anzeiger des Briefkastens am Majakowskiring deutete nach oben, was bedeutete, dass es Post gab. Der Briefkasten war ein amerikanisches Modell, das Claudia irgendwann einmal aus den Vereinigten Staaten mitgebracht hatte. „Finger weg“, forderte Claus. Er leerte den Kasten und nahm den Inhalt mit nach drinnen, um alles zu lesen, woraufhin Wolfgang den Anzeiger ärgerlich wieder nach unten klappte. Der Staatsanwalt betrat die Wohnung als Erster, gefolgt von Claus, Wolfgang und den Männern von der Technik. Ein paar von ihnen gingen nach oben, und der Staatsanwalt bat Wolfgang, sich auf einen Stuhl zu setzen. Er kannte den Mann seit Jahren. Der zuckte die Achseln, als sei auch er wegen der ganzen Angelegenheit verlegen. Ein Beamter behielt Wolfgang genau im Auge. Er sah, wie Claus zu der Schublade ging, in der die Pistole, die Fotos und das psychiatrische Gutachten lagen, und jetzt steckte Claus den Schlüssel ins Schloss. Wolfgang wartete, bis Claus den Schlüssel herumdrehte, und stieß mit dem Ellenbogen eine Flasche Whisky vom Tisch, die auf dem Parkett in Scherben zersprang. Jeder außer Claus schaute hin. Wolfgang machte Anstalten, aufzustehen, doch der Beamte bedeutete ihm, er solle sitzen bleiben. Der Staatsanwalt ging zu Claus, der die Pistole in der Hand hielt, schaute in die Schublade und machte sie zu. Claus schaute Wolfgang kurz an. Es hatte geklappt.

Eine gute Stunde später hatte das Team in der Wohnung das Unterste zuoberst gekehrt und nichts gefunden. Er sah, dass sie hin und wieder mit verhaltenem Lachen Blicke in seine Richtung warfen, und ihm wurde mit einer ohnmächtigen Wut klar, dass sie jetzt viel mehr über ihn wussten als ihm lieb war. Durch diesen brutalen Eingriff in seine Privatsphäre fühlte er sich schmutzig.

Sie hatten alles angefasst, alles gesehen, was es zu sehen gab.

Gott sei Dank gab es etwas, das ihnen verborgen blieb.

Seine Gedanken.

Ganz offensichtlich glaubten sie ihm nicht, dass er keinen Schlüssel für den Keller hatte, sondern waren davon überzeugt, dass er ihn verbarg. Man rief einen Schlosser an.

Wolfgang hatte keine Ahnung, was sie im Schutzkeller antreffen würden; er ging davon aus, der Raum sei leer. Vielleicht standen noch ein paar alte Möbel herum. Frank Müller hatte erklärt, er habe den Schlüssel irgendwann einmal verloren und sich nicht die Mühe gemacht, die Tür öffnen zu lassen, weil sich dort nichts Wertvolles befand.

Wolfgang spürte, wie er eine Gänsehaut bekam, als ihm bewusst wurde, dass es noch eine andere Möglichkeit gab. Vielleicht hatte Frank den Schlüssel gar nicht verloren und auch eine Kopie behalten. Hatte Claudia eigentlich jemals die Schlösser austauschen lassen? Wenn das nicht der Fall war und er alle Schlüssel hatte, war Frank Müller vielleicht in der Wohnung gewesen. War Julia im Park begegnet und hatte sie unter einem Vorwand in den Majakowskiring gelockt. Und sie war die ganze Zeit in seinem Keller gewesen.

Lebendig. Oder tot.

Der Schlosser traf eine nervenaufreibende Viertelstunde später ein, betrachtete mit einem interessierten Pfiff durch die Zähne die dicke Stahltür im Keller und öffnete einen kleinen Koffer mit zahllosen winzigen Instrumenten. „Eine Kleinigkeit", erklärte er, wählte eines der Werkzeuge aus und stocherte mit einem konzentrierten Gesichtsausdruck im Schloss herum.

Wolfgang sah dem Mann dabei zu. Das Gefühl der Übelkeit, das ihn beim Verhör überfallen hatte, kehrte mit aller Heftigkeit zurück. Stress schlug ihm immer auf den Magen.

Niemand sprach ein Wort, nur der Schlosser machte „Hmmm"-Geräusche und verkündete nach anderthalb Minuten, die

Tür sei offen, und mit einer Sicherheitsnadel hätte er das wahrscheinlich auch geschafft. Hatten sie ihn wirklich dafür hier antanzen lassen?

Die Tür stand einen Spaltbreit offen. Claus trat einen Schritt nach vorn und öffnete sie ganz. Zwei Beamte richteten eine Taschenlampe nach drinnen, probierten einen Schalter aus. Das Licht funktionierte sogar noch. Ein muffiger Geruch kam ihnen entgegen.

Erst jetzt bemerkte Wolfgang, dass er den Atem angehalten hatte, und ließ die Luft langsam aus den Lungen entweichen.

Der Keller war leer.

Sechsunddreißigstes Kapitel

Wolfgang sehnte sich unendlich nach einem Whisky zur Beruhigung, doch er beherrschte sich. Wenn er jetzt zu trinken anfing, würde er nicht aufhören können. Die Spannung, die sich beim Anblick des leeren Kellers kurz entladen hatte, war inzwischen wieder so stark wie vorher. Seine Schultermuskeln erinnerten an straff gespannte Kabel. Er hatte sich aufs Bett gelegt, um etwas zur Ruhe zu kommen, und spürte, dass sein ganzer Körper verkrampft war.

Der LKA-Trupp war abgezogen. Claus hatte sich als Letzter verabschiedet und ihm den Umschlag mit den Fotos ausgehändigt. Wolfgang hatte ihn erleichtert wieder in die Schublade gelegt und diese abgeschlossen. Man hatte keinen einzigen Hinweis darauf entdeckt, dass in den vergangenen Jahrzehnten irgendjemand den Keller betreten hatte, und Blutspuren hatte man auch keine gefunden. Der Keller war laut den Männern von der Technik die perfekte Werbung für Meister Proper. Auch die Durchsuchung von Wolfgangs Apartment in Wilmersdorf, die ein anderer Trupp durchgeführt hatte, hatte Claus zufolge nichts ergeben.

Seine Pistole war neu, und er hatte noch nie damit geschossen. Sie hatten nichts außer Vermutungen, das hatte ihnen Ludowina innerhalb weniger Minuten nach ihrer Ankunft kurz nach dem Öffnen des Schutzkellers auch direkt unter die Nase gerieben und dazu fünf Worte ausgespuckt wie eine Maschinengewehrsalve: „Nichts, *nada, niente, nothing, zilch*!“ Auf diese für sie charakteristische Art und Weise hatte sie Claus mit ein paar sorgfältig ausgewählten Worten zu einem ebenso wütenden wie machtlosen Kläffer reduziert, und an ihrem Gesicht war abzulesen, wie sehr sie das genoss. Es gab nur eine logische Schlussfolgerung. Sie konnten ihn nicht länger festhalten, und davon musste Wolfgang optimalen Gebrauch machen.

Ganz ohne jeden Zweifel würden sie weiter die Möglichkeit in Betracht ziehen, dass er etwas mit Julias Verschwinden zu tun hatte, vielleicht auch mit den übrigen Morden, und darum würden sie vielleicht beschließen, ihn observieren zu lassen, was bedeutete, dass er sich mit seinem nächsten Schritt würde beeilen müssen, und darüber brauchte er nicht lange nachzudenken. Die einzige Frage bestand darin, welchen der beiden er sich zuerst vornehmen sollte, denn in beiden Fällen gab es einen direkten Zusammenhang mit Claudia.

Ehrlicherweise musste er sich eingestehen, dass diese Entscheidung bereits gefallen war.

Seine Schultern fühlten sich schon weniger angespannt an, weil er jetzt etwas unternehmen konnte. Seine neue Lederjacke tarnte die Pistole im Schulterholster.

Die Harley stand einladend da und wartete auf ihn.

Drinnen lief eine Gestalt am Fenster vorbei, und Wolfgang erkannte die Silhouette. Gut, er war zu Hause.

Wolfgang ging zur Haustür und klingelte.

Gregors zuvorkommendes Lächeln verschwand wie Wüstensand im Sturm, als er sah, wer da vor seiner Nase stand. Wolfgang wartete nicht ab, bis sich der andere von seiner Überraschung erholt hatte, sondern schubste ihn beiseite und lief nach drinnen. Gregor folgte ihm und starrte ihn schweigend an, als lege er gerade innerlich seine Taktik fest. Er schwieg, was bedeutete, dass er abwartete, bis Wolfgang den ersten Zug machte.

„Was war deine Beziehung zu Claudia?“

„Deine Claudia“, antwortete Gregor langsam, „plante eine Fotoausstellung über Neonazis, wie du ganz ohne Zweifel weißt. Sie hat Aufnahmen gemacht, und als ich das von Karl erfuhr, habe ich sie kontaktiert, weil ich wissen wollte, was genau sie vorhatte. Ich habe sie zweimal getroffen, das habe ich dir übrigens schon mal gesagt."

„Geschwätz. Diese Ausstellung hat es nie gegeben, und das passt auch gar nicht zu Claudia. Wenn sie mit einem Projekt anfing, gab sie keine Ruhe, bis es abgeschlossen war. Warum hast du sie zweimal getroffen?"

„Vielleicht mochte sie mich ja." Auf Gregors Gesicht erschien ein zweideutiger, obszöner Gesichtsausdruck. Gott, wie Wolfgang dieses Arschloch hasste. Die Frage war allerdings, ob vor ihm nur ein Arschloch stand oder auch ein Mörder, der in diesem Augenblick Julia in seiner Gewalt hatte.

Oder schlimmer.

„Worüber habt ihr gesprochen?"

„Über ihre Fotos natürlich; sie hat sie mir gezeigt und mir eines davon geschenkt. Ach ja, und wenn ich mich richtig erinnere, haben wir beim zweiten Mal auch über dich gesprochen."

„Worum ging es da genau?"

„Ich habe sie gefragt, wie es ist, mit einem Hauptkommissar zusammenzuleben, der einen so gefährlichen Beruf hat, in dem jeden Moment etwas passieren kann. Sie hat sich Sorgen um dich gemacht. Rührend, wirklich."

Er hatte Claudia bedroht. Wolfgang wusste das mit einer Sicherheit, als hätte Gregor es laut ausgesprochen. Das war der Grund, warum es die Ausstellung nie gegeben hatte. Er holte die Pistole heraus und richtete sie auf Gregor.

„Was hast du noch zu ihr gesagt?"

„Du wirst nie erfahren, was Claudia und ich zu besprechen hatten. Schieß nur, dann wissen sie mit Sicherheit, dass du hinter den Morden steckst; es gibt sowieso Leute beim LKA, die das denken", meinte Gregor. „Ich habe Anzeige erstattet, weil du mich schon einmal bedroht hast, und eine Aussage darüber in einem Schließfach deponiert. Wenn mir etwas zustößt, werden sie dich kriegen."

Wolfgang hätte ihn am liebsten zusammengeschlagen, aber er beherrschte sich.

„Wo ist Julia?", wollte er wissen.

Gregor reagierte anders als Wolfgang erwartet hatte. Er schien gar keine Angst zu haben, glaubte wahrscheinlich nicht, dass Wolfgang es wagen würde, ihn zu erschießen, was dumm von ihm war. Der Mann hatte nicht begriffen, dass Wolfgang in diesem Augenblick alles getan hätte, um Julia zu finden. Er schlug ihm heftig mit der Pistole gegen die Schläfe.

Gregor fiel gegen die Wand zurück, fluchte und erklärte: „Ich habe keine Ahnung."

„Wir machen jetzt eine Runde durch dein Haus. Du gehst vor."

Die große, luxuriös eingerichtete Villa sah aus, als hätte ein Team Innenarchitekten ein Vermögen daran verdient. Julia war nirgends zu finden.

„Wenn du Julia auch nur ein Haar gekrümmt hast, bringe ich dich um", erklärte Wolfgang. „Und täusch dich nicht, ich habe noch nie etwas so ernst gemeint. Du wirst den Tag verfluchen, an dem dich deine Mutter zur Welt gebracht hat."

Dem fügte Wolfgang hinzu, man sei dabei, Gregor gründlich unter die Lupe zu nehmen. Wenn es in seinem Leben auch nur das Geringste an schmutziger Wäsche zu entdecken gab, würde man die finden und für alle sichtbar draußen aufhängen.

Diesmal reagierte Gregor anders. Er wurde blass vor Wut, schrie Wolfgang an, er werde Anzeige wegen Bedrohung erstatten, außerdem wegen versuchten Totschlags und allem, was ihm sonst noch einfiele. Plötzlich war da eine kaum merkliche Bewegung seines linken Augenlids, ein leichter Tic, der sich nicht gezeigt hatte, als die Pistole auf Gregor gerichtet gewesen war. Er hatte Angst, und das bedeutete, dass er etwas zu verbergen hatte.

Wolfgang meinte nur, Gregor solle tun, was er nicht lassen könne, aber er habe sowieso keine Zeugen.

In diesem Augenblick klingelte es, woraufhin Gregor plötzlich triumphierend dreinsah und erklärte, das sei dann wohl sein Zeuge.

Scheiße!

Wolfgang hechtete zur Haustür, riss sie auf und schaute in ein Gesicht, mit dem er nicht gerechnet hatte. Ganz offensichtlich beruhte das auf Gegenseitigkeit.

Paul, der Mann aus dem Schrebergarten, starrte ihn mindestens genauso überrascht an wie er ihn. Wolfgang wurde klar, dass er jetzt in großen Schwierigkeiten steckte. Seine Gegner waren nun zu zweit. Er stürzte sich sofort auf Paul, der zu Boden fiel und geschmeidig abrollte, rannte zu seinem Motorrad und raste ohne Helm aus Grunewald hinaus.

Wolfgang war ein ganzes Stück gefahren, ohne ein Ziel zu haben, und schließlich war er an der Friedrichstraße gelandet. Er überlegte. Gregor hatte etwas zu verbergen, und wenn es jemanden gab, der dahinterkommen konnte, was das war, dann Arhan. Er stellte sein Motorrad an der Brücke über die Spree ab und rief den Journalisten an.

Jeder hatte etwas zu verbergen, meinte Arhan entschieden. Es konnte etwas Kleines sein, aber auch etwas Großes, das man um jeden Preis geheim halten wollte. Er hatte das Taxi für ein paar Tage Taxi sein lassen, um sich ganz auf seine Nachforschungen konzentrieren zu können, und saß rund um die Uhr an seinem Computer, von wo aus er die sozialen Medien, auch wenn es unbescheiden klang, wie ein Virtuose ihre Wirkung entfalten ließ. Er verfügte über Kontakte in der journalistischen Welt, die wiederum über noch viel mehr Kontakte verfügten, und dieser Dominoeffekt würde Ergebnisse bringen. Darum hatte er Gregors Namen und Beruf weitergegeben und um interessante persönliche Informationen gebeten. Es gab bereits Reaktionen. Inzwischen hatte er für jeden der Kontakte in Gregors Handy eine DIN A4-Seite mit den wichtigsten Informationen und einem Foto zusammengestellt. Fand Wolfgang nicht auch, dass das World Wide Web einem Süßigkeitenladen aus einem Kindertraum glich? Er sollte sich doch einmal an die Sache wagen, er wäre überrascht. Nein, Gregor würde nicht misstrauisch werden; Arhan hatte dessen Mobiltelefon nicht gestohlen, es sich nur während des Sommerfestes ausgeliehen, gerade lange genug, um ein paar Daten auf sein eigenes Handy zu übertragen.

Wolfgang sagte, er werde sofort ein Treffen mit Tim arrangieren, damit sich der junge Mann die Fotos anschauen konnte, und beendete das Gespräch. Es blieb natürlich abzuwarten, ob Tim nach dem Vorgefallenen weiterhin bereit war, involviert zu werden. Seit der Bedrohung durch die Glatzen hatte er sich nicht mehr in Klein Eden blicken lassen und hielt sich wahrscheinlich in dem anderen Kleingartenkomplex auf, in dem er für seine Arbeit forschte.

Wolfgang rief Tim an, und nach heftigem Drängen sagte der Student zögernd und mit deutlichem Widerwillen zu, sich die Fotos anzuschauen. Er fügte hinzu, er könne nichts versprechen. Ganz offensichtlich hatte er immer noch Angst. Aber er war der Einzige, der wusste, wer die Glatze auf dem verschwundenen Foto war, und das mussten sie erfahren. Und warum Gregor versuchte, die Identität des Mannes geheim zu halten. Wolfgang beschloss, Tim diesmal sehr wohl unter Druck zu setzen.

Sie verabredeten sich in Arhans Apartment in der Albrechtstraße, nur ein paar Hundert Meter entfernt. Wolfgang steckte sein Handy ein und startete den Motor. Ein schwarzer Mercedes mit getönten Scheiben hielt neben ihm an, sodass ihm der Weg versperrt war. Zwei Autotüren öffneten sich. Wolfgang fluchte ärgerlich, wollte nicht warten, fuhr über den Bürgersteig weiter und rammte beinahe einen Fußgänger. Nach fünfzig Metern auf dem Bürgersteig und einem Dutzend wütender Passanten konnte er wieder auf die Straße. Er bog scharf nach links in den Schiffbauerdamm ein.

Arhan servierte ihm Tee mit zuckersüßer Baklava und erklärte, er werde es als Beleidigung auffassen, wenn Wolfgang nichts aß, ob er nun Hunger hatte oder nicht. Er fügte hinzu, Wolfgang sehe schlecht aus und müsse etwas zu sich nehmen.

Arhans Apartment war eine Mischung aus moderner und traditioneller Einrichtung. Ganz offensichtlich würde sich sein Bewohner niemals gut aufeinander abgestimmtes Mobiliar bei Ikea anschaffen. In einer Ecke am Fenster lag ein bordeauxroter Webteppich, auf dem in schwarzen Buchstaben „I love Allah“ stand. Arhan folgte Wolfgangs Blick und erklärte lakonisch, auch Muslime hätten Humor, obwohl das im Westen fast niemand wisse. Wolfgang erkundigte sich, ob Mekka tatsächlich in dieser Richtung liege, woraufhin Arhan erwiderte, er müsse zu seiner Schande gestehen, das nicht genau zu wissen. Seit seinem Umzug in diese Wohnung habe er sich noch nicht darum gekümmert, und es mache auch nicht so viel aus. Wenn er in seinem Taxi herumfuhr, hatte er den Teppich auch nicht bei sich. Seiner Einschätzung nach wären seine Kunden nicht übermäßig begeistert, wenn er plötzlich anhielte, Kompass und Teppich herausholte und sich damit auf dem Bürgersteig niederließe. Er fragte, ob Wolfgang sich das vorstellen könne. Er habe schon genug mit ausländerfeindlichen Kunden zu tun. Immer häufiger gebe es Leute, die sein Taxi heranwinkten und sich dann umentschieden, sobald sie ihn sahen.

Arhan hatte einen großen Holzschreibtisch mit einem Computer und einem Laptop und war unglaublich ordentlich. Auf dem Tisch lag eine Sammlung von Klarsichthüllen mit jeweils einer DIN A4-Seite an Informationen inklusive Foto, alphabetisch nach Nachnamen geordnet. Es gab drei Stapel. Insgesamt 244 Seiten, erklärte Arhan. Er hatte tatsächlich fast Tag und Nacht daran gearbeitet und einen guten Freund eingeschaltet, damit dieser eine Reihe spezifischer Nachforschungen für ihn erledigte; natürlich ohne zu wissen, worum es dabei ging.

Wolfgang fragte, ob sich Claus' Kollege Christian oder jemand anders vom LKA darunter befand. Auf solche Dinge hatte Arhan natürlich besonders geachtet, doch seinen Recherchen zufolge war das nicht der Fall. Er hatte außerdem, sofern das möglich war, die Partner und Familienmitglieder all dieser Personen einbezogen, doch auch das hatte keine Verbindung zu Christian ergeben. Der war nicht einmal auf Facebook, was nicht viel heißen wollte, weil er möglicherweise einen anderen Namen verwendete. Auf Twitter gab es ihn, doch seine Tweets waren geschützt, und er hatte nicht auf Arhans Anfrage reagiert, ihm folgen zu dürfen. Christian war also vorsichtig, was soziale Medien betraf.

Sie gingen Gregors Kontakte durch. Keine Glatzen, kein Karl. Vielleicht hatte Gregor ein zweites Mobiltelefon, oder er rief die Glatzen und seine Kontaktperson beim LKA nie an; möglicherweise war der Kontakt immer persönlich, oder sie benutzten Telefonzellen.

Tim traf ein und sah den Stapel durch. Wolfgang behielt das Gesicht des jungen Mannes genau im Auge, aber er konnte nichts daran ablesen. Schweigend legte Tim das letzte Bild hin.

„Sag uns erst mal, ob er überhaupt dabei ist“, verlangte Wolfgang.

„Dabei ist er; ich traue mich nur nicht, zu sagen, wer es ist. Wenn sie dahinterkommen, holen sich die Neonazis meine Schwester."

Wolfgang redete auf ihn ein, setzte ihn unter Druck. Er berichtete von dem Mörder und von Julias Verschwinden, davon, dass Julia vielleicht noch lebte. Davon, dass sie jeder Spur, so abwegig sie auch erschien, würden nachgehen müssen, und dass sie sonst nichts hatten. Der Mörder könnte Gregor sein, oder der Mann auf dem Foto, und wenn sie ihn nicht zu packen bekamen, würde Julia das Ganze nicht überleben, und das wollte Tim doch nicht auf dem Gewissen haben?

Wolfgang wusste, dass er gerade zu weit ging, und Arhans Gesichtsausdruck nach zu urteilen fand der das auch, aber die Worte waren schon ausgesprochen, und Wolfgang konnte sie nicht mehr zurücknehmen.

Tim ertrug den Druck nicht länger. Er starrte auf seine Hände und erklärte: „Es ist Thilo Görlitz."

Arhan pfiff durch die Zähne und erklärte, jetzt werde es erst richtig interessant. Mit diesen Worten holte er die entsprechende A4-Seite aus dem Stapel hervor.

Görlitz war ein aufsteigender Stern in der Jugendabteilung der FDP gewesen, ein eloquenter, charismatischer junger Mann, den man als vielversprechenden Politiker betrachtete und bei dem man davon ausging, er werde es noch weit bringen. Das wäre nicht mehr der Fall, wenn bekannt würde, dass er in Neonazikreisen verkehrt hatte. Zum Glück für Görlitz hatte man den einzigen Beweis, das Foto, vernichtet.

Görlitz hatte die FDP inzwischen verlassen und war einstimmig zum Vorsitzenden der brandneuen landesweit vertretenen Partei für Tradition und Freiheit gewählt worden, von der Arhan schon vorher gesprochen hatte. Er würde sich direkt in dieses Thema vertiefen. Er hatte einen guten Freund, der sich auf parlamentarische Themen spezialisierte und das deutsche politische Spektrum ganz ausgezeichnet kannte, und über ihn würde er herauszufinden versuchen, welche Rolle Gregor bei dem Ganzen spielte.

Tim hatte Wolfgang angeschaut wie ein verwundetes Tier, und er fühlte sich schuldig. Er legte dem Studenten eine Hand auf die Schulter, doch der schüttelte ihn ab, drehte sich um und verschwand. Wolfgang ging langsam zu seinem Motorrad. Aus dem Augenwinkel sah er, dass ein Auto im Schritttempo neben ihm herfuhr. Es wurde nicht schneller.

Er schaute zur Seite. Wieder dieser schwarze Mercedes mit den getönten Scheiben. Zwei Türen öffneten sich gleichzeitig, ohne dass das Auto anhielt, zwei Männer sprangen heraus. Mental klickte etwas bei Wolfgang. Gefahr. Zu spät. Bevor er die Straßenseite wechseln konnte, wurde er grob gepackt und auf den Rücksitz des Autos geworfen. Man schlug die Türen zu. Die zwei sprangen ins Auto, das in schnellem Tempo losfuhr. Er schaute den Mann an, der neben ihm saß.

Es war Paul, und er hatte eine Pistole auf Wolfgang gerichtet.

„Wir machen jetzt einen kleinen Ausflug, Schnüffler“, erklärte er.

Siebenunddreißigstes Kapitel

Der Direktor der in Kreuzberg angesiedelten Eventagentur war ein Mann in den Vierzigern mit dunkelbraunen Locken, in denen hier und da ein wenig Grau durchschimmerte, und einem Brillengestell, das noch zu neu wirkte, um modisch zu sein, und es genau darum war. Er musterte Gitta von Kopf bis Fuß und zog kaum merklich eine Augenbraue hoch, während er ihr zuhörte. Sie berichtete, sie wolle die Modenschau organisieren, die Jutta nie hatte abhalten können – natürlich mit ihrer eigenen Kollektion, aber sehr wohl in Juttas Sinne. Daraufhin nickte er enthusiastisch.

Er erinnerte sich an Jutta, weil sie der erste Großauftrag für seine Agentur gewesen und ermordet worden war, bevor das Projekt realisiert werden konnte. Er holte die Akte aus dem Archiv und blätterte darin.

Es war eine gute Idee gewesen, und es gab immer irgendwo eine Hungersnot, darum würde sie Juttas Konzept einfach so übernehmen können, erklärte er. Das Thema der Modenschau war natürlich Essen gewesen. Jutta hatte geplant, ein großes Zirkuszelt aufzustellen, Tausende von Ballons in der Form von Maiskolben, Kartoffeln und Blumenkohl anfertigen zu lassen, solche Sachen, und im Verlauf des Abends würden sie alle zugleich in den Himmel aufsteigen. Jutta wollte keine professionellen Models einsetzen, sondern hatte eine Reihe von Prominenten angeworben, die sich ohne Gage beteiligen wollten, außerdem einige gewöhnliche Menschen, die sie im wahrsten Sinne des Wortes auf der Straße aufgelesen hatte.

Gitta erkundigte sich, wo die Show hätte stattfinden sollen. Der Mann erklärte, Juttas Idee sei genial gewesen. Ihr Ansatz bestand darin, dass die Menschen lernen sollten, selbst für sich zu sorgen, indem sie lernten, ihr eigenes Essen anzubauen. Man wollte das Zelt im Stadtteil Schöneberg aufstellen, auf einer großen Wiese zwischen den Eisenbahnschienen und einer Kleingartensiedlung. Auch Bewohner der Laubenkolonie sollen teilnehmen.

Sie starrte ihn an. Kleingärten.

„Gibt es noch eine Teilnehmerliste?", wollte sie wissen. „Ich möchte einfach nur einen Eindruck bekommen. Vielleicht kann ich ein paar von diesen Leuten dazu bekommen, jetzt noch mitzumachen."

Er hatte alles aufbewahrt, schließlich wusste man nie. Er vertraute darauf, sie werde ihn das Ganze organisieren lassen, und das versprach sie ihm auch. Er würde sich wundern, wenn er nie wieder etwas von ihr hörte. Der Mann reichte ihr das DIN A4-Blatt und erkundigte sich, zu welchem Friseur sie gehe. Als sie den Namen Iwan nannte, meinte er, das hätte er auch so wissen können.

Sobald sie wieder draußen stand, las sie ungeduldig die Namen auf der Liste durch. Eine Schauspielerin, ein Politiker und ein Fernsehmoderator, aber es gab keine Namen, nach denen sie auf der Suche war. Keinen direkten Zusammenhang mit den anderen Ermordeten.

Gitta lief durch Kreuzberg und dachte nach. Keiner der Ermordeten kam auf der Liste vor. Eine Kleingartensiedlung, aber nicht die in Pankow. Ob der Zusammenhang doch bei den Kleingärten lag? Betraf es jemanden, der von ihnen besessen war? Sie setzte sich in ein Café, bestellte Kaffee und holte die Berlinkarte heraus. Die Orte, an denen man die Leichen gefunden hatte, hatte sie mit einem roten Kreuz markiert und ging sie jetzt systematisch durch. Alle waren in der Nähe irgendeiner Kleingartensiedlung gefunden worden, was allerdings nicht so viel aussagte, weil Berlin voll davon war; insgesamt bedeckten sie etwa dreißig Quadratkilometer. Worin sollte im Übrigen auch die Logik bestehen, wenn ein Mörder von Kleingärten besessen war? Unwahrscheinlich. Doch wenn sie Siegfried glauben durfte, war alles möglich, wenn es Mörder mit einem psychopathischen Hintergrund betraf.

Sie faltete die Berlinkarte wieder zusammen und trank ihren Kaffee aus, schaute sich die bunten Menschenansammlungen an, die vorbeigingen. Berlin war *in.* Für viele Menschen war die Stadt nicht länger synonym mit dem Brandenburger Tor, der Museumsinsel, dem Kurfürstendamm oder Unter den Linden, sondern auch mit Kreuzberg, und das stellte, wenn sie sich so umschaute, eine unumstößliche Tatsache dar. Dieser Stadtteil sprach die Vorstellungskraft der Touristen an, obwohl die hier in letzter Zeit nicht von allen willkommen geheißen wurden. Junge Leute aus anderen Regionen Deutschlands, die im Laufe der Jahrzehnte bestimmte Teile Kreuzbergs übernommen hatten, weil es dort billige Wohnungen gab und sie ungestört ihr alternatives Leben führen konnten, fanden es plötzlich nicht mehr in Ordnung, dass sich auch andere hier niederließen. Als wäre Kreuzberg ihr Eigentum. Sie klebten Aufkleber mit dem Text „Berlin doesn't love you" auf Touristenfahrräder. Sie sprachen über multikulturelle Integration, integrierten sich jedoch selbst nicht, sondern bewegten sich ausschließlich in ihren eigenen engen Kreisen aus Restaurants, Tapas- und Cocktailbars und ähnlichen Lokalitäten. Im multikulturellen Kreuzberg herrschte eine strikte Apartheid in den Cafés. Das neue Volk kam nie in die traditionellen Kneipen, und das Umgekehrte wäre genauso undenkbar gewesen. Immer mehr solcher trendigen Gegenden entstanden in Berlin, jede mit ihrem eigenen Publikum. In einigen begegnete man jungen, kreativen Menschen, die aus dem In- und Ausland nach Berlin gekommen waren, um dort ihre eigenen Unternehmen zu gründen. In anderen hingen Leute zwischen zwanzig und vierzig herum. Sie hatten zu große Hunde bei sich, trugen Ringe durch Nase, Lippen und Augenbrauen, Kleidung aus dem Secondhandladen, in die sie Löcher gerissen hatten, und wilde Frisuren. Sie sahen gefährlich aus, tranken aber teure Cocktails mit bizarren Namen und hatten Papas American Express Goldcard in der Gesäßtasche.

Wenn Gegenden *in* wurden, kauften oder mieteten Gruppen von Ausländern dort *Pied à terre*-Wohnungen, die sie als *Skybox* gebrauchten, aus der sie sich die sexy Metropole ein paar Wochenenden im Jahr anschauen konnten. Nicht jedem gefiel das, weil es die Hauspreise in die Höhe trieb.

Sobald *the place to be* einen Namen hatte und man darüber als Geheimtipp schrieb, stürzten sich alle darauf, und die Trendsetter zogen weiter. Die ewige Karawane der Trendsetter und derer, die ihnen folgten.

Berlin war tatsächlich *in*. Hoffentlich würde es nicht an seinem eigenen Erfolg zugrunde gehen.

Gitta war so müde, dass sie nicht gut nachdenken konnte. Gern hätte sie eine kleine Siesta abgehalten, wie die Pianistin das täglich tat. Seit einigen Tagen litt Gitta an einem ernsthaften Schlafmangel, wobei ihr Alter sicher auch eine Rolle spielte. Mittagsruhe. Im Kleingarten hingen Schilder mit dem Text „Die Mittagsruhe ist strikt einzuhalten." Sie musste an Rödiger denken, der jetzt ungefragt seine Ruhe im ewigen Kleingarten da oben bekommen hatte. Nicht, dass sie an ein Leben nach dem Tod oder einen Gott in irgendeiner Form geglaubt hätte.

Ihre Gedanken kehrten immer wieder zu dem Wort zurück. Rödiger hatte etwas über die Mittagsruhe in den Kleingärten gesagt, aber wie hatte er es genau formuliert?

Sie spürte Aufregung in sich aufsteigen, als sie sich plötzlich erinnerte. Aufregung und einen kleinen Funken vorsichtiger Hoffnung. Sie nahm ihr Handy. Es gab eine winzige Chance, die die Mühe eines Versuchs aber doch wert war.

Die Stimme auf der anderen Seite der Leitung beantwortete arglos ihre Frage, und Gitta lächelte zufrieden, als sie das Gespräch beendete.

Hier konnte es sich nicht mehr um einen Zufall handeln.

Wolfgang ging nicht ans Telefon, Siegfried schon. Der erzählte Gitta, dass die Psychiater, mit denen er gesprochen hatte, ihn bei der Frage über Kleingärten angeschaut hatten, als leide er an einem bis heute unentdeckten psychiatrischen Krankheitsbild, wobei er hinzufügte, damit könnten sie durchaus richtig liegen. Psychiater gingen nicht in Kleingärten, erklärte er entschieden, die hatten ein freistehendes Wochenendhaus mit wenigen und vor allem nicht in zu großer Nähe angesiedelten Nachbarn. Er fügte hinzu, der Zusammenhang bestehe seiner Meinung nach in diesem Fall in etwas anderem. Der Mörder sei ein Patient gewesen. Manche Serienmörder fühlten sich der Polizei überlegen, hielten sie für zu dumm, sie jemals zu fassen. Es war möglich, dass hier etwas Ähnliches ablief und der Mörder dieselbe Haltung gegenüber der Psychiatrie zum Ausdruck brachte, vielleicht sogar mit der Tatsache kokettierte, dass er anders war, oder auch, dass er der Berufsgruppe seine Überlegenheit demonstrieren wollte, weil er damit seiner Arroganz Nahrung verschaffte. Siegfried beschloss seine Ausführungen mit der Bemerkung, sie dürften nicht vergessen, dass über Psychopathen eigentlich erst sehr wenig bekannt war, obwohl es Psychiater gab, die davon ausgingen, es werde in der Zukunft vorhersagbar sein, ob eine bestimmte Person zum Serienmörder würde werden können. Daran glaubte er persönlich aber nicht. Siegfried war seinerseits davon überzeugt, dass es sich um Kurzschlüsse im Gehirn handelte, die ein komplexes Zusammenspiel von biologischen, neurologischen und sozialen Faktoren verursachte, und man würde sie nie auf einen Nenner bringen können. Er zitierte die nichtssagende FBI-Definition von „Serienmorden“ und erklärte triumphierend, die zeige nur zu deutlich, dass diese Leute eigentlich nichts davon begriffen, so viele Profiler und Mindhunter sie auch einsetzten. Aber beim FBI konnte man natürlich schlecht öffentlich zugeben, dass die Ergreifung eines Serienmörders nur auf der Basis solcher altmodischen – und sei es mittlerweile computerbasierten – Ermittlungen gelang.

Gitta rief Arhan an; dem Tippen im Hintergrund war zu entnehmen, dass er an seinem Computer saß. Er sagte, Wolfgang sei gerade gegangen, und wollte wissen, was Gitta entdeckt hatte. Sie berichtete ihm von Rödiger, der ihr erzählt hatte, dass einmal ein Mädchen mit ihrem Instrument die Mittagsruhe gestört habe, und dass sie da plötzlich an das Geigenmädchen hatte denken müssen. Sie hatte die Mutter, die Pianistin, angerufen und gefragt, welche Art Garten ihr gefiel. Französisch, englisch, japanisch mit viel Wasser und Bambus, oder etwas Traditionelleres, wie es häufig in Schrebergärten aussah, mit vielen Blumen und Pergolas, woraufhin diese unmittelbar Nein gesagt hatte. An den Kleingarten, in dem sie einmal wider besseres Wissen ein Wochenende zugebracht hatte, hatte die Pianistin schlechte Erinnerungen.

Und jetzt durfte Arhan mal raten, welcher das gewesen war. Klein Eden in Pankow.

Arhan erklärte, danach ebenfalls konkret gesucht zu haben, wobei sich aber keine einzige Verbindung zwischen dem ermordeten Journalisten und Kleingärten im Allgemeinen oder Klein Eden im Besonderen ergeben habe. Der Mann habe nie darüber geschrieben. Arhan würde das sofort noch einmal kontrollieren, aber es war unwahrscheinlich, dass ihm beim ersten Versuch etwas entgangen war.

Gitta meinte, der Ermordete habe vielleicht als Freelancer bei einer Zeitung oder einem Wochenblatt außerhalb Berlins etwas veröffentlicht, woraufhin ihr Arhan versicherte, auch das habe er bereits alles überprüft. Plötzlich war er still. Dann meinte er, es gebe eine Möglichkeit, die er noch nicht in Erwägung gezogen habe, und er werde sich direkt darum kümmern. Arhan beendete das Gespräch.

Achtunddreißigstes Kapitel

Wolfgang wusste, was der Euphemismus „einen kleinen Ausflug machen“ in bestimmten Kreisen bedeutete.

Durch die Stromstraße fuhren sie nach Moabit und hielten am Westhafen an. Die Gegend lag völlig verlassen da. Außer ihnen war niemand hier. Ein ödes Industriegelände. Paul bedeutete ihm, er solle aussteigen. Sie gingen in eine Halle, in der es nach Rost und Öl roch.

„Du darfst also für Gregor die Drecksarbeit erledigen“, kommentierte Wolfgang, der sich innerlich selbst verfluchte. Warum hatte er sich nicht vorher auf Paul konzentriert? Von ihrer ersten Begegnung an hatte er das Gefühl gehabt, dass mit diesem Mann etwas nicht stimmte, und den Fehler begangen, seinen Instinkt zu ignorieren. Er hatte die Geschichte geglaubt, Paul erhole sich im Kleingarten, und vermutet, er hänge bei den Glatzen herum, weil er Sympathien für die Neonazis hegte, aber offensichtlich steckte mehr dahinter, sonst wäre er jetzt nicht hier. Gregor hatte Paul auf ihn angesetzt. Um ihm eine Lektion zu erteilen oder um ihn definitiv aus dem Weg zu räumen? Wenn Letzteres der Fall war, hatte er nichts zu verlieren.

Im Bruchteil einer Sekunde wirbelte er herum und stürzte sich auf den völlig überraschten Paul. Sie fielen auf den Boden. Paul prallte mit dem Kopf gegen die Betonwand und fluchte. Die beiden anderen hielten Wolfgang fest und zogen ihn hoch, bogen ihm die Arme auf den Rücken. Paul rappelte sich auf, die Pistole immer noch im Anschlag, und musterte ihn mit einem Gesichtsausdruck, in dem sich Ärger und Amüsement die Waage zu halten schienen.

Das war's dann also. Aber eine Sache wollte er noch wissen.

„Wo ist Julia?“, fragte er.

„Hier geht es nicht um Julia", ertönte eine Stimme hinter ihm. Eine ihm bekannte Stimme, die fortfuhr: „Lasst ihn los."

Sie ließen ihn los. Paul sah ihn spöttisch an. Langsam drehte sich Wolfgang um.

Ihm gegenüber stand die Kriminaldirektorin, oder, wie Claus sagen würde, der Chef - diesmal nicht in Uniform.

„Du hast es uns ganz schön schwer gemacht, Wolfgang", erklärte sie. „Ich dachte, ich hätte dich ausdrücklich davor gewarnt, dich in Gregors Nähe blicken zu lassen. Natürlich hätte ich wissen müssen, dass dir das egal wäre, schließlich ist mir aus eigener Erfahrung bekannt, dass du dir von niemandem etwas vorschreiben lässt."

Wolfgang war verblüfft, begriff gar nichts mehr. Was tat sie hier, mit Paul und seinen zwei Gorillas? Er brachte kein Wort heraus, und ihm fiel keine einzige sinnvolle Frage ein.

Die vier musterten ihn.

„Wir hatten keine andere Wahl. Du mischst dich in Dinge ein, deren Dimension dir nicht klar ist, und wir können das Risiko nicht eingehen, dass du das alles kaputtmachst, dafür steht zu viel auf dem Spiel. Ich verstehe ja, dass du alles dafür tun willst, deine Julia wiederzufinden. Du hast ganz schön was gut beim LKA, lass mich das ganz deutlich sagen, und die Tatsache, dass Claus allen Hinweisen nachgeht, auch wenn die zu Personen führen, die er lieber nicht in die Ermittlungen verwickeln würde, ändert daran nichts. Du warst unser bester und verlässlichster Hauptkommissar. Darum habe ich beschlossen, dich einzuweihen." Sie zeigte auf Paul und erklärte: „Paul ist ein Undercoveragent. Er arbeitet für das LKA 5, den Polizeilichen Staatsschutz."

Innerhalb des LKA lief eine interne Untersuchung, über die nur eine sehr begrenzte Anzahl an Leuten informiert war. Es gab Hinweise darauf, dass jemand innerhalb des LKA Informationen an rechtsextreme Kreise weiterleitete. Politiker einer bestimmten Färbung wurden in diversen Berliner Stadtteilen eingeschüchtert, und man konnte sich des Gedankens nicht erwehren, dass es sich dabei nicht um Vorfälle einiger unabhängiger Aggressoren handelte, sondern das Ganze konzertiert vor sich ging. Außerdem gab es Vorfälle anderer Art. Immer öfter wurden in bestimmten Gegenden oder, um genau zu sein, in bestimmten Häuserblöcken Menschen so lange eingeschüchtert, bis sie ihre Wohnungen verließen, kündigten oder, wenn es sich um Eigentumswohnungen handelte, diese verkauften. Das betraf übrigens nicht nur türkische Familien. Die Gruppe der Rechtsextremen, die Gregor aus reiner Herzensgüte seinen Schrebergarten benutzen ließ, machte wahrscheinlich auch mit, und die Frage lautete, welche Rolle der Rechtsanwalt dabei spielte, und wer beim LKA Informationen an diese Leute durchgab. Darum war Paul bemüht, Gregors Vertrauen zu gewinnen.

Wolfgang erklärte, Gregor sei möglicherweise verantwortlich für Julias Entführung und vielleicht auch für die Morde, woraufhin Paul erwiderte, damit befasse sich schon das LKA 1, und die beiden Ermittlungen hätten gar nichts miteinander zu tun. Wenn es gelänge, Gregor mit Julias Verschwinden in Verbindung zu bringen, würde sich das LKA 1 um die Sache kümmern.

Wolfgang berichtete von der HauptstadtImmo und dem spanischen Immobilienbetrieb, und Paul erklärte, sie hätten bereits entdeckt, dass an dieser Maklerfirma etwas nicht ganz koscher war; sie hatten aber nicht gewusst, dass dieser Frank Müller involviert war. Einen Zusammenhang zwischen dem Maklerbüro und Gregor hatten sie nicht entdecken können.

Wolfgang wies darauf hin, dass das Foto der Glatzen von Claus' Schreibtisch verschwunden war und dass Christian, Claus' Partner, als Täter infrage kam, weil er am ehesten die Möglichkeit hätte, das

Bild an sich zu nehmen. Es musste einen Grund geben, warum gerade diese Aufnahme verschwunden war, und am plausibelsten schien, jemand war drauf abgebildet der nicht wollte, dass bekannt wurde, dass er sich in rechtsextremen Kreisen bewegt hatte. Wolfgang verschwieg, dass Tim den Politiker erkannt hatte, denn wenn Gregor oder jemand anders in der Umgebung der Glatzen Kontakte zum LKA hatte, konnte das theoretisch jeder sein.

An den Blicken, die die vier tauschten, konnte er ablesen, dass sie nichts von dem Foto wussten.

Er hätte ahnen können, dass Claus eine solche Dummheit nicht direkt seinen Vorgesetzten beichten würde. Schon in der Vergangenheit hatte er demonstriert, dass er Informationen nur sehr selektiv weitergab.

„Christian …“, sagte Paul nachdenklich. „Wir werden ihn uns genauer vornehmen.“

Die Kriminaldirektorin kündigte an, sie werde von nun an Claus im Zaum halten und ihn persönlich jeden Tag von den Ermittlungen zu den Morden und Julias Verschwinden berichten lassen.

Danach schauten alle schweigend Wolfgang an, und er hätte gern gewusst, was sie dachten.

Schließlich ergriff seine frühere Chefin das Wort.

„Mehr brauchst du nicht zu erfahren, Wolfgang – außer, dass du dich hier und jetzt entscheiden musst. Schwöre, dass du dich von Gregor fernhältst, sonst lasse ich dich sofort festnehmen und einsperren. Und diesmal wird dich Ludowina nicht raushauen können, denn wir haben es hier mit der Behinderung von Ermittlungen im Rahmen des Staatsschutzes zu tun. Wie sieht es aus?“

Sie warteten seine Reaktion ab.

Ihm blieb keine andere Wahl.

„Ich schwöre es“, erklärte er.

Neununddreißigstes Kapitel

Gitta dachte über den Mord an dem Psychiater nach. Für sie lag auf der Hand, dass der Mörder, wie Siegfried gesagt hatte, genauso ein Patient sein konnte, sonst hätte es schließlich keinen Grund gegeben, die entsprechenden Akten zu vernichten. Untersuchungen des LKA waren damals allerdings ohne Ergebnis geblieben.

Was hatte Siegfried vorher diesbezüglich gesagt? Die Polizei hatte die Patientenakten über die Angaben der Krankenversicherung nachvollzogen, und er hatte gemeint, der Mann habe möglicherweise Patienten gehabt, die privat versichert waren und bar bezahlten, sodass man nicht alle hatte finden können.

An dieser Argumentation stimmte etwas nicht. Solche Patienten konnten schließlich auch aufgespürt werden, wenn sie Rechnungen bei ihrer privaten Krankenversicherung einreichten.

Sie rief Siegfried an, der eine einfache Antwort parat hatte.

Ihr Gedankengang war korrekt, aber es gab Leute, die nicht wollten, dass ihre Besuche bei einem Psychiater bekannt wurden, deswegen bezahlen sie bar und gaben auch nichts bei ihrer Krankenkasse an. Das hatte er früher auch so gemacht. Inzwischen reichte er die Kosten sehr wohl ein, denn es war schon lange kein Geheimnis mehr, dass er Psychiater aufsuchte, und für seine heutige Arbeit machte es auch nichts, weil man mit einem Präparator sowieso Exzentrik assoziierte und ein Besuch beim Psychiater dazu passte. Übrigens hatte er gerade eine enttäuschende Sitzung bei einem Grünschnabel hinter sich, der noch viel lernen musste.

„Macht dir deine Versicherung keine Schwierigkeiten, wenn du bei mehreren gleichzeitig in Behandlung bist?“, wollte Gitta wissen.

„Diese zusätzlichen Sitzungen zahle ich selbst. Das kostet mich einfach etwas Geld“, erklärte er, als sei das überhaupt kein Problem.

Vielleicht stellte das Ausstopfen von Tieren einen lukrativen Beruf dar.

Gitta überlegte sich, dass Siegfried bisher als Einziger keine brauchbaren Informationen geliefert hatte, doch von diesem Umstand ließ er sich ganz offensichtlich nicht aus dem Feld schlagen. Es war auch zu erwarten gewesen, dass seine Ermittlungen nur wenig ergeben würden, weil es absurd war anzunehmen, dass Psychiater mit ihren Patienten über Kollegen sprachen, ganz zu schweigen über andere Kranke.

Ein beunruhigender Gedanke beschlich sie. Siegfried behauptete zwar, er sei nie bei dem ermordeten Arzt gewesen, aber wer garantierte einem, dass er auch die Wahrheit sagte?

Gitta schüttelte diese Überlegung ab. Unsinn. Sie ließ sich von Vorurteilen leiten, und das war etwas, das sie nicht tolerierte, nicht bei anderen und schon gar nicht bei sich selbst. Die Tatsache, dass Siegfried schizophrene Züge aufwies, musste noch lange nicht bedeuten, dass er ein Psychopath war. Außerdem gehörte er zu Wolfgangs engsten Freunden.

Gleichzeitig merkte sie, dass da unter der Oberfläche etwas zwischen den beiden vorging, das sie nicht näher beschreiben konnte. Als teilten sie ein Geheimnis, über das sie nicht sprachen, das aber deutlich spürbar zwischen ihnen stand.

Gitta wusste, dieses Gefühl würde sie verfolgen, wenn sie sich nicht damit befasste, und sie würde deswegen nachts wach liegen. Sie musste mit ihm sprechen und dabei sein Gesicht sehen können, am liebsten an einem Ort, wo er sich entspannt fühlte, auf seinem eigenen Terrain.

Sie gab noch einmal seine Nummer ein.

Siegfried hatte sofort erklärt, sie sei mehr als willkommen.

Sie nahm die U-Bahn am Kottbusser Tor und stieg am Bahnhof Friedrichstraße in die S-Bahn um. Innerhalb einer halben Stunde war sie in Marzahn angekommen, am Stadtrand. Von der S-Bahn aus lief sie durch das Einkaufszentrum zur Marzahner Promenade, zwischen den Betonneubauten hindurch in den alten, geschützten Dorfkern.

Siegfrieds Bauernhof hatte nur ein Stockwerk und lag an einem Anger, einem ovalen Stück Grün mitten im Dorf. So hatten die alten Dörfer, die im Laufe der Jahrhunderte zu Berlin zusammengeschmolzen waren, einmal ausgesehen. Ein Weg, der sich gabelte und ein Stück weiter oben wieder zusammenlief. Auf der so entstandenen Insel in der Mitte befanden sich Kirche und Friedhof, Schule und Feuerwehrhaus. Außen lagen die Häuser der Bauern mit den Ställen und dem Weideland, das sich dahinter erstreckte so weit das Auge reichte.

Inzwischen war der Anger zwischen gigantischen weißen Betonplatten eingeklemmt, die immer näher kamen und über den letzten Rest des alten Dorfkerns hinausragten, als wollten sie ihn verschlucken. Die meisten Bauern hatten ihre Gehöfte aufgegeben, und jetzt nutzte man die alten Gebäude als Wohnhäuser oder hatte sie zu Läden, Cafés, Restaurants oder Reitschulen umgebaut.

Gitta fand, das sei auf gewisse Weise eine passende Umgebung für Siegfried.

Als sie bei ihm ankam, stand er in der Tür; er trug eine graue Schürze, die ihm bis an die Knie reichte. Mit ungeduldigen Bewegungen seiner langen, dünnen Finger winkte er sie nach drinnen und sagte, er sei gerade mit Rufus fertig geworden und neugierig zu erfahren, was sie von seiner Arbeit halte. Rufus hatte eine Herausforderung dargestellt. Ein Meisterwerk, auch wenn er sich damit selbst lobte.

Er erklärte ihr, dass er sich in Marzahn niedergelassen hatte, weil er seine Arbeit natürlich nicht mitten in Berlin ausführen könnte; hier belästigte er nur wenige Leute mit den beim Präparieren unvermeidlichen ungewöhnlichen Gerüchen.

Vor ihr her ging er in einen kleinen Raum, der nach Chemikalien roch; Gitta war froh, dass sie die vermutlich anwesenden anderen Gerüche überdeckten. Ein antiker Holzofen, Töpfe von einem Format, dass man ein großes Kalb darin unterbringen konnte. Messer und Skalpelle in allen Formen und Größen. Eine Sammlung Tiefkühler, auf die ein mittelgroßer Hotelbetrieb neidisch gewesen wäre.

Verblüfft starrte sie auf das Objekt, das ihr aus der Mitte des Zimmers majestätisch entgegensah.

„Schön, was?", kommentierte Siegfried. „Der ist neu. Ich arbeite nur mit dem besten Material." Es war ein Obduktionstisch, wie ihn Pathologen gebrauchten, und obwohl er neu war, hatte man ihn ganz offensichtlich erst vor Kurzem benutzt.

Aus jeder Ecke des Raumes schauten Gitta Augen an, leuchtende Murmeln in Blau, Gelb, Braun und Schwarz, die schwach das Licht reflektierten und sie zu mustern schienen. Eber, Rehe, Füchse, Enten, ein Stierhaupt, ein Ferkel mit zwei Köpfen und eines mit sechs Füßen, Meerschweinchen, Vögel, die Gitta nicht einmal erkannte, ein Frettchen, ein Kaninchen, Fasane, ein Otter. Einige tropische Tiere, die er vom Zoo bekommen hatte, zu dem er gute Kontakte unterhielt.

Sie hätte gern gewusst, warum er damals seine andere Stelle hatte aufgeben müssen und sich für diese Tätigkeit entschieden hatte. Sie hatte das einmal Wolfgang gefragt und zur Antwort bekommen, sie solle sich an Siegfried wenden. Jetzt war allerdings nicht der richtige Augenblick dafür. So etwas fragte man nicht unbedacht, denn die Antwort konnte nur schmerzhaft sein.

Siegfried packte sie am Arm, führte sie zu einem Schrank und zeigte stolz auf seine neueste Arbeit, die er „Rufus“ getauft hatte. Rufus hatte ihm viel Arbeit beschert. Sie schaute auf einen Flughund mit den Maßen eines Modellflugzeugs, die Flügel wie feines schwarzes Segeltuch ausgebreitet. Augen, die, obwohl es sich um dunkle Glasmurmeln handelte, Gift auszustrahlen schienen, und dünne, spitze Zähne. Unwillkürlich trat sie einen Schritt zurück.

„Ja, er ist mir sehr gut gelungen.“ Siegfried schaute selbstzufrieden drein.

Er war höflich und, was Gitta erstaunte, sogar charmant. Legte ihr eine Hand auf die Schulter, während er ihr stolz seine Sammlung zeigte. Sie spürte, dass er sie gründlich musterte, während sie an seinem Arbeitsplatz herumlief und von einem ausgestopften Tier zum anderen ging, beim riesigen Kopf eines Rhinozeros stehen blieb. Es war eine seltsame Erfahrung für sie, so gründlich betrachtet zu werden, und sie war sich nicht sicher, ob ihr das auch gefiel. Sie fragte sich, was wohl in seinem Kopf vorging.

Als sie sich umwandte, stellte sie fest, dass er plötzlich ganz nah bei ihr stand. Er hob die Hände auf die Höhe ihres Gesichts, und sie nahm wahr, dass seine Nägel sorgfältig gepflegt waren. Er hielt die Hände zu beiden Seiten ihres Kopfes, und Gitta merkte, wie sieplötzlich schneller atmete.

Er fragte, ob er ihr Haar anfassen dürfe. Sie nickte langsam, und er legte die Hände auf beide Seiten ihres Kopfes, fuhr ihr durchs Haar, schloss die Augen, nahm eine Strähne in die Hand und bewegte sie zwischen den Fingern hin und her, als prüfe er die Struktur. Gitta hielt den Atem an, bis Siegfried die Augen wieder öffnete. Er bewegte den Kopf in ihre Richtung und roch an ihrem Haar, trat dann einen Schritt zurück.

„Danke dir“, sagte er. „Du hast sehr schönes Haar, weißt du das? Es fühlt sich kräftig und weich zugleich an, und das ist bei gefärbtem Haar ungewöhnlich.“ Er machte eine große Geste in Richtung seiner Tiere. „Wenn sie gerade noch gelebt haben, fühlt sich ihr Fell fantastisch an und hat einen angenehmen, tiefen Geruch. Bei jedem Tier etwas ganz Besonderes, weißt du. Gerüche sind etwas Lebendiges. Sobald die Tiere präpariert sind, wird das Haar steif, und dann bleibt nicht mehr als ein Anflug des Aromas im Fell übrig.“

Mit schiefgelegtem Kopf erklärte Siegfried, Struktur und Geruch des Fells eines gerade getöteten Tieres seien das Allerschönste.

Nach diesem beunruhigenden Vorfall fing Siegfried plötzlich an, über Essen zu sprechen, als hätte er einen Schalter umgelegt. Er könne etwas zurechtmachen, seine Tiefkühltruhe sei gefüllt. Er schaute sie fragend an, und Gitta erklärte sofort, sie habe keinen Hunger, wovon auch jedes Wort stimmte.

Sie brachte das Gespräch auf Wolfgang. Siegfried berichtete, er sei schon seit Menschengedenken mit ihm befreundet, und sie seien es auch geblieben, trotz allem, was zwischen ihnen vorgefallen war. Genaueres erzählte er nicht. Er sprach über Wolfgang und darüber, was für eine Person er war, und Gitta erkannte vieles davon wieder. Wolfgang war verletzt, hatte Narben, die dem Augenschein nach geheilt waren. Und da gab es noch etwas anderes. Bei ihm schlummerte etwas unter der Oberfläche, eine beunruhigende Facette seines Charakters, die er der Welt nicht oft zeigte, die aber trotzdem existierte.

Siegfried winkte Gitta, mit ihm zu kommen, ließ sie in sein Wohnzimmer vorangehen. Ein durchgesessenes, bequemes dunkelbraunes Ledersofa mit einem Tisch davor, der voll mit Büchern war, überquellende Regale an jedem freien Stückchen Wand, ein

Perserteppich in verschiedenen Rotschattierungen, der beinahe den ganzen Fußboden bedeckte. Gedämpft leuchtende Lampen, deren Schirme er ganz offensichtlich selbst aus der straff gespannten Haut irgendwelcher Tiere hergestellt hatte. Flackernde Kerzen. Ein komfortables altes Zimmer mit einem kleinen Fenster.

Dann sah sie die Katze. Das Tier thronte auf einem runden Holztisch und war ausgestopft.

„Die hat meiner Ex-Freundin gehört. Sie war untröstlich, als das Tier starb. Ich wollte ihr eine Freude machen, sonst hätte sie es begraben müssen, unter der Erde. So konnte sie es noch sehen und ab und zu streicheln."

Die Freundin war ihm wahrscheinlich unendlich dankbar gewesen - großartig, wenn man sein geliebtes verstorbenes Haustier als totes Fell voller Nadeln um einen Schaumstoffkörper in der Form einer Katze zurückbekam. Der Traum eines jeden Tierliebhabers.

Siegfried schien ihre Gedanken erraten zu können.

„Sie hat sich nicht gefreut, weil da etwas war, das sie nicht begriff. ‚Es geht nicht darum, was man mit den Händen erfühlt, sondern was man mit der Seele erfasst', hat sie gesagt."

Er erzählte, sie habe ihm alles bedeutet, ihm durch die schwierigste Zeit seines Lebens geholfen. Trotz ihrer Verschiedenheit liebten sie einander. Und dann war es von einem Tag auf den anderen vorbei, als sein bester Freund sie ihm plötzlich wegnahm.

Er streichelte die Katze und starrte ins Nichts; auf seinem Gesicht war ein schmerzlicher Ausdruck zu sehen.

„Am Anfang habe ich mit dem Gedanken gespielt, ihn aus dem Weg zu räumen. Wenn sie zusammenwaren und ich sah, wie er sie anschaute, sie anfasste. Aber ich habe gelernt, damit umzugehen. Als sie tot war, habe ich ihm wirklich vergeben, weil ich wusste, dass er sich fühlte, wie ich mich gefühlt habe, als er sie mir weggenommen hat, und dass er litt, wie ich gelitten habe. Es ist, als sterbe man selbst ein bisschen. Als würde einem ein Stück aus der Seele geschnitten."

„War sie krank oder hatte sie einen Unfall?", wollte Gitta wissen.

„Weder noch", erwiderte er. Er sah sie an und schwieg ein paar Sekunden, sodass sie schon bezweifelte, dass er es ihr erzählen würde. Dann wiederholte er: „Weder noch. Sie ist ermordet worden."

Es dauerte kurz, bis zu ihr durchdrang, was er sagen wollte.

„Du meinst doch nicht etwa …" Fassungslos starrte sie ihn an.

„Natürlich. Ich dachte, du hättest das verstanden. Wolfgang hat sie mir damals weggenommen."

Langsam ging sie zur S-Bahn-Station Marzahn und dachte über diesen außergewöhnlichen Besuch und Siegfrieds Bekenntnisse nach. Sie war verblüfft. Er hatte gesagt, er habe Wolfgang vergeben, aber war das etwas, das man vergab und vergaß? Jetzt begriff sie die kryptischen Bemerkungen und die Blicke, die Siegfried Wolfgang zuwarf, wenn er dachte, der andere sehe das nicht. Er musste Rachegelüste verspüren, anders ging es gar nicht.

Als Siegfried Claudia kennenlernte und eine Beziehung mit ihr begann, war Wolfgang schon seit vielen Jahren sein bester Freund. Seine Beziehung zu Claudia hatte drei Jahre gedauert. Während dieser ganzen Zeit hatte Wolfgang die beiden oft zu Hause besucht, war zu Claudias Ausstellungen gekommen, hatte sie hin und wieder mit ins Kino genommen oder mit ihr zusammen zu Mittag gegessen. Erst später war Siegfried bewusst geworden, dass Wolfgang immer mehr Zeit mit Claudia verbrachte. Und eines Tages hatte sie ihm erzählt, sie habe sich für Wolfgang entschieden. Unter seinen Augen war es geschehen, und er hatte nichts davon mitbekommen.

Seitdem war Siegfried ohne feste Partnerin. Er hatte gesagt, Schizophrene besäßen keinen sehr hohen Marktwert, und hinzugefügt, das Leben sei nicht immer einfach, wenn man anders war als andere Leute, was Gitta nur bestätigen konnte.

Nach diesen Bekenntnissen war die Atmosphäre zwischen ihnen speziell und vertraulich gewesen. Sie hatte sich überlegt, ihn nun auch fragen zu können, warum er damals entlassen worden war. Trotzdem hatte sie etwas davon abgehalten. Es wäre nicht feinfühlig gewesen.

Sie merkte, dass sie immer langsamer gegangen war. Blieb stehen. Drehte sich resolut um.

Das hier war nicht der Augenblick für falsche Rücksichtnahme. Sie jagten einen Mörder.

Gitta wandte sich um und lief zurück in den alten Dorfkern.

Vierzigstes Kapitel

Sie hatten Wolfgang in dem Mercedes mit den getönten Scheiben wieder nach Mitte gebracht, wo sein Motorrad noch stand. Er war zum Majakowskiring gefahren und hatte nachgedacht, als Claus ihn anrief, um ihm mitzuteilen, dass man das Blut auf der Fensterscheibe analysiert und er soeben die Ergebnisse bekommen hatte. Es war Tierblut, und es stammte von dem Kaninchen. Das Tier musste noch gelebt haben, als man ihm die Pfote abschnitt; der Mörder hatte es ausbluten lassen und das Blut aufgefangen.

Das Gespräch verlief alles andere als mühelos. Dass Claus spontan mit dieser Information anrief, bedeutete, dass er etwas wiedergutmachen und ohne es direkt zu sagen vermitteln wollte, dass er sich mit der Situation auch nicht wohlfühlte. Wolfgang bezweifelte dennoch, ob er so bald wieder ein Bier mit ihm trinken gehen würde, sich über ihn ärgern oder mit ihm lachen, wie er das so viele Jahre lang getan hatte. Zwischen ihnen war etwas zerbrochen, das sich nie wieder reparieren lassen würde, und das schien Claus auch zu wissen. Wolfgang fühlte sich verraten, und das vertrug er nicht. Es wäre nicht das erste Mal, dass er eine jahrelange Freundschaft rücksichtslos vom einen auf den anderen Moment von sich aus beendet hatte. Er wusste, dass er in dieser Hinsicht drastisch sein konnte, aber bestimmte Dinge ließen sich nun einmal nicht vergeben und vergessen.

Claus berichtete, sie hätten bereits unzählige Tipps von Leuten bekommen, die glaubten, Julia gesehen zu haben. Am Brandenburger Tor, auf dem Flughafen, in der S-Bahn und der U-Bahn, am Bahnhof Zoo, am Ku'damm, in Kreuzberg, in Prenzlauer Berg, auf der Museumsinsel. Ohne Ausnahme Orte, an denen es von Touristen nur so wimmelte, und wenn man sich noch dazu ins Gedächtnis rief, dass die Spanier Berlin sehr gerne besuchten, war Wolfgang schon klar, was es mit dem Wert dieser Hinweise auf sich hatte.

Heinz stand an der Bar in der Gaststätte MAUS und sah sich um, als gehöre der Laden ihm, was in diesem Augenblick auch stimmte, weil Sven eine wichtige Besorgung erledigen musste und ihn gebeten hatte, einzuspringen, bis Silke endlich wieder auftauchte. Die kam meistens pünktlich; heute war das allerdings anders.

Wolfgang wartete ungeduldig, bis Heinz ihm ein Bier gezapft hatte. Ein Gefühl der Ohnmacht drückte ihm den Brustkorb zusammen, und dieses Gefühl war beängstigend. Er spürte, wie die Hand zitterte, mit der er das Glas zum Mund hob, und er merkte, dass er Angst hatte. Er musste Julia finden, wusste aber nicht, wie. Er dachte an Gregor, Frank und Sven und das ihm unbekannte Dreiecksverhältnis, das die Männer miteinander zu verbinden schien.

Sven betrat den Schankraum, als hätte er gespürt, dass Wolfgang an ihn dachte, und fragte ärgerlich: „Ist Silke immer noch nicht da? Sie wusste doch, dass ich wegmuss." Er fing an, Gläser abzuwaschen.

Wolfgang musterte ihn, stellte fest, dass ihm Sven hin und wieder verstohlene Blicke zuwarf. Das kam häufiger vor. Oder war es diesmal noch intensiver, fühlte er sich unbehaglich in Wolfgangs Nähe, und wenn ja, hatte er dafür einen Grund? Könnte er der Mörder sein? Einen großen Teil des Tages hielt er sich in der Schrebergartensiedlung auf, und die verschwundene Gartenschere gehörte ihm. Außerdem trug er ab und zu Handschuhe, angeblich wegen seines Ekzems, obwohl zurzeit nichts an seinen Händen erkennbar war, was darauf hindeutete.

Je länger Wolfgang darüber nachdachte, desto mehr verstärkte sich das Gefühl, Sven müsse etwas mit der Sache zu tun haben. Der

Gedanke wurde zu einer Obsession, die er nicht mehr aus dem Kopf bekam. Er biss die Zähne so fest zusammen, dass seine Kiefer zu zittern begannen. Langsam bewegte er den Unterkiefer von links nach rechts und wartete, bis Heinz die Gaststätte verlassen hatte.

Der Schankraum war leer, und auch auf der Terrasse saß niemand. Außer ihnen beiden befand sich niemand mehr in der Gaststätte MAUS. Sven schaute in seine Richtung und dann wieder weg. Wolfgang überlegte sich eine Strategie. Er würde zum Tresen gehen, eine unverfängliche Bemerkung machen, damit Sven keinen Verdacht schöpfte, und ihn dann unerwartet überwältigen, ein Glas zerschlagen, Sven die Scherben unter die Nase halten. Wenn er sich weigerte, zu sagen, wo Julia war, würde ihn Wolfgang mit dem scharfen Glas ins Gesicht stechen – so lange, bis er redete.

Seine Überlegungen liefen klinisch kühl ab. Er musste Julia unbedingt finden, und wenn Sven etwas mit der Sache zu tun hatte, war das die einzige Methode. Es ging inzwischen nicht mehr darum, ob das gut oder schlecht war. Er durfte alles, wenn er nur Julia wiederfand. Er begriff, dass er nun zu allem fähig war.

Wolfgang stand langsam auf und ging mit seinem Bierglas zur Theke, sagte, er werde sich selbst bedienen. Sven nickte und wusch weiter ab. Wolfgang griff das Glas unten und schlug es gegen die Kante. Das helle, klirrende Geräusch von Glasscherben, die auf den Boden fielen, und in seiner Hand hielt er eine prächtige Waffe mit scharfen Kanten. Perfekt.

„Sorry, ein Missgeschick. Ich bin in letzter Zeit in bisschen zittrig."

Sven rief aus tiefstem Herzen „Scheiße!", drehte sich um und griff nach dem Besen, sodass er Wolfgang den Rücken zuwandte. Wolfgang würde ihm von hinten einen Arm um den Hals legen und fest zudrücken, sodass Sven keine Luft bekam, und mit der anderen Hand würde er ihm das Glasstück vors Gesicht halten. Wenn er sich zu sehr wehrte oder nicht die Antworten gab, die Wolfgang hören wollte, würde er ihm als Warnung kurz eine Spitze ins Gesicht drücken.

Dann würde Sven schon anfangen zu reden.

Als er gerade einen Schritt nach vorn machte, hörte er hinter sich die Tür aufgehen, und Silkes Stimme erklang.

Er wandte sich um und legte das Glasstück weg, als er das Blut auf ihrer weißen Bluse sah.

Ein Mann und eine Frau stützten sie und ließen sie in einen Stuhl sinken. Silke hielt sich auf der Höhe des linken Ohrs ein Taschentuch an den Kopf. Sie blutete stark. Sven rannte auf sie zu und sagte, er werde einen Krankenwagen rufen, aber sie meinte, es sehe schlimmer aus als es sei. Wolfgang holte den Verbandskasten hinter der Bar hervor und schob Silkes Hand von ihrem Ohr weg. Sie hatte einen ordentlichen Schnitt im Ohrläppchen, ansonsten war keine Kopfwunde erkennbar. Tatsächlich deutlich weniger dramatisch als es den Anschein hatte. Nur viel Blut.

„Was ist denn passiert?", fragte Wolfgang, während er Silke versorgte.

Sie berichtete, dass sie auf dem Weg in die Gaststätte MAUS durch den Park gelaufen war. Plötzlich hatte ein Mann mit einem Messer vor ihr gestanden. Er stach zu, und sie hatte reflexartig reagiert, sich geduckt, sodass er nur ihr Ohr erwischte. Sie hatte geschrien und war weggerannt. Dann hatte sie Stimmen gehört, ihre beiden Begleiter waren gekommen, und ihr Angreifer verschwand im Gebüsch. Wer es war, hatte sie nicht sehen können, weil er eine Skimütze aufgehabt hatte. Wie er gekleidet gewesen war, wusste sie auch nicht mehr, erinnerte sich nur noch an etwas Dunkles. Der Mann und die Frau, die Silke geholfen hatten, hatten den Angreifer nicht gesehen, denn der war bereits weg, als sie sie erreichten.

„Ich hätte tot sein können“, flüsterte Silke und fing an zu zittern.

Sven legte ihr einen Arm um die Schultern. „Mein Gott, Silke“, sagte er. „Was gehst du auch allein durch den Park, wenn da ein Mörder herumläuft. Mach so was nie wieder, ja?“

Wolfgang begriff, dass er sich geirrt hatte. Sven war nicht der Mörder, denn er würde Silke nie überfallen. Beinahe hätte er ihn vielleicht fürs ganze Leben entstellt. Was hatte ihn da nur beseelt? Es schien, als könne er nicht mehr rational denken.

Einundvierzigstes Kapitel

Gitta dachte daran, was Siegfried ihr erzählt hatte, als sie zu seinem Arbeitsplatz in Marzahn zurückgekehrt war. Er stand in der Tür, und sie hatte gespürt, dass er mit ihrer Rückkehr gerechnet hatte.

„Ich weiß, was du mich fragen willst“, hatte er erklärt.

Sie hatte erwidert, sie wisse nicht sicher, ob sie die Antwort wirklich hören wolle.

Er hatte sich zu ihr hin gebeugt, ihr die Finger auf die Schultern gelegt, ihr schnell etwas ins Ohr geflüstert und sie dabei mit seinem klinischen Interesse gemustert, während er ihre Reaktion abwartete.

Sie hatte sich für einen kurzen Augenblick nicht bewegen können, die richtigen Worte nicht gefunden, und „Scheiße, das meinst du doch wohl nicht ernst“ geflüstert.

Ganz offensichtlich hatte er diese Reaktion erwartet. Er hatte selbstzufrieden dreingeschaut und erklärt, er habe noch nie in seinem Leben etwas so ernst gemeint.

Sein Angebot, zusammen ein Glas Weißwein zu trinken, hatte sie ausgeschlagen, war stattdessen schnell zur S-Bahn-Station gelaufen - es gab viel, worüber sie nachdenken musste. Obwohl sie diverse mögliche Gründe für seine Entlassung hatte Revue passieren lassen, war diese Möglichkeit nicht darunter gewesen. Sie hatte eine Gänsehaut bekommen, als er davon erzählte, und er hatte gelächelt.

Siegfried hatte die Leiche seines verstorbenen Lehrmeisters, des Präparators, aus der Leichenhalle gestohlen und im Kofferraum seines Autos nach Marzahn gebracht, um sie dort auszustopfen.

Man war dahintergekommen, dass die sterblichen Überreste des Präparators verschwunden waren, und weil Siegfried an jenem Abend als Letzter das Gebäude verlassen hatte, stand man schon bald vor seiner Tür in Marzahn. Die Diagnose „Schizophrenie“ gab es damals schon. Siegfried litt unter einer Form, die sich erst im höheren Alter manifestierte, und die ersten Symptome waren mit denen einer Demenz vergleichbar: Vergesslichkeit, Gedächtnisprobleme und Konzentrationsstörungen. Er machte ab und zu kleine Fehler bei der Arbeit. Formal basierte man seine Entlassung auf dieser Begründung. Der wirkliche Grund wurde unter den Teppich gekehrt. Siegfried begriff das und akzeptierte auch, dass er einen Fehler begangen hatte und nicht mehr als Pathologe arbeiten durfte. Trotzdem hatte er nur den letzten Willen des alten Mannes ausführen wollen. Manchmal träumte er davon, irgendwann einmal einen Menschen auszustopfen.

Die S-Bahn fuhr gerade in den Bahnhof Lichtenberg ein, als Gittas Handy klingelte. Der Agent der Sängerin. Ihm war doch noch etwas eingefallen, weil ihn Gitta nach einer Modenschau gefragt hatte. Er hatte nicht direkt einen Zusammenhang hergestellt, weil das Ganze nicht unter „Modenschau" lief, aber da war eine Benefizveranstaltung mit dem Namen „Essen für den Sudan" gewesen. Natascha hätte dort ohne Gage singen sollen. Sie hatte sich aber wegen eines Streits mit den Organisatoren zurückgezogen – so etwas war häufiger vorgekommen, wenn sie ihrem Eindruck nach nicht genug im Scheinwerferlicht stand.

Er fragte, ob Gitta sich bereits wegen der Rockband entschieden habe, worauf sie antwortete, sie sei noch nicht so weit, werde ihn aber bald anrufen.

Sie war auf der richtigen Spur. Kleingärten in Pankow und in Schöneberg. Sie rief den Mann von der Eventagentur an und wollte wissen, ob sich die Designerin aus einem bestimmten Grund für Schöneberg entschieden hatte, woraufhin er antwortete, Jutta habe verschiedene Kleingärten besucht und diese Location letztendlich für die geeignetste gehalten. Ob sie auch in Pankow gewesen war, wusste er nicht.

Gitta beendete das Gespräch und stellte fest, dass sie einen Anruf von Arhan verpasst hatte. Sie rief ihn an. Er klang aufgeregt und berichtete, der ermordete Journalist sei wegen seines amerikanischen Vaters zweisprachig aufgewachsen. Arhan hatte seine Suche über die Landesgrenzen ausgedehnt und dabei entdeckt, dass der Mann auch in den Vereinigten Staaten publiziert hatte. Er hatte für die Wochenendbeilage der *New York Times* einen Artikel über Berlin geschrieben. Den hatte Arhan angefordert und gelesen, und Treffer! Der Text enthielt ein Stück über ein bekanntes Berliner Phänomen: Kleingärten! Namen einzelner Siedlungen wurden nicht genannt.

Kleingärten. Mit Ausnahme des Psychiaters hatten alle Opfer auf die ein oder andere Weise einen Bezug zu Kleingärten gehabt. Arhan hatte die Verbindung gefunden – eine Übereinstimmung, die allerdings mehr Fragen als Antworten aufwarf. Aber eines stand fest: Das konnte kein Zufall sein. Hier war ein Serienmörder am Werk, und zwar schon seit vielen Jahren, daran gab es keinen Zweifel mehr. Was allerdings mysteriös blieb, war die Motivation des Mörders. Warum Kleingärten? Auf diese Frage fand Gitta einfach keine Antwort.

Sie rief Wolfgang an und berichtete ihm von ihrer Entdeckung.

Er meinte, man müsse Claus darüber in Kenntnis setzen, und die beiden waren sich einig, dass er selbst nicht die geeignete Person dafür war. Gitta bot an, diese Aufgabe zu übernehmen. Sie wählte die Nummer, die sie von Wolfgang bekommen hatte, und berichtete, woraufhin Claus brüllte, sie solle sofort in die Keithstraße kommen. Gitta brach das Gespräch ab und fluchte.

Claus feuerte ein Stakkato sehr kurzer und vor allem lauter Fragen auf Gitta ab, die geduldig antwortete. Er klang angefressen und aufgeregt gleichzeitig.

„Kleingärten", wiederholte er zum fünften Mal, und dann die Frage: „Warum?"

Sie nahm Claus in seiner natürlichen Umgebung in sich auf. Ein Schweinestall, Schwein inklusive. Auf seinem Kragen lagen die Schuppen in dicken Flocken, er kaute auf seinen Nägeln herum. Schlürfte beim Kaffeetrinken. Einen Ehering sah sie nicht, was sie nicht erstaunte. Ihren Versuch, das Ganze telefonisch abzuhandeln, hatte er resolut unterbunden und ihr befohlen, sofort in die Keithstraße zu kommen, um eine offizielle Erklärung abzugeben. Am Anfang hatte ein gewisser Robert bei ihnen gesessen, gegen den sie eine instinktive Abneigung verspürt hatte, sobald er das Zimmer betrat. Er stellte vor allem suggestive Fragen über Wolfgang, auf die sie möglichst nichtssagende Antworten gab, und schaute sie an, als gehöre sie eigentlich in einen Zoo.

Kurz und bündig berichtete sie Claus von den Gesprächen, die sie geführt hatte, und wie diese schließlich einen gemeinsamen Nenner ergaben, nämlich die Kleingärten. Wiederholt versicherte sie ihm, Wolfgang habe damit nichts zu tun; sie sei auf eigene Faust losgezogen und der Polizei dabei nicht in die Quere gekommen, was, so versicherte sie entschieden, auch nie ihre Absicht gewesen war.

Er schaute sie eine Minute lang an, kratzte sich hinter dem Ohr und erklärte dann, sie verschweige ihm etwas.

Das überraschte sie. Sie begriff, dass sie diesen Mann unterschätzt hatte; er war scharfsinniger als sein Verhalten und auch sein Äußeres vermuten ließen. Claus wollte wissen, woher eigentlich ihr Bedürfnis stammte, eigene Ermittlungen durchzuführen, und dass die schließlich in den Aufgabenbereich der Polizei fielen.

Nach einem kurzen Moment des Zweifelns entschied sich Gitta, es ihm zu erzählen. Amüsiert nahm sie seinen Gesichtsausdruck in sich auf, als sie ihm in aller Ausführlichkeit erklärte, woher dieses Bedürfnis stammte. Er öffnete den Mund und schloss ihn wieder, wie ein Karpfen an Land.

Sie ließ ihn sprachlos in seinem Büro zurück und verließ das LKA-Gebäude in Richtung Wittenbergplatz. Es gab da noch etwas, das sie herausfinden musste. Wenn Julia noch am Leben war, kamen viele Orte infrage, an denen sie eingesperrt sein konnte, darunter verschiedene, an die man nicht so ohne Weiteres denken würde. Das einzige Problem bestand darin, dass es so viele davon gab. Gitta würde der Polizei jedenfalls nicht buchstäblich in die Quere kommen, denn ihre Suche würde sie an andere Stellen führen.

In ein unterirdisches Berlin.

Zweiundvierzigstes Kapitel

„Er wird unvorsichtig", meinte Siegfried, als er von dem Überfall auf Silke hörte, und er fuhr fort, dieses Phänomen komme bei Serienmördern häufiger vor und sei meistens auch der Grund, warum man sie schließlich fasste. Sie planten ihre Morde nicht mehr bis ins Detail und erlaubten sich Nachlässigkeiten. Der Drang zu töten wurde übermächtig, sodass die Notwendigkeit, sich vorsichtig zu verhalten, den zweiten Platz einnahm, und ihnen Fehler unterliefen.

Wolfgang wechselte mit seinem Mobiltelefon das Ohr. Es war fantastisch, dass Gitta den Zusammenhang entdeckt hatte, und ihre Ermittlungsmethoden hatten ihn positiv überrascht, aber die Frage blieb, was ihnen das nutzte, solange sie das Warum nicht kannten, nicht wussten, was in dem Mörder vor sich ging und auf welcher Basis er sich seine Opfer aussuchte.

Siegfried erklärte, der Geist eines Psychopaten sei kein schöner Ort, und das Auswahlkriterium könne für den Mörder ganz und gar logisch sein. Außerdem bestand die Möglichkeit, dass es noch eine weitere Verbindung zwischen den Opfern gab als nur die Kleingärten. Vielleicht waren sie alle bei den Anonymen Alkoholikern oder irgendwann einmal auf denselben Kreuzfahrtschiffen im Urlaub gewesen, gehörten den Zeugen Jehovas an, hatten alle dasselbe Sternzeichen oder denselben Friseur, benutzten dieselbe Blasenpflastermarke oder kauften ihr Benzin an derselben Tankstelle, hatten Hakennasen oder einen nervösen Tic. Gott allein wusste, welches Kriterium der Mörder anwandte, und das ließ sich mit gewöhnlicher Logik nicht erschließen.

Wolfgang erklärte ärgerlich, er würde es sehr schätzen, wenn sich Siegfried auf sinnvolle Spekulationen beschränken würde, woraufhin dieser empört erwiderte, was er gerade berichtet habe, sei alles andere als Unsinn, und Wolfgang mache sich nicht ausreichend klar, dass wirklich alles möglich war. Der menschliche Geist kenne nun einmal mehr Geheimnisse als das Universum, und eine kleine Aberration könne unvermutete Folgen haben. Er fügte hinzu, Wolfgang wisse nur zu gut, dass der Tod für ihn eine ernste Angelegenheit darstelle. Siegfried wies darauf hin, dass der Mörder nicht einer einzigen festen Methode folgte, und dass er das schon vorher gesagt habe. Die Morde an Rödiger und dem Spanier waren schnell durchgeführte Exekutionen gewesen, während das Geigenmädchen, der Psychiater, die Modedesignerin, der Journalist, die Sängerin und nicht zuletzt Claudia auf langsamere und abscheulichere Weise getötet worden waren. Und nun Julias Verschwinden. Er hatte schon länger die Möglichkeit in Erwägung gezogen, dass sie es nicht mit einem, sondern mit zwei Mördern zu tun hatten, und erklärte, es wäre nicht das erste Mal, dass ein Serienmörder einen Handlanger beschäftige, jemanden, der ihm bei der Jagd und beim Überwältigen des Opfers half, vielleicht sogar dabei zuschaute, wie der Serienmörder die Arbeit vollendete. Und der hin und wieder selbst das Bedürfnis hatte zu töten, das dann aber auf eine andere Weise tat. Er beschloss seine Ausführungen mit der Bemerkung, Wolfgang solle sich lieber auf das Schlimmste vorbereiten.

Nach diesem Gespräch war Wolfgang frustrierter als vorher. Er rief Arhan an, der ihm mitteilte, er habe diverse interessante Informationen über Gregor herausfinden können. Wolfgang fragte sich immer häufiger, ob der auf die ein oder andere Art in Julias Verschwinden involviert war. Nun, da er geschworen hatte, sich dem Anwalt nicht mehr zu nähern, ruhten seine sämtlichen Hoffnungen auf Arhan. Der erklärte, er sei auf dem Weg nach Kreuzberg, und fragte, ob Wolfgang ihn in der Oranienstraße treffen könne.

Sie verabredeten sich im Elefanten.

Wolfgang war froh über alles, was ihn von Julia ablenkte, die seinen Geist füllte wie ein donnernder Wasserfall, eine ständig rauschende Präsenz im Hintergrund. Solange sie nicht gefunden war, wollte er nicht glauben, dass sie dem Serienmörder in die Hände gefallen war, und schon gar nicht wollte er sich auf das Schlimmste vorbereiten. Schlechte Neuigkeiten kamen immer zu schnell, und in jeder Minute, in der das nicht passierte, bestand Hoffnung. Er wollte nicht glauben, dass Julia tot war – das war unmöglich. Trotzdem verspürte er ein beklemmendes Gefühl in der Brust; es fühlte sich an, als habe er hin und wieder Herzflattern, und er befürchtete, dass es sich um Herzrhythmusstörungen handelte.

Durch die Oranienstraße lief er zur Kneipe Zum Elefanten und zwang sich dabei, an etwas anderes zu denken.

In die Lokale, die er früher besucht hatte, kam er schon seit Jahren nicht mehr, weil sie sich zu sehr verändert hatten. So wie der Jodelkeller, wo nicht, wie der Name vermuten ließ, gejodelt wurde, sondern man viel trank und der Zylinderblock einer Harley als Zapfanlage diente. Oder in den Bierhimmel etwas weiter oben, wo die älteren Menschen aus der Nachbarschaft Karten spielten und ihr Bier tranken, oder Zum letzten Heller, wo die sturzbesoffenen Gäste wie Kissen in eine Ecke gelegt wurden, um Platz für neue zu machen, die im Gegensatz zu ihren Vorgängern noch in der Lage waren, Getränke zu sich zu nehmen.

Arhan saß an einem Fenstertisch und trug ein langes, schwarz-weiß-gestreiftes Gewand; dadurch sah er anders aus und gehörte plötzlich zu der anonymen, traditionell gekleideten Gruppe Muslime, die in bestimmten Teilen der Stadt herumliefen. Wolfgang war sich der Tatsache bewusst, dass er Arhan nun aus einer anderen Perspektive wahrnahm und dieser neue Eindruck rein auf Äußerlichkeiten basierte. Solange Arhan in Jeans und Hemd herumlief, war die Tatsache, dass er dem muslimischen Glauben angehörte, etwas Abstraktes geblieben, wie bei jemandem, der einem erzählt, dass er ein bestimmtes Hobby hat.

Arhan erklärte, er trage dieses Gewand im Sommer häufiger, wenn es warm war und er nicht Taxi zu fahren brauchte, und dass es sowieso nicht gesund sei, alles in engen Hosen abzuquetschen, weil so etwas der Qualität des Glockenspiels nicht zugutekomme, um es einmal auf das Terrain einer bestimmten Religion zu bringen, und dass die Schotten, was das betraf, auch alles gut im Griff hätten. Er würde gleich die Moschee am Görlitzer Bahnhof besuchen, wo er mit seinem Vater verabredet war. Letzterer befürchtete, sein Sohn werde einmal zur säkularisierten Generation gehören, und um ihn zu beruhigen, ging Arhan ab und zu mit seinem Vater beten. Natürlich waren dessen Befürchtungen in gewisser Weise berechtigt, denn Arhan besuchte die Moschee nicht oft, weil er der Ansicht war, man müsse mit Herz und Verstand glauben, statt wie ein Automat Rituale auszuführen, die jemand vor tausend Jahren ins Leben gerufen hatte. Religion musste sich erneuern. Er selbst nannte das „anders glauben".

„Gibt es schon Neuigkeiten von Julia?", wollte er wissen. Als Wolfgang den Kopf schüttelte, sagte Arhan, Wolfgang müsse weiter hoffen, weil ein Mensch ohne Hoffnung in seinem Herzen verloren sei. Inschallah werde alles gut; er werde für Julia beten, und Wolfgang solle das auch tun, zu seinem eigenen Gott.

Beten. Er hatte keinen Gott, war überzeugter Atheist. Ein Mensch war auf sich selbst angewiesen; wenn man sah, was in der Welt um einen herum vor sich ging, konnte man nur zu dem Schluss kommen, dass es dort oben keine allmächtige Instanz gab, die in irgendeiner Form dafür sorgte, dass es auf der Welt gerecht zuging.

Arhan bestellte ein Bier für Wolfgang, öffnete den Ordner, der vor ihm lag, und deutete auf das Foto des vielversprechenden jungen Thilo Görlitz. Er hatte sich intensiver mit Görlitz befasst.

Der junge Mann, der mit seinen kahlköpfigen Freunden auf dem Foto zu sehen war, beschäftigte sich, so berichtete Arhan, eifrig mit der neugegründeten Bewegung, zu deren Vorsitzenden er einstimmig gewählt worden war. Die nagelneue Partei für Tradition und Freiheit gehörte nach eigenen Angaben in die Mitte des politischen Spektrums, doch Arhan vermutete, dass die Wirklichkeit anders aussah. Das Parteiprogramm enthielt interessante und politisch korrekte Artikel, von denen die meisten vorwiegend Sicherheit und Arbeitslosigkeit zu behandeln schienen; wenn man genauer hinschaute, stellten allerdings die Ausländer das Hauptthema dar. Es waren fast identische Artikel wie jene, die Arhan in der Zeitschrift *Neue Toleranz* gelesen hatte. Darunter befand sich ein Beitrag von Görlitz, der den aufmerksamen Leser vermuten ließ, die ins Auge gefasste Wählerschaft befinde sich doch ein Stück weiter rechts im Spektrum als das seiner vorigen Partei. Der Text war so raffiniert, dass Arhan die Vermutung hegte, jemand anderes sei dafür verantwortlich. Sein Freund, der politische Berichterstatter, hatte ihm den Namen eines gelernten Spindoktors geben können, und jetzt sollte Wolfgang mal raten, wer das war. Genau, Gregor Treufeldt. Alles deutete darauf hin, dass er nicht nur ein Ausländerfeind und möglicherweise Schlimmeres war, sondern auch jemand, der solche Theorien aktiv und systematisch zu verbreiten wünschte, etwas, wobei man in diesem Land wegen seiner Vergangenheit vorsichtig zu Werke gehen musste.

Die Zeit war reif dafür, und das nicht nur in Deutschland. Es war nicht länger das glatzköpfige, biertrinkende, die verkehrten Flaggen schwenkende und dabei laut schreiende Geschmeiß von früher, das die Rechtsextremen charakterisierte. Die Bewegung war unendlich vielseitiger geworden und fand selbst unter gut gestellten Bürgern ihre Anhänger. Mit anständig wirkenden Wortführern, die erklärten, dass nun einmal unüberbrückbare kulturelle Unterschiede zwischen den eigenen Einwohnern und den Immigranten bestanden, und die wissen wollten, ob Letztere nicht nach Hause zurückkehren könnten, denn sie fühlten sich hier doch sowieso nicht daheim. Dort schon, unter ihren eigenen Leuten mit denselben Gewohnheiten und derselben Religion. Arhan zufolge handelte es sich hierbei um pure, wenn auch schön verpackte Intoleranz. Dahinter verbarg sich natürlich die Angst, denn man hatte in diesem globalisierten Casino, dem die Weltökonomie immer mehr zu gleichen schien, viel zu verlieren: Arbeitsstellen, das hohe Einkommen, Häuser, eine gute Zukunft für die Kinder usw. Und wo Angst herrschte, gab es Böses. Daher war man auch wütend. Auf die politische Elite, die es mit ihrem Gerede über Globalisierung und das multikulturelle Zusammenleben so weit hatte kommen lassen. Weg damit, es war Zeit für einen neuen Ansatz, und das erforderte eine neue politische Bewegung.

Arhan schwieg, zog die Schultern hoch und erklärte, sich zum Pessimismus bekennen zu müssen.

Zwei ein wenig ältere Touristen mit identischen Sandalen und einem Berlinführer setzten sich an den Nebentisch und starrten auf Arhans zu voll gepackten Rucksack, der neben ihm auf dem Boden stand. Er folgte ihrem Blick, lächelte ihnen zu und machte eine Kopfbewegung in Richtung des Rucksacks.

„Plastikbombe", verkündete er.

Arhan hatte sich in Gregor verbissen wie ein Frettchen in seine Beute und nicht vor, seinen Biss zu lockern. Obwohl alles interessant und aufschlussreich war, half es Wolfgang nicht weiter, solange kein Zusammenhang mit den Morden und Julias Verschwinden erkennbar wurde. Und Letzteres war das Einzige, was Wolfgang in diesem Augenblick interessierte.

Arhan kommentierte, Gregor gleiche einem vorbildlichen Bürger, doch er, Arhan, sei noch nicht fertig mit dem Rechtsanwalt. Er grub weiter in dessen Privatleben herum und hatte in diesem Zusammenhang über sein weites Netzwerk auf Facebook, Twitter und seinem Blog eine ganze Reihe zielgerichteter Aufrufe gestartet, und dabei hatte sich bereits etwas Schockierendes ergeben, was ihn persönlich betraf. Er hatte einen Telefonanruf von einem Mitglied der Bewerbungskommission eines Meinungsblattes erhalten, bei dem er sich beworben hatte und abgewiesen worden war, was ihn damals überraschte, weil das Gespräch gut verlaufen war und er gespürt hatte, dass man ihn nehmen wollte. Die Frau wünschte anonym zu bleiben. Der Chefredakteur hatte ein Veto ausgesprochen – nicht zum ersten Mal gegen einen Bewerber aus dem Ausland. Er unterhielt nämlich enge Kontakte zu Gregor, den sie selbst auch einmal für ein Interview getroffen hatte. Sie hatte die beiden unmittelbar vor dem bewussten Veto zusammen zu Mittag essen sehen. Sie erklärte, sie habe selbst einen anderen Job gefunden und sei froh, dieses Blatt hinter sich gelassen zu haben, wo selbst im Postraum ausschließlich Deutsche arbeiteten.

Arhan war nicht einfach nur böse. Man konnte ohne Übertreibung sagen, dass seine Wut einem brodelnden Vulkan glich. Was ihn betraf, war die ganze Sache persönlich geworden. Gregor war Rechtsanwalt und Meinungsmacher, und Arhan würde dafür sorgen, dass er auf beiden Gebieten Ärger bekam. Kurzum, es wurde Zeit, zu anderen Mitteln zu greifen. Er hatte eine Offensive begonnen, auf die Napoleon stolz gewesen wäre. Und wenn es ihn seinen letzten Atemzug kosten wurde, Gregor würde das nicht überleben. Im übertragenen Sinne natürlich, das verstand sich von selbst.

Arhan blieb dabei: Jeder hatte etwas zu verbergen, und es gab immer jemanden, der wusste, was man verbergen wollte. Der Trick bestand darin, diese Person zu finden und dafür zu sorgen, dass er oder sie den Mund aufmachte.

Arhan hatte schon mehrere Reaktionen erhalten, und eine davon könnte sich als vielversprechend erweisen. Er hatte eine Verabredung mit jemandem, der persönlich mit ihm über Gregor sprechen wollte; weiter, so sagte der Journalist, wisse er noch gar nichts.

Wolfgang fühlte sich allein und hilflos. Spontan nahm er am Moritzplatz die U-Bahn und kam nach dem Umsteigen auf dem Hermannplatz über der Erde am Kurfürstendamm heraus, von wo aus er zu Estebans Restaurant ging.

Der Freund stand am Herd und kochte, als hänge sein Leben davon ab. Die Küche war ein Schlachtfeld. Wolfgang wusste, dass sich Esteban auf diese Weise abreagierte. Große Kleckse roter Soße klebten auf seiner Dunstabzugshaube aus rostfreiem Stahl und sogar an der Decke. Sein Kompagnon Antonio erzählte kopfschüttelnd, soeben habe jemand Paella bestellt. Estebans Abscheu gegenüber Menschen, die Paella bestellten, war berüchtigt. Die spanische Küche hatte viel mehr zu bieten als diese zum Nationalgericht erhobene Reismahlzeit, und wenn der Kunde Reis wünschte, sollte er doch zum Chinesen essen gehen. Das hatte Esteban dem bestürzten Gast auch höchstpersönlich mitgeteilt.

Er warf den Rührlöffel von sich und fragte, ob es Neues gebe. Sein Gesicht wirkte noch magerer als sonst, und er hatte dunkle Ringe unter den Augen. Wolfgang schüttelte den Kopf.

Er beschloss, nicht in Wilmersdorf zu bleiben, weil er sich in der Nähe des Ortes aufhalten wollte, an dem Julia verschwunden war. Er holte sich einige Dinge aus dem Apartment und rief Claus an, der auch keine Neuigkeiten von Julia hatte.

Wolfgang brauchte jemanden, der ihm versichern würde, dass nichts passiert war, dass sich Julia in Sicherheit befand und der Albtraum ein Ende finden würde.

Aber das konnte Esteban ebenso wenig wie Claus. Das konnte niemand.

Jetzt, wo er wieder allein war, kehrte die Angst mit ihrer ganzen Heftigkeit zurück. Das unangenehme Gefühl im Magen verursachte ihm Übelkeit. Außer einem Stück Baklava hatte er heute nichts gegessen, weil ihm allein beim Gedanken daran schlecht wurde. Er würde ein Bier trinken, oder besser noch einen Whisky. Er brauchte unbedingt Alkohol.

Er stieg am Bahnhof Pankow aus und lief zum Majakowskiring, der im Abendrot und im sanften Schein der Straßenlaternen friedlich wirkte, als wäre die Welt ein schöner Aufenthaltsort. Wolfgang bemerkte, dass der rote Anzeiger an seinem Briefkasten aufgestellt war. Er hatte also Post, was merkwürdig war, weil Claus den Kasten während der Hausdurchsuchung bereits geleert hatte und Wolfgang sicher wusste, dass er selbst den Anzeiger wieder nach unten geklappt hatte.

Er öffnete den Kasten. Darin war ein kleiner brauner Umschlag, unbeschriftet. Kein Name, kein Absender, keine Briefmarke. Nichts. Tief in seinem Inneren ballte sich etwas Unbestimmtes zusammen.

Er tastete den Umschlag vorsichtig ab. Darin befand sich ein kleiner Gegenstand, vielleicht ein Kugelschreiber. Drinnen nahm Wolfgang eine Schere aus der Lade, schnitt den Umschlag auf und schüttelte den Inhalt auf den Tisch.

Der Gegenstand fiel mit einem dumpfen Geräusch auf die Holzplatte.

Es war kein Kugelschreiber.

Wolfgangs Magen fühlte sich an wie eine Plastiktüte, aus der man alle Luft saugte, und ein Schwall warmer Flüssigkeit stieg in seiner Speiseröhre empor.

Er klappte zusammen und erbrach sich auf den Fußboden.

Es war ein blutbefleckter schlanker kleiner Finger.

Schattenspiel

Die Kerzen machten es spannender.

Seltsame Schatten, die sich im flackernden Licht bewegten.

Ihre Hand war ordentlich an der Stuhllehne festgebunden. Nur ihr kleiner Finger schaute hervor. Ich brauchte nur den dünnen Teil der Gartenschere zwischen ihren kleinen Finger und ihren Ringfinger zu bringen, zuzudrücken und den Finger abzuschneiden. Es war schwieriger als erwartet. Der Kaninchenknochen war dünner.

Ich habe die Blutung gestillt, die Wunde verbunden, meinen Plan geändert.

Denn es übertraf meine kühnsten Erwartungen.

Das scharfe Geräusch des Knochens, der durchgeschnitten wurde.

Ihr Stöhnen.

Gott, wie sie gestöhnt hat.

Ich will mehr. Viel mehr.

Und das nächste Mal ohne Eile.

Es erregt mich, über den nächsten Schritt nachzudenken. Ich habe schon ein paar Ideen. Es muss nicht unbedingt eine Gartenschere sein. Es gibt noch mehr interessante Möglichkeiten, sie leiden zu lassen.

Die Entscheidung liegt bei mir. Ich habe die Macht. Es ist eine gerechte Strafe.

Danach wird alles so sein, wie es sein muss.

Es ist herrlich, wenn man mit seiner Beute spielen kann.

Ein erregendes und tödliches Spiel.

Und ich gewinne.

Dreiundvierzigstes Kapitel

Claus hatte den Finger so schnell wie möglich in die Forensik bringen lassen, und den Umschlag in die Abteilung für Kriminaltechnik des LKA am Tempelhofer Damm, obwohl es unwahrscheinlich war, dass darauf Fingerabdrücke sichergestellt werden konnten. Eine neue Nachbarschaftsbefragung lief. Man hatte Wolfgang verboten, auch nur ein einziges Wort über den Finger zu verlieren, weil diese Information nur dem Mörder und der Polizei bekannt sein durfte. Eigentlich wollte das LKA auch nicht, dass man Julias Eltern darüber informierte. Wolfgang hatte allerdings darauf bestanden und gesagt, die beiden hätten ein Recht darauf. Außerdem befanden sie sich weit weg in Spanien.

Sobald die Polizei abgezogen war, stand Wolfgang eine Zeit lang mit dem Mobiltelefon in der Hand da. Für das Gespräch, das er so dringend hätte führen müssen, fehlte ihm die Kraft, deswegen rief er Esteban an. „Oh mein Gott", flüsterte der kaum hörbar. Julias Eltern mussten informiert werden, und das durfte nicht übers Telefon geschehen. Wolfgang musste Javier anrufen und ihn bitten, persönlich zu ihnen zu gehen, konnte es aber nicht. Esteban bot Gott sei Dank sofort an, Kontakt mit Javier aufzunehmen.

Wolfgang fühlte sich feige. Feige und ängstlich. Er gab Gittas Nummer ein, denn auch ihr konnte er das Vorgefallene nicht verschweigen, und bei ihr wusste er zumindest, dass sie den Mund halten würde.

Wolfgang lag im Dunkeln auf dem Bett und starrte an die Decke. Er war auf die Jagd nach Franciscos Mörder gegangen, und plötzlich schien es, als hätten sich die Rollen ins Gegenteil verkehrt. Das Monster hatte seinen Blick auf Wolfgang gerichtet und ebenso hart wie unerwartet zugeschlagen. Das Ganze war persönlich geworden. Ob das bedeutete, dass sie in der richtigen Richtung suchten, dem Täter zu nahe kamen? Und wenn das stimmte, wem waren sie so dicht auf den Fersen?

Und warum der kleine Finger? Das hatte es in der Mordserie bisher noch nicht gegeben. Gut möglich, dass Julia noch lebte und der kleine Finger eine Warnung an Wolfgangs Adresse darstellte, damit er die Suche aufgab. Eine andere Möglichkeit bestand darin, dass sie tot war und der kleine Finger das bewies. Vielleicht würden sie den Rest ihrer Leiche nie finden.

Er spürte, wie sein Herz klopfte, ein dröhnendes Schlagen, das im Zimmer widerzuhallen schien, ungewöhnlich schmerzhaft, und dann dieser ungewohnte Schmerz, der sich langsam in seiner Brust aufbaute. Waren dies die Vorboten eines Infarkts? Der Schmerz wurde heftiger. Wolfgang blieb ganz still liegen und kämpfte gegen die Panik an, die langsam von ihm Besitz ergriff.

Dann ein scharfer Stich in der Brust.

Er holte das Valium aus dem Nachttisch und nahm zehn Milligramm ein, kurz darauf nach einigem Zögern nochmals zehn, wonach er wieder ganz still liegenblieb und seinem Herzschlag nachfühlte, der eine Zeit lang regelmäßig war, dann wieder zu schnell. Wolfgang wagte es fast nicht, Atem zu holen, richtete den Blick auf den Wecker und wartete.

Nach einer Viertelstunde ebbte der Schmerz ab. Weitere fünfzehn Minuten später stand Wolfgang auf und ging ins Badezimmer, um ein Glas Wasser zu trinken. Kein Herzanfall, Gott sei Dank.

Julia beherrschte seine Gedanken wieder. Ob man ihr den kleinen Finger abgeschnitten hatte, als sie noch am Leben war? Er griff nach seinem Handy, rief Inga an und fragte, ob man das hätte erkennen können. Sie hatte sich gerade mit der Sache befasst und erklärte, die Antwort auf diese Frage sei nicht so einfach. Es kam darauf an. Wenn jemand schon eine Zeit lang tot war, konnte man das an den Blutgefäßen sehen; wenn der Tod aber gerade erst eingetreten war, nicht. In diesem Fall hatte Julia wahrscheinlich noch gelebt. Inga schwieg kurz und erklärte, Wolfgang müsse sich darüber im Klaren sein, dass es noch eine weitere Möglichkeit gab. Man hatte Julia den Finger abgeschnitten, als sie noch lebte, aber das brauchte inzwischen nicht mehr der Fall zu sein.

Wolfgang hielt sich an dem einzigen Strohhalm fest, der ihm noch blieb. Der Hoffnung.

Es bestand die Chance, dass sie noch am Leben war.

Vierundvierzigstes Kapitel

Arhan rief Gitta um halb acht Uhr morgens an und stellte ihr die überraschende Frage, ob sie eine Perücke besitze.

„Pardon?"

„Ich habe einen Plan. Jemand muss versuchen, Gregor aus der Reserve zu locken. Ich kann das nicht, Wolfgang auch nicht, und Gregor weiß, wer Siegfried ist, deshalb musst du es tun. Er hat dich wahrscheinlich in Klein Eden gesehen, und dieses Grün ist ziemlich auffällig, darum hatte ich an eine Perücke gedacht."

Wenn Gregor sie gesehen hatte, würde er nur ihre Haarfarbe bemerkt haben. Schließlich hatten sie nicht miteinander gesprochen und waren auch nicht in derselben unmittelbaren Umgebung gewesen. Sie würde es tun, sie brauchte jetzt Action. Untätig zusehen hatte sie schon immer schrecklich gefunden.

„Leg los", sagte sie.

Gitta saß im Taxi und ging ihre Liste mit zu erledigenden Dingen durch.

Um halb neun rief sie den Direktor ihrer Bank an und erklärte, sie brauche einen etwas größeren Bargeldbetrag, und wenn er so freundlich sein könne, noch heute Mittag. Danach telefonierte sie mit Iwan und versprach ihm doppelte Bezahlung, wenn sie noch heute vorbeikommen durfte. Er rief auf Russisch etwas Theatralisches in den Hörer, was sie abwürgte, indem sie verkündete, sie wolle ihre Haare platinblond gefärbt haben. In ihrer Naturhaarfarbe. Daraufhin brüllte er „Endlich!" und teilte ihr mit, er werde einen Termin von heute Nachmittag absagen. Er fügte dem einen Namen und das russische Äquivalent von „Bordsteinschwalbe" hinzu, und Gitta entnahm dieser Äußerung, dass die betreffende Kundin nicht zu seinen Lieblingen gehörte.

Zuletzt gab sie Gregors Nummer ein. Sie erzählte ihm, sie habe seinen Namen über Bekannte bekommen und hätte gern mit ihm über die Partei für Tradition und Freiheit gesprochen, weil sie erwog, einen größeren Betrag zu spenden, und zunächst ein wenig mehr über ein paar bestimmte Punkte im Parteiprogramm erfahren wollte als der Webseite zu entnehmen war.

Er fragte, in welchen Dimensionen sie sich da bewegten, woraufhin sie einen Betrag von fünfundzwanzigtausend Euro nannte, sofern ihr seine Antworten gefielen. Dem fügte sie hinzu, dies sei ein Anfangsbetrag.

Sie durfte vorbeikommen, wann immer es ihr passte.

Es passte ihr noch am selben Abend.

Mit einem Gefühl der Genugtuung beendete sie das Gespräch. Sie gab dem Taxifahrer weitere Anweisungen und beugte sich dann über die Karte, vertiefte sich schnell in die Suche.

„Frühstück“, verkündete Gitta und hielt dem erstaunt dreinschauenden Wolfgang eine Papiertüte mit Brötchen vors Gesicht. Sie folgte ihm nach drinnen. Er setzte Kaffee auf und suchte in den Küchenschränken nach Tassen und Tellern.

Wolfgang sah entsetzlich aus, roch nach Alkohol und war nicht einmal mehr ein Schatten des normalerweise immer gut gepflegten Mannes. Sie schauderte innerlich, als sie an den abgeschnittenen kleinen Finger dachte. Dann befahl sie Wolfgang, zwei Brötchen zu essen und ihr währenddessen zuzuhören; das tat er auch, bekam die Brötchen jedoch nur mit offensichtlichem Widerwillen herunter.

Sie berichtete ihm von dem geplanten Besuch bei Gregor und sprach dann eine ganze Weile über das unterirdische Berlin, das für sie ein Symbol der Hoffnung dargestellt hatte, weil es einen möglichen Ausweg aus der DDR bedeutete. Denn damals war sie jung und wollte in den Westen, nach Paris und London und New York, dorthin, wo sich das wahre Leben abspielte. Dort herrschte der Luxus der Freiheit, der für all die Menschen ganz in der Nähe auf der anderen Seite der Mauer so selbstverständlich war. Sie hatte an nichts anderes mehr denken können.

Dabei ging es ihr nicht schlecht, im Gegenteil. Sie mochte die Kneipe im Treptower Park, ihr gefiel die Arbeit, und sie hatte in der Holzmarktstraße eine schöne, bezahlbare Etagenwohnung mit Aussicht auf den Alexanderplatz gemietet. Sie verdiente genug Geld, um gut davon leben zu können, und nach größerem Wohlstand strebte sie nicht. Sie sah gut aus – mehrere Verehrer liefen ihr nach wie Schoßhündchen. Trotzdem fehlte da etwas in ihrem Leben, als wäre sie keine vollständige Person. Sie sehnte sich nach etwas, ohne zu wissen, was es war.

Sehnsucht. Dieses Wort hatte ihr Leben beherrscht und sie nachts wachliegen lassen; da war dieses Verlangen nach etwas Ungreifbarem, von dem sie so sehr besessen war, dass es nachts, wenn sie schlaflos im Bett lag und vor sich hin träumte, schmerzhaft wurde. Damals war ihr noch nicht bewusst gewesen, was genau ihr fehlte; sie jagte der so heiß begehrten Freiheit hinterher, die sie mit dem Leben auf der anderen Seite der Mauer verband.

Jahrelang hatte sie gemeinsam mit einer kleinen Gruppe Gleichgesinnter versucht, einen Fluchtweg aus der DDR zu finden. Die Spree schwimmend zu überqueren, wäre viel zu gefährlich gewesen – das hatte sich mehrfach gezeigt. Dasselbe galt für das Niemandsland rund um die Mauer, wo Wachtposten patrouillierten und durch Sensoren aktivierte Selbstschussanlagen standen. Übrig blieb nur ein unterirdischer Fluchtweg. Die Gleise der U- und S-Bahn, über die Züge aus Westberlin unter Ostberlin hindurchfuhren, waren dabei ausgeschlossen. Die Züge hielten auf diesen Strecken nicht an, die ehemaligen Stationen waren geschlossen und wurden von bewaffneten Posten mit Hunden bewacht.

Sie hatten es über Wasserleitungen und Abwasserkanäle versucht und zu dem Schluss kommen müssen, dass die Mauer nicht nur aus dem sichtbaren Beton über der Erde bestand, sondern die ganze Infrastruktur, die sich unter der Oberfläche befand, ebenfalls hermetisch abgeschlossen war.

Familienangehörige auf der anderen Seite der Mauer, für die sie sich über einen Westberliner Arzt eine gefälschte Erklärung hätte besorgen können, da sei jemand todkrank, besaß Gitta nicht. Also war nur eine einzige Möglichkeit geblieben. Graben.

Und gegraben hatte sie, wie besessen, in der Nähe der Bernauer Straße. Wenn sie daran zurückdachte, roch sie wieder den erdigen Duft, spürte die Wärme, sah den schwachen Strahl der Taschenlampe im pechschwarzen, stillen Dunkel vor sich. Sie arbeiteten nachts, in zwei Schichten, immer und immer weiter. Es ging langsam, aber sie kamen voran.

Der Tunnel erreichte nie seine Vollendung. Eines Abends, als gerade die andere Schicht an der Reihe war, wurde die Gruppe von Stasi-Mitarbeitern ertappt. Gitta hatte Todesängste ausgestanden, wochenlang verstohlen aufgeblickt, wenn ein ihr unbekannter Gast in die Kneipe kam oder bei ihr zu Hause die Türklingel schrillte. Niemand war gekommen. Die anderen hatten sie nicht verraten, nicht zugegeben, dass die Gruppe größer gewesen war als bekannt.

Diese Lebensphase hatte Gitta geprägt. Die Sehnsucht danach, sich unter der Erde aufzuhalten, dieses Gefühl der Hoffnung wieder zu empfinden, das sie mit Dunkelheit und dem Geruch nach Erde verband. Es löste Heimweh nach dieser herrlichen Empfindung in ihr aus, ein Lebensziel zu haben und alles dafür zu geben, dieses Ziel auch zu erreichen.

Immer stärker war ihr klar geworden, dass Gerüche wichtig waren und solche direkten Assoziationen mit Gefühlen und Erinnerungen auslösen konnten. Als sie zufällig etwas über den Verein

„Berliner Unterwelten“ las, hatte sie keinen Moment gezögert und sich als ehrenamtliche Mitarbeiterin angemeldet. Seitdem führte sie einmal in der Woche Gruppen durch unglaubliche Gewölbe mit der Dimension von Kathedralen, die zu alten Brauereien, Schutzkellern, nie vollendeten Metrostrecken und Umsteigehaltestellen gehörten, oder sie half ein paar Stunden im Museum des Vereins.

Gitta berichtete Wolfgang, sie habe auf den Karten in einem Radius von einem Kilometer um den Park in Pankow nach unterirdischen Räumen außer den üblichen Abwasserkanälen und Leitungen gesucht.

Etwa fünfhundert Meter von dem Ort entfernt, an dem Julia verschwunden war, befand sich ein großes unterirdisches Gewölbe. Heute Morgen auf dem Weg zu Wolfgang war Gitta direkt mit dem Taxi dorthin gefahren. Das Gewölbe gehörte zu einer Bierbrauerei, die inzwischen umgezogen war und ihr bereitwillig die Schlüssel überlassen hatte, als Gitta erzählte, dass sie Mitglied der „Berliner Unterwelten“ war.

Wolfgang wandte ein, der Mörder könne nicht in dieses Gewölbe, wenn es abgeschlossen sei. Gitta erklärte, derartige Gewölbe könnten auch Eingänge enthalten, von denen man nichts wusste, zum Beispiel einen Abwasserkanal, und von denen gab es unter der Stadt ein ganzes Netzwerk. Der Täter brauchte nicht notwendigerweise den Haupteingang benutzt zu haben.

Sie zeigte Wolfgang die Schlüssel und verkündete, sie werde Claus anrufen. Ihr Freund sprang auf und sagte, das solle sie nicht tun. Sie würden selbst zu dem Gewölbe fahren, und zwar sofort.

Gitta sah Wolfgang dabei zu, wie er sein Schulterholster umschnallte und die Pistole hineinsteckte. Sie verschwieg, dass auch sie in ihren speziell dafür angefertigten weißen Stiefeln etwas zum Schutz bei sich trug. Seit dem Mord an Rödiger hatte sie diese Stiefel immer an. Widerwillig hatte sie die Schuhe aus einem der vielen

Kartons hervorgeholt, in denen sie die Reliquien aus ihrer Vergangenheit aufbewahrte, und sie hatte geübt, denn schließlich war das Ganze beinahe dreißig Jahre her. Zu ihrer nicht gerade geringen Zufriedenheit durfte sie feststellen, dass sie nichts verlernt hatte. Es war genauso wie mit dem Fahrradfahren.

Und es fühlte sich auf unerwartete Weise gut an.

Die Steinstufen führten zu einem überraschend hohen Gewölbe, in dem meterlange Stalaktiten bis zum Boden reichten. Es war schwierig, die exakte Größe des Raumes zu schätzen. Das Ganze glich einer unterirdischen Kathedrale, in der ihre Taschenlampen helle Streifen zogen, dabei jedoch die höchsten Teile nicht erreichten.

Es war kühl, und die Luft fühlte sich in ihren Lungen feucht an. Dicke Tropfen fielen in Pfützen auf den Boden, und in der Ferne war das leise Geräusch strömenden Wassers zu hören. Gitta und Wolfgang kamen an meterhohen Fässern vorbei, in denen man früher das Bier aufbewahrt hatte, und sie gelangten in kleinere, ebenfalls gewölbte Räumlichkeiten. Sie versuchten sich so leise wie möglich vorwärtszubewegen, aber ihre Schritte hallten, und machten Klatschgeräusche, wenn sie in eine Pfütze traten. Falls hier jemand war, hatte man sie längst gehört.

In dem letzten kleineren Raum wurde das Rauschen stärker. Gitta hielt ihre Taschenlampe in die entsprechende Richtung und entdeckte eine Öffnung in der Mauer. Einen Abwasserkanal. Glänzende Augen, die sich dann rasch entfernten. Eine große dunkle Ratte.

Sie stiegen durch die Öffnung und gelangten in einen Gang von etwa zwei Metern Breite; auf der einen Seite konnte man am Wasser entlanglaufen. Die Decke war hier ebenfalls gewölbt und aus dunklem Backstein. Gitta wusste, dass sich dieses Gängesystem wie ein

Labyrinth unter Berlin erstreckte, mit unzähligen Verzweigungen. Etwa achttausendfünfhundert Kilometer Abwasserkanäle für Regenwasser und alles andere, was drei Millionen Menschen über der Erde in ihren Abflüssen und WCs entsorgten.

Sie liefen am strömenden Wasser entlang durch den Gang, und zwischen ihren Füßen schoss hin und wieder eine Ratte davon. Ein schlammiger Geruch hing in der Luft, aber anders als man hätte erwarten können stank es nicht nach Abwasser. Gitta prägte sich gut ein, wo sie abbogen, damit Wolfgang sich nicht damit zu befassen brauchte. Sein Gesichtsausdruck zeigte eine Besessenheit, die Angst in Gitta auslöste.

Sie erreichten eine weitere Gabelung und blieben stehen. Der neue Kanal war breiter, es handelte sich um einen Hauptkanal. Hier brannte eine Beleuchtung, und es gab zu beiden Seiten des Wassers Fußwege. Sie zögerten, weil sie nicht wussten, ob sie links oder rechts abbiegen sollten, als sie plötzlich das unverkennbare Geräusch von Schritten hörten, die ihnen von irgendwo rechts entgegenhallten.

Wolfgang rannte in den Hauptkanal. Gitta folgte ihm ohne jedes Zögern. Der Gang bog sanft nach rechts ab, und in der Ferne stand ein Mann, der sich über etwas beugte, das auf dem Boden lag. Gitta konnte nicht gut erkennen, was es war, weil ihr Wolfgang die Sicht nahm. Der hatte seine Pistole aus dem Holster geholt und schrie: „Stehenbleiben!" Sie hörte, wie der Mann etwas rief, verstand es aber nicht, weil ihre Schritte so stark hallten. Keuchend blieb sie stehen; es fühlte sich an, als müsse ihr Herz gleich aufhören zu schlagen, gleichzeitig spürte sie die harten Schläge bis in ihren Kopf. Wolfgang hatte den Mann schon erreicht. Gitta rannte die letzten Meter, blieb keuchend stehen.

Es war ein Unbekannter, ganz offensichtlich in Todesangst. Der etwa fünfzig Jahre alte Mann hatte dunkelbraunes, fast schwarzes wirres Haar und tiefe Stirnfalten; er verströmte einen Geruch nach Tabak und Schweiß, der den des Kanals mühelos überdeckte.

„Ich habe nichts Schlimmes getan“, sagte er.

Neben ihm auf dem Boden lag ein nasser, rot glänzender Eisenhaken. Daneben ein großer, mit einem Seil verschlossener Jutesack. Gittas Kehle war plötzlich so trocken, dass sie nicht schlucken konnte. Wolfgang sagte, sie solle den Sack öffnen. Sie wollte weg hier, einfach nur nach Hause, sich in die warme Badewanne legen, ein heißes Bad nehmen und sich einen lustigen Film anschauen.

Aber sie musste tun, was Wolfgang sagte.

Gitta beugte sich vor, um den Sack zu öffnen. Dabei zitterten ihre Hände so, dass sie den Knoten nicht aufbekam. Sie holte ein Messer aus dem Stiefel und schnitt den Sack auf. Endlich gelang es ihr zu schlucken. Dann schaute sie hin, fuhr zurück und fluchte aus tiefstem Herzen.

Sie richtete sich auf. Wolfgang hatte den Blick immer noch auf den Mann gerichtet und hielt ihm die Pistole an den Kopf. Ohne sich umzuwenden, fragte er: „Ist es …?“

Sie holte tief Atem und sagte, er solle selbst hinsehen.

Der Sack enthielt Abfall und ein paar tote Ratten.

Die Leute spülten manchmal die seltsamsten Dinge in der Toilette herunter, und tote Ratten begegneten einem dabei hin und wieder auch. Die konnten Verstopfungen an Stellen verursachen, wo sich Gitterroste befanden, und dann kam es zu Überschwemmungen, hatte der Mann erklärt, nachdem er sich von dem Schreck erholt und eine Zigarette angezündet hatte. Er sagte, anders als viele glaubten, lebten in der Kanalisation keine Ratten. Das wäre viel zu gefährlich, denn wenn es stark regnete, stieg der Wasserspiegel in kurzer Zeit bis an die Decke. Er selbst musste sich auch immer sehr genau den Wetterbericht anhören. Die Tiere verwendeten die Kanäle lediglich, um über kaputte Abflussrohre von einem Keller in den anderen zu gelangen. Dabei verendeten natürlich auch einige von ihnen, und die Kadaver mussten entfernt werden. Darin bestand seine Arbeit – ach, sie gefiel ihm besser als hinter einem Schreibtisch zu sitzen. Hier hatte er seine Freiheit, konnte rauchen, kein Chef schaute ihm auf die Finger. Und langweilig wurde es nie, das hatte er gerade heute wieder feststellen dürfen.

Für Gitta stellte das Sammeln von Abfall und toten Ratten ein merkwürdiges Freiheitskonzept dar, doch sie begriff nur zu gut, was er damit meinte. Über der Erde würde man ihn als Sonderling betrachten, hier unten war er der, der er sein wollte: der König der Ratten.

Der Mann berichtete, er sei natürlich nicht der Einzige, der hier arbeitete. Im unter der Erde gelegenen Teil Berlins liefen täglich zahllose Menschen herum, die die Abwasserkanäle und andere Dinge kontrollierten und Reparaturarbeiten ausführten. Daneben gab es natürlich diejenigen, die nachts durch die Gleissysteme der S- und U-Bahn liefen und die Schienen überprüften. Die unsichtbaren Arbeiter von Berlin.

Er selbst war in der letzten Zeit hier in der Gegend mit solchen Tätigkeiten befasst gewesen und hatte niemand sonst gesehen, nur ein Team vom Wasserwerk.

Sie setzten ihre Suche fort, bis es endlich zu Wolfgang durchgedrungen zu sein schien, dass es keinen Sinn hatte, weiterzugehen. Der Ausdruck auf seinem Gesicht, als er erklärte, sie sollten wohl besser umkehren, drang wie ein Messerstich in Gittas Herz.

Im Haus am Majakowskiring setzte Wolfgang Kaffee auf.

Die grausigen Bilder, die er ganz ohne Zweifel vor sich sah, waren unvorstellbar. Auf die eine oder andere Art hatte der Serienmörder Wolfgang und die Menschen in seiner Umgebung ins Visier genommen. Würde das so bleiben oder war es nur eine Frage der Zeit, bis er selbst das nächste Opfer wurde? Schon vor der Episode in den Kanälen hatte er Verzweiflung ausgestrahlt, aber jetzt war eine andere Emotion hinzugekommen. Eine Raserei, die seine Kiefer versteifte und seine Bewegungen auf beängstigende Weise kontrolliert erscheinen ließ, als gehe er in Zeitlupe durchs Leben. Der Mann, der Gitta hier gegenüber saß, war zu allem fähig, und seine sämtlichen Sinne befanden sich in Alarmbereitschaft.

Gitta ging durch Wolfgangs Wohnzimmer, während er oben duschte, betrachtete die Zeitschriften und Zeitungen auf dem Tisch. Dazwischen lag eine Mappe mit Zeichnungen, und die blätterte Gitta durch. Es waren Skizzen dieses Hauses. Pläne, das Schwimmbecken zu vergrößern, sogar fast zu verdoppeln, und einen kleinen unterirdischen Raum hinzuzufügen. Vom Garten würde nur wenig übrigbleiben. Eine Notiz auf Spanisch stand dabei, und Gitta entnahm ihr, dass der kleine Raum für Unterwasserfotografie genutzt werden sollte. Das hier mussten die Pläne der spanischen Käufer gewesen sein. Sie fragte Wolfgang danach, als er die Treppe herunterkam, und er erklärte, er habe sich die Skizzen nicht einmal angeschaut. Er rief Claus an; das Gespräch war nur kurz, weil es nichts Neues zu vermelden gab. Dann schlug er vor, sie sollten in der Gaststätte MAUS ein Bier trinken.

Die Zeichnungen nahm er mit und erklärte, er werde sie dort für Frank hinterlegen.

Gitta schaute zu Silke hinter dem Tresen hinüber und dachte daran, was ihr Rödiger bei ihrem ersten Besuch in der Gaststätte MAUS über diese Frau erzählt hatte. Gitta musste herausbekommen, was genau Silke über das Verschwinden ihrer Mutter bekannt war. Sie hatte es schon Wolfgang gefragt, und der hatte gesagt, er wisse es nicht, weil Silke darüber nicht sprechen wolle.

Jetzt würde Silke müssen, ob es ihr gefiel oder nicht. Es ging nicht anders.

Silke versprach, Frank die Skizzen zu geben; der werde noch heute vorbeikommen. Sie betrachtete die Blätter mit offensichtlicher Neugierde und zeigte auf das mit dem Schwimmbecken. Esteban war zusammen mit den beiden jungen Spaniern erschienen und hatte erzählt, Francisco wolle sich auf Unterwasserfotografie spezialisieren und ein viel größeres Schwimmbecken bauen lassen. Er plante erotische Aufnahmen unter Wasser, denn dafür gab es einen wachsenden Markt.

Sie erklärte, keine guten Erinnerungen an den Pool zu haben. Frank hatte ihn eigentlich nie bauen lassen wollen, weil er nicht schwimmen konnte. Sie hatte ihn einmal sagen hören, er habe Angst, jemand werde ihn hineinstoßen. Er war nicht bei allen in der Parteispitze beliebt gewesen. Nach jahrelangem Quengeln von Silke hatte er schließlich doch nachgegeben. Das Schwimmbecken war in der Zeit entstanden, nachdem ihre Mutter die DDR verlassen hatte, deswegen hatte sie keine Freude mehr daran gehabt.

„Ist sie nie nach Berlin zurückgekehrt?“, fragte Gitta.

Silke schüttelte den Kopf. „Am Anfang hat sie noch Briefe geschrieben, aber irgendwann hörte das auf. Ich werde ihr nie verzeihen, dass sie mich nicht mitgenommen hat. Für mich existiert sie nicht mehr.“

„Weißt du auch sicher, dass die Briefe von ihr kamen?“, erkundigte sich Gitta.

Silke und Wolfgang schauten sie erstaunt an.

„Natürlich, es war ja ihre Handschrift; ganz typisch und sehr schön. Das einzig Gute, was ich von ihr behalten habe: Sie hat mir beigebracht, schön zu schreiben.“

Gitta spürte Wolfgangs Blick und fragte sich, ob ihm wohl klar war, worüber sie gerade nachdachte.

Silke erzählte, sie habe sich zunächst zu glauben geweigert, dass ihre Mutter sie einfach so zurückgelassen hatte. Sie war sicher gewesen, die Mutter werde zurückkommen oder dafür sorgen, dass sie ihr folgen konnte. Das war aber nicht geschehen.

Sie zog die Schultern hoch. Das Ganze war mittlerweile über dreißig Jahre her und interessierte sie nicht mehr. Wichtig sei die Zukunft, nicht die Vergangenheit, erklärte sie und schaute dabei Wolfgang an.

Gitta rang mit sich. Was sollte sie tun? Sie konnte nicht länger schweigen. Eigentlich hätte sie Wolfgang diese Informationen schon längst geben müssen, hatte das jedoch nicht getan, weil sie geglaubt hatte, da bestehe kein Zusammenhang mit den Morden. Jetzt sah das möglicherweise anders aus. Vielleicht irrte sie sich, vielleicht auch nicht, und wenn Letzteres der Fall war, hatte sie schon viel zu lange den Mund gehalten, wurde ihr klar, was sie schrecklich fand. Vielleicht hätte sie verhindern können, dass der Mörder Julia in seine Gewalt brachte.

Sie hätte lieber nicht über die Sache gesprochen, denn sie betrachtete sie als Privatangelegenheit, aber das hier ging inzwischen über das Persönliche hinaus. Sie zögerte noch, ob sie das Ganze in Silkes Anwesenheit erzählen sollte, kam jedoch zu dem Schluss, dass es notwendig war. Sie würde keinen Augenblick länger schweigen.

„Deine Mutter hat an diesem Tag die DDR nicht verlassen“, erklärte sie. „Ich war es, die mit ihren Dokumenten in den Westen gereist ist, und ich werde euch erklären, wieso.“

Fünfundvierzigstes Kapitel

Gitta musste ihre Worte wiederholen, und noch immer schauten die beiden ihr gegenüber sie an, als hätte ein Blitz des Wahnsinns sie getroffen. Sie erzählte von ihrem Leben als junge Frau in Treptow in Ostberlin, das von der Sehnsucht beherrscht wurde. Als Zwanzigjährige wollte sie ein Dasein, in dem alles möglich war und Grenzen keine Barriere darstellten, sondern einem gerade die Möglichkeit boten, etwas zu erreichen. Etwas fehlte in ihrem Leben, und obwohl sie es nicht benennen konnte, war sie fest davon überzeugt, sie brauche Freiheit, um das Gesuchte zu finden.

Tagsüber und abends war da die Kneipe im Treptower Park, nachts liefen die Grabungen, die die so heiß begehrte Freiheit bringen sollten. Als der Tunnelplan missglückte, hatte sie das in Verzweiflung gestürzt. Bis eines Tages ein Unbekannter ihre Kneipe betreten hatte.

Sie hatte ihn noch nie zuvor gesehen. Er setzte sich an die Bar und bot ihr ganz nonchalant Zigaretten aus dem Westen an; sie rauchte genüsslich die heiß begehrte Gauloise statt der ostdeutschen Marke Karo. Am nächsten Tag saß er wieder da. Ihr fiel auf, dass er sie immer anstarrte, und anfangs dachte sie, er wolle mit ihr flirten. Er erzählte, er fahre ab und zu in den Westen, und ließ durchblicken, er sei ein wichtiger Mann mit Kontakten zur Parteispitze. Auf seine Frage, ob sie nicht auch einmal in den Westen wolle, antwortete sie mit Ja, wobei sie ihr Bestes tat, um nicht zu enthusiastisch zu erscheinen. Sie glaubte, wenn er wirklich so wichtig war, wie er tat, könne er das schon arrangieren und werde sie vielleicht für Sex einmal mitnehmen. Obwohl sie das nur ungern zugab, wäre sie auf einen solchen Deal wahrscheinlich sogar eingegangen. Natürlich erzählte sie dem Mann nichts von dem Tunnel.

Dann machte er ihr ein Angebot, das jedoch anders lautete als erwartet. Ein Gottesgeschenk. Mit falschen Papieren sollte sie über die Friedrichstraße nach Westberlin reisen und durfte nie zurückkehren. Er zeigte ihr das Foto einer Frau, die zwar älter war als sie, der sie aber zu jener Zeit sehr ähnlich sah. Damals war Gitta schlank und platinblond. Sie ließ sich die Haare so schneiden wie die Frau auf dem Foto und packte einen kleinen Koffer. Es gab nichts, was sie hier hielt. Als sie sechzehn war, waren ihre Eltern bei einem Autounfall ums Leben gekommen, und zu ihrem Bruder hatte sie schon seit Jahren keinen Kontakt mehr, was auch so bleiben sollte. Ihr Leben lag vor ihr, nicht hinter ihr.

Der Mann hatte ihr nichts erklärt, nur gesagt, es sei besser, wenn sie gar nichts wisse. Sie vermutete, das Ganze habe mit Spionage zu tun, aber eigentlich interessierte es sie nicht. Während ihres neuen, ereignisreichen Lebens im so heiß ersehnten Westen hatte sie auch später nie wieder darüber nachgedacht. Als einzige weitere Bedingung musste sie während des ersten Jahres an ganz bestimmten Daten einige Briefe an Frank Wincelewcki absenden. Das sei er, sagte er. In Westdeutschland hatte er unter ihrem neuen Namen ein Konto eröffnet und darauf einen ansehnlichen Betrag deponiert. Wenn sie jemals zurückzukehren wagte, werde es ein böses Ende mit ihr nehmen. In diesem Moment war hinter dem attraktiven Äußeren ein anderer Mann zum Vorschein gekommen, jemand, der eine Gänsehaut bei ihr auslöste. Sie hatte sofort versprochen, nie wieder zurückzukehren, weil sie ihre Seele verkauft hätte, um aus der DDR zu fliehen.

Der Ehering, den er ihr gegeben hatte und den sie zur Sicherheit hatte tragen müssen, damit alles bis ins Detail stimmte, lag noch irgendwo auf ihrem Dachboden in einer Schachtel.

Wolfgang und Silke hingen ihr an den Lippen. Silke hatte einen merkwürdigen Ausdruck im Gesicht.

Über sich selbst erzählte Gitta nur das Nötigste, ging nicht auf das Leben ein, das sie elf Jahre lang in New York, Los Angeles, Lissabon und Cádiz geführt hatte. Viele Jahre waren es gewesen, und vor allem zu Anfang dieser Phase hatte sie in manchen Augenblicken Reue darüber verspürt, das Land verlassen zu haben. Als naive junge Frau hatte sie eine behütete DDR-Umgebung gegen Orte eingetauscht, an denen man auf sich allein gestellt war und das Credo „Jeder für sich, Gott für uns alle" lautete. Es war ihr gelungen, sich durchzuschlagen, hinzufallen und wieder aufzustehen und so zu überleben. Sie besaß viele schöne und auch einige hässliche Erinnerungen. Hatte gute und schlechte Entscheidungen getroffen. Es hatte ihr Leben verändert.

Aber das würde sie nicht erzählen.

Als Wolfgang vor ein paar Tagen den Namen Frank Wincelewcki erwähnt hatte, hatte das etwas in ihr ausgelöst. Es war ein seltener Name, und sie musste erfahren, ob es sich um dieselbe Person handelte. Gitta war sicher, dass Frank sie nicht wiedererkennen würde, weil sie in nichts der schlanken, blonden jungen Frau von damals glich, aber zur Sicherheit hatte sie ihren Haaren ein ablenkendes Kleingartengrün verliehen. Er hatte sie auch tatsächlich nicht wiedererkannt.

„Wo ist denn meine Mutter, wenn du mit ihren Papieren über die Grenze gegangen bist?", wollte Silke wissen. „Wenn das Ganze mit Spionage zu tun hat, lebt sie vielleicht mit einer neuen Identität irgendwo anders, oder sie sitzt im Gefängnis, oder irgendein ausländischer Geheimdienst hat sie umgebracht."

Gitta sagte, es gebe noch eine weitere Möglichkeit. Sie fragte sich, ob die beiden ihr gegenüber wohl begriffen hatten, was da in ihrer Geschichte anklang.

Wolfgang betrachtete die Skizzen auf dem Tisch, starrte sie an und sagte: „Das Schwimmbecken."

Bis der Pool ganz leer sei, würde es mindestens anderthalb Stunden dauern, erklärte Wolfgang. Claus hatte schwere Geschütze aufgefahren, um das Becken sofort danach aufbrechen zu lassen, und Scheinwerfer wurden aufgestellt, damit man auch nach Einbruch der Dunkelheit weiterarbeiten konnte.

Gitta saß wie auf heißen Kohlen. Am liebsten wäre sie geblieben, aber der Termin mit Gregor war zu wichtig, um ihn nicht zu nutzen. Sie musste noch zu ihrer Bank, das Geld abheben, und dann zu Iwan, was einige Zeit in Anspruch nehmen würde. Wolfgang sagte, sie solle gehen, denn hier könne sie doch nichts tun, und er versprach, sie sofort anzurufen, wenn man etwas fand. Sie nahm Claus beiseite, legte ihm nachdrücklich ans Herz, Wolfgang nicht aus den Augen zu lassen, und gab ihm ihre Handynummer. Dann verließ sie widerwillig den Garten.

Iwan hatte sich selbst übertroffen. Während Gitta Unter den Linden entlangging, kontrollierte sie zum zigsten Mal ihr Handy, aber es gab weder Nachrichten noch verpasste Anrufe. Frustriert seufzte sie. Das Geld aus der Bank befand sich in ihrer Handtasche. Sie hatte Stunden im Adlon zugebracht, wo Iwan ihr die Haare geschnitten und gefärbt und schließlich zufriedene russische Laute von sich gegeben hatte. Sie hatte den Weg über Unter den Linden genommen, dort zuerst irgendwo ein Brötchen gegessen, sich ein neues Outfit gekauft und Make-up auflegen lassen. Seitdem zogen sich die Minuten, weil sie die ganze Zeit umsonst auf einen Anruf wartete. Nach drei Tassen Kaffee war sie auf Weißwein umgestiegen. Warum meldete sich Wolfgang nicht? Bedeutete das, dass man nichts gefunden hatte oder dass die Suche immer noch lief? Sie schaute auf ihre Armbanduhr, sah, dass es schon acht Uhr vorbei war, und tippte ungeduldig Wolfgangs Nummer ein. Die Mailbox. Scheiße!

Ihr blieb keine Zeit mehr, um vor ihrem Termin mit Gregor noch einmal zum Majakowskiring zu fahren. Unentschlossen saß sie mit dem Handy vor sich da, als das Gerät plötzlich klingelte. Die Nummer kannte sie nicht. Als sie das Gespräch annahm, sagte die aufgeregte Stimme in ihrem Ohr zuerst „Scheiße“.

Es war Claus.

„Wolfgang ist verschwunden“, verkündete er kurz.

„Was? Was ist denn passiert?“, fragte sie und hörte ungeduldig zu, wie Claus rasch die Situation zusammenfasste. Sie hatten unter dem Schwimmbecken ein Skelett gefunden. Als Claus aufsah, war Wolfgang, der vorher am Rand der Grube gestanden hatte, plötzlich weg gewesen. Dann hatte Claus das Geräusch eines sich entfernenden Motorrades gehört.

Gitta begriff sofort, wohin Wolfgang wollte, und sie verstand nicht, dass Claus nicht selbst drauf gekommen war. Der fluchte, als sie es ihm sagte, und brach sofort das Gespräch ab.

Sie bezahlte und ging langsam nach draußen. Sie hatte Angst. Wolfgang war imstande, eine Dummheit zu begehen. Große Risiken auf sich zu nehmen.

Sechsundvierzigstes Kapitel

Frank Müller war der Mörder. Dieser Satz kreiste im Rhythmus der Geräusche seines Motorrades wie ein Mantra durch Wolfgangs Kopf. Er fuhr die Bismarckstraße entlang und überholte Autos, wenn sie ihm zu langsam vorankamen.

Eine seltsame Ruhe hatte von ihm Besitz ergriffen, während er die Fakten für sich ordnete.

Frank hatte sich in Berlin aufgehalten, als Francisco ermordet worden war. Er stand in direktem Zusammenhang mit den Kleingärten und hatte das Sommerfest besucht. Claudia hatte ihr Haus zunächst von ihm gemietet und es ihm später abgekauft, was bedeutete, dass die beiden einander persönlich gekannt hatten. Er passte ins Profil. Frank musste also der Serienmörder sein, und das bedeutete, dass er jetzt Julia in seiner Gewalt hatte. Ihr den kleinen Finger abgeschnitten. Dafür musste er büßen. Wenn er Julia ermordet hatte, würde Wolfgang Frank Müller zerstören. Buchstäblich. Mit bloßen Händen. Würde ihm das Gesicht zu einem blutigen Brei schlagen. Ihm den Hals zudrücken und nicht loslassen, bis der blutige Brei sich blau färbte und die Zunge heraushing.

Wolfgang stellte sein Motorrad auf dem Bürgersteig am Theodor-Heuss-Platz ab, hängte den Helm an den Lenker und drückte auf eine der Klingeln im obersten Stockwerk. Eine Frauenstimme antwortete, und er sagte: „Der Blumenbote“. Die Tür ging sofort auf.

Er lief die Stufen zu Franks Apartment in der ersten Etage hoch, hielt den Daumen vor den Türspion und klingelte. Drinnen waren Schritte zu hören, die an der Tür innehielten. Es wurde nicht geöffnet, und jemand murmelte etwas. Wahrscheinlich versuchte Frank durch den Türspion zu schauen und fragte sich jetzt, warum er nichts erkennen konnte. Wolfgang klingelte noch einmal, und als sich die Tür einen Spaltbreit öffnete, warf er sich mit seinem ganzen Gewicht dagegen, richtete die Pistole auf Franks Gesicht und fragte: „Wo ist Julia?“

Der andere starrte ihn an und wollte wissen, ob er von allen guten Geistern verlassen sei. Nur zu bald sollte er feststellen, dass er die Situation damit richtig einschätzte.

Mit dem Fuß schob Wolfgang die Tür hinter sich ins Schloss und befahl: „Taschen ausleeren.“ Er wollte nicht das Risiko eingehen, dass Frank seinen Elektroschocker hervorholte. Der andere gehorchte. Kleingeld. Geldbeutel. Taschentuch. Kamm.

Wolfgang packte ihn grob an den Haaren, stieß ihm die Pistole in den Rücken und suchte das ganze Apartment ab. Frank musste vor ihm her durch alle Räume gehen, bis ins Schlafzimmer. Keine Spur von Julia.

„Ich weiß nicht, wo sie ist!“, schrie Frank.

Wolfgang erklärte, er sei davon überzeugt, dass der andere sich bald kooperativer zeigen werde, und wollte wissen, ob er eine Ahnung davon habe, wie schmerzhaft so ein Knieschuss sei. Frank wiederholte, er habe nichts mit Julias Verschwinden zu tun. Er hatte Todesangst, und das zu Recht. Er würde reden, wenn nötig durch einige Ermutigung der Pistole, Wolfgangs bloßer Hände und dessen, was ihm sonst noch zur Verfügung stand – in einer Durchschnittswohnung mehr als genug. Wolfgang wusste, dass er mental eine Grenze überschritten hatte. Julias Leben war in Gefahr, und er würde alles tun, um sie nicht zu verlieren. Alles.

Angst hatte er nur vor den Antworten, die Frank geben würde.

Er richtete die Pistole auf das linke Knie des Mannes. Der fing an zu jammern wie ein kleines Kind, ließ sich auf den Boden sinken und wiederholte, er wisse es nicht. Wolfgang glaubte ihm nicht. Dann eben zuerst ein Fuß.

Hinter ihm erklang ein splitterndes Geräusch, als die Tür eingetreten wurde. Geschrei. Hände hielten ihn fest, nahmen ihm die Pistole ab. Claus fragte, ob er jetzt völlig den Verstand verloren habe. Frank stand erleichtert auf und dankte den Polizisten, weil sie ihn vor diesem gefährlichen Irren gerettet hatten. Er erklärte, er werde Anzeige wegen Bedrohung und versuchten Totschlags erstatten. Claus nickte den uniformierten Beamten zu, und sie legten Frank fachmännisch Handschellen an, woraufhin er empört fragte, ob sie jetzt ganz und gar wahnsinnig geworden wären, und was das zu bedeuten habe.

„Wir haben da unter dem Schwimmbecken etwas gefunden", erklärte Claus.

Frank starrte ihn schweigend an. Seinem Gesichtsausdruck nach hatte er mit dieser Auskunft zuallerletzt gerechnet. Wolfgang spürte, dass sich der Griff der Beamten etwas lockerte, und er riss sich los, stürmte auf Frank zu und schlug ihm mit der Faust ins Gesicht. Die Männer packten ihn an den Armen, aber es glückte ihm, Frank kräftig zwischen die Beine zu treten. Der klappte zusammen, sank auf die Knie und gab jämmerliche Laute von sich.

„Er soll sagen, wo Julia ist", schrie Wolfgang.

Mit verschränkten Armen schaute sich Claus die Szene an und erinnerte Wolfgang daran, dass man vom LKA gesittetere Vernehmungsmethoden erwartete. Es klang, als finde er es schade, nicht ein wenig später hier angekommen zu sein, und wie Wolfgang Claus kannte, war das wahrscheinlich auch der Fall.

„Die Pistole bekommst du erst zurück, wenn Müller sicher hinter Gittern ist", erklärte er.

Frustriert saß Wolfgang Claus im LKA 1 in der Keithstraße gegenüber. Der ehemalige Kollege berichtete ihm von der Vernehmung.

Müller stritt weiterhin alles ab. Auf Claus' Frage, wie er glaube, dass die Leiche seiner Frau unter dem Schwimmbecken gelandet war, hatte Frank geantwortet, er habe keine Ahnung. Lange waren Arbeiter damit beschäftigt gewesen, die Grube für das Schwimmbecken auszuheben und sie danach zu betonieren. Sven hatte das Ganze überwacht; er war damals Müllers rechte Hand gewesen, weil der tagsüber und auch meistens abends gearbeitet hatte.

Seine Frau, Rosi, hatte die DDR 1978 verlassen, und das bedeutete, dass da jemand anderes unter dem Schwimmbad begraben liegen musste. Auf alle Fälle hatte er nichts damit zu tun, und das galt auch für die anderen Morde und Julias Verschwinden. Nach dieser Aussage hatte er geschwiegen und dieses Schweigen nur gebrochen, um ihnen mitzuteilen, er wolle seinen Anwalt sprechen, Gregor Treufeldt.

Claus berichtete, sie hätten auch eine Metallkiste gefunden und diese inzwischen aufbrechen können. Darin lag ein sorgfältig in Plastikfolie gewickeltes Messer, an dem rostbraune Flecken klebten. Die Kiste war hermetisch abgeschlossen gewesen, deswegen befanden sich auf dem Messer möglicherweise brauchbare Fingerabdrücke. Die Jungs von der Technik befassten sich gerade damit.

„Wir müssen ihn zum Sprechen bringen, egal wie", meinte Wolfgang.

„Wir können ihm ja wohl schlecht Daumenschrauben anlegen", erwiderte Claus, während er Automatenkaffee aus einem Becher schlürfte.

Wolfgang erklärte, er würde Müller genüsslich mit einer Zange die Finger- und Zehennägel ausreißen, und noch viel mehr, bis er weinen und schreien und um Gnade flehen und erklären würde, was er Julia angetan hatte.

Auf Claus' Schreibtisch lag ein Silberarmband, das das Skelett ums Handgelenk getragen hatte. Nachdem man die dicke grüne

Schicht davon entfernt hatte, war eine glitzernde Silberschlange zum Vorschein gekommen. Silke wurde in Claus' Zimmer gebracht und starrte das Schmuckstück an.

„Er hat sie tatsächlich umgebracht, dieser Dreckskerl", sagte sie und schüttelte dabei langsam den Kopf, als könne sie es nicht glauben. „Das Armband war ein Geburtstagsgeschenk. Ich habe es damals selbst ausgesucht." Sie ließ sich in den Sessel neben Wolfgang sinken und nahm seine Hand in ihre.

Das Telefon klingelte, und Claus ging an den Apparat. In seinen Augen erschien ein Ausdruck der Aufregung, der sich rasch in Unglauben und Verblüffung verwandelte, dann warf er den Hörer auf die Gabel und fluchte aus tiefstem Herzen.

„Das waren die Jungs von der Technik. Auf dem Messer befinden sich tatsächlich Fingerabdrücke." Er warf den leeren Becher in den Papierkorb und sprang auf.

„Dann haben wir ihn am Kragen", erklärte Wolfgang erleichtert.

„Noch nicht. Die Fingerabdrücke sind nämlich nicht von Müller."

Das konnte nicht sein. Sie mussten von Müller stammen, das war die einzig logische Möglichkeit.

„Von wem denn sonst?"

„Wir haben sie aus der Datenbank für Passanträge geholt. Die Fingerabdrücke sind von Sven", erklärte Claus.

Siebenundvierzigstes Kapitel

„Sind wir einander nicht schon einmal begegnet?“, fragte Gregor.

Gitta verneinte und fühlte sich unbehaglich – trotz der Tatsache, dass sie sich gerade einer grundlegenden Veränderung unterzogen hatte.

Sie legte einen Umschlag auf den Tisch: Darin befänden sich fünfundzwanzigtausend Euro, und sie hoffe, es gehe in Ordnung, dass es sich um Bargeld handelte - sie wünsche, dass ihre Spende anonym blieb. Einwände hatte Gregor keine, sofern sie nicht durch kriminelle Handlungen an das Geld gelangt sei, erwiderte er, woraufhin sie mit einem Lächeln erklärte, einen hohen Betrag geerbt zu haben.

Sie fuhr fort, sie habe in den Printmedien und im Internet über die neue Partei gelesen. Die Webseite verrate allerdings nicht genug über die Positionen der Partei in Bezug auf Ausländer. Über Beziehungen habe Gitta Gregors Namen erhalten und sich dafür entschieden, ihn persönlich darauf anzusprechen.

Sie fragte ihn über die Partei aus, ließ dabei durchblicken, dass sie von einem bestimmten Ausländertyp alles andere als begeistert war und im Grunde genommen fand, diese Leute hätten in Deutschland nichts zu suchen. Sie wollte gern wissen, welchen Standpunkt die Partei in dieser Hinsicht vertrat. War man für die Schließung der Grenzen oder nicht, wenn sie das so direkt fragen durfte? Das Parteiprogramm informierte darüber sowie über die öffentlich eingenommene Position nur unzureichend, und für Gitta war dies entscheidend.

Gregor antwortete politisch korrekt und sagte dabei nicht ein Wort zu viel. Seine Redeweise wirkte geschliffen, aufrichtig und äußerst vorsichtig. Menschen anderer Religionen waren selbstverständlich in ebensolcher Weise zu respektieren wie Anhänger der christlichen, doch bestimmte Ausländergruppen fühlten sich ohne jeden Zweifel glücklicher, wenn sie in ihrem eigenen Land und unter Menschen ihrer eigenen Kultur lebten. Er sagte nichts, was ihm zum Verhängnis hätte werden können. Dann schaute er Gitta schweigend an, und sie nahm wahr, wie sich sein Gesichtsausdruck veränderte. Er zeigte mit dem Finger auf sie.

„Sie sind Journalistin!" Es klang wie eine Beleidigung. „Haben Sie wirklich geglaubt, Sie könnten mich so leicht aus der Reserve locken, mich zu Äußerungen verleiten, die sich gegen mich verwenden lassen?"

Bevor sie reagieren konnte, griff er nach ihrer Handtasche und schüttete sie über dem Tisch aus, fand das Aufnahmegerät und stellte es ab, tat dann dasselbe mit ihrem Handy und setzte sich siegessicher wieder hin.

Sie hatte es vermasselt.

Er musterte sie mit einem arroganten Lächeln und wollte wissen, ob sie wirklich geglaubt habe, er sei so unklug, sich zu peinlichen Schimpftiraden und Beleidigungen gegenüber Ausländern hinreißen zu lassen. Sie befanden sich hier in Deutschland, fuhr er fort, dem aus ganz offensichtlichen Gründen politisch korrektesten Land der westlichen Hemisphäre, was aber nicht bedeutete, dass nicht ein stetig wachsender Teil der Bevölkerung die Ansicht vertrat, Muslime gehörten nicht hierher. Die neue Partei brauchte sich dieses Gefühl nur zunutze zu machen und hin und wieder auf raffinierte Weise anzufachen.

Natürlich war er persönlich der Ansicht, alle Muslime sollten so bald wie möglich aus dem Land geworfen werden, aber so etwas konnte man natürlich nicht laut sagen. Die Kunst bestand darin, diese Botschaft gut zu verpacken, und darin war er, Gregor, ein Meister.

Er starrte sie weiterhin an und erklärte plötzlich: „Ich habe noch nie in meinem ganzen Leben ein Gesicht vergessen. Jetzt fällt mir ein, woher ich dich kenne: aus Klein Eden. Du bist eine Freundin von Wolfgang.“ Er spuckte den Namen aus wie bittere Galle. Ganz kurz hatte er die Maske fallen lassen, und der echte Gregor kam zum Vorschein. Sein Blick war voller Hass, und da gab es noch etwas anderes, Widerwärtiges.

Plötzlich duzte er Gitta. Sie hatte nicht damit gerechnet, dass er sie erkennen würde. Als anderer Mensch hatte sie Iwans Salon verlassen, dazu kamen ihr neues Outfit, ein dunkelgrauer Blazer mit dazu passender Hose, das sie gehörig veränderte, ihr platinblondes Haar und das Make-up, das sie hatte auftragen lassen. Sie hatte in den Spiegel geschaut und zur Freude ihres Herzens festgestellt, dass es noch Hoffnung für sie gab.

Trotzdem hatte er sie erkannt.

„Dein dummer Plan ist misslungen. Mir können sie nichts anhaben, denn alles, was ich tue, ist ganz legal und politisch korrekt“, fuhr Gregor selbstzufrieden fort.

„Gilt das auch für Ihre glatzköpfigen Freunde in Pankow?“, wollte sie in spitzem Ton wissen.

„Solche Typen können einem hin und wieder von Nutzen sein. Inzwischen habe ich alle Kontakte abgebrochen und die Hütte im Kleingarten zur Miete oder zum Verkauf angeboten. Es gibt nichts mehr, was mich mit den Glatzen verbindet.“

Er erhob sich und erklärte, es werde Zeit für sie zu gehen. Die Spende dürfe sie natürlich hierlassen. Geldgeschenke und auch Zusagen über ererbte Beträge bekämen sie öfter.

Gitta hätte ihm das Lächeln gern aus dem Gesicht gewischt. Sie packte ihre Tasche wieder ein, stand auf und wedelte ihm mit dem Umschlag vor der Nase herum.

„Ich habe eine viel bessere Idee. Dieses Geld werde ich dafür verwenden, Ihre schmutzige Wäsche zu finden." Als sie seinen Blick sah, fügte sie hinzu: „Das Dumme an Fehltritten ist, dass man sie nicht ungeschehen machen kann. Natürlich kann man versuchen, sie geheim zu halten."

Der Ausdruck, der nun auf seinem Gesicht erschien, ließ sie zurückweichen.

„Ich warne dich, und zwar nur einmal. Bleib mir vom Leib, oder du wirst es zutiefst bereuen. Und das darfst du als Versprechen betrachten."

An der Tür wandte sich Gitta um und erklärte: „Vergiss es, Typ."

Langsam verließ sie die Furtwänglerstraße. Diesen Mann würden sie nicht leicht bei einem Fehlverhalten erwischen, und das bedeutete, dass Arhan ihre letzte Hoffnung war. Sie rief ihn an und berichtete von den Ereignissen. Er erklärte, sie habe ihr Bestes getan, und bei ihm gebe es gute Neuigkeiten. Bei Arhan hatte sich eine Frau gemeldet, die etwas über Gregor wusste und mit Arhan darüber sprechen wollte. In einer Viertelstunde war er mit ihr verabredet.

Gitta rief Wolfgang an, der diesmal Gott sei Dank an den Apparat ging, und hörte zu, was er berichtete. Er klang besorgniserregend verloren. Sie versprach, später an diesem Abend bei ihm vorbeizukommen. Dann beschloss sie, erst nach Zehlendorf zu fahren, um den Umschlag mit dem Geld in ihrem Schließfach unterzubringen, und auf dem Weg dorthin erledigte sie noch einige Telefongespräche.

Achtundvierzigstes Kapitel

Wolfgang lauschte Javiers Worten. Er hatte nicht damit gerechnet, dass Javier ihn anrufen würde; mehr noch, er hatte gehofft, der Polizist würde das nicht tun. Wenn er Julia nach Spanien zurückgeschickt hätte, wie Javier es ihm befohlen hatte, wäre sie jetzt in Sicherheit.

„Ich will wissen, was genau passiert ist“, sagte Javier, und Wolfgang erzählte es ihm, woraufhin der andere lange schwieg, bis Wolfgang die Stille nicht mehr ertrug.

„Dann sag doch einfach, dass es meine Schuld ist“, rief er schließlich.

Er hatte erwartet, Javier würde dies sofort bestätigen, ihn anschreien und verfluchen, aber das tat er nicht. Stattdessen erkundigte er sich, wie es ihm, Wolfgang, gehe. Ob jemand bei ihm sei. Wenn er wolle, werde Javier nach Berlin kommen.

Wolfgang war verblüfft über diese unerwartete Seite von Javier und erklärte, das sei nicht nötig.

„Hm!“, reagierte Javier. „Eins noch: Pass auf, dass du nicht so viel säufst. Du brauchst einen klaren Kopf, um Julia wiederzufinden.“ Er beendete das Gespräch.

Wolfgang starrte ins Leere. Ob Esteban etwas über sein Trinkverhalten gesagt hatte?

Er nahm sich seine Taschenlampe und die Schlüssel, steckte die Pistole ins Holster und begab sich ins unterirdische Berlin, wo er herumirrte und mit einer Wehmut an Julia dachte, die schmerzhaft war.

„Sven hat ein Geständnis abgelegt“, verkündete Claus. Das hatte er Wolfgang schon zuvor telefonisch mitgeteilt und war danach persönlich in den Majakowskiring gekommen – das hatte er wiederum nicht angekündigt.

Die Begegnung gestaltete sich anfangs mühsam. Ganz offensichtlich hatte Claus das Gefühl, er müsse etwas wiedergutmachen, und rutschte unbehaglich in seinem Sessel hin und her.

„Du musst mir glauben, ich habe nie wirklich gedacht, dass du etwas mit Julias Verschwinden oder mit dem Mord an Claudia zu tun hast. Ich weiß, dass du zu so etwas nicht imstande bist."

Wolfgang hörte Claus zu, der auf seine unbeholfene Weise sein Bestes tat, und überlegte sich, dass es nur gut war, wenn sein Ex-Kollege nicht wusste, wozu er imstande war. Er hätte schon gern gesehen, dass es zwischen ihnen beiden wieder so wäre wie früher, spürte jedoch, dass das unmöglich war. Claus schien es ähnlich zu gehen. Er beschränkte sich danach auf einen sachlichen Bericht darüber, was Sven zu dem Mord von 1978 am Majakowskiring ausgesagt hatte.

Franks Ehefrau Rosi wollte sich damals schon seit Jahren scheiden lassen, weil sie in ihrer Ehe keinen Sinn mehr sah, aber Frank war absolut dagegen gewesen, da er fürchtete, es würde seiner Position in der Partei schaden. Obwohl die Ehe nur noch auf dem Papier existierte, hatte die Außenwelt einen idyllischen Eindruck davon, und so sollte es nach Franks Wünschen auch bleiben. Und dann hatte Rosi plötzlich wie aus heiterem Himmel verkündet, sie wisse alles, hatte damit gedroht, es an die große Glocke zu hängen. Sven hatte sich im Haus am Majakowskiring aufgehalten, als die Bombe geplatzt war.

Wie sich herausstellte, hatte Rosi ihren Ehemann über Monate gut im Auge behalten - „ihm nachspioniert" war ein angemessenerer Ausdruck dafür - und so schließlich entdeckt, warum ihre Ehe eine Farce war, als sie einmal absichtlich unerwartet nach Hause kam; sie hatte ihm damals vorgelogen, sie wolle bis zum späten Abend eine

Freundin in Potsdam besuchen. Sie hatte alles gesehen und nichts gesagt, ihn aber weiter beobachtet, und Sven auch. Sie wusste nun, dass Frank es mit kleinen Jungen trieb, ein schmutziger Päderast war, und dass Sven die Kontakte dafür herstellte, wobei sie ihm das Wort „Zuhälter“ ins Gesicht gespuckt und hinzugefügt hatte, das sei noch ein viel zu schmeichelhafter Ausdruck. Sie hatte Sven schon immer widerlich gefunden.

Frank war wie erstarrt in seinen Stuhl sitzen geblieben und hatte ihrer Tirade ohne eine Reaktion zugehört, auch als sie ihm mitteilte, dass sie in seinen Papieren geschnüffelt hatte und wusste, dass er mit Svens Hilfe Rechnungen und Unterschriften fälschte und auf diese Weise die Partei betrog. Er hatte die Möglichkeit, so etwas zu tun, weil er finanzielle Transaktionen regelte. Ein Laie konnte die gefälschten Unterschriften vielleicht nicht von den echten unterscheiden, doch einem Handschriftenexperten würde das ohne Mühe gelingen, hatte sie gedroht.

Frank hatte Sven in der Vergangenheit einmal vor dem Gefängnis bewahrt, wegen Unterschriftenfälschung, und dafür war ihm Sven dankbar gewesen, obwohl er in diesem Augenblick noch nicht begriff, dass ihn Frank dadurch für immer in seiner Macht hatte. Als Gegenleistung schaffte er für ihn die Jungen heran und fälschte seitdem Briefe und Unterschriften für ihn, oft Rechnungen über Kosten, die es gar nicht gab. Im Laufe der Jahre hatte Müller seine Taschen und seine geheimen Konten im Ausland gefüllt, und auch Sven war dabei nicht ärmer geworden.

Und plötzlich wusste Rosi über alles Bescheid.

Sie forderte, Frank solle der Scheidung zustimmen; andernfalls, so drohte sie, werde sie alles seinen Parteifreunden erzählen und auch sonst jedem, der es wissen wollte, es nötigenfalls unter der Weltzeituhr auf dem Alexanderplatz mit einem Megafon in die Welt schreien.

Frank hatte endlich den Mund aufgemacht. Sie würde ihre Scheidung bekommen, und auch das Sorgerecht für Silke, sofern er eine anständige Umgangsrechtsregelung bekam. Sie sollte ihm ein paar Monate Zeit geben, um alles in Ordnung zu bringen, weil Silke vorsichtig auf das Ganze würde vorbereitet werden müssen. Es wäre ein Schock für sie. Er entschied sich dafür, das Schwimmbecken bauen zu lassen, um das sie ihn schon seit Jahren anbettelte, damit sie schwimmen konnte, wenn sie ihn besuchte. Er war der Anstand in Person gewesen.

Noch in derselben Woche begannen die Grabungsarbeiten, was zu DDR-Zeiten eine große Leistung war, nur für Frank nicht, der als wichtiger Mann alles regeln konnte. Als man fertig war, rief er eines Abends Sven zu sich. Er erklärte, nicht zu hundert Prozent darauf vertrauen zu können, dass Rosi weiterhin ihren Mund hielt, und ihr eine Lektion erteilen zu wollen, um sich ihres Schweigens zu versichern. Silke befand sich auf einer mehrtägigen Klassenfahrt, war also nicht im Weg.

Sven hatte sofort mitgemacht. Er hasste Rosi, die ihn immer herablassend behandelte. Außerdem hielt sie ihn von Silke fern, in die er schon damals verliebt gewesen war, obwohl sie erst vierzehn war und er selbst fünfundzwanzig.

Sie lockten Rosi in den Schutzkeller, und zwar unter dem Vorwand, ihr dort etwas zeigen zu müssen. Sie kam herein, blieb vor dem alten Sofa stehen und schaute beide fragend an. Sie hatte keine Ahnung, was sie erwartete; Sven wusste auch nichts davon, sonst wäre er nicht in den Keller gegangen.

Sven holte das Messer zum Vorschein, mit dem er ihr Angst einjagen sollte, während Frank ihr mitteilte, was mit ihr passieren würde, wenn sie jemals ihr Schweigen brach. Sven hatte mit dem Messer vor Rosi gestanden, und sie war zurückgewichen, kam jedoch nicht weit, weil ihr das Sofa in ihrem Rücken den Weg versperrte. Und dann hatte Frank Svens Hand mit dem Messer gepackt und Rosi die Waffe mit einer schnellen Bewegung in die Brust gestoßen.

Er sah sie noch vor sich, ganz still und mit einem Ausdruck des Erstaunens auf dem Gesicht; danach lag sie mit aufgerissenen Augen bewegungslos auf dem Sofa.

Frank hatte Sven das Messer aus der Hand gerissen, und der hatte gesehen, dass der andere Handschuhe trug, was nicht der Fall gewesen war, als sie den Schutzkeller betraten. Sie hatten die Leiche in die Decke gerollt, in Plastik verpackt und zu der Grube im Garten getragen, die zum Schwimmbad werden würde. Wie sich herausstellte, hatte Frank in deren Mitte schon eine weitere Grube ausgehoben. Er war nach drinnen gegangen und mit einer Metallschatulle zurückgekommen, in der, so erklärte er, sich einige Dinge befanden, die niemand sehen durfte, und sie hatten das Grab geschlossen, die Erde festgetrampelt.

Am folgenden Morgen wurde das Ganze betoniert.

Nur das Sofa hatte ein wenig Blut abbekommen. Das machten sie sauber, und den ganzen Keller sicherheitshalber auch. Später hatten sie das Sofa aus Vorsicht abholen lassen.

Als das Schwimmbecken fertig war, hatte sich Sven erleichtert gefühlt, doch dieser Gemütszustand änderte sich abrupt, als Müller ihm erklärte, die Schatulle enthalte das Messer mit Svens Fingerabdrücken darauf. Dem hatte er hinzugefügt, Mord verjähre nicht, und danach hatte Sven keine weiteren Ausführungen mehr gebraucht. Frank konnte, wann immer er wollte, das Schwimmbecken aufbrechen lassen, und dann würde Sven die Welt aus einem Gitterfenster in Moabit heraus betrachten. Frank hatte ihn nun definitiv und unwiderruflich in seiner Macht.

Sven hatte ein paar Briefe in Rosis Handschrift schreiben müssen, die leicht nachzuahmen war. Frank würde die vom Westen aus senden lassen. Er wollte eine andere Frau mit Rosis Papieren über die Grenze schicken, aber wer das war, wusste Sven nicht.

Kein Hahn hatte danach gekräht. Und dann war mehr als dreißig Jahre später Esteban mit zwei Spaniern in der Gaststätte MAUS aufgetaucht; er hatte erzählt, die beiden wollten das Haus kaufen und hätten vor, ein neues, viel größeres Schwimmbecken bauen zu lassen. Sven war in Panik geraten und hatte sofort Frank Müller angerufen, der erklärte, er werde einen höheren Betrag auf das Haus bieten. Am folgenden Morgen fand man einen der beiden Spanier ermordet im Kleingarten.

Sven schwor, dass er es nicht getan hatte. Es musste Frank gewesen sein.

Claus leerte sein Bierglas. „So weit die Geschichte von Sven. Er streitet weiterhin ab, etwas mit Julias Verschwinden zu tun zu haben, aber er lügt. Wir haben inzwischen sein Auto gefunden, und im Kofferraum lagen die Gartenschere, mit seinen Fingerabdrücken, und zwei weiße Leinenhandschuhe, mit dem Blut von Rödiger drauf."

Als man ihn mit dem Beweismaterial konfrontierte, hatte Sven auch den Mord an Rödiger gestanden.

Als Sven vor ein paar Tagen zusammen mit Frank Müller die Gaststätte MAUS betreten hatte, hörten sie, wie sich Rödiger mit Gitta unterhielt. Im Türrahmen hatten sie gelauscht, bis die beiden es bemerkten. Frank und Sven hatten keine Ahnung gehabt, dass sie vor all den Jahren im Blauspecht jemand belauscht hatte. In der Nacht zuvor hatten sie Rosi unter dem zukünftigen Schwimmbad begraben, und am folgenden Morgen war die Grube betoniert worden. Sie hatten ein Gläschen auf den guten Verlauf getrunken, und zwar in einer Kneipe, von der sie annahmen, dort würde sie niemand kennen. Was sie dort genau gesagt hatten, wussten sie nach all den Jahren natürlich nicht mehr, aber Frank wollte nicht das geringste Risiko eingehen. Rödiger hatte Anspielungen gemacht, er habe noch mehr zu erzählen, und das hatte Frank gereicht. Er sagte, Sven wisse, was er zu tun habe, und das war auch tatsächlich der Fall gewesen. Sven hatte diesen Auftrag nur widerwillig ausgeführt, denn Rödiger war ein besonderer Mensch.

Erfahrung macht klug, deswegen hatte Sven Handschuhe getragen, um keine Fingerabdrücke zu hinterlassen, und sicherheitshalber hatte er das Heft des Messers auch ordentlich gesäubert.

Claus berichtete, sie hätten im Anschluss daran Müller verhört. Der behauptete, Svens Geschichte sei von A bis Z erlogen. Er glaube immer noch, dass seine Ehefrau die DDR verlassen habe. Ihre Schwester im Westen sei lebensgefährlich erkrankt, deswegen habe sie ein Ausreisevisum erhalten. Müller zufolge war nur zu deutlich, wer der Täter war. Sven hatte damals die Aufsicht über den Bau des Schwimmbeckens geführt, weil Müller selbst tagsüber etwas anderes zu erledigen hatte, und an den Abenden auch. Sven musste Rosi ermordet haben, das ging gar nicht anders. Rosi hatte Sven gehasst, und diese Antipathie hatte auf Gegenseitigkeit beruht.

„Das kann Frank gern behaupten, aber ich glaube kein Wort davon“, kommentierte Wolfgang.

„Ich auch nicht, und so leicht kommt er uns nicht davon. Es war seine Frau, die unter dem Schwimmbecken lag, und wenn Svens Geschichte stimmt, hatte Frank ein ganz eindeutiges Motiv. Außerdem hat er dein Haus am Majakowskiring kurz nach dem Mord an Francisco gekauft. Und Francisco wollte das Schwimmbecken vergrößern lassen. Das sind doch alles ziemliche Zufälle.“

„Außerdem hat er einen lächerlich hohen Betrag für das Haus bezahlt. Du hast ausreichend Gründe, ihn festzuhalten und weiter zu verhören, während man sein Alibi überprüft.“

Claus begann in seinem Sessel hin und her zu rutschen und wich Wolfgangs Blick aus.

„Er ist doch noch in Haft, Claus?“

„Da ist etwas nicht ganz so gelaufen, wie es sollte.“

Wolfgang sprang auf und unterdrückte den Drang, Claus bei den Schultern zu packen und zu schütteln.

„Raus damit!“

Dieser Aufforderung folgte Claus mit deutlichem Widerwillen. Müller hatte zusammen mit seinem Rechtsanwalt Gregor Treufeldt in einem Verhörraum gesessen, und vor der Tür hatte man einen Beamten postiert. Gregor hatte dem Mann gesagt, Müller wolle die Toilette besuchen, und das wurde veranlasst. Auch dort bewachte der Beamte die Tür, bis plötzlich im Flur ein Handgemenge entstand. Zwei Betrunkene, die man gerade gebracht hatte, schlugen plötzlich um sich und ließen sich kaum in Zaum halten. Begreiflicherweise war der Beamte seinen Kollegen zu Hilfe geeilt, danach kehrte er wieder zu den Toiletten zurück; nach fünf Minuten des weiteren Wartens entdeckte er, dass Frank verschwunden war.

Wolfgang schlug heftig mit der Faust auf den Tisch. „Wie kann so was passieren“, schrie er. „Ihr Vollidioten! Ich hoffe, dir ist klar, dass es sich dabei niemals um einen Zufall handelt. Gregor muss das Ganze als Ablenkungsmanöver organisiert haben.“

Claus machte entschuldigende Geste.

„Vor Müllers Wohnung steht ein Wagen mit zwei Beamten in Zivil. Sein Foto und seine Daten wurden an alle Flughäfen weitergeleitet, also kann er das Land nicht verlassen. Dasselbe gilt für Autovermietungen. Wir haben einen internationalen Fahndungsbefehl herausgegeben.“

„Weiß Silke etwas?“

„Ich komme gerade aus der Gaststätte MAUS, aber Silke hat ihren Vater weder gesehen noch von ihm gehört. Das bleibt hoffentlich auch so, hat sie gesagt.“

Franks Flucht bedeutete, dass er mit dem Mord an seiner Ehefrau und wahrscheinlich auch mit weiteren Morden zu tun hatte. Sie hatten ihre Mörder gefunden, aber die Jagd war noch nicht vorbei, solange Julia spurlos verschwunden blieb. Wenn Sven weiterhin abstritt, etwas mit ihrem Verschwinden zu tun zu haben, und ihnen nicht sagte, wo sie war, würden sie sie niemals finden. Die einzige Hoffnung lag darin, Frank schnell zu fassen, und dass er dann reden würde.

Claus verabschiedete sich, weil er seinen neuen Partner einweisen musste. Man hatte Christian von einem Augenblick auf den anderen vom Dienst suspendiert, und niemand wusste genau, warum das geschehen war.

Wolfgang allerdings wusste es. Es bedeutete, dass es tatsächlich Christian gewesen war, der Informationen an rechtsextreme Kreise weitergeleitet hatte.

Er ließ sich in einen Sessel fallen und starrte vor sich hin. Langsam wich die Angst der Verzweiflung. Siegfried hatte es schon vorhergesagt: Wolfgang musste sich auf das Schlimmste vorbereiten. Und Siegfried wusste noch nicht einmal etwas von dem kleinen Finger.

Wolfgang war bewusst, dass er akzeptieren musste, dass die Chance, Julia wäre noch am Leben, minimal und wahrscheinlich nicht existent war, dass sie ihren Todeskampf allein durchlitten hatte, in einer Einsamkeit, die dunkler gewesen sein musste als die Nacht, während sie wider besseres Wissen auf ihre Befreiung gehofft hatte. Ob sie wohl an ihn gedacht hatte? Seinen Namen gerufen?

Wolfgang wollte schreien. Etwas kaputtschlagen. Wenn es sein musste, auch weinen. Alles war besser als dieses tote, leere Gefühl. Er musste sich mit dem Gedanken vertraut machen, dass Julia tot war.

Aber er konnte nicht, würde erst ihren leblosen Körper vor sich sehen müssen, bevor er wirklich die Hoffnung aufgab.

Das Grässliche war, dass es dazu vielleicht niemals kommen würde.

Neunundvierzigstes Kapitel

Alle vier starrten Gitta wortlos an, als sie Wolfgangs Haus am Majakowskiring betrat, und der Grund dafür war Gitta nicht sofort klar.

Siegfried brach das Schweigen. „Du siehst gut aus mit der neuen Frisur“, meinte er, und Arhan, Esteban und Wolfgang nickten zustimmend.

„Es ist schon lange her, dass ich ein Kompliment bekommen habe“, erwiderte sie, und dann merkte sie, dass es sogar so lange her war, dass sie sich nicht einmal mehr daran erinnern konnte. Jedenfalls fühlte es sich sehr gut an.

Es war zehn Uhr. Sie hatte angerufen und gefragt, ob sie vorbeikommen könne, weil es ihr keine gute Idee erschien, Wolfgang alleinzulassen, schon gar nicht am Abend. Er war ein nervliches Wrack und brauchte Freunde um sich herum. Sie wusste, dass er den Schlüssel zur Brauerei hatte nachmachen lassen und jeden freien Augenblick mit der Suche im Dunkeln verbrachte, stundenlang in dem unterirdischen Labyrinth herumlief, zerrissen in der Hoffnung und der Furcht, dort Julia wiederzufinden, und danach kam er emotional erschöpft zu Hause an und stürzte sich auf den Whisky. Wolfgang hatte es sich in den Kopf gesetzt, dass sich Julia, tot oder lebendig, irgendwo in diesem unterirdischen Berlin befand, und er war der Ansicht, er müsse sie dort suchen, weil er sonst nichts mehr tun konnte. Gitta hatte ihm eine Liste aller unterirdischen Gewölbe, Bunker und Gänge in einem etwas größeren Umkreis des Ortes von Julias Verschwinden gegeben, und dort suchte er jetzt systematisch. Gitta hatte über die „Berliner Unterwelten“ die nötigen Schlüssel besorgt und sie Wolfgang gegeben.

Wolfgang berichtete von Svens Geständnis und davon, dass Frank entkommen war.

„Das erstaunt mich überhaupt nicht; ich habe ja schon gesagt, dass da möglicherweise mehr als ein Mörder am Werk ist“, kommentierte Siegfried. „Frank ist Svens Handlanger, oder umgekehrt.“

„Aber die Fingerabdrücke auf der Gartenschere stammen von Sven, und das bedeutet, er lügt, was Julia angeht“, meinte Wolfgang. „Die Analyse der Blutspuren hat ergeben, dass sowohl Blut von Julia als auch von dem Kaninchen auf den Klingen war. Vielleicht ist er verantwortlich für die anderen Morde, aber er gesteht nur die, bei denen die Polizei auch beweisen kann, dass er der Täter ist.“

Siegfried sah ihn an. „Oder sie ist tot, und Sven schweigt, weil er hofft, dass man ihre Leiche nie findet.“

Gitta konnte erkennen, dass seine Worte einen schrecklichen Effekt hatten. Sie streichelte Wolfgang die Schulter und schaute Siegfried böse an. „Es ist möglich, dass sie lebt. Vielleicht hat Frank sie in seiner Gewalt. Wir dürfen die Hoffnung nicht aufgeben.“

Aber es blieben Spekulationen, solange Sven nicht redete und Frank nicht wieder auftauchte.

Wolfgang hatte Javier angerufen und ihm von Franks Flucht berichtet. Der Makler hatte, so sagte Claus, das Land nicht im Flugzeug verlassen, aber Wolfgang traute der Sache nicht, weil es sehr gut möglich war, dass Frank noch eine weitere Identität mit den entsprechenden falschen Papieren besaß. Javier hatte ihm zugesagt, sofort Kontakt mit der *Guardia Civil* in Puerto Banús aufzunehmen.

„Wie steht es mit den Ermittlungen um Gregor?“, fragte Gitta Arhan. Sie merkte, dass er etwas zu berichten hatte und kaum stillsitzen konnte, auch wenn er das ganz offensichtlich versuchte.

„Ich habe ihn an den Eiern“, erwiderte er in selbstzufriedenem Ton und fügte hinzu: „Verzeih mir den Ausdruck, Gitta.“

„Ich denke, was Ausdrücke betrifft, kannst du von mir noch eine ganze Menge lernen, junger Mann“, erwiderte sie lakonisch. Er würde sich wahrscheinlich ganz schön umgucken. Arhans Gesicht nach zu urteilen hätte er am liebsten nachgefragt, doch stattdessen beantwortete er Gittas Frage.

„Eine Frau hat auf meinen Aufruf reagiert; heute Abend habe ich mit ihr gesprochen“, sagte er. „Sie hat mir einige hochinteressante Informationen über dieses Arschloch zukommen lassen. Gregor hat tatsächlich etwas zu verbergen, und es ist keine Kleinigkeit.“

Die Frau hatte Jura studiert, und Gregor war einer ihrer Dozenten gewesen. Er hatte ihr einen Praktikumsplatz in seiner Kanzlei angeboten, worüber sie sich ganz besonders gefreut hatte – bis zu dem Tag, an dem sie längere Überstunden hatte machen müssen als gewöhnlich, weil am nächsten Morgen ein Gerichtstermin anstand. Sie hatten Pizza bestellt und abends um elf die Arbeit beendet; daraufhin hatte er sie dazu eingeladen, in seinem Wohnzimmer noch ein Glas Wein zu trinken. Sie hatte zugestimmt. Und da war ohne jede Vorankündigung ein ganz anderer Gregor zum Vorschein gekommen als der anständige Rechtsanwalt, der noch nie auch nur ein falsches Wort geäußert hatte.

Er hatte sie zu küssen versucht und war rasend vor Wut, als sie erklärte, das nicht zu wollen. Sie habe ihn den ganzen Tag über provoziert, erklärte Gregor, doch das war gelogen. Er hatte sie gepackt und auf das Ledersofa geworfen, sich mit seinem ganzen Gewicht auf sie gelegt. Er war so viel stärker, dass sie sich nicht hatte wehren können und kaum Luft bekam. Er hatte gedroht, ihr die Kehle zuzudrücken, wenn sie sich weiter sträubte, und seine Absicht mit einer kleinen Demonstration seiner Kraft unterstrichen. Sie hatte Todesängste ausgestanden. Er vergewaltigte sie, und als sie weinend dalag, hatte er gesagt, sie solle gar nicht erst daran denken, ihn anzuzeigen, denn ihr würde sowieso niemand glauben. Er hatte ein Kondom benutzt, das er rasch in der Toilette angelegt hatte, während sie in seinem Wohnzimmer auf den versprochenen Wein wartete, darum gab es keine Spuren. Wenn sie den Mund aufmachte, würde er ihr ein vernichtendes Praktikumszeugnis schreiben, sodass sie nach dem Ende ihres Studiums nirgendwo eine Stelle finden würde und ihre Karriere vergessen konnte. Der Vorfall hatte sich vor zwei Jahren ereignet. Sie hatte nicht gewagt, Anzeige zu erstatten, doch das Gefühl der Erniedrigung war nie vergangen, und langsam hatte es sich mit ohnmächtiger Wut gemischt. Als sie Arhans Aufruf sah, hatte sie beschlossen, dieses Arschloch hätte ihr Leben lange genug beherrscht.

Arhan schaute triumphierend in die Runde, und alle gratulierten ihm, auch Wolfgang, dessen Glückwünsche mechanisch klangen, weil für ihn im Moment natürlich nur Eines wichtig war, und zwar Julia.

Es schmerzte Gitta, ihn da so zu sehen, einen in sich gekehrten Menschen mit gequälter Seele.

Arhan schwieg, und über die Gruppe senkte sich eine Stille herab, die mehr aussagte als jedes Wort. Siegfried starrte Gitta an, und als er ihren Blick auffing, zeigte er auf ihre Haare. Sie musste an den beunruhigenden Moment in Marzahn denken und spürte, dass er ihre Frisur noch einmal anfassen wollte, jetzt, wo sie platinblond war. Ein halbes Lächeln erschien auf seinem Gesicht, als wüsste er, woran Gitta dachte.

Siegfried faszinierte sie und flößte ihr zugleich Angst ein, zog sie an und stieß sie zugleich ab. Sein Verhalten war nicht vorhersehbar, weil er seiner eigenen Logik folgte, und dadurch war er für Gitta nicht zu fassen.

Alle schwiegen weiterhin, als wüsste niemand, was er sagen sollte. Gitta spürte, dass sie etwas tun musste, um das Schweigen zu brechen, Wolfgangs Gedanken von Tod und Entstellung abzulenken. Sie zögerte nur kurz. Für Wolfgang war sie durchaus bereit, den Schleier, mit dem sie ihre Vergangenheit sorgfältig verhüllte, ein wenig zu lüften. Sie würde ihm die Überraschung seines Lebens bereiten.

Gitta sprang auf. „Jetzt alle hersehen“, meinte sie.

Sie bückte sich und holte ein Messer aus dem rechten Stiefel, was ihr die Aufmerksamkeit aller anderen im Raum sicherte. Dann sagte sie: „Küchentür, rechts neben dem Foto“ und warf das Messer, das mit einem nachvibrierenden „Plock“ genau dort landete, wohin sie gezielt hatte. Nicht gut für das Holz, doch sie ging davon aus, das wäre Wolfgang in diesem Augenblick herzlich egal.

Alle starrten sie an, als hätte sie sich in einen Pudel verwandelt und wäre gerade durch einen brennenden Reifen gesprungen.

Siegfried applaudierte leise. „Du bist eine Frau voller Überraschungen“, erklärte er.

Er wusste gar nicht, wie richtig er damit lag.

„Ich bin mal mit einem Zirkus mitgereist“, erklärte sie.

Ihr Trick hatte Wolfgang endlich aus seinem lethargischen Schweigen gerissen. „Mit einem Zirkus?“, fragte er nach.

„In den Vereinigten Staaten“, bestätigte sie.

Sie berichtete von den Jahren, in denen sie als Tierpflegerin mit dem Zirkus herumgezogen war, schönen Jahren in der Gesellschaft von Menschen, die sich wie eine große Familie verhielten. Von Jack, der ihr tagelang geduldig das Messerwerfen beigebracht hatte – und noch Vieles mehr, aber das verschwieg sie.

Sie erzählte vom Geruch nach Pferden, Tigern und Elefanten, der Musik und den Lichtern, der Atmosphäre der fröhlichen Aufregung und Kindern mit Augen wie Untertassen, dem Duft nach Popcorn und süßer Limonade, dem Summen und den erregten Schreien aus dem Publikum, der Totenstille, als sie zum ersten Mal mit ihren Messern auftreten durfte, und dem enthusiastischen Applaus und den Bravorufen. Der Zirkus war ein Ort für frohe Menschen. Und wenn das Publikum nach Hause gegangen und das blauweiß gestreifte Zirkuszelt leer war, sie die Tiere versorgt und in ihre Käfige gebracht, alle Künstler ihre Instrumente sorgfältig gereinigt und weggepackt hatten, dann saßen sie im Dunkeln zusammen und aßen und tranken und lachten, und die Zwerge machten Scherze über ihre Größe und purzelten durcheinander, und am Feuer erzählte der Clown Jeronimo, der bereits sechzig Jahre beim Zirkus arbeitete, mit seiner tiefen, traurigen Stimme so melancholische Geschichten, dass einem die Tränen in die Augen stiegen.

Sie verschwieg, was mit dem Trapezkünstler John passiert war, mit Hermine und mit ihrem Lieblingstiger, und sie sprach auch nicht von Jack, der ihre erste richtige Liebe gewesen war, und über die Gründe, warum sie den Zirkus hatte verlassen müssen. Sie schwieg über ihr erstes Jahr in New York, als sie noch jung und unglaublich naiv gewesen war und einige Männer in ihrem Alter ohne Geld oder einen Schlafplatz mit zu sich nach Hause genommen hatte. Die hatten dann zum Dank ihr ganzes Geld gestohlen.

Wolfgang hatte nicht mehr diesen grässlich apathischen Blick in den Augen und schaute sie an, als sähe er sie zum ersten mal, was in gewisser Weise auch der Fall war.

„Wie lange hast du denn in den Vereinigten Staaten gelebt?“, wollte Wolfgang wissen. „Hast du noch woanders gearbeitet als in einem Zirkus?“

„Aber ja. Ich bin auch eine Zeit lang Roadie bei einer Rockband gewesen“, antwortete sie.

Sie erzählte weiter, auch wenn sie dabei bewusst vieles ausließ. Von ihrer Beziehung mit dem Gitarristen der Band, vom Leben *on the road* mit Übernachtungen in billigen, von Kakerlaken bevölkerten und nach Hamburgern stinkenden Motels, bis die Gruppe größere Bekanntheit erlangte und auch mehr Geld verdiente.

Das alles gehörte zu der Freiheit, nach der sie sich so verzehrt hatte und die sie mit jeder Faser ihres Körpers genießen wollte.

Zu ihrer Überraschung fühlte es sich gut an, endlich einmal über ihre Vergangenheit zu sprechen. Die Erinnerungen kamen wie von selbst zurück, und sie konnte wieder spüren, wie es gewesen war, roch die vertrauten Gerüche der verrauchten Säle, in denen sie auftraten, den mit Schweiß und schalem Bier vermischten Tabakduft.

Gitta schwieg und stellte fest, dass alle vier Männer sie wie gebannt ansahen. Eigentlich fand sie, sie hätte für einen Abend genug von sich selbst preisgegeben.

„Erzähl weiter", forderte Siegfried ungeduldig.

„Ja, mach schon, Gitta", drängte sie auch Esteban.

„Du kannst jetzt nicht einfach aufhören", meinte Arhan.

Sie zweifelte, bis Wolfgang zustimmend nickte, und das gab den Ausschlag. Sie holte tief Luft und berichtete von der Episode in ihrem Leben, die sie so gern vergessen wollte.

Dabei hatte diese Phase so gut begonnen, in Los Angeles, im Büro eines Privatdetektivs namens Mike. Davon hatte sie schon einmal mit großem Genuss Claus erzählt, als er wissen wollte, woher ihre Neigung zum Aufspüren von Dingen kam. Wolfgangs ehemaligem Kollegen waren damals fast die Augen aus dem Kopf gefallen.

Über die Detektei war sie George begegnet, der seine Frau überwachen lassen wollte, weil er vermutete, dass sie einen Freund hatte, was sich auch als wahr herausstellte. Die Beweise für ihre Untreue ermöglichten es ihm, sich scheiden zu lassen, ohne Alimente zahlen zu müssen, und sobald die Scheidung in trockenen Tüchern war, hatte er Gitta zum Essen eingeladen.

Sie wurde in einer Limousine abgeholt, und man fuhr nicht wie erwartet zu einem Restaurant, sondern zu seinem Haus in Malibu, wo er rund um die Uhr einen Chefkoch beschäftigte. Er war charmant, charismatisch und sexy, und er gab ihr das Gefühl, etwas Besonderes zu sein; ihr stockte jedes Mal der Atem, wenn er sie ansah und dabei träge lächelte. Auf Kaffee und Cognac am Pool folgte der unvermeidliche Kuss, und danach führte er sie in sein Schlafzimmer.

Sie war eine Beziehung zu ihm eingegangen und am Anfang unbeschreiblich glücklich gewesen. Der Aufenthalt in der Welt der Reichen und Berühmten gestaltete sich spannend und aufregend, als endlose Reihe von Dinnerpartys, Cocktailpartys und Empfängen; der Champagner floss in Strömen und es gab ganze Eimer voller Kaviar. Für jemanden, der in der DDR großgeworden war, wirkte es wie ein Märchen. Sie konnte nicht begreifen, warum sich George für sie entschieden hatte, wo er doch jede Frau hätte haben können, die er nur wollte, und er erklärte schlicht, sie sei anders.

Wie sich bald zeigte, war nicht alles Abendrot und Mondschein. In dieser oberflächlichen Welt gaben sich die Menschen in der direkten Begegnung katzenfreundlich und zogen dann hinter dem Rücken der anderen sofort über sie her. Es war eine Welt, in der sich alles um Geld, Ruhm und Äußerlichkeiten drehte und die sich aus Abscheu, Neid, Falschheit und Klatsch speiste. Gitta kam sehr schnell dahinter, dass man nicht nur Kaviar und Champagner im Überfluss konsumierte. Kokain war immer in großen Mengen vorhanden, und alle nahmen es, also auch Gitta, denn das stellte ebenfalls eine neue Erfahrung für sie dar. Außerdem wurde von ihr erwartet, dass sie mitmachte. In dieser Welt konnte man nicht man selbst sein.

Gitta ließ aus, dass sie unvorsichtig geworden war. Als sie George ihre Schwangerschaft mitteilte, hatte er ihr wortlos Geld für eine Abtreibung gegeben. Sie erkundigte sich, ob er das Kind nicht behalten wolle, woraufhin er ungläubig lachte und seelenruhig erklärte, er habe sich entschieden, eine berühmte Schauspielerin zu heiraten. Wie sich herausstellte, teilte er schon seit längerer Zeit das Bett mit ihr.

Endlich gingen Gitta die Augen auf. Sie hatte herumgeschrien, George gedroht, das Kind zu behalten, ihn vor den Richter zu zerren und finanziell zu ruinieren. Ein gebrochenes Eheversprechen, Unterhalt für sie und für das Kind, eine ordentliche Schadenersatzzahlung, und sein Name und sein guter Ruf wären dahin.

George hatte ihr Geld geboten, viel Geld, wenn sie nur für immer aus seinem Leben verschwand. Sie hatte den doppelten Betrag verlangt und auch bekommen, und sie war gegangen. Dann hatte sie sich einer Abtreibung unterzogen, weil sie kein Kind wollte, das sie an ihn erinnert hätte. Und sie hatte Rache geübt, der Polizei einen anonymen Tipp für die folgende Party gegeben, denn sie wusste, dass George dafür bei seinem Dealer, den er seinen „Lieferanten" nannte, eine große Menge Kokain bestellt hatte. Allerdings hatte sie danach keine Genugtuung empfunden.

Das berichtete sie den vier Männern nicht, die förmlich an ihren Lippen hingen. Stattdessen erklärte sie, sie sei enttäuscht gewesen, weil sie nach Freiheit gesucht und stattdessen eine erstickende Welt des Egoismus und des Scheins gefunden hatte, in der man ganz und gar nicht so frei war wie erwartet. Die Freiheit hatte sich als Illusion herausgestellt.

Das alles hatte sie angewidert, und sie hatte die Vereinigten Staaten verlassen.

Danach hatte sie in Lissabon gewohnt, wo Fado-Musik und einfache kleine Bars mit schweigsam trinkenden Portugiesen ihre Stimmung beherrschten. Nach einiger Zeit begegnete ihr Joaquín, ein Spanier aus Cádiz auf Urlaub. Zwischen den beiden funkte es sofort. Joaquín war extrovertiert und fröhlich, ein unverbesserlicher Optimist, der in den Tag hineinlebte, ein unglaublicher Schwätzer mit einer Lebenslust, um die ihn Gitta nur beneiden konnte. Lissabon war kein Ort für traurige Leute, die wurden dort nur noch trauriger, so erklärte er mit Händen, Füßen und einem englischen Grundwortschatz. Sie musste ihn nach Cádiz begleiten: Dort war es hell, die Sonne schien, und alle fühlten nur *alegría*. Ihm gehörte da eine kleine Wohnung, die sie haben konnte, und sie durfte so lange dortbleiben, wie sie wollte, denn sonst stand das Apartment doch nur leer.

Gitta hatte nicht lange gezögert. Joaquín interessierte sich nur für Männer, was bedeutete, dass er keine Hintergedanken hatte. Sie folgte ihm nach Cádiz und wohnte in seinem Apartment. Dort fing sie an, über das Leben nachzudenken, das sie während der vergangenen elf Jahre geführt hatte, wobei ihr klarwurde, dass sie eigentlich während dieser ganzen Zeit versucht hatte, ihre DDR-Jahre zu kompensieren, indem sie sich allem aussetzte, was anders, neu und spannend war. Sie entschied, dass es reichte. Es war Zeit, wieder mit beiden Beinen auf der Erde zu stehen.

„Nach dem Mauerfall wusste ich, dass ich nach Berlin zurückkehren musste. Sobald ich wieder hier herumlief und die Berliner Luft in mich aufsog, wollte ich nie wieder weg. Ich habe die Kneipe in Neukölln gekauft und mein altes Leben hier wiederaufgenommen."

Gitta schwieg und sah, dass Siegfried sie mit einem faszinierten, beinahe bewundernden Blick anstarrte. Wolfgang lächelte sogar, und das allein machte das Ganze der Mühe wert.

„Weiter, du hast sicher noch viel mehr zu erzählen", forderte Siegfried.

„Das Interessanteste habt ihr jetzt gehört." Sie wusste, dass sie log, weil sie die positiven Dinge erzählt und die negativen verschwiegen hatte, und weil die interessantesten Dinge nicht unbedingt die schönsten waren.

„Du konntest im Leben so viele verschiedene Erfahrungen machen - du musst ein glücklicher Mensch sein“, kommentierte Arhan.

Sie dachte über seine Worte nach. War sie ein glücklicher Mensch? Ihre Gedanken wandten sich ihrem abgetriebenen Kind zu, das sie auch hätte behalten können, und den Zweifeln, die sie verfolgten, ob der Abbruch wirklich die richtige Entscheidung gewesen war.

„Ich bin ein glücklicher Mensch“, bestätigte sie und sagte nicht dazu, dass es sich dabei nicht um eine Antwort auf seine Frage, sondern um einen Vorsatz handelte.

Sie deutete auf die Uhr und erklärte, es sei Zeit zum Schlafengehen. Sie hoffte, Wolfgang würde vor dem Einschlafen über ihre Geschichten nachdenken, nicht über Julia.

Wolfgang stand auf, ging auf sie zu, küsste sie auf beide Wangen und sagte einfach: „Danke dir.“

Fünfzigstes Kapitel

Der Schlaf war unerwartet gekommen und hatte ihm unvermutete Träume gebracht: von einem Zirkus, in dem er als Zeremonienmeister mit einem Trommelwirbel Artisten ankündigte, die vor einem faszinierten Publikum ihre Künste sehen ließen. Gitta ritt auf einem Schimmel und warf im Galopp ein Messer in Claus' Richtung, der mit einem Apfel auf dem Kopf vor einer Wand stand. Treffsicher teilte das Messer den Apfel in der Mitte.

Wolfgang streckte sich und spürte, dass er lächelte, bis Julia wieder in seine Gedanken schwebte und ihm bewusst wurde, dass der schöne Traum dem Albtraum gewichen war, der nun schon seit Tagen andauerte.

Acht Uhr. Er sprang aus dem Bett, duschte und trank Kaffee mit einem Schuss Cognac. Sein Kopf schmerzte, und er spülte mit Wasser zwei Paracetamol herunter. Danach rief er Claus an, der aber keine Neuigkeiten hatte und erklärte, er werde Wolfgang selbstverständlich sofort kontaktieren, wenn es etwas Neues gebe.

Der nächste Schritt bestand aus einem Besuch in dem ihm inzwischen so vertrauten unterirdischen Berlin.

Er wusste, dass es sinnlos war, dort herumzuirren, aber etwas, das stärker war als er selbst, trieb ihn dazu. Sonst konnte er nichts tun. Stillsitzen würde bedeuten, dass er Julia bereits aufgegeben hatte, und im Dunkeln fühlte er sich ihr näher; so teilten sie zumindest etwas.

Seine Schritte hallten in den Gängen wider, und er dachte länger über jeden Richtungswechsel nach als über viele andere wichtige Entscheidungen, die er in seinem bisherigen Leben getroffen hatte.

Um ein Uhr saß Gitta in der Gaststätte MAUS und wartete auf Wolfgang; Silke stand an der Bar, und sonst waren da nur Steffi und Heinz, die vor dem Fernseher ein Bier tranken.

„Du musst etwas essen“, sagte Gitta. „Silke, mach ihm eine Bockwurst mit Kartoffelsalat.“

Wolfgang aß nur widerwillig und hörte verärgert zu, wie sie ihm ins Gewissen redete.

„Es hat keinen Zweck, dass du dich den halben Tag unter der Erde herumtreibst, das macht dich nur noch depressiver. Du kannst nicht das ganze unterirdische Berlin durchsuchen, das schaffst du nicht einmal in einem Jahr.“

„Und wenn es zwei dauert, ich suche weiter.“ Er meinte es ernst. Und wenn sich alle auf den Kopf stellten.

„Was willst du denn um Gottes willen unter der Erde?“, fragte Heinz, der ihre Unterhaltung ganz offensichtlich spannender fand als das Fernsehprogramm.

Wolfgang erzählte es ihm. Steffi hörte mit großem Interesse zu und wollte wissen, wie es dort unten war. Gitta entwarf das Bild eines Labyrinths, durch das man monatelang irren konnte, voller endloser Gewölbe und dunkler Gänge mit seltsamen Gerüchen, woraufhin Heinz selbstgefällig sagte: „In deiner Hose, meinst du wohl.“

„Das hier ist verdammt noch mal kein Scherz, du Arschloch“, fuhr ihn Wolfgang an.

Heinz war dreist genug, ihn empört anzuschauen.

„Ich höre es schon gar nicht mehr, wenn er das sagt.“ Steffi warf Heinz einen strafenden Blick zu. „Es ist wirklich nicht der Moment für Witze. Hast du übrigens schon unter der Gaststätte MAUS nachgeschaut?“

Wolfgang begriff nicht sofort, was sie damit sagen wollte.

„Unter der Gaststätte MAUS?“, fragte Gitta nach. „Was meinst du damit?“

„Weißt du denn nicht, wofür ‚MAUS‘ steht?“, gab Heinz zurück. Ihn schien der grobe Ton, in dem sie ihre Frage gestellt hatte, zu erstaunen. „Das weiß doch jeder von der alten Garde. Der frühere Inhaber zu DDR-Zeiten hat die Gaststätte ‚MAUS' genannt, und zwar als Abkürzung von ‚Mein Antikapitalistischer Unterirdischer Schutzraum'. Natürlich ein Scherz, aber alle fanden ihn so gelungen, dass der Name geblieben ist. Unter diesem Gebäude befindet sich ein Schutzkeller."

„Warum hast du das verdammt noch mal nicht früher gesagt?", rief Wolfgang.

„Nu, weil da niemand nach gefragt hat", lautete die lakonische Antwort.

Ein Schutzkeller unter der Gaststätte MAUS. Es konnte doch nicht wahr sein, dass Julia hier während dieser ganzen Zeit buchstäblich unter ihnen gewesen war. Lebendig oder tot.

Er sprang auf und holte Silke aus der Küche.

„Wo ist der Eingang zum Schutzkeller?", schrie er.

Silke starrte ihn an. „Hinten in der Küche, warum?"

Ohne eine Antwort rannte er an ihr vorbei. Da gab es eine Tür mit einer Treppe dahinter, die er hinunterstürmte. Er stolperte und stieß sich die Schulter heftig an der Metalltür des Schutzkellers, fluchte und versuchte vergeblich, die Tür zu öffnen. Er rannte wieder nach oben, in die Küche, wo Gitta und Silke standen.

„Den Schlüssel, schnell!" Er hörte, wie sich seine Stimme überschlug.

„Ist abgeschlossen? Komisch. Der Schlüssel muss im Kasten hinter der Bar hängen", erwiderte Silke. „Warum müssen wir denn runter in den Keller? Da geht niemand rein, da stehen nur ein paar alte Möbel; ich bin schon monatelang nicht mehr da drin gewesen. Du glaubst doch nicht etwa …" Sie beendete den Satz nicht, verschwand hinter der Bar, blieb jedoch länger als zwei Minuten weg. Wolfgang lief ungeduldig hin. Silke wühlte im Schlüsselkasten.

„Er hängt nicht an seinem Platz", erklärte sie. In dem Kasten waren ein paar einzelne Schlüssel und einige Schlüsselbunde zu sehen. Sie nahm sich einen und schaute sich die Schlüssel daran mit gerunzelter Stirn näher an. „Seltsam. Er hängt an Svens Schlüsselbund." Sie holte einen Schlüssel von besonderem Format hervor. Wolfgang riss ihn ihr aus der Hand und rannte damit nach unten, spürte, wie ihm die Hände zitterten, als er versuchte, ihn ins Schloss zu stecken, ließ ihn fallen und fluchte. Gitta stand plötzlich neben ihm und hob den Schlüssel auf, steckte ihn ins Schloss und öffnete die Tür.

Stille. Gitta holte tief Luft. Silke rief: „Oh mein Gott!"

Wolfgang wagte nicht hinzusehen, weil das, was er gleich entdecken würde, endgültig wäre, und er nicht wusste, ob er das ertrug. Darum bestand seine erste Wahrnehmung in dem Gestank.

Er zwang sich, in den Schutzkeller hineinzuschauen.

Es roch nach Urin, Fäkalien und nach etwas anderem, Süßlichem, das ihm vage bekannt vorkam. Julia saß gefesselt auf einem Stuhl, die Augen verbunden, den Mund mit breitem braunem Paketband zugeklebt. An ihrer einen Hand befand sich ein blutiger Verband.

Sie bewegte sich nicht, aber an ihrer Brust, die sich hob und senkte, konnte Wolfgang erkennen, dass sie rasch und mühsam atmete. Er rannte auf sie zu, machte das Tuch um ihre Augen los, und sie sah sein Gesicht, krümmte sich zusammen, schüttelte heftig den Kopf und gab panische Laute von sich, als er sie berührte.

Gitta entfernte das Klebeband von Julias Mund, hielt ihren Kopf fest und zwang die andere Frau, ihr in die Augen zu sehen. Dabei sagte sie langsam und deutlich auf Spanisch: „Du bist in Sicherheit, Julia. Man hat Sven verhaftet. Er wird dir nie wieder etwas antun."

Sie machten Julia los, während Silke die 112 anrief.

Julia zitterte so heftig, dass sie nicht stehen konnte. Sie war nass, die Kleidung klebte ihr am Körper. Wolfgang wollte sie umarmen, doch sie wich zurück, wandte sich Gitta zu, die sie in die Arme nahm und ihr über den Rücken streichelte, wobei sie unaufhörlich wiederholte, Julia sei in Sicherheit.

Julia brachte kaum ein Wort heraus und sagte heiser: „Wasser."

Wolfgang rannte nach oben und kam mit einem Glas zurück. Gitta hielt es Julia an die Lippen, weil diese es mit ihren zitternden Händen nicht selbst hätte halten können.

„Lass mich nicht mit ihm allein", flüsterte Julia immer wieder, bis der Krankenwagen die Gaststätte MAUS erreicht hatte.

„Sie steht unter Schock", erklärte der Arzt und spritzte ihr ein Beruhigungsmittel.

Der Krankenwagen raste mit heulenden Sirenen über die Wege zwischen den Kleingärten, durch die er gerade so passte.

Schweigend umarmte Wolfgang Gitta und Silke; danach rief er Javier an, der ihm erleichtert ins Ohr brüllte und sagte, er werde sofort Julias Eltern informieren.

Wolfgang fühlte sich, als müsste sein Herz vor Glück zerspringen. Julia lebte. Es gab wieder eine Zukunft.

„Eine hässliche, ausgefranste Wunde", sagte der Chirurg. „Schlimmer noch, ein richtiges Schlachtfeld. Ein kleines Wunder, dass keine Infektion eingetreten ist. Ich habe den Knochen gerade abgesägt, und mein Kollege aus der plastischen Chirurgie hat das Ganze schön vernäht. Die Patientin ist geschwächt und dehydriert und bekommt eine Infusion, aber wir haben es hier mit einer starken Frau zu tun, also wird alles gut. Die Polizei ist gerade bei ihr."

Er teilte Wolfgang mit, in welchem Zimmer Julia lag. Vor der Tür hielt ein Beamter in Uniform Wache, der seinen Kopf um die

Ecke steckte und bei jemandem im Zimmer nachfragte, ob Wolfgang nach drinnen kommen dürfe, woraufhin Wolfgang hörte, wie Claus das bestätigte.

Claus saß mit einem anderen Mann, den er als seinen neuen Partner vorstellte, an Julias Bett.

Julia schaute erschrocken auf, als Wolfgang das Zimmer betrat, und drehte den Kopf weg, als er sie zu küssen versuchte. Es schien, als hätte sie Angst vor ihm, und er begriff nicht, warum.

„Ich bin froh, dass du kommst, dann kannst du übersetzen, und wir brauchen uns nicht auf Englisch abzuquälen", erklärte Claus.

Wolfgang übersetzte, aber zu seiner Bestürzung schüttelte sie heftig den Kopf.

„Ich will keine Übersetzung", erklärte sie auf Englisch. „Ist es hundertprozentig sicher, dass Sven die Tat begangen hat?"

„Hundertprozentig", erwiderte Claus entschieden. Auf der Gartenschere befanden sich seine Fingerabdrücke. Sie brauchen keine Angst zu haben, er sitzt hinter Gittern, und bis er wieder herauskommt, ist er ein alter Mann."

Er berichtete, sie hätten auch die Pistole im Schutzkeller sichergestellt, und obwohl sich daran keine Fingerabdrücke befanden, hatte die ballistische Untersuchung ergeben, dass es sich um die Waffe handelte, mit der Francisco ermordet worden war. Außerdem lagen da eine schwarze Skimütze mit Haaren von Sven und Franciscos Kamera mit Fotos von Julia, die gefesselt auf ihrem Stuhl saß, und von dem abgeschnittenen Finger. Claus berichtete von der Möglichkeit, dass Frank Müller mit der Sache zu tun hatte, und dass sie sich keine Sorgen zu machen brauche, weil sie rund um die Uhr von der Polizei bewacht werde. Außerdem wäre Frank Müller sicher nicht so dumm, sich hier blicken zu lassen. Sein Bild hing an der Rezeption, und die Pflegekräfte waren über alles informiert.

„Hatten Sie jemals den Eindruck, dass zwei verschiedene Männer bei Ihnen im Keller waren?“, wollte Claus wissen.

„Ich habe nie mehr als nur eine Person zugleich im Schutzkeller gehört, und diese Person hatte immer denselben Geruch“, erklärte Julia entschieden. „Ich bin ganz sicher, dass es nur ein einziger Mann war.“

Sie schauderte, schaute Wolfgang an und begann still zu weinen.

Claus nickte seinem Partner zu, und die beiden verließen das Zimmer. Wolfgang setzte sich zu Julia aufs Bett und streichelte ihr übers Haar. Diesmal wich sie nicht zurück. Sie wischte sich die Tränen ab und sagte: „Am Anfang habe ich gedacht, das ist ein Scherz. Ich hatte keine Angst. Das lag an dem Duft. Aber ich habe da stundenlang allein gesessen, und dann kam er wieder, ich hörte Geräusche. Ich konnte nichts sehen, nichts sagen, und er sagte auch nichts. Fasste mich nicht an. Es war kalt und muffig, und als er wiederkam, war da wieder der Geruch. Den will ich nie wieder riechen. Und ich dachte …“ Sie schwieg.

Leise fragte er: „Was dachtest du, Julia?“

Sie schüttelte den Kopf, wollte es ihm nicht sagen, aber er bedrängte sie immer weiter, bis sie es doch tat, und dabei wandte sie den Blick ab.

„Es war der Duft von deinem Aftershave. Ich dachte, du wärst es.“ Ihr liefen die Tränen über die Wangen. Er taumelte rückwärts, als hätte sie ihn ins Gesicht geschlagen.

Einundfünfzigstes Kapitel

Julia hatte darauf bestanden, das Krankenhaus zu verlassen, weil die klinische Atmosphäre sie an den Schutzkeller erinnerte. Sie wollte keinen Fuß mehr nach Pankow setzen und erklärte, sie werde bei Esteban wohnen, was Wolfgang erstaunte und vor allem enttäuschte. Arhan hatte sie im Taxi dorthin gefahren, und Wolfgang war dem Wagen direkt auf seinem Motorrad gefolgt.

Es war Abend, und alle hatten sich in der Bar von Estebans Restaurant versammelt: Arhan, Siegfried, Gitta, Wolfgang, Julia, Silke und Esteban, der extra zu diesem Anlass eine Kiste Vega-Sicilia-Flaschen anbrach. Sie stießen auf das Ende des Albtraums an. Arhan trank wie immer keinen Wein, sondern Bier.

Wolfgang fühlte sich ganz ausgezeichnet, weil ihm das Leben eine neue Chance geschenkt hatte, und konnte den Blick nicht von Julia abwenden. Er wollte ganz nah bei ihr sein, sie anfassen, aber sie hatte seine einladende Geste in Richtung des Stuhls neben ihm ignoriert und sich zu Esteban gesetzt.

Sie sprachen über Julias Befreiung.

„Wenn der Schutzkeller unter der Gaststätte MAUS in der Karte verzeichnet gewesen wäre, hätten wir Julia sofort gefunden“, sagte Wolfgang zu Gitta.

„Unter der Erde gibt es sehr viel, das noch nicht kartiert ist“, erwiderte diese. „Und alle solche kleineren privaten Schutzkeller werden wir niemals erfassen.“

„Wenn Steffi und Heinz nicht gewesen wären …“ Wolfgang beendete den Satz nicht, weil sein Handy klingelte. Claus.

„Ich habe wichtige Neuigkeiten. Wo bist du?“, schrie ihm sein ehemaliger Kollege ins Ohr.

„Wir sitzen alle in Estebans Restaurant“, erwiderte Wolfgang. „Was denn für Neuigkeiten? „

„Das erzähle ich dir gleich, ich komme zu euch.“ Claus beendete das Gespräch.

Sie redeten über die Morde und darüber, dass Sven die an Francisco, Claudia, dem Psychiater, den Journalisten, dem Geigenmädchen, der Designerin und der Sängerin weiterhin abstritt. Sie diskutierten die Möglichkeit, Frank könnte für die übrigen Verbrechen verantwortlich sein. Dafür sprachen die unterschiedlichen Vorgehensweisen. Rödiger und Franks Frau waren auf fast pragmatisch wirkende Weise ermordet worden, und für Francisco galt dasselbe. Seltsam blieb, dass Sven Julia den kleinen Finger abgeschnitten hatte, denn das wiederum passte nicht ins Bild. Vielleicht hatte ihn Frank dazu gezwungen.

Claus stürmte ins Restaurant und ließ sich in einen Stuhl fallen.

„Uff, ich brauche jetzt wirklich was zu trinken. So einen Wein zum Beispiel.“

„Erzähl schon, Claus, was ist die große Neuigkeit?“, verlangte Wolfgang.

„Frank Müller.“ Er ließ sich von Esteban ein Glas reichen und trank gierig, verschluckte sich.

Ungeduldig klopfte ihm Wolfgang auf den Rücken, bis der Husten aufhörte.

„Wir haben ihn heute Nachmittag tot in der Spree gefunden. Mein Beileid, Silke.“

„Ehrlich gesagt lässt mich das ziemlich kalt“, erklärte sie mit einem Schulterzucken.

„Er hatte Wasser in der Lunge - das bedeutet, er ist ertrunken.“

Anzeichen für ein Verbrechen, Verletzungen oder Spuren eines Elektroschockers gab es nicht. Er hatte keinen Herzinfarkt, Schlaganfall oder sonst etwas gehabt und war kerngesund gewesen. Die Polizei vermutete inzwischen, dass Sven die Wahrheit gesagt hatte und Müller tatsächlich an dem Mord an seiner Ehefrau und wahrscheinlich auch an den anderen Morden und Julias Entführung beteiligt gewesen war. Er hatte wohl gefürchtet, sie würden Beweise gegen ihn finden, und darum Selbstmord begangen.

„Aber wie sieht es mit den restlichen Morden aus?", wollte Siegfried wissen. „War Frank der Psychopath und Sven sein Handlanger, oder lügt Sven und gibt nur die Morde zu, die ihm die Polizei hat nachweisen können?"

„Ich gehe davon aus, dass Sven der Psychopath ist. Frank hat damals auf eine kluge, hinterhältige Weise die Mauer benutzt, um den Mord an seiner Ehefrau zu seinen Gunsten einsetzen zu können", meinte Wolfgang. „Das bedeutet, dass er ein berechnender Mensch war, der sich die Hände nicht schmutzig machen wollte, was wiederum dafür spricht, dass Sven die Morde begangen und Frank ihn dazu angestiftet hat, dass er derjenige war, der die Aufträge erteilt und vielleicht sogar zugesehen hat, als die Verbrechen geschahen."

„Es gefällt mir nicht, dass wir vielleicht nie erfahren werden, welche Rolle Frank genau gespielt hat", erklärte Gitta.

„Und ob er wirklich Selbstmord begangen hat oder es ein Unfall war. Er konnte nämlich nicht schwimmen", ergänzte Wolfgang.

Man hatte Franks Apartment durchsucht, ebenso sein Maklerbüro, doch nirgendwo hatte es einen Hinweis darauf gegeben, dass er in irgendeiner Form an den Morden beteiligt gewesen war.

Die Pistole, mit der man Francisco ermordet hatte, lag im Schutzkeller unter der Gaststätte MAUS, doch der Elektroschocker war seltsamerweise verschwunden geblieben. Wenn Sven die Waffe irgendwo in einen Mülleimer oder in die Spree geworfen hatte, würde man sie niemals finden, aber warum hätte er das tun sollen? Vielleicht hatte Frank den Elektroschocker bei sich gehabt, und er lag nun auf dem Grund der Spree.

Wolfgang schaute zu Julia hinüber, die schweigend neben Esteban saß. Sie hatte Schmerzen, schluckte Antibiotika und Schmerzmittel, trank aber trotzdem Wein, und zwar viel zu schnell. Wolfgang hatte alles ins Spanische übersetzt, bis sie erklärte, nichts mehr hören zu wollen.

Claus kippte seinen Wein herunter und stand auf. „Zeit für meine Nachtruhe, die habe ich schwer nötig." Er las das Etikett der Weinflasche. „Leckeres Gesöff, Esteban, verkaufen sie das auch bei Aldi? Dann hole ich mir wohl mal was davon."

Esteban grinste. „Ich fürchte, nein, aber ich werde dir die Adresse meines Weinhändlers geben."

Silke erklärte, sie werde sich ebenfalls aufmachen, weil sie morgen früh einen Termin bei ihrem Hausarzt hatte. Ganz offensichtlich hatte sie ein Gläschen zu viel getrunken, was niemanden erstaunte, weil es mit den Ereignissen rund um Sven und Frank einiges für sie zu verdauen gab. Sie stand auf und ließ dabei ihre Handtasche fallen, sodass sich der übliche unerschöpfliche Vorrat an zuweilen erstaunlichen Paraphernalien, die Frauen in ihren Handtaschen mit sich herumtragen, über den Boden verteilte: Schlüssel, Papiertaschentücher, Stifte, ihr Personalausweis, ihr Führerschein, ein Einkaufszettel, ihr Handy, die Sonnenbrille, das Portemonnaie, Pfefferminzbonbons, ein Lippenstift und Büroklammern.

Julia hob den Lippenstift auf, der in ihre Richtung gerollt war, und Silke riss ihn ihr förmlich aus der Hand, wobei sie die Spanierin feindselig ansah. Julia zog eine Augenbraue hoch und reagierte nicht weiter, was Silke zu ärgern schien. Sie küsste Wolfgang auf geradezu intime Weise zum Abschied und warf Julia daraufhin einen provozierenden Blick zu, doch die verdrehte nur demonstrativ die Augen, als wollte sie sagen: „Mädel, ich habe gerade ganz andere Sorgen." Wolfgang war froh, dass sich auf diese Weise Julias vertrauter

Schwung zeigte. Er sah zu, wie Silke das Restaurant verließ, und begriff, dass sie eifersüchtig auf Julia war. Weiber!

Arhan berichtete, er habe die Frau, die von Gregor vergewaltigt worden war, so weit bekommen, Anzeige zu erstatten, woraufhin Wolfgang sofort Ludowina anrief, die keinen Augenblick zögerte und erklärte, es werde ihr unendliche Genugtuung bereiten, den Fall als Rechtsanwältin zu übernehmen, und sie wolle das sogar gratis tun. Wenn sie mit dem Kotzbrocken fertig war, konnte er sich von allen Facetten seiner Karriere verabschieden, meinte sie, und es klang ganz so, als erfreue sie dieser Gedanke.

Arhan erzählte außerdem, er habe heute erfahren, er werde einen Probevertrag bei der *Süddeutschen Zeitung* bekommen, und das war eine Zeitung mit sehr hohen Ansprüchen. Er hatte einen schweren und mühsamen, von Vorurteilen begleiteten Weg zurücklegen müssen, aber jetzt war es ihm gelungen, sich einen Platz in der journalistischen Welt zu erobern.

Man hatte sich einige seiner Artikel und seinen Blog angesehen und sehr positiv darauf reagiert. In seinem ersten großen Beitrag für die *Süddeutsche* würde es um die Praktiken des systematischen Einschüchterns und Vergraulens von Leuten mit langjährigen billigen Mietverträgen gehen, mit dem man die Hauspreise nach oben trieb, und um die Rolle, die Immobilienhändler und Rechtsextreme dabei spielten.

Wolfgang dachte an Frank Müller mit seinem Berliner Maklerbüro, an Gregor und seine Glatzen, und ihm wurde klar, dass es möglicherweise noch eine weitere Erklärung für Franks Tod gab.

„Vielleicht hat jemand Frank in die Spree gestoßen, und obwohl er ein gutes Motiv hätte, kann diese Person nicht Sven gewesen sein, denn der sitzt hinter Schloss und Riegel. Wenn Frank und Gregor in Aktivitäten verwickelt waren, wie du sie beschreibst, hatte diese Person wahrscheinlich Angst, Frank könnte sich verplappern.

Er brauchte sich mit ihm nur an einer einsamen Stelle am Fluss zu verabreden, und dort würde ein kleiner Schubs schon reichen.“

Allerdings würde sich diese Theorie nie beweisen lassen, und es war frustrierend, dass sie es wahrscheinlich nie mit Sicherheit erfahren würden.

Siegfried wirkte heute Abend sehr still, was für ihn aber nicht ungewöhnlich war, weil er nur redete, wenn er es für nötig hielt, und das Schweigen vorzog, wenn er nichts zu sagen hatte.

Es herrschte sowieso eine ganz besondere Stimmung, eine gedämpfte Freude, weil die Erinnerungen zu frisch und vor allem zu grässlich waren. Wolfgang bemerkte, dass Gitta leise mit Julia sprach, die ebenso verhalten reagierte, ohne die für sie so typischen expressiven Gebärden.

Wolfgang verspürte körperlichen Schmerz dabei, Julia so bedrückt zu erleben und ihr Lachen nicht zu hören. Er hätte sogar alles dafür gegeben, sie wütend zu sehen; alles schien besser als diese Traurigkeit, die so intensiv war, dass er selbst sie auch spürte.

Esteban stellte die Musik an, und der Raum füllte sich mit den Fado-Klängen von Amália Rodrigues. Er sah, wie Siegfried Julia mit einem intensiven Blick fixierte. Eine Träne lief ihr über die Wange, und Esteban legte einen Arm um sie.

Sie prosteten sich zu, tranken schweigend.

Wolfgang fühlte sich unruhig und begriff nicht, warum, denn sie hatten doch alles unter Kontrolle. Schließlich saß Sven sicher hinter Gittern, und Frank war tot. Auch wenn sie vielleicht nie genau erfahren würden, welche Rolle Frank gespielt hatte - es gab keinen Mörder mehr, der frei herumlief, und das war das Wichtigste. Aber er hatte das Gefühl, er versuche sich selbst davon zu überzeugen, es gebe keine unbeantworteten Fragen und losen Enden. Trotz aller Bemühungen wollte ihn das Gefühl, die Sache sei noch nicht abgeschlossen, einfach nicht loslassen.

In lebendes Fleisch schneiden

Sie haben keine Ahnung.
Überhaupt keine Ahnung.

Es ist nicht so gelaufen, wie ich das wollte.
Ich hätte gerne in sie geschnitten, mit einem scharfen Messer.
Nichts ist aufregender, als in lebendes Fleisch zu schneiden.
Vor allem der erste, langsame Schnitt, durch den das Blut langsam hochkommt, seine Farbe verändert, von fast schwarz in ein glänzendes Dunkelrot.

Noch immer spüre ich den eisigen Nebel, aber ich werde mich eine Zeit lang zurückhalten müssen.
Ob mir das gelingt?
Es muss mir gelingen. Und sonst gibt es immer noch Kaninchen.
Oder andere wehrlose Tiere.

Zweiundfünfzigstes Kapitel

Esteban öffnete die nächste Flasche.

„Übermorgen fliege ich zurück nach Spanien“, verkündete Julia plötzlich. „Ein Ticket habe ich schon.“

„Ich komme mit dir“, sagte Wolfgang.

„Nein!“ Es klang wie ein Pistolenschuss. „Ich brauche Zeit, um wieder zu mir zu kommen, und ich muss nachdenken. Allein.“

Sie schaute Wolfgang direkt in die Augen, während sie das sagte. Ihre grobe Zurückweisung kränkte ihn, und er spürte, dass er sie für immer verlieren würde, wenn er sie jetzt allein nach Spanien zurückkehren ließ.

Inzwischen war es tiefe Nacht, und die Geräusche auf der Straße waren verstummt. Wolfgang nahm die bunte Versammlung der Menschen in sich auf, die er als seine Freunde betrachtete, und sah zu, wie Julia, die er so gern seine Lebensgefährtin genannt hätte, ihren Lippenstift auffrischte, ganz ohne Zweifel eine Routinehandlung, über die sie nicht einmal nachdachte. Julia, die nie wieder dieselbe sein würde und nun mit einer entsetzlichen Erfahrung leben musste, von der sie nicht nur den physischen Beweis, sondern auch den Horror immer mit sich tragen würde.

Sie hatte Wolfgang in flachem, fast unpersönlichem Ton von der Zeit im Keller erzählt. Sie war in die Gaststätte MAUS gelaufen, und das Nächste, woran sie sich erinnerte, war, dass sie ein Tuch über den Augen hatte, den Mund nicht öffnen konnte, auf einen Stuhl gefesselt und bewegungsunfähig war. Sie hatte von der Panik berichtet, von dem unerträglichen Schmerz, als man ihr den kleinen Finger abschnitt, und danach von der Angst vor noch mehr Schmerz und Entstellung, und vor dem Tod. Davon, wie sie so lange wie möglich versucht hatte, den Urin einzuhalten, und wie das in einem bestimmten Moment nicht mehr möglich gewesen war, von dem plötzlichen Durchfall in dem Augenblick, als die Gartenschere angesetzt wurde, und von den Eimern Wasser, die danach über ihr ausgeschüttet wurden und sie durchnässt zurückließen. Von dem Durst, von ihrem Mund, der so trocken war, dass sie nicht mehr schlucken konnte. Von dem Gefühl, keine Luft mehr zu bekommen, von der Angst zu ersticken. Davon, zu einem wehrlosen, stinkenden Wesen degradiert zu sein, was eigentlich von allem am schlimmsten gewesen war: Dass man sich nicht mehr wie ein Mensch fühlte, sondern wie ein minderwertiges Ding, das benutzt wurde und das man danach umbringen würde, weniger wert als ein Tier. Von dem Gefühl, ganz allein zu sein und einsam sterben zu müssen, in der Gesellschaft eines Monsters. Das würde sie nie vergessen können. Angst und Schmerz und nicht zu wissen, wann er wiederkommen und was er ihr dann antun würde. Zeit, um darüber endlose Stunden lang nachzudenken. Die entsetzliche Stille um sie herum, und schließlich die Sehnsucht nach dem Tod.

Dass sie nicht hatte sehen können, wer es war. Dass sie geglaubt hatte, es zu wissen.

Von diesem Horror vermochte sich Wolfgang keinen Begriff zu machen, und er wünschte sich, er könnte Julia trösten, ihren Schmerz wie ein Schwamm aufsaugen. Er verstand nicht, wie sie jemals hatte glauben können, er sei es, der ihr das angetan hatte, dass er überhaupt imstande wäre, ihr Schmerzen zuzufügen.

Siegfried verhielt sich immer noch schweigsam. Er schien den Gesprächen zu folgen, doch Wolfgang bemerkte, dass ihn etwas beschäftigte und sein Blick oft zu Julia wanderte.

„Es wird Zeit für den Aufbruch“, erklärte Arhan mit einem Blick auf Julia. „Julia muss ja völlig erschöpft sein.“

„Sie ist leichenblass, sie gehört ins Bett“, pflichtete ihm Gitta bei.

Die beiden standen auf, und Wolfgang übersetzte, was sie gesagt hatten.

„Wegen mir braucht ihr wirklich nicht aufzubrechen“, antwortete Julia.

„Oh doch“, erwiderte Arhan. Er verabschiedete sich von allen, umarmte Wolfgang und erklärte, dieser habe in ihm, Arhan, einen Freund fürs Leben gefunden. Gitta verließ mit ihm zusammen Estebans Restaurant.

„Wir trinken noch ein letztes Glas, das kann Julia ganz ohne Zweifel brauchen.“ Siegfried schenkte allen ein. Es schien, als habe er keine Lust, nach Hause zu gehen.

„Für mich nicht.“ Wolfgang hatte das Gefühl, Julia wünsche sich, dass er gehe, und obwohl er sie nicht zurücklassen wollte, zwang er sich zum Aufbruch.

„Sehe ich dich morgen?“, fragte er.

„Natürlich.“ Sie lächelte ihn sogar kurz an. „Entschuldige, ich wollte vorhin nicht grob zu dir sein, aber ich habe es gerade ziemlich schwer.“ Sie gab ihm einen raschen Kuss auf die Wange, und plötzlich war da wieder der ängstliche Blick in ihren Augen.

Langsam ging er durch das nächtliche Wilmersdorf das kurze Stück zu seinem Apartment. Es roch nach Berlin, wie nur diese Stadt nachts riechen konnte, ein schwer zu beschreibendes Aroma; vielleicht existierte es auch nur in seinem Kopf. Die Gebäude waren in der Dunkelheit halb verborgen, die meisten Fenster schwarz, weil die Menschen, die sich zu Hause aufhielten, schliefen. Er liebte die Stadt in der Nacht, wenn die Straßenlaternen die Gebäude in ein sanftes Licht hüllten und die Schatten allem einen mysteriösen Anstrich verliehen.

Er wohnte ganz in der Nähe, und trotzdem hatte sich Julia dafür entschieden, bei Esteban in der Bleibtreustraße zu übernachten, was bedeutete, dass sie nicht mit Wolfgang allein sein wollte. Und da war noch etwas anderes, das er erst jetzt begriff, während er Berlins nächtliche Gerüche in sich aufsog.

Er fluchte innerlich.

Drinnen stellte er den Computer an, ging ins Badezimmer und goss sein Lieblingsaftershave, das er von jetzt an nie wieder benutzen würde, ins Waschbecken. Er war ein Arschloch. Ohne nachzudenken, hatte er wieder das Aftershave benutzt, das Julia jetzt mit dem Serienmörder assoziierte, und mit dem Abschneiden ihres kleinen Fingers. Er stellte das leere Gefäß zu der großen Sammlung auf dem Balkon, die vor allem aus Wein- und Whiskyflaschen bestand und für deren Beseitigung einige Gänge zum Container nötig sein würden – bloß nicht alles auf einmal, denn was würden die Nachbarn dann von ihm denken?

Er überlegte. Es gab viele unbeantwortete Fragen, und das Gefühl, hier stimme etwas nicht, kam in all seiner Heftigkeit zurück. Wahrscheinlich war Frank an der ganzen Sache beteiligt gewesen, aber es gab keinen greifbaren Beweis dafür, und es war weiterhin unklar, ob er Selbstmord begangen hatte oder nicht. Außerdem bereitete Wolfgang der Elektroschocker Kopfzerbrechen, denn warum hatte die Pistole im Keller gelegen, der Elektroschocker aber nicht? Eine Pistole trug man wegen ihres Formats nicht ohne Weiteres unbemerkt am Körper, aber wie sah das bei einem Elektroschocker aus? Siegfried hatte gesagt, es gebe sie in allen Formen und Größen, also war es vielleicht ein praktisches kleines Modell gewesen, das man einfach in der Hosentasche mit sich herumtragen konnte.

Wolfgang goss sich einen Absacker ein und nach kurzem Nachdenken noch einmal dieselbe Menge dazu. Mit dem Glas ging er zum Computer und googelte „Elektroschocker“, was ihm zu seiner Überraschung achtzehn Millionen Treffer bescherte. Er klickte verschiedene Webseiten an, scrollte durch das Angebot und war verblüfft über die vielen verschiedenen Modelle und die Tatsache, dass man sie so problemlos im Internet bestellen konnte. Und wenn man dort keine Spuren hinterlassen wollte, gab es genug ganz gewöhnliche Läden in Berlin, in denen verschiedene Waffen verkauft wurden, über oder unter dem Ladentisch.

Als er die nächste Website anklickte, verschluckte er sich an seinem Whisky. Hustend und fassungslos starrte er auf das Bild, das auf seinem Monitor erschien.

Scheiße! Blöde, blöde Scheiße. Das konnte doch nicht sein. Der Albtraum war noch nicht vorbei.

Er nahm sein Handy und rief Claus an, verhaspelte sich fast, als er von der Entdeckung berichtete.

Claus erklärte in scharfem Ton: „Ich bin schon auf dem Weg, ich hole dich ab. Wo müssen wir hin?"

Wolfgang nannte ihm die Adresse.

„Ich kann es einfach nicht glauben", verkündete Claus zum dritten Mal, während er wie ein Wahnsinniger durch das nächtliche Berlin raste. „Es kann nicht wahr sein."

„Ich fürchte, es ist tatsächlich wahr", gab Wolfgang zurück. Aber es wollte noch nicht richtig zu ihm durchdringen. Alles wirkte unwirklich.

Claus stellte den Wagen ab, und Wolfgang deutete auf das einzige Fenster im Häuserblock, in dem noch Licht brannte. Wolfgang klingelte und nannte der Stimme, die über die Gegensprechanlage fragte, wer da sei, seinen Namen, woraufhin er wie erwartet sofort hereingelassen wurde. Sie stiegen in den zweiten Stock hoch, wo sich Claus auf der Treppe außer Sicht begab, während Wolfgang klingelte. Die Tür öffnete sich sofort für ihn.

„Wolfgang, was für eine nette Überraschung, komm doch rein."

„Ich habe noch jemanden mitgebracht“, erklärte er, während er der Aufforderung nachkam.

„Guten Abend.“ Claus schloss die Tür hinter sich.

Silke starrte Claus an. Ganz offensichtlich gehörte er zum unerwünschten Teil des Besuchs, aber sie ließ sich nichts anmerken.

„Ach, zieht ihr wieder mal zusammen um die Häuser? Wollt ihr ein Bier, einen Schnaps oder beides?“ Sie strich sich das Haar hinter die Ohren und schaute die Männer fragend an.

Claus ignorierte Silke, ging zum Sofa, nahm sich ihre Handtasche und schüttete sie aus.

Ein Ausdruck der Wut erschien auf Silkes Gesicht. Da war Zorn, aber auch noch etwas anderes.

„Finger weg von meiner Tasche!“ Sie machte eine Bewegung auf ihn zu, doch Wolfgang hielt sie zurück.

Claus zog Handschuhe an und wühlte sich durch den Inhalt, dieselbe Ansammlung von Paraphernalien, die bei Esteban über den Fußboden gerollt war.

Er fand den Lippenstift, schaute ihn sich genauer an und erklärte: „Bingo!“

Da zeigte Silke ein Gesicht, das Wolfgang noch nie gesehen hatte, hässlich und furchteinflößend. Sie riss sich los und rannte zur Tür, aber Claus war schneller, drehte ihr die Arme auf den Rücken und die Handgelenke in die Richtung ihrer Schulterblätter, bis sie vor Schmerz aufschrie und sich nicht mehr wehrte.

Sie schaute Wolfgang an und sagte: „Das mit dem Finger war ein Fehler. Ich hätte sie sofort kaputtmachen sollen.“

Warum hatte er nie bemerkt, wie leblos ihre Augen waren?

Dreiundfünfzigstes Kapitel

Gitta fluchte ihm voller Inbrunst ins Ohr. „Wie bist du da nur in Gottes Namen draufgekommen?“

Es war vor allem der Elektroschocker gewesen, der Wolfgang keine Ruhe gelassen hatte. Der befand sich entweder auf dem Grund der Spree, oder es musste einen anderen Grund dafür geben, dass man ihn nicht gefunden hatte. Dann war ihm wieder eingefallen, dass Siegfried erzählt hatte, es gebe diese Waffen in allen Größen und Formen; Wolfgang hatte im Internet nachgeschaut und auf einer der Webseiten ein Bild entdeckt, das er wiedererkannte, und den Zusammenhang hergestellt. Julia wieder vor sich gesehen, wie sie Silkes Lippenstift aufhob, den bösen Blick, und dass sie gar kein Make-up benutzte. Ein handlicher Elektroschocker in der Form eines Lippenstifts.

Nach Gitta rief Wolfgang die anderen an, und jedes Mal, wenn er die Geschichte erzählte, fühlte es sich an, als müsse er sich selbst davon überzeugen, dass alles auch wirklich so passiert war. Die Reaktionen fielen immer gleich aus: eine verblüffte Stille, und danach folgte jedes Mal die Frage, wie er darauf gekommen sei.

Nach diesen Gesprächen hatte er Ludowina angerufen und um den Namen eines Rechtsanwalts gebeten, der auf Immobilientransaktionen spezialisiert war, denn der Kaufvertrag mit Frank Müller musste um jeden Preis annulliert werden. Danach hatte er über Julia nachgedacht, und diese Beschäftigung hatte Claus mit einem Anruf unterbrochen.

Daraufhin war Wolfgang in die Keithstraße gefahren. Ihm wurde klar, dass er gar nicht mehr an Tim gedacht hatte. Der lebte wahrscheinlich noch immer in Angst, die Glatzen würden seiner Schwester etwas antun. Er ging erst zur Kriminaldirektorin, die ihm inoffiziell mitteilte, Christian sei tatsächlich der Kontakt zu den rechtsextremen Kreisen gewesen. Wie sich herausgestellt hatte, hatte er eine Freundin beim LKA 5, beim Polizeilichen Staatsschutz, und von ihr hatte er die Informationen zugespielt bekommen, die Polizeiaktionen gegen die Rechten betrafen. Man hatte die beiden ohne Probleme in die Falle locken können, indem man ihnen falsche Nachrichten zukommen ließ, die sie direkt an die entsprechenden Kreise weitergeleitet hatten.

Wolfgang fühlte sich erleichtert. Er würde Tim anrufen, um ihm das zu erzählen. Aber zuerst war Claus an der Reihe.

„Wir haben in Silkes Wohnung einen Pappkarton mit einigen interessanten Dingen gefunden“, berichtete Claus. „Eine weiße Kaninchenpfote, eine Geigensaite, den Presseausweis des ermordeten Journalisten, einige Stücke Stoff mit verschiedenen Mustern und den Zugangspass zu einem Konzert der ermordeten Sängerin.“

„Dumm von ihr, das alles aufzubewahren“, kommentierte Wolfgang.

„Wir haben sie mit dem Beweismaterial konfrontiert, und inzwischen hat sie gestanden.“ Claus kratzte sich hinter dem Ohr. „Unbegreiflich, dass jemand, der so sanft und lieb wirkt, ein solches Monster sein kann.“

So waren Menschen programmiert, dachte Wolfgang – schön und blond war gut, und hässlich und dunkel war schlecht.

„Dann war also Silke die rechte Hand von Sven, nicht Frank“, stellte er fest.

Claus schaute ihn seltsam an und knibbelte an seinen Nägeln herum.

„Scheiße, ich weiß nicht, wie ich dir das sagen soll; die ganze Sache ist etwas komplizierter“, meinte er. „Sie hat dir einen Brief geschrieben, indem sie einige der Morde gesteht, und Julias Entführung.“ Er deutete auf einen Stapel beschriebener A4-Seiten. „Ich musste ihn erst lesen, das verstehst du sicher. Und ich glaube, es wäre besser, wenn du das nicht tust. Diese Frau ist krank. Schlimmer noch, sie ist ein Monster."

„Natürlich will ich den Brief lesen", erklärte Wolfgang empört.

„Es ist keine gute Idee, Wolfgang. Glaub mir."

Claus rutschte mit offensichtlichem Unbehagen auf seinem Stuhl herum.

Wolfgang begriff nicht, warum Silke ihr Geständnis an ihn gerichtet hatte und wieso Claus nicht wollte, dass er es las.

„Gib mir den Brief, Claus."

Claus überreichte Wolfgang schweigend die Blätter, und Wolfgang erhob sich abrupt und lief damit nach draußen; Claus' lauten Protest ignorierte er. Das hier musste er allein lesen, zu Hause, mit seinem Lieblingswhisky.

Vierundfünfzigstes Kapitel

Das Geständnis war in einer so schönen und zierlichen Handschrift verfasst, dass die Worte dadurch noch grauenhafter wurden, als sie ohnehin schon waren. Bei der Lektüre entstand das Bild einer krankhaft eifersüchtigen Psychopathin.

Silke zählte ihre Morde auf und führte ihre Gründe dafür an. Die Designerin, die mit dieser arroganten Sängerin in die Gaststätte MAUS gekommen war, weil die beiden nach einer Location für die Benefizmodenschau gesucht hatten. Angeblich für die Hungernden im Sudan. Für die eigene Karriere der Damen, meinten sie wohl. Die Sängerin hatte sich Silke gegenüber herablassend verhalten und Pankow als Veranstaltungsort abgelehnt, weil sie eine Kleingartensiedlung im Westen Berlins bevorzugte. Die Designerin hatte ihr recht gegeben. Sie hatten sich feixend in der Gaststätte MAUS umgeschaut und waren wieder abgezogen – zwei erfolgreiche Frauen, die alles hatten, was ihr Herz nur begehrte.

Schon als ganz junges Mädchen hatte Silke von einer Karriere als Model geträumt. Genau wie ihre Mutter wollte sie in den Westen, wo die Welt ihr offen stehen würde und sie wie diese Frauen berühmt und erfolgreich geworden wäre. Die Narbe auf ihrer Wange hatte diesen Träumen allerdings schon in jungen Jahren ein Ende bereitet.

Der Hass manifestierte sich als eisiger Nebel, der die Macht über ihren Körper ergriff.

Beide Frauen hatten dafür gebüßt.

Die Pianistin und ihre arrogante, verwöhnte Tochter mit ihrer Geige, die ein Wochenende im Kleingarten verbracht hatten, hatten Silke angeschaut wie etwas Minderwertiges, und sie hatte die Tochter sagen hören, sie wolle lieber sterben als wie die Blonde da mit einer solchen Narbe im Gesicht ihr Dasein in einer solchen Kleingartensiedlung fristen zu müssen. Die Pianistin hatte erwidert, für diese Sorte Menschen sei das anders, und sie, Silke, gehöre zum gewöhnlichen Volk, das nicht über die Fähigkeit verfüge, etwas Interessantes mit seinem Leben anzufangen. Silke hatte zuerst nicht gewusst, ob sie sich die Mutter oder die Tochter vornehmen sollte, sich aber schließlich für die Tochter entschieden, weil sie irgendwo gelesen hatte, einer Mutter könne nichts Schlimmeres widerfahren als der Verlust eines Kindes.

Der Journalist hatte eine Reportage über Kleingärten geschrieben und Silke dafür interviewt. Er war ein hübscher Kerl gewesen, und das hatte sie erregt; sie wollte Sex mit ihm. Er hatte sie harsch abgewiesen und erklärt, er steige nicht mit jeder x-Beliebigen in die Kiste, und sie sei sowieso nicht sein Typ.

Sie war rasend gewesen vor Wut. Und sie hatte ihre Rache bekommen.

Bei dem Psychiater sah die Sache anders aus. Im Laufe der Jahre verspürte sie ein immer stärkeres Bedürfnis, über ihre Morde zu sprechen, was unmöglich schien, bis ihr ein Kneipenbesucher von einem Psychiater in ihrer Straße erzählt hatte, der in seiner Freizeit ziemlich viele Frauen in seiner Praxis empfing. Das brachte sie auf eine interessante Idee, und je länger sie darüber nachdachte, desto idealer erschien ihr die Lösung.

Sie recherchierte im Internet über ihn, fand über Google sein Foto und erkundete die Gegend, in der er wohnte. Regelmäßig trank sie dort gegen sechs etwas in einer Kneipe, weil sie vermutete, dass die Seelenklempner nach einigen Sitzungen durchaus ein Gläschen gebrauchen konnten. Nachdem sie ein paar Wochen in den beiden nächstgelegenen Kneipen in seiner Straße herumgehangen hatte, wobei sie sich diverse Männer vom Leib halten musste, kam er herein und bestellte einen Weißwein. Er schaute sich um und fing ihren Blick auf; daraufhin hatte sie gelächelt, mit dem Gesichtsausdruck, den sie so oft vor dem Spiegel geübt hatte und dessen Effekt sie kannte. Nonchalant war der Psychiater auf sie zugekommen, hatte gefragt, ob sie allein hier sei und ob er sich zu ihr setzen dürfe. Eine Stunde später waren sie in seinem Schlafzimmer, und sie hatte verstanden, warum er so viel Damenbesuch bekam.

Der Mann hatte sich nach ihrer Narbe erkundigt, und sie erzählte ihm, ihr Vater habe ihr diese zugefügt, als sie dreizehn war. Er hatte sich vorsichtig um das Thema herumbewegt, behutsam gefragt, woraufhin sie direkt antwortete, es sei kein Inzest gewesen. Sie beschrieb den eisigen Nebel, der in ihren Träumen von ihr Besitz ergriff und sie zum Töten zwang. Er war fasziniert, und sie erregte es, darüber zu sprechen. Wochenlang hatte Silke fast täglich im Dunkeln seine Wohnung aufgesucht, wo sie Sex hatten und redeten, bis sich in einem bestimmten Moment etwas veränderte. Er fing an, beunruhigende Fragen zu stellen, als vermute er etwas, und sagte plötzlich, sie müsse sich einen anderen Psychiater suchen.

Er hatte zu viel gesehen, und das durfte sie nicht zulassen. Er behandelte sie wie eine Geisteskranke, einen mitleiderregenden Fall, der Hilfe brauchte, und sie hatte gespürt, wie der eisige Nebel in ihr aufstieg. Hören, sehen und schweigen, so gehörte sich das bei einem Psychiater. In der nächsten Nacht hatte sie abgewartet, bis er eingeschlafen war, und dann das Filetiermesser aus der Küche geholt. Sie hatte ihn getötet, ihm Zunge und Ohren abgeschnitten und danach mit einem Löffel seine Augen aus den Höhlen geholt, was unerwartet einfach gewesen war.

Anschließend hatte sie seine Badewanne volllaufen lassen und seinen Computer vernichtet, weil sie nicht das Risiko eingehen wollte, dass er Informationen über sie abgespeichert hatte. Außerdem würde das die Polizei unter den Patienten suchen lassen. Ein bedauerliches Ende – er war außergewöhnlich gut im Bett gewesen.

„Nach dem Verschwinden meiner Mutter rückte mir Sven immer stärker auf die Pelle. Ich war damals vierzehn, er fünfundzwanzig. Zum ersten Mal haben wir es im Schutzkeller getan. Er sprach von Liebe. Ich wusste nicht, was er damit meinte, und das weiß ich bis heute nicht. Der Sex war okay, und darauf kommt es letztendlich an. Es war für mich nicht das erste Mal. Ich hatte schon viel öfter Sex gehabt, seit ich zwölf war. Ich war frühreif. Als mein Vater dahinterkam, hat er mich geschlagen. „Du bist eine schmutzige Hure!“, hat er gerufen. Er trug dabei einen Ring mit einem scharfen Rand, und so bin ich zu der Narbe gekommen. Während der ersten Jahre danach habe ich mich kaum nach draußen getraut, nicht einmal in den Spiegel konnte ich schauen, und abends saß ich am liebsten im Dunkeln da. Ich habe gelernt, die Dunkelheit zu lieben, fühle mich in der Welt der Schatten zu Hause.“

„Besonders schön war es bei mir daheim sowieso nicht. Mein Vater war immer weg, und wenn er daheim war, stritt er sich mit meiner Mutter. Sie haben mich oft meinem Schicksal überlassen, darum habe ich mir Freunde gesucht, die sich dann eben um mich kümmerten. Freundinnen habe ich nie gehabt. Und richtige Eltern auch nicht. Ich verstehe nicht, warum sie ein Kind bekommen haben, wahrscheinlich für die Außenwelt.

Irgendwann habe ich meinen Vater gehasst, und meine Mutter auch, weil sie so plötzlich verschwand.

Als ich achtzehn wurde, bin ich ausgezogen, zurück nach Berlin. Danach hatte ich nur noch wenig Kontakt zu meinem Vater. 1989 verkaufte er unser Haus und brachte mir die Hälfte des Erlöses, weil er der Ansicht war, ich hätte ein Recht darauf. Das ist das Einzige, was er jemals für mich getan hat. Danach ist er in den Westen gegangen. Ich habe nie Kontakt gewollt und meinen Vater auch nicht wiedergesehen, bis er vor einer Woche plötzlich bei mir vor der Tür stand. Im ersten Augenblick habe ich ihn mit seinem neuen Gesicht gar nicht erkannt. In Spanien hatte er sich direkt einer Operation unterzogen, aber eher, weil er Angst hatte, die Stasi würde ihn aufspüren.

Er bekam eine Schönheits-OP, ich nicht. Bei mir war es nicht möglich, die Narbe verschwinden zu lassen, sagten die Ärzte. Ich musste damit leben lernen.

Sven war auch in der Gaststätte MAUS, als Frank hereinkam, und mir fiel sofort auf, dass er über dessen neues Gesicht gar nicht überrascht war. Das bedeutete, er hatte während der ganzen Zeit hinter meinem Rücken Kontakt mit Frank. Er hat mich belogen."

„In meiner Jugend habe ich gelitten. Ich will, dass andere auch leiden, all die Menschen, die alles vom Leben bekommen. Du musst auch leiden, denn du hast mich mit dieser Julia betrogen."

„Ich sehe Emotionen in den Gesichtern der Menschen, die dazugehörigen Gesichtsausdrücke und Worte, weil ich das gelernt und schon mein ganzes Leben lang andere imitiert habe. Schon früh habe ich begriffen, dass die Menschen dich komisch finden, wenn du etwas falsch machst – wenn du lachst, wenn du eigentlich weinen müsstest. Für mich sind das unbegreifliche Dinge. Ich habe lernen müssen, Emotionen vorzutäuschen, viel vor dem Spiegel geübt. Inzwischen ist mir das in Fleisch und Blut übergegangen, und niemand ahnt etwas. Das Einzige, was ich wirklich spüre, ist der eisige Nebel, und natürlich Hass; vielleicht ist das aber auch dasselbe."

„Diesen Spanier habe ich umgebracht, weil ich nicht wollte, dass du das Haus verkaufst. Esteban hat von Julia erzählt, und dass es zwischen euch wahrscheinlich zu einer Romanze kommen würde. Das konnte ich nicht zulassen, denn dann würdest du vielleicht in Spanien bleiben. Ich musste dafür sorgen, dass du zurückkamst, darum habe ich ihn erschossen, und um Verwirrung zu stiften, habe ich ihm auch in die Eier geschossen. Das Foto von dem roten Kater habe ich bei der Leiche zurückgelassen, weil ich hoffte, du würdest es zu sehen bekommen. Ich kenne dich, Wolfgang; du magst in Pension gegangen sein, aber du bist und bleibst Polizist, und wenn dich irgendetwas fasziniert, konzentrierst du dich darauf und lässt nicht mehr los. Das geht mir auch so. Wir gleichen einander, mehr als du wahrscheinlich glaubst."

Wolfgang trank einen Schluck Whisky. Wie wagte sie es, zu behaupten, sie wären einander ähnlich?

Er dachte an die schöne, liebe Silke, die er zu kennen geglaubt hatte, die aber letztendlich nur eine sorgfältig aufgebaute Fassade gewesen war, eine leere Hülle, in der sich eine abscheuliche Kreatur verbarg. Er konnte es noch immer fast nicht glauben.

Er konzentrierte sich wieder auf den Brief und las schnell weiter, als er in einem Satz den Namen „Julia" entdeckte.

„Ich hasse Julia. Du hast mir gehört, und plötzlich ist sie aufgetaucht und hat versucht, dich mir wegzunehmen. Ich habe sie von Anfang an gehasst. Ich habe euch im Garten gesehen, mich im Gebüsch versteckt und gespürt, wie der eisige Nebel in mir aufstieg. Sie ist schön und erfolgreich und hat keine Narben, und jetzt wollte sie auch noch dich. Sie musste sterben, aber erst wollte ich sie entstellen.

An diesem Tag bin ich in die Kleingärten zurückgekommen, um die Gaststätte MAUS zu öffnen. Es war niemand in der Gegend, denn es war gerade noch Mittagsruhe, und da habe ich durchs Fenster gesehen, wie mir Julia entgegenkam, allein. Ein Gottesgeschenk. Ich stand hinter der Tür und brauchte nur den Elektroschocker zu benutzen. Dann habe ich sie die Treppe runter in den Schutzkeller geschleppt, ihr die Augen verbunden und sie gefesselt, und als sie zu schreien anfing, habe ich ihr den Mund zugeklebt."

Wolfgang schüttelte den Kopf. Hier stimmte etwas nicht. Silke behauptete, sie habe Julia überwältigt, aber den kleinen Finger musste ihr Sven abgeschnitten haben, denn auf der Gartenschere befanden sich seine Fingerabdrücke. Ob sie ihn dazu gezwungen und selbst dabei zugeschaut hatte?

Sie hatte Svens weiße Handschuhe im Abfalleimer in der Küche gefunden. Das war an dem Abend, als Rödiger ermordet wurde, und sie hatte ihn gefragt, warum sie voller Blut seien. Er sagte, er habe sich an den Yuccas gestochen, aber sie hatte gesehen, dass er die Pflanzen mit bloßen Händen gestutzt hatte. Er zog die Handschuhe nur an, wenn er Kunden bediente. Unauffällig hatte sie seine Hände inspiziert, aber keine Wunde entdecken können; außerdem war da zu viel Blut, als dass es von einer Yuccapalmenverletzung hätte stammen können. Er hatte den Blick in den Augen gehabt, der ihr immer verriet, dass er log, darum wusste sie, dass er es gewesen sein musste, der Rödiger ermordet hatte. Das hatte sie überrascht, denn sie verstand nicht, warum Sven das hätte tun sollen. Er mochte Rödiger. Aber sie war auch rasend vor Wut gewesen, weil sie keinen zweiten Mord in der Siedlung gebrauchen konnte.

„Nach Rödigers Ermordung wurde die Sache gefährlich. Jetzt gab es zwei Morde in Klein Eden, und das bedeutete, die Aufmerksamkeit der Polizei könnte sich auch auf mich richten. Durch Sven, dieses Arschloch, kam das Ganze zu nahe, und das konnte ich nicht tolerieren. Ich musste vorbereitet sein. Darum habe ich sofort seine

Handschuhe in den Schutzkeller gelegt und von diesem Moment an den Schlüssel nicht mehr an seinem üblichen Platz aufbewahrt, sondern ihn immer bei mir getragen.

Sven hat mich auf den Gedanken gebracht, die Gartenschere zu benutzen. Es war ein perfekter Plan. Ich habe sie aus dem Schuppen geholt, dabei die Handschuhe getragen und gut aufgepasst, nicht den Handgriff anzufassen, um Svens Fingerabdrücke nicht zu zerstören, und dann habe ich sie in den Keller gelegt. Aus dem Schuppen von Leuten, die fast nie in ihren Kleingarten kommen, habe ich mir eine andere Gartenschere geholt. Damit habe ich sowohl die Kaninchenpfote als auch Julias Finger abgeschnitten und das Blut von beiden auf Svens Gartenschere geschmiert. So würde ich, wenn das nötig war, die Schuld auf ihn schieben können.

Ich hatte schon lange genug von Sven, und jetzt, wo du zurück warst, brauchte ich ihn überhaupt nicht mehr. Er hatte seinen Zweck erfüllt; jetzt war er überflüssig.

Ich habe dein Lieblingsaftershave gekauft und überall versprüht, wenn ich zu Julia ging, damit sie denken sollte, du wärst es. Sie sollte leiden. Den Finger habe ich dir in den Briefkasten gelegt, weil dir klar werden sollte, dass du sie nie wiedersiehst.

Und dann würdest du wieder mir gehören.“

Vor Wolfgangs geistigem Auge erschien das Bild, wie Silke Julia den kleinen Finger abschnitt, und es schauderte ihn.

„Den Überfall auf mich habe ich zur Sicherheit inszeniert. Es war so einfach, alle haben das Blut gesehen und meine Geschichte sofort geglaubt. Ich habe immer so getan, als könnte ich kein Blut sehen, dabei finde ich es gerade faszinierend und erregend. Ich habe mir mit einer Nagelschere ins Ohr geschnitten. Die Idee hatte ich aus einem Krimi, den ich mal gelesen habe; darin stand, dass aus dem Ohr viel Blut kommt, und das stimmt auch.

Die Leute sind dumm, es ist unglaublich einfach, sie zum Narren zu halten. Ich dachte, das würde auch für dich gelten; ich hätte nie vermutet, dass du alles durchschaust, weil ich so schlau gewesen bin und keine einzige Spur hinterlassen habe.“

Und dann wurde Sven festgenommen; Sven, der während dieser ganzen Jahre hinter ihrem Rücken Kontakt zu Frank gehalten und nie etwas davon gesagt hatte. Die beiden hatten ihre Mutter ermordet und sie, Silke, verraten und belogen. Als sie das erfuhr, hatte sie sofort die Gartenschere mit Svens Fingerabdrücken und die blutigen Handschuhe aus dem Schutzkeller geholt. Die hatte sie eigentlich in Svens Apartment deponieren wollen, zu dem sie einen Schlüssel besaß, aber Claus hatte erwähnt, dass dort gerade eine Hausdurchsuchung stattfand. Darum hatte sie die Gartenschere und die Handschuhe in den Kofferraum von Svens Auto gelegt und seinen Wagen nicht weit von der Wohnung entfernt abgestellt, wo ihn die Polizei gefunden hatte. Es war von entscheidender Bedeutung, dass die Polizei nicht in die Gaststätte MAUS kam.

Ursprünglich hatte Silke vorgehabt, die Schuld an all ihren Morden Sven in die Schuhe zu schieben. Die Geigensaite, die Kaninchenpfote und die anderen Souvenirs von den Morden hatte sie auch in seinen Kofferraum legen wollen, traute sich aber nicht erst in ihre eigene Wohnung, um alles zu holen, weil es zu riskant gewesen wäre, zu lange mit seinem Auto herumzufahren. Darum lagen die ganzen Sachen noch bei ihr.

„Und dann warst du mit Gitta in der Gaststätte MAUS und wolltest plötzlich den Schlüssel zum Schutzkeller haben. Den trug ich immer bei mir, in meiner Handtasche. Ich hätte sagen können, ich hätte ihn verloren, aber dann hättest du einen Schlosser angerufen. Darum habe ich ihn schnell an Svens Schlüsselbund getan. Ich war rasend vor Wut. Hätte ich die Spanierin doch nur sofort umgebracht."

Frank verdiente es, zu sterben, weil er ihre Mutter ermordet – sie glaubte Svens Version der Geschehnisse – und ihr das Leben zur Hölle gemacht hatte, und jetzt hatte er auch noch das Haus gekauft, das sie selbst haben wollte. Als Claus ihr erzählte, dass Frank verschwunden war, hatte sie ihn sofort angerufen. Sie hatte an seine Vatergefühle appelliert und gesagt, sie wolle ihn noch einmal treffen, bevor er für immer verschwand. Erstaunlicherweise war er dafür nicht nur empfänglich gewesen, sondern hatte sich sogar sentimental gegeben, und sie konnte einfach nicht begreifen, dass er so dumm war.

An einem abgelegenen Ort an der Spree hatten sie sich getroffen, und ein unerwarteter Stoß reichte aus. Es hatte sie überrascht, wie schnell er unter Wasser verschwand – noch ein paar Luftblasen, und alles war vorbei.

„Als du nachts bei mir geklingelt hast, dachte ich, alles hätte doch noch geklappt. Ich konnte nicht schlafen. Ich war mit einer Ausrede aus dem Restaurant weggegangen, weil ich den Anblick dieser Julia nicht mehr ertragen konnte. Ich saß da und dachte an dich, und dann warst du plötzlich da. Aber du hattest diesen fetten Claus dabei. Ihr wusstet plötzlich, dass ich es war. Das kommt natürlich durch die Spanierin, die meinen Elektroschocker aufgehoben hat. Ich hätte sie kaputtmachen sollen."

Wolfgang hielt kurz inne, goss sich noch einen Whisky ein, trank ihn in einen Zug. Ihn erfüllte Ekel, aber seltsamerweise auch eine gewisse Faszination, weil er diesen Einblick in den Geist einer innerlich zerstörten Frau erhielt, die sich auf ihn fixiert und ihn zum Zentrum ihres Lebens gemacht hatte. Er blätterte um und starrte auf den ersten Satz auf der nächsten Seite.

„Ich habe Claudia nicht ermordet. Das hast du getan."

Er weigerte sich, die Worte zu sich durchdringen zu lassen, als wäre er ein Fremder, der über seine eigene Schulter gebeugt mitlas.

„Claudia war deiner nicht würdig. Du bist nicht umsonst zu mir gekommen, dieses erste Mal, obwohl du eine Beziehung mit ihr hattest. Du hast dich nach mir gesehnt, wie ich mich nach dir gesehnt habe. Du hättest sie verlassen müssen, aber das hast du nicht getan. Darum habe ich sie ermordet. Ich habe sie schon längere Zeit gehasst. Sie war von sich selbst eingenommen und hat auf mich herabgeschaut. Sie war eine berühmte Fotografin, hatte unser Haus am Majakowskiring gekauft. Sie hatte dich. Sie hatte alles. Sie musste sterben. Ich wusste, dann würdest du wieder zu mir kommen."

Sie hatte alles? Claudia, deren Familie zum größten Teil in Konzentrationslagern ermordet worden war. Die zwischen traumatisierten Überlebenden aufgewachsen und dadurch stigmatisiert war, unter Albträumen litt, die nicht ihre eigenen waren. Die an einem dunklen, verregneten Tag im November ihre Mutter im Fahrradkeller im Hinterhof an einem Strick gefunden hatte.

„Ich wusste, du wolltest sie loswerden. Dass du gern Sex mit mir hast. Du bist richtig gut. Ich mag Sex. Sex hat mit Emotionen nichts zu tun. Er fühlt sich gut an. Man fühlt sich mächtig dabei. Das ist genauso gut wie der eisige Nebel. Fast."

Erst, als er die Sätze auf der letzten Seite las, wurde ihm klar, was sie ihm begreiflich machen wollte.

„Nein", sagte er laut.

Hierüber hatte er nicht nachdenken wollen, hatte den Gedanken verdrängt, dass Silke auch Claudia gequält und ermordet hatte, weil er sich das nicht vorstellen konnte, wollte, dass es jemand anders gewesen war; egal wer, weil das Ganze zu dicht an ihm dran war und ihn direkt involvierte, und das konnte er nicht ertragen. Er wollte den Brief weglegen, zerreißen, nicht weiterlesen, aber keine dieser drei Optionen kam infrage, weil er es ganz einfach wissen musste.

„Als wir zum ersten Mal zusammen im Bett lagen, hast du mir erzählt, dass jemand Claudia bedroht hatte. Da wusste ich, dass der Augenblick gekommen war. Das Einzige, was ich tun musste, war, jemand anderen die Bedrohung ausführen zu lassen. Mir den Zufall zunutze zu machen, wenn er mir in die Hände spielte.

Es war fantastisch, besser als bei allen anderen. Sie hat gelitten. Ich habe ihr erzählt, dass wir beide Sex gehabt haben, und dass es mit mir viel besser war. Dass du an mich dachtest, wenn ihr beide es getan habt. Ich habe sie geschnitten, während sie noch lebte, und das Ganze hat eine ganze Weile gedauert.

Ich habe an dich gedacht, während ich in ihr Fleisch schnitt. Ich habe es für dich getan."

Er rannte zur Toilette und übergab sich, bis er nur noch Galle schmeckte und ihm der Hals wehtat; er war auf die Knie gesunken, hatte die Arme um die kühle Toilettenschüssel geschlungen und blieb in dieser Haltung, bis sich sein ganzer Körper verkrampfte.

Langsam drang zu ihm durch, dass das Geräusch im Hintergrund das Telefon war. Er ignorierte es.

Wolfgang erhob sich mühsam, spülte sich den Mund aus, spritzte sich Wasser ins Gesicht und lief ins Wohnzimmer. Dort legte er das Holster mit der Walther um, zog seine Lederjacke an und lief nach draußen. Er stieg auf sein Motorrad und fuhr davon. Zum Endpunkt, der auch den Anfang dargestellt hatte.

Fünfundfünfzigstes Kapitel

Sie hatte es schon dreimal versucht, aber er nahm nicht ab. Gitta runzelte die Stirn, überlegte und rief dann Claus an, der berichtete, er habe Wolfgang erst vor Kurzem gesprochen, und der habe vorgehabt, in sein Apartment in Wilmersdorf zu fahren.

Claus behandelte Gitta anders, seit er wusste, dass sie einmal für eine Detektei gearbeitet hatte; er brachte ihr jetzt einen unwillkürlichen Respekt entgegen, der sie amüsierte. Als er ihr von dem an Wolfgang gerichteten Brief erzählte, verschwand das Lächeln aus ihrem Gesicht.

Claus hatte es auch nicht für eine gute Idee gehalten, seinen ehemaligen Kollegen den Brief lesen zu lassen, weil er wusste, was darin stand, und der Inhalt Wolfgang ganz schön zusetzen könnte. Gitta fragte nach Details und lauschte mit wachsendem Grauen seiner Zusammenfassung.

„Was fällt dir ein, ihn mit diesem Brief allein wegzulassen? Du Vollidiot! Du hättest ihn den Brief an Ort und Stelle lesen lassen müssen."

„Jetzt krieg dich mal wieder ein, ich konnte nichts machen – er ist einfach damit weggelaufen. Was hätte ich denn tun sollen, ihn mit Gewalt zurückhalten?"

„Ja, zum Beispiel."

Sie beendete das Gespräch und fluchte, rief ein weiteres Mal vergeblich Wolfgangs Nummer an und versuchte es danach bei Siegfried, Julia, Esteban und Arhan, aber niemand hatte etwas von ihm gehört. Siegfried kündigte an, er werde sofort nach Pankow fahren, und Gitta nahm sich ein Taxi nach Wilmersdorf, wo sie vor Wolfgangs Tür Julia antraf, die ihr mitteilte, ihr sei nicht geöffnet worden. Wolfgangs Motorrad war nirgends zu sehen, und Gitta rief

Siegfried an, der ihr sagte, in Pankow sehe die Lage genauso aus: kein Wolfgang, kein Motorrad.

Wo konnte er nur sein? Vielleicht hatte es etwas mit Claudia zu tun; möglicherweise war er zu ihrem Grab gefahren. Sie fragte Julia, ob sie irgendeine Idee hätte, und die meinte, er könnte zu dieser roten Backsteinbrücke über die Spree gefahren sein, weil dort damals alles mit Claudia begonnen hatte.

Gitta rief Siegfried an und schickte ihn nach Pankow auf den Friedhof. Sie winkte einem Taxi und sagte: „Oberbaumbrücke."

Er stand mitten auf der Brücke auf dem Bürgersteig, unter den steinernen Bogen. Sie rannten auf ihn zu. Er schaute aufs Wasser hinunter, fuhr mit der Hand unter seine Lederjacke und holte etwas hervor, woraufhin Passanten schreiend wegliefen. Er drehte sich um und schaute Gitta und Julia an, mit reserviertem Blick, als hätte er sich schon endgültig verabschiedet, und Gitta wusste, er hatte vor, was sie befürchtet hatte.

Julia rannte auf ihn zu, und er hob gebieterisch die linke Hand: „Stopp."

Sie blieb stehen, fing an, eindringlich auf ihn einzureden, trat einen weiteren Schritt nach vorn und streckte eine Hand nach ihm aus.

Gitta hörte den Lärm sich rasch nähernder Sirenen und sah, dass Wolfgang die Pistole zur Stirn führte.

Sechsundfünfzigstes Kapitel

Die Spree strömte unter ihm hindurch, an diesem Ort, wo alles mit Claudia begonnen hatte und wo auch alles enden würde.

Er wusste nun, dass er durch einen banalen Ausrutscher ihren Tod verursacht hatte, durch einen Fehltritt, den er zunächst bagatellisiert hatte. Es war seine Schuld. Wenn er ihr treu geblieben wäre, wäre sie nicht tot, und mit diesem Gedanken konnte er nicht leben.

Während der vergangenen Jahre waren ihm immer öfter Gedanken an den Tod gekommen, aber noch nie war der Drang so groß geworden, dass er ihn nicht unterdrücken konnte. Der Augenblick war gekommen, seine Schuld einzulösen. Wie paradox. Er hatte immer ein guter Mensch sein wollen, anders als sein Vater, dieser Nazi, und trotzdem war es ihm gelungen, aus seinem ganzen Leben ein Chaos zu machen. Er vernichtete Leben und war sich selbst ein Graus.

Er hatte eine Grenze überschritten, und das würde er nie wieder gutmachen können. Mit Claudias Mörderin hatte er geschlafen. Ihm blieb nur noch Julia, aber das war hoffnungslos. Sie würde dorthin weiterziehen, wo er sie nie wiedersehen würde, und das bedeutete, dass er nichts mehr hatte, wofür er leben konnte. Der Tod wäre ihm willkommen, würde ihn wie ein kühles Seidenlaken einhüllen. Julia war das einzig Schöne gewesen, was er noch gehabt hatte, eine Chance auf das Glück, die er durch die Finger hatte gleiten lassen, die sich verflüchtigt hatte wie der Morgennebel in den *dehesas* der Extremadura. Warum hatte er nur geglaubt, flüchten zu können? Man konnte allem entkommen, nur nicht dem, was sich im eigenen Kopf abspielte, den Erinnerungen an Schmerz und Schuld. Selbst Julia vermochte er nicht zu entfliehen, ob er nun in Berlin blieb oder nach Galizien ging. Sie war tief in ihm, berührte seine Seele.

Aber Julia würde weggehen, sich einen anderen suchen, ein Kind bekommen, und es würde ihr gelingen, ihn zu vergessen, was auch die beste Lösung für sie beide war. Bevor dieser Albtraum begonnen hatte, hatte er geglaubt, sein Leben nach Claudias Tod fortsetzen zu können, aber das hatte sich nun als Illusion herausgestellt. Er fühlte sich verzweifelt und wusste, dass Verzweiflung nicht warm, leidenschaftlich und impulsiv war, sondern kalt und rational, eine Emotion, die die hässlichen Tatsachen bis ins Kleinste analysierte. Er hatte Leben ruiniert, und das würde er nie wiedergutmachen können. Indem er mit Silke geschlafen hatte, hatte er in direkter Konsequenz Claudias grässlichen Tod verursacht, und beinahe auch Julias. Es gab nur Eines, was er tun konnte, und zwar dafür sorgen, dass er ihr Leben nicht auch noch völlig ruinierte. Sie hatte ein Recht auf Glück, und dem wollte er nicht länger im Wege stehen.

Er wünschte sich, sie würden alle gehen, ihn auf der Oberbaumbrücke alleinlassen.

„Wolfgang, hör mir zu."

Er sah Julia an und spürte den Abstand zwischen ihnen, der beinahe mit den Händen zu greifen war. Sie gehörte zum Leben, er in die Dunkelheit. Sie sprach schnell, leidenschaftlich, fast verhaspelte sie sich.

„Ich liebe dich und werde immer bei dir bleiben."

„Das meinst du doch nicht ernst", erwiderte er. Julia würde jetzt alles sagen, um zu verhindern, dass er Selbstmord beging, und das begriff er auch, weil er genau dasselbe tun würde. Es war zu spät. In diese aussichtslose Situation konnte er nicht zurück, denn diesmal würde er nie wieder aus diesem Loch kommen. Die Pros wogen viel schwerer als die Contras, und um mehr ging es nicht, darum hatte es keinen Sinn, aus der ganzen Sache ohne Grund eine emotionale Angelegenheit zu machen. Das hier war für jeden die beste Lösung.

„Geh weg, Julia. Es ist zu spät."

„Ich kann ohne dich nicht leben."

Er wollte keine Lügen von ihr hören und vor allem kein Mitleid.

„Ich zähle jetzt bis zehn, Julia, und dann ist es vorbei. Geh weg."

Er fing an zu zählen. „Eins, zwei, drei."

Ihm fiel ein, dass er schon öfter wichtige Entscheidungen auf diese Weise eingeleitet hatte. Das Zählen stellte dabei eine Art feierliche Bekräftigung dar.

Julia machte einen Schritt in seine Richtung, und er rief scharf: „Stopp!" Sie blieb stehen. Er schaute ihr in die Augen.

Er war froh darüber, dass sie miteinander geschlafen hatten. Etwas Schöneres als sie war ihm nie in seinem Leben passiert.

„Vier, fünf, sechs."

In der Ferne sammelte sich zu beiden Seiten der Brücke eine Menschenmasse, die von uniformierten Polizeibeamten zurückgehalten wurde. Kameras veranstalteten ein Blitzlichtgewitter. Gaffer? Die Spree, die unter der Oberbaumbrücke hindurchfloss und das für immer tun würde. Claus in seinen Turnschuhen. Gitta, die so viel für ihn getan hatte. Die vielen Stunden in ihrer Eckkneipe. Nie wieder. Claudia, die er gedrängt hatte, seinen besten Freund Siegfried zu verlassen. Julia, für die er keine Worte hatte.

„Sieben, acht."

„Ich liebe dich, Wolfgang", flüsterte sie.

Aber sie würde in ihrem Dorf bleiben, und er konnte ihr nicht dorthin folgen. Sie wollte ein Kind. Und selbst wenn er das auch wollte, wäre es immer noch unmöglich, denn wer wusste schon, welche Brut er in die Welt setzen würde, jemand wie er?

„Neun."

Claus kam angerannt und blieb neben Gitta stehen, die auf Julia zeigte und ihm bedeutete, er solle schweigen.

„Ich bleibe bei dir. Ich meine es ernst, Wolfgang", sagte Julia.

Er sah Entschlossenheit in ihren Augen, und noch etwas, das schwierig zu definieren war.

„Neuneinhalb."

Er wusste bestimmt, dass sie log.

„Du verdammter Egoist!", schrie sie.

„Zehn."

Julia drehte sich um. Es war totenstill auf der Brücke, als er abdrückte und der Schluss in seinem Kopf widerhallte.

Er raste innerlich, und diese Raserei sorgte dafür, dass sich sein ganzer Körper versteifte. Claus rannte auf ihn zu und entriss ihm fluchend die Pistole. Er sah, wie Gitta etwas zu Julia sagte und wie sie sich umwandte und ihn anschaute, erst ungläubig und danach voller Wut. Sie stürmte auf ihn zu, schlug ihm fest ins Gesicht, und er hob die Hand, um zurückzuschlagen, weil er sie hasste und ihr wehtun wollte, und weil sie mit diesem einen Wort verhindert hatte, dass er das so heiß ersehnte Vergessen erlangte.

Egoist.

Sie wich nicht zurück, sondern schaute ihn schweigend an, als fordere sie ihn heraus, sie zu schlagen. Er sah ihre Tränen und wusste nicht, ob es Tränen der Erleichterung oder der Wut waren, und eigentlich interessierte es ihn auch nicht.

Es herrschte wieder Totenstille auf der Brücke, nichts bewegte sich außer der Spree unter ihnen, als warte jeder atemlos ab, was er nun tun würde. Es war nur zu deutlich, was sie dachten. Er würde die Hand sinken lassen und sie umarmen, danach würden sie Arm in Arm die Oberbaumbrücke verlassen und dem sanften Schein der untergehenden Sonne entgegengehen, der Berlin von seiner lieblichsten Seite zeigte, und die Umstehenden würden applaudieren, denn so musste es sein im Leben. Ende gut, alles gut.

Er fühlte sich plötzlich ganz ruhig, und ihr Blick sagte etwas, das er nicht sehen wollte.

Da schlug er zu.

Siebenundfünfzigstes Kapitel

Galizien, Cangas de Morrazo

Die Herbststürme fielen über die *Ría de Vigo* her, und der Himmel war fast schwarz. Wind und Regen peitschten gegen die Fenster, und auf der anderen Seite des Wassers war Vigo nicht zu sehen. Die Fähren, die dreimal pro Stunde zwischen Cangas und Vigo pendelten und einander in der Mitte der *Ría* trafen, taten das heute nicht. Galizien zeigte sich im November in seiner besten Herbstgestalt.

Celta lag vor dem offenen Kamin und streckte die Vorderpfoten. Die schwarze Katze hatte sich vor zwei Wochen, bei Wolfgangs Einzug, an seiner Haustür eingefunden, und seitdem war sie ihm nicht mehr von der Seite gewichen. Ein eigenwilliges Tier, manchmal hochmütig, manchmal anhänglich, ab und zu gereizt; dann tobte sie wieder fröhlich durchs Haus und spielte mit einem Plüschball. Eine Katze mit unvorhersehbarem Verhalten und einem glänzenden pechschwarzen Fell und großen grünen Augen. Sie kratzte ihn mit Verve, wenn er ihren unmutig zuckenden Schwanz ignorierte, mit dem sie signalisierte, sie wünsche in Ruhe gelassen zu werden, um sich kurz darauf schnurrend auf seinem Schoß niederzulassen.

Er starrte in den Sturm hinaus. Vor fünf Monaten hatte er sich freiwillig in eine Einrichtung einweisen lassen, wo er täglich eine Sitzung mit seiner Psychiaterin absolvierte. Antidepressiva hatte er nie einnehmen wollen, sich aber von ihr überzeugen lassen, es sei in keiner Weise ein Zeichen der Schwäche, solche Medikamente zu schlucken. Langsam war er zu der Einsicht gelangt, er müsse lernen, Hilfe von anderen zu akzeptieren, statt immer alles selbst unter Kontrolle haben zu wollen, anderen eine wirkliche Rolle in seinem Leben zuzuerkennen und sie nicht nur als Statisten zu betrachten.

Das waren für ihn schwierig zu akzeptierende Konzepte, und obwohl er sie mit dem Verstand erfassen konnte, wusste er nicht, ob ihm das jemals wirklich gelingen würde.

Der Moment war gekommen, die Bilanz seines Lebens zu ziehen, hier und jetzt in einem tobenden Herbststurm. Mit den Antidepressiva konnte er leben. Sie dämpften den Schmerz und die Schuldgefühle. Seine Gedanken ließen sich damit leider nicht ausschalten. Die Frage lautete, ob er so weitermachen wollte oder nicht, eine einfache Frage mit zwei möglichen Antworten.

Mit zwei Optionen, einer einfachen und einer schwierigen.

Er schaute auf die Schlaftabletten herunter, die ordentlich aufgereiht auf seinem Tisch lagen, fünfundfünfzig Stück, eine für jedes Jahr seines Lebens, was vielleicht übermäßig dramatisch war, aber sei's drum. Die Pillen hatte er sorgfältig aufbewahrt und in einem Paar aufgerollter Socken verborgen. Man hatte überhaupt nichts vermutet, weil er so schlau gewesen war, einige ganz offen auf dem Nachttisch liegenzulassen und hin und wieder die Einnahme zu verweigern, weil er versuchen wollte, eine Nacht ohne sie auszukommen.

Ganz ohne Zweifel hatte die psychiatrische Behandlung ihm geholfen. Er war jetzt in der Lage, sein Leben weiterzuführen, aber darum ging es nicht. War es genug, weiterzuleben? Atem zu holen, Schmerzen zu leiden, die Zeit totzuschlagen, bis sich der Tod ankündigte und man sich fragte, warum man sich um Himmels willen für den langen Weg entschieden hatte? Wenn Julia nicht auf der Oberbaumbrücke erschienen wäre, wäre es längst vorbei gewesen, und er hätte nicht vor dieser Entscheidung gestanden. „Egoist", hatte sie ihm an den Kopf geworfen, und irgendwie hatte das Wort Zweifel in ihm ausgelöst.

Wolfgang wusste, dass er für seine Taten büßen musste, und die Frage bestand jetzt darin, auf welche Weise das am besten möglich war. Indem er den einfacheren Weg wählte? Sich wie ein Egoist verhielt? Er dachte an die Jagd auf den Serienmörder zurück und musste zu dem Schluss kommen, dass er zwar letzten Endes den Mörder entlarvt hatte, ihm das aber kaum auf der Basis logischer Schlussfolgerungen gelungen war. Tatsächlich hatten ihn die anderen auf die richtige Spur gebracht. Siegfried mit seinen Bemerkungen über Serienmörder und Elektroschocker, Gitta, die die Verbindung zu den Kleingärten erkannt hatte und der er die Entdeckung des unterirdischen Berlin verdankte. Meistens war er selbst wie eine blinde Motte herumgeflattert und hätte beinahe ein Unglück angerichtet. Er hatte sich immer für einen guten Hauptkommissar gehalten, doch auch daran zweifelte er inzwischen.

Er war für den Tod mehrerer Menschen verantwortlich, und seine Selbstachtung hatte sich in Nichts aufgelöst.

Was blieb eigentlich noch, wofür er hätte leben sollen?

Seine Entscheidung musste auf rein rationalen Gründen basiert sein, auf ein Abwägen von Pros und Contras.

Obwohl fünfundfünfzig Tabletten wahrscheinlich ausreichen würden, um ein belgisches Arbeitspferd umzubringen, war es besser, auf Nummer sicher zu gehen. Er konnte sie mit Albariño oder seinem Lieblingswhisky herunterspülen und den Sturm betrachten, bis er einschlief. Celta würde er vorher nach draußen lassen. Das würde ihr nicht gefallen, aber im Schuppen war es trocken, und dort lag Stroh. Morgen früh würde der Makler erscheinen, und wenn Wolfgang die Tür offenließ und einen Zettel mit der Aufschrift „Bitte gehen Sie ins Haus, falls ich noch nicht da bin" aufhängte, würde er sofort gefunden werden. Dann war alles vorbei, geräuschlos und ohne Schmerzen, und die Spree würde noch immer unter der Oberbaumbrücke hindurchfließen.

Die zweite Option bestand darin, die Pillen in den Müll zu werfen und weiterzumachen. Dieses Haus zu kaufen, bis zum Frühling hierzubleiben und dann nach Berlin zurückzukehren. Zu versuchen, sein Leben wiederaufzunehmen, mit von Antidepressiva gedämpften Schuldgefühlen. Gitta, Esteban, Arhan und Siegfried zu besuchen. Während der letzten fünf Monate hatte er niemanden gesehen oder gesprochen, weil ihm dazu die Kraft fehlte. Sie wussten nicht, wo er war, hatten ihm E-Mails geschickt, in denen „Wo bist du?" die am häufigsten gestellte Frage war – eine Frage, die er unbeantwortet ließ. Er hatte über Gittas Beschreibung von Ullas Welpen gelächelt: Die waren so hässlich, dass jeder sie niedlich fand und alle einen haben wollen. Er hatte Genugtuung empfunden, als er Arhans Nachricht las, in der dieser erzählte, eine zweite Frau habe Gregor wegen Vergewaltigung angezeigt. Das Ganze war zu einer öffentlichen Angelegenheit geworden, zu einem Fall, zu dem Arhan einen ganz entscheidenden Beitrag geleistet hatte, und Gregor gehörte inzwischen nicht mehr der Partei für Tradition und Freiheit an. Arhan meinte, er habe zwar nichts zur Lösung der Mordfälle beigetragen, aber immerhin dafür gesorgt, dass dieser Faschist seine Ideen nicht mehr über eine politische Partei verbreiten konnte, und das verschaffte Arhan eine enorme Befriedigung. Nun hieß es warten, bis der Prozess begann, aber dazu war es wegen der großen Anzahl an einzelnen Fällen leider noch nicht gekommen. Siegfried berichtete von seinen neuesten Projekten und erzählte, er fahre in letzter Zeit häufig nach Neukölln, um bei Gitta ein Bierchen zu trinken. Die werde täglich schlanker, und warum hatte er nie bemerkt, was für eine faszinierende Frau sie war? Esteban klagte über sein Restaurant und vor allem über seine Gäste und fragte ganz direkt: „Du fehlst mir, warum kommst du nicht zurück?" Und dann waren da die beiden Sätze von Gregor – Wie kam der überhaupt an seine Mailadresse? –, die lauteten: „Ich weiß, dass du hinter den beiden Anzeigen steckst. Man begegnet sich immer zweimal im Leben."

Er fürchtete sich nicht vor Gregor. Der hatte mehr Grund, sich vor ihm, Wolfgang, zu fürchten.

Wolfgang hatte Tim eine E-Mail geschickt und ihm berichtet, er brauche sich wegen seiner Schwester keine Sorgen mehr zu machen, weil man den Kontakt zu den Rechtsextremen beim LKA identifiziert hatte. Er hatte eine begeisterte Nachricht als Antwort empfangen.

Mit unglaublicher Erleichterung hatte er einer Mail seines Anwalts entnommen, dass der Kaufvertrag mit Frank Müller für ungültig erklärt worden war. Silke war zwar seine Erbin, aber die wollte das Haus Gott sei Dank nicht mehr kaufen. Was hätte sie auch damit anfangen sollen?

E-Mails von Julia landeten direkt in seinem Spam-Ordner. Ein einziges Mal hatte er ihr eine Nachricht geschickt, um sich für den Schlag zu entschuldigen, den er ihr versetzt hatte, und um ihr mitzuteilen, dass sie einander nie wieder begegnen würden, was auch nicht geschehen würde, egal, ob er jetzt Option Eins oder Option Zwei wählte.

Und das brachte ihn zurück zu der Entscheidung, die jetzt getroffen werden musste. Es hatte keinen Sinn, sie um einen Tag oder eine Woche oder einen Monat zu verschieben. Die Frage bestand darin, was er noch vom Leben erwarten konnte, und ob das Positive gegenüber dem Negativen überwiegen würde.

Er hörte, dass jemand an die Tür klopfte. Wahrscheinlich wieder eine der Nachbarinnen, deren Vorratsschränke einen chronischen Mangel an Zucker und anderen grundlegenden Bedürfnissen aufwiesen.

„Ich bin nicht da“, rief er laut.

Celta ließ irritiert ihren Schwanz über den Boden wischen und starrte zur Tür. Wolfgang schaute auf die Pillen, die in Fünfergruppen dalagen, dann auf die Schaumkronen auf den Wellen und auf

Vigo, das auf der anderen Seite des Wassers wieder vage sichtbar wurde. Er dachte über sein Leben nach, und darüber, was für ein Mensch er war, und stellte fest, dass Julia recht hatte – er war tatsächlich ein Egoist, und er war sich dessen nie bewusst gewesen. Diese Erkenntnis verschaffte ihm eine unvermutete Ruhe, und plötzlich wusste er, wie seine Wahl ausfallen würde.

Wolfgang ignorierte das heftiger werdende Klopfen, goss sich einen Single Malt ein und setzte sich in seinen bequemen Sessel am Fenster, mit der Aussicht, von der gar nicht genug bekommen konnte. Und dann war da plötzlich eine Gestalt, ein Gesicht, das ans Fenster gepresst wurde, und eine Stimme, die seinen Namen rief.

„Lass mich verdammt noch mal rein, ich bin schon völlig durchweicht."

Julia.

Tropfnass stand sie da und nahm alles, ihn inklusive, in sich auf: Celta von dem offenen Kamin, den Whisky. Gott sei Dank war er geistesgegenwärtig genug gewesen, die Pillen schnell in eine Schublade zu werfen. Wolfgang wusste nicht, was er zu dieser Frau sagen sollte, die seine große Liebe war, ohne die er nicht leben konnte und mit der zusammen er auch nicht leben konnte, und darum stellte er die besonders intelligente Frage, wie es mit ihrem kleinen Finger aussehe.

„Der fehlt mir immer noch", erwiderte sie ungeduldig, holte die Hand aus der Manteltasche und hielt sie ihm hin. Es fiel nicht einmal besonders auf. „Du solltest lieber fragen, wie es meiner Seele geht, auf der du so fachmännisch herumgetrampelt bist, oder meinem Kopf, den du auf der Oberbaumbrücke so fest gegen die Mauer geschlagen hast, dass ich eine Gehirnerschütterung hatte."

„Das hätte ich nicht tun dürfen." Selbst in seinen eigenen Ohren klang das lahm, und sie reagierte auch gar nicht darauf.

„Ich bin gekommen, um dir mitzuteilen, dass ich eine Entscheidung getroffen habe", sagte sie. „Du hast meine E-Mails nie beantwortet, und ich vermute, du hast sie auch nie gelesen, sonst hättest du nämlich sehr wohl reagiert."

Sie sah anders aus. Sie strahlte eine Mischung aus Wehmut und Glück aus. Was wollte sie hier?

„Wie hast du mich gefunden?"

Sie zuckte ungeduldig mit den Schultern. „Du hast immer von Galizien geredet. Javier hat dich über die *Guardia Civil* aufgespürt, das war nicht schwer."

Celta erhob sich, schlenderte auf Julia zu, strich ihr um die Beine. Er sah, dass sie zitterte. Sie war völlig durchnässt.

„Zieh den Mantel aus und setz dich ans Feuer", meinte er. Sie tat es, und er starrte sie an. Mit einer Gebärde auf ihren Bauch sagte sie: „Ich bin schwanger", als hätte er das nicht selbst gesehen. Den Beweis, dass sie auf der Oberbaumbrücke gelogen hatte. Sie hatte sich sofort einen anderen gesucht.

„Javier ...", setzte sie an, und er schnitt ihr das Wort ab, war plötzlich wütend.

„Javier? Du sagst, du kannst nicht ohne mich leben, aber du bist sofort mit Javier ins Bett gestiegen?"

„Lass mich doch verdammt noch mal ausreden. Wenn es nach mir ginge, wäre ich gar nicht hier, aber Javier hat mich davon überzeugt, dass ich es dir erzählen müsste, und das ist offensichtlich nur auf eine einzige Art und Weise möglich. Du bist der Vater. Ich erwarte nichts von dir, ich werde mein Kind großziehen, und wenn du das willst, werde ich ihm vielleicht einmal erzählen, wer sein Vater ist."

Ihm. Er spürte, dass sie die Wahrheit sagte.

Sie blickte ins Feuer. „Ich hatte schon einmal eine Abtreibung. Das hier ist vielleicht meine letzte Chance, und in meinem Alter ist es sowieso ein Wunder, dass ich von diesem einen Mal ohne Kondom schwanger geworden bin."

Sie saßen nebeneinander am offenen Kamin und schauten schweigend in die flackernden Flammen. Celta lag schnurrend auf Julias Schoß. Julia schien auf etwas zu warten, aber Wolfgang wusste einfach nicht, was er sagen sollte. Nach einer Weile stand sie auf und zog ihren Mantel wieder an.

„Ich muss gehen."

Es fühlte sich an, als wären sie Fremde, bis Julia ihn sanft auf den Mund küsste und es ganz kurz so wie früher war, wie es nie wieder würde werden können, weil zu viel geschehen war.

Sie sagte *Adiós*, schloss die Tür hinter sich, und er ging zum Fenster und sah ihr nach.

Der Sturm hatte sich gelegt, das Wasser war wieder hellblau, und die Sonne schien auf Vigo herab. Das Fährboot verließ den Hafen. Celta setzte sich an die Tür und miaute, und er ließ sie nach draußen, schaute ihr dabei zu, wie sie in den Garten rannte und mit den herumwirbelnden Blättern spielte wie eine junge Katze, schloss die Tür und ging zurück zu seinem Sessel. Er dachte an alles, was er durchgemacht hatte, und an das Kind, das er nicht wollte. An Julia.

Beide hatten sie allein die wichtigste Entscheidung ihres Lebens getroffen, und doch nicht ganz allein, denn es fühlte sich an, als wäre Julia bei ihm gewesen.

Wie soll ich meine Seele halten, dass sie nicht an deine rührt?

Wolfgang war froh darüber, seine Wahl bereits vor Julias Erscheinen getroffen zu haben, und er würde sie auch nicht mehr hinterfragen, weil er sicher wusste, dass seine Entscheidung richtig war.

Er holte die Tabletten aus der Schublade und ging damit ins Badezimmer, wo er sein Gesicht im Spiegel betrachtete. Es erschien ihm wie das eines Fremden, und in gewissem Sinne war es das auch. Das Lächeln wirkte bitter, fühlte sich bitter an, aber es war ein Lächeln.

Wolfgang ließ die Pillen in die Toilette fallen und spülte sie weg.

ISBN 978-3-565-02448-3
9 783565 024483 00001
www.epubli.com